吴定海◎主编

深圳学人·南书房夜话
——第五季——

中国古代文学的魅力

中国社会科学出版社

图书在版编目（CIP）数据

中国古代文学的魅力：深圳学人·南书房夜话第五季/吴定海主编．
—北京：中国社会科学出版社，2019.5
ISBN 978 – 7 – 5203 – 4055 – 7

Ⅰ．①中⋯　Ⅱ．①吴⋯　Ⅲ．①中国文学—古典文学研究—文集
Ⅳ．①I206.2 – 53

中国版本图书馆 CIP 数据核字（2019）第 024646 号

出 版 人	赵剑英
责任编辑	王　茵　马　明
特约编辑	崔芝妹
责任校对	王　龙
责任印制	王　超

出　　版	中国社会科学出版社
社　　址	北京鼓楼西大街甲 158 号
邮　　编	100720
网　　址	http://www.csspw.cn
发 行 部	010 – 84083685
门 市 部	010 – 84029450
经　　销	新华书店及其他书店

印　　刷	北京君升印刷有限公司
装　　订	廊坊市广阳区广增装订厂
版　　次	2019 年 5 月第 1 版
印　　次	2019 年 5 月第 1 次印刷

开　　本	710×1000　1/16
印　　张	27.25
插　　页	2
字　　数	405 千字
定　　价	118.00 元

凡购买中国社会科学出版社图书，如有质量问题请与本社营销中心联系调换
电话：010 – 84083683
版权所有　侵权必究

编委会

总 顾 问：王京生
学术指导：景海峰　韩望喜

主　　编：吴定海
副主编：张　岩
编　　委：王　冰　刘婉华　何文琦
　　　　　张　森　魏沛娜　张丰乾

"如切如磋，如琢如磨"
——"南书房夜话"第五季序言

张丰乾[*]

说起"南书房"，大概很多人会想到"南书房上行走"的官职。不过，深圳图书馆的南书房是一个特别的地方，它是深圳图书馆南边一个宽敞明亮、布局精巧雅致的大房间，四周陈列着大型的工具书和丛书，平时除了供读者日常阅览之外，还定期举行一系列小型的思想文化活动，其中最知名的应该就是"南书房夜话"了。

"南书房夜话"的基本模式是三位对谈嘉宾（其中一位兼任主持人）围绕某部经典中的某些主题展开对谈，然后和现场观众进行互动；大部分主题是分四次展开，这样有利于参与者对于该作品进行深入阐释和讨论。每期"夜话"都有现场录像及速记，视频和文字记录也会通过报纸、网页、微信等多种形式传播。对谈者之间有些是朝夕相处的同事，有些则是临时搭档的"陌生人"，真可谓"以文会友"。夜话的气氛大体是温文尔雅的观点交流，但也不乏唇枪舌剑的激烈争论。

南书房夜话第五季于2017年围绕"文学"作品展开。"文学"一词在中国古代的语境中又有特别的含义，一般指"文化之学"。孔子的弟子中子夏、子游以"文学"见长，但是，韩非子却斥责"儒以文乱法"，汉宣帝时又爆发了丞相、御史和"文学之士"（负责文化教育的官吏及学者）之间关于盐铁要不要官方垄断的激烈争论。

---

[*] 张丰乾，中山大学哲学系副教授，研究旨趣为中国古代经典与解释。

在现代汉语中,"文学"作为一个学科,相对"哲学""历史学""经济学""法学"等而言的。但是,即便是按照今天的"文学"标准,南书房夜话第五季所讨论的内容也是很广泛的。有大家熟悉的"四大名著"、《西厢记》,也有大家相对陌生的《说苑》,以及《东周列国志》,还有题材比较特别的《颜氏家训》和《世说新语》以及争议很大的《金瓶梅》等。

如果要勉强做个概括的话,"南书房夜话"第五季的议题大致包括了世、家、情、理、人等几个方面,这些方面其实也是古今中外共同的文化主题。但是,基于不同的经典,从不同的角度,却有不同的释读,也会有出人意料的发现。比如《说苑》中提出了"君臣父子转相为本"的伦理模式,具有很高的理论价值和现实意义,却长久被忽视;《水浒传》中的"鲁智深"也被简单化为"草莽英雄"而对他的"智深"之寓义则不甚了了。经过"南书房夜话"的讨论,在参与者中形成了比较强烈的共鸣,也吸引了不在场读者的关注。可见,"夜话"这种形式,不但是给讲者和观众进行面对面的交流提供了良好的氛围,同时也为"切磋琢磨"的思想文化工作营造了最可行的模式。"南书房夜话"所呈现的,可以说是最鲜活的文化思想作品。

在夜话的互动环节,被提及最多的问题是古今中西的文化优劣与得失的问题。无论如何,我们都能从提问者的关切中感受到民众的家国情怀和文化关切。我们也竭尽所能地和大家分享了自己的心得,提供了一些思考的方法以及读书和讨论的途径。但是,有时又难免有"杯水车薪"的感慨。我个人许久不能释怀的是,一个英俊的青年人面带忧郁地问我们人生的意义何在,我们当然也对他说了很多鼓励的话,但他并没有如释重负的样子——"幸福是奋斗出来的"——如果持续的奋斗,仍旧得不到"幸福",那该怎么办?这个问题大概是人生的苦恼来源之一,经典之中其实也有答案,但是具体是什么,还是留待读者诸君自己寻绎吧。

还要向读者诸君讲述的是,深圳图书馆领导对于南书房夜话节目组充分授权,各位老师邀请嘉宾不拘一格,年轻学子包括研究生和本科在读学生都有机会参与;他们对于对谈的嘉宾们充分尊重,充分信任，同时从议题确定、场地布置、信息传递到录像剪辑、文稿修订、书稿出版等各个环节都一丝不苟，也使我们受教良多。

凡此种种，皆可借用子贡和孔子在讨论如何面对贫富问题时的所发的感慨来概括——"'如切如磋，如琢如磨。'其斯之谓与?"(《论语·学而》)

作为对"南书房夜话"了解较多的参与者，在这里也要特别感谢一直在现场的唐金棣、肖更浩、章良等老师，以及担任后勤保障和现场速记的朋友们！唐金棣老师从选题确定、现场安排，到记录稿的修订、书刊的出版，全程直接负责，所费心力尤多。

亦感谢深圳市社科院方映灵老师、《深圳商报》魏沛娜老师一直以来的大力支持！

目　　录

南书房夜话第五十一期
    中国古代文学的魅力
        嘉宾：左　江　项裕荣　王绍培（兼主持）
        时间：2017 年 3 月 4 日　19：00—21：00 ………………（1）

南书房夜话第五十二期
    《金瓶梅》人物谈（一）——潘金莲的"淫"与"毒"
        嘉宾：左　江　刘　伟　周　萌（兼主持）
        时间：2017 年 3 月 18 日　19：00—21：00 ……………（32）

南书房夜话第五十三期
    《金瓶梅》人物谈（二）——西门庆的官商之道
        嘉宾：左　江　刘　伟　周　萌（兼主持）
        时间：2017 年 4 月 8 日　19：00—21：00 ………………（49）

南书房夜话第五十四期
    《金瓶梅》人物谈（三）——李瓶儿的柔、庞春梅的烈
        嘉宾：左　江　刘　伟　周　萌（兼主持）
        时间：2017 年 4 月 22 日　19：00—21：00 ……………（67）

南书房夜话第五十五期
    《金瓶梅》人物谈（四）——人物杂谈
        嘉宾：左　江　刘　伟　周　萌（兼主持）
        时间：2017 年 5 月 6 日　19：00—21：00 ………………（85）

南书房夜话第五十六期
君臣父子转相为本——《说苑》中的独特伦理
嘉宾：张丰乾　仝广秀　方映灵（兼主持）

时间：2017年5月20日　19：00—21：00 ……………（105）

南书房夜话第五十七期
利归于民、罪责在我——《说苑》中的为政之道
嘉宾：张丰乾　仝广秀　方映灵（兼主持）

时间：2017年6月3日　19：00—21：00 ……………（124）

南书房夜话第五十八期
忠孝两难——《说苑》中的人生困境
嘉宾：张丰乾　刘伟　方映灵（兼主持）

时间：2017年6月17日　19：00—21：00 ……………（146）

南书房夜话第五十九期
转祸为福与抱怨以德——《说苑》中的事理与人情
嘉宾：张丰乾　李长春　方映灵（兼主持）

时间：2017年7月1日　19：00—21：00 ……………（164）

南书房夜话第六十期
中国的家庭教育及其对人的影响——《颜氏家训》古书今读
嘉宾：李小杰　赵目珍　陈磊（兼主持）

时间：2017年7月15日　19：00—21：00 ……………（188）

南书房夜话第六十一期
经世思想与社会事务——《颜氏家训》的修己与治世
嘉宾：李小杰　赵目珍　陈磊（兼主持）

时间：2017年7月29日　19：00—21：00 ……………（212）

南书房夜话第六十二期
新杂剧、旧传奇《西厢记》天下夺魁
嘉宾：段以苓　陈纯　王威廉（兼主持）

时间：2017年8月12日　19：00—21：00 ……………（240）

南书房夜话第六十三期
　　作词章、风韵美，《西厢记》士林伏低
　　　　嘉宾：段以苓　陈　纯　王威廉（兼主持）
　　　　时间：2017年8月26日　19：00—21：00 ………… (260)

南书房夜话第六十四期
　　《世说新语》与魏晋风度（一）
　　　　嘉宾：武怀军　王　春　赵目珍（兼主持）
　　　　时间：2017年9月9日　19：00—21：00 ………… (276)

南书房夜话第六十五期
　　《世说新语》与魏晋风度（二）
　　　　嘉宾：武怀军　王　春　赵目珍（兼主持）
　　　　时间：2017年9月23日　19：00—21：00 ………… (294)

南书房夜话第六十六期
　　《东周列国志》——中国人的英雄史诗、人性读本
　　　　嘉宾：王海鸿　黄东和　孟　瑶（兼主持）
　　　　时间：2017年10月14日　19：00—21：00 ………… (312)

南书房夜话第六十七期
　　《东周列国志》——五百年大棋局之复盘
　　　　嘉宾：王海鸿　黄东和　孟　瑶（兼主持）
　　　　时间：2017年10月28日　19：00—21：00 ………… (334)

南书房夜话第六十八期
　　《东周列国志》——2500年前的"国际社会"
　　　　嘉宾：王海鸿　黄东和　孟　瑶（兼主持）
　　　　时间：2017年11月11日　19：00—21：00 ………… (353)

南书房夜话第六十九期
　　《东周列国志》——中国人春秋战国时代的生死观
　　　　嘉宾：王海鸿　黄东和　孟　瑶（兼主持）
　　　　时间：2017年11月25日　19：00—21：00 ………… (375)

南书房夜话第七十期
　中国古代文学中的人情、事理、时势
　　嘉宾：张丰乾　李小杰　吕　欣（兼主持）
　　时间：2017 年 12 月 9 日　19：00—21：00 ……………（394）

南书房夜话第五十一期
中国古代文学的魅力

嘉宾：左　江　项裕荣　王绍培（兼主持）
时间：2017年3月4日　19:00—21:00

王绍培

　　各位现场的朋友，大家晚上好，这里是南书房夜话，今天是南书房夜话第五季的第一场活动，我们讲"中国古代文学的魅力"，今天来的人面孔跟过去不太一样（我们的老朋友驾到），我想有没有哪个听众想先讲讲你对中国古代文学的魅力这个话题的一些观感或者说你有什么期待。有人愿意先简单地讲两句吗？

　　听众： 不懂它的魅力，有些读不懂，有点难，现在微信上那些都很简单又很有趣，就觉得，文学，我们对它感兴趣，我们想爱它，但是很难，所以过来听一下，看它的魅力到底在哪里。

王绍培

　　我是今天的主持人王绍培，我前面主持过很多场活动，今天我们请来的嘉宾，一位是深圳大学的左江老师，还有一位是刚刚从广州赶过来的项裕荣老师，虽然这里是项裕荣老师的客场，他从广州赶来的，但又好像是他的主场，因为他有学生听说他要来，所以就散布在下面的各个角落里面，拼命地给他鼓掌。我们过去三个嘉宾，在讲之前，一般会碰一下，就是今天晚上我们讲什么、怎么讲，而且过去三个嘉宾彼此之间都还是比较熟悉的，今天我跟左老师是比较熟悉的；但是项老师的话，我是第一次见，左老师也是第一次见，他也是刚刚赶到，我们今天晚上要说什么，其实我们都不清楚，我们只有一个大题目，但是怎么把这个大题目延展开，我们是不清楚的，但是这很好，这可以考验一个人即兴发挥的能力、现场反应的能力，当然，对主持人也是一个很大的考验。好，我们先有请左老师。

左江：谢谢主持人王绍培先生，谢谢南书房，谢谢各位今天来听这样一个有主题但是不知道讲什么的沙龙。王绍培先生的问题，给了我一个挺好的思路。"中国古代文学的魅力"乍一看会觉得挺容易讲的，因为中国古代文学的魅力是理所当然、不言自明的嘛。但是再想想，又觉得很难讲：魅力何在？这种魅力又该如何去传达？正如刚刚那位观众说的：我很喜欢，但是我读不懂，我无法领略到它的魅力。我想古代文学的魅力，每个不同的个体，因不同的学养、不同的阅读经验，体会可能都不一样。今天让我来参与这样一个大题目，我也只能根据自己的一些感受、一些阅读体验来简单说一说。中国古代文学的魅力于我而言，首先是它能涵盖我们生活的所有样态、每个瞬间。我们的人生可能没有那么丰富，但可以在古人的书写中领略到各种生活、各种情感、各类人物，我觉得这是魅力的一个方面。其次是我觉得在阅读的过程中，能够让人对美有所感悟，这也是它的魅力。我来之前正好看了《朗读者》节目组请许渊冲先生的那期，老先生有两句话我觉得非常经典：他说人生的乐趣是什么，是要乐趣自己，自己让自己觉得愉悦；他说人生的价值是什么，是要发现美、创造美。老先生的这两句话让我"心有戚戚焉"，我最近在讲《聊斋》，我对蒲松龄的评价就是，这是一个能发现美，并且能够表现美的人。对于大多数普通读者来说，创造美、表现美的要求都太高了，但如果我们在阅读古代文学的过程中能够感受美、体悟美，那么我们就能够感受到古代文学的魅力。

王绍培：请来自广州的项老师讲讲对这个题目的一个拓展。

项裕荣："古代文学的魅力"这个题目确实牵涉的范围大，我倒是想起苏东坡的一句话，他青年时候才读到《庄子》，读罢喟然兴叹道："昔吾有见于中，而口不能言，今见庄子，得吾心矣。"什么意思呢？我以前有一种想法，盘桓于心中，但不知如何表达，今天读到《庄子》，它把我想说的话，都已经准确而且是生动地表达了出来。真是"深得我心"呀。我想古典文学对于我们来说，意义正在于此。我们的某些人生经历、经验，或是情感体验，或许不足为外人道也，但偏偏又是你美好人生的一个重要组成部分，在你可能要淡忘它的时候。古典文学中恰好有这么一个精彩的篇章，它以一种优美、细腻的方式所刻画的这种情感，不仅仅让我们产生了共鸣，更是激活了我们的人生体验，让我们重新感受到自己曾经的美好。这不就是古典文学的魅力吗？另外，鲁迅先生说过"一切好诗到唐已被做完"！这句话可以理解为，古体诗这种极具美感的文体样式，艺术上曾达到过某种巅峰，以至于我们今天不必再变换其形式，直接摘用其中的"成语"、诗句，就能把我们的情感表达到位。这也是孔夫子所说的"不学诗，无以言"的含义。即你可以通过经典的诗句，把你的情感更优美、更典雅地表现出来，尤其是在古代的一些官方场合。换句话说，古诗的表现形式似乎更凝练、更形象，也更生动。这就是经典的魅力。不仅是我们这样认为，古人甚至还有"集唐"这种样式，直接化用、剪裁唐人的诗句，再"拼凑"、创作出新的诗歌来。这充分说明了，古典文学中的魅力，既有内容上的共鸣，也是形式上的审美。所以，到今天为止，古典诗歌的鉴赏与朗诵，古典小说的解读，也都还是中国人用来表情达意，共同抒发情感的一种活动。

举个例子来说，古代有首楚歌，叫《越人歌》，冯小刚的电影《夜宴》采用过。这首歌很古老，据说是同性恋题材，其实我们完全可以理解为一般的爱情，一种被社会压抑着的青春体验与情感冲动。诗句是这样的："今夕何夕兮，搴舟中流，今日何日兮，得与王子同舟。"述说的是一个卑微的船夫，与自己倾慕的王子同乘，一时心中百感交集，更生出"今夕何夕"之感，是庆幸吗？

是喜悦吗？一句话说不清。所以用"今夕何夕"表达这种说不清道不明的时空之感。这四字作为"成语"，有办法翻译吗？翻成现代文，韵味就失去了。所以叫"经典"嘛。再看下面几句："蒙羞被好兮，不訾诟耻"，就算有千万人在指责我，我也要坚持这种情感，"蒙羞被好"，他感觉出王子也喜欢他。他们想要冲破世俗的压力。"心几烦而不绝兮，得知王子。"爱情就是这样，很忧伤，很痛苦，明知不可以，但又不能断绝。这几句真是优美！最后，"山有木兮木有枝，心悦君兮君不知"，这一句更妙。不少人认为，这两句说明前面写相知相悦，都只是幻想，事实呢，是舟子一个人在单相思，还没法启齿。诸位看，"山有木兮木有枝"，多美的诗句。一切都是自然而然的，就像春天葱绿的树木会自然萌发一样，人类的情感也是自然而然的。"心悦君兮君不知"，我更愿意理解为，不是不知道，而是我的这种爱恋所达到的深度与美好，是对方不能完全体会到的。用今天的话说，就是"我爱你，但与你无关"，对吧？据说《越人歌》原是我国一首少数民族的歌曲，后被楚人记录，由汉语书写，这才以这种优美的文句流传到了今天。汉代刘向《说苑》的记录称，这个王子听到这首歌之后，就拿出一床锦被，盖在船上，二人相拥。被底之事，无从得知，就像《红楼梦》中贾宝玉和秦钟在被子底下一样，曹雪芹没好意思去写，读者就只能去猜想了。

　　总的来看，《越人歌》无论是否为同性恋的赞歌，它对真挚情感的描摹，在今天依旧震撼人心。唐代有首留下的敦煌民歌，语言也很直白，人们一读就懂。"君生我未生，我生君已老，君恨我生迟，我恨君生早。"情感之激烈直接，同样让人惊异。可以理解为一位年轻的姑娘，爱上了一个年老的男子，因为年龄相差过大，双方都深恨这世俗的羁绊。所以，我想说，古典文学在很多时候就是这样，有一种直击人类心的力量，阅读之后你会发现，呃，原来人可以这样活着，人类的情感原本如此，古今相通。我们看似不可为外人道也的隐秘情感，也是正常的。

　　所以，古典文学的魅力就在于此。写人，写人的情感，写得还很妙、很到位，于是传诵成了经典！

王绍培

文学也好，文化也好，文明也好，它都有一个历史的渊源，有它的一个脉络，我们知道它的来龙去脉，我们可能就会有一个更加深切的感受，比如项老师说的《越人歌》，后来是不是《夜宴》这个电影里面有这个配曲谱曲？（没错。）就把这首歌谱曲，而且那个歌唱得蛮凄婉的感觉，刘向的《说苑》里面，那个年代的一个词现在能把它谱成歌，在现代的电影里面唱，就影响到了很多年轻的人，有些比较委婉的男生或者女生，向他们比较喜欢的对象来表达情感的时候，他也可以用这样的一种方式，"山有木兮木有枝"，后面那句话就不说了，你要知道他原来是喜欢的，这个表达就比直截了当地说我喜欢你、我爱你要来得有意思，也有意境，如果他说了你没有反应的话，那没有办法，你就错过这个机会了，而且说明你的文化水准比较低，所以这也是我们要学习古典文化一个很重要的作用。这类似于过去在孙康宜和宇文所安写的《中国文学史》里，他们讲到中国古典诗词的用典，为什么要用典呢？用典一个很重要的作用就是要形成文化区隔，我用了一个典故，你知道，我就知道在文化这个阶级身份上，你跟我是一样的，是可以沟通的，我们是相匹配的，而那个不知道的人，就已经被淘汰了，区隔掉了，这是一个蛮重要的作用。还有一个我刚才说，文化和文学的来龙去脉，文字，什么叫"文"？这个"文"其实就是花纹，也叫文身。现在的文身可能是像《甜蜜蜜》那里面的黑老大，他身上文的，文身的人是一个混江湖的人，但是在古代社会，文身的人可能是一个有权力的人，是一个首领，也就是说，在身上画上了花纹之后，这个自然的身体加上了符号之后，他就跟一般人的身体有所区别，这是"文"的最早的用意。文身还有一个用意就是美化身体，我们认为自然的身体可能是不够美的，我们所以要文它一下，让它变得美起来。还有一个，文身其实就是在一个人的身上打一个叉，加给他一个符号，也就是说，给他一个意味，给他意义，这是"文"的最初的一些意思。也就是说，所谓文化也好，文学也好，其实都是把一个对象符号化，赋予它意义，那么所有的文化活动、文学活动其实就是一个赋予对象、赋予存在与意义的活动，如果你是一个文化人，你是一个有学养的人，那么你就能够准确地解释这些符号背后的含义是什么。还有就是你能创造性地把一些新的意思加到对象上去，所以说文学创作就是这样的，你写小说、写诗歌，你写什么，你就是要让这个存在，让它拥有新的意义。就像有一个学者说，比如写一首很长很长的诗，他其实是在干什么呢？他是在进行一个长时段的空间的重新结构，然后重新发明每一天。我们每个人虽然是这样活着，但是我们由于司空见惯，很有可能就是变得麻木不仁，虽然活着，但因为生活太熟悉了，所以在西方有一个学者叫布鲁姆的，他在《西方正典》这个书里面讲到文学的一个很重要的作用就是陌生化，什么叫"陌生化"？我们虽然活在这一天，但是这一天，我们可以重新让它陌生起来，这就叫重新发明每一天，这个陌生化就能够重新唤醒我们的感觉系统，唤醒我们的感知系统，这是文学一个很重要的功能，就是使对象陌生化，使它的含义陌生化。我们现在说到古典文学、中国古代文学的一个很大的作用就是陌生化，为什么？因为对我们来讲，古代文学的这种文本是既熟悉又陌生的，说到熟悉，是我们在受教育的过程当中，我们多多少少要学到一些，要背诵一些，说它陌生是因为这种文字、文言文的表述方式和题材、它所从属的生活方式、它背后的那些人的思想情感都已经离我们远去了，对我们来说还是蛮陌生的，所以它天然有一个好处，就是你不用再对它进行一个再创造，它就有一种陌生感，你还可以根据我们现代人的生活重新来理解它，这又是加上了另外一层新的陌生感。这就是中国古代文学为什么会特别地有它的魅力，就是它天然具有一些优势，比如它的陌生感，它能够把文化、文明、文学的来龙去脉展现给我们，它能够告诉我们存在的那些符号背后的意义是什么，这些都是我们之所以对古代文学会有这么强烈兴趣的一个原因。我听说第五季我们是要讲《说苑》、讲《金瓶梅》、讲《西厢记》，还有《世说新语》，我们是不是能够就这几部古典文学、文本各自有什么特点，我们再来聊一聊？左老师，你知道是要讲这些吗？

左江：我不知道，我只知道我要讲《金瓶梅》。我对刚刚项老师和王老师的话题有一点点感想，就是项老师说的关于文学带给人的体验，孔子说过"诗可以兴观群怨"，其中一个很重要的功能就是"兴"，用比兴的方法抒发感情，让人感动、让人联想、让人感同身受。很多人在阅读古代诗词的时候都会看叶嘉莹先生的解读，她在《古典诗歌兴发感动之作用》中讲过这样一段话："我以为对于诗歌这种以兴发感动之作用为生命的美文，我们在对之加以评说时，不该只是简单地把韵文化为散文，把文言变为白话，或者只做一些对于典故的诠释，或者将之勉强纳入某种既定的理论套式之内而已，更应该透过自己的感受把诗歌中这种兴发感动的生命力传达出来，使读者能得到生生不已的感动，如此才是诗歌中这种兴发感动之创作生命的真正完成。"（《迦陵论词丛稿》序）诗词是要用生命去感受的，在这样的过程中才能够真正恢复诗词作为一种美文的价值和意义。无论是感同身受，还是陌生化的过程，作为文学作品的美都是值得我们去重视、去强调的。刚刚那位听众说读不懂，为什么读不懂？我想我们应该注意到古代文学的兴发感动的作用，你要去感受它，要进入它的境界、进入它的状态中去。刚刚项老师举了一首《越人歌》，我们大部分人可能对那样的情感体验比较陌生，但很多人都可能非常喜欢李商隐的诗，喜欢他的深情款款、悠远绵长。比如"东风无力百花残"这首，大家都很熟悉，甚至还被谱曲演唱。我们在座的如果你爱过，为此而愁云鬓改、夜不成寐、月夜徘徊，在相思中憔悴在憔悴中相思，就会比较容易进入诗中，感受到那种一往情深、对爱情的执着，也就能隔着时空引发共鸣，自然而然地感受到诗作之美。再比如说"心有灵犀一点通"这句，只有进入那清风徐来、星光璀璨的夜晚，才能感受到爱情的甜蜜；只有进入酒席上的喧嚣，才能感受二人自成一天地的心有灵犀、情意交融；也只有这样，才能理解诗人从回忆中走入现实所感受到的人在仕途身不由己的无可奈何。我觉得要领略诗词的魅力，就要能够"入境"，一是你主动入境的过程，一是它将你带入它的境界的过程。

王绍培：可能从恋爱这个角度来进入中国古代文学、古典文学是很好的一个入口，因为中国人的表达方式是借助于山川日月的自然意向的表达，这是我们东方人特有的一种含蓄。日本人也是这样的，有一个记者问夏目漱石还是问川端康成，可能是夏目漱石，说你们日本人怎么表达我爱你，夏目漱石就说，他们是这样表达的，"今晚月亮真美"，而这个时候我很爱你，而且月亮那么美，可能是因为爱一个人才会觉得这个月亮特别的美，或者是因为这个月亮特别的美，情不自禁地要爱一个人了，可能是两者兼有之。这种方式特别好，不那么单调，也不那么直接，它会把天地人融为一体，形成一道浑然天成的风景，很有意味。我们请项老师再来讲讲。

项裕荣：王老师提到日本，这让我想起了一个相关的话题，即文学中的文化品格，或者说是民族特性的问题。举例来说，同样是夫妻分离，西方的夫妻即使是在火车站这种公共场合，他们也并不忌讳紧紧的拥抱，也不妨眼泪纷飞。而在韩国，大家知道韩国是深受我国儒家文化影响的国度，夫妻在火车站分离时，双方甚至连握手也觉得羞于颜面。如果我们读过古典戏曲，了解《西厢记》中的长亭送别，以及《琵琶记》中蔡伯喈赶考时，赵五娘与之分别时的场景，我们就会深刻理解我国古代的礼仪与所谓的民族性问题。当然这个方面，只有与其他民族的文学做比较时，才能显示得出来。

不好意思，这个话题较为有趣，谈论起来有些激动，作为教师，我还是站起来说吧。

我18岁开始工作，在江西的乡下做过6年小学教师，自学完中文专业的专科、本科课程，24岁才考的研究生。在赣北做乡村教员的日子里，因为每天晚上坚持一个人看书，但又感觉前途未卜，所以那个时段忧愁苦闷特别的多。痛苦的时候，我发现古代文学作品最能打动我、宽慰我。我个人特别喜欢屈原的《离骚》，喜欢李白的诗歌，似乎自己的压抑和痛苦，通过此类阅读可以得到相当的宣泄，找到了足够的共鸣。

　　举个例子来说，古人的痛苦是怎样化解的呢？他们苦中作乐，他们与自然相处的方式，在文学中是怎样呈现的呢？这些地方确实对我很有启发。大家来看一首李白的作品："花间一壶酒，独酌无相亲。举杯邀明月，对影成三人。月既不解饮，影徒随我身。……我歌月徘徊，我舞影零乱。醒时相交欢，醉后各分散。永结无情游，相期邈云汉。"明明是孤单一人，偏偏能自得其乐。他的身上似乎还有着一种来自异域的豁达，这对于儒家文化可视为一种补充。我对此好奇，感到陌生，产生倾慕。

　　以我个人来说，现在的生活也颇有压抑之感。作为大学老师，上课跟同学聊得真诚，自抒胸臆，倒也欢快，偶尔能够在备课之余，翻看《聊斋志异》，阅读《红楼梦》，这种阅读确实给我带来了数不清的欢愉。但坦白来说，大部分的时间里，杂事太多，欢乐不足。而李白的这首诗，无论是在我的少年时光还是现在，都确实给予了我很大的慰藉。大家一定听过《独坐敬亭山》中的这两句吧："相看两不厌，唯有敬亭山。"李白就是这样一个臭美的人，"相看两不厌"，我喜欢敬亭山，但敬亭山也喜欢我，这是他的感受。宋人辛弃疾化用了这句，变成了另句词："我见青山多妩媚，料青山见我应如是。"太妙了！原来，自我感觉美好，也是件挺诗意、挺有趣的事。李白与辛弃疾的痛苦未必少，但他们的这些诗词，却能让后人读罢心头一爽。人类可以这样的孤芳自赏，我们也赞赏这样的顾影自怜。

　　回顾本人这些年，有时感觉自己越来越猥琐了，为何这么说？填表填多了，烦心的事也多了。但古典诗词，它简短，有力，能够把你带到某个境界里，能够改变我们的心胸，这是无疑的。你多读孟子和韩愈的作品，你的精神自然受到影响，气质气势都会发生变化，似乎走路都得挺着胸来走，眼前都是明亮的，你的眼神会变得坚毅，不再闪躲，而是希望接触眼前的每一个人，是这样吧？宋代诗人黄庭坚说过，一个人如果不能经常读点古代的书，不能用古今之书贯其胸次，那么照着镜子都会感觉到自己面目的尘俗可厌。这真是太有道理了。其实我当年读书时最好的是数理化，初中时候一直是全班第一，数学 100 分是常事。种种原因我选择了文学专业，还读到了博士，我觉得特别幸运，我能接触到这种文学的、文化的东西。一般人怎么可能有那么多的时间去接触这种东西呢，所以说，一般人在读古书这方面，想来所获得的欢快要比我少得多。从这个角度来讲，我觉得自己是幸运的，学文科是非常幸运的，虽然赚的钱没有做生意的朋友多，没有学工科的朋友多，但是内心的愉悦还是相对充盈的，谢谢大家。

王绍培

项老师的愉悦是能够通过他的形体来表达的，他要站起来愉悦，就像诗可以兴观群怨一样的，他兴奋就站起来了，左老师不一样，左老师兴奋的时候，还是很安静地坐着，悄悄地兴奋，左老师现在想站起来吗？要不然站起来讲讲？

左江：我也站起来讲讲。

王绍培

这有点像是广西的唱山歌，你一唱我也兴奋了，我也来唱一首，现在该左老师唱了。

左江：仍然跟我上面的话题相关，我刚刚讲读诗词要有一个入境的过程，怎样才能进入兴发感动入境的状态呢？这对于那些说"我喜欢但我读不懂"的朋友也许会有一点点帮助。第一点就是刚刚王老师提到的典故问题。中国古代文学特别是诗词非常强调典故、意象的运用以及意境的营造，这是进入古代文学世界的一个法门，你必须有所了解。深圳的夏天很快就到了，夏天自是少不了蝉鸣，会让人烦躁，更觉得酷热难当。蝉在古人眼里有两种属性：第一种属性，它是餐风饮露不食人间烟火的，所以代表了清高；第二种属性，它夏天出现秋天消亡，生命非常短暂，这是对稍纵即逝的事物的悲悯。当蝉进入文学领域的时候，它就是比兴，是象征，有着自己的意味、意境。再比如我们提到桃花源，大家第一反应就是陶渊明的桃花源，代表着乌托邦，代表着和平自由，等等。桃花源其实还有另外一个意思，代表的是爱情、是艳遇，《幽明录》里面的一个故事，说刘晨与阮肇误入桃花源，见到二位神女，各成婚配。如果对这两个桃花源理解有误的话，对诗文的阅读理解就会出现偏差，这是需要稍微注意的地方。刚才项老师激情澎湃地提到了很多古代文学大家，由这个我也想到，如果能对作家生平有一些了解的话，也能帮我们更好地进入古代文学的世界中去。比如刚刚项老师提到的辛弃疾，他的《水龙吟》里面有一句："把吴钩看了，栏杆拍遍，无人会、登临意。"如果你对他的生平有所了解，就能够理解他的诗词当中那种英雄末路的情怀。很多人也很喜欢苏东坡，大概是《中国诗词大会》吧，里面有位中学生选手说她最喜欢苏东坡的《定风波》，喜欢里面的"也无风雨也无晴"，后来好像看到有人批评她，说她"为赋新词强说愁"。批评者未免严苛，但也有些道理。因为只有了解了苏东坡的人生经历，了解他被贬谪被流放的过程，才能理解他那种"也无风雨也无晴"的豁达、平和是多么的不容易，又是多么的让人振奋鼓舞，这样的情怀对十几岁的中学生而言，大概很难有真正的体认。同样，了解了李白谜一样的人生，才能真正理解他痛饮狂歌的状态；了解了杜甫"致君尧舜上"的情怀，也才能真正理解他的忠君爱国。所以对于作家的生平，有一些了解、有一些同情，可能对于我们阅读古代文学作品会有比较大的帮助。

王绍培

讲文学还是比讲哲学有意思，比如我们第一季讲的是儒学，儒家文化，请的是深圳大学的景海峰、王兴国和王立新这样一些人，很少有人站起来讲的，除了王立新可能会比较兴奋，其他的都是越讲越容易睡着，在这个地方催眠的效果很好，但是像今天这样一个演讲的现场就不会，尤其是左老师频频地把话题引到了爱情，引到了男女关系，大家一听就很兴奋，而且是一个很好地体会、理解中国古代文学和古典文化的一个入口。但其实也不是所有的时候都需要通过这种情感的方式来调剂，比如像风雅颂"赋比兴"，有人说我们喝酒、吃饭，其实就是赋比兴，比如把桌子放好，把椅子摆好，把菜摆好,这就是"赋";然后客人来了、嘉宾来了,坐好了,这就是"比";长得多像宋庆龄、宋美龄等,这个又长得多像谁,介绍每一个人,有点像"比";然后喝了几杯酒之后,兴奋了,就开始胡说八道了,讲段子的也有,讲八卦的也有,现在还比较流行唱歌了,就唱起来了,这就是"赋比兴"。很多时候都有这种"赋比兴",这在我们生活当中充满了,比如我们的工作就有点像是"赋",因为它实在是很无聊,尤其是讲课还不能坐着讲,还要站着讲,而且是一种规定,是规定的时候它就不好玩了,它就是"赋";完了之后还评职称、评先进,这就是"比";最后,终于把这个学期干完了,终于工作干完了,可以休息一下了,这就是"兴"了。很多事情都可以用这样的方式来进行这样一种联想,如果是有这种联想的能力,你读书也好,无论你读什么书,当然读文学是最好,最容易让你产生这样一种联想。我前段时间看有一本书叫《塔罗冥想》,像左老师他们大概是不太喜欢看的,因为它讲塔罗,又讲冥想,大学教授是不看这种不入流的书的。但是它很有意思,它讲了人类思想一个很重要的思维方式,就是类比法,比如这个人跟这个人长得很像,这是类比;这个场景跟那个场景很像,也是类比,因为有这种类比,所以我们会有这种想象力,把很多不相干的东西,让它们之间产生关系。如果说中国文学家、小说家里面有一个类比能力特别强的人,每个人可能都有不同的候选人,有人觉得这个人比较强,有人觉得那个人比较强。比如钱锺书的类比能力是比较强的,比如写一个小孩的两只眼睛分得比较开,他怎么来描述这个情况呢?他说他的眼睛离得那么远,都几乎要害相思病了,这种类比能力突如其来,很有创新能力,因为它比较远,就会害相思病,用害相思病来描述、来比喻这个小孩脸上的两只眼睛分得实在是有点远。钱锺书的《围城》里面,小说里面有很多比喻都是有很强的类比能力的人才能够想象出来的,在《塔罗冥想》这本书中就讲到类比能力是我们人类一个很重要的思维能力,像中国的比如《易经》(《周易》)这种,你要是没有类比想象的话,就很难理解它,它怎么能够把比如把乾跟马首、跟长老、跟老大、跟长子等放在一个符号下面?它是基于类比的联想,让它们之间产生了一种关系,让不同的事物在整个

《易经》的结构里面找到它的位置；你是不同的属性的一个存在，那么你就遵循不同的运行法则，根据这个，我们来预判在什么情况下什么东西会出现，在什么情况下会出现一种什么样的状况，其中就有这样一个类比法，类比法在文学里面运用非常多。我也是"兴"了一下，我们接下来讲什么呢？是不是还要讲那五个文本呢？讲不讲《金瓶梅》？项老师你是来讲什么的？

项裕荣：这一期之后，我由于工作原因，不能参加南书房后续的讲座。不过关于古典文学，左老师提到陶渊明，让我想再次回到文学与文化的关系上来谈一谈，更想强调一下文学与阐释的关系。

以《桃花源记》为例，我们的初中教材会引导大家去关注其中的"反封建"意味。事实上，陶渊明的《搜神后记》记录了好几篇与此相类似的"入山神遇"的故事，如果把《桃花源记》放到《搜神后记》这部志怪小说集中来阅读的话，其批判当时社会的意味并不强烈。以这部书中"袁相根硕"的故事来看，这二人也是无意中走入一个世外桃源式的"草木皆香"的深山里，与两位妙龄少女同居了一段时光。尽管二人因为思乡又回到了尘世间，但他们最终成仙化去的事实，至少说明了神仙世界的存在。今天我们理解桃花源，强调它的"理想国"意味，强调这是农民们、平民们对于现实的不满，既是合乎情理的，也是合乎需要的。我的意思是说，古典文学的魅力，也依赖于人们对它们的阐释，阐释不同，呈现出的意义自然有别。所以，一部作品在古今不同的时代，会以不同的面目、不同的意义呈现出来。再以陶渊明为例，他在东晋时名气一般，不为时流所重。唐宋之后，崇拜者却越来越多。陶氏为人疏放，不拘礼法，甚至显得有些怪诞，据说朋友来他家里喝些浊酒，他醉后想要午睡时，便会直接请别人离开。这在今天看来也是件失礼的事。李白肯定是特欣赏陶式做派的，他的诗句"我醉欲眠卿且去，明朝有意抱琴来"，化用的就是陶潜的典故。我喝多了，兄弟不好意思，你先走吧，我要睡了。你要觉得咱们聊得还很开心，明天再来。"明朝有意抱琴来"，"抱琴"，但不一定要会弹，为什么呢？《晋书·陶潜传》说得明白，陶氏有一张琴，但是根本没有弦，朋友来聚会时，他一时兴起倒是会闭着眼睛幻想着弹一弹,"但识琴中趣,何劳弦上声",他其实也根本不会弹琴。陶渊明是这样的一种人。还是那句话,同样的人同样的诗,喜欢他的喜欢得不得了,不喜欢的,也对之评价不高。《晋书》中"隐逸类"传记将其列为近四十人中的最后一名,可见他当时的地位,与后世的评价确实有着天壤之别。

左老师刚才还说到了苏东坡,这也是一个用来讨论文学与文化关系的好人选。如果没有禅宗文化、道家文化对苏轼心灵的抚慰,这位大诗人只怕早就崩溃几回了,他贬官到过广东好几个地方,包括琼州,即今天的海南,真可谓"投荒万里"。偏偏也是这位东坡先生,最能安慰自己,他的诗句"菊花开时乃重阳,凉天佳月即中秋",豁达如此,随遇而安,了不起呀。至于他脍炙人口的那句"日啖荔枝三百颗,不辞长作岭南人",简直让人看不出是苦中作乐的味道了。总之,他的文学作品其实也是一种文化精神的呈现,既是对传统的禅宗、道家的一种凝聚,也成了后人眼中宋代文化的一种标识。

当然,一个时代的文化,不会是单层面,它们复杂得甚至会呈现出某种分裂的状态。宋代,一方面是士大夫文人陶醉在这个时代的物质文明或精英文化之中;另一方面像《水浒传》中所记录的,底层社会倒又可能充满着杀戮或戾气,他们对社会的认知又呈现出另一种面貌来。《水浒传》中好汉们眼里,连皇帝都不认的,江湖豪杰们只认得大哥,李逵等只认得宋江。且看李逵的口号是"杀去东京,夺了鸟位"。这是何等的决绝,何等的狂傲。说句趣话,也许宋时的朝廷还没有公关意识,至少未能在底层社会中把皇帝的形象打造得更为亲民、更为深入人心吧,这是他们宣传上的失败。

总之,文学与文化间的关系较为复杂,但文学始终是了解时代文化的最佳窗口。我们谈到的文学魅力,还指向作品后面的文化深度,甚至包括诗人的人格;当然,理解这些作品背后的含义,则又有赖于我们对它的阐释。可以采用"拿来主义",对之进行选择与解读,对于我们觉得无用的某些作品,则可以临时搁置着、悬置着。

最后想补充一点,古代文学在通俗化过程中的障碍之一,就是文字。当年刘大杰写《中国文学史》就承认,《庄子》散文确实美,但必须先把注解读通,知其大意,再通过反复诵读,才有可能体会到庄子散文的"汪洋恣肆"之美。至于说春秋时代的《尚书》,唐代的韩愈就称其读来佶屈聱牙。所以说古代文学,如果让人费解的典故用多了,至少会影响到它的传播广度。我就说到这里。

王绍培

左老师有新的故事吗?

左江:有一点点。我们三位都在讲中国古代文学,但什么是中国古代文学呢?刚刚我们讲得最多的是诗和词,然后提到了"文"——《庄子》《孟子》;提到了小说——《西游记》《金瓶梅》。中国有一个文体分类,抒情类的,有诗词歌赋等;叙事性的,有戏曲、小说等。小说通俗易懂,大家即使读得不多,至少也看过四大名著,对《金瓶梅》也会有所耳闻。但是曲这一块常常被忽略,所以我突然想为曲讲两句话。曲分散曲与戏曲,我这里主要说说散曲。提起元散曲,我们似乎只知道两首,一首是马致远的《天净沙·秋思》:"枯藤老树昏鸦,小桥流水人家……"一首是张养浩的《山坡羊·潼关怀古》:"……兴,百姓苦;亡,百姓苦。"散曲当然不仅仅只有这两首,王国维先生说过,"一代有一代之文学",元曲作为一个时代的代表文学形式,是非常重要的、有价值的。为什么我们对曲的接受度相对要小一些呢?我觉得这跟它的风格有关。我们对诗词之美已经形成了一种接受定式,觉得文学作品都应该像诗词一样,是含蓄蕴藉的,是朦胧迷离的,情感的表达是婉约优雅的,但是元曲不一样,它需要的是通俗易懂,明白如话,它的风格是泼辣爽利的,它的情感是大胆决绝的,我自己挺喜欢元曲这种不一样的风格与表述形式。元曲所传达的生活面也更为广泛,大家都知道关汉卿是戏曲大家,他写的散曲,有一首叫《从嫁媵婢》,说一个男子看上了一个丫鬟。丫鬟长什么样子呢?"髻鸦,脸霞",她乌发如云,面若桃花,可惜了要做一个陪嫁丫鬟。她"规模全是大人家,不在红娘下",她是大家闺秀的样子,不比红娘差。她"巧笑迎人,文谈回话，真如解语花"，这么好的女孩子，谁都喜欢她，可是啊，"若咱，得他，倒了葡萄架"。什么意思呢？我虽然想娶她，但是又怕夫人会吃醋。这样的情感这样的经历，又是如此地风趣幽默，在其他的文学作品特别是诗词中很少出现。刚刚王老师说我习惯性地往爱情上领，当然，我觉得爱情是非常美好的情感，并且比较容易沟通体会，从入门来说，这是比较容易读的一类文学作品。我其实不仅仅讲爱情，我以前按主题还讲解过唐宋诗词，包括春夏秋冬四季，风花雪月之景，爱情、亲情、友情，家事国事天下事，还包括衣食住行，比如喝酒、品茗等，刚刚王老师提到的我都曾经讲过那么一点点。讲诗词的时候，会觉得无论是情感表达还是意象选择、意境营造都需要含蓄蕴藉，但是曲就不一样了。比如马致远的《天净沙·秋思》，全是名词的排列，有特别苍茫寂寥的感觉。马致远的另一首《落梅风》写恋人闹别扭，他是这么写的，"心间事说与他"，明白如话，说我将心里的事都告诉她了，我想这首曲子是以男性的口吻写的，但是她呢，"动不动早言两罢"，我把心里话都告诉她了，说：我喜欢你，我爱你，我想跟你在一起，但是她动不动就跟我说：我们两个分手吧，"罢字儿碜可可你道是耍"，你总是说我们分手吧，听得我心里面瘆得慌，你以为分手是说着玩的吗？"我心里怕那不怕？"你这么说我心里怕不怕呀？这就是元曲，情感的表达直截了当，而这种恋人闹别扭吵架的情感倾诉在其他文体里面还是比较少见的，所以我觉得作为古代文学很重要的一块，我们也可以稍微接触一点散曲。它的通俗易懂、明白如话，以及表达情感的直截了当有着独特的魅力，将它跟诗词对照着来读，它别具一格的美感也会给我们带来不一样的享受，所以我在这里顺便给大家推荐一下曲。好，谢谢。

项裕荣：我也做一点普及的工作，鼓吹下元曲，元曲在口语的表现上确实非常鲜活。记得游国恩《中国文学史》中曾介绍过两支曲子的区别，曲名都叫《干荷叶》。民间曲子是："干荷叶，水上浮，渐渐浮将去，跟将你去，随将去。"这里是把干荷叶比作一个男子，尾随一个女子。女的回首时问："当家里有媳妇？"想来是被尾随了半天，这才问的，你有没有结婚？"问着时不言语"。这支曲子，描写的是古代市井中较为常见的事。没有了恋爱资格的已婚男子，偏要去追随美丽女子，被人追问与抢白了一句后，讨了个大没趣。曲中之事，男子还不算变态，适可而止。曲子风趣，简短，讽刺意味明显。

元代作家刘秉忠改编的《干荷叶》，味道就完全不一样了，诸位试看："干荷叶，色苍苍，老柄风摇荡，减了清香，越添黄，都因昨夜一场霜，寂寞在，秋江上。"多么简约，多么委婉，点到为止。但词人的那种孤芳自赏、那种豁达自然、那种难言的无奈等情绪，都百味杂陈地"赋比兴"了出来，很微妙，很诗意。细细一听，我们会发现元曲的韵脚很密，几乎每句的句尾都在韵上回荡，便有了一种爽利之美。当然，刘秉忠的曲已经有点词化了，像词，也像诗。比较着读来，民间曲子与文人曲子之间文学趣味的区别，非常明显。

王绍培

曲应该是可以唱的，左老师能不能唱一下？可能曲是更能唱的，韵脚那么密，方便唱起来。有一个感觉就是，一个时代有一个时代文学的样式，如果我们把最古老的文学样式找出来，然后把它的脉络捋一捋，你就会发现文学的发展有一个每况愈下的趋势，最早像《诗经》里面的风雅颂，"颂"其实是最高级的，颂是圣诗，是祭祀的时候是要向天地、向神、向超越性的存在来表达我们的意愿、我们的想法的，所以它很难，它只有很少很少的人能够明白，因此它的地位也是很高的、最重要的；"雅"则属于有文化修养的人，比如有些贵族和达官贵人他们是掌握了这种文化能力的人，他们写的诗是"雅"；"风"就是老百姓的，但是那个时候"风"的水准都是很高的。"风雅颂"，"颂"最先亡掉了，"雅"会留下来；然后"雅"也是慢慢地在亡掉，"风"会留下来。大家看我们整个的文学发展史就是这样的，唐诗就比较难为一些，需要很高深的文学修养，宋词当然也很难，相对来讲，好像有一点点下降的趋势，到了元曲，更加下降，为什么那么明白如话呢？就是因为参与这种文学活动的人变得越来越多了，所以它的要求和规范相对来说会放松一点。再比如到后来的小品，其实小品的格调不差；还有小说，小说更是一般的老百姓都能接触的。说我们现在一个时代有一个时代的文学，像我们现时代的文学是什么呢？有人说是段子，这段子就完全不需要文化了，需要有一点记忆力与幽默感就好，只要你能够把幽默的意味传达出来。这文学真的是有一种每况愈下的趋势，像是过去还有人去读读什么卡夫卡等，现在读这些的人可能很少，现在多数人都看电视，电视也是我们现在文学一个很重要的表现形式，电视节目非常多，但是水准相对来说却比较差，肯定跟诗词歌赋那些东西没法比。我们现在也有我们现在的词和曲，歌曲比如说"你是我的小苹果"，大家觉得这个有文学含量吗？基本上没有，但是它朗朗上口，因为它特简单，所以它就特别容易在大家的脑海里挥之不去，很容易就被这种东西给同化了。所以文学是这样的，文学就像王小波所说的"三真"原理一样的，它是一个越来越没有秩序的、越来越走向混乱的过程，总体来说，文学有这样一个趋势，但人是反殇的，人是地球上反殇的存在，人要赋予混乱的东西以秩序，要让下降的东西上升，要逆转不断的趋向下流的一种趋势，这是人应该做的事情。当然不是每一个人需要做的，是部分人，比如像大学里面的老师，他们就要做这种事情，告诉大家，古典文学是很美的，你们要知道这种高雅的、高级的东西是很美的，虽然我们很容易变得越来越下流，但是我们一定要争取上流，文学的一个作用就跟这个有关系。包括南书房夜话，搞一些这么高大上的活动，也是要反殇，就是要逆转这种不断下降的文化趋势，要让高雅的文化跟我们每个人心中不断下降的下流的文学趋势相抗衡。我觉得这个是我们要聆听古代文学讲座的一个非常重要的原因。我们再即兴发挥一下。左老师。

左江：被王老师这么高度地提升了一下，我就不知道说什么了。项老师你先说。

项裕荣：我就接着王老师的话吧。德国哲学家黑格尔对人类社会的发展有一种判断：文学只是人类思维较为低级的阶段，人类将来会普遍上升到哲学层面来思考问题。他的预判有些意思，比如我在做文学研究时，确实会对比较抽象的东西越来越感兴趣，甚至想专门去做古代思想的演变史研究。这或许是文科研究者共同的一种倾向吧，向某种高度攀登嘛。

但这是不是说，哲学一定就比文学更高明呢？哲学与思想的研究更为高级呢？难讲。至少王国维先生不是这样理解的。大家有兴趣的可以去翻一下王国维先生的《红楼梦评论》。应该说，普通的群众，受制于知识、精力，他们所欣赏的文学作品，在趣味上确实与文人士大夫有区别。而我们所说的，从唐诗宋词到元曲，再到戏曲和小说，若仅就从文字来说，确实也有越发通俗的迹象。但通俗就一定不好吗？明末的冯梦龙曾有过这种感慨，他说虽然世间《孝经》《论语》多得是，但谁看呢？从影响力来说，无法与当时的通俗小说相比。再比如说冯小刚拍电影，他不是拍不出文艺片，但是市场的因素决定了他只能靠贺岁片赚钱。文学或是电影，受到的制约因素都很复杂，不仅仅是通不通俗的问题、通俗到什么程度的问题。这一点，我们不去展开。

王老师提出来的是一个比较大的，但又不好解决的问题，文学能不能通俗化？但我在想，文学肯定是不能太高雅。以《金瓶梅》为例，它算不算高雅之书？有人甚至说它是淫书。而学者们的研究结论，则恰好相反，它可能是古代小说中最为深刻的一部书。在中国古代最有现代意味的也许就两部小说，一部是《金瓶梅》，一部是《红楼梦》；而没有《金瓶梅》，《红楼梦》它也产生不了。再说，一部作品所谓的深刻，有时需要的是人们阐释的深度，需要的是有深度的读者。通俗文学需要你去批判，而阐释或批判的时候，就很需要读者有抽象的能力，需要哲学的指导了。但文学作品本身，则往往还是能雅俗共赏、上下互通的最佳，它不能只是哲学意味的、抽象的表达嘛。这才是文学的魅力。

以现代的歌词来说，好作品也不缺乏。可能就在摇滚乐里，比如说崔健或是 Beyond 的歌词里，又或者说由周杰伦演唱的方文山作词的词，这些中国风的东西，刚好有雅俗共赏的意味在里面。这里有些作品，似乎还有古代文学复苏的意味。这些，是不是说明我们的民众欣赏品位起了变化，人民素质有了提高呢？另外，我们知道台湾民众更为喜欢我国的传统戏曲，王力宏的歌《在梅边》就直接采用了昆曲腔调。大家知道青春版的《牡丹亭》吗？我国明清时代比较高雅的戏曲腔调与演唱方式就叫昆曲，是以江苏地区的唱腔为主创造出来的。台湾的白先勇先生制造、导演出的青春版《牡丹亭》，就是用昆曲演唱的。白先生说过，汤显祖所写的唱词，那是一个字也不敢改动的。据说这个版本的《牡丹亭》在全国各地巡演，尤其是在一些著名的大学里取得了轰动的效应。所以我想传统的小说、戏曲，大家再去喜欢它们，发掘出它们的美时，也有可能在一时一地成为一种新的趋势。当然这也需要政府去推动。总之，我想人们也许能够感受得到，随着人们时间的充裕、文化消费欲望的提升，包括文化素质的提升，我想古典的东西能够更好地发挥出它的魅力来。这是我们的真诚期盼。

一句话，美好的东西，总能被人们所认知。文学在美这个方面的意义与作用，是哲学替代不了的。

王绍培

刚才说到昆曲，现在由年轻人在唱，但是有一个香港的学者郑培凯，郑培凯也到我们后院读书会来讲过，他说昆曲如果是老太太演，你这辈子一定要看，国宝、顶级的艺术，非常精彩。他说你要是不看，错过了的话，后面没有机会了，而且他们那些表演跟年轻人的表演完全不一样。他推崇备至，当然也点了一下名字，说谁谁谁，老太太，70岁，都演一些小女孩。他们其实来深圳也演过，但是很多人不认识。人家把少女的情怀演得惟妙惟肖。就是因为郑培凯说这种都是国宝级的表演，你要是不看的话，这辈子就错过了，于是我们就赶紧去看了两眼，觉得还真是看不懂。（笑声）我觉得今天文学这个话题的参与性应该比较强，最后我们有一个交流，下面你们有些什么问题、有什么想法，比如刚才听了之后有没有听懂，有没有发现中国文学的魅力在哪里？这个问题终于有了一个答案，我觉得交流是一个蛮好玩的问题。胡老师？

胡老师：我们读一些古代文学常常不限于文字上的魅力，它那种朴实、那种豁达、那种流畅，人本性的一些东西体会到更多，但是现在文学有时候人性当中最本质的、最原始的那些情感感觉比较少，有一点绕来绕去，或许现代人生活复杂，亦或现在社会的因素就不让人去直接的抒发？因为我觉得对比现代文学，古代文学的魅力到底都有什么，我就特想过来听听诸位的更高一点统领性的介绍。就古代文学那种心情的剔透怎样能够在我们当今、当下的生活去得到一种相通或者传承和延伸？文字是肯定要变的，可是那种最内核的一些东西我们今天怎样把握它？

项裕荣：我试着作一些应答，但未必是清晰的答案。我觉得古典文学是一个复杂的混合体，不可能篇篇是经典，泥沙俱下也很有可能。乾隆皇帝所写的几万首诗，就只能理解为印书的人太有钱了。当然，古典文学有漫长的几千年的积累，而今天的学者，包括古人，其实都在一直做着一项工作呢，即各种文学选本的编订。全唐诗你读不过来，清代就产生了《唐诗三百首》的选本呀。大家熟悉的《文选》也是此类工作的代表嘛。今天本科高校采用的文学史和文学作品选，其实也是同样工作的成品。我们古典文学因为积累比较丰厚，其中自然不乏有单纯的、明快的，触及人们心灵的优秀作品，自然地被拣选、流传了下来。至于今天的作品想要经典化，至少还需要一个积淀，包括时间的积淀、作家个人的沉潜。金庸不是在修改他的作品吗？好的作品，传世的作品，总是罕见的。汤显祖作《临川四梦》，流芳百世的、民众喜欢的怕也只有《牡丹亭》吧？唱词自然是汤显祖的功劳，而故事情节还要感谢民间传说的滋养呢。所以我想，古人写出一部好的作品，需要的甚至是时代的积淀、思想的准备，这一点我的老师徐朔方先生曾专门针对《牡丹亭》的诞生讨论过相关话题，这些也不作展开。另外，古典文学的精粹所在，也是后人不断地挖掘，捋出一条线索后，在被后人所普遍接受时，才较为完整地呈现出某个面貌来。这些当然也是文学史家的使命。至于今天的文学，他们的精品还有待时间的检验，我们对之也要保持足够的耐心与信心。

听众：我们也是想提问，但是由于境界还没有达到那么高，看两位老师都是随口就可以引用很多经典，我们达不到那个水准，所以我想问左老师，她就很有气质，我看了她的照片，她照得很好，包括她在台上的时候，一笑起来少女的那种，脸红扑扑的——项老师我听过他的几堂课，而且他会讲一下他每天读了什么书——就是左江老师，我就想了解一下，您作为一个女性，怎样能培养自己的气质，是因为您读了很多书由内而外的吗？还是因为您爱情的滋润？因为您经常讲到爱情，就看到您像个美少女一样？您怎样能够达到自己内心的愉悦表现出来的外在的美和气质，这是我们所想知道的。

左江：谢谢，我都有点害羞了。我想就是多读书吧，所谓"腹有诗书气自华"。实际上也不一定，我曾经跟我的朋友开玩笑说："我以后会越来越优雅，气质越来越好。"然后我的朋友狠狠地打击了我，他说"不会的"。为什么呢？"因为你看的都是世俗小说，明清小说，你会变得越来越世俗。"这其实回到了刚刚王老师所说的文体分类的问题，在中国古代文学研究传统里面，的确有文类高下之别的想法，文、赋是第一等的，诗、词是第二等的，到了曲和小说就已经不入流了，所以以前有些老先生，他们是不肯教宋以后的文学史的，觉得那不是学问。我的专业不完全是戏曲小说，只是因为比较喜欢看戏曲小说，所以会上一点课进行一点解读。我觉得世俗小说所反映的世俗人生，对人性的剖析比较准确精细，这种准确会帮助一位普通读者对人性有更多的了解。当对社会、对人性有较多了解以后，你会对人世间的事情保持警惕，因为人的欲望是无止境的，而世间的诱惑同样是无止境的，对此保持警惕，与功名利禄等保持一个相对的距离，我会觉得，这样的生活状态会比较好，能达到像许渊冲老先生所说的那种"自己乐趣自己"的境界。我想，这也许能帮助我们保持一种相对宁静的状态，稍稍可以提升个人的气质。

王绍培

左老师以她自身的形象和气质给学中文做了一个广告，想长得像左老师这样吗？想拥有左老师这样的气质吗？请学中文，请报考中文。我们原来有一个朋友，经常来参加我们的活动，写小说的，薛忆沩，可能有些人知道，他姐姐的小孩在英国读书，成绩非常好，好的程度是那个学校史无前例的，从来没有他那么好过的人，就有人问他说，你将来学什么专业，因为薛忆沩的姐姐是银行的高管，大家就以为这个小孩一定会去读金融或者经济，就像中国这些比较庸俗的家长所想象的那样，但是他不是，他说他要去学文学。在英国贵族这种世家，他们才优先会选择文史哲，否则学了也没有用的，找不到工作的，就要学；学了没有用找不到工作，也是因为家里面还是有点钱的，即使后来没有钱了，他们的价值观也调整了，因为他们家里的历史那种荣耀足以弥补他混得不好——没关系，他们曾经好过，我现在混得不好没有关系，祖上是很富有的。这不像农民出身的人，从来没有富有过，必须要富有一把，后面才可以说，我不挣钱也行。左老师也是先知先觉的发现自由很宝贵，一个人自由的时候，显得就很年轻。还有谁有问题？

项裕荣：我先来续说下"优雅"。左老师是江苏人，一般认为，江苏和浙江算是中国最有文化的省份，左老师确实让人有种小家碧玉的感觉。我想，人的优雅是在小时候涵养出来的，跟这个家庭有关。比如诗人李白的自由与豪纵的个性，与他是位巨富子弟的身份有着极大的关联。他在社会上游历时，我们没见他干过一份正经营生，据他自己说，他还曾为了接济一些落魄公子，一年就散金三十余万。何等的气魄！今天的我们，想要普遍地谈及优雅这个话题，多少还有些奢侈。我们的目标，中央文件前些年就曾经说得很清楚嘛，即民众希望活得有尊严。坦白来讲，从我能够观察到的身边的学者包括教授们来说，气质方面，如果出身于农村的话，有几个方面似乎一直难以改变。第一就是穿着上给人的感觉，似乎怎么也时髦不起来，第二就是脸上那种曾经的憔悴，总能时不时地浮现出来。说得夸张点儿，即便是博导，农村出来的就是农村出来的，城里出来的就是城里出来的，积习难改嘛。所以我们同事间开玩笑说，我们必须把下一代，把孩子们培养得更为优雅、更为从容一点。当然，这已经不再是文学这个层面的话题了，而应该是一个复杂的社会系统的调整，是一个生态环境的与国民素质的全面提升这个宏大话题了。

我现在有个女儿3岁不到，我给她取个名字，叫"项意闲"，"意"就是随意的"意"，"闲"就是闲着没事的"闲"，没有"女"字旁呃。我就希望她自由自在地从容地长大，不要像她老爸这样，一辈子都紧紧张张。总之我想坦承的是，我没有左老师这么好的心态，社会的阴暗面我们不能视而不见。除了读书的快乐之外，课堂上批判社会对我个人来说，也是一种有意味的抒发。文学可以促成人的优雅，也可能在批判社会的功能上，导致读者的忧患或焦虑。这两个方面，似乎有着天然的矛盾。

我说这些是自己的真实感想，供大家参考。

王绍培

左老师有没有补充的？

左江：有一点点，因为我也是农村出来的。

王绍培

所以还是要靠知识改变命运，不一定靠出身。后面还有谁要提问？

听众：关于个人的人生经历和对诗词的体悟，有一句话叫"中年心事浓如酒，少女情怀总是诗"，意思好像是说，人在年轻的时候，很小的时候，很可能有很多心事，就会像诗一样很美丽很浪漫，比如像左老师引用的爱情。但是我通过接触一些古典文学之后，发现尤其是当我经历了一些东西之后才慢慢地明白了一些，比如像我高中的时候，读《郑伯克段于鄢》其中有一句叫"多行不义必自毙，子姑待之"，当时在高中的时候读这句话没有什么感觉，后来慢慢读其他文学作品的时候，比如读《红楼梦》的时候，像王熙凤借剑杀人，对付尤二姐那段，慢慢感觉到刚好就是《郑伯克段于鄢》

的"多行不义必自毙，子姑待之"，相当于放长线钓大鱼的感觉。慢慢地通过很多东西稍微读了一点之后，再就能理解，我想问一下老师，关于人生经历和对诗词的领悟。

左江：一个人的人生经历跟对诗词的领悟肯定是有关系的。前面讲到，读一首诗词，如果能了解作者的生平，就可能对诗词有更多体会；同样，读一首诗词，如果跟自己的人生经历相关，感受也会不一样。比如说，诗词中爱情这一主题，从一开始的相遇，到相恋，到约会，到离别相思，到最后是什么呢？悼亡。如果没有见识或经历过死亡，如何能感受苏轼《江城子》中的"十年生死两茫茫，不思量，自难忘"？我们还经常说，"行万里路，读万卷书"，我讲解诗词的另一主题是"春天"，讲春天肯定要从冰雪初融开始，生于深圳长于深圳的人、从未离开过深圳的人是否能理解朱翌《点绛唇》中所描写的一边"流水泠泠"，一边"雪花飞下"，一边还有"风吹平野，一点香随马"的景象？如在北方生活过的人，就能真切体会这种奇特景象的交融。我觉得个人的一些体验，多去一些地方，多交往一些人，对阅读文学作品会有一些帮助，当然不仅仅是诗词，还包括戏曲、小说等。

王绍培

左老师的话让我想起，有一年我们驱车到新疆旅游，到了戈壁，就看到了大漠孤烟直，看到了龙卷风，过去老以为"大漠孤烟直，长河落日圆"，孤烟以为是烧的烟，其实可能就是龙卷风。龙卷风非常多，比比皆是，大的龙卷风很大，还有很小的龙卷风，多么小的龙卷风呢？像钢笔大的龙卷风，一点点在你面前啪地竖起来了马上就没有了。很多这样小的龙卷风，各种各样的龙卷风，大漠孤烟直的感觉一定是要见到了之后才会有。可能写的是边塞的风景，这个就是龙卷风，而不是什么人燃烧的一堆柴火之类的，而且烧的那个烟是会飘的，龙卷风才是很直的，而且在大漠上，也没有什么人烟，为什么会有孤烟呢？所以说，应该就是指龙卷风，这个是生活的阅历可以帮助你加深对某些文学，包括诗词的理解。但是还有另一方面，其实有的时候人是因为简单的，他的理解深刻，他的阅读太丰富了之后，就会变得很肤浅，因为他疲于奔命地去经历很多很多的事情，然后没有消化。像现在写小说的阿城，他后来就回忆，为什么我们这一代人有的时候会显得很厉害，事实上也很厉害，就是因为当年当知青的时候，生活很寂寞，在田头不停的劳作的时候，又没有书看，那干什么呢？那就想象，就思考，想得非常多，每天什么也见不着，可以说没有什么阅历，因为每天生活都是很单调的，就因为这样，结果他们的内心世界变得非常的锋利，反而很有创造力。而我们现在的人经历实在是太丰富了，一个小孩三岁、两岁时就已经被他妈领到全世界去周游列国了，经历非常丰富，这种小孩将来起码很难在文学上有作为，在自然上很难有创造性。罗素说教育小孩一个很重要的秘诀就是让这个小孩在寂寞的环境当中成长，因为所有的创造性的工作都要耐得住寂寞，否则老是浮躁、沉不住气，想到这个地方旅游，那个地方吃好吃的，那这一辈子就交代了，当然如果爸爸有钱则是另外一回事。如果你想做一点工作、做一点事情的话，像春树，生活多寂寞，经常不见人，没有饭局，除了跑步就是写作，很多人都是这样的。罗素讲说家庭教育、教育小孩切忌不要让这个小孩见太多五颜六色的东西，见多了这个小孩就毁掉了，他很难再安于寂寞。当然所有的事情都有例外，在钱锺书身上，正因为有例外，所以有魅力。还有什么问题？

听众：三位老师好，刚才听了一番，我就从最开始想到前阵子很热的中国诗词大会，董卿红了一把，我记得有一个选手形容董卿说她是诗词为心，用这样的话来形容她，刚才几位说了"腹有诗书气自华"这样一句话，但我觉得好像也不尽然，比如董卿我们现在看是内外兼修、秀外慧中的一个人，而想想刚才项老师说的方文山，见过他的人会觉得他看起来是蛮猥琐的样子；再比如说金庸和古龙，见过他们的形象，金庸确实是有一种大家风范，古龙的样子看过照片就会觉得很不怎么样。像这种偏差，这些人应该都算有才华，方文山我不怎么认同，我觉得方文山写的东西没有很好，其实金庸长得也不好看，可他有那种气质在。刚才王老师说中国文学从古到今是逐渐在衰退，但是诗词从唐到宋到清之后没有什么很杰出。举另外一个例子，小说，从唐的传奇开始，《红楼梦》现在大家公认是中国古代小说的高峰，刚才左老师说的，人性的东西在《红楼梦》这部小说里面是发掘得最多的、层次最丰富的，这种反差，各位老师怎么看？

王绍培

你说我们现在这个文学样式可能是电视、影视，也有高峰，因为过去连影视都没有，但是从文化的含量，从赋比兴，文学最后有一个很重要的东西，就是产生一个超越性的能量，让你进入一个比较超越性的境界，就这个方面来讲，可能古代的比较远古的，可会更强一些，因为现代这些东西更加大众化，更加适应老百姓的需要，所以它的超越性的能力可能要下降一些。但是这只是一个方面，就只是说有这么一个整体的趋势，凡事都有例外，所有的话里面都有例外，也有很好的，比如写律诗，写出新意的，像毛泽东，他能够把七言写得有一种创造性，一般的老干体反正都是顺口溜，大致上符合形式，甚至于说不符合形式，但确有人能够写得登峰造极，甚至于说压倒古人，也是有可能的，但是这只是一个很小的例外。我们讲的东西只是一般而言之，你要是较真说我就抓住这一点说你的说法是不对的，也是成立的，也是不成立的。

项裕荣：我跟王老师的意见是不太一致，王老师对于文体似乎有点儿成见，当然这种成见不是王老师本人的，而是一直以来我国文学史上的文体等级制，或者说是传统的分类所导致的。"经史子集"嘛，经排在第一。文学方面，先是诗文，再往下才是小说戏曲。但由于《红楼梦》的出现，在很大程度上就颠覆了或者说否定了这种传统观念。这部小说的横空出世，它其中所蕴含的文化与文学的含量与精彩的程度，是我国古代任何一部单个作品，都无法与之抗衡或值得拿来比较的。当然诸如《史记》之类特例，我们得排除，何况《史记》也非纯文学作品。回到小说《红楼梦》，这是一个作家花费十几年反复修改，将其精神血肉灌注其中后，形成的伟大作品。这个作品的含金量，在今天很难有作家能望其项背。当然，路遥先生也许值得拿来作一作比较，路遥倾尽心血创作出的小说《平凡的世界》，创作完了之后，他自己都感觉到了自我生命的枯萎。总之，当小说这种文体已经成为作家以全部身心来创作的文学样式时，我们如果还按照文体的分类，去谈论文体的等级，就似乎显得有些执拗，且不近情理了。《红楼梦》的诞生意味着小说已经成为刻画人类心灵史的最为主要的文体样式了。

当然，近人中也还有能把古体诗写得极好的，比如说陈寅恪，但这些诗歌的受众面肯定很小。陈寅恪的格律诗，普通人是无法鉴赏的，我们有时要借助余英时这样的大师去给陈先生的诗歌作注，才能够体悟到原作的精深细微之处。

所以，在文体的理解方面，在雅俗关系的理解上，我与王老师有些看法上的不同。

听众：我想补充问一个问题，王老师刚才提到律诗，老干体，我就想问一下，如果王老师对律诗这块，如果想传承下去、发扬下去，您觉得像现在很多把格律看得很重要的，这样的做法可不可行？再进一步说，现在很多人愿意写效仿古代文学的东西，但如果老是持着这种古代文学、传统文学每况愈下，再怎么写也比不上古人的观点，是不是不利于古代文学的传播和继承？

王绍培

这是一个很重要的提醒，你可能写的不及古人，比如是不是要遵循格律，当然能遵循是最好的，但你要是万一遵循不了也没有关系，因为有例外。比如唐诗里面排第一名的，反而格律上是不符合的，只要意境很好，意思很好，很有创意，也是可以的。但他不是不懂才不符合，他是有太好的东西要表达，他可以不符合，你要是写律诗的话，你最好是能够懂它的格律，懂它的形式上的要求，但是这个东西，说起来形式上的东西是次要的，只是一个技术，真正比较难的是要表达一种真情实感，有你真实的、当下感受的东西，这个是比较难的。因为你一旦写那种古体诗，很容易就被过去的记忆所替代了，很容易进入它的那个路数里面去，所以可能只有极少数人，比如刚才项老师说的陈寅恪，他们这些人可能能写出一些自己独特的感受出来。我看钱锺书的居怀思忖，他有很多东西是有他自己的感受的，因为他有一个很重要的优势，就是他的学养足够丰富，他的理论功底太丰厚了，所以他的有些感觉是过去的人没有的，他很微妙，也很有创意，这种人少之又少。除非你能写到这样一个地步，那么就可以称我是一个会写古体诗的人，才可以扬扬得意一下。很多人只是形式上很像，会堆砌很多别人不认识的字和词，然后就扬扬得意，称自己是写得最好的，但是要真正把我们活生生的人的历史，在当下情境当中的体验表达出来，这个还是不容易的，当然我们最好有现代的更加方便的一种表现形式。关于这样是不是不利于我们学习古典文学，是要看怎么看，有的时候是千奇百怪，正因为好像这样不太容易，反而大家很愿意去接近他，但是每个时代有每个时代最流行的、最有创造性的文体出来，而且确实是这样的，如果我要在格律诗上跟古人较劲，是很难较劲的。现在写小说，要是说跟那些经典的小说家、欧洲的那些经典小说家，要跟他们去PK，也很难赢他们的，所以每个时代你只能在一个相对来说比较薄的板子那个地方去钻一个眼，比较容易成功，厚的地方一个是被人家已经钻得千疮百孔了，而且你也很难找到地方再下钻，所以就算了吧，的确太难了。

听众：请三位老师分享一下你们心中最最喜欢的古代文学的作品是什么？

项裕荣：就我个人来说，随着时间的推移，所谓的最喜欢会发生变化。当年读研究生的时候，我最喜欢屈原的《离骚》，不仅可以大段地背诵，更重要的可能与爱国情怀有关，似乎血管中就一直澎湃着、激动着类似的情绪。今天反倒觉得很难回答这个问题……我倒愿意推荐《水浒传》，虽然我的学生，尤其是女生们似乎都不太喜欢这个作品。我个人喜欢《红楼梦》，但是《红楼梦》读完后，当年感觉比较忧伤。原本不细腻的我，读多了古典文学会变得心思细腻，内心痛苦，看到什么春花秋月，就敏感得可以触景伤情起来。我发觉这或许不是一件好事。少年的时候，我怎样调整读《红楼梦》后的伤感呢？读《水浒传》！每当我读到书中那些"来几坛酒，剁两斤熟牛肉"之类的好汉行径时，心里就莫名地会明快起来。似乎书中的文字确实会熏染到我们的内心，相信大家也有过类似的感受。总之，《水浒传》可以让我的心灵变得粗糙一些，换句美好的话说，即此书可以让读者的胸襟变得阔大。总之，我忽然发觉粗糙一点儿也是一种生活的态度。太细腻了也许容易受伤害。说得有些拉杂了。总之，何谓"最喜欢"，我只有一个模糊的应答。

左江：这个问题我觉得好像也没有办法回答，一样的，不同的时间、不同的年龄段，你喜欢的作品是不一样的，喜欢的风格也是不一样的，甚至连你喜欢的作家都可能不一样。年轻的时候，肯定喜欢诗词多一点点，现在可能比较喜欢戏曲和小说。最近我在做的事情就是《金瓶梅》和《聊斋》，你问我最喜欢什么，我只能说我最近在做什么，做完了《金瓶梅》然后做《聊斋》，《聊斋》以后做什么，我暂时还没有想清楚。

王绍培

其实这个问题背后隐含着一个文学评判的价值标准的问题，我们可不可以有一套价值体系，把所有的作家、所有的文学作品分一分类，谁是排第一个阵营的，谁是第二个，谁是第三个，是这样一个问题。有一句话说，文无第一，武无第二，也有在文学史上确实排出了高下的，像英国BBC，或者是哪里，他们经常会排现代小说前100名是哪些，在中国可能也有类似的排名，像陶渊明、屈原、李白、曹雪芹都排在第一阵营里面，这是一种排法。像张中行，有他的一个排行榜，他心目中的十大，他是把文艺、文学加在一起排，排第一名的他认为最厉害的是莫扎特，因为莫扎特在年纪很小的时候就写出了那么杰出的音乐作品，这种才华就是天分、天才，没有办法，这是他心目中认为最厉害的。他排第二名的是谁呢？苏东坡。苏东坡这个人就单项而论可能不是最强的，但是各项加在一起，书法、诗、词、文章、生活方式和各个领域的创造性，以及他的情商，加在一起排，苏东坡这种人是最生龙活虎的，最有魅力的人。这是张中行心目中一个中、一个外，外国人是莫扎特，中国人是苏东坡。像林语堂就很喜欢苏东坡，写过《苏东坡传》，林语堂本人也是一个很有意思的人，每个人其实还是有他的偏好的，我们现在可能说的时候，因为我们这些人都很贪心，现在摆了十个美女，选哪个比较好？你最想说的是十个都想要，但是又只能选一个，就有点困难了。其实要用大数据来统计的话，可能还是能够找出这个人的偏好来，这个就要回顾我们既往的阅读史，哪些书是被你经常拿出来翻一翻的，哪些书你除了跟别人讲说那个人很厉害，但你其实从来不看它，你之所以说它很厉害，是因为这个说法比较正直正确，其实你可能最喜欢看的是比较下流的、比较低级的东西，像黄色小说，经常看，好的东西基本上不看，但是说的时候不这么说，所以我经常看张岱的《西湖梦寻》，其实你从来也不太看它。过去有一个叫孙振华的，他说过，人其实有恶趣味的，就是知道这个东西不好，知道这个东西浪费时间，知道这个东西没什么价值，但偏偏就是爱不释手。好的东西基本上不碰，就放在那儿。所以说，要是有一个人不知鬼不觉的大数据在那儿统计你每天所有的行为，累计下来你就知道，原来你喜欢的就是它呀，这个比较真实。

听众： 请教左老师，怎样去正面向别人推广《金瓶梅》？还有，《金瓶梅》什么时候开始讲，我到时候再过来听听。

左江： 3月18日开始，到那时候再好好跟你推荐一下这本书，因为今天时间也差不多了。

王绍培
今天的南书房夜话到此结束，谢谢两位老师，谢谢各位观众。

南书房夜话第五十二期
《金瓶梅》人物谈（一）
——潘金莲的"淫"与"毒"

嘉宾：左　江　刘　伟　周　萌（兼主持）
时间：2017年3月18日　19：00—21：00

周萌

各位古代文学爱好者，大家晚上好。欢迎来到今天晚上的沙龙现场，我们今天聊的主题是《金瓶梅》的人物形象，我首先介绍一下嘉宾，我们有幸请到了深圳大学人文学院中文系的左江教授。左教授主要研究域外汉籍，同时对中国古典小说也有深入研究，《金瓶梅》正是她近些年重要的研究领域，待会儿我们就能听到左教授非常精彩的演讲。另一位是深圳大学古典文献学专业的研究生刘伟同学。我叫周萌，也是深圳大学人文学院中文系的老师。今天我们的主题是《金瓶梅》这本书，我想先做一个小小的调查，在座的诸位，有谁真正完整地读过这本书吗？请举手。（一个都没有。）这是一个很有意思的现象，因为说到《金瓶梅》，可以说是妇孺皆知，但只要说到看这本书，许多人的眼神总有点诡异。在座诸位都是古代文学爱好者，竟然都没有完整地读过这本书，可见《金瓶梅》的确是一个看似熟悉而实际相当陌生的话题。在正式开始之前，我还想再问问大家，提到"金瓶梅"三个字，你们脑海里首先会浮现出什么印象呢？不妨凭直觉告诉我。（这是一本淫书，对吗？）对于在座观众的反应，我想问问刘伟，你作为年轻人，站在"90后"的角度，在你的印象中，这是一本什么样的书？

刘伟：作为明代四大奇书之一的《金瓶梅》，自成书以来就被历代统治者列为禁书，因此也产生了诸多神秘学案，诸如作者、成书具体时间，等等。《金瓶梅》一书之所以被列为禁书，主要是在大多数人眼里它是一部淫书，即使在当代，我们对它的评价或者说态度还褒贬不一，仍以批判为主流。来这里之前我做了一个比较简单的问卷调查，据统计，有140多位同学浏览过问卷，但愿意参与进来的只有45位。第一道题，《金瓶梅》一书在您心中有着怎样的地位？选项如下：A：淫书；B：道书（道德教化）；C：奇书（小说）；D：其他。绝大多数同学选择的是一部奇书，有2位同学认为它是一部淫书，剩下的同学有选择道书的，亦有选择其他的。由此可见，《金瓶梅》一书即使是在当下，我们对它的认识还是模糊不清的。左老师，您对《金瓶梅》一书有着怎样的认识与理解呢？

左江：谢谢南书房让我来这里谈这样一个看起来稍微有点敏感的话题。从周老师、刘伟同学以及各位听众的反应来看，大家似乎觉得这是一部淫书的成分多一点。周老师说我是在做《金瓶梅》的研究，我可不敢这么自称，我只是因为有兴趣，所以做一点解读的工作。这就涉及一个动机问题了，我为什么要做这件事？刚刚周老师问你们有没有读过完整的《金瓶梅》，我知道你们的答案基本是没有。我作为中文系的学生，本科、硕士、博士都学的中文，但一直到博士期间去日本留学才第一次接触到绣像版足本《金瓶梅》。后来，我做老师主讲元明清文学，越来越觉得世人对《金瓶梅》的偏见误解太多。《金瓶梅》刻画人性的细腻程度超越它之前的所有中国古代文学作品，其价值也不亚于《红楼梦》，所以我就想：我是不是可以好好地来跟大家讲一讲这本书呢？最终我选择了文本细读的方式，只有细致的分析才能够理解这本书对人性的把握、了解精确到什么样的程度，也才能理解其价值所在、成就所在。今天，我就借潘金莲这个人物来跟大家一起探讨一下这个问题。周老师，你印象中的潘金莲是什么样的人？

周萌：一说到潘金莲，大家想到的，包括电视剧所表现出来的，那肯定是一个荡妇的形象。

左江：刘伟呢？你的调查里面潘金莲是一个什么样的人？

刘伟：对此，我专门设置了两道题：第一题，你认为潘金莲是一个怎样的人？大多数男性同学回答道："潘金莲不就是一个淫妇吗？"还有两个同学就用一个"浪"字来概括。第二题，你是通过什么渠道或者途径获悉潘金莲的？选择项有A：影视资源；B：原著；C：道听途说；D：其他。大多数人选择了影视资源。随后一位同学反问道：难道说《水浒传》中的潘金莲不是最初的潘金莲吗？老师，《水浒传》中的潘金莲同《金瓶梅》中的潘金莲是否吻合？如果不同，不同处在哪里？您能否给我们梳理一下？

左江：《金瓶梅》是从《水浒传》衍生而来，《水浒传》中潘金莲在跟西门庆偷情事发又杀了武大之后，就被武松给杀了。在《金瓶梅》中，武松没能杀死西门庆与潘金莲，他们从《水浒传》里活了下来，这有限的六七年，足够演绎很多有趣的故事了。《金瓶梅》中的潘金莲与《水浒传》中的潘金莲人物形象还比较统一，当然，要更加丰满、立体一些。在这里我必须特别、特别强调一点，我完全没有任何为潘金莲翻案的打算。如果有人说我在给潘金莲翻案，在给西门庆翻案，这是对我的解读的极大误解。你们对潘金莲的最初印象，比如说淫荡、狠毒，我也同意。但是，没有人生来就是坏人，潘金莲曾经也是一个美丽动人和风情万种的女子，究竟是什么让她慢慢变成一个黑暗的人？寻找这个问题的答案就是我想做的工作。这就回到我们今天的题目：潘金莲的"淫"和"毒"。我一直觉得，潘金莲是一个非常好的心理分析对象。现在很多人非常强调原生家庭对个人成长的影响，潘金莲也碰到了这样的问题。她出生在市井之家，父亲是一个裁缝。从小她母亲把她当作赚钱工具来培养，首先是给她裹了一双好小脚，之所以叫潘金莲，就是因为她的小脚好看。其次，她母亲还送她上过女学，她是书中最有文化的女子之一。潘金莲9岁的时候，她父亲去世了，潘妈妈就把她卖到了王招宣府作歌女。到她十五六岁的时候，王招宣去世了，潘金莲又被她的母亲潘妈妈要了回来，再以30两银子的价格卖到了张大户家。张大户已经五六十岁了，没有儿女，就买两个歌女回来唱唱歌解解闷。18岁的时候，美丽的潘金莲被张大户收用了。因为妻子余氏吃醋，张大户又将潘金莲白白地送给了武大郎。武大郎是卖炊饼的，人称"三寸丁、谷树皮"，长相丑陋，个性怯懦。张大户不但将潘金莲白白给了武大郎，还不收他的房租。张大户这么做，是因为还要经常去"看觑此女"。武大也知道这事，但他保持沉默，一声不吭，当男性尊严跟他的利益发生冲突的时候，武大选择的是利益。张大户死后，余氏就将武大夫妻二人赶了出来。这就是潘金莲的遭遇，她的人生一开始就是这样被卖来卖去的，她既是母亲赚钱的工具，也是别人娱乐的工具，后来又成为男性泄欲的工具。作为一种工具性的存在，这会让一个女性非常缺乏安全感，而这也是潘金莲悲剧的根源。最初的潘金莲是惹人喜爱的，她风情万种，弹一手好琵琶，针线活很精美，再加上她的豪气，让人觉得这是一个很好的女子，嫁给武大实在冤屈。放到现在，她还可以离婚，但在那个时代，她根本没有任何选择，只能这样生活下去了。一直到这个时候，潘金莲都比较安分，但人在成长的过程中，总有春心萌动的那一刻，而潘金莲的春心萌动是从武松开始的。这里，我要提醒大家注意一下时间点，潘金莲跟武松相遇的时候，潘金莲是25岁，武松是28岁，西门庆比潘金莲大两岁是27岁。潘金莲正式登上舞台是25岁，她被杀是32岁，这个年龄段对于我们每个人来说，它意味着什么？很多人喜欢将《金瓶梅》跟《红楼梦》比较，然后觉得《红楼梦》好美。但是，《红楼梦》中，贾宝玉、林黛玉的年纪是从10岁、11岁到17岁、18岁，这个时间段本身就意味着青春与美好。如果要拿《金瓶梅》跟《红楼梦》的人物进行对比，不要拿西门庆跟贾宝玉比，而要跟贾珍、贾琏比，每个人在人生的不同时间段他的需求、梦想是不一样的。我们刚刚说的是潘金莲最初的人生状态。

周萌

说到这儿，我特别想问刘伟——因为他正处于西门庆的年龄，而过了贾宝玉那个年龄了——在这样一个人生阶段，你是不是开始感到有点上不上、下不下，各种美好都破碎了，要开始面对现实了？有没有感到压力和不安？

刘伟：按照书中各人物的年龄，我比西门庆还大一岁。说来惭愧，我现在的状态就是一个"游走在校园与社会间的多余人"，内心比较矛盾——既恐惧工作，又想通过工作证明自己的能力以及实现个人的价值；既渴望爱情，又担心婚姻所带来的种种压力，等等。

周萌

因为你现在马上要毕业找工作了，必然要面对很现实的东西，校园是象牙塔，是比较纯粹的；走上社会了、工作了，家里人开始催着恋爱、结婚，诸如此类，可谓一地鸡毛。因此，我特别同意左老师刚才说的，没有人生下来就是坏的，岁月就是一把无情的杀猪刀，一步步地从像《红楼梦》那样的朦胧美好，慢慢变成了《金瓶梅》里的一地鸡毛，在这一点上，人生说起来真的挺悲凉。

左江：在我的解读里，我觉得潘金莲的人生真的挺悲凉，她是一个悲剧性的人物。我们刚刚说了她一开始的人生境遇让她特别缺乏安全感，所以她后来的人生中，最大的愿望就是抓住一个人让她能够安定下来，拥有完整的家庭，享受稳定的生活。这时，西门庆来了，一根叉杆掉下来，打在了西门庆头上，两个人就相遇了。在这个过程中，王婆起到了非常大的作用。看《金瓶梅》的时候，要说这本书里哪个妇人最狠，我觉得肯定是王婆，狠的原因就是她对人性的了解。一个人对人性太了解以后，如果往好的方面，她可能会变得具有怜悯心、慈悲心；如果坏起来呢，可能就像王婆一样狠，因为她总能抓住人的要穴。

周萌：你这么讲的话，让我有一种很可怕的联想，觉得你跟王婆是一个硬币的两面。

左江：你这样说也没错，人都是有两面性的。当然，我是一个向善的人。我们继续讲潘金莲。潘金莲后来在王婆的撮合下，跟西门庆有了私情，武大去捉奸时又被西门庆给打伤了。这时候武大跟潘金莲说了："我兄弟武二，你须知他性格，倘或早晚归来，他肯干休？你若肯可怜我，早早服侍我好了，他归来时，我都不提起；你若不看顾我时，待他归来，却和你们说话。"武大看似给了潘金莲两个选择，实际上她无论回头是岸，还是一条路走到黑，最后的结果都是武松一定会知道发生了什么事情，而以武松的性格，一定不会放过她。潘金莲将事情告诉了王婆和西门庆，并在两人的唆使、帮助之下，毒杀了武大。现在我们要回到潘金莲的"淫"与"毒"了。当潘金莲毒杀武大后，她似乎顺理成章可以嫁给西门庆了，但是西门庆却失联了。他们最后一次见面是端午前后，然后西门庆就消失了。现在我们说潘金莲"浪"，但在那个时代她实际上是连家门都出不去的女子，只能让王婆跟迎儿去找西门庆。迎儿是谁？这是《金瓶梅》跟《水浒传》大不同的地方。迎儿是武大的女儿，这时候已经12岁了。作者为什么要在《金瓶梅》里安排这么一个看似无关紧要的人物？这是一个需要深思的问题。潘金莲不是一个好女人，但是在武大死之前，我们没有在书中看到她有虐待迎儿的实际行径。潘金莲的"毒"是从什么时候开始的呢？是在西门庆失联以后。潘金莲杀了武大，如果她不能嫁给西门庆的话，她的人生会是什么样子？等武松回来杀了她？或者再次被买卖？甚至沦为妓女，过着更不堪的人生？她的人生是个黑洞，嫁给西门庆是她唯一的也是最好的出路，但是现在西门庆失联了，她一而再再而三地让王婆、迎儿去找西门庆，根本无门可入。当迎儿去找西门庆无功而返的时候，书里面开始写潘金莲怎样地虐待迎儿，打她耳光，用指甲掐她，不给她饭吃……很是残忍。在杀人以后，在未来没有着落以后，潘金莲的人生只剩下绝望与黑暗，各种焦虑不安一涌而上，她需要发泄，虐待、殴打迎儿就成为她发泄的方式，以此来获得暂时的、片刻的放松，从这时候开始，潘金莲变得狠毒起来。在《金瓶梅》里添加迎儿这个人物，可谓作者的神来之笔，因为通过潘金莲虐待迎儿，我们看到的是潘金莲的转变，她正一步步走向黑暗。迎儿这个人物还有第二个作用，为潘金莲后面进入西门庆家以后的生活进行铺垫，这个我们后面再说。西门庆的生日是阴历七月二十八，从五月初五到七月二十八，潘金莲都没有见到西门庆，两个人差不多失联了三个月的时间。到西门庆生日后的第二天，经过王婆的再次努力下，终于将西门庆带到了潘金莲的身边。隔了三个月没见面，嫁给西门庆又是潘金莲唯一的出路，这时候潘金莲该怎么做？一般的女人可能是哭泣、哀怜、恳求等，通过示弱来获得男人的怜悯，将男人留在身边。但是潘金莲不，她见到西门庆是不依不饶，先嘲讽他的新婚，逼他发下毒誓，又扔掉他的帽子，抢了他头上孟玉楼送的簪子，撕掉他手中的扇子，表现得特别张狂，让看书的人都有惊心动魄之感。风暴之后，潘金莲自有柔情，她拿出了给西门庆准备的生日礼物，所有的礼物都是她一针一线亲手缝制的，所有的针线活、刺绣都非常精美。这个女人可以热情似火，也可以温婉如水，这种刚柔相济再次吸引了西门庆，到八月初八，西门庆终于将潘金莲娶回了家。潘金莲嫁给西门庆是不是就进入天堂了呢？

周萌

要是进入天堂的话，那是才子佳人小说的套路，故事差不多该结束，也就没啥意思了，所以肯定是七弯八拐，那才有意思。

左江：这是作者很了不起的地方。刘伟觉得呢？

刘伟：个人觉得不会。潘金莲是一个控制欲、占有欲极强的人，她肯定想通过锁住西门庆的心，来赢取自己在西门府中的地位。但是，西门庆妻妾成群，潘金莲怎么可能独占西门庆呢？况且西门庆还有妻子吴月娘阻拦着潘金莲的上位之路。可以说，自从潘金莲嫁入西门庆府后也就走上了一场明争暗斗的争宠之路，激烈、残忍程度大概丝毫不亚于影视中的宫廷剧。

左江：我们必须先介绍一下背景，说潘金莲终于嫁给了西门庆，那西门庆的家庭状况是怎样的呢？都说潘金莲坏，但坏也有坏的原因，原因之一就与西门庆家复杂的人物关系相关。西门庆先娶过一个妻子，姓陈，陈氏跟他生了一个女儿，叫西门大姐。陈氏去世后，西门庆续娶的夫人叫吴月娘。下面还有妾，一个叫李娇儿，还有一个叫卓丢儿，卓丢儿在书里没出场就死了。西门庆在娶潘金莲之前先娶了孟玉楼，补上卓丢儿的位置，就变成了三娘。下面还有一个孙雪娥，孙雪娥是陈氏的陪嫁丫鬟，这时候也盘了头发，做了第四房。等潘金莲进来的时候，已经是第五房了。此后，西门庆还娶了李瓶儿。我们再来看看六个女人的出身：吴月娘是吴千户的女儿，正经八百的好出身；李娇儿虽是青楼女子，但她有很多亲人，颇有些背景；孟玉楼是一个有钱的寡妇，是带着丫鬟、琴童，带着大笔嫁妆嫁过来的；孙雪娥虽然在妻妾里面地位最低，名义上是妾，实际上只是个仆妇头领，专门管厨房里的事情，但是她清清白白的，至少没有杀过人。最后一个李瓶儿，不但貌美，而且极其富有，当她嫁给西门庆的时候，请人抬嫁妆，五六副挑子挑了四五天，而在此之前，她已经将四大箱的金银珠宝藏在了西门庆家。潘金莲呢？她一无所有，除了身上背负的一条人命血案。我们已经说过，潘金莲是一个特别没有安全感的女性，在这样的状况下，她怎样才能获得安全感？只有牢牢抓住西门庆了。但西门庆又怎么可能被抓住呢？第二年，又到了西门庆过生日的时候，西门庆梳拢了妓女李桂姐，在李桂姐家一待就是二十多天。潘金莲写了一封情书让小厮带给西门庆，想让他早点回家，西门庆根本没理她，还当着李桂姐的面将情书撕掉了，这件事对潘金莲的打击很大。前面我们讲了"毒"的开端，现在我们讲"淫"的开端。我们必须注意到，潘金莲所有的"淫"和"毒"都不是无缘无故的，在每一个"淫"跟"毒"的事件背后，都一定发生了重大的令她难以承受的事件，所以她选择了一种与众不同的方式来宣泄。就在西门庆撕掉潘金莲的情书后，潘金莲与家里的小厮琴童有了私情。这时候潘金莲27岁，琴童只有十六七岁。琴童是孟玉楼带过来的小厮，一直负责打扫花园，而潘金莲就住在花园中，跟小厮早就认识。潘金莲是这样一种人，她希望自己活在舞台的中央，成为世人的焦点，让身边所有的男性都拜倒在自己的石榴裙下，以此来获得内心的满足感。当她是武大之妻时，就喜欢在帘子下露小脚、嗑瓜子、眉目嘲人，撩拨着身边的浮浪子弟，但并没有什么事情发生。此时亦如此，琴童长得眉清目秀，潘金莲自然不会放过施展自身魅力的机会。她有时也与小伙子眉来眼去，但只限于眉来眼去，没有其他行为。只要能让对方的目光聚焦在自己身上，让她证明自己的魅力，满足自己的虚荣心，这就足够了。潘金莲嫁入西门庆家，她觉得以自己的能力会让西门庆只宠爱自己一个人，但是当西门庆撕掉她的情书以后，她发现，自己并不是西门庆最宠爱的女性；在跟李桂姐的较量之中她处于下风，这又让她产生非常强烈的挫败感。怎样消除这种挫败感呢？潘金莲是通过与琴童的瓜葛来转移的。所以她跟琴童的关系，仍然是一种心理压力、心理问题的转移宣泄。虐待迎儿是"狠"的开始，跟琴童偷情是"淫"的开始，前者是因为西门庆失联，后者是因为西门庆在李桂姐面前羞辱她，这些都对潘金莲的心理造成了伤害，她便选择极端的方式来进行情绪的转移、心理的调节。当有更严重的事情发生时，"淫"和"毒"这两条线就交织在一起了，潘金莲也就彻底堕落成文学史上那个淫荡、狠毒的女子了。事情的契机就是李瓶儿怀孕了。潘金莲是在六月初一这一天知道李瓶儿怀孕的，她开始陷入无边的焦虑与疯狂的嫉妒中。我们来看看她是如何转移这些情绪的。首先是"毒"。到这时候，潘金莲嫁给西门庆差不多已经两年了，她身边有两个丫鬟，一个叫庞春梅，她很喜欢，一个叫秋菊，她不喜欢。虽然不喜欢，我们也没有看到她虐待秋菊，但从这一天开始，秋菊的人生就变成了地狱，潘金莲寻找一切借口、一切机会来虐待她。这一次她借口说自己的一只绣花鞋不见了，对秋菊进行了残酷的虐待，让她跪石头、抽她鞭子、不给她饭吃，等等。这就是我们前面所说的塑造迎儿这个人物的第二个作用，那就是与秋菊前后映衬。这时潘金莲虐待秋菊是虐待迎儿的升级版，可见潘金莲进入西门庆家，并非进入了天堂，而是进入了地狱，她的心理阴影、心理问题都越来越严重了。再来看看"淫"。西门庆的女儿西门大姐嫁给了陈经济，陈经济因为家里惹上了政治事件又避难到了西门庆家。陈经济这时候也就十八九岁的年纪，他跟潘金莲第一次见面以后就有些暧昧，但也只限于两个人眉来眼去一番，没有任何实质性的发展。自从潘金莲知道李瓶儿怀孕开始，她跟陈经济的关系就开始慢慢地在升级，当然离最后一步还有很远的距离。李瓶儿怀孕极大地刺激了潘金莲，她开始失控，失控的结果就是通过"淫"与"毒"的交织来排解这种压力。六月二十三，李瓶儿产子，生下官哥儿。大家都知道"母凭子贵"的意思，一个女人生了孩子，还是儿子，那就意味着会成为家庭的重心了，那潘金莲的心情可想而知。随着她在西门庆心目中地位的下降，她的"毒"与"淫"这两条线的交织也就越来越紧密，让她变成一个疯狂的女人。很多人都很鄙弃潘金莲的"淫"，因为"淫"到最后已经完全没品了。西门庆死了以后，她被吴月娘从西门庆家赶了出来，回到王婆家待嫁，等人来买她。在这个过程中，她竟然跟王婆的儿子王潮儿勾搭上了。这个地方我觉得作者写得非常好，非常符合潘金莲的个性。潘金莲是一个特别要强的女人，一般的女人到了这个地步可能整天以泪洗面，头也不梳，饭也不吃，蓬头垢面，反正就等死呗。然而潘金莲不一样，她每天都将自己收拾得干干净净漂漂亮亮，跟从前一样在帘子底下弹琵琶，一点都没有表现出落魄愁苦的样子。但是我们知道，这种落魄愁苦，对于未来的强烈恐慌绝望，是深藏内心挥之不去的。那怎么办呢？只有通过跟王潮儿之间的暧昧、纠缠、身体的律动来释放她的压力。我觉得，不能简单地用淫荡或者狠毒来概括潘金莲，她是一个非常立体的、丰满的和个性化的人。

周萌

听左老师这么细致深入的分析，我的体会是，人性特别复杂，如果我们简单地用好人或坏人、良家妇女或淫荡妇人，这样非黑即白的方式给人贴标签，可能十分粗糙，也可能完全没有同情地理解人性和人心。左老师所做的工作正是从人性的角度分析潘金莲到底是怎样一步步堕落的，其实从这点来讲，人性是永恒的，《金瓶梅》

人物对今人来说依然是有启发意义的。虽然潘金莲所处的时代跟今天不一样了，今人可以自由恋爱，可以自愿离婚，但在爱情和婚姻中，如何与对方相处，如何提升自己心灵的境界，可能是一个永远没有完结的话题。因此，左老师讲了这么多，只是我们读《金瓶梅》的目的之一，我想，可能还要带出目的之二，那就是对于今人来讲，分析《金瓶梅》到底有哪些现实的启发意义。刘伟可以先聊一聊，作为"90后"，你觉得潘金莲这个形象对你有怎样的警示意义？

刘伟：《欲望的浮世绘》有一句话说得特别好："书（《金瓶梅》）中的人物都活得好累。"确实，书中每个人都是为物所驱使，或为钱，或为色，或为名利等，这些被生活或者说被物欲扭曲了心理的人，完全抛弃了做人应有的尊严。我想潘金莲这个人物形象存在的意义就是鞭挞为物欲所驱的人，同时警诫我们每一个人切勿重蹈覆辙。

左江：我特别怕联系现实，我是一个一直待在书斋里面的人，从踏入校门那一天开始，我就没有离开过校园，我总觉得自己对这个世界的了解很少。但总是有人问我：你做这样的题目有什么意义？这本书对我们现代人有什么教益、帮助？我觉得看书也是见仁见智的事，你能感受到的东西别人并不一定能够感受得到。刚刚周老师说得很好，人性是相通的，我们跟潘金莲那个时代已经相距400多年，但人性是没有变化的，我甚至越来越强烈地感觉到现在女性的自我定位并没有改变。我非常反对的一种意见是将潘金莲定位为现代女性，说她如何地追求婚恋自由。实际上，将潘金莲和书中的其他女性相比，我倒觉得她是最没有独立性的女性，她的人生是绑架在男性身上的，没有男性，她就没有办法活。同样，她的安全感也是捆绑在男性身上的。现代人的生活压力更大，我们每个人都会缺乏安全感，处在一种焦虑的状态，但我们不能像潘金莲那样，将焦虑与不安捆绑在他人身上，更不能把焦虑与不安转嫁给别人，安全感一定要靠自己去争取。独立包括什么？一是精神的独立，二是经济的独立。一个人的出身会对他的成长、个性等产生很大影响，出身贫贱可能会导致两种结果,一种可能对钱特别在意,还有一种对钱特别不在意,也就是所谓的穷大方,潘金莲属于第二种人。跟武大一起的时候,她会说把我的钗梳都典当了拿去租房子,很大气。等嫁给西门庆,她对钱也没有太多的意识,完全不知道要利用西门庆对自己的宠爱多存一些银子,所以当她最后会被一无所有地赶出家门,最终等来了武松与死神。潘金莲这个形象给我很大的一个感触就是,你一定要有相对独立的精神、相对独立的经济,不能把自我跟别人捆绑在一起。

周萌

刚才左老师说的女性独立,我的理解是,可能不仅对女性是这样,对男性而言也是如此。换句话说,对每个人来说,独立是很不容易的,因为独立是一种能力,不是所有人都能做到的。今天许多人在经济上当然是独立的,但在思想和精神上的独立性,恐怕仍是远远不够的,这是值得我们思考的问题。刚才左老师还谈到安全感问题,按照马斯洛的需要层次理论,安全感是高级别的需求。我们现在这个时代,大家都非常焦虑,该怎样排解呢?当然,目前还没有放之四海而皆准的方法,但起码我们应当努力寻找,这也可以说是永恒的问题。刚才左老师的演讲非常精彩,但某些观点估计会有争议,例如《金瓶梅》和《红楼梦》的比较等,下面把时间交给现场观众,听听在座的各位朋友有什么样的想法,不妨与左老师交流一下。

听众:左老师好,上次我来听过您的讲座。我想说武大郎虽然丑了点,但对潘金莲挺好的。潘金莲如果不是想攀个豪门,跟着武大过下去,万一武大短命去世了,她也可以像老干妈一样,卖炊饼创个品牌,以她的姿色,在街上卖个饼,肯定也很吸引人,这也是一条路。但她碰到了西门庆,就像我们现在有些人很期待嫁入豪门,虽然她排行第五,如果她不争宠,像第二第三第四一样忍耐着活下去,衣食无忧,也不会太惨。她是不是就一直有一种反抗的精神?还是她本身有点爱慕虚荣呢?

左江：这个问题挺有意思，我们可以论证一下潘金莲有没有可能成为老干妈，为武大炊饼申请一个专利什么的。你的问题有一点点偏差，那就是潘金莲想嫁入西门庆家，真的不是因为西门庆家是豪门，当然西门庆也算不上是豪门，甚至她要嫁给西门庆，跟西门庆的钱财都没有太大的关系，正如她在曲子里面唱的："奴家又不曾爱你钱财，只爱你可意的冤家，知重知轻性情儿乖。"刚刚周老师说了，人有很多需求，温饱是最低级的需求。她跟武大在一起，虽然经济窘迫一点，但也不至于吃不饱穿不暖。我在写书的时候也说过，她本来可以把日子就这么过下去的，没有任何期待，没有任何希望，没有任何理想，但是偏偏关于情感的需求被激发了。她最初跟西门庆在一起，更多的还是情感的需求，当然还有生理上的契合。当她嫁入西门家以后，因为女人很多，就有了竞争，有了竞争也就有了掌控，情况会比较复杂。还有一个问题，就是女性有没有可能创立一个品牌，放在那个时代，真的很难。我们前面讲了，潘金莲在西门庆失联期间，她连自己出门去找西门庆都不可能，她的生活空间就是那个二层小楼，她不能离开那个空间。如果要离开，她就会成为王婆那样的人，变成所谓的三姑六婆，走街串巷，卖点花，给别人做点媒，或者给偷情的人牵线搭桥等等。所以一般的女性，说丈夫去世以后，我继续抛头露面做炊饼卖炊饼，这种可能性基本是不存在的。

听众：在古代男的妻妾成群很正常，她们都没有说有这种争风吃醋，即使有一些争风吃醋，也没有那么强烈，这是否体现了她有很强的占有欲？

左江：我前面特别强调了潘金莲的出身问题，她最初的人生一直被卖来卖去，她是一个工具性的存在，娱乐的工具、赚钱的工具、泄欲的工具等，所以她特别没有安全感。其他几位女性相对而言家庭状况比较简单一些，像吴月娘，就是一个清白人家的女孩嫁过来的，她没有经历过那样的磨难。孟玉楼是一个很有钱的寡妇嫁过来的，她们的心理状况应该相对都比较正常。如果我们要对潘金莲进行精神分析，或者心理状况、健康状况调查的话，她可能跟其他女性会有些不一样。因为缺乏安全感，她就特别需要抓住一个人，这就让她像藤蔓一样攀附在西门庆身上。别的女人也有情绪转移的方式，比如吴月娘作为妻子，掌握家里的内政，但是丈夫并不喜欢她，那怎么办呢？她对钱就有特别强烈的掌控欲。孙雪娥是被轻视、被忽略的女性，她也特别小气，家里面女人聚会，她一般不参加，理由是"我没钱"，将钱看得特别重。她们在感情不满足的状况之下，都有一种心理转移、情感转移，只是选择的东西不一样，表现的方式也会不同。

听众： 左老师好，我在上大学的时候接受过弗洛伊德，了解了精神分析，大概是两年前，我也看过《金瓶梅》，最近又看了美剧《无耻家庭》，对人性也是一步一步加深了解，三观一步一步刷低到没有下限的情况，然后慢慢地发现，以前小时候非常坚固的东西，一步一步变成虚无了。我想问的问题是，您觉得人生很多事情是不是真的有很多条件左右我们就不可改变？命运这个东西是不是存在。第二个问题，像潘金莲这样的人，如果在她的人生中有宗教介入的话，首先这种人有没有可能让宗教介入她的生活和她的内心？宗教对一个人，以潘金莲为例，会不会对她产生影响？就是两个问题，第一个问题就是命运是不是存在。第二个问题，宗教对人的影响，只是一种消遣还是确实可以改变人。谢谢。

左江： 简单地说，我觉得命是存在的，运是可以改变的，命和运是要分开来看的。你刚才说自己的人生观被刷得没底线，我不太同意这样的说法。的确，人的坏是无止境的，但是你相不相信这个世间是有美好的东西的？比如爱情，比如亲情。我上次在做讲座的时候说我看了很多世俗小说，我的朋友打击我说：你会变成越来越世俗的女人。但我的理解是：当你对世俗、对人性、对人情有了更多了解的时候，你才能更好地判断是非好坏、善恶美丑。比如你身边出现了潘金莲这样的女性，你还会简单地说她淫荡或者恶毒吗？你是不是能对她有一些同情的理解？第二个关于宗教的问题，在《金瓶梅》这本书里面，作者有很强烈的宗教情结，可以说整本书都贯穿着宗教情怀，他希望能够让书中人获得救赎。小说的结尾，作者让普静和尚带走了西门庆的遗腹子孝哥儿，这也是一种救赎或者升华吧。我认为宗教对人是有帮助的，至少对人心理的调节、境界的提升是有帮助的。但是潘金莲这样的女性，她是不是能从中得到滋养呢？难说。当尼姑们出入西门庆家的时候，她也去听她们讲经卷，但她根本听不进去。潘金莲给人感觉有点刀枪不入，家里有人来算命，她说我不算，死后的事我才不管它，"随他，明日街死街埋，路死路埋，倒在洋沟里就是棺材"。她最后的结局的确是死无葬身之地。宗教跟我们看书一样，对每个人的滋养是不一样的。当然在《金瓶梅》这本书里，潘金莲身边也没有出现真正的有道行的尼姑来给她说法，薛姑子、王姑子出入西门庆家，主要是骗钱的。如果有像普静和尚那样的高僧来点化她，她是不是能够开悟、能够解脱呢？那个时候没有心理医生，很多时候宗教介入世俗生活中充当了心理医生的角色，所以她是不是能得到救赎我不能确定。

听众：左老师您好，您说的观点我比较认同，我想补充一下，我刚才说的被刷到无底线，我的意思是说，因为很多事情都是有原因的，我觉得一个人包括我们现实中的人，他很体面，有很多很高尚的品质，我觉得可能更多的是因为他的好运气，他从小的家庭环境、他所接受的教育、他很漂亮、他很聪明，他可以用很体面的方式来获得他想要的东西。而很多人可能运气非常不好，就像潘金莲，如果她出生在一个好的家庭的话，那她一定是一个非常可爱的人，我的意思是这个，而不是我们不去相信美好，很多时候美好的道德只是因为那个人运气比较好，而那个运气比较差的人不是因为他选择了坏，而是因为运气等各种因素的阻止，他只能选择这种结果，我说是这个意思，谢谢。

左江：这个世界从来就没有什么绝对的公平，每个人的出身和成长环境肯定都是不一样的，我们不能将自己的人生完全归结于自己的出身或者成长环境。在潘金莲那个时代，像她那样倒霉的、不幸的女性很多，但不是每一位都会成为潘金莲。刚刚周老师提醒我了，书里面还有一个女性叫韩爱姐，她的出身跟潘金莲差不多，她的父母可能还更糟糕。她 13 岁的时候，就被父母送给别人作妾了。后来夫家败落，她逃出来做了妓女，而她最后却成为书中的一个节妇。我不是说守节做节妇就很好，我想说的是一个人的出身、成长可能会有一些共通的地方，但是人生的路怎么走，还是要自己去选择的，这个过程中你尽了多大的努力还是很重要的。

周萌

我补充一点，古人说，命不可改，运可以转。在这个过程中，人是应该有自由意志的，如果每个人都只是既定命运之下条件反射式的行为，那就不足以成为一个高级的人。人作为万物的灵长，正是因为每个人都有自由意志，这一点不能忽视。

听众：老师好，《红楼梦》之前的讲座，我也全部听了，但是我感觉《金瓶梅》比起《红楼梦》低俗了一点，从文学价值来讲逊色了那么一点，可是我不知道——因为《金瓶梅》主要讲的是女人之间的争风吃醋的东西，女人的"淫"和"毒"这方面较多，所以不知道怎么去审美，它美在哪里？

左江：我刚刚讲了那么多，就是在讲《金瓶梅》这本书的审美，怎样去分析书中的人物，以及作者怎样写人物的前后变化。我们重新回到我刚刚特别界定的一个问题，第一，年龄段的问题，《红楼梦》里面最主要的活动人群是大观园里面的一群十几岁的少男少女，我看着也觉得特别美好。我在讲《红楼梦》的时候，有学生跟我说：薛宝钗多么地有心机、袭人多么地坏，我都不太愿意听。都是十几岁的孩子，能坏到什么地方去呢？我更愿意用青春、美好、理想等词汇来形容她们。第二，关于描写的生活层次问题。如果要说豪门的话，西门庆完全称不上豪门，真正的豪门是贾家，所以他们的生活层次是不一样的。《金瓶梅》里总在写西门庆每一餐吃了些什么，看来看去，其实跟你我吃的差不多，还不见得有你我吃得好，但是到《红楼梦》里面，吃的东西可以说闻所未闻见所未见，这也就拉开了所谓市井跟贵族之间的差别。第三，低俗跟高雅的区别。难道是因为两本书中的一些内容，《红楼梦》比较婉约含蓄、《金瓶梅》比较淋漓尽致吗？两本书中的人生活阶层不一样，讲的话也不一样，贾宝玉跟林黛玉讲起话来很优雅，到了《金瓶梅》里面，西门庆开口闭口都是"小淫妇"，但如果西门庆像贾宝玉一样说话会不会很可怕？我们在看《红楼梦》的时候，只看到了大观园，会觉得多么美好、多么高雅，然而你用大观园里的各种美好、各种朦胧、各种青春来跟《金瓶梅》比，当然会在它们之间拉开一个三六九等出来。我们很多人看书的时候是带着立场去的，关于《金瓶梅》这本书，我们被灌输了太多的固有说法，这是一部"淫书"，这是一部低俗的书等，被这些东西塞满以后，我们也就不可能好好地仔细地感受《金瓶梅》的好了。而《红楼梦》呢？这是中国最好的小说，即使你没那么喜欢它，觉得它描写日常生活过于琐碎，你也不敢说它不好。

听众： 我是半路听进来的，听了老师的一些观点，我非常感兴趣，我觉得读每一本书都是对人性的探讨和检索的过程，刚才老师说到不安全感和焦虑感，我想问的是，根据老师自己的一些经验，有没有什么方法可以更好地去处理这些关系？

左江： 第一多读书，第二让自己变得强大起来。自己变得强大了，你才能独立。

周萌

由于时间关系，《金瓶梅》人物谈第一期到这儿就结束了，后续还有三场，第二场在4月8日，主题可能男性更感兴趣一些，那就是聊聊西门庆。希望各位朋友继续参加。今天就到这儿了，谢谢大家。

南书房夜话第五十三期
《金瓶梅》人物谈（二）
——西门庆的官商之道

嘉宾：左 江 刘 伟 周 萌（兼主持）
时间：2017年4月8日 19：00—21：00

> **周萌**

各位新朋友、老朋友，大家晚上好，我们又见面了，今天是《金瓶梅》人物谈的第二期，上一期谈的是潘金莲，今天要来谈的是西门庆。我还是想先做一个小小的调查，在你们的印象当中，西门庆是一个什么样的人？有哪位朋友愿意谈谈自己的想法吗？

听众：好色，朋友妻也要夺。我也只是通过一些电影了解到的，没有看过书，今天想听听老师们的讲解。

> **周萌**

还有哪位朋友，尤其是女性读者，愿意聊聊你们印象当中的西门庆？因为刚才那位男性读者心目中的西门庆最主要的特点是色，那么在女性心目当中，是不是一回事呢？您说说吧？

听众：首先他应该也是比较好色，不然不可能娶那么多老婆。应该还有一定的魅力，挺懂女人的，不然怎么会把潘金莲给勾搭上？另外，他应该也有一定的经商头脑，不然就算他家里给他留很多钱财，也会给他败光了。

周萌

谢谢您，说得非常好，论述也更加深入了。看来大家都认可西门庆"色"的特点，不过，这位听众还说了，他很懂女人，这点很重要。若是再深究，就是他能把家业越做越大，肯定精通经商之道，这一点正是今晚要聊的主题。在正式进入主题之前，我还是想先问问刘伟，作为年轻人，你印象当中的西门庆是不是跟两位观众朋友差不多呢？

刘伟： 对于西门庆的评价，我想，至少以下词语"首当其冲"：淫棍、奸夫、地痞、无赖、流氓，等等。西门庆是《金瓶梅》一书的男主角，他有多重身份：一群女人的丈夫、生药铺的店主、官员，等等。最近，我在思考一个问题：如果有可能的话，自己有没有想做西门庆的冲动？书中的西门庆，无论是官场上、事业上还是生活上都过得甚是滋润，可谓风光一时，羡煞旁人。"潘驴邓小闲"是男人偷情的五大条件，西门庆也都占了一席。因此，我想如果生活在那个年代，我也有想做一回西门庆的冲动。可是再仔细想想，如果我真的和西门庆互换了身份，或者比他还有权势的话，我会不会做得比西门庆还过分？或者说比他更猖獗？因为在人性恶的一面，只要你撕开欲望的一角，恶的一面就会变得疯狂，就似决堤的洪水一发不可收拾。书中的西门庆可以说是无恶不作，巧取豪夺他人的财物，霸占别人的妻子。西门庆最后真正死在牡丹花下，我想即使是想成为他的人，也不愿有他的下场。在当下，想成为西门庆的人绝非不存在。同样作为男性，周老师，如果您有机会或者可能的话，您想不想成为西门庆？

周萌

这确实是一个很好的问题，刘伟刚才已经分析得相当不错了，我暂时先不回答。因为我们对西门庆的印象主要来自《水浒传》，所以我们还是先听听左老师怎么从《金瓶梅》本身的视角分析西门庆。先听听正解，才好回答这个问题，否则很容易说错话。

左江：我的回答也不能算是正解，对人物的解读肯定是见仁见智的。这位听众说了，西门庆应该是有一些魅力的，没错，放在现在，他也算得上是一个"文艺青年"了。刚刚刘伟说了，他也符合偷情的五个条件："潘驴邓小闲"。"潘"指潘安，中国历史上著名的美男子；"驴"是指驴大行货，也就是有比较强的性能力；"邓"指是的邓通，他是汉文帝的宠臣，掌管国家铜山，可谓是中国历史上最有钱的人；"小"，第一是年纪小，比较年轻，第二是对女人比较温柔，能做小伏低地讨女人喜欢；"闲"呢，就是比较空闲，现在的人忙得连谈恋爱的时间都没有，哪还有时间偷情？这几点呢，西门庆都沾点边。除了以上五点，我刚刚说了西门庆还是个"文艺青年"，他喜欢音乐，他身边的女性大都会弹拨乐器，潘金莲琵琶技艺高超，孟玉楼会弹月琴，他喜欢的妓女也都是会弹奏乐器会唱曲子的。西门庆也挺有品位。他家里有一个叫宋惠莲的仆妇，这个仆妇很喜欢装扮，但却不懂如何得体地打扮。这一天，孟玉楼过生日，宋惠莲穿着红袄紫裙，委实有点吓人。西门庆一下看到了她的"与众不同"，送了一匹蓝缎子给她，同时也将这个女人带到了自己身边。由此看来，西门庆也是有些审美的。这种种加起来，就让他比较讨女性喜欢。但是一个男人整天游走在女性中间是不是就懂得女人呢？我觉得这是两回事，我们后面再讲。今天正式讲西门庆之前，我跟上次一样，要先给各位打预防针，也给我自己上一个保险，我不做翻案文章，绝对不会讲西门庆是一个好男人。

上次我们讲潘金莲是怎么变坏的，如何从一个风情万种的女性堕落成一个黑暗的、凶残的女性，这是有原因的，也是有一个过程的。西门庆不是一个好男人，他好色、贪淫，经商偷税漏税，做官行贿受贿，等等。但是我要问的是：一个不算好的人，他有没有优点？有没有值得我们去分析甚至去学习的东西？一个男人整天游走花丛，身边女性环绕，他有没有情感的需求？有没有对女人动真情的一刻？这是我觉得可以跟大家探讨的问题。刚刚刘伟说了，放在那个时代，甚至放在现在，大概都有很多人想做西门庆，但是我们要问的是：你有没有条件成为西门庆？在讲西门庆之前，我们可以看一下《金瓶梅》这本书里面的另外一个男子，叫作"陈经济"。陈经济是西门庆的女婿，他17岁时与年仅14岁的西门大姐成婚，18岁的时候，因为父亲的官司逃到西门庆家避难，此后一直跟在西门庆后面打点生意。西门庆去世后，因为他与潘金莲的不伦行径被赶出了西门家。这时他二十一二岁的年纪，在商场也已历练了三四年，所以回家后跟母亲拿了本钱在家门口开了个布店。他结交杨大郎，让杨大郎帮忙管理店铺，并在杨大郎的怂恿下跟母亲要了500两银子去临清贩货，结果货没买多少，反而用100两银子买回了妓女冯金宝，因此生生气死了自己的母亲。此后，陈经济又带了900两银子往湖州贩货。贩货后，他让杨大郎看守货物，自己前往严州府讹诈孟玉楼。结果害人不成反害己，自己被抓进监狱，杨大郎趁机将一船的货物都带走了。等他典当衣物辛辛苦苦回到家，家中妻子西门大姐与妾冯金宝终日斗气，陈经济毫无悬念地站在了冯金宝一边，对西门大姐又打又骂，以致西门大姐悬梁自尽。陈经济因此惹上了官司，最后一贫如洗沦落为乞丐，做了道士，甚至成为乞儿头目、道士头领的娈童。陈经济就是这样的无耻小人，将人性的堕落发挥至极致，让人找不到一丝救赎的感觉。陈经济在西门庆身边生活了数年，西门庆临终时也对他寄予厚望，嘱咐他："姐夫就是我的亲儿一般。我若有些山高水低，你发送了我入土，好歹一家之计，帮扶着你娘儿们过日子，休要教人笑话。"陈经济的起点要比西门庆高，那为什么他没能成为第二个西门庆，既不能守住西门家的产业，自己做生意也是一败涂地？陈经济开店、结交狐朋狗党、逛妓院、娶小妾，似乎走的是跟西门庆一样的路，结果为什么大不相同？因为他对西门庆的认识跟大多数读《金瓶梅》的读者一样，以为西门庆就是一个酒色之徒，一个玩弄女人的淫棍，其实这只是西门庆的一个方面。西门庆身上还藏着很多我们忽略的东西，他是非常厉害、非常敏感的商人，他也是非常擅长周旋的官员，这些加起来才能够让他活得风生水起，用刘伟的话说活得很滋润，甚至成为很多男性羡慕的对象。我们在这里要看的是，西门庆身上究竟隐藏着一些什么样的东西，让他成为这样的一个人。

周萌：所以今晚我们的主题就是让左老师揭秘西门庆身上的一些秘密。我们还是按顺序来，先看看西门庆的经商之道。在这方面，刚才左老师已把西门庆和陈经济作了很好的对比，那么回归西门庆本身，他在做生意方面到底有什么独家秘诀？

左江：我还是先问问刘伟：你觉得一个成功的商人，他应该具备一些什么条件？

刘伟：我们今天谈的是《金瓶梅》中西门庆的形象，我非常佩服西门庆的商业头脑和商业行为。首先，西门庆非常了解钱，书中有西门庆对钱的评价，说：这个东西是好动不喜静的。这种金钱观念早在我国周代就已经存在了。周人把钱或者说货称为泉，还专门设置了泉府管理钱。为什么把钱称为泉？就是寓意钱要像流水一样没有积滞方能源远流长。又称钱为布，就是遍布于外。我想，只有树立正确的金钱观，并让钱不断地周转起来，钱才能生钱。这一点西门庆是意识到的。其次，要有资源，资源主要分为自身资源和外在资源。自身资源无非就是你有没有经商的基因、兴趣、精力以及必备的经商原则，等等。外在资源就非常重要了，你有多少资本？你占有什么样的生产资料？最重要的就是人脉资源，如果能"官商一体"的话，就锦上添花了，西门庆也做到了。再次，有了庞大的市场资源、广泛的人际关系，如何让自己的商业帝国运转顺畅，各色人才是关键。识人、用人是一种天赋或能力。怎样才能团结各色人才并驱使他们死心塌地为自己赚钱？这就需要有一个比较合理的管理制度，比如给员工更好的福利等。百度百科是这样描述西门庆的，它说"西门庆是一个精明又能干的商人"，这是不可否认的。接着它又说，"西门庆的商业行为和商业头脑即使是在现代的市场经济和企业组织建设中依然有着正面和反面的启示"，这点我非常困惑。左老师您能不能给我们梳理一下？

左江：刘伟说得头头是道，完全可以去经商了。我们回到西门庆的经商上，我接着刚刚的跟陈经济的对比，有两点强调一下。第一，看起来西门庆整天胡作非为，但他是有规则的。陈经济最后败落的原因跟妻妾之争密切相关，西门大姐跟冯金宝整天闹得不可开交，而陈经济明显站在了冯金宝这边，结果是乱了纲常，导致西门大姐上吊自杀，惹上官司。西门庆家妻妾六人，他最宠爱的，一开始是潘金莲，后来是李瓶儿，吴月娘作为妻子，虽然西门庆不喜欢她，但是他不会废妻。相反，在处理家庭事务的过程中，他会给予吴月娘应有的尊重，家里的大事小事他都会跟吴月娘商量，如迎娶李瓶儿，如接待来往官员；他经商赚的钱都放在吴月娘的房间里由吴月娘掌管，甚至一些意外之财，比如陈经济家的箱笼细软都放到了吴月娘的房间，李瓶儿因为花子虚的家产官司，先偷偷地将四大箱金银珠宝运到了西门庆家，也是放到了吴月娘的房里。我们可以看到，西门庆虽然不喜欢吴月娘，但是他尊重吴月娘作为妻子在家里的所有权及掌控权。这是一个底线，他不会因为与女人的关系乱了家里的纲常，家和才能万事兴。西门庆纳了五房妾，大家要注意一下她们的身份。这一点上，潘金莲在西门庆的人生里是一个里程碑般的存在，因为她提升了西门庆对于女性的品位。在认识潘金莲之前，西门庆已娶了两房妾，一个是李娇儿，是青楼女子；还有一个是卓丢儿，是窠子里的暗娼，两个人身份都很低贱。但是潘金莲让西门庆认识到，良家妇女也可以成为自己的囊中物，如果这个女人有钱那就更好了，所以在只听媒人介绍还没有见到孟玉楼的情况下就下定迎娶的决心，因为她是一个有钱的寡妇。此后的李瓶儿更是富可倾城，西门庆娶妾的花费越来越少，得到的回报却越来越多。这时他宁愿每个月花 20 两银子包养着李桂姐，也不会有将她娶进门的想法了。归根结底，西门庆是一个精明的商人，他迎娶孟玉楼、李瓶儿，二人带来的嫁妆大大提升了他的经济实力，为他扩张店铺提供了资本。

  再看结交狐朋狗党。陈经济的结果是财物被拐带，以致倾家荡产。西门庆也结交狐朋狗党，但他有能力掌控这些人。比如应伯爵，这是个人精，他一方面给西门庆介绍伙计，介绍生意，从中收取费用，仰仗着西门庆才能衣食无忧。另一方面，西门庆也是依赖着应伯爵的，没有应伯爵，西门庆找不到优秀的伙计开铺子；有钱找不到愿意来借贷的；当资金不足时，也很难找到合适的投资者，资本的积累也就不会那么快。看起来西门庆好像是个冤大头，任由应伯爵揩油，实际上他是揣着明白装糊涂，他很清楚应伯爵背后的所作所为，比如应伯爵为了赚取介绍费，竭力帮助李三、黄四向西门庆借贷。事后，西门庆免不了敲打敲打他："前日中人钱盛么？你可该请我一请。"应伯爵也不敢隐瞒，老实交代自己跟谢希大都得了好处。西门庆实际上精明得很，他乐意让应伯爵获得一定限度的好处，这样应伯爵也能更好地为他提供各种信息。他们各取所需，一直保持着微妙而平衡的关系。应伯爵再厉害，在西门庆活着的时候也不敢背后捣鬼。所以西门庆看起来花天酒地，被自己的结拜兄弟白吃白喝白拿，好像被占了很多便宜，实际上他对这些人是有掌控能力的，这样的相处对他而言是利大于弊。所以我觉得要理解西门庆这个人物，我们首先要知道他无论是对女人还是朋友，都是有掌控力的人，而这样的掌控力对于做生意、做官都很重要。

现在我们回到他的商业行为上来，刚刚刘伟讲得太好了，那我就补充一些例子，来看看为什么说西门庆是一个精明能干的商人，他的商业行为为什么我们现在也可以做好的和坏的两方面的参照。第一点，刘伟说得特别好，西门庆有一个观念，银子这个东西喜动不喜静，就是一定要让钱流通起来，他手里不留大笔的闲钱，赚了钱立刻扩大生产或者投入新的行业，如开典当铺、缎子铺、绒线铺、绸绒铺等，让钱生钱，让资本快速增长。并且他做的多是需要长途贩运的高风险的生意。过去交通不便，长途贩运的过程中，时间长，人力物力的消耗大；关卡多，要交纳的税费很重。而西门庆的生意中，除了他的药材铺跟典当铺以外，其他的都需要长途贩运。西门庆经营的生意种类很多，也就需要用伙计。西门庆看起来很少去店铺，但不去店铺并不代表他对自己的生意不闻不问。首先，他对自己的伙计很信任，又能合理安排，看似松散的运营模式，实则松中带紧，事事巨细，每个人的分工十分明确。如典当铺，"女婿陈经济只管掌钥匙，出入寻讨，不拘药材当物。贲地传只是写账目，秤发货物。傅伙计便督理生药、解当两个铺子，看银色，做买卖"。每个人各行其是，又能互相监管，防止一人独断带来的贪污亏空、以次充好等弊端。后来来保、韩道国等人经常被派出去执行采买任务，西门庆都能够给予他们充分的信任，让他们享有经营自主权，发挥他们的专业特长。其次，在他做生意的过程中，西门庆也讲究平等、诚信，几乎每笔生意都有合同。如李智、黄四来找西门庆借银子写下文书；两人来还银子西门庆不忘修改合同；临终时交代陈经济收回外债，都有合同见在；招收韩道国当伙计，"即日与他写立合同"……合同的签订，使得双方有了法律依据，西门庆无论是放债还是经营相对都有了保障，另外也能按照合同规定获得应有的回报。再次，更为有眼光的，是西门庆在经营过程中还实行了"股份制"。当时做生意没有贷款一说，随着生意规模的不断扩大，西门庆生意上的资金周转没有想象中的快，赚钱的速度比不上他生意扩张的速度，所以他必须另谋出路，这就有了乔大户的入股。如西门庆和乔大户合伙开缎子铺，招甘出身当伙计，写定的合同就是："得利十分为率，西门庆分五分，乔大户分三分，其余韩道国、甘出身与崔本三份均分。"这个经营方式很新颖，第一我们看到了合伙人的关系，第二我们看到了伙计参加分红，这样可以更好地刺激伙计们的积极性、主动性，西门庆的赚钱速度也就加快了，从而创造双赢的局面。以上说的都是好的方面，当然不好的也很多，最不好的大概是偷税漏税，特别是当西门庆做官以后，他通过官场上的经营，打通关节，就可以少交税。减少了税务支出，他经营的高风险生意的利润空间就更高了。总的来说，西门庆的商业行为里有很多让我觉得耳目一新的东西，放到现在有没有借鉴意义，因为我不经商，所以我不是很清楚。不知道在座的各位怎么看？

周萌

左老师详细分析了西门庆经商的独家秘诀，当然，在今天的人看来，也许算不上什么独家秘诀，可是西门庆是400多年前的人物，如果跨越时空去看，他确实有很多了不起的地方。聊完了经商之道，就轮到为官之道了。刚刚刘伟说过，经商到了一定的层次就是做红顶商人，这是商人中的高阶了。西门庆成为成功的商人后，又摇身一变，成了政府官员，在官员任上也是做得有声有色。刚才左老师夸奖刘伟分析西门庆的经商之道十分到位，而谈西门庆的为官之道，刘伟可能更有心得，还是刘伟先来聊聊吧。

刘伟：为官之道有两种，一为清官之道，相对应的就是为贪官之道。我们先来谈谈为清官之道，清官的宗旨就是上得君心下得民心，中不失己，其关键在于修身，最终结果就是得己、得众。传统的取仕标准，以德行、才能、出身、科举而定。如果你德行出类拔萃、声名远播或有才能的话，那么皇帝、朝廷就会征召你，很典型的就是汉朝的察举制；如果你出身好或血统高贵的话，那你可能从出生那刻起就注定要当官，九品中正制就是代表；如果你学习非常出色，你也可能通过科举跻身到体制内。当然也有特殊的情况，如果你生活的时代政治混乱、吏治腐败，拿钱买官也是有可能的。至于做官的方法是什么，孔子也说了，要慎言慎行，如果你"言寡尤，行寡悔"的话，你自然就懂得了做官的道理。何为贪官之道？贪官一心只为利益卖力。贪官对谁负责？贪官只对他的利益上司和团体负责，他们的典型特征就是"巧言令色"、心机重重、表里不一等。他们最终的结果就是失己、失众。周老师是研究历史的专业人士，我想请教您一个问题：贪官是怎样炼成的？老师能不能结合历史谈一谈？

周萌

你刚才讲得很好，从人性的角度来讲，人性非常复杂，既有善的一面，也有恶的一面，正如你所言，最重要的是"修身"，修身就是王阳明所说的"为善去恶"。并不是谁生下来就是贪官的坯子，只不过是在为官的过程中，没能控制住自己的欲望。儒家的修身之说，归根结底是"存天理、灭人欲"。当然，"灭人欲"说得太高端，一般人做不到，降低一点标准的话，就是怎样节制欲望。因为欲望一旦打开了缺口，就会像黑洞一样呈几何级数地被放大。在这个意义上，贪官不是一气呵成的，而是一步步炼成的。因此，儒家主张修身立德，从小事做起，从细节做起，那是因为"千里之堤，溃于蚁穴"，人性固有的弱点总是极易钻空子的。我们还是回到正题，看看西门庆的为官之道，分别有哪些好与不好之处。

左江：西门庆为什么能做官，这是一个问题。西门庆不过是一个小地方的药材铺的商人，最后竟然成了朝廷五品官员，当朝太师蔡京的干儿子。他是怎么做到的呢？突破口在哪里？那就是联姻。西门庆有个女儿西门大姐，西门大姐嫁给了陈经济，陈经济的父亲陈洪是朝廷官员，陈洪的亲家又是鼎鼎大名的杨戬，这样，西门庆就通过儿女亲家搭上了朝廷官员，也就敲开了通往官场的大门。但一开始就攀上蔡京还不太可能，所以要曲折前进，先结交了蔡京的管家翟谦，再通过翟谦了解蔡京的喜好。西门庆给蔡京送了两次生日礼物，第一次他是让伙计们送去的。西门庆现在做的仍然是高风险的事情，蔡京是一人之下、万人之上的人，什么样的礼物才能打动他呢？西门庆是倾其所有，第一次就让蔡京非常开心，送给他一个五品副提刑的官职。第二次，西门庆亲自去给蔡京祝寿，他的礼单竟然让蔡京在生日正日"独独请他一个"。西门庆在这点上的确很有胆量很有魄力，因为不知道拿出多少礼物才能打动蔡京，也许差那么一点点就会功亏一篑，所有的努力以及礼物都将石沉大海。既然赢得与蔡京独处的机会，西门庆绝对不会浪费，他成功地拜蔡京做了干爹。西门庆出手之大方让人咋舌，但更重要的是他的乖巧。在辞别的时候，他对蔡京说："爷爷贵冗，孩儿就此叩谢，后日不敢再来求见了。"好不容易攀上亲，不是应该利用一切机会来联络感情吗？怎么就不来了？因为这只是一场交易，西门庆以惊人的礼物换来一个干儿子的头衔，将更加方便他在官场的运作以及商场的发展，并不是二人之间真的有什么父子情谊，需要经常见面问候。西门庆的这一份觉悟以及对分寸感的把握实非常人所能及。一般人拿着干儿子的身份也许会去干各种坑爹的事情，这种身份也就被他们浪费、糟蹋掉了，但是西门庆不一样，他有着让土砖变成金砖的能力。他利用蔡京干儿子的身份在官场上上下下经营，与各路官员周旋，对于来西门府打秋风的各路官员，他也是尽心尽力，不推诿不吝啬，让各路人马乘兴而来，兴尽而返。对于这样的官场生活，西门庆并不满意，如他自己所言："虽有兴头，却没十分尊重。"那他为什么还要如此劳心劳力劳财地巴结讨好各路官员？因为在官场上营造的庞大关系网，会令他在生意场上也如鱼得水。由于与蔡京的关系以及与蔡蕴的交往，他不但成功进入了国家垄断行业盐业，而且他的三万盐引比其他商人早进货一个月，等别人开始买卖时，他早已赚得盆满钵满了。

周萌

从刚才左老师对西门庆的经商之道和为官之道的分析可以看到，每个人的天赋是不一样的，哪怕西门庆是虚构于400年前的人物，他在经商和为官这两方面的天赋也可能让许多现代人自愧不如。即便如此，西门庆仍是一个普通人，那么，他有怎样的喜怒哀乐和情感生活？文学是人学，在人性和情感这方面，哪怕跨越400年，甚至3000年，我们都能感受和体会得到。西门庆即使在官场、商场上活得风生水起，但毕竟只是一个普通人，他在情感方面是否也有双重性呢？

左江：回到西门庆的情感生活，刚才有位听众说西门庆很懂得女人，正相反，我认为西门庆虽然游走花丛，身边女人很多，但他是一个不懂女人的男人，因为不懂得，所以导致身边的女性一个个走向灾难、走向毁灭、走向悲惨的人生境遇。上次我们在聊《金瓶梅》这本书的时候，有人说觉得这部书很俗。为什么？因为它真的就是在写食与色，虽然孔子说"饮食男女，人之大欲存焉"，但是一本书如此淋漓尽致地在写"食"跟"色"，还是会让人觉得触目惊心，产生强烈的荒芜感，人生怎么会单调、枯竭到这种地步呢？对于西门庆而言，性是权力、是征服，性也是一种交易，他不需要去了解女人们在想什么。当西门庆用漫不经心的态度来处理女人们之间复杂的关系时，结果就很悲惨。潘金莲与宋惠莲发生冲突的时候，他竟然让潘金莲去安慰劝说宋惠莲，从而加速了宋惠莲的死亡。当潘金莲忌恨李瓶儿，雪夜弄琵琶的时候，西门庆"和李瓶儿同来打她角门"，又"拉着李瓶儿进入她房中"。西门庆与李瓶儿同进同出，携手而来，这样的情景落在又气又妒又恨的潘金莲眼中，只会令潘金莲更恨李瓶儿，最终导致官哥儿的夭折、李瓶儿的抑郁而亡。西门庆虽不懂女人，但在所有的女人中，他还是对李瓶儿用情较多一些，主要表现在书中对李瓶儿去世、临终之前的描写。李瓶儿的病是血崩，中国人，特别是古人，对于女性的一些生理现象是很厌恶、忌讳的，认为会给人带来晦气。所以在李瓶儿病重的时候，医生还有术士就跟西门庆说不要去李瓶儿房间，但西门庆根本不听，去了李瓶儿房间三次，跟李瓶儿进行临终的话别。在这三次话别里，李瓶儿喊了西门庆七次"我的哥哥"，西门庆回答了李瓶儿七次"我的姐姐"，这里没有"达达"，没有"淫妇"，没有委屈与逢迎，也没有凌驾与控制，只有普通夫妻间的温暖、关心与不舍。西门庆这样的男人也会哭，在与李瓶儿告别的过程中，作者一次又一次描写了西门庆的眼泪，有"悲恸不胜"地哭，有"如刀剜肝胆、剑挫身心相似"地哭，有"两泪交流，放声大哭"。听说李瓶儿去世了，他"在房里离地跳的有三尺高，大放声号哭"，"也不顾的甚么身底下血渍，两只手抱着他，香腮亲着，口口声声只叫：'我的没救星的姐姐，有仁义好性儿的姐姐，你怎的闪了我去了。宁可教我西门庆死了罢，我也不久活于世了，平白活着做甚么'"。从哭到大哭到号哭，西门庆表现出的哀伤、痛苦，是真真切切、实实在在的，甚至会让我们忘记他是一个好色的、不负责任的男人。西门庆觉得自己对不起李瓶儿，想给她一切他能给出的东西，棺木用最好的，装殓要最贵的，要给她画像传神，要给她设置灵堂，要给她正室的待遇……丧事以后，西门庆还会常常触景生情想起李瓶儿，听曲子会想起她，看到酥油泡螺会想起她，看到其他妇人会想起她，忍不住人前人后偷偷落泪，并且因为这种牵肠挂肚的思念，李瓶儿也三番五次地进入了他的梦境。整个过程中西门庆表现出了少见的对于女性的柔情和深情，这些地方会让读者觉得，西门庆也只是一个普通人，他也有着情感的需求。李瓶儿的死对西门庆而言是非常深重的打击，李瓶儿去世后，西门庆仅多活了4个月。可以想见，李瓶儿在西门庆的人生中是占据了一个多么重要的位置。

刘伟：我有一个疑惑，左老师您说，西门庆对李瓶儿动了真情。我是不太认同这个观点的，我觉得西门庆是被李瓶儿百依百顺的行为所感动的。李瓶儿不仅给西门庆带去了无与伦比的财富，还给他生了子嗣，给浪荡的人一个幸福的家，西门庆怎能不感动。那时西门庆可以说是各方面都到达了顶峰，突然被上天夺去他暂时最幸福的东西，他怎能不痛苦？与其说他是为李瓶儿悲伤，不如说是为自己不幸的命运痛哭。

周萌

刘伟疑惑这到底是不是真爱，或者说是以感动为主？这两者之间可能还是有那么一点距离的。

左江：李瓶儿是西门庆人生中非常重要的女性，这个女人对他百依百顺，带给他人世间的幸福，比如财富，比如子嗣。西门庆是不是仅仅因为这些东西才感念李瓶儿呢？我觉得不是这样。因为李瓶儿走了，财富还在；他这时候才33岁，年富力强，孩子还可以再生。如果你所看到的幸福只是财富、子嗣，这些并没有随着李瓶儿的死亡而消失。我将李瓶儿的死称为西门庆内心的空缺，是他心口的一个洞，为什么这么说呢？西门庆有一个非常大的特点，他喜欢热闹，在书中基本上看不到他一个人独处的时候。热闹的另一面是空虚是孤独。我在这里要将西门庆跟林黛玉比较一下，请各位不要生气。西门庆在书里是一个有趣的存在，他出场的时候父母都死了，按道理来说，过去都是大家庭，父母不在了，还有兄弟姐妹，但在西门庆的人生里，他没有任何亲戚，后来出现的所有亲戚关系都是他的婚姻带给他的，他就是孤零零的一个人，这样的一个人，他需要伙伴。还有一个孤零零长大的人就是林黛玉。林黛玉曾经有一个弟弟，但在两三岁的时候就死了；父亲林如海纳过几个妾，都没有生孩子；母亲贾敏又早早去世了。林黛玉的身边只有父亲，还有奶妈、丫鬟。她没有兄弟姐妹，没有陪伴她一起成长的人。林黛玉进贾府后，很多人觉得她性格别扭，尖酸刻薄。其实这都是假象，她一直摸索着自己长大，无法适应突然变化的热闹环境，只能像刺猬一样来保护自己。这两个人都是孤零零地长大的,结果却大不同,西门庆的表现是喜欢外在的热闹,用外在的热闹对抗孤独,他最欠缺的是跟自己相处。林黛玉则相反,她会跟自己相处,但是她不会跟其他人相处,表现得过于尖锐。西门庆是用热闹来化解内心空虚和孤独的男子,李瓶儿死了以后,他的这一特点就表现得更加真切。李瓶儿带给他的一切,让他觉得踏实,现在这个女人走了,所有觉得踏实的东西、觉得稳定的东西都消失了,空虚感也就越发强烈。这时西门庆进入了人生的另一个阶段,一个真正放荡的阶段。在此之前,西门庆在书里活动的时间是 4 年,4 年差不多 1500 天,我们看他游荡青楼,身边很多女性,这还是那个时代家境富有身强力壮的男性的比较正常的行为。李瓶儿去世后,他只活了 4 个月左右,在这 120 多天里,他身边的女性不停地增加,有些已表现为一种动物性的行为,完全没有了情感的交流。西门庆是用表面的热闹、刺激来驱赶内心的空虚,填补心口的空洞,并且后来在西门庆身边出现的几个女人,比如说郑爱月儿、如意儿、林太太等,在某些方面都有跟李瓶儿相像的地方,他似乎是在这些女人身上寻找李瓶儿的替代。作者写西门庆的变化写得非常好,西门庆也是一个可以进行心理分析的很好案例。作者写西门庆最后的时光也写得非常好,他不再像前面那样使用华丽的、热闹喧嚣的文笔,他变得非常冷漠。如果前面是彩色片,这里就突然变成了黑白片。从十一月下旬开始,作者似乎要提醒读者,西门庆已是时日无多了,用一种近乎日记的笔法记录西门庆每一天的行程:去了哪里,见了什么人,做了什么事,在哪个妇人房中过夜,笔调简洁而冷峻。甚至连最后一个春节,本来应该很热闹,作者仍然用非常简练的笔触,写西门庆起来了,拜了祖宗,出门会客,家里来了客人,接待了客人,散了,这一天结束,在吴月娘的房间留宿了。这种不带色彩的笔触让读者知道时光在流逝,西门庆的人生已进入倒计时。而在这个过程中,西门庆"欲火如炽",不停地找女人,他每天都在不同的女人身边待着。心理学家欧文·亚隆在《直视骄阳》一书中说道:"性是重要的生命驱动力,常常用来对付死亡的念头。"这一观点用在西门庆身上特别准确。西门庆年富力强,每个人包括他自己都没有想到他 34 岁就会离开人世，但是他的身体，那些本能的反映已经向他发出了警告：你的生命在流逝。"欲火如炽"并不是生命力旺盛的状态，而是生命流逝、消亡的象征。作者写西门庆最后 4 个月的变化，我觉得非常非常精彩，会让人觉得西门庆是一个非常真实的人。

周萌

把西门庆和林黛玉作比较可能是今晚最吸引眼球的话题了，但从这个话题可以看到，每个人在人生过程中都会有一些伤痛，所谓成长，就是不断克服人生当中的各种伤痛。西门庆和林黛玉的人生经历尤其富有现实意义，因为我们有整整一代人都是独生子女，怎样跟自己相处、跟别人相处、跟这个世界相处，是一个重大的人生课题。从这个方面说，这个话题有一定的现实意义。今天我们三个聊的主要就是这些，下面把时间交给现场的观众朋友，大家看看有什么问题，可以跟左老师交流一下。

听众：我觉得大家生命中可能都有一些支撑，我觉得李瓶儿是西门庆生命当中的一个支撑，我想问的是，李瓶儿的什么东西是西门庆其他妻妾不能给他的，能让李瓶儿成为他的支撑？

左江：李瓶儿我们下次会讲到，简单地说，李瓶儿带给了西门庆无比的财富，她还年轻、美貌，给他生了孩子，但这些都是外在的。李瓶儿给了西门庆更重要的东西，那就是她的温柔、温暖。西门庆是一个很空虚的人，他身边的女人，比如他跟潘金莲之间，很激烈、很刺激、很新奇，但那不是彼此交流、彼此沟通、彼此理解的关系，两个人最后会越走越远。但在李瓶儿跟西门庆的关系里，李瓶儿更多的是包容、理解、体贴、温柔。李瓶儿带给他的温暖，让他的确有一种家的感觉，这是他身边的其他女性不能带给他的，我想这一点对西门庆的影响最深。

听众：《金瓶梅》是很著名的小说，可惜我没看过，这个书我还专门从香港买回来了，因为在大陆只有所谓的"洁本"什么的。很感谢三位，今天晚上很受启发。第一个，首先就是你们几个对西门庆的官商之道的理解让我感觉到学问很重要，因为你们既不是当官的，也不是经商的，但是谈得那么深入、概括得那么全面，这个让我很受启发。第二个，左老师讲到西门庆经商之道的股份制，在这里才知道，至少在这个小说上听你们讲400年前已经有了股份制，所以私有制和股份制的伟大或者学理上的证明现在看来其实应该是很过时的，这是我今天受到的很大的两个启发。但还是有一个问题，因为我对《金瓶梅》了解太少，可能说得也不一定合适，左老师刚才讲到西门庆有两个用词我觉得不能同意，第一个是"有底线"，第二个是"尊重"。比如他的有底线是他不会把妻子废掉，让妾取而代之，他的尊重好像就是尊重老婆，我们现代意义上的尊重就是在人格上的平等相待，我的理解大概是这样。再说底线，左老师刚才对西门庆的分析，我认为基本上一直都是毫无底线的，他的一切都是为了利益，他的聪明也罢，他的手段也罢，他对于蔡京的献礼或是结成的那种关系，或者官员之间的勾结都谈不上底线。这是我的看法，希望左老师进一步评价，谢谢。

左江：我应该给"底线"加个引号才对。我们现在说有底线是指品德的、道德的底线，我刚刚说的西门庆的底线主要是指他跟家中女人以及朋友们相处时的"度"在哪里。我说的尊重是指尊重吴月娘在家里的地位，那时候也谈不上人格上的平等相待。概括而言，我说的底线、尊重都指的是对人伦的遵守。中国是一个人伦社会，夫妻、朋友都是人伦之一。在人伦里，妻妾的位置不能动，与朋友的交往也有一个度。如果西门庆在处理与妻妾、朋友的关系时是有规矩的，那么他在商场上、官场上的决断力、掌控力，可能就跟陈经济那样没"底线"的人大不一样。谢谢您，下次如果我再有这样的讲座，我的表述一定要更准确一些。

周萌

我想补充一点，刚才这位先生把我们仨夸奖了一番，其实我们既不是当官的，也不是做生意的，只是书生论书，一孔之见而已。

如果硬要说有什么意义的话，从人性的层面而言或许还有，因为文学是人学，而人性和人心，即使400年，甚至3000年，都有相通的可能，毕竟都是人嘛。至于其他的现实借鉴意义，毕竟西门庆所处的时代，无论是经商还是做官，与现实已相距甚远，并无特别的参照意义。

听众：我觉得老师分析很透彻，我的问题是，是您将作品提炼到这样的高度，还是作者当时就有这么大的布局？作者是什么样的人，他写书的目的是什么？

左江：《金瓶梅》是一门很大的学问，我谈不上研究，只是希望能将体会到的一些东西拿出来跟大家分享，如果通过分享让大家对《金瓶梅》有更多面的了解，或者让更多的人都愿意去读一读《金瓶梅》，这就是我想做的事情。作者是谁，我也不知道，只是觉得作者非常伟大，能把人性表现得如此细腻准确。后面分析西门庆用各种激烈方式来填补空虚，以及说他最后的表现是他生命力流逝以后异常的回光返照等，这当然是我的一种解读了。

周萌

左老师太谦虚了，我补充一点，左老师的《金瓶梅》研究主要着眼于文本分析，也就是说，左老师的研究都基于《金瓶梅》本身，都是在此基础上做出的总结和升华。兰陵笑笑生是一个伟大的作者，但是一个伟大作者也需要一群或者一个伟大的读者，左老师可能就是伟大的读者之一。可以说，一本伟大的书因为遇到了一个伟大的读者，使之重新焕发了生命力。

听众：老师好，西门庆内心有什么追求的东西吗？贯穿他始终的除了财和色之外，他有什么想要的状态吗？因为他可能从小就缺少爱的环境，他是否对母爱或者一些亲情有追求，所以当李瓶儿死后，觉得世界就崩塌了？

左江：你说得挺好的，这不是一个问题，而是一种观点，我很赞成。我以后也可以往这个方面考虑一下。谢谢。

周萌

今晚咱们谈的是西门庆，最后我想说明的是，我们仨只是书生论书，谈不上有任何现实指导意义，不管是要不要开公司、要不要炒房，还是不能做贪官只能做清官，都不在现实指导意义的范围之内。我们只是从《金瓶梅》的文本出发，谈谈我们所能发现的问题，以及它给我们的心灵启示，但很难说是现实启示。左老师做这个工作，当然是希望抛砖引玉，能有更多的人读《金瓶梅》、更多的人研究《金瓶梅》，尤其希望更多的人从这本书中找到揭示现实的意义。左老师在这方面的工作显然还不够，我们衷心希望左老师后续能做这方面的工作，让我们可以近水楼台先得月，学习如何经商和做官。今晚的内容到这儿就全部结束了，下一次我们继续谈《金瓶梅》人物，时间是在4月22日晚上7点整，大家不见不散，今天就到这儿，谢谢大家。

南书房夜话第五十四期
《金瓶梅》人物谈（三）
——李瓶儿的柔、庞春梅的烈

嘉宾：左 江　刘 伟　周 萌（兼主持）
时间：2017年4月22日　19：00—21：00

周萌　各位朋友，大家晚上好。今天来的基本上都是新朋友，这也没有关系，虽已是《金瓶梅》人物谈的第三讲，但每一讲都有相对独立性，今天要谈的两个人物，大家不一定很熟悉，而且可能会有一些争议，那就是李瓶儿和庞春梅。为什么这么说呢？因为对于今天的主题，我们仨就有争议。李瓶儿的性格转变有没有依据？怎样概括庞春梅的特点？我们三个人的意见已经不一致，相信在座的各位朋友肯定也有很多不同看法，所以我们就带着这种疑问，也可以说是争议，开始今天的人物谈。我们先来谈谈李瓶儿，还是请左老师先简单介绍一下吧。

左江：一般认为《金瓶梅》这本书的名字来源于三位女性，"金"就是潘金莲，"瓶"就是李瓶儿，"梅"就是庞春梅，我们今天要讲的就是书中另两位很重要的女性——李瓶儿与庞春梅。李瓶儿是西门庆娶进门的第六位女性，第五房妾，书里面称为"六娘"。李瓶儿是一个什么样的人呢？我们仍然要从她的出身开始介绍。李瓶儿的出身跟潘金莲不太一样，潘金莲出生于市井中，是一个裁缝的女儿，家境也比较贫寒。李瓶儿的出身要好一些，长大后做了一个高官梁中书的妾。梁中书是当朝太师蔡京的女婿，梁夫人忌妒成性，"婢妾打死者，都埋在后花园中"。所以，李瓶儿只是住在外面书房里，也就不可能跟丈夫太亲近了。《金瓶梅》是从《水浒传》衍生而来的，这里也涉及《水浒传》里的人物李逵，说李逵曾经在翠云楼杀了梁中书一家老小，梁中书与夫人各自逃命。这时候李瓶儿是怎么做的呢？她没有手足无措，而是从梁中书家拿了一百颗西洋大珠与二两重一对鸦青宝石，带着奶娘离开了梁家，说要上东京投亲去。看到这个地方，我对李瓶儿非常地佩服。所以我要问大家一个问题，匆忙之中逃亡的时候，你会带什么东西？

周萌

能保命就不错了，还带啥呢？

刘伟：如果是现在的话，银行卡是明智的选择。在古代的话，我会选择稀有且便于携带的珍宝。

左江：刘伟真是聪明，而李瓶儿，一个 400 年前的女人跟你的想法是一样的，逃亡的时候要带轻便的、值钱的东西。李瓶儿在非常紧急的情况下，不是胡乱抓一把金银首饰逃跑，而是能找到最轻便、最贵重、最方便携带的东西，可以想见李瓶儿是一个多么聪明多么清醒的女性，有着紧急状态之下的求生能力。李瓶儿是从梁中书家逃出来的逃妾，说去东京投靠亲戚，不知道她的亲戚是何许人，但她认识了花太监，也不知道她是如何认识花太监的。花太监位高权重，他把李瓶儿介绍给自己的侄子花子虚做妻子。我刚才特别强调了两个概念：第一，李瓶儿是梁中书家的逃妾；第二，她现在是嫁给花子虚做妻子。大家有没有觉得这里面有一点"非同凡响"的地方？

刘伟：李瓶儿的地位应该发生了巨大的转变。

左江：那当然，她由妾变成了妻。但最让人觉得不可思议的地方是什么呢？过去，即使像西门庆这样的男性，只是娶一个续弦，都要求妻子是少女之身，清清白白、干干净净，花子虚是未婚大好青年，怎么会娶一个逃妾做妻子呢？这实在太不正常了。李瓶儿嫁给花子虚以后，花太监调职任广南镇守，又将新婚燕尔的夫妻二人拆散，单单将李瓶儿带在了身边，一去就是半年。花太监死后，将所有遗产给了花子虚夫妻，并且据李瓶儿所言，这些东西是由她掌管的，另有四箱的值钱珠宝更只有她知道，连花子虚都一无所知。可见花太监跟侄儿媳妇的关系要比跟侄儿的关系亲近得多。由书中隐隐约约的叙述大概可以推知，李瓶儿名义上是花子虚的妻子，实际上是被花太监占有的女人。由以上内容可以看出来，李瓶儿的出身、经历非常复杂，有几点很明显：一是李瓶儿先是梁中书的妾，后又是花太监的侄儿媳妇，可谓与社会高层、政治上层比较接近，虽然女人不会过问政事，但偶尔也会听说一些事情，对政治斗争及其严酷性多少有点了解。二是在梁中书全家老小被杀、梁中书与夫人各自逃生时，李瓶儿却能带着大量贵重珠宝逃命，可见其险中求生的能力以及对金钱的重视。三是她做梁中书的妾时，基本不能跟丈夫亲近，此后又被花太监霸占，作为一个翻看过春宫画、使用过性器具的成熟女子，她的生理需求一直处于压抑得不到满足的状态。这一切使她与西门庆的关系得以开始又充满了曲折。

　　刘伟：我们今天的话题是"李瓶儿的柔"，可是，我认为"柔"并不能概括李瓶儿的特点。在我看来，李瓶儿既是柔的，也不是柔的。为什么说李瓶儿不是柔的？我们先来看看李瓶儿同丈夫花子虚的关系，在未与西门庆结识之前，李瓶儿对丈夫留恋于青楼妓院的陋习不管不问，甚至可以说是纵容的。但是，在与西门庆相识后，李瓶儿打着让西门庆规劝自己丈夫的幌子同西门庆建立了"正常交往"的关系。当李瓶儿谋划着要和西门庆私通的时候，她竟然怂恿自己的丈夫去妓院、夜不归宿，从上述行为，我们只能看到李瓶儿的"淫"，看不到她的"柔"。在与西门庆私通期间，李瓶儿背着丈夫花子虚转移了大量家产，花子虚最后可谓气绝而亡。从上述行为我们又看到了李瓶儿"毒"的一面，更是看不到她的"柔"。正是兼有"淫"与"毒"的特性，李瓶儿对蒋竹山的行为也是可以理解的，李瓶儿对蒋竹山可谓刻薄寡恩、无情无义。为什么说李瓶儿又是"柔"的？既"淫"且"毒"的李瓶儿，对西门庆的态度可谓百依百顺、温柔多情、曲意奉承，等等。当嫁入西门庆府之后，李瓶儿一洗先前的"淫"与"毒"，成了贤妻良母、仁义之人。在读者看来，李瓶儿的本质其实是"柔"的，只不过她把这份"柔"深深地裹藏在自己冰冷的血液里，直至能给予她安全感的人出现才会融化。可以说，李瓶儿"柔"的本性正是被西门庆重新唤醒与激发的。左老师，您是不是也觉得李瓶儿翻天覆地的变化很突兀？或者说有着深刻的原因？

左江：刘伟已经把李瓶儿这个人物大概的特点讲出来了，我取这个题目只是为了方便，并没有太多实在的意义。刚才刘伟讲了李瓶儿变化的过程，我自己在解读《金瓶梅》的过程中，也觉得比较困扰，我想在座的可能对这种转变不是很熟悉，所以我再简单给大家梳理一下。我觉得在书中，李瓶儿是作者最偏爱的一个角色。首先，李瓶儿的出场就与众不同，她是书中非常重要的人物，但是在《金瓶梅词话》本中她直到第十三回才正式出场。作者为了让读者了解李瓶儿，在她正式出场之前，早在第十回就通过西门庆、吴月娘之口对李瓶儿进行了侧面描写，说她年轻貌美，皮肤白皙，性情温和，西门庆还特别强调"她手里有一笔好钱"。作者仍然觉得意犹未尽，接着又作了一个更详尽的正面交代，让我们对李瓶儿的生平和经历有了更详尽的了解。到第十三回李瓶儿正式出场的时候，作者运用了古代小说中很少见的倒叙手法。在十三回之前，西门庆已经过完了生日，他的生日是阴历七月二十八。这时候，作者用倒叙的手法让时间回到了阴历六月十四，这应该是一年里最热的时候了，西门庆去找花子虚，花子虚不在，他与李瓶儿撞了个满怀。因为是大夏天，李瓶儿穿得很单薄，还露出一双小脚，场面很香艳，让西门庆不由得神魂颠倒。

在《金瓶梅》这本书里，西门庆与女性之间，无论是潘金莲，还是后面的宋惠莲、王六儿等，都是西门庆主动，但是在西门庆跟李瓶儿的关系中,每一个步骤都是李瓶儿主动的。本来花子虚不在家,作为一个女子不应该跟西门庆聊天,但是他们竟然坐下来聊天了。李瓶儿请西门庆照顾花子虚,让他少出入青楼,并且说了:"两个小厮又都跟的去了,止是这两个丫鬟和奴,家中无人。"在座的一听到"家中无人"四个字,首先想到什么?(暗示。)是不是暗示呢?我们可以继续往下看。同样是这一天的晚上,西门庆将花子虚灌得酩酊大醉送回家。在西门庆要离开时,李瓶儿"旋走出来","旋"是立刻、马上的意思,她生怕西门庆走掉,像一阵风一样卷了出来。一个三寸金莲的女子,为什么这样急切?就是想见见西门庆,再跟他聊聊天。李瓶儿再次让西门庆以后劝花子虚少出入青楼,并且说:"奴恩有重报,不敢有忘。""奴恩有重报"不免让人再次浮想联翩。我们都觉得李瓶儿是话中有话,充满了暗示,西门庆作为一个游走花丛的人,自然是心领神会了。这是六月十四白天跟晚上的事情。从那以后,两个人之间有一个眉来眼去的过程,书里写得很生动。既然你有情我有意,总要有人跨出关键性的一步,又是李瓶儿先行动了。到了重阳节这天,她将花子虚打发去青楼歇宿,邀西门庆去家中说话,说:"两个小厮都跟去了,家里再无一人。只是这两个丫头,一个冯妈妈看门首,是奴从小儿养娘,心腹人。"这里的"家中再无一人",与前面所说的"家中无人",指的都是没有外人,身边的都是心腹。所以从他们第一次见面开始,李瓶儿就在明示、暗示西门庆了,她的积极主动表现得非常明显。后面就是花子虚的族中兄弟与他争家产打官司,花子虚被关进了监狱。李瓶儿先拿出三千两银子让西门庆上下打点送人情,并且说了:"多的大官人收去。"接着又将四大箱花太监留给她的不为花子虚所知的值钱珍宝好玩转移到西门庆家。官司的结果是花子虚要变卖房产庄田,供花氏兄弟均分。这时,李瓶儿又拿出钱来让西门庆买了紧隔壁花家的房子,说:"到明日,奴不久也是你的人了。"刚刚刘伟说李瓶儿"毒",的确挺毒的,大家想想看,花子虚虽然在监狱中,但才24岁,身体健康,在不能离婚的时代,李瓶儿怎样才能成为西门庆的人?只能让花子虚"死而后已"吧?李瓶儿脑袋里转的念头实在太可怕了。花子虚打了一场官司,房子没了,田产没了,家中的三千两银子也没了，想找西门庆查点银两的下落，反而被李瓶儿骂了四五日。不久，花子虚又害了伤寒，开始李瓶儿还请医生来看，"后来怕使钱，只挨着。一日两，两日三，挨到二十头，呜呼哀哉，断气身亡。亡年二十四岁"。

说到《金瓶梅》中的妇人，我们总会说潘金莲心狠手辣，谋杀亲夫，其实李瓶儿的罪孽一点不比潘金莲少，只是她更有谋略，杀人于无形之中。又是一年过去了，时间到了正月十五元宵节，这是李瓶儿的生日，她想嫁入西门家的事被正式提上了日程，对此，西门庆只是敷衍了事，"待你孝服满时，我自有处，不劳你费心"。究竟是娶还是不娶，并未明言。潘金莲碰到这样的西门庆，只能无可奈何地耐心等待，但李瓶儿不是潘金莲，她一直是主动的，这时也同样如此，虽然是泪眼涟涟，却是步步紧逼。我们又可以将李瓶儿跟潘金莲对比一下，潘金莲想嫁进西门家，先是等待，在见到西门庆的时候，她是刚柔并济，像在悬崖上舞蹈，既惊心动魄，又美艳动人，而李瓶儿一直是哭泣、哀求、催逼，让人太有压力了，我想现在那些被逼婚的男性可能会感同身受。在李瓶儿的努力之下，事情总算有了结果，双方约定五月二十四日行礼，六月初四日迎娶。时间到了五月二十日，因为朝中重臣杨戬被参劾，西门庆的亲家陈洪也受到了牵连，女儿西门大姐、女婿陈经济逃来避难。西门庆一下慌了手脚，将迎娶李瓶儿的事丢到了九霄云外。西门庆又失联了，李瓶儿焦虑不安，一下子病倒了。太医蒋竹山被请来给她看病。蒋竹山看好了李瓶儿的病，也说了西门庆一堆坏话，李瓶儿都没放在心上，她只听见了一点："近日他亲家那边为事干连他。"这里要再次提醒一下，李瓶儿跟书中所有的女人都不一样的地方，那就是她的政治意识，在高层身边生活的经历，让她对政治很敏感，让李瓶儿真正紧张的就是"他家中为事""吉凶难保"。李瓶儿的反应可以跟吴月娘做一个对比，吴月娘是生活在西门庆身边的女人，是他的妻子，当她看到西门庆在家里团团转的时候，吴月娘的反应是：冤有头债有主，陈家的事情跟我们能有什么关系，你这么着急紧张做什么？西门庆直骂她是"妇人见识"。相比之下，李瓶儿立刻就做出了反应，虽然那么多钱财有去无回想想就心痛，那也要断臂求生，所以她立刻改变主意，放弃了西门庆，到六月十八日，就将蒋竹山招赘入门，结为夫妻，又花300两银子为蒋竹山开了个生药铺。

这里可以再将李瓶儿与潘金莲做一个对比。潘金莲没有钱没有依靠，她对西门庆的依赖度很强，她必须嫁给西门庆才有生路，要不然不是被杀，就是被卖。李瓶儿并没有这样的问题，她对西门庆最大的依赖还是生理上的需求，所以李瓶儿在书里跟西门庆说过两次："你是医奴的药一般，一经你手，教奴没日没夜只是想你。"所以当西门庆卷入政治风波，她立刻调转了风向，匆忙招赘了蒋竹山。潘金莲等西门庆等了差不多三个月的时间，而李瓶儿等西门庆等了不到一个月的时间。李瓶儿六月十八日招赘了蒋竹山，但两个人很快就反目成仇了，反目成仇的原因书里面说得非常清楚，那就是蒋竹山不能满足她的需求。到七月份，西门庆成功从杨戬一案中抽身而出，当他得知李瓶儿嫁了蒋竹山，就派人将蒋竹山打个半死并砸了生药铺。对于蒋竹山的遭遇，李瓶儿无丝毫同情之心，不问青红皂白将他骂了个狗血喷头，并很绝情地将他赶出了家门，两个人的姻缘维持了不到两个月。李瓶儿从此更是一心想着西门庆，"又打听得他家中没事，心中甚是后悔"，由这一句的交代，进一步证明李瓶儿是因为西门庆卷入政治事件才匆匆嫁人的，其政治敏感度、其审时度势的能力都让人刮目相看。在西门庆与李瓶儿的关系上，李瓶儿一直采取了主动，现在她又积极行动起来。八月十五，吴月娘生日，李瓶儿派人送来贺礼，又让西门庆身边的小厮帮忙求情。在嫁给西门庆这件事情上，李瓶儿表现得过于卑微，而这样的卑微是不可能获得西门庆的尊重的，所以西门庆骂她是"贼贱淫妇"，这大概是书中西门庆对女人最具侮辱性的一次称呼了，可见在西门庆心里，李瓶儿真的是已经低到尘埃里的女人。他也不屑于再去李瓶儿那里了，所有的礼节也省略了，你爱来不来。即便如此，李瓶儿仍是满心欢喜，"顾了五六付扛，整拾运四五日"。八月二十日，李瓶儿的轿子进入西门家，西门庆有心羞辱她，对她不闻不问，此后的三天，西门庆也不进李瓶儿房中。李瓶儿又羞又悔，半夜起来上吊自尽，幸亏发现得早才救转过来。第四个晚上，西门庆终于进了李瓶儿的房间，李瓶儿以柔克刚，成功化解了西门庆所有的不满和愤怒，两个人最终重归于好。一直到这个地方，看李瓶儿一步一步走进西门庆家的过程，我们都会觉得这个女人真的很狠，她的狠是有手腕有计谋在里面的，她的这种狠是超过了潘金莲的。

潘金莲走进西门庆家的整个过程非常被动：因为王婆牵线搭桥，被动地认识了西门庆；因为王婆教唆、西门庆帮助，被动地杀了武大；在西门庆失联的时候，她也只能被动地等待。李瓶儿进入西门庆家的过程，每一个步骤她都是积极主动的，而花子虚的死、蒋竹山的被驱逐，我们都能看到她的心狠手辣绝情寡义。现在回到刘伟的问题上来，李瓶儿那么厉害的一个女性，按道理来说，她的能力与谋略都在潘金莲之上，但是自从她嫁给了西门庆以后，在她与潘金莲的争斗中，她一直处于劣势，最后不但自己的孩子夭折了，自己也气病而亡，人物形象前后形成很大的反差。为什么那么厉害的女人会变得如此柔顺，甚至没有任何反抗力呢？这是一个困扰我的问题，觉得不能特别好地解释它。我想可能有下面一些原因：第一，我自己比较习惯从人物的出身、心理、个性等角度去分析人物，李瓶儿和潘金莲都属于有一些病态心理的人，但是她们的病态又不太一样。潘金莲是缺乏安全感，嫁给西门庆后让她更加不安，再加上一次次的挫败感，导致她近乎疯狂、黑暗的人格体现。李瓶儿也有一些心理病症，这种病症不像潘金莲那样深、那样黑，她主要的还是心理压抑、生理压抑，用她自己的话说西门庆就是医治她的那副药，药到病除，当需求得到满足，她的焦虑与暴虐也就得到化解，让她变得相对柔和。第二，刚刚我特别强调的，李瓶儿在八月二十日嫁给了西门庆，八月二十三日同房，十个月后，第二年的六月二十三日官哥儿出世了，也就是说她一嫁给西门庆就怀孕了，母性会激发一个女人身上善良的一面。第三点，也可能是作者刻意的安排，让李瓶儿跟潘金莲形成更为强烈的对比，让好的更好、恶的更恶。我刚刚也说了，作者特别喜欢李瓶儿这个人物，所以他会把她的善良、贤惠、体贴、温柔等放大。第四个可能的原因，嫁入西门家之前的李瓶儿，跟潘金莲很相像，但二人又有不同。最大的不同就是，潘金莲亲自动手杀了武大，这一点让她突破了生死的底线，她发现，取人性命是如此容易，杀了人根本不会受到任何惩罚，没有法律制裁，也没有老天降灾，照样可以过得逍遥自在。而在李瓶儿这里，虽然花子虚的死跟她密切相关，但归根结底，花子虚还是病死的，不是她动手杀人，她没有碰触生死这条底线，也就不会像潘金莲那样无边界地坏下去、恶下去，李瓶儿的底线还在，良心道德还在，她会愧疚，她会有负罪感，所以当她身体病弱的时候，会不停地梦到花子虚来向她索命。对自己过往的负疚感、罪恶感，让她无力反击潘金莲的欺负与精神折磨。另外，李瓶儿跟潘金莲生活的阶层实际上是不一样的，虽然都是别人的妻妾，但潘金莲是彻彻底底的市井中女子，而李瓶儿是跟高层相对接触比较多的女子，李瓶儿不太了解市井女子的那种狠、辣，也不知道应对的方法。

周萌

左老师讲的这个问题是李瓶儿这个人物的核心问题，也是我们仨争论不休的问题，因为李瓶儿前半部分的心狠手辣，可能一般人印象不深，大家熟知的是后半部分的柔，但这中间有一个转变过程，而正是这种转变，让我们觉得好像有点突兀，所以需要解释。左老师举了五个方面的原因：第一，大概是爱情的力量，因为碰到对的人，所以爱情真的很伟大，放到李瓶儿这里，就是西门庆拯救了她，是医她的药。第二，母性的光辉，母爱是天底下最伟大、最灿烂、最光辉的力量，使她获得了拯救。第三，可以概括为作者因文造情，也就是说，为了将李瓶儿和潘金莲对比，有意朝这个方向去写，从创作的角度来说，这可能是败笔。第四，是对生命，尤其是对死亡的体验，每个人对生命的体验不一样，特别是体会了生死以后，有些人是放下屠刀、立地成佛，有些人却是堕落到无尽的黑暗中，李瓶儿可能选择的是前者。有人说，除却生死，都是闲事。这是重大的人生问题，也是重大的人生考验。第五，每个人的生活层次不一样，精英阶层与市井阶层面对的问题不同，所谓赤脚的不怕穿鞋的，穿鞋的很难有办法对付光脚的，《金瓶梅》这本书揭示了世间百态，此言不虚。除了李瓶儿以外，我们接着来看另一个重要人物庞春梅，还是左老师先来介绍一下吧。

左江：庞春梅是《金瓶梅》中的三位重要女性之一，但大家都对她比较陌生，因为她在书里面的出场并不多。那她为什么会成为我们书名里面的一个人物呢？我觉得跟这个人物的丰富性、复杂性有关系。庞春梅只是西门庆家的一个丫鬟，一开始是在吴月娘身边做丫鬟，再后来被分配到了潘金莲身边。当她成为潘金莲的丫鬟，也就成为潘金莲的左膀右臂，成为她最坚定的同盟者，也成为她最真诚的朋友。庞春梅在书里也是"身为下贱，心比天高"的女子，她是一个丫鬟，在过去社会阶层划分严格的社会里，她就是一个奴才，而身为奴才的庞春梅，最恨的就是别人把自己看作奴才，或者别人称呼她为奴才。她曾经因为驱逐卖唱的申二姐，被吴月娘指责，只因为骂了她"奴才"，她为此不吃不喝三四天。对于西门庆的安慰，春梅说："左右是奴才货儿，死便随他死了罢。"在那样一个阶层社会里，她明明就是一个奴才，为什么最见不得别人称她为奴才呢？每个人内心都有自己的心结，比如潘金莲，她的自尊很多时候是源于她的贫穷所带来的自卑，因为贫穷就要格外表现出清高，表现出对钱财的漫不经心。庞春梅则是奴才身份在心里烙下的伤痕，只要触及这一点，她就会爆发，因为是奴才，就更要表现出自尊、自贵。在跟乐工李铭学琵琶时，李铭可能是有意也可能是无意，在她手上按重了些，被她骂了个狗血喷头，在她看来这是李铭调戏自己，所以骂李铭："你还不知道我是谁哩！"后来在撑骂卖唱的申二姐时，说的仍是"他还不知道我是谁哩"。她虽是奴仆，却绝不肯以奴仆自居。所以如果别人把她当作一个丫鬟对待，她就会觉得自尊很受伤害。当一个人觉得自己的身份、自己所属的阶层是一种耻辱的时候，她要做的就是跳出自己的身份、阶层，那她就要刻意与自己同一阶层的人拉开距离，甚至通过欺负同一阶层的人来与自己的阶层划清界线，比如她在书里对付的三个人，一个是孙雪娥，名义上是西门庆的妾，实际上只是一个仆妇头领；一个是秋菊，潘金莲房中的另一个丫鬟；一个就是卖唱的申二姐。而这三个人其实跟她属于同一个阶层。春梅的矛盾之处是，她一方面不愿被人当作奴才，想逃离自己所属的阶层，一方面等级观念尊卑观念又根深蒂固。当秋菊发现潘金莲与陈经济的奸情后，长期被虐待在胸中积蓄的无限仇恨让她踏上了锲而不舍的告密之路，可惜第一次就被春梅知道了，骂她是"葬送主子"，教训她"做奴才，里言不出，外言不入。都似这般，养出家生哨儿来了"，做奴仆的要百分百忠实于自己的主人，无论是对是错都要严格遵从，不然就是背叛就是出卖。这是庞春梅这个人物复杂性里的第一点。

第二点，就是庞春梅跟潘金莲的友谊。这两个女人在我们书里都算不上是好女人，但是她们的友谊有时候会让人很感动。这里有庞春梅奴才对主子效忠的成分在里面，但我觉得更为重要的一点，是她们的情谊已超越主仆关系，而是建立在彼此理解、彼此欣赏的基础上的。潘金莲很吝啬，对人刻薄，连她自己的母亲潘姥姥都说她小气。潘金莲真的是因为爱钱才吝啬吗？这一点只有春梅理解她，所以她跟潘姥姥解释：你不知道，她手里本没有钱。而她又是争强好胜的个性，西门庆的银子放在房里，她正眼也不看一眼；如果需要买东西，都是光明正大地跟西门庆要，绝不藏着掖着，怕的让人小看了她。潘金莲最害怕的是"教人看小了他"，为维持自尊，宁愿穷，也要表现出对钱的不屑、清高。这一份傲气也是春梅所欣赏的，所以二人之间颇有些惺惺相惜之感。庞春梅心高气傲，最不愿被人当作奴才使唤。我们前面在讲潘金莲的时候说了，潘金莲刚进入西门庆家的时候，她需要在一个新环境里找到同盟者，她选择的对象就是庞春梅，不再让春梅干粗活、累活，衣服首饰也拣好的给她。潘金莲对春梅的好一开始可能是利用，但是这在春梅的眼里却有不一样的分量。春梅本来是吴月娘房中的丫鬟，那时她是无足轻重的，甚至连孙雪娥都能拿刀背打她，对此，吴月娘并"不言语"，也就是说吴月娘从来没有帮助过她、袒护过她，所以春梅对吴月娘并没有太多的感情，当然我们也就更能理解春梅对孙雪娥水火不容的仇恨了，还是因为孙雪娥曾经践踏了她的自尊。潘金莲不一样，无论她最初的动机如何，在长久的相处中，潘金莲是照顾她的、心疼她的、维护她的，这样春梅就有了一种"士为知己者死"的相知相惜的感恩之情，所以后面当潘金莲在这个家里碰到什么事情的时候，庞春梅会一直站在潘金莲这一边，特别是当李瓶儿怀孕生子以后，西门庆开始宠着李瓶儿，冷落潘金莲，潘金莲因为忌妒生恨，成为一个疯狂的狠毒的女人，这时陪伴在她身边的唯有春梅，因为一直在身边，春梅也就更能理解潘金莲的痛苦与不安，所以忍不住会跳出来为自己的姐妹出气。

最后的结果大家都知道了，先是庞春梅被赶出西门庆家，潘金莲也被赶出西门庆家，庞春梅因祸得福，成了周守备府的夫人，潘金莲则被武松杀了。一开始当春梅听说潘金莲也被赶出来时，就央求周守备将她买回来，甚至愿意让出自己的位置。当潘金莲被杀后，也是庞春梅派人安葬了她。庞春梅对潘金莲真的算是仁至义尽了。为什么说庞春梅跟潘金莲之间的情谊更真诚深厚呢？只要跟书中男人们的"友谊"一比就明白了，这个我们就不多说了。相比于男人们之间脆弱的以利益为纽带的联系，春梅与潘金莲之间的情谊更加坚固也更加长久，特别是那个时代女性建立在彼此欣赏、彼此理解的基础上的情谊更为少见。

周萌

正如左老师所言，春梅是个非常复杂的人物，从她的人生经历可知，每个人都有难以言说的痛点，春梅的痛点是她的身份，正如探春的痛点是庶出，每个人都在力图跨越自己的阶层和痛点，这个过程很有意思。还有关于友情的问题，一般人是友谊的小船说翻就翻，但春梅和潘金莲的感情比西门庆十兄弟的感情稳固得多，这也同样值得人们深思。《金瓶梅》虽是400年前的小说，但李瓶儿和庞春梅所揭示的问题，仍有现实意义。最近，《人民的名义》这部电视剧很火，其实，《金瓶梅》所展现的人性之恶，怎样为官、怎样经商，甚至包括人与人之间的情感，以及人如何超越自身等，这些在现实中依然一幕幕上演，而且现实永远都比小说精彩。换句话说，读古代的小说，分析其中的人物，目的仍是回应现实，尤其是从人性来说，许多细节让人触目惊心。下面把时间交给在座诸位，你们有什么问题与左老师交流？

刘伟："庞春梅的烈"，"烈"字是不是可以换成"气"字？我们常说酒色财气，只要过度贪恋其中的一点，都有可能导致人走向堕落或毁灭。庞春梅会不会是因为这股"气"太刚太烈才走向悲剧的？

左江：说得很好，因为这个题目是临时起的，我在讲庞春梅的时候，第一个题目就是心高气傲，也是讲她的"气"。

周萌

我为什么不同意"烈"这个字呢？因为"烈"有正义性或正当性，例如《红楼梦》里的鸳鸯，不愿做贾赦的妾，最后自己死了，这才是"烈"。换句话说，所谓烈，刚烈、烈士等，是指不愿同流合污、不愿委曲求全。至于春梅，可能更倾向于刘伟所说，是一个心气很高，性格傲气，刚而易折的人，似乎没有达到"烈"的程度。

左江：她也有"烈"的地方，只是我们没有时间讲。春梅最后被吴月娘赶出了西门家，潘金莲只觉得是晴天霹雳，完全反应不过来，也无法接受这样的变化，但是庞春梅不一样。吴月娘要将她赶出去，也就意味着她要被重新买卖，谁也不知道会被卖到什么地方去，也可能是青楼妓院那样不堪的地方。她的命运是一个未知数，但是她很平静，甚至反过来安慰潘金莲不要太伤心，离开的时候，她是"头也不回，扬长决裂出大门去了"。她没有向吴月娘低头哀求，没有眼泪，没有歇斯底里，就这样很平静但很倔强地离开了。我觉得这就是"烈"。

听众：左老师好，我想谈一下刚才庞春梅的问题，我认为庞春梅更多的体现的是她由于极度的自卑，导致她极度的自尊，人物形象还是比较一致的。但是在李瓶儿这里，就像您说的，作者太爱这个人物了，就导致了前后较多不一的地方。我一直认为，好的小说一定是作者写到后面，这个人物已经由不得作者做主了，人物有了自己的生命。但是李瓶儿，她把钱财看得很重，逃亡时能拣最重要的带走，却在跟西门庆的过程中，却又先把钱给了他，这就前后矛盾了，因为作为一个女人来说，钱是她的安身立命之本。还有一个矛盾的地方就是，李瓶儿有趋利避害的一面，听说西门庆家出事了，就不嫁给他了，可是嫁过来之后，她要殉情、要上吊，又好像是出自真爱。对此您是怎么看的？

左江：我非常赞同你说的，自尊其实是自卑的一种表现，我觉得很多人都有这样的特性。我们还是回到李瓶儿身上来，这个人物的确有很多相对矛盾和不太合理的地方，但是你提到的两点不包括在里面。第一是关于财产转移的问题。她为什么要转移财产？因为这时候已经由不得她做主了，花子虚被关在监狱里，家产官司的结果不知道是赢还是输，如果运作不好的话，所有的东西都要拿出来分配，那她手里的四大箱珍宝也就保不住了，如她所言：要趁早思个防身之计，不然这些东西都被人暗算抢夺了去，自己落得一无所有。这是她转移财产的第一个原因，因为她凭一己之力很有可能保不住这些钱财，需要西门庆的协助。第二个原因，这时候她心里大概已经有了嫁入西门家的想法，即使没有一个完整清晰的计划，至少这种想法已经开始萌生了。既然我以后会成为你西门庆的人，那我就先将财产转移到你家去。我觉得这两点还是比较合情理的。第二个问题，李瓶儿上吊自杀不是因为殉情，而是因为被羞辱，因为在她新婚的前三天，她的丈夫竟然不进她的门，对女性而言这是极大的羞辱，她是受不了这个羞辱才想自杀的。在一些特别的日子里，男性在哪个女性的房间过夜是很重要的事情。我前面说过西门庆比较尊重吴月娘，这里就有例子，西门庆即使不喜欢吴月娘，但一些重要的日子，比如大年初一，比如吴月娘的生日，比如西门庆自己的生日，他如果在家，吴月娘房中又没有其他客人的话，那他一定会在吴月娘的房间里，这是他对一个妻子表现出的尊重。而一个女人新婚的前三天，丈夫不进她的房门，这就是一种羞辱，让她在女人们中间、在整个家里都非常没有面子。还有一个原因就是，自己费那么大劲嫁给这个男人，没想到这个男人如此不可靠，很寒心，所以选择了自杀。这两点就李瓶儿的个性特点来说还是比较统一的。

周萌

看来大家还是对潘金莲和西门庆比较熟悉。李瓶儿和庞春梅虽然没那么出名，但她们与现实和人性依旧密切相关，尤其是左老师谈到，春梅这个人非常真实，李瓶儿的性格转变存在争议，也可以说人物形象略有不统一的地方，但春梅是前后完全一致的，典型反映了某个阶层的人物形象，很有意思。

听众：在我们读书的时候，老师就不让我们看《金瓶梅》，后来是自己去看了书。我觉得李瓶儿这个人在现实生活中会是一个非常厉害的人，"柔"这个词用得特别特别地好，比"烈"高了几个档次，但是我觉得李瓶儿在您刚刚的描述中，对男主角并没有一点点的情谊，这个女人是不是一直都在演戏？

左江：这是一个系列讲座，有独立性，也有联系，关于李瓶儿的情感问题，我上次讲西门庆的时候讲得比较多一点。首先，李瓶儿在嫁进西门家后，表现出人性的温暖、善良、体贴等，她对西门庆的种种关心也很真切。她临终时与西门庆的三次话别，有着平常夫妻的温馨、家常。其次，关于她的情感问题，刚刚有位朋友说作者将李瓶儿写得太好，好就体现在她的温暖体贴已经不是对西门庆一个人，而是对身边的所有人。第一次沙龙的时候，周老师问过我：在《金瓶梅》这本书里能不能看到救赎？我觉得有，在李瓶儿身上就有一种救赎。她快离开人世了，但是她对人世却有非常多的牵挂，她不舍得西门庆，她也不舍得身边的丫鬟、奶娘，对西门庆、吴月娘千叮咛万嘱咐，说我走了以后，拜托你们好好安置她们。她的温暖让人感受到人性的良善，所以我觉得在李瓶儿的身上是有救赎的，而这样的救赎让人感动。

听众：我想稍微讲一下我的想法。我觉得在一部小说里，对一个人物性格的分析本身就可以反映很多深层次的东西。李瓶儿给我的感觉更多的是"精",她很精明,她的现实感特别强,对于现实的危机意识也特别强,对身边所有的人和事有一种直接的、本能的反应,我怎么样去保护自己,我怎么样去防御。而庞春梅呢,让我想到另外一个词"辣","辣"更市井化、更世俗化,而"烈"更有文学色彩,更有艺术色彩,所以我觉得李瓶儿的"精"和庞春梅的"辣"好像更形象一些。

左江:谢谢,我觉得都是很好的想法。

周萌:我们今天最后一个问题。

听众:在现实生活中,我们是做李瓶儿好,还是做庞春梅好?女人有了老公或者男朋友之后,是要将钱都用在男人身上,还是要有自己独立的经济能力?现在这个问题很困扰我,虽然我钱也不多,我就是想是搁在自己身上好,还是给别人好?

周萌:关于第一个问题,既不是做李瓶儿,也不是做庞春梅,而是做你自己,这是简单而明确的。关于第二个问题,你得先想一想,你与那个男人之间应该构建一种怎样的关系?习主席到美国,商讨两国如何构建新型大国关系,人与人之间也是如此,所谓幸福的家庭都是一样的幸福,不幸的家庭各有各的不幸,所以你要先探讨最适合你们的关系模式,这个问题解决了,至于钱放在谁那儿,就不是问题了。那么,怎样才能找到适合你们两人的关系模式呢?第一,认识你自己,做你自己;第二,认识你的男人,帮助那个男人做一个真正的男人。

听众:但是我身上确实发生了这样的事情,我现在也很苦恼,到底是回头呢,还是继续自己过自己的日子?

> **周萌**

回不回头，那得看回头的力量有多大，如果你心中的线仍然握在那个男人手里，估计他会把你这个风筝牵回去，如果线不在他手里了，那就勇敢地往前走吧，过去的都是浮云。

左江：我觉得在爱情或者婚姻中，无论是对女性还是对男性，有三点很重要，第一不高攀，第二不低就，第三不将就。不高攀、不低就还比较容易，不将就难一点，但也更重要，一定要遵从自己的内心。我觉得在一个好的关系里，一定是两个人都变得更好，如果两个人没有变得更好，那不如单着。孤独有时候也能让人变得更成熟、更强大、更有力量，这样也挺好的。

> **周萌**

用一句话概括，那就是女为己悦者活，为自己的开心而生活，这点最为重要。左老师的三原则特别到位，记住：不为取悦他人而生活，要为自己快乐而生活。

听众：那我还是把钱留给自己花吧。最近真的有人看着我身上有那么几万块钱，要向我借钱买房买车，我就很痛苦。我这点钱也只够自己花，给了他我就没得花了，就不是那么情愿，但又有点抹不开面子，特别这个人又是自己很亲密的人，所以就特别地苦恼。

> **周萌**

你有这样的苦恼，说明你是一个善良的人。《世说新语》记载，女儿出嫁前，妈妈叮嘱她，嫁过去以后，千万不要做好人。女人就纳闷了，不做好人，难道要做坏人吗？妈妈回答，连好人都不能做，怎么能做坏人呢？这个故事很有趣，也很有启发意义。

左江：做好人很多时候要勉强自己，要压抑自己的本性，要委曲求全，是很累很累的。重要的还是要做自己，要跟着自己的本心走。

> **周萌**

没想到今天讲座的高潮在最后，精彩总是出人意料。非常感谢各位朋友光临现场，而且有这么多朋友提出了这么多有意思的问题。下一次是《金瓶梅》人物谈第四讲，时间是 5 月 6 日晚上 7 点，不同的时间，相同的地点，希望朋友们前来讨论。今天到这儿就结束了，谢谢大家。

南书房夜话第五十五期
《金瓶梅》人物谈（四）
——人物杂谈

嘉宾：左 江 刘 伟 周 萌（兼主持）
时间：2017年5月6日 19：00—21：00

周萌

各位朋友，大家晚上好，今天是《金瓶梅》人物谈的第四讲，也是最后一讲。前面三讲，我们主要谈了《金瓶梅》里的四个主要人物：潘金莲、西门庆、李瓶儿和庞春梅，今天主要谈谈其他人物，那么我想先问问大家，除了前面三讲谈到的主要人物以外，你们对《金瓶梅》这本书里其他哪些人物比较了解？或者说哪些人物你们比较有兴趣去了解？

听众：王六儿。

左江：对，王六儿是书里很重要的一个人物，我们会讲到她。

周萌

今天我们要谈的次要人物，其实对全书来说同样是重要人物，但由于时间关系，不可能把所有次要人物全讲一遍，只能挑一些大家相对熟悉的人物聊一聊。第一个是大家都很熟悉的打虎英雄武松，大家对他的认识主要来自《水浒传》，那么他在《金瓶梅》里到底有什么不一样的表现呢？有请左老师先来谈谈。

左江：今天讲人物杂谈，会涉及书里面的很多人物，我们选择从武松开始，是因为在座的肯定都非常了解武松，《水浒传》里的他高大英俊、气度不凡，但《金瓶梅》里的武松跟《水浒传》里颇有些差距。我认为潘金莲最后走向黑暗的原因，多多少少跟武松也有一些关系。我先问青春年少的刘伟一个问题：当你看到一个美女时，你一般会用什么样的形容词去形容？

刘伟：美丽，有气质。心里想："有没有男朋友？"

左江：周老师呢？

周萌

李敖谈过这个问题，他最欣赏的词是"风华绝代"。

左江："风华绝代"的人物有，比如《罗马假日》里的奥黛丽·赫本，一出场的感觉就是"风华绝代"，现实生活里还没发现能配得上这四个字的人。为什么我会问这个问题呢，因为涉及武松，大家知道武松第一眼见到潘金莲时他心里的形容词是什么吗？他用的形容词是"妖娆"。什么样的男性会用"妖娆"这个词来形容女性呢？"妖娆"有一种骨子里的妩媚和妖艳，岂是一般人能看出来的？所以说武松他不是一般人。武松跟着武大回到家，"见妇人十分妖娆"，而潘金莲看武松也觉得他相貌堂堂，再看看旁边的武大，更觉得人生很悲凉，所以潘金莲看到武松的第一反应是"谁想这段姻缘却在这里"。她看到武松时，想的是"姻缘"；当她见到西门庆时，她想到的仍然是这两个字。姻缘当然也可以指人与人之间的一种缘分，但从潘金莲对这个词的使用，我们还是能看出来，在她的潜意识中，完全没有武大的位置，她根本不觉得他是自己的丈夫，所以她希望能够建立起新的"姻缘"关系，过她想要的生活。在这里，当兄嫂小叔子三人聚在一起时，武大基本被当成了空气，只看到潘金莲与武松两个人的互动，整个过程中，潘金莲喊了武松12次"叔叔"；同样在这个过程中，武松虽然被潘金莲盯着看，很有些不自在，但是当潘金莲一而再再而三地邀请他搬来一起居住时，他还是答应了潘金莲的邀请，并且当晚就搬了过来，性子也真够急的。

　　武松搬过来以后，潘金莲每天欢天喜地地照顾着他的饮食起居。这样，他们在同一屋檐下待了一个多月的时间，时间到了十一月份，这是一个大雪的午后，"那妇人独自冷冷清清立在帘儿下，望见武松，正在雪里踏着那乱琼碎玉归来"，这样一幅美丽的画面，我们甚至能感受到潘金莲的快乐。在这之前，潘金莲已经在武松房里燃起一盆火，炭火烧得旺旺的，让人有春意融融的错觉。这里有三点必须注意，第一，武松是拒绝了别人的邀请赶回家吃饭的，家的诱惑、家的温暖在武松眼中要比别人的饭局更有价值。第二，他回家后换了衣服，又"脱了油靴，换了一双袜子，穿了暖鞋"，这一系列动作，轻松自在，是对家的温馨舒适的认同，而这一切动作都是在潘金莲面前完成的。第三，按照礼法规定"叔嫂不通问"，武松虽然说等武大回来再喝酒，但在潘金莲的坚持下他并没有拒绝。这时候潘金莲25岁，武松28岁，一个美丽妖娆，一个高大英武，两个人在一个人造的温暖环境中一起饮酒，外面银装素裹的世界成为最浪漫的背景。金莲斟酒，武松一饮而尽；金莲再斟酒，说道："天气寒冷，叔叔饮个成双的盏儿。"武松再一饮而尽。此后，"武松却筛一杯酒，递与妇人。妇人接过酒来呷了，却拿注子再斟酒，放在武松面前"。大家看看，这里是一个酒杯还是两个酒杯？无论怎么看二人之间传来传去的都只是一个酒杯。似乎在有意无意之间，二人完成了一个"间接接吻"，而这个过程是武松主动的。所以这杯酒之后二人之间的状况有了一些变化，本来还是正正经经坐着喝酒的潘金莲"一径将酥胸微露，云鬓半軃"，开始套武松的话："我听得人说，叔叔在县前街上养着个唱的，有这话么？"潘金莲非常会讲话，她要撩拨武松选择了从这个话题开始，武松是不是养着个唱的并不重要，重要的是由这个问题就进入了私人领域，个人的隐私会被一层一层剥离，二人的关系也会变得暧昧。接着武松又连喝了三四杯，金莲也有三杯酒落肚。大家应该都有喝酒的经验，这个过程不可能是一分钟两分钟，总有半小时一小时，武松没有拒绝过。当金莲出语撩拨时，武松"也知了八九分"，但只是低头不作声。妇人去烫酒，

"良久暖了一注子酒来",武松有足够的时间选择离开这暧昧的氛围,但他没有,"却拿火箸簇火","火"在这里有明显的隐喻意义,它指火盆中的火,也指熊熊燃烧的欲望之火,武松所做的不是灭火,而是拨火,让火烧得更旺一些。金莲暖了酒回来,"一只手便去武松肩上只一捏,说道:叔叔,只穿这些衣服,不寒冷么"?武松"已有五七分不自在,也不理她",但只是不理她,仍然没有走开。"妇人见他不应,劈手便来夺火箸,口里道:叔叔你不会簇火,我与你拨火,只要一似火盆来热便好。"挑逗的意味更加浓厚了,似乎在说:"你不会调情,我来教你。"武松"有八九分焦燥",但"只不做声",还是没有离开。面对潘金莲的一系列挑逗,武松的反应只是低头、不说话,我们常说沉默就是许可,所以潘金莲才会一步一步走了下去,最后武松发怒了也逃离了。在整个过程中,武松绝对不是没有过错的。作者说武松是个"硬心的直汉",全是骗人的话。武松与金莲之间有太多互动,仅认为金莲是欲火攻心的"淫女人"实在有失公允。俗话说"酒是色媒人""酒能乱性",武松与金莲二人在一个狭小的空间,在人造的温暖环境里,加上彼此间的互动,让金莲认为武松有意于自己,实在是很自然的过程。当然,在《金瓶梅》中,武松在潘金莲面前的表现也更有男性的特质。周老师,你认为呢?

周萌

李逵可以算是没有性别的人,武松才是真正的男人。

刘伟:我也想到《水浒传》中另外一个女性,她也姓潘,叫潘巧云。她也25岁,也非常美丽,但现在也被我们称为"淫妇"。她的丈夫是杨雄,杨雄有一结拜兄弟是"拼命三郎"石秀,人如其名,他喜欢路见不平拔刀相助。潘巧云是个坏女人,与一和尚裴如海通奸。关于他们怎么偷情的,我们略过不谈。书中有一环节,我一直觉得矛盾,很感疑惑。这天,石秀从杨雄家出来,决定晚上去捉奸,他也成功了,杀了两个和尚,并且伪造现场,让官府以为是两个和尚自相残杀而亡,了结了此案。事情到此就可以结束了,石秀杀了两个人，却有四方面的好处：第一他为义兄除了奸夫；第二他给潘巧云发出了严重的警告；第三可以在义兄不知道的情况下，保证他的家庭能继续维持下去；第四他可以免遭官府的追捕。但石秀并不肯就此收手，非要将事情告诉杨雄，并将潘巧云骗到翠屏山，将她脱光了衣服，开膛剖腹地杀了。他为什么要这么做呢？施蛰存先生在《评石秀之恋》中有一个解释，他说石秀是爱恋着潘巧云的。由老师刚刚的分析来看，可能武松对潘金莲也有这样的感觉，不然的话他早就拒绝了。施先生的书中有这样一句话："我爱她，所以想睡她。"这很自然，但剧情设置让石秀和杨雄是结拜兄弟，他不可以对自己的嫂嫂有那种想法，更不可能做出那样的事情，最终他的伦理战胜了他的欲望，然后他说出了这样一句话："我爱她，所以我想杀了她。"结局也是如此。这两句话是不是也可以放在武松身上呢？

左江：我觉得这两句话用在武松身上也挺贴切的。我说武松是潘金莲的"初恋"，他们在大雪的午后的互动实在很美很撩人。我同样觉得武松对潘金莲也是有意的，在整个过程中，武松虽然觉得不自在，但又舍不得离开，他似乎很享受这一过程中潘金莲身上散发出来的那种美好、那种诱惑，甚至那样的欲望，最后当然是理智战胜了欲望，他逃离了。我前面讲过，《金瓶梅》从《水浒传》里偷来了7年时间。7年以后，武松跟潘金莲再次相遇了，这时候潘金莲32岁，武松35岁，仍然是正当年的时候。他们的重逢似乎是那个大雪的午后的再现，只是延后了7年，时间仍然是十一月份，潘金莲仍然冷冷清清地立在帘儿下，仍然是看到武松向她迎面走来。场景一模一样，人生却早已不同，内心也已经麻木。这时候的潘金莲也许仍然美丽，但脸上不会带着微笑，眼睛里也没有了幸福与期待。这时候的她被从西门庆家一无所有地赶了出来，在王婆家里等着被再次买卖。武松来了，说要将潘金莲娶回去，"一家一计过日子"，我们都知道武松想做什么，就潘金莲不明白，她听说武松要娶她，心里想的是"这段姻缘还落在他家手里"，立刻自己就从屋子里出来答应了婚事。潘金莲不可能真的忘了她与武松之间的恩怨情仇，她也许不过想用生命来进行一次赌博，从而让自己从无边的黑暗与恐慌中解脱出来，能触摸的未来对这个一直被卖来卖去的缺乏安全感的女人来说太重要了。第二天，武松就拿来了105两银子，当晚，王婆带着妇人来到武松家。潘金莲满心喜悦，不想进门先看到的是武大的灵牌。最后洞房变成了刑场，妇人被开膛剖肚，身首异处，结束了她可恨又可怜的一生。潘金莲的下场在我们的预料之中，但我们想追问的是武松为什么要用将她娶回家的方式来实施报复？在《水浒传》中，武松在为兄长报仇时，控制住王婆、潘金莲，找来左邻右舍做证人，写下供状，在兄长的灵前割下二人的脑袋，然后去官府自首。这是何等的干净利落！《金瓶梅》的作者为什么没有承接这样的手法，让武松直接闯入王婆家中，将两个妇人杀了为兄长报仇，而要借口将潘金莲娶回去再实施报复？这样的方式多少有些猥琐，少了些光明正大之气，与武松的英雄形象太不吻合了。是不是武松内心一直记得那个下雪的午后，是不是潜意识中对潘金莲仍有些迷恋，毕竟这样风情万种娇俏动人的女子并不是总能遇到的。他将她娶回家去，二人虽然没有夫妻之实，却有了夫妻的名分，虽然这不是一个完整的形式，但他们之间也已不仅仅是叔嫂的关系，这样的一种方式是否是武松对金莲最后的补偿？这当然可能是我的过度解读了。我看潘金莲跟武松之间的互动，总觉得特别地遗憾。

在整个事件中，如果我们排除杀人等等的事情，大家觉得武松有错吗？好像没什么错。潘金莲有错吗？好像也没错。他们错就错在不是在合适的时间、合适的地点碰到合适的那个人，因为时间、地点不对，所以什么都错了，这样时间、地点不对而相遇的、错位的感情，在我们现代生活中随处可见。

周萌

说得太好了。从左老师的分析中，我们可以得到两点启示，第一，人性实在相当复杂，《水浒传》里的武松是高大全的英雄形象，到了《金瓶梅》，则是英雄亦凡人，也有普通人的七情六欲，这对于我们理解一个人，尤其是理解英雄，乃至对今天喜欢追星的年轻朋友，都有一定的启发意义。第二，感情真是不易，要在对的时间、对的地点遇到对的人，从概率论的角度来说，不是特别高。倘若遇到，定要好好珍惜，不要等到错过了才后悔。

今天要讲的第二个人物是宋惠莲，她虽然只是一个仆妇，但在西门庆家闹起了不小的风波，还是先来听左老师说说。

左江：在《金瓶梅》这本书里，我挺喜欢宋惠莲这个人物的。宋惠莲在书中，可以说是潘金莲的一面镜子，她们两个人的出身非常像，她们在进入西门庆家之前的经历也非常像。宋惠莲本来也叫金莲，只是因为进入西门庆家以后，为了避讳才改成了惠莲。宋惠莲比潘金莲小2岁，脚比潘金莲还小。她在进入西门庆家后，看到女主人们的发型、装扮，也加以模仿，希望自己也变得更加时尚美丽。这是一个希望离开自己的阶层，拥有更美好生活的女性，再加上长得还不错，自然就落到了西门庆的眼睛里。宋惠莲的丈夫是来旺儿，是西门庆家的一个仆人，西门庆先将宋惠莲的丈夫来旺儿支出去了，让他出门办事，然后用一匹蓝缎子很容易地将宋惠莲带到了自己身边。书中在写西门庆应付女人的时候，可以发现他也有一个逐渐成长的过程，由一个还会害羞的青年，慢慢地变成了一个经验丰富的老手。一开始，他在追求潘金莲的时候，如果可以说"追求"的话，他在王婆家门口踅来踅去两三天，最后才狠下心来请王婆帮忙，为了讨好巴结王婆还花了不少钱与布匹等，有着时间、金钱、人力的投资。后来到李瓶儿的时候，虽然一直是李瓶儿主动，但他也是花了时间的，与李瓶儿有一个眉来眼去的阶段。到了宋惠莲这里，他已经越来越从容、越来越自信，付出的人力物力财力的代价也越来越小，物欲的社会助长了西门庆这样的人物的存在。潘金莲很快就发现了宋惠莲跟西门庆之间的关系，她是怎么做的？她是帮助西门庆大开方便之门。看到这样的潘金莲让人心生怜悯，张爱玲说过这样的话："见了他，她变得很低很低，低到尘埃里，但她心里是欢喜的，从尘埃里开出花来。"但实际上只有两个人一起低到尘埃才能真正开出鲜艳的花，一个人待在尘埃中，花很快就会凋零的。张爱玲也清楚这个道理，她在《怨女》中也说过："只顾讨他喜欢，叫他看不起，喜欢也不长久。"潘金莲也一样，为了紧紧抓住西门庆，她卑微、委曲求全，换来的只是他身边越来越多的女人，以及自己心中堆积的越来越多的不安与惶恐。潘金莲帮助了西门庆与宋惠莲，宋惠莲表面上也很乖巧，一直在巴结讨好潘金莲，帮她干活、帮她做针线。但在背后呢，却大说潘金莲的坏话，第一是嘲笑潘金莲也是后嫁的妻子，第二是嘲笑潘金莲脚大。大家都知道潘金莲为什么叫"金莲"，因为脚小，而对过去的女性而言，脚小是吸引男性的利器。宋惠莲的话都被潘金莲听了去，可想而知她有多愤怒了。而宋惠莲不知收敛，她的挑衅还在变本加厉。宋惠莲想离开自己的阶层，在主人们的阶层里寻找到生活空间，潘金莲就成为她比较的对象。她为什么找上潘金莲呢？我刚刚说了，潘金莲和宋惠莲两个人像一面镜子，她们的出身和经历都非常相像，宋惠莲觉得在西门庆家，最可以比较的就是潘金莲，其他的人，比如吴月娘，她是妻子，就别去想了；李瓶儿和孟玉楼两个女人特别有钱，这也是自己没法比的；李娇儿和孙雪娥两个人都不得宠，没有比较的价值，只有潘金莲各方面跟自己差不多，我还比她年轻两岁，脚也比她小，所以最有可比性的就是潘金莲。不久到了元宵节，如果大家看《金瓶梅》原书的话，我建议大家一定要注意书里对四次元宵节的描写，这是书里最重要的地方，抓住了四次元宵节，就抓住这本书的精髓所在了。宋惠莲出现在第二次元宵节，在这次元宵节先发生了一个小插曲，说潘金莲跟她的女婿陈经济之间有一点暧昧的小动作被宋惠莲看见了，宋惠莲一下觉得自己抓住了潘金莲的把柄，有了可以跟她公开叫板的机会。元宵节的晚上女人们要出去赏花灯，陈经济护送着女人们出门。宋惠莲也要跟着去，出门时，宋惠莲让陈经济等等她，并且说了："你不等，我就是恼你一生。""恼你一生"，意味着一辈子的纠缠，如同热恋中男女的用语，是撒娇也是调情。等她装扮完出来，"换了一套绿闪红缎子对衿袄儿，白挑线裙子"，首饰插满头，一看就是刻意修饰过的，绚烂夺目，金碧辉煌。而这一日西门家的妇人唯有吴月娘穿着大红袍儿、百花裙，其他女人都是"白绫袄儿，蓝裙子"。这样，宋惠莲的红袄白裙在白袄蓝裙的女人中间就显得分外醒目，一下子将其他女人包括潘金莲的风头给盖过去了。等走到街上，只看到宋惠莲与陈经济的互动，一会儿让陈经济放烟花给她看，一会儿让陈经济放鞭炮给他听；一会儿又丢了首饰拾首饰，一会儿又掉了鞋子扶着人兜鞋，"左来右去，只和经济嘲戏"。宋惠莲风骚而聒噪，公然与陈经济打情骂俏，这是对潘金莲的公然挑衅，而更大的侮辱还在后面，宋惠莲总是掉了鞋子，玉箫说："他怕地下泥，套着五娘鞋穿着哩！"她的新鞋外面套着潘金莲的旧鞋，这个旧鞋子还总是往下掉，大家想想看，潘金莲的脚要比宋惠莲大多少？小脚本来是潘金莲诱惑男人的利器之一，也是她为西门庆宠爱的原因之一，宋惠莲不但在背后贬低她的小脚，而且在人前对她进行羞辱，这大概足以让她置宋惠莲于死地了。

　　二莲之间终于爆发了生死之战。在这一过程中，首先被牺牲掉的是宋惠莲的丈夫来旺儿，西门庆找了个借口将他抓进了监狱。我说自己还比较喜欢宋惠莲，当然不是喜欢刚刚我们讲到的不知天高地厚的、特别聒噪、特别无知的宋惠莲，真正让人喜欢的是来旺儿被关进监狱之后的宋惠莲的表现。她开始不吃不喝不梳洗，一心要将自己的丈夫保出来，这时候的她与潘金莲就完全不一样了，潘金莲是谋害了自己的丈夫跟西门庆在一起的，但是宋惠莲没有，她希望的是你好我好大家好的生活。后来宋惠莲听说来旺儿被递解回家，悲从中来，悬梁自缢，这一次被人救了下来。她骂西门庆："你原来就是个弄人的刽子手！把人活埋惯了……你就信着人干下这等绝户计？"诬陷来旺儿在她看来是"绝户计"，是违背天理的，是她的道德所不能忍受的。宋惠莲的那份觉醒以及她那份良知是让人赞赏的。宋惠莲本来是一个仆妇，她与西门庆有瓜葛以后，就自以为攀上了高枝，不将与自己同一阶层的人放在眼里，该干的活也不干，还跟她们发生争吵，在仆人们中间已无立足之地；她想进入主子们的阶层，但因为跟潘金莲过不去，结果通往主子阶层的大门也对她关闭了。如果宋惠莲还有活下去的理由，那就是来旺儿的遭遇都是西门庆、潘金莲策划的，跟她毫无关系。只有这样的借口这样的假设才能减轻她的一些愧疚，让她还能活下去。但在别人眼中，来旺儿被赶走生死未卜，其缘由就是因为她与西门庆私通，甚至还可能认为这是她与西门庆合谋的结果，这样的结局已经不是她的良心所能承受的。最终她还是自缢身亡了，时年25岁，在《金瓶梅》这个舞台上她仅仅生活了半年。宋惠莲在书里是写得非常生动的人物，可谓光彩夺目,虽然她在这本书里只活了半年,但这半年让人印象非常深刻。我觉得她的遭遇中有一个值得我们思考的问题,那就是人需要一个什么样的生活空间?我们需要怎样的生活空间才能够让我们活下来,不会走向灭亡、不会走向自杀?

周萌

这是一个深刻的哲学问题,但宋惠莲让人感受最深的是良知与觉醒,应该说,这也是最打动人的地方。每个人都有局限性,但理想状态是良知不断增加,人最终可以觉醒,左老师喜欢这个人不是无缘无故的。至于人的生存空间,可能既有现实空间,也有精神空间的问题。古人说:"哀莫大于心死。"从精神空间来说,自己既要有良知,又要有道德底线,还要有精神寄托等,要是这些方面全都崩溃了,可能就真的生无可恋了。与宋惠莲相对应的,是今天要谈的第三个人物,也是刚才观众朋友提到的王六儿,她与宋惠莲到底有什么不一样呢?

左江:我刚刚说宋惠莲是潘金莲的一面镜子,王六儿则是潘金莲的另一面镜子,看《金瓶梅》这本书的时候,一定要将这三个女人放在一起看。她们三个人的出身和经历差不多,为什么最终的结局却大不相同?潘金莲是被杀的,宋惠莲是自杀的,王六儿却活得挺滋润。为什么说王六儿是潘金莲的另一面镜子呢?第一,当然是名字,一个是王六儿,一个是潘六儿。王六儿的兄长是屠夫,潘金莲的父亲是裁缝,都是市井中人,在正式进入《金瓶梅》舞台的时候,人物关系也非常接近,潘金莲家是潘金莲、武大和武二,王六儿家里有王六儿、韩道国,以及韩道国的弟弟韩二。相同中又有不同,不一样的是,武松是英雄好汉,潘金莲对他有意思,但是被他拒绝了;而王六儿这边韩二是个混混,他趁哥哥在铺子里上宿,"时常走来,与妇人吃酒",就跟嫂子有了私情。还有一点不一样的就是王六儿是书里长相比较特别的女性,明代的审美以白为美,西门庆也喜欢皮肤白皙的女人,比如李瓶儿、孟玉楼、如意儿等,但王六儿是"长挑身材,瓜子面皮,紫膛色","紫膛色"具体是什么颜色不清楚，应该指皮肤比较黑。身材高挑，肤色健康，放在那个时代也许不是美女，但是与众不同，一下子落在了西门庆的眼里。王六儿与潘金莲的人物关系很像，还有一点，武大有个女儿叫迎儿，韩道国也有个女儿叫韩爱姐。西门庆要帮翟谦纳妾，说的就是不满14岁的韩爱姐。在这之前，西门庆要先去韩道国家看看这个女孩子，当他看到王六儿立刻就被吸引了，只觉得"心摇目荡，不能定止"。事情谈好，西门庆要走了，两个人有三句话九个字的对话，这个地方写得太生动了。西门庆说："我去哩！"王六儿说："再坐坐！"西门庆又说："不坐了。"九个字传递了太多的情绪，西门庆口中说走，其实不想走，却又不得不走；王六儿想留，又不敢太挽留。九个字中竟有无尽的缠绵之意，这使故事有了进一步发展的可能。由这九个字可以看出他们之间荡漾着的情意，那西门庆要找王六儿就非常容易了，比找宋惠莲还容易。西门庆很欣赏王六儿的与众不同，给她买了丫鬟，还答应给她买房子，宋惠莲努力了半年付出了生命想得到的东西，王六儿很快就实现了，可见她的厉害之处。西门庆说要给王六儿买房子，王六儿是喜出望外；西门庆让她等韩道国回来跟他商量一下，王六儿说："咱行的正，也不怕他。……他在家和不在家一个样儿，也少不的打这条路儿来。"这一段话不免让读者目瞪口呆，只能说王六儿绝不是常人，她的思维方式、道德理念都与众不同。本来是君有妇、妾有夫的一对男女，即使情深似海，混在一起也只能称为偷情通奸，更何况这一对摆明了是性与钱物的交易，而她却振振有词，说"咱行的正"，完全是身正不怕影歪的正气凛然。不过换一个角度想，如果两个人是因为感情在一起，那才能称为"偷情"。当她觉得自己是在做生意时，反而没有那么多的道德伦理的约束，变得坦然起来。又说韩道国"在家和不在家一个样儿"，想来这是他们夫妻间的一种共识，大家一起为家庭奔小康而努力，一个出的是力，一个出的是身体。后来韩道国做生意回来了，大家也许会觉得，王六儿是这样一个女人，他们夫妻之间的感情不知道会坏成什么样子。但事实正相反，他们是书里面夫妻感情最温馨、和谐、家常的一对。王六儿看到丈夫回来，满心欢喜，嘘寒问暖，问长问短，韩道国也是一五一十详细加以回答。王六儿也将自己跟西门庆勾搭的事毫无保留地告诉了韩道国，并且说了："也是我输了身一场，且落他些好供给穿戴。"这里王六儿的态度很明确，她跟西门庆之间就是一场交易。韩道国大力支持，说："休要怠慢了他，凡事奉承他些儿！如今好容易赚钱，怎么赶的这个道路！"韩道国与妻子有着一样的人生目标，在他看来，妻子出卖身体只不过是赚钱的一种方法。在这一点上，他们是战友，所以能够互相理解。宋惠莲和王六儿为什么结局不一样？宋惠莲跟西门庆之间不仅仅是在做一个生意，更是希望通过西门庆来改变自己的命运，进入主子阶层，她有着向上的目标，但她的丈夫来旺儿并不支持她这样做。而到了王六儿这里，她只想通过与西门庆的关系赚点钱，她并不想改变自己的身份，而她的丈夫韩道国又很支持她这么做，于是三个人之间就形成了很奇妙的稳定的三角关系。在这种状况之下，王六儿的命运自然跟宋惠莲就不一样了。王六儿和宋惠莲比起来，大家可能更鄙视王六儿，但她却是书里面难得的到最后可以说比较幸福的女人。书里面最后得以善终的还有吴月娘，但是吴月娘30岁左右就守寡了，有个遗腹子孝哥儿15岁的时候又被一个和尚带走出家了，虽然她活到73岁，但是她后面一半的人生都是孤零、孤寂的。在我想来，一个人老了的时候，有老伴、有房产、有田地等，可能会比较踏实。跟吴月娘比起来，这些王六儿都有，她有老伴，那时候韩道国已经死了，她最后还是嫁给了韩二。这又跟潘金莲形成了对应，潘金莲7年后与武松重逢，她想的是"这段姻缘还是落在他家手里"，但她白想了；王六儿大概没想过她的姻缘会落在韩二身上，但她最终还是嫁给了韩二。王六儿还有一份田地家产，女儿韩爱姐也在身边，所以我觉得王六儿还挺幸福的。作者在书里一直宣扬因果报应的观念，王六儿不算是一个好女人，作者为什么会给她一个看起来还不错的结局呢？我想，王六儿不是一个好女人，但她也算不上是一个太坏的女人，除了拐带西门庆家的银子，也没做什么坏事。她是一个生活中的人，也许活得没有尊严，但她活得很顽强很坚韧，所以在那样兵荒马乱的年代，她可以平静地生活下去。作者在书中一再说轮回说报应，但对王六儿是宽容的，大概他也觉得王六儿虽然在道德上有太多可批评之处，但从人性上来说却是很正常的反应，这是作者悲天悯人的实实在在的表现。他同情市井之人为改变生活所做的努力，只要他们不伤天害理，作者愿意给他们一个好的人生。从这个方面想，也许这才是真正的救赎吧。

周萌

确实是这样，讲到救赎，这是从第一讲就开始探讨的问题，最后一讲再次回应这个问题。其实，在某种意义上，救赎是一种宽容，对有生命力的人，哪怕是处于社会底层，也同样给予宽恕，这是救赎的题中应有之义。不过，最典型的救赎还是发生在吴月娘身上，让我们来看一看吧。

左江：看完《金瓶梅》以后，很多人会觉得吴月娘是一个面貌比较模糊的人。有一句话大概是说："世界上坏人并不多，但让人觉得舒服的人很少。"跟一些人相处的时候，你会觉得不舒服，觉得紧张不自在，吴月娘给人的感觉也许就是这样。她是一个好女人，在书里基本上没有干什么坏事，但是她给人的感觉并不太好，第一，她无趣；第二，她比较小气；第三，她做事有些不太得体。不太得体指什么呢？她是当家主母，就需要担负起当家立纪的重任，但吴月娘有时候是非不分，不够公正，就难以树立家中的纪纲。比如潘金莲刚嫁过来的时候，对她巴结、讨好，她就对潘金莲比较信任，站在潘金莲这一边，任由她欺负孙雪娥，等等。她最让人觉得刻薄寡恩的是她在西门庆死后的一些做法。一是处置李瓶儿的遗物，李瓶儿临终前，西门庆曾向她保证，只要他活着一天，他就保着她手下的人与小院子。等西门庆一死，他的诺言也就毫无意义了。在西门庆的二七，吴月娘就迫不及待地让人将李瓶儿的灵床、画像都抬出去烧了，房里的箱笼抬到自己房中，丫鬟、奶妈分配到其他妇人房中，将李瓶儿那边的房子一把锁锁了。第二件事情，先是让庞春梅净身出户，接着将潘金莲赶出了家门，当她听说潘金莲要嫁给武松时，她很清楚会发生什么事情，但她并没有提醒潘金莲与王婆。西门庆在临终时跟吴月娘说过：希望姐妹们都守着我的灵床，不要失散了。但在西门庆死后一年左右，家里的女人们基本上死的死了，走的走了，逃的逃了，改嫁的改嫁了，大家对西门家毫无留恋，这大概与吴月娘的刻薄寡恩、难以相处多多少少是有些关系的。我们为什么要说吴月娘的救赎呢？随着时间的流逝，西门庆家里的景象已是大不如前，生意只剩下典当铺与药材铺，后来典当铺因为有人闹事，也转卖掉了。家里的日子越来越冷清，只剩下几个丫鬟仆人。这时候她的贴身丫鬟小玉，与以前西门庆的贴身小厮玳安好上了。当吴月娘发现这件事之后，不但没有训斥他们，还细致地为他们布置新房，准备新衣服，准备陪嫁礼物，好像是在为自家儿女操办婚事。这个情节让人感动也让人心酸，曾经的繁华喧嚣早已是过眼烟云，曾经的爱恨情仇也早已随风而逝。孤寂的人生开始让吴月娘看淡了太多的东西，她开始变得平和，变得更有人情味。在这一过程中，我们看到的是她的宽容，她的这种宽容和体贴，让人觉得这是一份救赎，是人性向善的过程，这样的吴月娘足以让人忘记她过去的刻薄吝啬。后来吴月娘的儿子孝哥儿也出家去了，她就将家产给了玳安，自己一心念佛，一心向善，到73岁寿终正寝。在吴月娘身上，前后是有一个变化的，这是时光也是孤寂的生活带给她的变化。相对孤寂的时光可以让她更好地审视自己，审视周边的人，这种自省、省人的过程，她的反思、判断会让她更能够触摸到人心善良的那一面。在吴月娘的身上，我们可以看到救赎的力量。

周萌

从吴月娘的转变来看，所谓"救赎"，恐怕不是一个宏大的概念，而是现实地发生在每个人心中。也就是说，每个人都可以被救赎，每一个人也应该被救赎，当然，这可能需要一点机缘，例如岁月的流逝、阅历的增长或者外部环境的改变等，但不管是怎样的机缘，《金瓶梅》这本书的目的不是宣扬负能量，而是宣扬正能量，救赎因而成为全书的基本主题。换句话说，读《金瓶梅》这本书，不是让大家学做西门庆或潘金莲，而是让自己获得救赎，宽恕过去不完善的自我、宽恕这个世界不完善的地方等，这是此书的重要启示。其实，《金瓶梅》的人物还有很多，但由于时间关系，我们仨只能聊这么多，下面把时间交给在座的诸位，大家可以与左老师直接交流。

左江：除了今天的内容以外，大家对《金瓶梅》这本书里面其他的人物、其他的事件有兴趣的，我们都可以来聊一聊。

周萌

也就是说，即使前面三讲或其中某一讲没有来，也可以与左老师分享你感兴趣的任何问题。

听众：老师好，我想问一下您刚才说的王六儿，说她的救赎，或者因果报应，可能作者的态度中或者世界中，王六儿的那些行为并不一定就是恶，我觉得如果从人性角度上来说，可能她的行为是属于很正常的，或者是说她作为底层的人，一个家庭能存活，能更好地生存下去，也许她的那些行为对她来说都是一个善的行为，所以我就想问一下老师，在作者的角度或者在那个时代的人的思想里，到底什么是善、什么是恶？请老师大概说一下，我这种看法是不是和您的稍微有点不同？

左江：这是一个非常大的哲学问题，关于善和恶的问题。王六儿的不好是因为她的贞洁观，所谓"咱行的正"的想法跟从古到今的对于女性的要求都不太一样。我说作者愿意给她一条活路，就是在那样的环境里，她为自己或者家庭所做的一切，作者是觉得可以原谅的。什么是恶？我觉得不害人害己就不是恶，比如说在王六儿跟韩道国、西门庆的关系里，我们会觉得非常不正常，但他们三个人不存在害人害己的关系，也就不能算是恶。王六儿的携款潜逃，违反了法律，损害了吴月娘、西门家的利益，那就是恶的。善恶有多个层面的判断，有约定俗成，有法律规范，还有自己的价值判断。王六儿携款潜逃当然是有原因的，第一，在跟西门庆的关系里，她一直觉得自己是在为西门庆服务，现在要拿回自己应得的报酬；第二，当西门庆死了以后，王六儿曾经去西门庆家吊唁，吴月娘以为是王六儿害死了西门庆，在很多人面前狠狠地羞辱了她。再卑微的人都是有自尊的，当王六儿的自尊被伤害、践踏之后，她也想着要报复，所以在西门庆死了以后，韩道国还说要将一半的钱还给吴月娘，但是王六儿坚决不肯。不管王六儿的理由是什么，携款潜逃仍然是违法的行为。

听众：因为《金瓶梅》是一本禁书，所以不容易看到，有什么途径介绍给我们去学习一下？

左江：《金瓶梅》也不能完全算禁书，它的删节版还是很容易看到的。要找足本的话，一是港台版，一是电子资源。

听众：老师好，因为我刚来，前面没有听到，我不知道有没有问这个问题，关于春梅最后期时候，她的结局，跟她深明大义地回到她的旧宅那一章，我感觉这两个行为跟这个人物有一些脱节，因为回去的时候，是一个放下一切仇恨的那种状态，但是最后她去世竟然是因为无度的行为，我就觉得，这个女性让我感觉是有一些好的人格特点的，怎么最后作者给她的结局却感觉会有些在物质肉欲这块上？

左江：春梅重新回到西门家那一章写得很好，但是我不觉得那是完全放下了爱恨情仇的一个章节。当年吴神仙给西门庆家的女人们算命的时候，说春梅以后会做夫人，对此吴月娘是不相信的，说要做夫人也轮不到她。春梅对此很气愤，现在她重回西门家，有跟吴月娘较量的意思，展示她做夫人的派头，这是第一点。第二点，我上次在讲庞春梅的时候说过，庞春梅特别介意自己的奴仆身份，但另一方面她的奴仆意识又很强。她虽然离开西门庆家做了夫人，但骨子里的奴仆意识是消不掉的。至于她最后的死，从这个人物的设计来说有她的合理性。春梅是那种个性特别鲜明的人，她的所作所为常常是两极的，好的非常好，比如她对潘金莲的情意；坏又非常之坏，比如她对秋菊、孙雪娥的心狠手辣。这样一个极端的人，她在吴月娘面前的谦卑，与她在床上的放纵，同样也是对比非常强烈，所以我觉得这种设置对表现人物个性而言还是比较合理的。

听众：可能就会觉得，这种很极端的人格，可能有一种感染力在里面，在现实中，我们去看人不太能看到她纵欲的那一面，可能会看到人前的那一面多一些，所以我觉得这个安排挺好的，这也是《金瓶梅》中的主角人物"梅"，其实您一说，书中的三个主要人物，潘金莲、李瓶儿、庞春梅三个下场都不怎么好，反映了书的主旨。

左江：庞春梅这种有极端个性的人在我们现实生活中还是挺多的。

左江：刘伟他有一个问题，他说前段时间看《我不是潘金莲》一直有一个困惑，一个女人为什么被人说了你是潘金莲之后，就要花那么大的时间和精力，用自己整个的青春去打这场官司？你觉得是为什么呢？

刘伟：因为潘金莲这三个字，就好像给一个人定性了一样，听到潘金莲，就觉得你这个人不干净，所以李雪莲就是为了这三个字打了好多年官司，其实我觉得挺可笑的，就像刚才老师说的，我们可能已经形成了那种定向思维了，只要一听到潘金莲，就觉得她不是一个好女人，李雪莲可能就是想证明她是一个清白的女人。

左江：可是这是一个没有办法证明的问题。

周萌

有时候，人有很多执念，像春梅一直想超越自己的阶层，这是一种执念；现代人被人说成潘金莲，就要打一辈子官司，也是一种执念。因此，首先应从宽恕自己，尤其是自己的不完善开始，破除我执。

左江：所以，这就回到我为什么要讲《金瓶梅》这个话题上了，我觉得大家对《金瓶梅》这本书以及书里的人物有太多的误解，也是执念太深。比如说到潘金莲，我第一想到的肯定是那个多么美丽多么风情万种的女人啊；然后又会觉得，她是多么可怜的女性，又是如何一步一步走向黑暗和深渊；而不是她的坏。我们说的潘金莲的"坏"当然是指她的淫荡，将这些烙印刻在潘金莲身上是不太公平的。

周萌

要获得像左老师这样的印象就必须深入文本细读，但是读书也好，面对他人也好，人们往往很容易贴标签，就像小孩子看电视剧，首先问这个人是好人还是坏人。其实，贯穿四讲的主题之一是，人性非常复杂，至善或大恶之人，即使有，也是极少数，绝大多数人只是不同的环境促使他释放了或善或恶的能量，而简单地用标签识人，恰恰反映了我们应对世界的方式过于简单。只有深入文本，洞悉人性，才能更好地了解自我和外部世界。另外，左老师开设课程和讲座的目的，至少是部分达到了，凡是在深圳大学的课堂，包括在U课联盟网站上，选修过《金瓶梅》课程，以及听过我们仨聊天的，我相信对《金瓶梅》这本书，恐怕不会再以贴标签的方式来认知，而会更加深入细致，对人物也好，对此书也好，会真正触及本质和灵魂。

左江：我的愿望是如此，但实际上，我们每个人都在给自己贴标签。你刚才说到贴标签，我就想到了，像潘金莲这样的女人，她的人生就是要给自己贴上标签，当然这个标签是以男性为主导的世界的标签。比如，武大死了之后，她跟西门庆之间有一段有趣的对话，她跟西门庆说，"我的武大今日已死，我只靠着你作主"，让西门庆不要负心。西门庆回答说："我若负了心，就是你武大一般。"我们说过，在潘金莲的意识里，对于跟武大的婚姻关系，她是厌弃的，也是她想解脱的。但是，只要武大活着，她就是被贴上了"武大家"标签的女人。武大的死，导致了标签的失效，也导致了潘金莲身份的缺失。在那样的男权社会里，女人不是独立的个体，她的身份是由家庭、社会赋予的。武大一死，身份的缺失让她一下子失去了归属感，所以潘金莲迫不及待地要为自己贴上新的标签，由"武大家的"变成"西门庆家的"，潘金莲的一生可以说就是在为一个标签努力。我们都不愿意给自己贴标签，我们也不愿意让别人给自己贴标签，但是有时候，我们在努力地让自己成为一个有标签的人，这是一个悖论。

周萌

是的，不仅那个年代的人，直到今天，这类身份意识和标签意识依旧强烈。例如上一讲最后一位提问的观众朋友，为什么她会给自己贴标签呢？如果是别人强加给你，那是社会认知问题，但很多时候是我们给自己贴标签，这就涉及人的独立自主性，当一个人真正有了自我以后，这样的标签未必会完全褪去，但至少会淡很多，所以独立自主是"我之所以为我"的基本前提。这在现代社会依然如此，尤其对女性来说，虽然中国女性的身份地位发生了翻天覆地的变化，但客观地说，今天仍是一个男权社会，像左老师这样的教授当然没有问题，但一般人恐怕就未必了。

听众：想问一下，吴月娘想怀孩子，要买来别的孩子的胎盘；孩子孝哥儿刚出生的时候，他们去花了好多钱做法事，李瓶儿的最后并没有什么用，为什么在当时的社会背景下，这些所谓的跟佛家、道家接触的人会去做一些让人觉得不齿的勾当呢？

左江：先说一下，你把孝哥儿和官哥儿混在一起了，官哥儿是李瓶儿自然怀孕生下来的，吴月娘的孝哥儿是一个尼姑帮她选了日子吃药成功后生下来的。关于宗教也是很复杂的问题。首先我们得了解什么是真正的道教、佛教，书里面出现的所谓的道士、和尚、尼姑等多是以骗财为主的，那不是真正的佛家或者道家，也不是信仰，而是有很多功利性的目的，跟现代人求神拜佛是一样的，都是去跟神跟佛做交易，离真正的信仰非常遥远。西门庆曾经说过：神仙也是要用钱的，我只要花了钱，即使强奸了嫦娥、和奸了织女，也不会减我泼天富贵。他有这样的想法又怎么可能去真正行善积德呢？在这个问题上，大家要将民间宗教信仰跟真正的佛道教义区分开来，才能够看到那些为功利目的所驱使的民间信仰，其带来的因果报应等是不能够让人信服的，就像你会有这样的疑问一样。

周萌

左老师讲得很好，真正的佛教和一般的民间信仰是有区别的，民间往往把什么东西都混杂在一起，甚至连庙里的供奉都很不纯粹，但从佛教的本意来说，佛陀只是一个老师，教人怎样做人，怎样认识自己、怎样认识世界，从来没有佛祖可以保佑人无灾无难之说。现实却是，人们到庙里求神拜佛，往往是花钱买东西，变成了交易，这不是纯粹的信仰。直到现在，偶尔还会看到类似的负面新闻，除了佛教团体本身不太纯净以外，其实我们更该反省自己，为什么寺庙新年第一炷香卖这么贵？为什么开光的东西卖这么贵？因为你不是纯粹的信仰，而是有许多难以明言的需求。既然是交易，你有需求，他就有供给。我在谈佛教的时候，往往会先提一个问题，佛教到底是有神论还是无神论？其实，原始佛教是无神论，作为老师，佛陀哪来的无边法力？因此，很多东西需要我们辨别，当然，这得首先具备辨别的能力。

今天是《金瓶梅》人物谈的最后一讲，感谢观众朋友这一个多月以来的陪伴，其实，在这个过程中，不仅有左老师的讲授，让大家对《金瓶梅》有了全新的认识，而且通过交流互动，我们也受到了很多启发，对人性、对社会、对政治、对经商等许多事情有了许多新的认识。南书房的沙龙方式非常好，能让主讲和听众真正形成互动，彼此增长见识。再次感谢在座的听众朋友，感谢南书房提供这样的交流平台。谢谢大家。

下一次南书房夜话的举办时间是5月20日晚上7点整，内容是《说苑》，欢迎大家参加。今天的内容到此结束，谢谢大家。

南书房夜话第五十六期
君臣父子转相为本
——《说苑》中的独特伦理

嘉宾：张丰乾　仝广秀　方映灵（兼主持）
时间：2017年5月20日　19：00—21：00

《说苑》其书

《说苑》是《汉书·艺文志》所著录的"刘向所序67篇"中的一种，是刘向校书时据皇家所藏和民间流行的书册资料，加以选择整理类编而成的。刘向纂辑先秦及汉代的遗闻轶事，借以阐述儒家思想。该书在流传中多有散佚，目前有多种校证本问世。

方映灵

各位现场的听众朋友，大家晚上好！欢迎大家参加今晚的南书房夜话。

我们今天的话题是"君臣父子转相为本——《说苑》中的独特伦理"。《说苑》这本书，现场各位有没有人读过？没人读过，确实这本书读的人可能会比较少。那我就先来讲一下，做一个铺垫。应该讲，《说苑》的这个"说"，跟我们《世说新语》中的"说"是同一个意思，就是讲故事，通过故事来讲明一些道理，而且它的体裁是采用对话体。正因为《说苑》是讲故事的，所以一般在选历代小说作品时，都把它列进去，所以，我们也可以说，《说苑》是一个古代小说集。

尽管它里面的风格是非常平实的，是把皇家的藏书和民间的故事以用一种对话体以讲故事的形式讲出来的，但是它讲出来的一些哲理性的东西是给帝王看的，讲君臣之道是怎么样的，君王之道是什么，臣之道又是什么，这对于普通民众来说，会觉得好像跟我们没有什么关系，我觉得这是它没有得到广泛流传的重要原因。

那么，《说苑》的作者又是谁呢？是刘向，刘向的先祖是汉高祖刘邦的弟弟楚元王，所以刘向不仅是皇亲国戚，而且本身就是皇族。而他的工作职责就是校阅整理皇家藏书，《战国策》就是他整理编辑的。正因为他的身份和地位，所以他要忠告规劝朝廷，帝王之道是什么、君臣之道是什么，诸如此类这些内容。我认为，刘向在《说苑》中突出地表现了一个特点，这就是文以载道，通过讲故事阐明自己的思想观点。刘向本身是一个儒家，书中主要体现了儒家思想，但他博学广闻，兼收并蓄，所以他在这本书中所体现出来的，是融会贯通了儒家、墨家、名家和法家等各种思想的。所以可以说，只要对朝廷、对帝王之道有用，能巩固汉代政权，他都吸收采用。

张丰乾：《说苑》这本书被后代的学者誉为"兼综九流，牢笼百家"。一方面，方老师刚才讲到，看这本书的目录时比较突出的一个印象是儒家的思想；但是另一方面，因为刘向的工作是整理皇室的藏书，他博览群书，非常善于思考，所以他编这本书的时候实际是把先秦以来的各家的学说、理论都采纳进来，然后自成一个体系。

这本书又有什么特殊之处呢？它有相应的理论建构。《说苑》中有很多说法，其中又有很多的典故和事例，刘向对这些事例进行重新叙述，更重要的是对这些事例进行解读和研判。

我们先简单地来看一下《说苑》背后的一些思想资源。《中庸》讲"天下之达道五"，就是能够通行天下的，用我们现在的话就是普适原则，它有五个方面。"所以行之者三"，作为行为根据的就有三种，第一个是君臣，就是我们现在说的行政上的上下级关系，大家不要觉得，我们现在是共和社会，没有君臣，其实照样有上下级的关系；还有父子，父子当中也包括父母和子女；还有"夫妇"；"昆弟"就是兄弟；以及"朋友"。这五者在古代就叫作"五伦"，就是五种最基本的人际关系。

《庄子》对制度、礼法，对等级是有激烈的批评的，这实际上是《庄子》中一部分的内容，其实在《庄子·人间世》里面讲到"天下有大戒二：其一，命也；其二，义也"——天底下最重要的两个基本原则，或者我们每个人不得不遵守的两个戒律或者戒条，第一个是命，第二个是义。这里的"命"是什么呢？不是说死生有命，富贵在天，这里的"命"是"子之爱亲，命也，不可解于心"，就是子女对于亲人的爱护或者爱惜或者爱恋，是天生的，你心里没办法放得下的，这是命，生来就具有的，即使没有人教你，也会知晓。"臣之事君，义也，无适而非君也。"你到哪里去，都会有君主的存在，比如《鲁宾逊漂流记》，它这里面也有一个主仆的关系，主仆就是君臣关系。"无所逃于天地之间"，只要你在天地之间生活，君臣父子这两个方面是没有办法逃避的。

由此可见，我们今天讨论这个问题实际是非常关键的等级关系问题。庄子的这句话就被后人概括为"君臣父子无所逃于天地之间"。哪怕是佛教徒，出家后同样有师父、有师兄师弟，同样要面对如何处理寺庙里面的等级关系，也要处理自己和父母之间的关系，等等。

我们再来看一下《说苑·建本》。这一篇讲到"天之所生，地之所养，莫贵乎人"，我觉得这是非常可贵的人本主义，天生地养，人的价值是最宝贵的。但是我们人生活在这个社会上，或者人生活在天地之间要遵守各种各样的原理、遵守各种各样的法则，在这当中，还是没有比父子之间的亲缘关系更加重要。而且实际是父子在君臣之先，先有父子，后有君臣。"父子之亲，君臣之义"，"父子之亲"就是有感情色彩；"君臣之义"，这个"义"是道义方面的，这个道义有可能和感情是会发生冲突的。

"父道圣"，作为父亲的，应该达到圣的要求，这点也是比较特别的。我们中国古代说"圣贤"，一般是指帝王和君主而言，但是在《说苑》里讲做父亲的应该是"圣"，"圣"是什么意思呢？"圣"的本意是听的意思，听觉非常发达的是圣人，父亲应该按照圣的要求做事情。"子道仁"，儿子应该是体现出一种仁爱，有同情心。"君道义",君主做事情应该遵循义的原则,所以"父圣子仁,君义臣忠"是相互的。为什么现在"弟子规"引起这么大的争议呢?因为"弟子规"把《孔子》里讲到的一句话片面地突出出来,甚至有的地方无限制地放大,实际上在中国古代讲"君臣父子"时都是相互的,伦理关系是对等的,各有各的义务,君主也不是所谓的完全专制。所谓"君叫臣死,臣不得不死;父让子亡,子不得不亡"等,这也是一种极端化的表述。

在《说苑》里讲到君臣父子时,实际是着眼于相互之间的关系的。因此我们设计了关于《说苑》的系列对谈。我们的初衷也是希望能够打开大家的眼界,使我们对于中国传统文化有更深、更广的了解。

方映灵

张老师刚才把君臣父子的相互关系做了基本地破题阐述,下面我们有请仝广秀老师对此继续解读,大家欢迎!

仝广秀:大家好,我接着刚才张老师的话,想进一步谈谈《说苑》产生的时代背景,因为如果我们对它的时代背景及刘向本人的撰作意图有更进一步的了解的话,对于理解这本书的内容本身,我想是有很大帮助的。喜欢读历史的朋友可以很容易地发现人类历史上一个普遍规律,什么普遍规律呢?世界上任何一个古老的、伟大的文明共同体,比如古希腊也好,罗马帝国、波斯帝国也好,还有古代中国,在开创之初必然是生机勃勃的,充满着刚猛的、扬厉的、质朴的气象,有一种昂扬向上的精神氛围。但是传了几代之后,这个氛围就开始变质了,开国气象慢慢变得衰颓腐朽,社会风尚也开始变得浮华奢靡,享乐之风开始盛行起来。这种状况在古代罗马帝国和汉帝国表现得都很明显。

汉代开国之初,刘邦以布衣为天子,一直到后来的文帝、景帝,这一时期的汉帝国是非常质朴的,法制也很严明,在有意识地以质救文。汉武帝时代是汉帝国的全盛期,呈现出刚健昂扬的精神特质。但是汉武帝之后,汉代就开始走下坡路了。尽管有过汉宣帝的中兴,而像后期的元帝、成帝等，不管是帝王的个人素质，还是社会的整体风俗，都开始慢慢变得柔弱、浮艳、奢淫，这时候外戚也逐渐崛起了，国家已经出现了潜在的重大危机。刘向对此是看得很清楚的，他的政治经验非常丰富，历仕宣帝、元帝、成帝三朝，希望能对时弊作出矫正，对君主德性作出引导和劝谏。举例来说，汉元帝其人优柔寡断，跟他的先祖汉高祖、汉武帝杀伐果决的素质完全没法比。汉成帝则是耽于酒色，是中国历史上非常著名的风流皇帝。这样的精神品质不要说对君主而言，就是对普通人来说也是不适宜的。所以刘向在汉成帝身上可以说是花了很大的心思，他著书的直接目的就是怎样把汉成帝教育好，使他成为一个好的、良善的帝王。

刘向当时和儿子刘歆一起校理秘府藏书，也就是管理皇家图书。所以刘向本人有非常便利的条件去遍览种类繁多的典籍。《说苑》一书就是刘向从上至周秦、下迄汉代的各类书籍文献当中，选取可以"正得失、陈法戒"的故事汇编成册，对帝王进行德性上的培育。因为在我们古典政治传统当中，怎样去衡量一个君主的统治是不是正当的，从臣子到百姓凭什么去服从和认同君主的统治，其中的关键因素就是君主一定要有德，如果君主失德的话，那么他的统治秩序也就必然会遭到质疑。我主要是谈一下刘向编纂《说苑》的时代背景和根本关切。

张丰乾：刚刚仝老师就背景作了一个非常好的宏观上的描述，言简意赅。我们接下来具体看一下跟《说苑》有关的一些问题，这些问题就是讲君臣和父子之间的关系。在这个关系上，我们要进一步澄清，儒家真正优良的传统从来都是强调君臣和父子之间是相互的关系，并不是单方面的。

君臣和父子之间的关系是有条件、有基础的，是随着环境不断地变化而变化的。这些思想实际是我们比较熟悉的，但是假如没有以《说苑》为对照的话，我们对它们真正的意义不见得能够非常地了解。

下面我们就进入正题，看《说苑》当中怎样来理解君臣和父子的关系，首先讲"贤父之于子也"，父亲对于子女的责任，或者父亲对于子女的义务："慈惠以生之，教诲以成之，养其谊，藏其伪，时其节，慎其施。"其中提出了多方面、很具体的要求。首先就是要教育他、教诲他，让他长大成人。"养其谊"，这个"谊"就是适宜的"宜"，他有什么特长，他适合做什么事情，你作为父亲要给他提供条件，要养护他、要培养他；"藏其伪"，比如孩子有哪些不真实的地方，这儿的"藏其伪"就是要避免，扬长避短，要避免他的缺点；"时其节"，掌握好他的生长发育的时期，少年时候该做什么，成年时候该做什么，壮年时候该做什么；"慎其施"，父母给予子女的很多东西一定要非常的严肃，不是说子女要什么东西，父母就给什么东西，否则的话，子女索求无度，他觉得所有的东西都是理所应当的，有朝一日，一旦不能满足，就开始大发雷霆。现在这样的子女就非常的多。更重要的是，"子年七岁以上"，当孩子7岁以上，在我们现在相当于学龄儿童了，"父为之择明师，选良友"，为他选择好的老师、选择好的朋友，"勿使见恶"，不要让他跟那些有不良习惯的人生活在一起，当然这里面也包括父母自身要约束自己，不要在孩子面前展现自己的恶言恶习。"少渐之以善"，慢慢地用善言善行去熏染他，这个"渐"就是影响他，这里是"渐"，而不是说强迫他接受，是慢慢、慢慢地教化他。"使之早化"，这里"化"很关键，不是说形式上让这个孩子怎么样，而是让这些很好的德行和行为方式内化为孩子自身的，成为他生命中的一部分。

这段文字实际是讲父亲怎样对待孩子的，比重超过孩子怎样对待父亲。父亲做到这些方面以后，"贤子之事亲，发言陈辞，应对不悖乎耳"。贤人的孩子对待自己的亲人，特别是对待自己的父母亲时，首先是从言辞开始，一开口讲话应对的时候，"不悖乎耳"就是讲话不难听。我们现在见得太多了，因为我的小孩也小，所以跟很多家长有沟通，现在这些小孩子对父母都是呼来唤去的，按照这里古人说的，这种情况应该是要避免的。

仝广秀：张老师刚才阐释了作为伦理关系的君臣父子。在当下这个时代，我们可能很难理解，君臣关系为什么会如同父子一般，体现为一种伦理关系呢？父子关系当然是出于天性和血亲，这是无法更改的、上天注定的事实。但古人在建构和论述伦理关系时，是把君臣和父子放在一起来讲，二者之间有一种同源性和同一性。为什么从父子关系出发，可以类推到君臣关系呢？这意味着君臣要像父子那样去相处，要面对与父子关系相类似的要求。用我们今天的状况来对照的话，比如我们和单位领导之间，可能会有私人意义上的父子之情，但我们一般不会用父子伦理去进行要求。而中国古代政治传统在论述君臣关系时，是自觉地将其放置在一个伦理体系中的，这关系到非常根本的问题，也就是君臣关系的合法性问题。如果说"君"和"臣"之间仅仅是一种雇佣和聘任，臣子全凭一己之意而自由地来去，这样的话就不存在义务的承担，政治基础肯定是不牢固的。而且以父子关系来类比君臣关系的话，对于君和臣其实是作出了标准非常高的要求。就像张老师刚才所说，君和臣之间要有相互的义务，君主对大臣要有很大程度上的尊重、信任和礼遇，就像孔子所说的"君使臣以礼，臣事君以忠"，否则就会导致孟子所谓"君之视臣如土芥，则臣视君如寇仇"。当然，历史上的暴君、奸臣固然是层出不穷的，但在古人对理想政治的论述里，君臣关系应当是良性的，要承担伦理意义上的责任和义务。我们要看到应然和实然之间的距离，要在古人自身的语境和思维方式中去看到他们君臣关系的最高要求。

张丰乾：《说苑》中说到父亲和子女的关系时，也不是简单的换位思考，说作为父亲要考虑儿子的立场、作为儿子要去考虑父亲的立场，不是这样的；而是父亲作为父亲本身，你就应该慈爱自己的子女。但是很多时候，为什么儒家强调这一点呢？就是大部分的人会情不自禁地以一个父亲的威严去强迫儿子，或者去发号施令，或者说他内心有这种慈爱，也不肯表达出来，所以在《说苑》里面强调了这一点，父和子都有贤能的要求，而且也并不是母亲才应该做到"慈"和"惠"，父亲也应该做到这一点。后面他讲到的"卑体贱身，不悖乎心"，"卑体贱身"是什么意思呢？子女对于父亲的恭敬之心，或者臣下对于君主的诚信之心，要体现在礼貌上，比如要鞠躬，古代可能还要磕头，这里强调"这应该是你自己心甘情愿的",意思是我诚心觉得要尊敬父亲,要感谢父母,所以要给他行礼而不是说出于其他的目的。《说苑》实际也是强调外在的礼仪和内在的情绪的一致性,假如你心里想不通,或者你作为父亲看到孩子气呼呼的,对你没有恭敬之心,那你也要进行反思,是不是自己有问题。当然另外一个方面,我们前面刚刚讲到了,对于父亲、对于上级的恭敬或者作为君主或者作为上级对于子女或者对于下级的爱护,也应当通过礼节,恰当地表达出来,这是《说苑·建本》这篇行文的。

下面我们再来看一下《说苑》中其他相关的一些内容。《论语·学而》篇记载,孔子说"弟子入则悌,出则弟,谨而信,泛爱众,而亲仁,行有余力,则以学文。"大家知道这句话是什么的源头吗?这句话就是《弟子规》的源头。现在《弟子规》有很多很多的争议。《弟子规》的问题也是把父母和子女之间的关系片面化、极端化了。

我们现在看一下,在《说苑·建本》中,这个是我们要了解的比较关键的一段文献,"君子之事亲,以积德",你的德行慢慢积累,如果培养起来要从哪里开始呢?就是从如何对待自己的亲人开始。我们现在一想到积德行善,立刻会想到捐款,立刻想到去做公益,但实际上积德应该从对自己的父母开始。"子者,亲之本也",开始出现"本","无所推而不从命,推而不从命者,惟害亲者也","子者亲之本也"是什么意思呢?在父子当中的子女是更为根本的,现在想一想,假如没有子女的话,父子之间的关系就不能够成立,那你可能没有后人、没有后代,所以从根本的意义上来说,在父母和子女关系中,子女是有更根本的作用和地位。

后面讲"故亲之所安,子皆供之",父母觉得心安的地方,你都需要去提供。结合大家熟悉的"其父攘羊"的例子来讲,假如这个父亲还算一个父亲的话,他为他的子女考虑,为他的家庭考虑,他一定是惴惴不安的,偷了别人的东西一定会惴惴不安的。他如果有悔过的表现,在这个时候,儿子可以帮他做一些事情,而不是去揭发他。

"贤臣之事君也,受官之日,以主为父,以国为家,以士人为兄弟",刚才仝老师也提到过这个问题,君臣和父子的关系是可以替换的,或者说是可以类推的。为什么是这样的呢?真正贤能的君主他接受官职之后,把他的上级作为一个父亲来对待,这样一个对待实际就说明什么问题呢?说明他们相互之间的关系是建立在感情基础上的,建立在我对他的尊敬、对他的信任基础之上的,如果你没有这样的尊敬、信任,你可以不去当这个官,你可以回避他,甚至可以反对他。

遇到对国、对家、对民众有利的事情时,如果相互之间情同手足、情同父子,他就不会去回避这些艰难的事情,也不回避自己的义务;相反,还会替你分担忧愁,甚至很艰难的处境或者很危险的事情,他都愿意跟你分担。所以我认为《说苑》的很多思想资源,无论是对我们个人日常的家庭关系也好,还是在工作当中的很多关系,都有很大的启发意义。

方映灵

我们今天的题目是"君臣父子转相为本",而且是《说苑》的独特伦理,这里有两层意思,一是我们传统儒家的正统伦理是什么;二是《说苑》的独特伦理又是什么。对于这个问题,应该怎么样来理解?请仝老师继续讲。

仝广秀:"君臣父子转相为本",这是《说苑》力图提供给世人的独特伦理关系。从我们的日常想法出发来看待君臣父子关系,很容易会想到"君为臣纲,父为子纲",可能会把子女对父母的角色理解为驯顺、服从,把臣子对君主的态度理解为唯命是从、俯首帖耳,似乎君主对臣子拥有绝对的管辖权,有财富和人身的主导权,父母对子女也处于主导的位置。对于这个问题,我们还是把它放在日常生活的寻常语境中来谈谈。今天有一个比较严重的家庭问题,就是父母对子女逼婚的问题,经常闹出很多社会新闻。年轻人结不结婚、生不生孩子似乎都是父母说了算,父母给他们施加了很大压力。根据我自己从身边朋友了解到的信息,父母们在逼婚、催婚的时候,给出的一个最主要的理由就是:我们把你从小养到大,对你付出这么多，你为什么不能顺从我们的意愿、满足我们的要求？当然父母们会毫不怀疑地认为自己这样做是在替子女考虑，是在以子女为"本"，子女如果忤逆的话，那当然就是"忘本"了。这种涉及日常伦理的例子，我相信我们大家很多人都会在各种场合、各种情境下遇到过。在这种情况下，"转相为本"的意义就突显出来了。它让我们明白，父子双方的责任和义务是相互的，一定要互相体谅、设身处地地为对方考虑，而不是完全从自己出发，或者把自己的意愿强加给对方。

方映灵

其实这里还有一点，就是君臣父子还要各司其职、各守其道。君之道是什么、臣之道是什么、父之道是什么、子之道是什么，每个角色都应该明白和固守自己的道，守住自己的根本，然后再考虑相互之间的关系，相互尊重。那么，君之道、臣之道、父之道、子之道具体在《说苑》中是怎样体现的呢？下面请张老师继续讲。

张丰乾：方老师突出了一个主题。我们在前面已经跟大家讲到过，或者大家比较普遍接受的相互伦理是"君义臣忠，父慈子孝"，这是最精确的概括了，就是君主的所作所为要符合道义，大臣要忠于君主。实际上我们现在想一想，"君义臣忠"的前提也是忠于道义，君主是道义的体现者，君臣关系就是道义的体现者，所以就是我们现在说的，君臣之道就是君义臣忠，前提就是君主的行为符合道义。这儿就有另外一个问题，当君主的所作所为背离道义怎么办？这时候正直的大臣怎么办？一般有两种办法：第一种就是所谓的"格君心之非"，就是要把它扭转过来，古代有很多的进谏，就是劝他，我们都知道古代的大臣要劝皇帝的时候表面上非常的谦卑，跪在那儿使劲地磕头，上奏章的时候语气也非常的谦恭，可是他态度非常的坚决，就像刚刚广秀老师说的，就像子女对待父母一样，哪怕杀头，哪怕给他什么样的惩罚，他也一定要劝你做这样的改正，这是一种；另外一种就是借机警告，比如发生什么自然灾害或异常现象了，就会引用历史上的一些例子，比如商纣王、夏桀这些典型的昏君是如何的，言下之意非常明确，假如君主不改正自己的错误，做不到义的话，那你的下场也是这样子。

我们再反过来看一下，如何转相为本呢？其实中国古代的宰相制度，很多的制度中都是官吏做主导的，大家知道为什么万历皇帝最后不愿意上朝吗？清朝的时候为什么取消宰相制度？就是因为大臣成了"本"，君主成了"末"，这是一个方面，即使不是从理论上，事实上也是这样的，相互对待这种关系很多时候反而是下层、下级占主导地位，甚至起决定性的作用，这是一个方面；另一方面，假如你不能主动顺应这种关系的互相转换，可能会引起很多的误解或者矛盾，相反，假如你顺应这种关系，善于听从下属的批评，善于纳谏，包括古代的皇帝罪己，自我谴责，然后改正了错误，这就是非常良性的互动。

跟这个有关系的，实际也涉及父子关系。当孩子受了批评的时候，要先以他为本，让他把自己的想法完整地表达出来，把事情的来龙去脉讲述清楚。在这个过程中，大人要保持克制，注意倾听，而不要居高临下，自以为是地把孩子训斥一番。当然，也不要无动于衷，让孩子失去诉说的意愿。

为什么是君臣父子转相为本？我觉得这个"转相为本"并不是简单的形式意义上的所谓的换位思考，说一切满足孩子的需求，并不是这样的。转相为本的"转"关键是看怎样去转，转在哪里。"转相为本"的时候实际就涉及两点，一个是"转"，另外一个是"相"，它们是一个相互的关系，而不是一个单向的关系。

我们来看一下《说苑》中的原文，"以遂其德"意思是相互成就，相互成就彼此的德行，君主也会帮助你。接下来就是我们这个题目最直接的出处，"君臣之与百姓，转相为本，如循环无端"，君臣关系和百姓之间的关系，不是固定化的，不是僵硬的，而是相互为本，是循环无端的。可能在这个事情上，老百姓是根本，在其他方面，可能上级的官吏是根本，是不断的循环的，也就是说，这种关系不是僵化的。"夫子亦云：'人之行莫大于孝。'""夫子"我们一般认为是孔子，人最重要的德行应该是孝，为什么这样讲呢？"孝行成于内"，孝顺父母的德行在家庭之内养成，"而嘉号布于外"，很美好的名称在社会上流传很广泛,"是谓建之于本",这儿的"建本"就是在培植根本,我们现在为什么要提倡家风呢?社会道德的根本实际是家庭伦理,如果说一个人在单位工作非常出色、非常优秀、非常忘我,可是他对他的父亲不孝顺,他对他的配偶不忠诚,他对他的子女不慈爱,这样的人一定是会造成非常非常大的危害,为什么呢?因为他离了根本,所以说"谓建之于本,而荣华自茂矣",根深蒂固,枝繁叶茂,离开了这个根本就没有这样一个伦理。

大家注意一下,"本"的含义是什么呢?"本"的含义就是树根。所以君主以大臣为根本,同时大臣也是以君主为根本,这就叫转相为本,不是单方面的"为本",而是"父以子为本,子以父为本"。我们都知道所谓的"三纲五常",是由"君君,臣臣,父父,子子"演变成为"君为臣纲,父为子纲,夫为妻纲",这样一套说法成了主流的说法,成了我们非常熟悉的说法。然后大家对于中国传统文化的很多批评都是对于"三纲五常"的批评,到现在还有很多很激烈的批评,有的人说"三纲"要批评,"五常"不能批评,可是批"三纲"时候好像就意味着整个传统文化都是这样讲的,都是说"臣以君为纲,子以父为纲,女性以男性为纲"。其实我们现在看在《说苑》中还有另外一种理论,这儿说得非常清楚:"君以臣为本,臣以君为本,父以子为本,子以父为本,弃其本,荣华槁矣。"就会枯槁,就是没有生命力,它们之间的关系是相互依存的,一方面是转化,这儿的转化不是简单意味着换位思考,而是父亲本身就应该以儿子为本,在很多环境底下、很多事情上,君主就应该以大臣为本,这种转换是一种因为事情的外在的需求,也可以说是一种自然法则,比如树根要为树叶提供养分,树叶也要吸收阳光,进行光合作用,使树根不断的壮大,这实际上是相互关系的作用,所以这里面讲到"君以臣为本,臣以君为本,父以子为本,子以父为本,弃其本,荣华槁矣。"也就是说,君臣父子实际是一个共同体,这个共同体中,是互相作为根本的,既然是互相作为根本的话,那么任何一个方面都不应该被忽视、不应该被压抑,更不应该被取消,或者更不应该单方面地突出其中一方。

方映灵

《说苑》这本书，刚才张老师讲，着重于它的伦理对象的转化和转相为本，从"本"的方面来讲清楚君臣父子之间的关系，书中卷一、卷二先陈述了君道是什么，臣道、臣术是什么。现在哲学系有一门课，叫"儒家管理哲学"，其实应该可以追溯到这里。古代家国天下是君臣、父子关系，是治国齐家平天下，但其实，假如我们转换理解为在一个单位里，领导和属下、上司和员工的关系，也是可以的，这种管理思想是可以借鉴的。所以《说苑》这本书的意义，我认为不仅仅是针对统治者、以及国家或者高层的统治者，它其实与我们现实社会、与我们普通百姓也是有密切关系的，可以说我们从书中能够体会借鉴到许多道理和思想。所以，《说苑》这本书是有现实意义的，倘若讲儒家管理哲学，这本书应该是一个很好的教材史料。我举一个例子，书中开始就讲了君道："夫有文无武，无以威下，有武无文，民畏不亲，文武俱行，威德乃成。"作为一个统治者或领导人，要立威也要立德，要有文也要有武，也就是既要有柔性的人文，也要有刚性的法度。假如只有文没有武，就没有一种威严，会因为镇不住而无法行使政令，但只有武没有文，那么民众下属就会很畏惧你，不会和你亲近，也无法行使政令，所以只有"文武俱行，威德乃成"。这里讲出的一个道理就是，作为一个领导者，不管大领导也好，小领导也好，都要有文有武，刚柔相济，既要讲人情也要讲原则，才能立德，才能立威，威德乃成。

书中也讲到君臣之道，那么君臣之道都各是什么呢？君应该怎么做？臣应该怎么做？书中很明确地说："主道知人，臣道知事"，你作为一个统治者，就是要知人善任，要管理好人事，你的职责不是去做具体的事；但作为属下、作为臣，你的职责就是做具体事情的，你就应该知道具体事情怎么做。所以，这种各守其道各司其职，对于国家和社会的管理都是非常有启发意义的。对于君臣关系，书中提出了四种情况："帝者之臣，其名臣也，其实师也；王者之臣，其名臣也，其实友也；霸者之臣，其名臣也，其实宾也；危者之臣，其名臣也，其实虏也。"这些对统治者、领导者来说，也是很有警示警醒价值的。还有臣道的一方面，那么作为一个臣子、一个部下应该怎么做呢？也就是说，什么才是你作为一个臣子应该做的事情呢？书中认为，"顺从而复命，无所敢夺，义不苟合"，就是说，为臣之道除了要顺从完成君王交给的任务外，最重要的是你不能越位，更不能觊觎王位篡夺王位，一个连王位都敢夺的臣子下属，就丧失了为臣的根本道义了。书中还提出正邪各六种臣，"六正"臣分别是圣臣、良臣、忠臣、智臣、贞臣和直臣，都是善于辅助帝王、忠诚于帝王的；"六邪"臣则是具臣、谀臣、奸臣、谗臣、贼臣和亡国之臣，这些都是谋害帝王的。这六正六邪，可以说对君臣之道概括得非常清楚，假如从儒家管理哲学角度来说，我觉得这是很好的教材。

书中还提出："君道义，臣道忠"。就是说，作为君王、作为领导者，你要对臣子、属下讲仁义，你要尊重臣子、属下，臣子、属下则要对君王忠诚，相互之间要各守其道，相互为本。我认为这个"本"应该有一个相互尊重的意思，本就是根本，既然你把他作为本，这就意味着值得你去维护和尊重，这才能成为本，假如你轻视他，毫不尊重他，不把他当回事，那就意味着你不是把他当本了。所以这个"君以臣为本，臣以君为本"，应该可以理解为君臣、父子、上下相互之间的相互尊重，相互地维护对方的根本利益。可以说，这是《说苑》"转相为本"给我们的一种启示。引申到我们现代社会，当领导的和当属下的，当父母的和当子女的，也要相互的尊重，无论是人格上的尊重还是其他方面，都要相互尊重、相互维护对方根本利益，这样才是一个和谐的单位、和谐的社会、和谐的家庭。所以，《说苑》"转相为本"这个伦理思想，我认为是很有现实意义。

仝广秀：刚才方老师讲了《说苑》中对君主和臣子的不同要求，包括君主与臣子的各种类型，这些类型里面有正有邪、有好有坏，不同类型的君臣会导致不同的政治后果。如果说君臣关系融洽，彼此推心置腹、和衷共济的话，那么国家就会兴盛；如果君臣之间互相猜忌提防、争权夺势的话，这就是所谓的亡国之相。我们可能会觉得，在君臣关系中，君主应该是天然地处于强势地位，握有巨量的资源和无上的权力，完全决定着臣下的生死。但事实上，在历史现实中，君臣之间并不是必然的上与下的绝对权力关系。历史上有很多权臣，大臣显得很强势，君主反而比较孱弱，比如周公和周成王、霍光和汉宣帝、曹操和汉献帝、诸葛亮和蜀后主，等等。如果一个权臣能够像周公和诸葛亮这样本身有公心，这当然是没有问题的，可以维持政治生活的良善状态；但如果说这个权臣恰好是一个奸臣，只为满足一己私欲的话，那么结果会截然相反了。所以"君臣父子转相为本"的伦理准则，就是要求君臣之间坦诚相见，"开诚心、布公道"，这正是儒家对于君臣关系的理想规定。

在这里我要提醒大家，就君臣关系而言，儒家的观念和道家、法家其实是不一样的。在道家观念中，尤其是汉初比较盛行的黄老道家，对于"君臣关系"的界定和儒家所谓的"转相为本"可以说是相反的。黄老道家认为，一个合格的君主要有"虚静之德"，所谓"虚静之德"就是我们通常讲的"无为而治"。我们或许会觉得无为而治就是什么事都不管，当一个逍遥的闲人，其实并不是这样。道家所谓"虚静"，就是君主和大臣之间要保持一种距离，保持距离的目的是让臣下对君主琢磨不透。道家认为，如果君主和大臣之间关系过分密切，乃至推心置腹，那么大臣对君主的性格、喜好和心思势必都了如指掌，这样一来大臣就可以不动声色地对君主加以防范和操纵。君臣之间保持这样的距离，就是为了君主不给臣下以可乘之机，对大臣实施较好的监管、提防和控制，让臣下捉摸不透，所谓"神龙见首不见尾"，这就是黄老道家治国理政的风格。秦始皇对这套方法就非常崇信，也非常在行。秦始皇下令宫殿之间修建相连的甬道，在甬道上以帷幕遮挡，如果宫人敢透露皇帝的所在，马上处死，这样做的目的就是要隐藏自己的行踪，让自己处在一个隐秘的位置。秦始皇还监视着丞相，看到丞相的车马仪仗太奢侈而不悦，结果身边的人把这个看法告诉了丞相，丞相马上就把车骑的规格缩减了。秦始皇一看，明白是有人泄露了禁中语，"泄露禁中语"在历代都是非常严重的罪行，所以秦始皇立即对身边的班子作了残酷整肃。我们之所以说"君臣父子转相为本"是一个独特的伦理观，就是要突出它的儒家色彩，使它区别于法家和黄老道家的观念。"转相为本"的观念深刻影响了自汉代以降的执政方式，对于理想政治的境界作出了奠基性的规定。

方映灵：

现在时间还有20分钟左右，看看现场听众有没有什么问题，大家可以互动一下。

听众： 各位嘉宾晚上好，我进来的时候老师正在讲"君君臣臣父父子子"，我觉得君臣关系和父子关系，当今上下级的关系跟以前的君臣关系变化不怎么大，可能差不多，当今社会的子女与父母的关系与以往的子女和父母关系改变确实就很大，比如说，现在好多子女都比父母文化高一点，挣的钱就多一点，他就感觉到比父母的能力大一点，就在父母面前自高自大的，这些现象不知道老师们是怎么看待的？或者有什么好的建议可以改变？我想请仝老师谈谈你的感受及体会。

仝广秀： 那么我简单谈一下我的看法，我理解您的意思，可能您想说，现在的父子关系改变了，子女在知识上、精力上可能都比父母那一代人强了，所以父母感觉在很多时候都"说不动"他们，反而是子女在做父母的主了。在我看来，各个家庭可能有各种不相同的情况，在家庭内部，如果这样的情况并没有损害原本融洽的、良性的关系，我觉得问题还不大。我们要强调的是，子女绝不能以欺凌的、霸道的态度来对待父母。其实在很多时候，老人确实会出现对形势判断不清的情形，比如现在新闻中屡屡出现的老人落入保健品陷阱的案例，这时子女当然要对父母进行劝阻。

张丰乾： 我觉得你这个问题非常好，我再补充一下，我们现在经过五四以后，"五伦"受到了很大的挑战，这里面有一个非常重要的问题，现在很多都是独生子女，说到独生子女的问题时，我们很多说独生子女在家里是小皇帝，都是以他为本，完全不是以父母为本，但是这样表面上以孩子为本，实际上造成了很大的伤害，其中有一个方面就是造成了子女非常强的依赖性。我自己亲身经历过，我问过一个朋友的小孩，问他有什么理想，他说他想成为富二代，然后我问他，为什么不想成为富一代呢？他想成为富二代的时候，他就会时时刻刻以是否富裕去要求他的父母，这个对他的父母压力是非常大的，这背后有很大的隐患，我就跟那个小孩说："那你为什么不从你开始富裕，让你的父母觉得荣光呢？"那个小孩当时瞠目结舌，说自己没有想过这个问题。所以我想，古代的思想资源给我们提供一个启发，还有另外一个说法，是"多年父子成兄弟"，这是一个平等的关系，但是这种平等，我觉得父亲和儿子之间，很多时候，比如在社会阅历方面、资历方面，父亲还是不能够放弃你的责任，另外，很多事情也确实应该以儿子为主导。

听众：讲到儒家，我们应该想到朱熹的理学，理学实际是综合了儒家、道家和佛家三家来做的一个综合体系，我想了解一下朱熹的理学和后来的阳明心学，阳明心学的"知行合一"，因为我们现在总是在提阳明心学的"知行合一"，对这方面有什么影响？老师能否阐述一下。

张丰乾：两者实际是各有所长．在朱熹的时代，朱熹和陆九渊已经产生了这种争论。因为王阳明是接着陆九渊讲的，陆九渊说朱熹是支离破碎，朱熹就批评陆九渊过于空疏。回到今天的主题，我想正好你提到这个问题，在这儿跟大家简单讲一下读书的范围和方法。我们现在说到王阳明，大家现在都在谈王阳明，我们说王阳明是心学家，突出"致良知"；朱熹是理学家，强调"格物致知"。当我们关注到很多有很好的切入点的时候，我们不要满足于这个切入点，而是由这个切入点切入进去，对这个思想家有一个比较深刻的了解，而不是停留于谈一些非常大、非常宽泛的题目，所以我今天也是特意选择了大家相对生疏，但又具有重要意义的《说苑》来讲。

另外，讲到"转相为本"的基础、方式和意义。转相为本的本，其实刚才方老师和仝老师讲得非常好，对我有很好的启发，之所以"转相为本"，首先是相互尊重，还有相互珍惜，当然也包括相互倾听、相互讨论，这个"本"不是说转过了以后，你说什么都是你主导的，不是这样子的，本和末实际还是相互的关系，这个基础是在什么地方呢？基础是在于每个生命个体都是平等的。我觉得每一个孩子当他成型的时候，都有他的独立性，假如没有独立性的话，就不能成为一个独立的生命体。他从妈妈的子宫里面出来的时候，就作为一个独立的人在社会上存在，作为父母，就应该听取孩子的心声，跟他们平等的交流，你表面上溺爱他们，满足他们一切的意愿，表面是以他为本，实际上恰好是以他为末，把他当成一种实现自己愿望的工具。

方映灵

你这个问题，我觉得跟今晚的主题有关系，问得很好！我补充张老师一点，回答你这个问题。简单地说，朱熹跟王阳明是有一个时间先后发展的问题，先有朱熹理学，后有王阳明心学。他们最根本的区别，比如刚刚我们今天讲的君臣父子关系的时候，以朱熹理学方面的态度和倾向是强调"君"、强调"父"的绝对权威的，所以他非常赞赏"君君、臣臣、父父、子子"这样一种伦理，而且还上升到一种天理的高度。但是王阳明的心学就不是这样，他认为"天理就是良知"，人的天性本来就具有评判一切的良知，这个良知就是天理，所以，这样的理论现实结果就是，作为臣、作为子，对于君、父这些外在的权威是可以不一定服从的。应该说，阳明学是看到了朱熹理学这方面的不足和欠缺，会导致一些人间悲剧和残酷结果，才作出这种理论修正的，他们两种学问应该有这个关系。

张丰乾：这里面有一点不太同意方老师的说法，朱熹也不是说完全维护君臣关系，为什么这样子讲呢？我们从朱熹的经历可以做一个反证，因为朱熹的学说在当时被打为伪学，当然伪学是其他大臣对他的攻击，事实上，朱熹本人有一个非常强烈的愿望，"格君心之非"。朱熹有很多奏折啊、封事啊，实际上都是跟皇帝唱对台戏的，从奏折上看，言辞都是极其的恭敬，但从他的主张来说，实际上是非常严肃的。包括很多方面，大的方面，包括教育文化方面，实际上还是继承孟子的传统，这个传统是什么？就是"以道事君"。

你不采纳我的学说，我反复的去讲，我不会因为受到打击、受到排挤、受到诬告，就改变我的学说，这是朱熹一生所坚持的立场。

方映灵
　　本来应该是这样的，从朱熹本人的本意也应该是这样的，但作为一种理论总有它的不足和发展倾向，朱熹理学最终会导致这样的结果，王阳明心学最终也会导致一些很狂狷的倾向，那是另外一回事了。

　　张丰乾：非常重要的一点，为什么清代的时候朱子学被封为官方的学说，而阳明学在民间有这么大的影响，两者在取向和人格修养方面是不一样的，显然是朱子的学说对统治者来说更适用。

　　仝广秀：我想补充一句，我非常认同方老师刚才所讲的，任何一个学派、任何一种学问的末流，往往会变得适得其反。比如朱子学的末流就显得特别迂阔、不知变通，阳明学的末流就表现为空疏狂放，导致晚明出现了非常败坏的社会风气。所以我们对于某一学问的初衷和末流还是要进行区分，加以区别对待。

方映灵
　　今天的题目给我们的启示是，相互尊重是最重要的，不能只强调某一方。同样道理，作为朱熹理学也好，作为王阳明心学也好，也同样不能强调自己的一方学问才是最正确的，而应该相互尊重，相互为本。今天的夜话就到这里结束，6月3日第二期第二讲，还是讲这本书，希望大家继续跟我们互动交流。谢谢大家！

南书房夜话第五十七期
利归于民、罪责在我
——《说苑》中的为政之道

嘉宾：张丰乾　仝广秀　方映灵（兼主持）
时间：2017年6月3日　19：00—21：00

方映灵

各位现场的听众朋友，大家晚上好！欢迎大家来到南书房参加我们的夜话，我是今晚主持人方映灵。从上一期开始，我们夜话的主题是围绕汉代刘向所著的《说苑》一书，今天的主讲嘉宾还是中山大学的张丰乾老师以及仝广秀老师，上一期来过的听众朋友应该比较熟悉。刚才在外面碰到一位从事设计的听众，他说他每次夜话都来参加。我觉得，如果大家经常来参加南书房夜话的话，应该是可以学到很多东西的，特别是在国学、传统文化等方面，会汲取到很多文化营养，得到很多启发。

我们上一期讲的是《说苑》中的君臣关系，讲了君臣关系的转相为本；今晚的主题是"利归于民、罪责在我——《说苑》中的为政之道"，讲的则是君民关系。

作为一个统治者，要治国理政，履行自己治国平天下的职责，最核心的就落实在怎样对待民众这个问题上。所以应该说，君民关系是为政之道的核心和至关重要的问题。一个君王是爱民、利民还是害民，是富民还是富君王自己，这是为政之道的核心。可以说，什么样的君民关系，就体现了什么样的为政之道。那么，在《说苑》这本书中，体现了怎样的君民关系和为政之道呢？下面我们首先有请今晚的主讲嘉宾张丰乾老师，大家欢迎！

张丰乾：刚才方老师做了很好的破题。我们在讲到君和民的关系时，第一反应就是，是不是说君主就是主宰、民众就是服从呢？《白虎通义》中说："君者，群也。群下归心也。"君和群众的群是相对应的，群众的群就是旁边一个君加上羊，古代讲"牧天下"，就是指放羊的人是君主，而羊就是群众。

今天我们讲《说苑》里比较特别的，当然也不是《说苑》独有的，就是讲到利益关系时，不仅是说不要与民争利，而且还强调"利归于民"。特别是，当发生过错、政治失误、天灾人祸的时候，罪责在哪里呢？罪责在"我"——大家可能了解，古代的天子都有下"罪己诏"的传统，在发生地震、水灾、旱灾的时候，天子觉得自己有责任。这当然是在特别的背景下，就是在有重大灾难的背景下。而在日常的行为中，民众犯了错误，贤能的君主也会觉得是他的责任。实际上这一点，在我读这本书的时候，对我有一个很大的冲击。大部分的读者都会认为中国古代是专制的，皇权至上，民众都是被肆意踩躏，无论君主、官员做出什么样子，也是伪善、有欺骗性的，或者说是类似于麻醉剂这样的。

那么我们来看一下《说苑》中"利"这个字，《说文·刀部》："利，铦（guā）也，从刀。"锋利、锐利的"利"也是从此引申出来的，但是"利"的本意是讲"和然后利，从和省。《易》曰：'利者，义之和也。'"这是《周易·乾卦》的《文言传》中讲到的。我觉得这本身对我们是一个很好的启发。很多教科书上讲到说为什么中国商业不发达，为什么近现代以来落后，都说是受儒家思想影响，或者说是重农轻商，贬低人的利益。然而古代经典中讲"利"，实际上是讲"和然后利"；所谓的"利"是和"义"相符合的，但是"利"本身要获得大家的认可，促进人际关系的和谐。

孔子对"利"有很多的反思。比如说："放于利而行，多怨"，就是说如果只追求"利"的话，就会产生很多的怨恨。所以他说："君子喻于义，小人喻于利。"君子和小人都有明白的地方，但是他明白的对象不一样。在孔子这里，似乎"利"和"义"是有对立的，在现实生活中，也有很多这样的现象，比如说唯利是图、利欲熏心、见利忘义等，这种现象也确实是有的。我们顺便和大家讲一下和《说苑》有关系的孔子的思想，如果不是"放于利而行"的话，那怎么办呢？孔子说："因民之所利而利之，斯不亦惠而不费乎？"就是对民众有利的，你就去做；就像我们现在讲的"利为民所谋"，或者说"谋利要谋天下利"，不要谋自己的私利。所以，顺应民众的利益实现它，这时候"义"就是"利"的实现，可以有很多的好处，不需要很多的成本。"择可劳而劳之，又谁怨？"你让民众付出劳力也没有问题啊，只是"可劳而劳之"，就是不要过分；"欲仁而得仁，又焉贪？"民众所追求的仁也能够实现，所以自然不会表现出贪婪；故"君子无众寡，无小大，无敢慢，斯不亦泰而不骄乎？""泰而不骄"就是说不要分多还是少、大还是小，都不要轻慢它，"泰"就是从容不迫的样子，没有骄横，这是内在的德行；然后外在的就是"君子正其衣冠，尊其瞻视，俨然人望而位之，斯不亦威而不猛乎"？就是说衣冠很端正，行为非常符合礼节，别人一看就肃然起敬，这样你就不需要摆什么威风，但也不会显得高冷，不会让人有压力、紧张感。所以这里讲到的是如何处理和百姓"利"的关系。

接下来我们看有关"罪"的意思，《说文·网部》："罪，捕鱼竹网。从网、非。秦以罪为辠字。""非"是表示它的音，"秦以罪为辠字"，就是秦代，特别是在秦始皇的时候，把"罪"写成"辠"这个字。《说文·辛部》："辠，犯法也，从辛从自，言辠人蹙鼻苦辛之忧。亲以辠似皇字，改为罪。"一开始"罪"的本字是这样的，但是后来"辠"和"皇"字非常接近，所以就改成了"罪"。非常有意思的是，如果我们反过来推，皇帝或君主所犯的罪过是其他任何人都不能比拟的，可能祸害天下，甚至不止祸害一代人。到后来的书上，这两个字实际上是通用的，但是今天我们通常用的是"罪"。

为什么会有这样的思想呢？这和君主的公心有关系。《书》曰："不偏不党，王道荡荡。"（《尚书·周书·洪苑》）"党"在中国古代实际上是一个行政单位，一个"党"里面有多少人，后来这个

"党"就引申成为偏私,就是结党营私的意思,君王的道路是坦坦荡荡的,引申出来就是王道没有偏私,这就是极端的公平,以天下为公。

关于"公"这个字,《韩非子》里面讲"背私之为公",把"私"反过来就是"公",实际上公是要超越私利的。"古有行大公者,帝尧是也,贵为天子,富有天下,得舜而传之,不私于其子孙也。"我们现在经常说富贵、富贵,传统中国人的核心价值观就是指富和贵。但是,最富有的就是整个天下都是他的,他成为尊贵的天子。天子、天子,他是天的儿子,那他把他的位置传给谁呢?到尧舜的时候,都是不传给自己的子孙;而且"去天下若遗屣",就是像自己不穿的鞋子一样,放弃这个位置,他不会恋栈。孔子曰:"巍巍乎!惟天为大,惟尧则之。"也就是说天本身是公平的。"《易》曰:'无首,吉。'"这是引用了《周易·乾卦》的用九爻辞,为什么这么说呢?因为它就是"人君之公"的最高体现。其中的公平当然也包括平等。"群龙无首"的意思就是说所有的人都是龙,而且没有人争当首领,所以就不会引起争斗,这就是讲人君的公平和公义。

"以公与天下。"在《说苑》中专门有一篇,篇名就叫"至公"篇;"夫以公与天下,其德大矣",就是处理天下关系的时候,要从公义的角度出发,所以德行是非常伟大的。"推之于此,刑之于彼","刑"相当于"成型"的"型",就是从自己的公心出发,落实到对方身上,然后"万姓之所戴"。汉字其实是非常有意思的,我们通常说"戴"就是我们把帽子戴在自己的头上,在这里就引申出民众特别拥护上层人的意思。"后世之所则也",就是后世的人将有功德的人作为效仿的准则。"彼人臣之公",前面是讲人君,后面讲作为大臣,他的公义体现在哪里呢?"治官事则不营利私家,在公门则不言货利,当公法则不阿亲戚,奉公举贤则不避雠,忠于事君,仁于利下,推之以宽道,行之以不党,伊、吕是也。故显名存于今,是之谓公。"意思就是说具体的官吏在处理公事的时候不会结党营私,在公共部门不会牟利。

"当公法则不阿亲戚",意思就是说当你面对公共法律的时候,不会庇护你自己的亲戚;奉行公义的原则去选拔贤能的时候,即使是你的仇人，也不会去回避。历史上有很多这样的例子，就是"内举不避亲、外举不避仇"，就是说我和对方有私人的恩怨，但是出于公义，我还是推荐、提拔他；然后"忠于事君，仁于利下"，对君主忠诚，使下属得到优惠、好处；"推之以恕道"，用宽恕的心态去推行各种政策，在各种行为上不会结党营私，这就是伊尹和吕尚，"吕"就是姜子牙，他们是古代的两名贤臣，所以他们显赫的名声一直流传到现代。在现代也是这样的，真正有公心的官员，都会被铭记。"《诗》云：'周道如砥，其直如矢。君子所履，小人所视。'"这是引用《诗经·小雅·大东》中的诗句。就是说周天子的道路（政策）就像是磨刀石一样，非常的平坦、公正，直到什么程度呢？就像射出去的箭头一样。"君子"行走在这个道路上，"小人"，即社会地位比较低的人把他们的行为看得一清二楚，无论是君子还是小人，都能从中获利。这是从如何处理与天下的关系角度提出"至公"。

"君子之所慎"，即君子所特别看重及认真对待的事情。出于公心就会生出智慧，即为"明"；如果出于偏心就会滋生"暗"，"暗"就是愚昧、贪婪；"端悫生达"，"端"就是端正，"悫"就是谨慎；"诈伪生塞"，意思就是说如果你总想诈骗别人、弄虚作假，就会生出很多拥堵或者说造成很多的事故；"诚信生神，夸诞生惑"，这些都比较好理解。所以说："君子治所慎也。"君子要小心认真的几个方面第一条就是"公"，这都是相对应的，六个方面实际上是三对即"明和暗""达和塞""神和惑"。"而禹、桀之所以分也。"大禹和夏桀相对应，他们的区别就在于"公"和"不公"。要说能力，桀也很有能力；要说聪明，桀也很聪明。但就是因为桀没有公心，所以成为暴君的典型。《诗》云："疾威上帝，其命多僻。"这是一条很有意思的文献，实际上上帝在中国古代经典中比比皆是，我觉得这是中国古代难能可贵的人文精神。后来基督教的人把"上帝"翻译成"God"之后，我们觉得"上帝"好像是一个外来词，这真的是鹊巢鸠占。另外，《诗经》实际上对上帝是有很多质疑的，虽然上帝是至高无上的，但还是质疑上帝是否公平，有没有坚守正道。

然后我们再看尧的"痛""忧"、自责。河间献王刘德是汉景帝的第二个儿子，在西汉是一个非常好学、非常有作为的诸侯王。现在我们很熟悉的"实事求是"这四个字就是河间献王所提倡的作风。《说苑》中记载了河间献王说的话，"尧存心于天下"，就是尧的心里念念不忘的是天下；"加志于穷民"，"穷"不一定是贫穷的意思，"穷"是走投无路的民众，就是他立志为走投无路的民众找到出路；"万姓之罹罪"，我们说百姓、百姓，在古代的时候，有相当一部分人是无名无姓的，社会地位非常低。如有姓的人也遭遇了罪过，尧知道后非常痛心，他觉得一定是他做得不好，所以让他的民众才遭遇了过错；"忧众生之不遂也"，就是很担心民众的生活、要求得不到满足；"有一人饥，则曰此我饥之也；有一人寒，则曰此我寒之也"，哪怕有一个民众吃不饱肚子、穿不好衣服，尧都说这个人是因为我的原因让他们吃不饱、穿不暖；最重要的是哪怕是只有一个民众获罪了，都说"此我陷之也"，就是说是"我"陷害了他，"我"肯定有什么做得不对的地方，让他遭受了法律的惩罚。

还有一个堪称典范的例子是"周公自省"。"周公践天子之位"，这是说武王去世以后，周成王年纪很轻，周公摄政。实际上周公的权力、位置就像天子一样，这个时候周公就"布德施惠，远而逾明"，即使是偏远的地方，他的政策也是落实得非常好；然后"十二牧，方三人，出举远方之民，有饥寒而不得衣食者，有狱讼而失职者，有贤才而不举者，以入告乎天子"。就是说分了十二个方向，每个方向有三个人，专门到基层、偏远的地方去看有没有民众没有衣服穿、没有粮食吃，有没有法律的诉讼处理得不公正的地方，有没有有贤能的人才没有被选拔上来，然后告诉天子，天子在朝廷上就随即提拔。

不仅是这样，周公还反省为什么会是这样的，对诸国的国君也让他们逐层反省，一直让民众听到。民众听到这个话之后就说这才是真正的天子。天子是什么样子呢？就是"何君之深远而见我之明也！岂可欺哉"？居住在深宫大院中，好像离民众非常遥远，但是对民众的情况了解得非常清楚，我们怎么能够欺骗他呢？民众最真实的情况被最高的统治者所了解，他们的诉求被及时解决，这样民众才不会欺骗统治者，这也是我们在上一期讲到的转相为本，也是强调君民之间的作用是相互的。刘向引用《诗经·大雅·民劳》中的诗句"柔远能迩，以定我王"，说明越是偏远、贫寒的地方，越要照顾他们，解决他们突出的问题，这样，君主的统治才是稳固的。

在《说苑·君道》中还讲到在我们今天看来简直匪夷所思，甚至觉得天方夜谭的一个事情。"禹出见罪人，下车问而泣之"，大禹出来见到了犯罪的人，下车问了情况以后流眼泪，"左右曰：夫罪人不顺道，故使然焉，君王何为痛之至于此也"？他既然犯罪了肯定是没有顺从国家的法治，所以造成这样的局面，你作为君主，稍微表达一下同情还可以理解，但是你为什么要痛心到这种程度呢？禹曰："尧舜之人，皆以尧舜之心为心；今寡人为君也，百姓各自以其心为心，是以痛之也。"古代的时候，尧舜和民众的心是一样的，尧舜想什么民众也想什么，这就叫同心同德；但是到了大禹时代，民众各有各的想法，那么既然各有各的想法，就会产生冲突，就会有人犯罪。所以他觉得很痛心，最后就说："百姓有罪，在予一人。"大禹认为他应该承担所有人的罪过。

《尚书》中已经讲到了"其尔万方有罪，在予一人；予一人有罪，无以尔万方"（《尚书·汤诰》），就是说最高的皇帝或君主要承担所有的罪过。大家注意，这里"罪"是最严重的过失，虽然民众可能有过失，但是说到"罪"的时候，君主、最高的统治者要承担罪责。

说了百姓有罪，又进一步说百姓有过，即使有轻微的过错也是统治者的责任。在《尚书·泰誓》讲过："天视自我民视，天听自我民听。百姓有过，在予一人。"《泰誓》是讲周文王发誓说，老天看到的什么东西；实际上就是民众看到的什么东西，老天听到的什么东西，就是民众的耳朵听到的什么东西。民众遭受了过失，是我有这样的责任。所以周文王就要去讨伐商纣王，就说明他的出发点是民众的心声。《论语·尧曰》："周有大赉，善人是富。""虽有周亲，不如仁人，百姓有过，在予一人"。有很多很重要的人物或关系很亲密的人物，但是最重要的还是有仁爱之心的人。仁人的表现在哪些方面呢？就是百姓有什么过错的时候，他自己独自一个人承担责任。

为什么经常讲"一人"呢?就是表示君主自我谦虚,和"寡人"是一个意思,就是说我只有我一个人的才能,但是民众有什么样的过错,责任都在我。"在予一人"的意思就是不在于别的人,这就是负完全责任的意思,即"一把手负完全责任"。

另外,讲到仁和亲的问题,还是讲:"百姓有过,在予一人"。就是怎么样对待失败的敌方。武王打败了商纣王,周公即武王的弟弟说:"使各居其宅,田其田,无变旧新,唯仁是亲,百姓有过,在予一人。"意思是应该给他们安顿很好的住的地方,把他们有的田地还给他们,让他们继续享受他们原来的待遇,然后你亲近这些有仁德的人,远离那些没有仁德的人,百姓有了过错,原因也是在于我们这一方。所以这是《说苑》里讲到的德行,对于失败的敌方要妥善安排他们,关键的出发点不管是一般的民众还是失去爵位的贵族,他们犯了过错,统治者都应当承担责任、应当自我反省。

在《说苑·君道》中讲"明主有三惧"。"惧"的一层含义是有敬畏意识,就是说君主也不是为所欲为的。"明主者有三惧:一曰处尊位而恐不闻其过"——地位非常尊贵,但是听不到别人讲他的过失;"二曰得意而恐骄"——有得意的地方恐怕自己会骄横起来;"三曰闻天下之至言而恐不能行"——天下有讲得非常好的道理和言论,自己不能施行。其中既包括自省意识,也包括忧患意识。

具体来说,有三个事例。第一,越王勾践和吴国人打仗的时候,不光打败了吴国,而且"兼有九夷"。勾践"令群臣曰:闻吾过而不告者,其罪刑",知道我的过失而不告诉我、不指出来,要受刑事处罚。这就是处于尊贵的位置而唯恐没有听到自己过失的典型。第二,晋文公担心他取得的胜利是否能够得到民众的信任,他害怕因为成功生出骄横。第三,齐桓公的时候,他有两个非常信任的大臣,管仲和隰朋,这两个人分别站在他旁边。齐桓公说听了这两个人的话以后看问题看得更加清楚、听得更加明白,而不是偏听偏信。这三个事例就是讲事先的忧患和事后的反省,即使大获全胜,也要非常谨慎;也是强调既然听到了至理名言,就应该很好地去实行。

另外一方面《说苑》突出"宿善不祥",既然是有利于民众的事情,那就赶快去施行,不要拖延;如果拖延,就会导致不吉利的后果。

所以爱民"六勿"、害民"六失",爱民和害民都可以有一些具体的方面,太公对武王说"治国之道,爱民而已。"怎么样爱民呢?有六个方面:"利之而勿害"(使他们获利);"成之勿败"(成就民众的事情);"生之勿杀"(尽量保留他们的生命,不要动不动屠杀民众);"与之勿夺"(给予、分配,不要抢夺);"乐之勿苦"(让民众获得快乐,不要让他们苦不堪言);"喜之勿怒"(让民众心情愉悦,不使他们愤怒),"此治国之道,使民之谊也,爱之而已矣"(爱之是最恰当的方法,就体现在以上六个方面)。

"民失其所务,则害之也"(民众失去了自己的本职,就是害他们);"农失其时,则败之也"(民众失去了恰当的时间,比如说应该种地的时候你让他去修宫殿;应该收粮食的时候你让他去修路,这都是侵害了民众的利益);"有罪者重其罚,则杀之也"(有罪的人你要想办法怎么样挽救、感化他,而不是总想着惩罚他,这实际上就是置他于死地);"重赋敛者,则夺之也"(赋税很重,就是在抢夺民众的财产);"多徭役以罢民利,则苦之也"(很多的徭役要去做,使民众很疲劳、痛苦);"劳而扰之,则怒之也"(不断地去扰民,民众会很愤怒)。"故善为国者,遇民如父母之爱子、兄之爱弟,闻其饥寒为之哀,见其劳苦之为悲。"古代讲父母官要爱民如子,有人认为这也是对民众的欺骗;其实不是,这里面讲"民之父母",并不是说父母官主宰子民,而是说父母官要无条件地承担爱子女的责任,听到他吃不饱、穿不暖的时候就觉得非常悲哀,看到他很辛苦的时候,就非常的同情。这是从正反两个方面讲爱民和害民。

这里讲到的是利和害的关系问题。但是很多时候,用《道德经》里面的话说,利和害是相伴相生的。我们看一下一个很有意思的例子,即《说苑·正谏》篇讲了君主应该很好地采纳臣下的劝说。吴往想讨伐楚国,他下了一道死命令,不要说妄议了,就算去劝他,也是要被杀头的。少孺子拿了弹弓和弹丸到后花园游玩,他反复故意的让树枝上的露水沾湿他的衣服,但不打什么东西,反反复复这样做。然后就引起了吴王的注意,就问他你既然想打鸟,但是为什么衣服沾这么湿?少孺子用"螳螂捕蝉,黄雀在后"的寓言来劝谏他如果一心一意地只想谋眼前之利，没有顾及身后之患，是非常危险的。这个寓言在《庄子》中也讲到了，但是并没有直接说不要去谋利，而是引用了这样一个例子来讲谋利需要考虑的事情。就像方老师刚才讲到的，利益问题实际上涉及君主和百姓、君主和大臣，以及君主如何处理自身利益的问题，如何去对待别人，你把哪一种利益放在第一位，特别是你想要去发动战争的时候怎么去做，等等。

谢谢大家的耐心，我就先简单地和大家一起把有关的文献梳理一下，下面请方老师和仝老师发表高见。

方映灵

谢谢张老师！张老师对文献的掌握非常全面，基本上把今天《说苑》里的君道、为政之道、治国之道、正谏等内容的资料都涉及了。为政之道最重要的就是君王怎么做，所以刚才张老师讲到了君王的公、君德、君道的问题，还有爱民、富民的问题。一般来说，老百姓高度赞扬一名官员就说他"爱民如子"，可见，是否爱民是衡量一个统治者、一个领导者是否合格和成功的重要标志。所以，《说苑》里讲到"治国之道，爱民而已"，为政之道、治国之道最重要的就是要爱民。这一点其实就是放在现在，也是行得通的，所以是很有现实意义的。

除了爱民，《说苑》里还讲了富民。"王国富民，霸国富士，仅存之国富大夫，亡道之国富仓府。"这也是很有现实意义的。富民是王者之道，富士是霸者之道，富朝廷大夫的是勉强维持者之道，富君王自己仓府的则是亡国之道。所以，为政之道最理想的状态就是行王道，就是爱民、富民，而不是富官员大夫甚至只富君王自己，只富官员大夫或富君王自己的就是行霸道和亡国之道了。我们现在提出共同富裕，开展反腐败，可以说就是行王道，这对我们国家的长治久安是非常有意义的。所以，《说苑》中的为政之道非常有现实意义。结合张老师讲的，我稍作了这些补充。下面有请仝广秀老师继续跟我们分享他的高见，大家欢迎！

仝广秀：接着张老师和方老师的高见，我来发表一点浅见。"利民"和"罪己"这两项针对君主的要求，可以说是中国古典政治传统，尤其是儒家传统中最为典型、最为有效，同时也是最具生命力的基本准则，直到今天依然发挥着作用。虽然我们的时代改变了，我们的政治制度和社会风尚都已经发生了变化，但是"利民"和"罪己"这两条基本准则，在当下的社会里仍然有着非常鲜明和积极的意义。"利民"这一概念经常体现在今天的政治宣传当中，比如我们都很熟悉的口号"情为民所系，利为民所谋"，这正是延续了儒家"利国利民"的传统；至于"罪己"，刚才张老师也讲了，放在今天的语境中来考察的话，就是对地方一把手进行问责，比如说某地出现了重大的安全事故或群体事件，哪怕一把手并没有直接的责任，但现行体制是一定要对一把手问责的，所以这也是儒家"罪己"传统的延伸。君主都要"罪己"，那么对于地方的长吏来说更要如此要求。

　　刚才张老师引用了《论语》："君子喻于义，小人喻于利"，这里面蕴含着一个问题，那就是利义之辩和公私之辩的问题，这是中国思想传统中非常典型、非常深刻的命题，基本上历代的重要思想家都对这个命题进行过深入探讨。那么我们今天应当如何看待这个问题呢？儒家是否彻底反对逐利？义和利的位置应该如何摆放？我们知道，在《孟子》的开篇有关于"利"和"义"的一场著名讨论。孟子去见梁惠王，梁惠王问："叟不远千里而来，亦将有以利吾国乎？"孟子回答说："王何必曰利？亦有仁义而已矣。"梁惠王如此提问是有其语境的，在战国这样一个大争之世，各个诸侯国所追求的最直接目标就是富国强兵。在这样的历史语境下，对于"利"的普遍理解就是巨量财富的积聚和强大的基层动员能力。面对梁惠王的期待，孟子实际上并不是完全拒斥对于"利"的追求，而是在"义"和"利"之间作了排序，要先义而后利。孟子反对的是"上下交征利"的局面，用我们今天的话说就是盲目追求 GDP 而忽略了精神文明建设。在孟子看来，真正的利国利民必须建立在"义"的基础上，追求仁义本身就是一种"大利"。"义"就是公平、公义，就是孟子所谓"不患寡而患不均，不患贫而患不安"。这就意味着对于权力的实际掌控者来说，追逐利益不能只是出于一己之私，必须要有公心；对于执政者、当国者来说，一定要以天下为公，"加志于穷民"，而不是只盯着自己或少数的既得利益者，只考虑他们的利益。所以说儒家并不是简单粗暴地排斥利益，关键在于怎样逐利，逐何种利。"王国富民"也是一种逐利，追逐的是加诸大多数民众之上的利。因此，"利归于民"的本质其实是追求公平、公正，这也是我们当下这个时代应当树立的基本价值。

方映灵

谢谢仝老师！我认为《说苑》书中为我们明确地指出了理想的为政之道。书中专门有一篇"政理"篇，其中讲道："政有三品：王者之政化之，霸者之政威之，强国之政胁之。夫此三者各有所施，而化之者为贵矣。"这里认为"政"有三品：一是王者之政，以德来文化民众；二是霸者之政，以权威刑罚震慑民众；三是强国之政，以胁迫来使民众臣服。《说苑》认为这"三品"之中，以德化来解决君民关系的王者之政，是最好、最为贵重的。

《说苑》里还讲："治国有二机，刑德是也。王者尚其德而希其刑，霸者刑德并凑，强国先其行而后德。"接着又说："德化之崇者至于赏，刑罚之甚者至于诛。"最后指出："故诛赏不可以缪，诛赏缪则善恶乱矣。"这里说的是什么呢？这里说的就是，刑罚和德化是君王治国的两种不同方法和手段，如何合理和适当地运用它们，对于为政之道、对于一个国家的善恶是非和社会风气都很重要。最重要的是，理想的王者之政应该主要以德服人、以德化民而少用刑罚。

《说苑》的重要思想，我认为对于我们现在来说也很有现实意义。书中说："政在使民富且寿"，这就是说，理想的为政之道就是要使民众富有而且长寿。那么，怎样才能够富有而且长寿呢？书中又说，"薄赋税而民富"，就是说，税收要少一些，百姓自然就富了。接着又说，"无事而远罪，远罪则民寿"，民众富足了以后，大家安居乐业，不会惹是生非，自然远离了犯罪纷争，在这样富足安宁的生活中，民众自然就长寿了。我觉得，这个思想非常好，非常有现实意义，大家说是不是？假如说我们国家每一个朝代的统治者都能够执行这样的为政之道，使民众富有且长寿，那对于我们百姓来说，就是非常理想、非常幸福的。我就先讲这么多。下面有请张老师再继续补充。

张丰乾：刚才方老师和仝老师分析得非常好。一方面是公的利益有无归于民，虽然是"大公无私"的口号，但是最后涉及利益方面，普通的民众都没有获利。其实中国古人并不是看你的权势如何，而是看你的权势可以给民众带来什么。所谓的王者是什么？"王者，往也"，能够称为王的人，都是民众很向往他，都愿意到他那里去；"霸者"就是靠强制、靠暴力压制民众，虽然功业也十分显赫，但道义不足，和"王者"有明显区别。所有"公"没有落实到"利"，所有的好处没有被最广大的民众所享有，那么这种"公"是有欺骗性的，而且这种"公"是非常危险的，或者说是非常残忍的。

改革开放以后，表面是"私"的利益得到了保护和实现，但"公"的方面同样收获很大，也有对公众利益实现得非常好的例子。我来了深圳之后，有很多切身的体会，比如深圳图书馆是完全没有门槛的，包括南书房夜话，只要大家愿意来都可以来。比如现在我们的南书房有公共服务、公共空间，只要在这个服务时间内，大家都可以自由进出。我之前作为嘉宾和听众都来过，现场的秩序非常好，这就说明了"公"和"利"的良性互动，真正的"公"应该保证每个人的"私"得到恰当和充分的实现，而真正的"私"也是实现了公众的利益。如老子所言，"既以为人，己愈有"。

另一方面，人总免不了犯错，"满街都是圣人"是理想状态。但是人犯错之后应该要怎么办以及当私利出现冲突应该怎么办，这就出现了"义"的问题，所谓"义者利之和也"。这个"和"有两个层面：一是正义和利益要求相符合，所谓的正义符合某种利益让它实现；二是这种实现没有引起冲突。比如说有一个制度只让某一部分人得利，让另一部分人失去了他的财富，这就不是正义，这就是不公、不义的表现。

我们在讲《说苑》的时候，一是利归于民，把它突出出来，要正当、充分谋利，而且利要落实到民众身上；二是罪责在我，当发生重要的社会动难、灾祸，或者哪怕说一个人受了法律的惩处，这实际上就是统治者的责任了。为什么古人有这样的自觉呢，就是古人已经充分意识到权利和义务是对等的。地位越高的人、越有德行的人，你就越要承担更多的义务，甚至要无条件地承担义务。怎样无条件呢？就像我们刚才讲到的民之父母，父母对待孩子，孩子不高兴可以发火；但是你作为父母，他要吃东西的时候你要给他吃，他要穿衣服的时候要给他穿。作为统治者可以做到这一点吗？更重要的是当发生过失的时候你能否承担过失，尽快地弥补过失，这一点是非常重要的。尤其是现代社会人际交往空前频繁，城市越来越庞大，突发事件、利益纠纷越来越多，如果在发生事情的时候，去掩盖、推诿，甚至找替罪羊出来，这无疑是埋下了非常大的社会隐患。

《周易》和《说苑》有相通的思想，都强调"义"，就是最大限度地、最合理地实现"利"。而惩处坏人只是法律的功能之一，更多的是法律要尽可能地保护每个人的权利——哪怕他是一个罪人，他的自我辩护权利也要能够得到维护。我觉得这些年我们整个国家的法制建设确实有很大的进步，任何犯罪嫌疑人可以请律师来为他辩护。为什么会这样呢？很多人不能理解，觉得这个人都坏成这种程度了，还给他辩护吗？赶快枪毙了算了。但是我们从另外一个角度来想，假如我们的制度是，一旦被定义为坏人就立即枪毙，那就意味着所有人都有可能随时随地，以敌人、坏人的名义被枪毙。反过来说，如果一个人尽管很多人都认为他很坏，哪怕他在监狱里已经没有人身自由了，但是他最基本的人权、尊严还能得到保障，那么我们就会说这个法律是公平的，我即使受到了法律的不公正对待，也仍然可以获得国家赔偿。那么就不会诉诸暴力或采取很极端的行为。

从理论上讲，一方面有现实意义，另一方面当我们面对古代经典的时候要耐心、认真地读它，把它本来有的丰富内涵尽可能多个角度的揭示出来。谢谢。

方映灵：张老师刚刚说到的有一个思想非常启发我，就是《说苑》书中对于义和利的问题。上一期我讲过，《说苑》这本书不仅仅是儒家思想，它还包括了法家、墨家等的思想。正统儒家思想是重义轻利的，就是董仲舒的"正其谊不谋其利"，但是，作为一个君王，作为一个统治者，他必须充分重视利的问题，必须运用手中权力，使社会的利益分配符合义、符合公平正义。所以，从这一点我们可以看到，《说苑》的王者之道不完全是儒家的思想，而是糅合了法家等其他思想。还有一点，《说苑》中强调了权利和义务的对等关系，这也很有现实意义，权利越大，责任就越大，所受的约束也应该越多。对于这个问题，我们有请仝老师继续探讨，发表高见。

仝广秀：谢谢方老师。先义而后利应当是古代中国的普遍价值取向，只是儒家对此谈论得最多。刚才张老师为我们讲解了许多儒家经典，就拿《周易》来说，"利"字在其中是屡屡出现的，比如"元亨利贞""利涉大川"等。在古代经典当中，"利"字有着非常丰富的含义，要依据不同的语境作出不同的解释；但是从根本上说，儒家对于"利"的理解始终要和"义"互相配合。我们今天经常说要追求利益的最大化，这个最大化绝不仅仅就数量而言，更要对利益受众进行尽可能的兼顾，不能违背公平和正义的原则。如若不然，就会造成利益分配的不均等，很多社会隐患和不安定因素也会从中产生。

我举一个比较现实的例子，前段时间热播的电视剧《人民的民义》里有一个很大的"看点"，那就是大风厂事件，为什么大风厂事件最后险些演变成群体性的暴力冲突呢？因为在企业改制转轨的过程中，工人的利益被牺牲了，没有得到应有的保障。我们可以看到，在大风厂被收购的整个过程当中，资本家和政府都获得了利益，可唯独工人的损失是最大的。原本分配给工人们的股权面临着被剥夺的命运，这对于工人来说是切身利益的损害，所以才会造成电视剧所展现的中那种激烈对抗。因此，实现利益的公正分配，杜绝利益的过分集中或过度倾斜，是古今共通的政治原则。在当下这个不断深化改革、追求效率、讲究市场规则的时代，尤其要注重公平、公正，维护广大底层群众的切身利益。

方映灵

我略总结一下《说苑》关于为政之道所带给我们现实的启示：一是"富民"的思想，如何使民众富裕而不是富官员、富君王，我认为这是非常有现实意义的。二是强调君王、统治者的权利和义务的对等。比如说出现了问题过失，那么责任在哪里？《说苑》中给出的答案是"罪责在我"，即责任在君王处，就现在而言是非常有意义的，我们现在有领导干部问责制。三是强调君道、君德。上一期的君臣关系，《说苑》中强调君道、君德；今天这一期是君民关系，《说苑》也是强调"罪责在我"，强调君道、君德。所以我觉得《说苑》所阐明的为政之道非常有现实意义，它给我们提供了一种理想的为政之道，即王者之道。

张丰乾：谢谢方映灵老师提纲挈领的总结。实际上面对现实社会的很多尖锐问题，传统哲学完全可以提供既符合人情又符合正义原则，同时又有可操作性的理论支撑。可是为什么现在社会，大家一讲到公平正义就会想到西方，而不是中国传统呢？所以我想这也是研究者或学者的责任，我们可能没有把原来很好的经典的意义阐发出来。所以我也非常感谢深圳图书馆南书房给我们这样一个机会。一开始的时候，大家不知道如何入手，但是通过我们的对谈，包括其他两位老师的演讲中可以看出，我们对现实的强烈关怀，同样在古代经典中可以找到寄托，这对于我们的人生理想是很有用的。另外，"南书房"实际上是以书为核心的，我就想强调读书的选择和读书的方法，不要自己给自己设定范围，而且读书也要深入，我们的初衷就是这样的。

方映灵

我认为，为政之道在《说苑》这本书中是非常重要的，也可以这样说，为政之道是《说苑》所要阐明的核心主题。

仝广秀：正如张老师刚才所说，为当下的社会现实、为现实中的某些问题提供一种理论上的解释，这也是我们作为学人的责任。当我们面临着许多社会问题，比如说经济转轨和政治转型等重大问题的时候，很多学人往往会从西方理论中去寻求解释路径，事实上如果我们去深入地细读中国古代经典的话，就会发现古典思想足以为现时代提供非常饱满的、鲜活的、切实的思想资源。我们之所以应该坚持读经典，并向广大市民宣讲经典，就是试图揭示经典中蕴含着的鲜活通透的、足以穿越时空的强大生命力。

我们今天谈的是《说苑》中的为政之道，《说苑》作为西汉晚期的经典，对此已经阐述得非常成熟了，对君主的德行和行为轨范做了非常全面的阐述。对于我们的个人生活来说，古代经典也可以提供有效而直接的支持和帮助。尤其是像《说苑》这类以"讲故事"为基本形式的经典，包含了非常直观的人生道理。就像我们刚才说到的，"利民"和"罪己"是儒家思想传统中非常有生命力的政治准则，直到今天依然发挥作用，那么我们在读《说苑》的时候，就可以把古代的道理和今天的现实联系起来，实现所谓"通古今之变"。我们不要把古典和现实完全割裂开来，不要觉得古代思想完全是僵化的、机械的，这种看法无疑会遮蔽我们在处理现实问题时的多种可能性。我和张老师、方老师作为中国哲学的研习者，继续弘扬古代经典中的政治智慧也是我们一如既往的义务。

张丰乾：为政之道有几个基本方面：一是民众的温饱问题；二是法律的公平问题；三是教育和人事方面的问题；四是自我反省和纠正失误的问题。还有一个非常关键的问题是，为什么要强调远和近呢？就是因为统治者很容易被身边的人所迷惑，《论语》说"唯女子与小人为难养也，近之则不孙，远之则怨"，这是争议比较大的。就是讲近和远的问题，现代我们来讨论这个问题，却把它当作一个性别歧视的问题，有人说，孔子有他的妈妈，难道他的妈妈也难养吗？他的太太也难养吗？别人搬出证据来说，孔子的太太真的难养，因为他们夫妻关系真的不好。可是如果我们结合古代的经典来讲，小人和女子恰巧是指皇帝身边的人，"小人"就是指做各种服务的，太监一类的人；"女子"就是指后宫那些女子。这些人一天到晚都和皇帝在一起。上一期的时候广秀老师讲到汉代的皇帝"生于深宫之中，长于奴婢之手"，所以他的人格会受到很大的影响。在这样的情况下，《说苑》强调你要关注偏远的人。真正有德行的人，是让身处偏远地方的人也能成为贤者。《说苑》的意义一方面给予我们启发，给予我们可以依据的思想资源；另一方面也给予我们反面的例子，使读者产生警醒和警惕，这也是我们的初衷。谢谢。

方映灵

谢谢张老师！刚才张老师补充说明了《说苑》为政之道中"民"和"利"的思想，讲到了关于温饱、法律公平、人才使用问题，这在治国理政中都是非常重要的问题。由于时间关系，我们要转入今晚夜话的第二个环节提问环节。在进入第二个环节之前，我特别要介绍一下今晚来到现场的中山大学博雅学院的陈慧老师，请她对我们今晚的主题做一个点评，有请！

陈慧：《说苑》原来是二十卷，但是到了宋代只剩下五卷，经过唐宋八大家之一的曾巩的整理，重新拟定为二十卷。今天的话题主要讲君道，而《君道》是《说苑》二十卷中的第一卷，讨论怎样成为一个好君主。君道和君德是古典政治中最重要、最核心的问题，今天的话题实际上从古到今都是非常重要的。

我觉得今天的对话，张老师做的PPT，切入点非常有趣。PPT第一页就讲《易经》里的"利"，"利者，义之和也"。过去我们讲儒家思想的时候，很容易把"正义"的"义"和"利益"的"利"冲突起来，好像强调了"义"，"利"就不讲了，但事实上并不是。我认为在儒家传统中，"利"有公利和私利的差异，《易经》强调"利"为"义之和"，把"义""利"统一起来，是非常有智慧的。《论语》讲到"君子喻于义，小人喻于利"，当然我们现在也很容易把小人和君子对立起来，但实际上"小人"一词的内涵是很多的，普通老百姓也可以称为小人，当然这里的"小人"并不是贬义词，只是说志向上的差异，普通百姓通常不需要学习治国平天下的大道。

我们知道，大部分人实际上都是普通老百姓，不一定将来要成为道德楷模或政治家，也就是说大部分人对于"利"都是有追求的，这是普遍的人情，不应该把它和正义割裂开来，不能不顾众人之情。即使是圣人，也有对利益的追逐，只是说圣人所逐之利不是自己一个人或周边一小群人的利益，他要行大义，就是使公众都可以获得利，而且他要考虑利益怎样分配才是最公正的。

我们回顾一下《论语·为政》篇，首先关于"政"字的构成，是"正"加上反文旁。"正"往往是和不正对立起来，所谓的"正"就是正天下之不正，追求公正；反文旁也可以体现儒家注重人文化成的特点。在《论语·为政》篇中有一个对话，孔子曰"道之以政，齐之以刑，民免而无耻"，就是说如果通过刑罚来控制老百姓，这并不是最好的政治，最好的政治是"道之以德，齐之以礼，有耻且格。"就是说君主要修德，让老百姓知礼，让老百姓过上安定的生活，而且老百姓知道做什么事情是羞耻的，这样一来，民风就会非常淳厚，所以它注重的是通过人文的力量、君主的道德涵养来化民，即"润物细无声"的德化，而不是严酷的刑罚。

我们由此来理解刚才在《说苑》中提到的大禹，大禹看到有罪之人之后会哭泣，为何如此？结合刚才《论语·为政》篇中的话，如果是最好的政治状态，君主的德行是充足的，能以礼乐来化民，老百姓就知道羞耻、就不会犯罪；如果犯罪频发，可能就是君王的治理存在欠缺、君主的德行不够、礼乐施行得不够。我们知道大禹是"三王"，他是儒家非常推崇的"圣王"，是非常理想的君主典范。但是现实中的君主不一定有圣王这样的德行，他的道德水平肯定存在差距。刚才张老师也说到了，最高理想状态下的君主，他应该是能够主动"罪己"，就是把大家的过错归到自己身上；但是也有现实的君主可能做不到，这时候就需要臣子进谏。如安史之乱以后还有一场历史上很出名的藩镇动乱，即唐德宗时期的泾原兵变。当时发生泾原兵变以后，皇帝从京城逃走了，这实在是奇耻大辱。怎样来收拾这个局面呢？当然当时的将领发挥了极大作用，但韩愈在记载此事的时候，他说武力征伐固然有利，然而在当时起到更关键作用的人是陆贽。陆贽是唐朝的一代名相，当时还只是翰林学士，类似于皇帝身边的秘书。他当时就劝皇帝要下"罪己诏",而"罪己诏"也是陆贽来起草的。写好"罪己诏"到各大军营宣读的时候,把很多将士感动得痛哭流涕,最后感化了很多叛军,因为他们觉得君主认识到了自己的错误,他们看到了政治希望,这对于收拾当时的局面起到了非常重要的作用。所以人文的力量在关键时刻也可以发挥平乱的作用。现在我们国家一方面注重国防建设,另一方面也非常注重人文的培育。像我们今天这样的对话活动,也是国家对于人文怎样发挥作用、怎样影响老百姓的一个重要窗口。

像这样一个主题,我其实是非常感动的,儒家讲修身、齐家、治国平天下,可现在很多人说,我们做一个好人就不错了,哪还有余力去关注国家大事。但是今天现场来了这么多人,所以我感到深圳真是一座充满人文气息的城市。谢谢。

方映灵

谢谢陈慧老师!陈慧老师其实是仝广秀老师的太太,所以以后也可以安排让陈慧老师来南书房给大家讲一讲。下面看看有没有听众需要提问的。

听众:非常感谢三位老师今天精彩的分享。正如刚才老师所说的,因为中央政府和地方政府以及再下面的地方政府还是不一样的,上面讲得很好,下面不一定干得很好,而且还把很多责任推给临时工。像今天讲的《说苑》是很好的书,古人也早就对这本书有研究了,但是朝代更迭仍出现了很多昏君、贪官污吏,也就证明虽然有这本书在,但不一定践行得很好。那么,今天三位老师讲这本书的初衷是什么?虽然现在越来越开放了,但是因为现实问题有很多不可以讲,还是禁言区。所以针对这种状况,我想听听几位老师的看法。

张丰乾:南书房夜话以经典阅读为主。受你提问的影响,我有一个新的想法,我们的社会关怀,我们对于权利的主张、对于意见的表达,应该是经得起考验的,而不是说有暴戾之气。现在有两个方面比较难堪：一是个别的职能部门总是习惯于围堵和压制民众的心声；二是民间和自媒体上有很多"喷子"，"喷"的心态非常强，不假思索地发表这样那样不负责任的意见。比如一说到儒家，就说它专制；一说到读儒家的书，然后他就说难道你要做儒家的奴才吗？我觉得，我们的初衷一方面希望大家能够走近经典，另一方面希望通过阅读经典，使大家想问题和表达方式得到提升和升华，如果能做到，是我们共同希望的，至于是否能做到，我们也是有很大责任的。我们在努力，也希望有更多的互动。比如最简单的例子，现在听完了《说苑》，等回去之后依然把它置之不顾，那么我们讲座的意义就大打折扣了。我经常和学生讲到《礼记·学记》中的格言："虽有嘉肴，弗食，不知其旨也。"就是说这个东西本来很好吃，营养价值非常高，但是你自己不去主动接近它、消化它，你就不知道它的主旨在哪里。所以我觉得南书房最重要的功能是引导我们读书，好好读书、读好书，这是我们的初衷。谢谢。

听众：我刚才听老师说权力来自上还是下，还有霸道、王道，以及"利"和"义"的相对概念。我觉得既然是政治，既然是经世之用，应该把所有人都当作普通人，而不是当作儒家或修佛等道德高尚的人，他们关注的点就是利而不是义，所以我们在施政的时候就应考虑这些人的利怎样获得或得到一定的满足。您刚才说的权力是由上往下传的，居庙堂之高的人有德、是明君，才会表现得比较好。但是这两千多年来，其实运转得如何，大家心里也是有对比的。另外，如果明君不存在的话，社会肯定是乱的，不管是县令、巡抚都是要为上仕途的，那么这里面最大的一个问题就是历朝历代都是轮回，开国皇帝是一个明君，他怎样能够保证他的儿子是明君呢？比如说康熙修的德，雍正怎样能够保持得了呢？

仝广秀：在古典政治哲学看来，德性的获得和明君的出现只能凭靠机运。上一代是明君，下一代的确不一定如此，正所谓："君子之泽，五世而斩"。但现实尽管如此，历代先哲都没有放弃教育君主的理想和希望。明君并不是必然出现的，但却是可以期待的。古代有许多手段来尽可能地塑造一个明君，比如说宋代以来的经筵制度，对储君和帝王进行全方位的儒家式教育。

方映灵

今天的夜话讨论到此结束。在 6 月 17 日有关于《说苑》的第三期，欢迎大家到时光临，我们下期见！

南书房夜话第五十八期
忠孝两难——《说苑》中的人生困境

嘉宾：张丰乾　刘　伟　方映灵（兼主持）
时间：2017年6月17日　19：00—21：00

方映灵

现在开始我们的南书房夜话。各位现场的听众朋友，大家晚上好！欢迎大家来南书房参加今晚的夜话。今天是《说苑》的第三场讲座，主题是"忠孝两难——《说苑》中的人生困境"。这一期我们新换了一位主讲嘉宾，就是我们中山大学哲学系的刘伟老师，刘伟老师是历史学博士、哲学博士后，对于中国历史、思想文化哲学都有非常深的学术造诣，学术成果很丰硕。

我们第一场讲座讲的是《说苑》中的君臣关系，第二场讲座讲的是《说苑》中的为政之道，今天这一场要讲的是《说苑》中的忠孝问题。我们知道，人是社会性的，我们每个人从降临到这个世界的那一刻起，就必须生活在社会群体里，先是生活在一个家庭里，长大后就必须步入社会，在社会实现你的人生价值。而在这些社会群体里，我们就必须要遵守一定的规则。第一讲我们跟大家讲过，《说苑》的基本思想是儒家的，而儒家就认为，我们在家庭里所遵守的规则是孝，进入社会所遵守的规则是忠。第一场讲座我们讲到一个"本"的问题，就是讲家庭是以孝为本，长大以后步入社会，就要以忠为本，忠于君王、忠于职守。那么，"孝"和"忠"是一个什么样的关系？人生有时候会面临着"忠"与"孝"两难的问题，这个问题在《说苑》之中是怎样体现的？现在我们首先有请张丰乾老师给大家开讲，大家欢迎！

张丰乾：刚才方老师已经整体回顾了一下我们前两期的讲座内容，今天是第三期，主要是要讨论君臣关系和父子关系处于冲突的时候，当事人应该怎样处理。在第一讲的时候，不知道大家有没有印象，我当时引用了《庄子·人间世》中的一句话："天下有大戒二：其一，命也；其一，义也。子之爱亲，命也，不可解于心；臣之事君，义也，无适而非君也，无所逃于天地之间。是之谓大戒。"我们今天来看一下，当"忠"和"孝"发生冲突的时候，在历史上有一些什么样的案例。

今天的内容故事比较多，而且这些故事都非常有典型意义，所以也希望大家能够积极参与。首先是"窃负而逃"。"窃负而逃"是《孟子》当中的，其文意是"舜为天子"，舜是天子的时候，"皋陶为士，瞽瞍杀人"，舜的父亲杀了人，那应该怎么办？然后孟子和桃应的回答，要不要抓起他来？或者说作为舜本人而言怎么办？最后舜的选择是"窃负而逃"。这个问题我们在座的刘伟老师专门写过一篇文章讨论过，他的文章在我们学术界也引起关注，因为这个问题这两年讨论得比较多，还包括"窃负而逃"和"直躬证父"的关系的问题，等下我们请刘伟老师结合这一点具体地展开谈一下。

什么是"直"？父亲偷了羊，儿子要不要作证？孔子就说："父子相隐，直在其中。"这点引起了非常激烈的争论，一方面，有的人说这是"血亲伦理"的典型，父子之间互相包庇，成为儒家的一大罪状；但另一方面，现在的刑法，世界各个文明国家，包括我们中国的法律体系中，都明文规定，假如犯罪嫌疑人是他的直系亲属的话，他就没有作证的义务，这是在法律上认可的。实际上这个问题在古代的时候，在法律上也有这样明文的规定，在《晋书·刑法志》说，东晋元帝要准备发布一个诏书，"考子证父"，父亲跑了，把儿子抓起来拷打，获取证据，然后说如果儿子跑了，把父母抓起来鞭打，如果子女逃亡了抓不回来，父母被抓到了是要杀头的，这就非常的严重。所以负责司法的卫展就上书说，如果把"相隐之道"这套伦理破坏的话，最终导致君主和大臣也互相揭发，大臣对君主的忠诚也无从谈起，假如说"君臣之义"因为"父子之隐"而受到伤害的话，"则犯上之奸生矣"，很多很奸诈的人都会犯上作乱。古人已经认识到，家庭伦理会直接影响到政治伦理。晋元帝很赞赏卫展的说法，认为应该是把礼乐放在刑法的前面，如果离开礼乐，光讲刑法，一味地强调严刑峻法，最后会导致天下大乱，所以他当时要求把不近人情的法律都先废除。

接着我们来看一下，也是刘向编辑的《新序·节士》里记载过石奢这个人，这个人也很有意思。他是楚国的士，士就是读书人，"士农工商"，四民之首，说他这个人很正直，"王使为理"，让他担任法官，是司法系统的工作人员，有一个人在路上杀人，那个杀人犯杀人之后就跑，结果石奢使劲地追，追上去一看结果是他父亲，然后他就回到朝廷上跟楚昭王说杀人的人是我的父亲，"以父成政，非孝也"，我把我的父亲抓来，满足政治上的要求，这个不是"孝"，不是儿子应该做的事情；可是，"不行君法，非忠也"，假如不执行君主的法律的话，不是忠诚的，所以"弛罪废法，而伏其辜，臣之所守也"，他就要自刎，他宁愿用自己的死来解决这样一个难题，然后说"命在君"，看君主怎么办。"追而不及，庸有罪乎，子其治事矣"。楚昭王给他找了一个借口，你就说你没追到你的父亲，这个不怪罪你，实际上就是原谅他，要他该做什么就做什么。石奢本人说不能这样子，他说，"不私其父，非孝也；不行君法，非忠也。"如果他不私自放过他的父亲的话，这不是孝；可是不执行君主的法令，就不是忠诚，本来是应得死罪，可是他现在有机会活下来，这是不够廉洁。所以他说，"君欲赦之，上之惠也"，您要赦免我，是您的恩惠，但我还是要伏法。所以他最终选择"刎颈而死乎廷"，自己把自己处死了。当时的这些很有德行的君子听了之后，说石先生确实是非常忠贞于法律的。

《新序·节士》文中后来也引用了"子为父隐，父为子隐，直在其中矣"这句话，它表达了人之常情，非常直率的一种亲缘之间的感情，他引用了《诗经》中"彼己之子，邦之司直"，说这家的孩子是整个诸侯国中非常正直的一个人，国家的栋梁，栋梁就是能承担很大的责任，同时本身也要非常正直的，这是石奢的故事，他最后救了他的父亲，但是又用自己的生命捍卫了法律的原则。

在《说苑·谈丛》这一篇里面讲道，"臣子应该是忠孝事上"，当然前提是说王者应该有很好的德行，不被奸诈的人所蒙蔽，还是能够如我们上两次讲到的，要关心实现民众的利益，这样子的时候，他本身能够忠孝事上，所以他的大臣才能够对他很忠心。相反的例子，假如他本身德行很差，又鱼肉百姓，任用奸臣，最终君主本人也会死于非命，可能会被他的臣下或者造反的人所劫杀，这儿是讲忠孝的影响是双方的。在《说苑·臣术》里讲到了大臣有两种，一种是正面的，良臣、忠臣，有很多分类，达十种之多。

我们现在举一个例子，魏国的弥子瑕非常受卫国君主的宠爱，宠爱到什么程度呢？按照卫国的法条，私自把君主所乘的车驾出去的话要受刖刑，"刖"是什么呢？要把手和脚都砍掉，这是非常重的刑罚了。"弥子瑕之母疾"，弥子瑕的母亲病了，别人赶快报告他。晚上弥子瑕得到消息之后，擅自就把卫国君主的车驾出去回到家里去看自己的母亲，卫君听说之后，还夸赞他（"贤之"），表扬他"孝哉"，很孝顺。孝顺到什么程度呢？不惜自己冒着把手脚砍掉的罪过，第一时间去照看他母亲。"为母之故，犯刖罪哉"，为了母亲的缘故，宁可犯这样的罪过，很孝顺。后来又有一次，卫君在果园里面走，碰到弥子瑕在吃桃子，正吃得津津有味，但是弥子瑕大概是急于表衷心，将没吃完的桃子就拿给卫君吃，卫君也表扬他："爱我而忘其口味"，说弥子瑕非常爱我，爱到什么程度呢？他想好吃的东西赶紧拿给我吃，都忘了那个桃子他已经咬了一口，上面已经留了他的味道。但是到后来的时候，弥子瑕"色衰而爱驰"，和卫君的关系日益疏远，然后又得罪了卫君。结果卫君还记得那些事，怪罪说："是故尝矫吾车，又尝食我以余桃。"说曾经假借我的命令，私自用我的车；又把他吃剩下的桃子拿给我吃。同样是一个人，前面是因为这两件事情表扬他，后面是因为这两件事情怪罪他，为什么是这样子呢？"爱憎之生变也"，君主的好恶变了以后，同样的事情翻手为云，覆手为雨，所以为什么说"伴君如伴虎"，也是这样子的。但是从另一方面，当对于父母的孝顺，和对于君主的忠诚发生冲突的时候，即使是君主，他也还是认可应该去孝顺父母。

"曾子受杖"是另外一个例子。曾子种瓜的时候，不小心把瓜的根斩断了，他的父亲曾皙非常的生气，"援大杖击"，大概这个瓜对于曾皙来说具有非常特别的意义，曾皙看到曾参斩断了瓜的根勃然大怒，拿了大棍子要打他。而曾参就趴在地上挨打，结果被打晕了，过了一会儿才苏醒过来，却一下子跳起来，跟他父亲说，我刚刚让您生气，您使劲地教育我，打我的时候您自己有没有受伤？为什么说曾子是以孝著名呢？他孝顺到这种程度，他父亲把他打晕掉了，他醒来第一反应还是关切他父亲会不会因为打他而受伤。随后，"退屏鼓琴而歌，欲令曾皙听其各省，令知其平也"。他退到后面去以后，还吹琴唱歌，吹琴唱歌是什么意思呢？他觉得希望他父亲了解，他一点都不记恨他父亲打他。

但是我们现在看一下，孔子听到这件事，对门人怎么说的？孔子说："参来，勿内也。"如果曾参来的话，不要让他进门。这么孝顺的人为什么孔子不让他进门呢？"曾子自以为无罪，使人谢孔子。"曾子觉得自己做得没错，我这么孝顺，为什么老师会用这么严厉的方式对待我呢？他自己吃了闭门羹，然后托了人去谢罪，实际上是问孔子理由是什么。孔子说："小棰则待，大棰则走，以逃暴怒也。"如果是轻一点的打你，你就受着，如果是非常沉重的大棰，暴怒之下，以非常危险的东西来打你，你有生命危险的话，要怎么样呢？要赶快逃跑！"走"就是跑的意思。如果真的让你父亲在暴怒之下打死你，这不等于陷你的父亲于不义吗？有的小孩很倔的，被爸爸、妈妈打的时候，他会说"你打死我！打死我"！真的打死也不躲，更不跑。这个时候我觉得对父母来说要做一个选择，可是对子女来说，这个时候最可取的办法还是要跑。否则的话，儿子被打死以后，不光是一个家庭关系问题，还涉及"天下"的问题。任何一个人本来也是天子的子民，杀死天子之民也是有罪的。

刘向感慨："以曾子之材，又居孔氏之门，有罪不自知，处义难乎！"面对伦理道德和社会上的君臣之义做出一个选择的时候，有时候是比较难的，特别是当有一方非常暴怒、失去理智的时候，这个时候另外一方要有一个比较明智的选择。

另一个例子。豫让是晋国一个大夫智伯的家臣，晋国当时是有六家人专权，后来就发生三家分晋的事情，然后就分成了韩、赵、魏三个国家。一开始，智伯在和赵襄子的内斗中被打死了，智伯的家臣豫让非常生气，他就想找赵襄子报仇。但智伯大概是体型非常魁梧，或者是他讲话很有特点，很容易让人认出来，他为了避免让赵襄子认出来，就把身体用油漆涂黑，"吞炭更声"，他下了这么大的决心，他吞了炭之后，让自己的声音发生变化，别人既听不出来又看不出来是他。赵襄子出行的时候，豫让就假装成死人，藏在一个土梁的底下。结果赵襄子当时坐的车是驷马之车，四匹马拉着，很警觉，到了桥上不走了，赵襄子也很警惕，随即把豫让抓住了。抓住豫让以后，赵襄子就问他，说你为什么要为智伯报仇，你原来在中行君手下，他也是你的上司，他也死了，你为什么不为他报仇？而智伯死了以后，你要为他报仇呢？这里面还有一些情节要交代一下。豫让第一次被赵襄子抓住以后，没有得逞，赵襄子也没有杀他。但后来的时候豫让又想了一个办法。什么办法呢？他故意偷东西被抓住，这样就要服劳役，然后他就穿着犯人的黑色囚服到宫殿里面给赵襄子去修房子，有的人是说去修厕所，反正是乔装改扮到宫殿里面去。但是赵襄子和他好像总是心有灵犀一样，赵襄子走到他跟前的时候，又开始心动，就说这人一定是豫让，就把他抓住了。赵襄子对豫让说："你一开始在中行君那里做谋士的时候，智伯杀了中行，你不替中行死，还为智伯效力；我现在把智伯杀了之后，你把你身上涂得那么难看，还吞下炭去，嗓子都快哑掉了，千方百计要杀我，同样是属下，你的行为为什么有这么大的差异呢？"豫让回答说："中行君众人畜臣，臣亦众人事之。"中行对待我跟别人没有任何差别，我对待他，也和别人没有差别，这就是相互之间的对待，但是智伯每天都把我当成士，当成有理想、有思想、有文化的人，非常尊重我，我作为士，就应该为他报仇。赵襄子不是非常赞成他的意见，但还是称赞他是一个壮士，赵襄子把自己也放在车库里来，意思是说，赵襄子认为自己也有问题，要赎自己的罪过，三天没喝水，然后每天对豫让都非常恭敬，想用这种有点儿极端的方式感化豫让，让豫让为他效力，但是豫让觉得他的仇也没法报了，然后就自杀了。这里面还有另外一个说法，说豫让在自杀之前，让赵襄子拿了他的衣服，豫让就冲这个衣服乱捅一气，象征着他已经报了仇了，报完了仇以后，他就自杀了，这是豫让的故事。

还有一个，《说苑》当中讲的申鸣，申鸣是非常孝顺的一个人，在楚国非常孝顺，让他当楚国的最高官吏"相"他都不愿意去。他父亲就问他说："楚王让你当楚国的相，你为什么不去呢"？申鸣说："舍父之孝子而为王之忠臣，何也？"我本来要做一个孝顺父亲的儿子，现在要去做国君的忠臣，这个有冲突，怎么办呢？然后他的父亲说："使有禄于国，立义于庭，汝乐吾无忧矣，吾欲汝之相也。"他的父亲意思是说你到楚国去拿了俸禄，我享受你这个俸禄，你很高兴，我也没有什么担心的，你应该去做这个职位。然后申鸣就去了。三年之后，楚国发生了白公作乱的事情，杀了司马子期，申鸣就要为司马子期殉难，他的父亲就制止他，说："弃父而死，可乎"？申鸣回答说："闻夫仕者身归于君，而禄归于亲。"当官的人的身体是属于他的君主的，因为献身而得到的俸禄是用来养父亲的。所以他说："今既去子事君，得无死其难乎？"意思是为君主效命是就不可避免的。"遂辞而往，因以兵围之"，就辞别了父亲去找白公报仇。而他报仇的对象白公也很紧张，为什么呢？他知道申鸣很勇敢，很难对付。他就问石乞该怎么办，石乞说："申鸣是天下的孝子，你把他父亲抓来，申鸣一定会来。"结果白公果然就把他的父亲绑架来，然后告诉申鸣说："子与吾，吾与子分楚国，子不与吾，子父则死矣。"你和我一起，支持我，我们同时分享楚国的政权，如果你不支持我的话，你的父亲马上就会死了。我们看一下申鸣，他"流涕而应之：始吾父之孝子也，今吾君之忠臣也"，一开始我是父亲很孝顺的儿子，今天我要做忠臣。"吾闻之也，食其食者死其事，受其禄者毕其能。"我知道拿了人家的俸禄，他有事情的时候我就应该献身，要尽自己的所能。"今吾已不得为父之孝子矣，乃君之忠臣也，吾何得以全身？"如果两个方面至少有一点，忠臣和父子之间，如果都做不到的话，我怎么还能够活下去呢？然后说，"援桴鼓之，遂杀白公"，敲鼓，趁白公不备，就把作乱的白公杀死了。因为他的父亲是被白公劫持，白公的手下也把他父亲杀死了，那就是两败俱伤，但对楚国来说，除掉了心头大患。楚王当然要重赏他，我们来看一下申鸣的态度："食君之食，避君之难，非忠臣也；定君之国，杀臣之父，非孝子也。名不可两立，行不可两全也。如是而生，何面目立于天下，遂自杀也。"他的意思是说，拿了君主的俸禄，君主有危难的时候他不应该回避，这一点他倒是做到了；但是因为安定他君主的国家，结果他的父亲被人杀了，虽然不是他亲手杀死的，可是因为他的原因，他的父亲被杀死了，所以他这个是忠孝不能两全。忠孝不能两全对申鸣来说是一个无法调和的冲突，尽管楚国也给他很重的赏赐，但他还是自杀了。

我们可以想象一下，即使申鸣不自杀的话，他内心里面一定也会非常非常难过，并会一直会难过下去，为什么呢？因为他自己的父亲没有了，虽然国家的叛乱被制止了，但是自己的父亲被对方杀死了。这就是我们简单讲了几个例子，这些都是《说苑》中讲到的，所以我们今天讲这个题目，这个话题是有点沉重的，但是这种政治意义上的，或者社会意义上的伦理，和血缘关系之间的伦理在一些情况下会发生紧张或者冲突，特别是在极端的事件上会发生一些冲突，这样两难的境地之下，如何做出选择，自古至今都是伦理学上的一个难题，我们也很高兴今天有机会跟大家一起探讨，我先讲到这里。谢谢大家。

方映灵

谢谢张老师！其实在我们现实生活中，忠孝两难、家庭角色与社会角色的冲突，这是我们作为一个普通人经常会面临的问题。比如当家里出现难题，家人要求你运用你的社会角色解决这个难题，其实这就有一个忠和孝的问题了，它需要你作出权衡取舍。当然到了很极端的时候，就会面临性命攸关的选择，陷入真正意义的忠孝两难困境。《说苑》中有一句话："身归于君，禄归于亲。"说的就是我们在外面为社会为国家做事工作，但国家社会给我们的俸禄薪水是归家人的，所以我们应该怎样来权衡家庭角色和社会角色之间的利益关系，归根结底就是一个忠孝问题，所以我觉得谈透这个问题是非常有现实意义的。请刘伟老师就此再继续探讨阐发。

刘伟：就顺着刚才张老师的话题随便聊聊我自己的看法。刚才张老师在放 PPT 的时候就曾提到，中国学界大概从 2000 年之后，发生了一场激烈的争论，这场争论旷日持久，从 2001 年、2002 年一直到 2013 年、2014 年。足见这个话题的重要性。而且，大家会觉得这个话题超出了一般的学理，对现实生活也有着重大的意义（所以它会那么长时间被关注）。这个话题的提出，最初是一个学者写了一篇文章批评儒家思想，主要针对孟子的窃负而逃。刚才张老师也谈到，孟子的一个学生叫桃应，他举了一个例子，这个例子不是真实的事情，只是一个假设，假设舜作为天子，舜的爸爸杀了人怎么办？这个例子举得挺好的，为什么呢？因为一般来说天子是不能有父亲的，或者说皇帝的父亲肯定是去世了，要不然下一任也不会接班。可是，舜是被尧直接提拔为天子的；同时，舜的父亲瞽瞍这个人的人品也很一般，他屡次想害死自己的儿子，而舜则是一个至孝之人。所以这个例子只能放在瞽瞍和舜的身上。桃应假设，皋陶是法官（皋陶是古代最正直的法官），这样的一个法官如果面对这样一个案例：天子的父亲杀了人，到底该怎么处理。孟子的回答很简单，说抓起来就行了。站在皋陶的立场上，作为法官，应该一视同仁，如果有人杀人了，即便是天子的父亲，也得法办。桃应很显然并不满足孟子的回答，他说难道舜就不阻止他吗？舜是天子啊！孟子回答说，舜怎么可以用自己的权力干预司法呢？桃应仍然不满足。他说，在这种情况下，舜的最佳策略、最完满的做法是什么呢？孟子回答说：舜应该放弃天子之位，背着自己的父亲逃到海滨，沿着海滨一直快乐地生活，忘记自己还曾经是个天子，也忘记自己曾经拥有的天下。

这个故事之所以被讨论是因为，有学者认为，中国传统中常见的裙带关系、徇私枉法与儒家思想有很深的渊源，这一对话恰恰说明这一点。这一观点一出来，就遭到很多同情儒学的学者的反驳。这样一来一往争论了十几年，争论的文章出了好几本论文集，到现在好像这个话题逐渐平息了。

与这个话题相关，在《论语》里面也有一条语录。《论语·子路》篇中记载：楚国有一个地方官叫叶公，叶公有一次见到孔子之后，非常骄傲地跟孔子说，我们村里面有一个非常正直的人。正直到什么程度呢？他父亲偷了一只羊，当然也许是顺手牵羊，作为儿子的他举证父亲偷羊这一事实。叶公当然是想强调说，在他的治理下，村子里面这个人已经正直到不顾父子之情。孔子回答说，我们村子里正直的人遇到这种情况，可能跟你们村这个人的做法不一样。他会怎么做呢？用孔子的说法是："父为子隐，子为父隐，直在其中矣"。刚才张老师举的《说苑》中的例子也有说到，父亲替儿子隐瞒，儿子替父亲隐瞒，正直就在其中。

这是两则经典文本，分别出自《论语》和《孟子》。孔子和孟子是中国儒家最具代表性的人物，他们的这一思想，对中国后世产生了巨大的影响。这一影响从汉代一直持续到唐代这段时间，表现为中国法律儒家化的发展。刚才张老师提到了《晋书·刑法志》，其中就可以看到儒家思想深刻的影响。我们知道汉消灭秦，建立汉朝，基本沿袭了秦朝的制度，用比较学术的话说叫"汉承秦制"。我们知道，秦朝统治实行严刑峻法，非常苛刻的。从汉武帝开始，"罢黜百家，独尊儒术"，从这时开始，如何用儒家的思想来改造或者影响法律成为一个时代议题。但真正的中国法律儒家化的进程则是从魏晋开始。中国的法律受到儒家思想的影响主要表现之一，是"容隐"制度的确立。事实上，中国古代法律绝不只是国家层面的刑法（或公法），其中还包含保护伦理尤其是家庭在整个社会中的核心位置这一基本理念。因此，"容隐"就逐渐成为传统法律的重要精神。这一精神充分体现在《唐律疏议》之中，在《唐律疏议》中，对家庭伦理的保护就已经成为立法的基本原则。里面规定，尊长具有教令权，父亲打伤儿子，一般是不承担法律责任的，如果是折伤或杀死可能例外。如果反过来的话，儿子殴打父亲，这个罪过就大了，如果是杀了父亲的话，那就犯了"十恶"之罪了。我们可以看到，唐代的法律中，伦理是法律保护的对象。今天我们讲国家或者家国情怀，这个家国情怀及"家—国"体制，一方面是需要一个强国，另一方面要保护家庭伦理。这一二元结构，大概从魏晋到唐代之间就已形成,一直到今天。可以说,今天我们仍然受益于这一传统思想。这是从汉代到唐代法律的儒家化。

晚清民国以来,中国传统社会解体。不只是传统社会的解体,传统的司法体系、法律精神也一并解体。清中叶以后,中国积贫积弱,西方列强进中国,在中国都有特权。比如说,外国人在中国杀了人,他们的领事馆往往就把罪犯包庇起来,用他们本国的法律而不是我们的法律进行审判,这叫治外法权,是对中国主权的侵犯。到清末,清政府也试图自强一下,要取消外国人在中国土地上的特殊权利。列强说,你们的法和我们西方的法基本理念不一样,要取消我们的治外法权,必须要进行法律改革。1902年前后,沈家本和劳乃宣等人开始起草民法和刑法的修改法案,草成后交给光绪帝。光绪就把这些法案下发给地方大员,让他们来讨论。在讨论过程中,地方大员一致反对的有两条。第一个是教令权。就是刚才我说的唐代法律规定,如果父亲打儿子的话,只要没有打死,或者说没有折伤的话,父亲是不承担法律责任的,这叫教令权。第二个是无夫奸。在传统社会中,孀居的寡妇如果跟其他人通奸的话,罪过是很大的。民法改革希望取消这一条,如果是婚内的妇女有婚外情的话,可从重处理;如果是孀居或者离婚的单身女性,跟其他人发生关系,可不必追究。这两条在清代民法改革时,受到强烈反对。之所以反对也很好理解,反对者是在维系一个家庭或者一个家族的权益,比如教令权是维护家长(尊长)的权威。至于无夫奸,在传统社会经常一个村子就是一个或几个家族,家族中某个男丁去世之后,其孀妻仍然可享受应有的权利,如因通奸而生子,此子则有继承家族财产的权利。由此可见,在传统社会中存在一个国和家的平衡:一方面需要一个强大的国家,另一方面需要在国家立法层面保护家庭。这是传统社会对国和家的基本态度,对应到今天张老师讲的,大概就是君臣和父子。今天虽然没有君了,但有国,父子还是父子。把这个话题拉回到当下,今天的中国已经逐渐成为世界强国,列强欺负我们的时代应该是一去不复返了。国是越来越强,但是家的现实情况却越来越不容乐观。不知道在座各位朋友有没有注意,中央越来越强调"家风"。尤其是前段时间《人民的名义》火了之后，很多评论中说，领导干部要有一个好的家庭风气，良好的家风对反对腐败是有积极作用的。家庭对个人成长都有非常积极的作用，这一点毋庸置疑。但今天跟传统不一样，传统的家是被法律保护的，今天则不然。所以，今天家庭的地位和作用在降低和淡化。我想提的一个问题是，在今天，家到底还有没有意义，以及有什么意义。我不谈价值理想问题，只谈一个现实问题。在现代社会，人口数量庞大且流动性大，老龄化很严重。我在想，如果这个社会家庭的功能弱化以后，那么整个社会的风险靠什么来承担？大家可能会说靠国家，国家有义务、有责任照顾每一个人包括可能出现的风险，比如疾病、养老等。话是这么说，但是大家有没有想过：以后老龄化越来越严重，人口流动速度越来越快，相应地，风险是越来越高，如果把所有的风险都转嫁给国家和社会的话，那么社会和国家的运行成本就太高了。假如今天的老人赡养完全不靠家庭，靠养老院或者社会福利的话，那么社会的养老金体系到底是否能够支撑？这是一个问题。同样，如果个人不靠着家庭的温情来涵养我们的心性，靠法律规则来管理的话，维持社会和谐稳定的成本会不会太高了？从社会管理和运行成本考虑的话，家庭能够减轻社会和国家的负担。再者，从一个人的生活状态来说，家庭的温暖是必不可少的。我刚才到深圳市图书馆转了一圈，看到很多朋友都坐在那儿非常安静地读书，我想在这么一个高强度、高频率运转的社会里，有一份安宁真好。我们都处在这个高速运转的社会中，紧张忙碌焦虑不可避免。深圳应该是全中国市民化程度最高的一个城市了，这个通过城市建设和城市文化氛围可以看出来。我相信，在这样一个高度发展的市民社会中，家庭仍然有非常重要的意义。这个意义就在于，我们在劳碌奔波了一天之后，需要一份宁静，需要一份舒适，我们都要"回家"。

所以我觉得，不论从我们个人心理需要，还是现实角度，降低社会运行成本和国家管理成本——来考虑，家庭对我们今天来说仍然是有重要意义的。我就先说这些。谢谢。

方映灵：谢谢刘老师！其实在《说苑》里有一个思想我觉得非常好："孝行成于内，而嘉号布于外，是谓建之于本，而荣华自茂矣。"这里说明了忠与孝是密切联系的，是一种内外两面的关系。所以为什么我们现在对领导干部要求汇报家庭情况，就是因为有这种内在联系，它能够在一定程度上反映一个人的道德面貌。

张丰乾：我们刚才讲到忠孝为什么是会发生两难呢？这个"难"，第一个是父亲发生错误，比如父亲犯了错误，儿子应该怎么办？"文化大革命"的时候都是子女举报父母、夫妻之间互相举报，这是背离人情的，表面上看起来是维护正义，可是违背了基本的人情。我们前面讲到，"父为子隐，子为父隐"，不是说儿子赞同父亲去偷羊，而是说他没有义务去揭发他的父亲偷羊这个事情，这是两码事。还有另外一个问题，他父亲偷羊可能还有其他的考虑。

还有一个问题是君和臣的关系不是单一的，为什么呢？一个很昏聩的君主，一个很残暴的君主，可能很多人反对他，可是其中有一个人忠于他。我觉得这样的忠也是应该受到尊重、也是应该受到保护的。包括孝的问题也是一样。比如农村有一个俗话叫"㑳子不败家"，说小孩平时很不听话，父母讲一个什么事情老是顶嘴，但是到关键时候，他能够顶得上去，能够振兴家业，发生危难的时候，他能够去解决危难。所以在我们生活当中，包括我们这里面讲到的曾皙父子的问题，是不是一味的听父母的话就是"孝"？一味地顺从父母的意志就是"孝"？包括《论语》中孔子所说的"孝"："三年无改于父之道"，我们现在革新观念都非常强，"三年不改"怎么行呢？但是我们假如想，三年无改的对象是"父之道"，从"父之为父"的道义的方面去继承他，那才是一个真正的"孝"。所以我觉得对于忠孝的理解是要有一个比较深入的或者有一个具体的理解，不能只是简单地理解为服从，或者理解为牺牲。

方映灵

刚刚刘伟老师讲到，忠孝其实体现了人类人性光辉的一面。确实，忠孝其实是跟血缘之亲密切联系的，是根于人情的，为什么在家要孝顺？因为有这里有血缘之亲和人情在里面，他们是生你养你的父母，是你的亲人，这是一种血缘之亲，所以要对他们孝顺。而在外面社会，为什么要忠于职守？因为它是你的衣食父母，它提供给你生存的经济基础，也让你体现了你的人生价值。所以这些都是跟你有密切关系的，是有人性的温暖和关爱在里面的。好，由于时间关系，现在进入提问环节。

听众：实际上我觉得，忠、孝本身就是一回事，就是基本的道德观念，感恩的心，和基本的一个人，一个高素质人的价值观，你在这种价值观上，敬畏规则，感恩，遵守基本的道德，放在大的方面，对公司、对国家，是忠，放在小家，是孝，忠孝就是一回事。我举个例子，天上下雨，到湖泊里面是淡水，下到东海、南海、太平洋里，就是海水。忠孝本身就是一个基本的、高尚的道德价值观，落脚落在这里了，就像我们养鱼一样，一个小的鱼，养在鱼池里，我们观赏它，养池塘里，将来可以吃它，其实鱼有可能就是同一个品种。本身就是一个普遍的高尚的道德价值观，放在家庭里就是孝，放在社会里就是忠，基本没有什么冲突的，所谓的我们人为地把它割裂开来，造成冲突，是我们很狭隘，我们看问题钻牛角尖，才把它人为地割裂开。就好像西方的自由经济和社会主义市场经济本身不矛盾，都是生产力、生产关系的相互推动，俄罗斯现在是资本主义经济，美国也是，但是他们两个国家的矛盾照样很大，它不取决于社会制度，社会制度从本身上是一个基层方面，最基础的地方都是统一的。就好像人一样，有的人长得很帅，有的人长得很普通，但是本质上我们都是由细胞构成的，都是无机物和有机物的聚合，这是我的观点。谢谢。

方映灵：谢谢！你用感恩来总结和串通忠孝问题，非常好！你还以乐观观点来解决这个问题，认为忠孝是没有冲突的，应该说，这很乐观，很好，希望大家都能以这种乐观的心态来处理问题。但是，其实刚刚我们已经讲到，张老师也讲到，当面临生死攸关的时候，比如敌人要抓你的时候，他先抓你的父亲，你应该怎么做？这是一个问题。还有，假如一个当官的、当领导干部的人，他家里出现了什么样的事情，这时候他父母，或者他的亲人请求他利用职权做一些事情的时候，这里是不是就有冲突了？所以，当然我们希望说不要有这些冲突，不要陷入这些人生困境，但是这种人生困境往往还是有的。所以我们今天来探讨这个问题，其实就是希望看看古人是怎样处理这些难题的，具体就是看看《说苑》里给我们提供的可以借鉴的人生智慧，我觉得这个主题的意义就在这里。

听众：感谢张老师，以中国古典的东西跟大家分享。有一个问题想请教一下张老师，我个人理解，忠孝是国家和家庭两个价值层面的一些冲突，我想到了文化、国家，包括中国，像亚洲这种传统的，可能注重的是国家主义、集体主义，大国家、小社会，在这个层面上面，怎么样去警惕这种？因为我们知道，如果是从西方的角度讲的话，他们有文艺复兴，他们要讲个体、讲人性，可能在这两个层面上，我们在所谓弘扬社会主义主流价值观的时候，媒体可能会宣传一种主流的东西，所谓的"舍小家，保大家"，它有时候有一种教化的目的，感觉古代这种可能是好的，放在现在话语的情况下，怎么样去警惕这种现象呢？意思是讲忠孝可能从国家角度，也就是为了某种东西，去警惕。因为我们传统的都是讲集体主义。

张丰乾：你这个问题，刚才跟前面提问的也有关联，"忠"和"孝"的问题，个体的价值观念，包括是不是舍小家保大家，这其实是一个非常有意思的话题，我们在家庭的利益被压缩到最小，不能有自由财产，家庭的观念也被挤得差不多，夫妻之间都互相称同志，到这样的程度。可是那时又提出来另外一个口号，就像你刚才讲的

"爱厂如家"，在这种情况下，大家还是觉得，家首先是给我们提供一个归宿，我们在对家庭付出的时候，是不计回报、不讲条件，也是不遗余力的。可能是因为看到这点，所谓的"爱厂如家"就是希望公民在单位上也不讲条件、不计回报、无所保留地付出。但是在这个问题上还是有一个巨大的差异，什么差异呢？我们的家庭生活依然是我们社会生活的基础和细胞，假如没有很完整的家庭，各种社会结构都会发生很大的问题。所以我觉得在忠孝之间还是应该以孝为本。历史上也是这样，说"举孝廉"，选拔这个人当官，首先看他对父亲是不是孝顺。当然这里面有一个期待，像对待自己的父亲一样对待自己的君，无条件地、不遗余力地为君主办事情，但是在这里面，在中国古代的时候，有很多观念和制度上的保证，这个保证是什么呢？父子关系是天然的、优先的，是你没有办法选择的，可是君臣关系是可以选择的，甚至你都可以选择君主的仇人，所谓"良臣择主而侍"，你可以选择背叛他，包括管仲，管仲也是背叛，最后才投靠了齐桓公的。对于君主的很多背叛，在历史上是得到原谅，甚至得到称颂的，可是对父亲的背叛，在任何情况下都是不能得到原谅的，包括李世民。李世民的贞观之治非常有效，可是他的玄武门之变造成骨肉之伤，一直受到非议，或者是说这个问题是逃不掉，也抹不去的。再比如说，所谓的隐士，比如伯夷叔齐，犯上作乱是不能够接受的，所以他们去当隐士也不当臣子。但是血缘关系是没有办法逃避的，所以我自己觉得，社会的各种制度，都应该以维系亲情为基础，让亲情能够健康地、充分地表达，比如通过各种假日、假期、津贴来使每个社会公民没有家庭方面的负担。同时，使父子之情或者亲情得到足够的尊重和足够的释放。很简单一个例子，如果我们对工作废寝忘食，可是最后你的家庭一塌糊涂，甚至因为你的工作，父母付出了很多不应该付出的东西，承受了很严重的病痛，心理上也承受了很大的煎熬，我觉得这个从本质上来说，于忠于孝都是有损伤的。

听众：想请教刘老师，研究先秦思想史，针对目前的控制言论，包括微信公众号等一些娱乐的东西，您怎么看待？我们知道，先秦的年代都是百花齐放的年代,而现在包括网络,我们都是公号,可是现在有一个现象,在删号,包括一些娱乐性的东西,被删号,被冻结,您怎么看?

刘伟:古代社会和现代社会的一个重要差别是,古代人少,现在人多。所以不同时代之间的差别往往不是观念的问题。环境变了,社会的现实基础也就变了。维持几百万人的秩序和十亿人的秩序,不能放在一起讨论。先秦毕竟人少,也没有现代传媒,相比之下,现代社会更复杂。所以这是一个现实问题,不是一个理论问题。

方映灵:我认为,应该还是从社会稳定来理解这个问题。一个稳定的社会环境,最终还是对我们普通民众有好处的。流言四起,人心惶惶,一个不稳定的社会对每个民众并不是好事。

听众:刚才老师讲到的"文化大革命"时候小孩举报家长,和目前的小孩打110举报家长,我觉得这两个有实质性的区别,因为"文化大革命"时期的举报是精神上或者政治上的教唆或者教导,是特定时期的环境所造成的现象,现在小孩子打110也不是举报家长,我们可以说是有一个维权的意识,这两个区别在哪里呢?一个是政治行为,一个是小孩子维护他天然的人身权利,上天赋予他的,真不是他父母赋予他的,他父母生了他之后,他就有这个权利,这个权利不是来自他的父母,父母真的不能够在身体上体罚他了,我觉得这个行为和40年前的"文化大革命"有很大区别,请老师们再评述一下。

张丰乾:我很感谢你提出的问题,也很赞同你的说法,我们现在打110是个人权利,确实是权利意识或自主意识比较强,"文化大革命"时候是出于政治家利益,出于政治利益是这样的,很感谢你做出这样一个澄清。这里面有另外一个问题,当父子之间发生冲突的时候,应该怎样去处理?当我们发生矛盾的时候,是要法律来介入,还是有其他的手段来介入?这实际上就是我们前面讲到的"其父攘羊,其子证之"的问题。我们现在看一下,因为我们自己也有小孩,跟孩子交流的时候,如何避免小孩子,父母一打他就打110,回到第一讲,"君臣父子转相为本",很多时候,父母应该以小孩为本,怎样为本呢?父母错怪了孩子,父母应该及时向孩子道歉,说对不起,或者说他做得非常好的时候,应该及时表扬他,或者鼓励他。我觉得后面一点特别重要,父母错怪了他,或者有的时候用词过重的时候,你向孩子承认你的错误,比如我儿子来问我的时候,哪怕是一些知识性的问题,如果我当时随口说的,说得不对,那我一定会纠正,而且会说:"对不起,爸爸当时记得不正确。"我觉得如果形成这样一种良性互动的话,儿子打110举报父母的事情就可以避免。谢谢你!

方映灵

好,感谢大家积极参与!今晚夜话到此结束。如果大家有兴趣的话,7月1日有《说苑》的最后一场,欢迎大家到场继续参与探讨。谢谢大家!

南书房夜话第五十九期
转祸为福与抱怨以德——《说苑》中的事理与人情

嘉宾：张丰乾　李长春　方映灵（兼主持）
时间：2017年7月1日　19:00—21:00

方映灵

　　现在开始我们今晚的夜话。各位现场的听众朋友，大家晚上好！今天是《说苑》第四场，也是最后一场，我不知道在座的听众有没有听过前三场的？看来都是第一次过来的，也没有关系，其实每个专题也都是比较独立的，当然假如前面听过的话，对于这个书的思想就更有一个全面的、深刻的了解。今天夜话主题开始之前，我先介绍一下我们今晚的两位嘉宾，他们是中山大学哲学系的老师，这位是张丰乾老师，是中大哲学系的教授和博士，也是《说苑》这四场的总策划，大家如果前三场来过的话，就应该对他比较熟悉了，因为他和我一样，从第一场开始就在这儿了。今天我们新来的这位是主讲嘉宾李长春博士，也是我们中大哲学系的教授，他是我的师弟，我们的博士导师都是冯达文老师，大家欢迎！李长春这个名字大家应该非常熟悉，和我们的中央老领导一样，这个名字的人都是非常重要的人，也是能够为社会做出重大贡献和重大成就的人。张丰乾老师的学术成果很丰硕，这我在前面几讲已经介绍过了，而李长春老师在学术上的成就也是硕果累累，特别是在古典哲学方面，所以这期夜话非常荣幸能请到他。

　　前面三场，第一场是君臣之间的转相为本，讲的是君臣之间、领导者与被领导者之间的关系；第二场是为政之道，是《说苑》的核心思想，即理想的为政之道是什么；第三场是忠孝两难，讲了不仅是作为帝王、作为领导的困境，作为臣子、作为平民百姓，也都会面临着忠孝难取舍的问题。今天的题目是"转祸为福与报怨以德——《说苑》中的事理与人情"，讲的是关于祸福恩怨的事理与人情，我想这对于今天人们的生活也是有启迪意义的。下面我们首先有请张丰乾老师对今晚夜话做一个主讲，大家欢迎！

张丰乾：我们今天是最后一讲，但是这一讲的问题可能有更多的普遍性："转祸为福"与"报怨以德"。在座的朋友可能听说过《老子》所讲的"祸兮福之所倚，福兮祸之所伏"，说祸和福是相互依存、相互包含的关系。但是在《说苑》中有一个非常明确的说法："转祸为福"。当然，"转祸为福"的前提是要明白、承认祸，才能够由祸转为福。比如我们说有天灾、有人祸，现在雾霾很严重，大多是人祸。这么多人面对这么严重的雾霾，不能依靠某个"超男"或"超女"所提供的"心灵鸡汤"。很多事情的发生和转变需要很多方面的努力，比如空气污染的解决，离不开环保意识的提升、环保技术的发展以及城市管理的改善和人们生活方式的转变等多种因素，而不是靠似是而非的文字游戏。

我们要讨论的另一方面是"报怨以德"。"报怨以德"实际上是很典型的道家思想，《说苑》在传统上是被归为儒家类的，但是读过《论语》的朋友可能都记得，说有人问孔子"报怨以德"怎么样？孔子说不如"以直报怨、以德报德"。"报怨以德"更好，还是"以直报怨"更好呢？我们今天就结合《说苑》当中的一些事理和人情一起来讨论一下。

首先我们看一下，从"祸福"两个字的本意来讲，祸和福都有"示"部，在《说文解字》中，所有带"示"有关的字，都是跟祭祀有关的，这实际上也涉及中国传统的宗教信仰。"祸"是什么？是"害也，神不福也"。"福"是什么意思呢？帮助的意思，现在福佑并提"佑"其实也是帮助的意思，段玉裁《说文解字注》讲福是备，备就是很周全的意思，或者说很顺利的意思，"无所不顺者之谓备"。所以，万事顺遂为"福"。

但是，我们一定会同意，祸和福很多时候不是当事人自己所能主宰的，所谓"飞来横祸"；而有时候，福气也会接踵而至，或在多个方面发生，如"五福并臻"，意思是很多的福气都来到你的身边。很多时候福祸是外在的，但是你可以通过祭祀，可以通过很多的努力去承受"福"，避开"祸"，所以大家可以看一下，福的部首是示旁。

再看一下《说苑·敬慎篇》中所引用的老子的话："得其所利，必虑其所害，乐其所成，必顾其所败。"这几句话其实不见于通行本《老子》一书，但内容还是很重要。我们上次讨论了"利归于民"，即好处归于老百姓。可是，任何事情都有利、害的两面，害的方面谁来承担、怎样来承担呢？按照《说苑》当中的语录是执政者、有权力的人承担害处和弊端。而此处引用到的"老子之言"则是说，你在考虑得到利益的时候，一定也要考虑随之而来的危害或者损害。"乐其所成，必顾其所败"，你很愉快地接受某一个成就的时候，你同时也应该顾虑、顾及同一个事情也可能因为失败而带来的后果。

"人为善者，天报以福；人为不善者，天报以祸也。"祸福都是由上天回馈到你的身上，这里看起来是讲到了中国传统中有人格性的天，但《说苑》强调祸和福是你自己造成的，你承担的是福还是祸，只不过是一个结果而已，原因还在你自身。所以《说苑》引用老子之言："祸兮，福所倚；福兮，祸所伏"，祸福是相互依存、相互包含、相互转化的。正因为祸福都是相依相伏的，也是相因相果的，所以要很警惕、很戒备。如不能很认真地处理所面对的事情，怎么能够做到有备无患呢？

"夫上知天则不失时，下知地则不失财，日夜慎之则无害矣。"这是讲如何能够趋利避害、求福避祸。从上而言，我们头顶上的天，要了解它，不要错失时机；对于大地，我们脚下的大地所提供给我们的各种物质财富，也要充分地认知；不论白天还是黑夜，都很小心、很努力，这样就会没有灾害。虽然是"天报以福祸"，但是人可以通过自身的努力能够避开祸害，承受幸福、承受福佑，前面已经讲过，"佑"就是帮助的意思，所以"福佑"并非包办，而是提供条件和可能。

《说苑·君道》里面讲了一个很有意思的例子：楚昭王生了病，卜问的结果是"河为祟"，即河神在作祟。楚昭王却说他虽然没有很好的德行，但"河非所获罪也"，跟河流没有关系，和他自己有关系，"遂不祭焉"，所以就再没有祭祀了。其实没有必要的祭祀是一个很烦冗、很浪费的事情，所以说楚昭王是一个很明智的君主。孔子听到了这件事以后，评论说："昭王可谓知天（大）道矣。"意思就是说昭王对最根本的哲理是非常清楚的。因为有这样清楚的头脑，所以楚昭王在位的时候，楚国比较强盛，他对于祭祀的功能和范围都知道得非常清楚，他还认为是祸还是福最终还是取决于自身，不是在鬼神。

我们现在讲"转祸为福"的时候一般会想到承受灾祸的人把它转为福，但是在《说苑》中记载，齐桓公因为听从了管仲的劝谏，及时停止了讨伐鲁国的行为，结果到后来，鲁国举全国之力帮助他，这使他得了这样一个"福"。这儿的"报怨以德"，实际是讲他本来是对鲁国很有怨气的，但还是听了管仲的劝谏，没有怪罪他，他们是邻国，关系非常好，结果是鲁国毫无保留地在后来支持他。这个例子也出于《说苑·权谋》。我们想到"权谋"的时候，立刻会想到既然是权谋，就是奸诈的，但是在《说苑》中讲到的权谋，实际上更多是指如何忠厚，如何报怨以德，如何能够正确地认识和看待恩怨。

在《说苑·建本》篇里有一些说法对我们每个人也都是有启发的，其中特别强调"学"的重要性，大意是说现在的这些人很少能够闲下来鼓琴读书，不愿意追溯和观察上古（一说到古代的东西，都觉得古代的东西离我们太遥远了）；不愿意跟很有本领的一些士大夫做朋友，也不愿意做学问、互相讨论；"日以自虞"，每天因所谓的娱乐，在游戏中耽误很多事情；同时又疏远社会上的事情（不愿意做奉献）。古代的贤人这些事情做得非常好，到后代的人每个事情都做得不好，原因在什么地方呢？"然莫能为者，偷慢懈怠惰多暇日之故也"，偷懒、怠慢、懈怠、堕落，有很多的闲暇时间，但是没有用来做正经的事情，所以最后失去了立身之本；失去了立身之本，就不能很好地来判断何为祸、何为福，也不能真正明白什么是利、什么是害。

所以刘向在《说苑》中强调："学者，崇名立身之本也。"学习这个事情是你获得好的名声、是你自身立足于天地之间的根本。这个崇名立身当然就包括前面很具体的一些方面，包括得失和祸福的方面，都不能离开学习。我觉得这是中国古代非常优良的一个传统：强调学习重要的意义。我们前面讲到的"观祸福"，你首先能够观察到，明白何为祸、何为福，才能够谈得上转祸为福。

《说苑·政理》篇里又讲到"祸福不虚至。"说祸福都不会虚妄地到来，而是有内在缘由的。刘向引用了《诗经·邶风·旄丘》："何其处也，必有与也；何其久也，必有以也。"的诗句来说明祸和福都一定有它的来由和原因，所以他指出："情行合而民副之，祸福不虚至。"说你的行为和万事万物的实情相符合，同时老百姓支持你，因此，祸和福都没有虚来的，都是实实在在的，即使是祸患，你也知道它的原因，也能找到实实在在的对应的方式；如果是幸运的事情，让你感觉很幸福的事情，同样也是实实在在的，而不是停留于口头上或想象中的，这就是"祸福不虚至"。

讲完祸福，我们再看一下恩怨。"恩怨"这两个字在《说文解字》里都是属于心部，恩的意思是惠，恩、惠现在也是连着用的，惠是什么意思呢？在《说文解字·叀部》里，惠的意思是仁。"仁者爱人"，是爱惜别人的意思。徐锴在《说文解字系传》中说"为惠者，心专也"，一心一意地想为别人好，这是"惠"。"怨"是什么意思呢？"怨"是恚的意思，而"恚"就是恨。"恩"是指有爱心，带来特别的好处，而"怨"就是恼恨、愤恨，都是人的心理状态，也是人最常见的情绪。

我们来看一个很有意思的例子：赵宣孟救桑下饿人而辜负于难。说桑下饿人本来是作为晋灵公的臣子，他有刺杀宣孟的使命，结果他发现，宣孟是他在快要饿死时救助他的恩人，所以他不仅放过了宣孟，而且用自杀的方式回报了宣孟的恩情，同时也为自己的失职负责，宣孟得以活下来，晋灵公也没法再怪罪他。所以我们为什么说古人有高风亮节呢？就是认为这些道义的原则是高于自己的生命的，这是一个很典型的例子。

刚刚讲到的这个例子就是记载于《说苑·复恩》之中的。书中随后讲道理，认为以德行给鄙人带来的好处会有很好的效果，并强调"德无细，怨无小"。这句话比较好理解，美德没有细微的，怨恨也没有微小的，要重视积累德行，及时消除怨恨，更何况假如德行方面没有任何树立，怨恨又没有及时消除，就只会有祸患。所以，"利出者福报，怨往者祸来"，是因为你遭受了别人的怨恨，"形于内者应于外"，你内心当中是愿意考虑别人的利益，还是满腔仇恨，最后会表现在你自己的行为当中，进而引起祸福。《说苑》随后又引用了《尚书》中"德无小"的话（《尚书·尹训》，原文作"尔惟德罔小，万邦惟庆"，孔安国解释说："修德无小，则天下赉庆。"）；以及《诗经·周南·兔罝》中"赳赳武夫，公侯干城"和《诗经·大雅·文王》中"济济多士，文王以宁"的诗句来说明君主的恩惠对于汇聚人才的重要意义。

后文讲道："官尊者忧深，禄多者责大"，这也是我们古人非常可贵的一个思想。你的位置越尊贵，你的忧患意识应该越加深沉，比如说，你应该要考虑十年、二十年，乃至百年千年更遥远的事情；你拿的俸禄越多，你的责任越大。所以《说苑》强调积累德行是没有所谓细琐、微小的；同样，怨恨的积累也不分大小的。所以，德行无论是大和小，怨恨无论是大和小，都会有相应的结果回馈到你自身身上，"固其势也"，意思是这是一般的定式，可以说是一个定理。知道这是定理，就是知命，知己。

在《说苑·敬慎》篇里面讲得更加清楚，无论是存亡还是祸福，要害都是在自身，所以圣人就非常看重自我告诫、自我警醒。"敬"就是恭敬，不要怠慢，"慎"就是小心，不要鲁莽。

根据《说苑》讲道理的方式，《诗经》，包括《中庸》、民间的谚语，道理都是相通的，都是讲"存亡祸福"，要害都是在你自身，特别是对于掌权的人来讲，更是如此。我结合《说苑》及其他相关的一些文献，先跟大家疏通到这里，谢谢大家。

方映灵

谢谢张老师！张老师比较全面地阐明了今天题目的主旨。我们第一讲就讲过，《说苑》这本书是包括了儒家、道家、墨家、名家等思想，今天所讲的这个题目，恰好就体现了这个杂家思想特色，祸福相依，就是道家的重要思想，刚刚张老师也讲过，《老子》里面有这个祸福相依的思想，它强调了事物的相互依存和转化，充满了一种变动与转化的辩证法。而报怨以德，则应该可以说是富有儒家特色的思想，它强调以德来对怨进行一种化解。转祸为福，碰到灾祸的时候我们怎么办？理想的化解途径当然是转祸为福。那怎样才能够转祸为福？这个问题其实跟恩怨是有关系的，所以《说苑》里说到"复恩"的问题，说的是人家施恩于你，你要懂得回报，这就是明事理、懂人情，所以复恩应该是转祸为福的重要因素。除了复恩，处理好与人的关系外，《说苑》中最强调的就是要做好自己，"存亡祸福，其要在身"，"祸福非从地中出，非从天上来，已自生之"。所以一方面要"建本"，另一方面要"敬慎"，强调的都是要修身做好自己，以敬畏之心和谨慎的姿态对人对事，这样才能消灭祸乱的根源，从而转祸为福。好，下面我们请李长春老师继续阐发今天主题，大家欢迎！

李长春：谢谢方老师，谢谢大家。我觉得张老师的材料准备得非常好，听刚才张老师的讲解，觉得有非常多的收获。我刚才想到：福祸和恩怨这两个问题可能是始终纠缠在一起的，实际上也可以说是一个问题，但是它可以从两个层面看。单纯就福祸来说，可能涉及两重关系：一重关系是天和人的关系，一重关系是两个对等主体之间的关系。两个对等主体之间的关系又可以分为两种情况：国与国的关系，即国与国是两个对等的主体；还有人与人的关系，即人与人也是两个对等的主体。我们说第一种天和人的关系也是不对等的。中国古代人对天有三种看法，一是把天看成是一个有目的、有意志的"人格神"，它跟人差不多，有喜怒哀乐。但这个天是我们没有办法去测知它的喜怒的。二是把天仅仅看成是大自然，所谓自然的天。三是把天看成是一个天地万物的整全而抽象的存在，用一个哲学词语去指称，可以叫作"本体之天"。从天和人的关系来看待福祸，很多人都觉得福和祸是天定的，好像跟人没有什么关系。比如说我今天出门走在路上，前面出了车祸，开车的那个司机也不知道今天要出车祸。尤其是你出了门，然后被堵在路上，这对你也是一个祸。而这个祸就不是你来决定的，是不可预知的。除了人祸，还有天灾。这些看起来都是人的力量所无法掌控，也是人的理性所无法预知的。是这样一个东西在制造的祸福。可是我们从《说苑》里看，它其实是在纠正我们对这种关系的看法。它觉得其实福祸的关键在人，人做什么是很重要的。人如果做好事，天会报之以福；如果你做坏事，行不义，天会报之以祸。把祸福的根源转换到我们每个人自己身上，这样福祸的问题就变成了我们自己做什么的问题，变成了我们如何去做的问题。我们要知道自己如何去做才能够致福，而不致祸。我觉得这是《说苑》的一个很重要的思路。第二种情况就是两个对等主体之间的福祸关系，这个就跟恩怨的问题结合在一起——福祸往往可能是由恩怨造成的。你结了怨，就惹了祸；假如你施了恩呢，可能就致了福，可能就为福埋下了种子。所以两个对等主体之间究竟怎样去处理，比如一个国家怎样去处理跟其他国家的关系，一个人怎样去处理跟其他人的关系，这都是取决于自己的选择和判断。怎样做才是对的，怎样做才是致福，而不是招致祸患，这是非常重要的。《说苑》中又提到一个非常重要的品质，"慎"，谨慎的"慎"。这个"慎"对于每个人来讲都是非常重要的。在中国的思想传统和西方的思想传统中，可能都会认为"慎"是一种很好的品质。但是对于它究竟是一种处于什么位置的品质，可能会有不同的看法。比如《论语》中讲的人的品质，有"三达德"：仁、智、勇，这三者中间包不包含"慎"呢？好像也包含，比如说"智"里当然会包含谨慎的"慎"。你能不能够做事谨慎是你这个人智不智慧的一个标志。可是"慎"没有被当作一个单独的德行被提出来。这个跟在西方哲学里面不一样，西方哲学中从柏拉图开始就特别注重审慎。审慎作为人的品质，是从政治角度来讲。因为"慎"这样一个问题可能更多地体现在政治生活中，比如在处理国家与国家的关系、处理不同政治人物之间的关系时，"慎"显得比普通人在处理日常生活时更加重要。因为普通人处理日常生活，比如我今天跟我的家人、我的父母或者我的妻子、我的儿女，说话的时候不谨慎、说错话没有什么关系，反正大家知道你是无心的。可是如果你是作为一个国君、作为一个大臣、作为一个政治人物，你因为不谨慎，说了不该说的话、做了不该做的事，那可能会引起非常大的、非常严重的后果。《说苑》这部书大体上都是围绕着国君和大臣该具有什么样的教养来展开的，所以这里面强调"慎"就非常多。这一点跟先秦儒学可能还会有些不一样，他说的"慎"就是指在处理政治事务中的那种审慎。如何做到审慎呢？如何做到不出差错呢？《说苑》中又提到"学"的问题——以学为本的问题。刚才张老师的材料中这一点也展开得非常充分，归根结底一个人要培养审慎的美德，必须通过学习。通过怎样的学习呢？通过对于典籍的研读，通过对历代盛衰兴亡的思考，通过对古代圣人、贤人事迹的研读，慢慢去体会在处理政治事务的时候如何做到审慎、节制、不出差错。审慎、节制对于政治人物来说是至关重要的修养，所以要以学为本，慢慢培养这些品质。虽然我们今天的主题，使用的材料大体上都是跟政治有关，但是反过来说，对于我们每个人、对于普通人的生活来讲，形成一个良好的品质，比如审慎的品质，也是一样重要的。如何才能形成？当然是通过学，通过对古代经典的研读，通过对历代盛衰兴亡之理的研究，通过对古代圣贤的行迹的学习，慢慢地来培养审慎的美德。有了这种审慎的美德，可以让我们在处理日常事务的时候，能够更加得心应手，能够更多地施惠于人，更多地转祸为福。我觉得这是我学习刚才这些材料的一个读后感。

方映灵

谢谢李老师！我觉得李老师讲的有一个观点对我们非常有启发，《说苑》这本书确实有一个很重要的思想就是，它把外在的、不可掌控的天和自然的东西，转化为我们人为的、可以去做的，我们每个人都可以通过自己的努力，去转祸为福。李老师还重点详细地讲了"审慎"这种品质，讲了审慎的"慎"字在转祸为福之中的重要意义和价值，这一点确实也是《说苑》中的重要思想。我觉得老子《道德经》中"治大国如烹小鲜"，说的就是这个"慎"字。一个大国国君和领导人，他所做的一切都会深深地影响整个国家，所以他就更加需要审慎，谢谢李老师！下面请张老师继续就此再阐发。

张丰乾：谢谢，刚才两位老师谈的对我都很受启发。长春老师把恩怨和祸福之间的关系进一步突出，这点对我们整个主题的理解是非常关键的。另外长春老师讲的"慎"作为一种品质，我们现在说重用人才，都要大胆地闯，把"谨小慎微"当成一个贬义词，实际上在古代"谨"和"慎"都是非常重要、非常可贵的品质，因为草率和鲁莽的人太多了！而且长春老师刚才讲的西方哲学可以是我们反观自身的参照系，我们可以把"学"归结为很多的方面，比如经典、事情、道理等各个方面。

我还想在这里面强调两点：一个是我们所说转祸为福的时候，包括"复恩"，大家可能会想到一个俗语，叫作"善有善报，恶有恶报"，可是有的时候不报怎么办呢？说"不是不报，时候未到"，这是一种讲法；还另外有一种讲法，会让人有更多的疑惑，这个疑惑是什么呢？行善的人又穷，寿命又短，"穷且夭"，作恶的人"富且寿"，很多钱还很长寿。这种情况下，我们在讲善恶有报，或者祸福由人会不会受到挑战呢？很多人是这样觉得的，说从历史上到现实中，某某坏成那样子，可是他又长寿，钱又多，这个问题怎样去考虑呢？我觉得从刚刚《说苑》中很多的事例，包括长春老师讲的，有一个实、事和理的问题，我们围绕"理"来讲的时候，善有善报是什么意思呢？就是你的善行、善言，有别人会以善行、善言来回报你。假如我不是一个好人，我也不会觉得雷锋是一个好人。尽管社会形势变了，大家都还觉得雷锋很多方面是很难能可贵的；而且我们生活中有很多很多这样的人，有些我们记住他了，有些则是无名的人。帮助过我们的人，我们会记得并加以回报，为什么是这样子呢？这就是"善有善报"，即善行的回报是人和人之间的一种良性互动。"恶有恶报"也是说你对别人恶言相向，做了坏事情，同样会招致非常恶劣的后果。

但是，古代的哲人给我们提出一个更高的要求：不要停留于以德报德、以怨报怨。别人对我好，我也对别人好，别人对我有怨仇，我也对别人有怨仇，这是比较普遍的，一般容易做到的。但是对于真正的君子应该怎样呢？应该是"报怨以德"，即当别人对你有怨恨，或者你对别人有怨恨的时候，应该主动化解怨恨。假如当事人是施害者，不管是有意还是无意，都遭到了对方的怨恨，那就应该及时地、主动地去化解怨恨；如果你是受害者，被别人埋怨，你觉得自己很委屈，那也应该及时解释、及时沟通，不要使怨恨积累起来。怨恨日积月累而得不到化解是很可怕的。所以我们一开始前面就跟大家讲到，中国古代为什么有诽谤之木，就是让老百姓写坏话，把怨气发泄出来，而不是去堵。

实际上生活中也是这样的，比如社会上经常有各种各样的恶性事件，一出来就惨不忍睹，可是仔细追溯一下，其实都是因为恩怨积累很久，没有及时化解。

另外一点，我们说如何转祸为福，关键是"转"。大家知道"转"是一个多音字，念四声，或者三声，但是念三声或者念四声的字义有相通处。车轮不停地往前转，关键是有一个轴心在这儿。我们转祸为福的时候，也要有一个着力点，不能光说我要转，而是要想怎样转。"转祸为福"的智慧里面包括了智、仁、勇三个方面。你有这样一个智慧，找到一个着力点，比如某某和你有怨仇，可是你用一个非常巧妙的方式表达你的歉意，表达你对他的关怀；另外，这种关怀是出于仁爱之心的，不是去讨好他；还有一个当然就是要有勇气。我们前面跟大家讲到过，不管是有意还是无意对对方造成伤害，要及时道歉，这个道歉是需要有勇气的。个人道歉是需要有勇气的，政府、国家道歉同样需要勇气。我们都知道德国为什么在战后获得国际社会普遍的尊敬，就是因为它的忏悔、它的道歉是真诚的，当然也是需要勇气。

长春老师刚才讲的，我觉得有一个非常关键的问题，"种子"的问题，种子是会生根发芽的，如何使我们的所谓的感恩也好，或者回馈别人的种子，能够让它很好地培育出来，让它生根发芽，如果有仇恨的种子，及时地化解、排解它，这也是非常关键的，我先讲到这里，谢谢大家。

方映灵

其实《说苑》中讲到"祸"的问题，可以分为两种，一是对于我们个人的人祸，二是对于一个国家来说的国祸。对于人祸，"夫祸乱之原，基由不报恩生矣"，书中认为由于没有复恩，没有顺着事理人情报恩，从而违背了人情事理，祸害、祸乱便产生，所以祸乱的根源，在于不报恩。这也就是说，复恩、报恩是社会基本的人情事理。而对于国祸，书中讲，"国虽大，好战必亡"，国家虽然强大，但动辄兵戎相见，就会招致灭亡之祸。而另一方面，"天下虽安，忘战必危"，虽然天下太平了，但是倘若忘记了战争的存在，那么也是危险的。祸福存亡都是在相互转化的，所以，对于我们普通人来说，一个是要懂得报恩，二个是要建本修身走正道，三个是凡事要审慎小心，这样才可能将人祸转化为福。对于国家来说，则应该既不能好战，也要居安思危，才能够趋福避祸，天下太平。所以，《说苑》无论是对于我们个人还是国家治理，都提供了很多启迪和智慧。下面请李长春老师继续就此探讨。

李长春：刚才方老师谈到的很多问题都是从国家层面，张老师也谈到国家层面的问题。一个国家如何自处，一个国家如何看待福祸的问题，我觉得这个对当代中国还是有非常多现实的意义。其实看待政治问题，如果我们都能从福祸相倚、转祸为福的角度去看的话，很多问题可能看得会更明白，因此也会有更多的平常心。近代中国遭遇的祸患是历史上很少有过的，并不是完全没有，历史上也有过，但是并不多。比如"五胡乱华"，那个时候我们的汉民族遭遇的危机可能跟现在差不多，这几千年中也就那么几次。从清末的鸦片战争开始，八国联军侵华，日本侵华。我们有一种心态，一种非常不好的心态，就觉得好像我们这个民族就特别不行，总一直挨打，而且谁都可以打。可是如果转过来看这 100 多年的祸患，这个民族遭遇的患难，恰好是这个民族今天复兴的起点。我们今天又一次走到世界舞台的中心，又一次成为世界的顶尖强国。如果没有清末以来的中华民族所受到的那么多的患难，肯定也就没有今天。这也是福祸相倚、转祸为福，当然这转祸为福离不开人为的因素。如果没有晚清以来列强侵华激起的中华民族强烈的向上奋进的民族精神的话，也就没有今天。从 19 世纪末开始，很多跟清朝一样的旧帝国都瓦解了。有的瓦解后形成了新的民族国家，但到今天仍然背负着很多旧帝国遗留的负面资产,比如土耳其。我们听到的关于土耳其的新闻基本上都是负面的。它在19世纪跟中国一样是个大帝国,为什么会有福祸的不同?最后会有不同的命运?这可能与人主观上对待福祸的态度不同有关,从国家层面讲是这样的。当然,每个人面对人生祸福的时候,也是这样。不管面临什么样的困境,不管遭遇什么样的不公,甚至是飞来横祸,如果有健康的心态,有坚强的精神,挺住并坚持下去,转祸为福是必然的。

张丰乾:长春老师刚才讲到一个非常重要的问题,通过阅读古代的经典,去更精确、更平和地看待我们的历史,看待我们目前的处境,包括他讲的民族的整个灾难,即所谓的"多难兴邦"。但是我们不能说为了兴邦故意制造灾难,刚才方老师也讲到了,要防微杜渐,但是一旦灾难已经成为既成事实,就还是要勇敢主动地去面对。

但是我们在这个地方,还是要强调一点,转祸为福的"转",如何去转?不能够变本加厉,可能是三分天灾,结果变成七分人祸,变得更加惨不忍睹,这是什么意思呢?既然人能够转祸为福,就意味着什么呢?意味着很多情况人也可能转福为祸,本来是一个很好的机会,但要过分的轻率,结果转福为祸,从而导致了非常严重的后果,这种例子在历史上和现实当中也是举不胜举的。

还有一个,我们刚才讲到的,有关"善有善报,恶有恶报"的问题,有的人很坏,但是很长寿,这究竟是福还是祸呢?如果说这个人很坏很短命,很多人对他的诽谤、对他的指责,对他的批评那是不在乎的,所以古人鼓励有这种说法,"老而不死是为贼",这里的"老而不死"是什么意思呢?就是说他虽然年纪很长,但是大家都盼着他死,有一个潜台词就是这个人德行很差的,他活得越长,可能造成的祸患越多,所以称为"贼",这不是对老人的不尊敬,而是强调这个人怙恶不悛,一直作恶,人们都希望他赶快地死掉。

是转祸为福,还是转福为祸,取决于当事人的自觉,当然也取决于刚才长春老师讲到的"智、仁、勇"三个方面。别人嘲笑你、批评你,对于你来说,有智慧去辨别,可能是一个幸运的事情,假如你没有胸怀和智慧的话,就可能由此结下仇恨。我们现在这个社会是暴戾之气比较多，网络和微信上比较流行的一个字眼是"怼"，他怼你，你怼他，动不动就恶语相向，动不动就兵戎相见，这都是非常糟糕的事情。这样的话就变成了一个冤冤相报的恶性循环。

中国古人讲到的"报怨以德"，恰好是一种非常可贵的超越人自身限制的一个品德。我虽然和你有怨恨，但我还是用感激的心情或者用帮助你的方式化解这样一个怨恨。但是现在有些人把一些说法过于简单化、片面化，也可能走向另一个极端，比如说有人提倡把你的仇人、你的敌人都当成你的恩人，这会造成人们没有是非观念和正义感。我觉得讲"感恩所有人，包括仇人"的时候，你要明白，把仇人转化成恩人的转化点在什么地方，你如果没有这个转化点的话，那就会变成一种很愚昧或者是自取其辱的情况，而并不会得到福报。

方映灵

今天这个题目，或者说《说苑》关于这方面的思想，我认为给我们有两个启示：一是转祸为福，这就是告诫我们，要看到祸福是相互转化的，安危存亡也是相互转化的。所以，当我们处于太平顺境时，我们要居安思危；当我们处于逆境、困境的时候，则要有信心，要从逆境中看到转化的希望，相信我们一定会从逆境、困境中走出来。二是做好自己，避祸趋福的关键还在于自己。《说苑》中有一句话我觉得对于我们今天的话题"事理和人情"一句是很中肯、很核心的："夫施德者贵不德，受恩者尚必报。"这就是说，一个施德施恩者，他的可贵是在于不求回报，而受恩者则应该崇尚有恩必报，也就是"滴水之恩，当涌泉相报"。倘若恩惠的双方都能够这么做的话，那么双方就不会产生仇怨，灾祸也无从产生。相反，倘若双方都不按这个人情事理来做，施恩者总想着要回报，而受恩者则根本没想过复恩报恩，那么，灾祸纷争必然会产生。所以恩怨和祸福是联系在一起的，每个人都应该做好自己，努力做一个有德行、明事理的人，这样自然能够避祸趋福了。

李长春：刚才张老师和方老师都谈到一个隐含的话题，好人有没有好报的问题。这个问题孔子的学生也问过孔子。他们问伯夷叔齐这两个人有没有怨恨？这两人都是上古的圣贤，德行非常高，可是遭遇非常惨。孔子说，他们都是求仁得仁，又有什么怨恨呢？他追求的是仁德，他获得的是仁德，他得到了他所追求的东西，他有什么好怨恨的呢？后来司马迁在写《史记》时，《列传》第一篇就是《伯夷列传》，司马迁就提出了这样一个问题：孔子说伯夷叔齐求仁得仁，有何怨乎？按照孔子的想法，伯夷叔齐应该没有什么怨恨的，可是为什么伯夷叔齐作的那个歌里面又充满了幽怨之情呢？也就是说，一个人，哪怕他是圣贤，他行仁义但是得到的却不一定是好报，这种情形可能自古至今都会有。司马迁提出的问题，实际上是一个跟孔子不同的问题，他说如果好人没好报，像伯夷叔齐那样，那好人还值不值得做？这个问题不知道大家怎么看。如果做好人没好报，好人还值不值得做？好人就不值得做了吗？好人有好报是所有善良的人共同的期待。而在现世中，有的人看到了，有的人没有看到，或者看到了相反的东西。刚才张老师提到的话可能是引用了《窦娥冤》里面的唱词，原话不太记得了。非常有意思，这种唱词在西方古代的戏剧中也有。也就是说，在古代的文学家那里，这个问题从来都是个问题。看到好人没有得到好报，坏人也没有得到恶报，文学家解决不了的问题、思想家解决不了的问题，也许宗教家可以解决。很多宗教都会告诉你说，如果现世你活着看到报应了，这叫"现报"。活着没看到报应，可能来世是会有报应的，或者他到阴曹地府里会有报应的，或者此后行善的上天堂、作恶的下地狱，这也是报应。总之，现世得不到报应的时候，现世之外的彼岸世界里可能会得到报应。但是如果我们不信宗教呢？我不是佛教徒，不相信轮回，不相信有来生；我也不是基督徒，不相信有什么天堂地狱，那怎么办呢？你明明知道好人没好报，你还做不做好人？是不是就不做了？这是一个非常严峻的问题，司马迁的问题。上个礼拜我们系的学生毕业典礼上，我作为教师代表发言，就曾讲到类似的问题：我说我既不祝你们成功，也不祝你们幸福。我不期待着你们成为成就斐然的学者，因为那是少数人的事情；我不期待你们成为成功的商人或者政治家，因为那个要靠不可知的机缘和上苍的恩典。我给你们的赠言就是一句话，什么话呢？做个好人是你一生的成就。我们到这个世界上来是做人的，你做成了，这不是你一生最大的成就吗？如果你做个坏人、做个恶人，那你实际上是做了禽兽，没有做人，那你就失败了。你发财了，你升官了，可是你不是个人了。人总是要死的，对不对？所以即便是你看不到做好人有好报，做好人依然是值得的。因为我们来到这个世界不就是来做人的吗？当然好人才是人，坏人就不是真正意义上的人，就跟禽兽差不多。

张丰乾：长春老师的毕业致辞获得了很强烈的反响，不仅在毕业生当中有很强烈的反响，即使我们作为旁观者也是心有戚戚。2018年在中国举行世界哲学大会，这是世界哲学大会第一次在中国举行，这一届世界大会的一个主题就是"学以成人"，和我们今天的讨论主题有关系。"学"和"成人"是什么关系呢？人生下来是有无限可能的，正因为有无限的可能，所以人有自主性；正是因为有无限的可能，所以我们会有很多很多的缺陷；正是因为有很多很多的缺陷，所以我们才要去学习。这个学习一方面是知识和技能的学习，另外一方面就是长春老师刚才讲到的做好人没有好报，我还要不要做一个好人？这里一方面是你怎样去看待"报"，比如说："一箪食，一瓢饮，居陋巷，人不堪其忧，回也不改其乐"。颜回很穷，但是子贡富可敌国，现在很多的人一个劲地吹捧子贡，说子贡又会外交，又能扭转很多国家的局势，做颜回太苦了。这实际是一个人生选择的问题。我觉得颜回的快乐就是"穷快乐"，颜回虽然短命，可是他这种不以任何物质条件为依赖的快乐，和圣人的最高精神境界相通的快乐是无价的，或者说他因为有这样一种快乐，所以他在中国思想史上具有永恒的地位，而不是说因为他的寿命很短，所以他就没有任何的地位和影响，不是这样子的。

所以我们现在看一下，讲祸福的时候，有些是从生理意义上来讲的，有些是从文化和价值的意义上来讲的，所以我们还是要做一个选择。刚才长春老师讲到的伯夷和叔齐的故事就是一个选择的问题。长春老师是史记研究的专家，也许我们南书房以后还会有机会讨论到《史记》。《史记》里面有很多很多典型的例子。伯夷叔齐他们为什么死了？他们觉得武王伐纣，就是我们前面讲的君臣关系被颠覆，武王伐纣是造反、叛乱，是不能接受的。商纣王再暴虐，他也是君主。所以，武王他们拿出的理由是什么呢？就是天命。后世的主流观点是觉得汤武革命的功劳非常巨大。可是商汤王和周武王一直面对一个质疑，这个质疑是什么？就是你原本作为臣下，能不能用武力来诛杀你的君主？这个问题从汉代以来一直讨论到现在。伯夷叔齐作为当时的周武王的骨肉同胞，一开始他们拦着周武王的马，说不能做这样的事情；阻拦无效，当周武王取得政权以后，伯夷叔齐也没有弹冠相庆，而是宁可饿死在首阳山，也不出来在周王朝担任官职，获取俸禄。据说现在的寒食节就是来纪念他们的。

我们可能不一定完全认可伯夷叔齐的做法；但是，我们要明白，观察祸福恩怨的时候，有很多的角度，我们要摆脱"成者为王，败者为寇"的这种固定模式，这也是《说苑》给我们的启示。

方映灵

长春老师坚定地以做"人"、做一个好人作为人生的志向，可以说是很悲壮的，这不禁让我想起了孔子的人生际遇和志向姿态，这种人生姿态可以说是真正儒家的姿态。佛家会寄希望于天国地狱、前世来世，但儒家的回答就是坚定地做好此时此刻、现世今生，就是做好一个人，一个君子，一个好人。让我们再次为长春老师的志向鼓掌！我们还是回到《说苑》中的事理人情，恩和怨，就像张老师刚开始讲到的，现实中有几个事例，大家也都可以再稍微讲一下，我觉得长春老师可以在怎么做好一个人方面继续再阐述一下。

李长春：方老师给我出的题，我觉得很难回答。我们理解中国文化是以儒家为主体，有儒释道三个主要的分支的文化系统。整个儒家讨论的问题都是怎样做人，以及怎样做一个好人。尤其是到了宋明理学更是如此。社会上对宋明理学有很多的误解，比如中学教材中，或一般的通俗读物中，或者明清小说戏曲中，理学家的形象都是很差的。刚才张老师也提到的一句，"饿死事小，失节事大"，这就是理学家。而且一般提到理学家，大家会想到朱熹，想到朱熹的"去人欲，存天理"，都会觉得理学家都是些不近人情的家伙。这样的看法我觉得应该是从清代以来一直到现在的这三四百年中国历史积淀下来的对理学家的偏见。理学家自己不称他们的学问叫理学，理学家称自己的学问叫道学。宋史里就有《道学传》，还有《儒林传》。它把一般的读书人写到《儒林传》里，把理学家写到《道学传》里。道就是形而上学谓之道的"道"。这个道是什么呢？这个道既是天道，也是人道，道就是理。理学家自认为他们是拿自己的生命去求道的人。这个"道"是什么呢？说是"天道"，因为它是天地万物之道，说它"人道"是因为它是人伦之道，是一个人按照什么去生活的道。也就是说，理学家要讨论的问题，最核心的问题就是人应该如何去生活的问题。人应该如何去生活的问题涉及生活的目标、生活的方式、生活的根基，所有这些问题。所以做人的问题实际上只有在整个理学的视域中才能获得一个很好的解答。如果我们南书房以后有可能，也可以做这样的一个专题。理学的问题跟普通人的生活更贴近，跟我们的喜怒哀乐生老病死，跟我们如何对待父母、如何对待亲人、如何对待你身边的人都有极其密切的关联。所以我那天在毕业典礼上也讲了，你们每个人出去以后，一走出校门，你就走进了一个剧本。走进一个剧本意味着什么呢？你走出校门你就在扮演一个角色，你所扮演的这个角色，你能任意地去写它吗？不会的，那个剧本是写好的。我们虽然扮演的是一个写好的剧本里边的角色，但还存在一个是不是把它演好的问题。所以首先要做的就是理解周围的人即理解周围的每一个人。理解周围的每一个人，实际上就是理解你的生命的剧情。理解了周围的每一个人，才理解了你演的这个剧本，才明白你的这个角色在这个剧本里面的价值和意义。换句话说，才能够明白你自己的生命的价值和意义。自己生命的价值和意义是通过对你周遭世界的理解而呈现出来的。只有你理解了自己生命的价值和意义，在和周遭的人和事的关联中间理解了自己生命的价值和意义，你面对自己一生中所遭遇的各种各样的事件，福也好，祸也好，公正也罢，不公平也罢，逆境也罢，顺境也罢，平地青云也罢，长久的困顿也罢，你才能够始终保持一颗平常心，才能够对你周围的人、对你周围的事，并对你所生活的世界有所担当。首先，你肯定要做一个好儿子、好女儿。

然后你会成为丈夫或者妻子，面对着如何做一个好丈夫、好妻子的问题；你会成为爸爸和妈妈，面对着如何做一个好爸爸或者好妈妈的问题。你在一个单位里工作，面对着如何做一个好员工的问题；或者成为领导，面对如何做一个好领导的问题。你是一个国家的公民，面对着如何做一个好公民的问题。所有的这些问题交织起来，就构成了你的人生问题。当你处理好了所有这些问题，也就完成了你一生中最伟大的事业。

方映灵

谢谢长春老师！长春老师把做人进一步拓展到天道、人道的层面上来讲，很宏阔很精彩！联系到今天的主题，我们可以说，尊天道，行人道，自然转祸为福！由于时间关系，现在转入第二个环节，互动环节。

听众：老师好，前三期我没有听进去，但是今天晚上我听进去了，感觉挺好的。我很赞同老师们说的，但是我的理解会有所不同，比如说，我上学的时候，我也觉得恶有恶报，善有善报，不是不报，时候未到，但是在现实生活中，我感觉很多恶人的确很富有，而且很长寿，"富且寿"，在我们老家这两年说白了就是腐败，的确看到了也出现了一些恶霸，巧取豪夺，到处去欺负左邻右舍，也不让别人搞建设，也不让别人搞发展。我觉得做好人可以，但是不能过分做老好人。也有句话叫，人善被人欺，马善被人骑。另外一个问题就是"以德报怨"，我的理解也会有点不同，我觉得以德报怨是对道德的人讲道德、对仁义的人讲仁义，对不道德的人讲道德，我觉得是我们的不道德，对不仁不义的人讲仁义，是我们的不仁义。忍让过了头就是软弱，善良过了头就是傻，如果说以德报怨，请问何以报德？

方映灵

你的困惑就是怎样坚持做个好人的问题，以及以德报怨的问题，看看是你要请哪位老师回答你的问题？

张丰乾：我们先从方老师讲到的一个非常重要的问题说起，就是施和报的问题。你这个问题不妨稍微扩展一下，首先你对别人有恩惠，你是一种什么样的心态？如果你对别人有恩惠，你老是想着对方去回报你，老是盯着对方不放，这个显然不是一个善德，至少不是一个很理想的德行。刚才长春老师讲的，为什么人之为人，或者为什么说要学以成人呢？就是我们能够超越这种交换意义上的美德。美德之所以为美德，不是用来交易的，所谓的不求回报也是这样的。刚才讲到佛教，佛教是讲"三世因果"的，当然可能我们一般的人不一定理解，可是我觉得对所有人来说都可以接受的是佛教里另外一种精神，这种精神是什么呢？叫"无缘大慈，同体大悲"，"无缘大慈"是什么意思？就是不讲条件，比如说我们今天在街上看到一个人，他说他回不去家了，要 20 块钱，可是他要了一整天都超过两三百了，还在那里要，那我要不要给他钱？我觉得这个时候要跳出等价交换的一种思维，我给他钱是我愿意的，他拿这个钱去做什么，那是他的事情，我帮助他，别人看来我对他有恩惠，可是他不仅不报恩，而且恩将仇报，那这也是他的问题，这并不意味着我们不应该去做对别人有意义的事情，这是一方面，就是"不求回报"。

"报怨以德"还有一个非常重要的意义是什么呢？就是识别伪善，补救美德。现在有一些所谓高调做慈善的人，是把慈善当成一种营销，当成一种牟利的手段，我觉得这是对社会公德一种非常大的损害，这种损害用什么方式去察觉、用什么思想资源去补救呢？就是刚才方老师提到的"上德不德"。最完美的德行是，他行善他帮助别人的时候他都是默默无闻、不求回报的。我身边有很多很多这样的人，我们帮助他的时候，觉得应该帮助他，有条件帮助他，那就去帮他就好了，那他记不记得事情、他懂不懂得回报是他的事情，这个是对于施惠者来说的。而对于受惠者来说，我受了别人的帮助，哪怕是别人无意中的帮助，甚至说人家对我是很严厉的批评，甚至是讽刺也好，可是它最终激发了我的斗志，不管对方记不记得，我都想办法去回报。

这也就是我们前面讲到的怎样"慎独"的问题，就是你的人格和你的精神的独立性如何保持的问题。这个独立性是什么呢？联系到我们今天讨论的恩怨和祸福的问题，答案会更加明显：我做好事，是福是祸我都一肩承担，不讲条件，不假思索地去帮助别人；另一方面，我受别人的恩惠，不管大小，我都主动地去回报他，并像他一样帮助别人。如果这样的话，施恩惠的人和受恩惠的人都很自觉、都很主动，那么所谓的"天堂"就不在我们身外，而在我们身边。所以，还是依赖于我们每个人的积极努力。

方映灵

为人由己，一切都在于你自己。但应该说，不仁不义的人"富且寿"只是外人表面的甚至是暂时的状态，实际的情况、他内心是否得到安宁，我们是不得而知的，甚至也许要等到他的后代才能看得到，所以我们才有"祖上积德"的说法。我想不论如何，我们还是应该努力堂堂正正地、心安理得地做一个好人。

听众：我是特地慕名而来的，一看李长春，我说，哇，这国家前领导人都有人来了，所以过来看一下，我是中途过来的，我看了一下，你刚才有说一个毕业典礼的寄语，说好人跟坏人，如果不是好人的话，那就是一个无恶不赦的人，其实我觉得有时候这个标准也不是这么绝对，我也不做恶霸，我也不做好人，就做一个平平常常的，我也不想做好事，我又没得罪谁，这种情况如何判断？这个就是很难去界定的。比如他无恶不作，那有法律制裁他，我又没有触犯法律，比如马路边有人撞了，我不理他，那也没有规定说我必须要处理。这是我的第一个问题。第二个，现在讲的是《说苑》，其实都是拿古代的一些标准，但是我们现在时代已经有所变化，比如以前是说"不孝有三，无后为大"，还有"君叫臣死，臣不得不死"，要愚忠，有很多历史上的名将军说我要效忠他，即使他做得很坏，但他就是天子，就是上天培养他，让他过来管我们的，我必须听他的，这样的标准，因为我看二位都是哲学博士，所以我很想请教一下从哲学的角度如何去解释这个问题。老师你说的是佛教来讲，但是我们有时候就会觉得佛教只不过是统治者为了迷惑大家，说你要听我们的话,就算你现在不报应,你来世做牛做马也要伺候我怎样的,甚至现在有些人还会觉得,佛家它不是一个很正统的学说,大家有争议,老师们能不能从哲学的角度给我们分析一下怎样辩证地看待。

方映灵

前面我们三讲,对你这个问题其实已稍微讲到了。对于传统文化,我们不是说都要全盘继承,比如第一讲的君臣之间的转相为本,还有上一讲的忠孝问题,都讲到了这个问题。所以你的第二个问题我认为已经不是问题了。你的第一个问题,确实是个问题,大家确实是有这个困惑,请长春老师给你解答一下。

李长春:谢谢你的提问,你是慕名而来,发现我是"冒名"而来,我不是你想象的那个李长春。你谈到做老好人的问题。坦率地说,老好人不是好人。比如你是个老好人,看到小偷在偷别人的东西,你老好人,不吭声,你就不是个好人。好人当然是要有担当,有献身精神。你说村里有恶霸,你应该站出来,这样你就不是老好人了,对吧?回答听众的第二个问题,你说我也不想当好人,我也不想当坏人,我就当一个普通人,怎么当个普通人呢?至少你作为一个普通人,你要做一个好女儿,没问题吧?您如果结婚了,做一个好太太、好妈妈,可以吗?您如果有工作,做一个好员工,等你升职了,做一个好领导。我刚才都已经说过了,我说的好人就是这样一步一步地做起来的,难道你都不愿意吗?我也没有要求你做雷锋,天天站在路边上等看谁丢了5分钱交给警察叔叔手里边,没有必要。做一个好女儿、好妻子、好妈妈、好员工、好领导,一个国家的好公民,你不就是一个好人吗?难道这些你没有在做吗?对,你讲得比我更好,做一个好人是人的义务,对不对?你很同意我的看法对吧?我也同意你的看法。我们达成了高度一致。还有第三个问题你说我们讲的《说苑》是古代的经典,我们讲的都是古代的思想,而且刚才提到的佛教还有一点在你看来不太正确,不是那么积极上进。坦率地说,这个看法也是对的,的确我们讲的都是古代的经典。可是我想讲一个事实，什么事实呢？一个民族，它有没有创造出伟大的文明，有一个标准，就是它有没有写出伟大的经典。所有的创造出伟大文明的伟大民族，都有伟大的经典，希腊、罗马、印度、中国都一样。但是没有创造出伟大文明的国家，都没有写出伟大的经典。大家想想越南写出了什么伟大的经典？日本写出了什么伟大的经典呢？有人说，日本也有，比如说《源氏物语》。坦率地说，《源氏物语》算不上伟大。只有伟大的民族才能够创造出伟大的经典。经典是文明的标志。为什么这么说呢？因为一个民族的经典，塑造了这个民族看待宇宙、看待人生的最基本的格局和气象。正是我们的先贤所创造出来的伟大的经典，塑造了我们这个民族的伟大格局和气象。我们就跟日本人不一样。有人说日本人的东西做得好，日本人的产品好，日本人的所有东西都很细致。你跟日本人接触多了之后发现日本人的确很细致，但是小气。中国人做事确实粗枝大叶，但是大气。为什么大气？因为我们有伟大的经典，因为我们有更高的、更远的气象和格局。以前我上中学的时候，那时候国家很穷，经常听到周围的人抱怨这个国家糟糕。他们是怎么抱怨的呢？我们这个方面太差，人家美国这个方面如何如何好；我们那个方面又太差，人家美国那个方面如何如何好。大家是不是觉得我们太没有民族自信心、没有民族自尊心了？不对，这个比较法恰恰证明我们是一个有极强的民族自信心的民族。为什么呢？如果你不把自己看成是美国一样的民族，那凭什么跟美国比？你为什么不跟越南比、跟印度尼西亚比？我们从来没跟他们比过，因为我们觉得他们跟我们不能比。我们就是要跟美国比。我们念书的时候，只有第二名、第三名才跟第一名比。如果你都是第二十多名，你每次考完试，你跟第一名比，说他某一科比你多多少分有什么意义？为什么我们即便在非常贫困和落后的时候，依然有如此大的心胸和格局，就是因为我们有伟大的经典，我们是一个伟大的文明，只有我们传承我们伟大的经典塑造的格局和心胸，我们才是真正的中国人，才是真正的中华文明的传承者。

张丰乾： 实际上长春老师刚才讲的情理交融，这非常关键，包括我们今天为什么要讲《说苑》这本书，前面我们讲到一个国家有很多的兴亡，一个人有很多的祸福，我们战胜祸福、转祸为福、救亡图存的精神资源从哪里来？恰好是从我们的经典中来。经典告诉我们方向，告诉我们意志，告诉我们方法。我觉得我们现在最大的悲哀就是总是觉得我们比古人更高，总是觉得古人的东西过时了，而没有想到我们和古人的差距有多么大。所以长春老师今天一开始讲到"学"的问题，为什么"学以成人"呢？我们一开始一直讲到："虽有佳肴，弗食，不知其旨也。"很好吃的东西你不去尝试它，你不知道它的主旨在什么地方，同样，经典也是这样，我们受了太多教科书当中那些似是而非的、自我贬低的影响，总是觉得我们古代的东西过时了，古汉语太难懂了，有些人跟我振振有词地说，张老师你讲得太难懂了，能不能讲得通俗一点？我说我要讲的（内容）那儿通俗，还要我来讲什么呢？我干脆失业算了，对不对！所以我们面对经典的时候，一方面，要像钱穆先生讲的，要有温情和敬意；另一方面，要知难而进，你不要被这些文字的障碍所束缚。当我们不能够读懂经典的时候，我们应该觉得羞愧，由这种羞愧产生勇气，由勇气去书中寻求智慧，我觉得从我们自身的体会来说，古人已有的这些智慧，足以让我们应付人生当中任何的艰难险阻，谢谢！

南书房夜话第六十期
中国的家庭教育及其对人的影响
——《颜氏家训》古书今读

嘉宾：李小杰　赵目珍　陈　磊（兼主持）
时间：2017年7月15日　19：00—21：00

陈磊

大家好，很高兴能在温润的南书房，和各位共同探讨一个备受关注的话题——家庭教育。我是本期夜话的主持人陈磊，首先介绍一下今晚的两位嘉宾：第一位是香港明爱学院的李小杰教授。李教授在求学期间就开始了对古代家训的研究，在这个生僻的领域里，钻研数年，成为国内为数不多的家训研究专家。此外，李教授还注释了《颜氏家训》，翻译了《诚实做学问》，著有《古今大不同》等专著，在权威刊物上发表作品多篇。更难能可贵的是，李教授做学问既有沉淀更有创新，这与南书房返本开新的精神不谋而合。接下来介绍第二位嘉宾是深圳职业技术学院文学院的赵目珍教授。赵教授是文学博士，在古典文学领域长期从事教学和研究，有着非常深厚的造诣。由赵教授主持和发起的"西丽湖诗会"，是深圳诗歌界一道独特的风景。让我们再次以掌声欢迎两位嘉宾的到来。我们今天夜话的主题是"中国的家庭教育及其对人的影响——《颜氏家训》古书今读"。在这里我先做一个简单的破题：古书今读是一个视角，着眼点在于家庭教育。对《颜氏家训》进行解读，目的在于反思当前我们家庭教育存在的问题，促进家庭教育的良性发展。基于此，今晚的夜话分为三部分：第一部分是探讨早教的问题，第二部分是探讨教育的问题,第三部分是要谈到家庭及家庭教育对人的影响。首先,有请李教授开讲。

李小杰:今天我们讲早教的问题,胎教这个问题是比较重要的。《大戴礼记》里面有说,"素成胎教之道,书之玉版,藏之金匮,置之宗庙,以为后世戒",胎教的方法放在一些非常重要的柜子里面,放在宗庙里面,为后世戒。如隋代巢元方的《诸病源候论》认为,孕妇"欲令子贤良盛德,则端心正坐,清虚如一,坐无邪席,立无偏倚,行无邪径,目无邪视,耳无邪听,口无邪言,心无邪念,无妄喜怒,无得思虑"。唐代孙思邈的《千金方·养胎》,要求孕妇"弹琴瑟,调心神,和性情,节嗜欲,庶事清净"。心理学里有一个论点,叫"精神胚胎",剑桥大学心理学家 Brilian Little 做过这样的实验,胎儿在妈妈的肚子里,实验员就把一些声音靠近胎儿,胎儿就会觉得很有意思,听一下这个声音是什么,把身体这样子傍过来;有些胎儿会觉得,这个是什么声音,然后就会逃避。所以我们可以看到,就算胎儿没有出生之前,这个精神胚胎,里面的一些意识和神经系统其实已经开始发展,所以胎教是比较有必要的。《大戴礼记·保傅》中曾这样阐述胎教的出发点:"正其本,万物理,失之毫厘,差之千里。"

陈磊:我们有请刚做爸爸一年多的赵教授来谈一下对早教的看法。

赵目珍:我觉得"早教"可以分为两个阶段,"胎教"阶段和"学前教育"阶段。胎教在现在看来已不那么超前,但是在古代很早就有胎教确实让我很惊讶。据《大戴礼记》记载,胎教很早就出现了。《列女传》记载,当年周文王的母亲怀上周文王后,实行的就是胎教:文王的母亲太任"端一诚庄,惟德之行。及其有身,目不视恶色,耳不听淫声,口不出傲言,能以胎教子,而生文王"。可见古人很早就意识到了"胎教"的问题。刘向的《列女传》载"胎教"的问题还有很多。比如,其中认为胎儿可以感受到母体内外的刺激,所以母体的身心健康对于胎儿的生长发育有非常重要的意义，为此特别强调孕妇应该"慎所感"，因为"感于善则善，感于恶则恶"。为此，怀胎的妇女必须做到："寝不侧，坐不边，立不跸，不食邪味。割不正不食，席不正不坐，目不视于邪色，耳不听于淫声。夜则令瞽诵诗，道正事。如此则生子形容端正，才德过人矣。"由于周文王母亲有了这样一种经验，所以他们家族就形成了"胎教"的传统。据说周成王母亲怀胎之后，对他也实行胎教教育，这个在汉代贾谊所著的《新书》中有记载："周妃后姙成王于身，立而不跛，坐而不差，独处不倨，虽怒不骂，胎教之谓也。"其实贾谊《新书》中专门有一篇题为"胎教"的文章用来探讨胎教。《颜氏家训·教子》篇里面也谈到这个问题："古者，圣王有胎教之法：怀子三月，出居别宫，目不邪视，耳不妄听，音声滋味，以礼节之。"这可能是颜之推从《列女传》或贾谊《新书》中转述的。当然，不仅是古代宫廷才有"胎教"，据说孟子的母亲当年怀孟子时也进行过"胎教"："我怀妊是子，席不正不坐，割不正不食，胎教是也。"这个在《韩诗外传》里有记载。可见"胎教"在古代已经很普遍。我们现在做了爸爸、妈妈的，在孩子没出生时其实也都有这种经历，比如孕妈妈不听太吵的音乐，不看不好的画面，要保持心情的愉悦，多看美好的事物，等等。古人的"胎教"对我们今天的现实有一个呼应。中国的教育，比如"胎教"，其实没有比古人进步多少。当然，我们今天的科学技术更精准了，胎儿在长到 4 周的时候，它的神经系统差不多已经形成了，6—7 个月的时候，胎儿大脑里面的一部分结构比如沟回和皮质结构就已经跟成人没有多少区别。所以对胎儿进行胎教是有科学发展依据的。

陈磊

是的，作为一个 17 岁孩子的妈妈，再看《颜氏家训》，其中"教子婴孩"令我感悟颇深。"教子婴孩"不仅涉及现在流行的胎教和早教，而且在理念上还更加先进。正如赵教授所言，我们并没有比古人进步到哪里去。在重视胎教、环境安全、食品安全等方面，现在的家庭都做得很好。可当孩子出生后的婴孩时期，反而比古人落后了。"不输在起跑线上"、零岁教育方案，在这样的口号下，家庭教育显得特别着急：三岁学英语，五岁背唐诗，六岁去考级，甚至幼儿园大班已经变成了开始写作业的小学过渡班。但《颜氏家训》里，"教子婴孩"讲的是习惯、爱好的养成，而不是让孩子提早多读几段诗、多会写几个字。

李小杰：赵老师刚才说到我们不比古人先进多少，的确在《颜氏家训·教子第二》第二章中有写："古者，圣王有胎教之法。"直接有这四个字，"胎教之法"。刚才赵老师说一个月、四个月，而《颜氏家训》就是这样说："怀子三月，目不邪视，耳不妄听，音声滋味，以礼节之。"用我们今天的话说，靡靡之音也不要听这么多。刚刚陈老师谈到养成习惯的问题，《颜氏家训》的确是非常重视环境、文化对人习惯的养成这个问题，比如说《颜氏家训·教子第二》说："父母威严而有慈，则子女畏慎而生孝矣。吾见世间，无教而有爱，每不能然。"现在，甚至过去几十年，都会说，教育的方法"言必称欧美"，欧美的肯定是最好的，但是不是古人完全就没有呢？古代是有的，只不过我们没有很系统地去发展，比如刚才说到的"威严而有慈"，其实这儿提出一个点，就是教育小朋友的时候，要严而慈，这其实暗合了现代教育的一个重要的观点。1965年，心理学家Diana Baumrind提出了衡量家庭教养方式的两个指标，一个是"回应"（responsiveness），一个是"要求"（demanding），并根据不同的维度区分了四种类型的教养方式：恩威型、严厉型、溺爱型、忽略型。其中，"恩威型"的教养方式指的是"高要求"和"高回应"的教养。Padilla-Walker在2012年的研究发现，在家庭中，当父亲使用"权威式"的教育方式时，尤其有利于孩子发展出坚韧不拔的品格。优秀的学生有高度温暖、严格管理、允许儿童心理自主、积极介入学校教育的父母，这类父母多为恩威型父母。教育学家认为恩威型是对孩子最有利的一种教养方式，故建议父母采用，恩威并重，"寓慈于严"，慈严并重，既严格教导，又慈爱呵护。高考刚刚过去，对恩威型父母应该特别有印象，北京市的一个状元说，我身边的朋友都是家庭特别好，学习又很厉害的人，状元的爸妈都是外交官，他们会高度参与他的教育，会给他一个好的建议，你看到小朋友是比较自信的，允许他的心理自主。这就是恩威型的父母，对小朋友的要求比较高。高要求，但是有高回应，对小朋友的各种需要、各种需求、各种不好的地方有一种回应，而不是不看他的。第二种专制型，高要求，对小朋友要求很高，但是不太回应他，比如说你去做 A、你去做 B 这样子，指点小朋友，香港这样的父母比较多，我们叫直升机的父母，就是刚才所说，一周里面要报五个班，小朋友完全没有休息，比大人还忙。第三个是纵容型，我们社会里有时候看到，某些少数的，可能"我爸是李刚"这种比较纵容小朋友的父母。第四种是疏忽型，有点像我们所说的放养的，对子女低要求，但是也低回应，不回应小朋友的需要。

陈磊

刚才李教授总结了几种家庭教育的类别。我最深的感受是，无论什么样的家庭，无论孩子成才与否，父母都是第一任老师，是榜样。对此，赵教授也请谈一下您的看法。

赵目珍：对孩子的教育是一个蛮头痛的问题，《颜氏家训》中提出了"寓慈以严"的方法。爱自己的孩子，到底要把握到什么样的度为好？父母爱自己的孩子是一种天性，但是"严"，绝对是一种理性上的认知，这两个方面是截然相反的。我觉得处理"慈"和"严"的关系，一定要从长远的眼光来看，就像《战国策》中《触龙说赵太后》那个故事中所讲的，我们要"为之计深远"，而不是盲目地去爱。很多不良习惯，孩子小的时候，会很容易教导过来。这属于早教的部分。《颜氏家训·勉学》篇里面说："人生小幼，精神专利，长成之后，思虑散逸，固须早教，勿失机也。"孩子小的时候，是教育的最好时机，千万不要错过。对于"慈"与"严"的问题，颜之推在文章里有一些案例。关于"严"的例子：梁代有一个人叫王僧辩，这个人 40 岁了，已经做到大将军，但是他的母亲只要发现儿子做得不对，就打他一顿，颜之推认为王僧辩母亲的这个做法助成了他的"勋业"，可见他对这个方式是认可的。对于宠爱容易招致祸患，他也举了一个例子：梁元帝的时候有一个学士，既聪明，又有才气，从小就被他的父亲宠爱。只要取得了好的"成绩"，父亲就在外面到处赞美他，生怕别人不知道；但是犯了错误，他父亲就替他百般掩饰，寄望于他自己能够改正。这种做法最终导致了孩子在性情上粗暴傲慢的习气。后来这个孩子在周逖的手下做事，因为出言不逊被周逖祭了战鼓。对比这两个案例来看，颜之推是主张教育要从严的，而慈寓于严中。其实辩证来看，"严"就是"慈"。今天我们对孩子的教育，怎样处理好"慈"与"严"的关系，也是一个很棘手的问题。

陈磊

这个度的确难把握，全世界只有做父母是不需要经过资格考试的。通过两位教授的讲解，我就理解了，为什么《颜氏家训》是我国家训的宝典。它的可贵之处在于，除了说教，还有配合说教的案例，例如赵教授列举的，梁朝王将军和梁元帝时代大学士的例子。

李小杰：对，刚才说到"严"和"慈"之间的尺度，清代的《曾国藩家书》里曾国藩也觉得特别头痛，因为他时不时会写信，严词训斥他的弟弟，他弟弟就觉得很不爽，"你这样说我我会很没有自信的"，于是乎他就要道歉，所以似乎在"严"和"慈"之间的确是比较难把握，但是有个字说得挺好的，也就是陈老师刚才说的"心"，要走心一点，多一点观察，随时可以调节。

陈磊

曾国藩的"严"和"宽"不仅是对自己的子女，也包括自己同族的亲人。在这种宽严相济的训导下，曾家家族兴旺，人才辈出。所以赵教授说得特别对，我们现在有些地方反而没有达到古人的境界。2016年"搜狐教育"就高考做了两个调查。第一个是对全国68名高考状元的调查；第二个是对全国1000个高考家庭的抽样调查。结果发现，绝大部分高分学生的相同点是父母是他们的第一任老师、人生的第一任陪练。因为学习和成长是一个漫长而枯燥的过程，没有父母的鼓励、引导和坚持到底，任何一个孩子都很难做到专心致志、持之以恒。

李小杰： 父母的角色非常重要，以《欢乐颂》里两个女主角为例，一个是樊胜美，樊胜美的家庭我们都知道，她妈妈对她控制、要求很多，又只是偏心她哥哥，是一个比较专制的妈妈，要求多但又低回应的一个妈妈。曲筱绡的母亲则相反，因为曲筱绡有一个同父异母的兄长，因为她是女的，兄长是男的，父亲就拿了一大笔钱给她兄长，她要去找父亲对质，她妈妈拉住她，说让我调查一下，这个事情先缓一缓，然后曲筱绡就陆续努力做出很多成绩。可以看到两个家庭，樊胜美虽然能力不错，也很漂亮，大家也蛮喜欢她，可是她生活、恋爱通常是因为她的家庭把她拖住了。

陈磊

绝大多数家庭中，孩子从出生到求学这段漫长的时间是和母亲在亲密关系中度过的。德国有一句谚语"推动这个世界的手是摇篮的手"，说的就是母亲对孩子早期的影响。刚才李教授讲到了《欢乐颂》剧中五个女孩子的境况反映了原生家庭的影响。如果说《欢乐颂》讲的是母亲对子女成长的影响，那么最近热播的电视剧《军师联盟》，我感受到的是父亲对一个人成长的影响。剧中曹氏家族和司马家族，两家父亲的教育方式虽然不同，但两家子女最后都成才了。我想，两部电视剧分别反映了家庭教育中父亲的榜样作用和母亲的陪练作用。夜话开讲前，我和赵教授还在聊《军师联盟》这部剧，赵教授也来谈一下您的看法。

赵目珍： 最近也在看《军师联盟》，从教育看，主要是父亲对子女的影响。曹操家族和司马家族对孩子的教育方式不一样，但子女也都成才了。这两个家族的背景是不一样的，曹操家族是"帝王"家族，司马家族虽然是士族之家，但与帝王家终究有别。看到后来，我对曹操的家庭教育有一些不认同。曹操在他的接班人的问题上好像倾向于曹植，因为曹操本身也是一个很有才气的人，再加上曹植身上有曹操所看重的"仁德"，曹操希望曹植来接班，但是曹植有一个弱点，即不够狠，魄力不够。曹操为了激发曹植争夺太子位的"潜力"，故意为他设置"仇恨"——曹操知道曹植喜欢甄宓，为了激发曹植的"潜能"，他故意把甄宓赐给曹丕，让他们兄弟两个相争。我觉得非常不可取。这一做法为后来两个人的成长埋下了灰暗的阴影。曹植上位不成，深受争权之害；曹丕刻薄多疑，猜忌兄弟，一直郁郁寡欢。而在《颜氏家训》中，颜之推是非常推重兄弟之情的。他认为，兄弟从小一起长大，在很多事情上都是相互与共的，兄弟之情是除了夫妻、父子之外最深厚的情感。父母健在的时候，兄弟之间应当相亲相爱，互相帮助；父母去世之后，更应该如影随形，相互关爱，相互庇护。这才是兄弟之间应该具有的关系。

陈磊

《军师联盟》里曹丕说起对父亲的感受就是高高在上，永远是一个谜团，令人捉摸不透，所以他特别羡慕司马懿。在剧中，司马父子的日常是这样的：父子聊天谈事都是近距离坐着，父亲耳提面命，儿子认真聆听，偶尔也发表下意见。祸事临头的时候，父亲往往紧握着儿子的手，或商议，或宽慰，长兄则静坐身边默默伴随。如果说父亲是一本书，在剧中，曹操就是谜语全集，让孩子艰难地揣摩通关；而司马氏则像说明书，一五一十地告诉孩子怎么为官、怎么做人、怎么避害避祸，简直就是一部青春修炼手册。

李小杰：牛津大学有一个教授，他说，我们其实有三个自我，第一个是基因的自我，基因就是你生下来、长下来什么样子，胚胎里面怎么成长的；第二个就是刚才我们所说的环境文化，处在什么样的环境、什么样的文化，这个很好解释，双胞胎的姐妹可能性情很不一样；第三个可能是大家比较少说的一点，但是在我们社会里面，其实有一个比较正面的作用，你自己想要自己成为一个什么样的人，就是自我实现的问题。

> **陈磊**

的确，这个赵教授可以谈一下您的看法。

赵目珍：刚才李教授谈的话题，这个方面我思考得还真比较少，其实就是说教育的环境问题对不对？

> **陈磊**

李教授总结了成长的三个要素：基因、环境和自我成长，这与人生的 1090 论不谋而合。10 就是人生中 10%，比如我们不能选择父母等这些无法改变的事实；但剩下的 90% 却可以通过自我成长来实现。虽然有李教授提到的北京高考状元熊轩昂，但与此同时，还有清华大学录取的寒门学生庞众望。其经历完全是一部苦情剧：父亲早亡，母亲瘫痪，家里欠一堆债，自己还生过心脏病。但他以裸分 684 分的成绩"完爆"了很多家境良好的学生。他的成长印证了我们前面谈到的人生 90% 靠自我努力去实现。父亲早亡、母亲卧病，这是无法改变的事实。他的母亲虽然是一个瘫痪病人，且没受过多少教育，但却能耐心伴读，坚持数十年地伴着庞众望直到高中。高中时，形势所迫，庞众望参加了辅导班。为了凑出费用，他母亲坐着轮椅在村里一家一家去借。村里人知道他们家的情况，没有人打算让他们还钱，但是他母亲把每一笔钱都记录下来了。账本连同过去的错题本，成为一份珍贵的礼物，伴随着这个孩子的成长。由此可见，无论你来自豪门还是寒门，最终实现人生逆袭的是你的内生动力，而这个动力恰恰与家庭影响密不可分。从两个截然不同的家庭走出来的清北学子，如果用原生家庭论来分析，他们几乎不可能有交集。由此可见，原生家庭虽然会对一个人产生影响，但真正的决定因素还是在于自己。

李小杰：我属于放养型，我有一个爱好，特别喜欢看武侠小说。我看完这些小说之后，就觉得自己应该要取法其上，向他们学习，就算不能像他们那样厉害,"得乎其中",变成一个中上的人也不错。所以我觉得这些是那个时候无形之中让我养成这么一个自我实现的想法。

陈磊
之前我们曾讨论过武志红的"原生家庭论",赵教授对武志红的"原生家庭"有什么看法呢?

赵目珍:我的看法跟两位观点差不多,家庭环境本身无法改变,但是认清"原生家庭"的一些弊端,对于日后"新生家庭"的组建以及子女教育问题会有很好的帮助。我觉得个人的原生家庭环境无法改变,它不以个人意志为转移,但也并非完全"决定"我们的一切。就我个人的人生经历而言,我也是农村出身,从小蛮喜欢读书,但因为家里穷,从小到大没有见到过几本书。真正是到了后来读大学,读研究生的时候,经济上宽裕了,才开始大量读书,最后走上了教书这条路。我个人的经历说明,教育主要是取决于个人的成长,由个人决定。虽然我原来的"原生家庭"也还一直存在那里,它有一定的影响,但是它对我的成长并没有起"决定"作用。但是,最近我感觉到了它的"压力",它的环境对我的"新生家庭"影响太大了,还有对孩子的教育问题,影响也很大。现在看来,对于"原生家庭"的问题一定要引起重视。

李小杰:武志红有两本书,第一是《家为什么伤人》,第二是《巨婴国》,这本争论特别大,因为他基本上是讲中国的大部分人成了妈宝,跟妈妈还处于一个共生的阶段。我们都知道,小朋友、婴儿在刚生出来的时候,因为他需要妈妈,生理需求这样子,他是分不清我跟妈妈的,他只有到大一点,看到镜子的时候,才发现我这个存在跟妈妈是不一样的。所以他认为中国大部分人还处在跟妈妈共生的阶段,就是所谓的"妈宝"阶段,这是一个特别大的问题。

陈磊：《巨婴国》这本书引发了很大的震动，可以说不同年龄段的读者都在这本书里找到了共鸣。比如，我是70年代出生的人，那时候很多家庭不宽裕，子女多，父母忙于生计，几乎不关注家庭教育，整个社会对家庭教育的关注度也很低。而当我们这代人做父母的时候，家庭教育的关注度骤然提升。加上互联网时代，生活的多元化使我们这代人面对着与过去完全不同的世界。我们很疑惑，为什么经济富裕了，社会进步了，家庭教育的问题却越来越多呢？让我们回到赵教授所分析的《颜氏家训》在原生家庭问题上的先进性和可借鉴性。《颜氏家训·止足篇》说："婚姻勿贪势家。""势"指的是有势力和金钱。颜氏告诫家人，提亲时不要贪图对方的家世，要的是一种门当户对的感情平等，这个思想到现在也是具有先进性的。成婚后，组建家庭的初级阶段，《治家篇》就要求丈夫做到"教妇初来"，就是"教子婴孩"那句话的前面。丈夫教育妇人即自己的妻子，是在新婚的时候。在古代，女人一旦出嫁，便终身属于夫家，跟自己的原生家庭没有任何关系了。"教妇初来"排除封建糟粕的部分，实际上是对刚成家的年轻夫妇如何相互适应、相互接受的一个指导，比如生活习惯上怎样进行良好的磨合，如何做好家庭的分工，如何尽到夫妻本分。"教妇初来"这句训导在今天来看，对于巩固家庭的稳定、和谐仍有着积极的意义。当家庭渡过磨合期，进入正常轨迹的时候，《治家篇》便强调"施而不奢，俭而不吝，如是家兴旺也"，翻成白话文就是说当你们比较有钱的时候，不奢侈；当你们不宽裕的时候，还能做到对人不苛刻，家庭必然会兴旺发达。等到了生儿育女阶段就回到两位教授前面讲的，家庭教育该如何做到宽严相济。综观《颜氏家训》，我认为这本书可以称为父母上岗指南、家庭生活宝典。

李小杰：陈老师说得非常非常好，如果这样的一个教育，一个层次、一个层次的递进的话，就形成一种家风。

陈磊

两年前，网上有一个很轰动的事件：一个上海女孩子到农村的男朋友家里面，发现他们家连年夜饭都是脏兮兮的，于是她连夜离开，再也不跟这个男孩子来往了。事件引发了网友的大讨论。阵营很热闹，骂女生的，凤凰男居多；骂男生的，大部分是城市的女孩子。闹到最后，话题聚焦到两个完全门不当户不对的人，能否走到一起？回到我们今天家训的话题，赵教授对这个事件怎么看？

赵目珍：所以古人提出"门当户对"不仅在古代有重大意义，对我们今天也有启示。一般情况下，如果不是门当户对，或者说两个家庭之间在地位上相差悬殊，家庭内部很容易出现矛盾，这是一个很现实的问题。《颜氏家训》里谈到很多问题，比如教育，都跟当时士族的风气有关系，而且那个时候谈的主要是家风，家族的风气，跟咱们今天家庭的教育有较大差异。古今的教育问题有它的差异性。

李小杰：刚才陈老师也说到，《颜氏家训》其实还是蛮先进的。我们看一下《颜氏家训》中怎么说父子和兄弟之间的关系："是以父不慈则子不孝，兄不友则弟不恭，夫不义则妇不顺矣。"所以人际关系其实是相对的，这些话在现在看起来也并不落后。

陈磊

家风很大程度上是受社会风气影响的，所以《颜氏家训》提到一些教育理念和方法都是跟当时大士族背景分不开的。所以有家风即国风的说法。

赵目珍：它虽然是古代传统的家庭教育，但是颜之推的很多观点还都是比较通达的。颜之推在书中没有详细地讲对于受教育者要尊重，但是在《序致》里面，颜之推说到了三点，我觉得体现了这一点。他是结合自身经历来讲的，第一，他的父母对他往往是"赐以优言"，就是经常对他说一些鼓励的话来激励他，这是一个方面。

第二个方面,他父母经常会问他的"好尚"所在,就是问他志趣在哪里。就像我们今天对孩子进行教育,不能盲目地对孩子进行灌输。我们现在教育孩子经常面临这样一个问题,父母给孩子报了很多补习班,好像越全面越好,其实并不是这样的,我们首先要明确孩子的兴趣到底在哪里,他适不适合学这个,有时候你让他硬着头皮去学,反而适得其反。我觉得这里的"问所好尚",有针对性地对孩子进行教育,就是对孩子的一种尊重。第三个方面,就是"励短引长",鼓励他克服自己的缺点,发挥自己的优点,这个也是非常有针对性的教育,虽然这是颜之推的父母对他自己所进行的教育,但是我想他在对家族中晚辈进行教育的时候,肯定也会遵循这个方针。

陈磊

听到赵教授论述《颜氏家训》中教育子女的观点,我却想到一个挺有市场的说法。比如某夫妻大字不识一个,孩子却考上了大学;某夫妻天天打麻将,根本不管孩子,孩子也考上了大学。于是就得出说法:是个读书的料,不管他也行;不是那个料,怎么管也没用。而耐人寻味的是,这种特别坚信不管孩子也能成才的父母,89%的社会层次都不太理想。他们最爱说的一句话就是:"我这辈子就这样了,你要有出息。"这样的父母许多其实才40多岁,就自我放弃了,然后大骂社会不公平,却从来没有想过,自己该怎么努力去做。相对不管不顾的散养,有些家庭则走向另一个极端,就是赵教授提到的焦虑型的父母。表现在孩子人生的每个阶段,比如,上了理想的幼儿园,又开始焦虑上什么样的小学;好容易上到了满意的小学,新的焦虑又来了,小升初怎么办?中考怎么办?高考怎么办?本科毕业了,考研怎么办?焦虑简直伴随了这类父母的一生。起初,我以为这种情况只发生在中国,直到在著名的 TED 论坛上也看了家庭教育的话题,才发现原来教育焦虑不是中国父母的独家专利。在那期论坛上,一个来自美国金融界的精英妈妈,非常坦白地叙述了买学区房、挑学校、选课外辅导机构、找专业老师的心路历程,其间的焦虑、艰难引得台下一片共鸣。正如对孩子的爱不分国界,对子女的期望也不分国界,于是我们看到中国有保姆式父母,国外有直升机父母。总之，家庭教育无论散养还是圈养，都各有利弊。没有一种模式是放之四海而皆准的。

李小杰：有一本很出名的家书叫《傅雷家书》，里面是这样说的，"为学最重要是通，通才能不拘泥、不迂腐，通才能培养气节、胸襟、目光，通才能成为其道，不大不博，便有坐井观天的危险"，同样，在我们今天讲的这本书《颜氏家训》第十九章，里面说到书法、绘画、射击、医学、音乐、语言各式各样的问题，所以他不仅仅是一个儒者，他某个程度上还是一个医者，是个通才。因为我的母校是岭南大学，有人说它是亚洲十大博雅大学之一，是亚洲通识教育的先行者，在十几年前，当时我们就有红酒品尝的课程，有高尔夫球的课程，有潜水的课程，还有香港中西区导赏的课程，它不是我中文专业的一个课程，没想到10年之后，我要教香港文化与历史会用到。

陈磊
关于通识教育赵教授还有什么看法？

赵目珍：对于通识教育或者专业教育的选择，其实也是我们现在面临的问题。就一个人而言，其能力是有限的，一个人要掌握方方面面的知识是不可能的。当然，我们理想化的状态，是各方面都通。全面发展，是教育最理想化的状态。就我个人的观点而言，现时代，我是主张先专再通，如果你在某方面有了一技之长，能够在这个社会上立足了，然后再去发展其他的。我这里跟古人所强调的不太一样，古代的很多大学问家都是主张先通然后再回来专，那种情况下的"专"一定是最强大的，因为你把其他的都打通了，但是时代环境不一样了，现在的知识太多了，专业太精细了，很难达到先通再专。这也是一个既相辅相成，又相反相成的功夫。颜之推在《家训》里主张"兼美"，他所谓的"兼美"，就是博涉和专精这两个方面都能够达到。《颜氏家训》的《杂艺篇》中提到了很多技能，但是颜之推认为，这些东西你可以了解，因为这些东西对你是有帮助的，但是他只说有一定了解就行了，不一定要专门的去从事它，因为人的精力有限。当然，这个在古代和在今天有一个语境的问题。

陈磊

刚才两位教授谈了《颜氏家训》在早教、教育，包括家庭影响方面的先进性。但正如白璧微瑕，《颜氏家训》也有它的缺陷。首先是受时代的限制，作者颜之推身处乱世，历经朝代更迭，生存下来已是不易，因此家训提倡内敛、守拙、自保，缺乏积极进取的思想；其次我认为它欠缺家庭成员如何做好沟通的环节。就如同一个好的教育，课程本身不是关键，重点是怎么把它教会，能够学以致用。《颜氏家训》里讲到好的家风、好的传承是不错，但如何把它传承下去，书中并没有论述。即使在当今的家庭教育，沟通也是一个很关键的环节，其方式是多种多样的。常见的方式有这样两类：一类是父母希望成为孩子的人生导师，指导他们前进的每一步。这类父母大部分出生在50—70年代。2016年，一个女生的文章被刷屏。她吐槽了自己的父亲，每天都要给她发一段经典文章，然后让她回复谈感想；一周要写一份学习心得给父母寄回去。当记者采访这位父亲时，他说，自己过去走过许多弯路，希望女儿人生顺利，所以就耳提面命地处处指导。相对这一时代的父母，出生于1975年后，包括"80后"的父母，却一下子走到另外一个极端。对孩子给鼓励，给赏识，给鲜花，给鼓掌；孩子是最帅的，孩子是最美的，孩子是最棒的。这种无底线的夸奖听多之后，孩子很容易对父母的话产生疑问，久而久之，不做回应。慢慢地，我们发现许多"90后""00后"能在微信里说的绝不在电话里说，能电话里说的绝不见面说。他们不喜欢面对面交流，认为父母和自己是不同世界的，宁可把更多的交流投向朋友圈。我们看到，现在的孩子大部分时间是和电子产品作伴。刷手机的时间比和爸妈在一起的时间要多得多。孩子对家长的感情表达只在每年父亲节、母亲节的朋友圈里，实际上可能他的爸妈都被他屏蔽了。以我17年家长的经验，孩子忽然和你很亲近的时候，只有一种可能，没钱了。而且态度越好，可能要的钱越多。（笑声。）想到当前家庭教育的状况再回头看刚才李教授讲的

《傅雷家书》，我觉得傅雷父子这种亦师亦友的沟通的确太难得。

李小杰：刚才你说到沟通的问题，除了《傅雷家书》，还有一本龙应台的《亲爱的安德烈》，龙应台给她儿子谈了对他的期待：我希望，第一，你要找一份工作，这份工作让你有空，有尊严；第二，最重要的就是这份工作让你觉得有意义，如果你去做基金经理的话，你觉得没有意义，那没有用，但是如果反而你在动物园工作，给河马刷牙，很有意义的话，那我还是非常开心的。相对来说，龙应台是中西文化结合得比较好、比较开明的一个母亲。

陈磊

是的，父母就是孩子的样本。对孩子期望高，家长就要做到对自己要求高。疏于教育，不想付出，就妄想孩子成才的父母，他们往往把包袱强加给下一代，然后他们的子女有样学样，再把自己的懒惰传给第三代，循环往复下去。这一点，《颜氏家训》也作了批判。在《勉学篇》里，家训批判了坐享其成的思想，强调父母的榜样作用。回到《亲爱的安德烈》这本书，我特别佩服龙应台对孩子教育的平常心。在孩子的职业选择上，她曾经说："孩子无论做什么行当，哪怕是给河马刷牙，哪怕是收垃圾，都要在这个行业里做到最好。比如我是一个清洁工，我的垃圾车刷得最光亮，路面打扫得最整洁；我是一个河马饲养员，河马被我养得最健康、牙齿刷得最洁白。"所以我特别欣赏龙应台的观点，就是无论你做哪一行，无论是高还是低，你在这个行当里都能做到最好。

李小杰：有个例子特别的有名，同样一个情景，有一个人在扫垃圾，两对父母看到，A 这对父母看完之后，对儿子说你一定要努力读书，你不努力读书，以后就会像他那样扫垃圾了；B 这对父母看到对儿子说，你要努力读书，以后读书就可以为他创造一个更好的环境、更好的世界，或者我们会给他更多的尊重。所以这是两个非常不同的视角。这也是在《颜氏家训》中几乎比较少提到的，或者是我们中国教育里，作为一个父母，有没有给孩子一个最高期望，一个比较终极的或者是儒家所说的比较圣人式的目标。我们大家都知道，在《论语》中有一篇叫《论语侍坐篇》，孔子就问他的几个弟子有什么志向，问完三个弟子，第四个弟子，就问他，曾晳你有什么看法？曾晳那个时候在弹瑟，"鼓瑟希"，音乐的声音慢慢微弱下来，他"铿"一声站起来，说"异乎三者之撰"，孔子问他，不要紧，各言其志也，然后他没有直接说，他是描述出来的："莫春者"，春天的时候，"冠者五六人，童子六七人，欲乎沂，风乎舞雩，咏而归"，到河里面去游一下泳，吹着风，唱歌而回。孔子说"吾与点也"，我和你的想法是一模一样的，因为他说的是一个非常从容的做人的态度，而且是一个天下太平的盛世。所以天下太平要怎么做？这是要有一个为天地立心的人，要有承担起整个世界的一群人，我觉得《颜氏家训》或者一般家训中会比较少提到的一点。

陈磊

在《辞海》的解释里，家训是指对下一代成人立世的教育。良好的家训可以形成良好的家风，润物无声地影响着家族的每一个成员。正如李教授所言，无论这个家族经历了怎样的变化，始终都会心怀坦荡，心有天地。好，各位听众我们刚才论述了《颜氏家训》关于早教、教育以及家庭对人的影响，接下来的环节，把时间留给大家，和嘉宾互动。

听众：谢谢三位老师的分享，好的东西不光是听，不光是欣赏，更重要的是运用，我最想知道的就是古代的很多优秀的家训，包括家风有很多，我想知道如何取其精华，去其糟粕，然后把它整合一下把它继承和发扬光大，变成我自己的优秀的家庭文化。

陈磊

刚才这位听众是做了功课的，能感受到他对历代家训的认真钻研过。他的着眼点是如何把家训当中的精华部分传承下来。

赵目珍：这位观众的想法非常好。古代的传统文化其实大多数都是非常好的，比如家训中有很多的精华，但是由于时代的变迁，里面可能有一些东西在今天不适用了。我们怎样把这些优秀的东西挑出来，为我们今天所用，这其实就是一个古为今用的问题。

陈磊

这恰好就是赵教授提到的"怎样把这些优秀的东西挑出来，为我们今天所用"。我不知道我们三个的回答是否满意，如果还有疑问，想交流，可以在栏目结束后继续。现在还有没有其他的听众有问题？

听众：各位嘉宾，大家晚上好，今天听你们分析了当下中国的教育，你们认为就目前的中国家庭教育情况，有哪些推荐的、有哪些不足之处需要改进的？

陈磊

这位听众的问题很宏大。但再宏大的诗篇，也要从第一句、第一段开始。美国哥伦比亚大学近期发表了对当前中国家庭结构的研究成果，提出"新三代家庭"论。研究指出，中国已进入高消费时代，年轻人收入有限，而生活成本高企。在这种情况下，老年人从过去的被供养变成供养人。比如，老人拿出钱来帮子女供房，双职工的家庭，老人要继续帮带第三代；年轻夫妻的钱可能只够基本生活，于是老人还要继续贴钱把第三代养起来。巨大的生活压力，只能一家三代共同应对。所以我们看到现代家庭教育变得特别焦虑。老人很急，年轻的父母很急，小孩更急。而教育需要耐心，需要陪伴，需要榜样；在三代共住的家庭里，需要老人能体谅，夫妻有担当。我们要耐下心来，相信我们的下一代，做好踏踏实实、风雨无阻的思想准备，这是我的个人看法。

李小杰：刚才陈老师说到下一代，似乎我们家训、家书、家教应该要多考虑到持份者的问题，我们看到以前的家书，可能只是从父母的角度、长辈的角度，今时今日，应该是更考虑一个接受者的问题，指儿子、子女、孙子辈的一些问题，所以我们看到似乎在50年代、60年代在《傅雷家书》里面就已经意识到这个问题，他希望可以跟他儿子做朋友。当然未必一定要做朋友，就像陈老师说的父亲每天写信给女儿的那个事例，你要考虑一下她的接受程度，不要走到极端，变成了一个控制型的父母，所以要多考虑接受者的问题。

陈磊

说到持份者的问题，当前国内家庭的主流结构是421家庭，这种家庭可能香港还不多。四位老人，两个年轻夫妇，一个孩子，当然随着二胎政策的实施，变成了422家庭，一对夫妇供房、供车、供娃，变成房奴、车奴、孩奴。万般无奈，只能啃老，而被啃的老人是心甘情愿的。在这种情况下，就会出现李教授谈到的控制问题。换位思考，作为老人，把自己终生都付出给儿女的小家庭，付出给第三代，理应有发言权，理应指点江山。所以现在家庭教育的矛盾就表现为父母着急、老人指点、孩子反抗。这个问题先谈到这里，接下来请继续互动。

听众：谢谢，其实今天三位老师中有两个是大陆的，有一个是香港的，我就想谈一下中西方教育的问题，想请教一下老师，因为很多家长想有一定的经济基础之后就把小孩送到国外去，而且有的会纠结说到底是早点去还是晚一点去好，不知道老师对此有什么建议？再评价一下中西方教育的趋势或者优劣点，谢谢。

李小杰：西方的教育系统更注重个人的喜好和潜能的发展，而内地会塞比较多的知识点给你背，课比较多，香港的课虽然比较少，但是功课很多，非常忙，晚上要做到十一二点，内地的一般是平时上的课比较多，但是平时也没有什么事，就是考试之前突击一下。我们是整个学期都很忙，内地是考试之前半个月会比较忙，所以我觉得两个教育系统是不一样的。第二个，现在我们可以看到英语必然成为一个趋势，变成一个非常有用的工具，所以去过语言关也是必要的，所以我觉得如果有能力的话，当然到外国去学习一下是挺好的。

陈磊

来深圳之前，我在内地一个外国语学校教书，曾出国做过一段时间的交流教师，深感国内外教育各有长处。欧美等先进国家的通识教育，其理念就是什么阶段干什么事。所谓个性教育并不是放任自流，而是在一定限制下的自由。所谓素质教育，并不是忽略学业，而是在学业基础上的实践。在这样的教育下，欧美学生的实践能力、团队能力很强；但研究能力、创新能力却不如中国学生。2016年英国BBC推出一个教育直播节目，北京的几位中学老师到英国一家公立中学成绩中等偏下的一个班教了一个学期。期末，这个班的成绩居然在年级遥遥领先。英国教育界震惊之余，开始引进中国的基础教育。现在，英国小学的数学教材都是从中国引进的。另一个大跌眼镜的教育节目是，把英国和美国的高考题拿给中国某重点初中初三的学生来做。全班交卷最晚的一个学生是一个小时答完的，学霸基本上20分钟就做完了，事先并没告诉这些学生考题的真相。考试结束后，记者问起孩子们考试的感受，得到的回答是："太简单了，中考不会考难度这么低的题。"这两个节目都让我感受到了中国基础教育的认真和扎实。我第一次出国是90年代，后来又陆续去过一些国家的院校，对比这几年国内教育的飞速发展，内心有一种龟兔赛跑的感觉。由于十年"文化大革命"的原因，我们的教育一度滞后，但随着高考的恢复，我们的基础教育急起直追，很快就走到了全球的前列。在扎实的基础教育下，我们看到在国外高校拿全奖的，很多是中国留学生。为什么中国这几年发展得如此迅猛？与人才的大量涌现密不可分，而人才的培养离不开良好的基础教育。到目前为止，我们国家的基础教育依然是全球领先的。对于高等教育的差距，国内985、211的名校还在成长和追赶中，但我相信这只是个时间问题。回到这位听众的问题上，如果你希望孩子获得顶尖的教育，不妨尝试在国内完成基础教育，然后出国接受高等教育。我不知道这个回答行不行，只是基于我的一点经验和认识，赵教授谈一下您的看法？

赵目珍：其实我没有什么发言权，我也有这个困惑，但是我目前也了解到一些意见，就跟大家交流一下。我觉得这个问题，一是要考虑个人家庭的经济条件，二是要考虑孩子本身的成长过程，父母在身边还是最好的。还有一个情况，如果你的孩子比较优秀，他在国外读完大学之后接着读研，或者继续读博士的话，一般情况下，像这样的孩子就很难回到国内来了。如果孩子从大学开始就一直在国外读书，加上他（她）在语言方面、文化方面甚至是工作方面的成长，对于环境有了相当的适应，他可能很大程度上就留在国外了，家长也要考虑到这一点。

听众：通识教育是底牌，专业教育是方向，完整的人格是我们教育的最终目的。在现在这样一个——像我们刚才说的一样，在中国大陆特别偏重专业教育，通识教育相对缺失的状况下，怎样去看待这样一个现象？它会对这一代孩子产生怎样一个长远的影响？特别是内陆地区，学校教育和社会教育机构对整个的社会教育资源，对通识教育的倾斜都不够、都缺失的情况下，作为家长应该怎样给孩子在这个方向补齐？用什么样的方法能够让他尽早地知道怎么样和这个世界相处，怎样去和自己相处，以及尽早地去明确自己将要成为一个什么样的人，以便于他更早的去明确自己、去塑造自己的过程？在通识教育资源缺乏的社会背景下，家长应该用一个什么样的方法去弥补这些东西？现在偏重专业教育的这一代孩子，这种通识教育的缺失对他们会产生怎样一个长远的影响？

李小杰：内地的通识教育也不是没有，我记得大概在十年前，很多内地高校学校到香港中文大学去学习学院制，推出了一些历史与文化经典导读等课程，慢慢会有推到不同等级的一些学校里面去，这个当然需要时间。通识教育，我觉得父母当然要引导小朋友有多方面的发展和兴趣，比如多看不同的书，可能你是从事IT的，可能要看一些文学的书。我们中国有一句古话说得特别好，"功夫在诗外"，你学这个专业，你要在这个专业里得到突破，但突破的那个点未必一定是在你的专业里，可能是在专业外面，或者是跟它相关的东西，可能是完全跟它不相关的东西，一下子就把你触发了。比如我朋友是做金融软件的，他们做软件的时候大家坐在一起改一个名字，改什么名字呢？"输赢"这个字，当然是赢最好，但是用"输赢"这个字又太俗了，他看过《道德经》，知道有一句话是"大盈若冲"，所以这个名字听起来一点都不俗，这是一个做IT的跟文化结合得非常好的例子。

赵目珍：进行通识教育，是大学教育的一个责任所在。当然，在不能够完全做得好的情况下，我觉得更大程度上取决于个人的自主学习。重要的是大学的教育能不能给一些点拨，告诉学生应该怎样入手，因为通识教育的范围非常广。因此，我觉得进行通识教育首先应该做好引导，其次是加强个人的自主学习。

陈磊

这位听众虽然很年轻，但是他的思考力和思辨力非常的强，提出的问题很有深度。刚才他提到的教育资源不均衡的问题，这是客观存在的。有一条著名的地理经济线，叫"胡焕庸线"，是30年代著名地理学家胡焕庸的研究成果。这条线以东北地区黑龙江黑河作为起点，西南地区的腾冲作为终点划的分界线。这条线的西北部分，中国64%的土地仅仅能养活10%的人口，东南36%的土地却要承载70%、80%的人口，为什么呢？首先是地理决定论，一个气候恶劣、非常贫困的地方，你无从对他开展通识教育，他能生存下去已经不容易了。放在现实环境下，通识教育也好，专业教育也罢，还是要实事求是，量力而行。我们还剩下最后一个问题。

听众：三位老师好，刚才陈老师有提到家庭教育里的沟通问题，我想问一下三位老师，现代家庭里，家长如何跟孩子保持有效的沟通？为什么提有效的沟通呢？因为现在家长特别是跟成年的小孩之间的沟通可能很多时候都会矛盾尖锐化,很难达到有效的沟通,我想问一下老师。谢谢。

陈磊

积极心理学对家庭有着这样的描述:"家既是最温暖的地方,同时也是最伤人的地方,它之所以伤人,就是因为我们每天都温暖地生活在一起。"父母和成年子女沟通的问题,我认为是边界问题。父母和子女的亲密关系不是亲密无间的,而是亲密有间的,甚至亲密有界的,虽然子女成人了,时代也发生了变化,我们过去那点经验基本用不上,甚至还起到一个开倒车的作用,然而在责任的驱使下,对成年子女还是免不了要耳提面命,充当导师。从亲情而言,很多父母会有这种心态,从小把你养大,你都是我的;却恰恰忽略了成年孩子的边界需要。距离产生美,距离往往能淡化许多矛盾和冲突。然而现实压力与边界距离很难平衡,比如高房价、高物价,比如夫妻双方都要上班,孩子需要人带,只能被迫和父母住在一起,这也是一个无法回避的现实。但即便暂时同在一个屋檐下,最好也能互相尊重,保持个人的小空间。希望我的答复能有一点点的参考作用。

李小杰:还有西方教育和中国教育差异的问题,我读了一些西方教育的书发现,比如《洛克菲勒家书》和《伯爵家书》提到一些观点,我发现是中国的家书中比较少提到的。《洛克菲勒家书》会写到老洛克菲勒是怎么吞并其他油田的,作为历史上最有钱的人之一,怎么打败他的竞争者,怎么趁低价并购其他的炼油厂,所以他里面会说到自信、竞争,甚至会有一点自私的教育,在我们中国的家书中这个是比较少见的。为什么呢? 史华兹认为先秦思想家共同的文化取向是一个宇宙界与人事界中的"秩序的优位性"(primacy of order)的概念。中国文化重"和谐"的价值观贯通于个人的生活与社会——讲家庭生活,曰"以和为贵";讲生意,曰"和气生财"。中国最好的政治是"国泰民安",政治最高境界是大同。张德胜在《儒家伦理与秩序情结》中认为:春秋战国是我国思想初生阶段,那时候的动乱,对社会造成了创伤性的冲击,因之往后而千年的中国文化，就存在着他"谈动乱而色变"的过敏倾向。用弗洛伊德的术语，中国文化蕴藏着一个因动乱而造成的向往秩序的情结。生活在"轴心时代"的儒家宗师孔子，所面对的是一个巨大的"失范"社会的挑战，他所苦思用心者即在拨乱反正，重建秩序，此一追求秩序的情结则影响了中国文化的路向与性格。在孔子眼中，春秋战国是一个礼崩乐坏，臣弑君、子弑父的失去规范的时代。所以，儒家的孔子，乃至先秦各家思想的创始者都面对一个"问题处境"，就是如何建立秩序。所以所有的教育、所有的文化取向是把它推向一个正面的、有秩序的社会里面。所以孔子重视孝悌，中国家庭成员关系，可归纳为父慈子孝和兄友弟恭。在这样一个文化影响之下，我们一些家书里自然相对来说是父慈子孝比较四平八稳的，不会说你要怎么去竞争，怎么做一个自信的，甚至打败别人、有一点点自私的这么一个人。相对中国稳定封闭的内陆文化，西方进取的、充满冒险精神的海洋文化，培养了灵活、容易接受新事物与新观念的心理素质的人。这个也可能跟我们刚才所说的，去西方读大学的时候，为什么西方的学生培养出来的是如此有竞争力、如此有批判性的，老师说什么基本都不同意，不像我们中国老师说什么，90%都同意。所以我们可以看到，从家风、从轴心时代儒家文化、西方文化的比较中，可以看到两个文化中的教育有所不同。

陈磊

本期夜话今天就到这里，7月29日的夜话，我们将继续这个主题进行更深度的探讨和交流。非常感谢大家的参与，祝周末愉快。

南书房夜话第六十一期
经世思想与社会事务——《颜氏家训》的修己与治世

嘉宾：李小杰　赵目珍　陈　磊（兼主持）
时间：2017年7月29日　19：00—21：00

陈磊

　　大家好，很高兴能够在温润的南书房再次和各位进行《颜氏家训》的古书今读。我是本期的夜话主持人陈磊，今天到场的两位嘉宾是上一期《颜氏家训》古书今读的两位教授。一位是来自香港明爱学院的李小杰教授；另一位是来自深圳职业技术学院文学院的赵目珍教授。本期的夜话主题是"经世思想与社会事务——《颜氏家训》的修己与治世"。《颜氏家训》的作者颜之推作为孔子的得意门生颜回的后人，他一生都非常推崇儒学，将其作为修身及家传的主要宗旨。基于此，我们今晚的夜话分成四个部分，第一至第三部分由嘉宾来主讲《颜氏家训》的涉务、省事以及务实，最后一部分是把时间交给大家进行互动和交流。首先有请李教授开讲。

　　李小杰：今天我们谈论的题目也是不算古老的题目，是经世思想，跟我们现在社会有非常大的关系，这种经世思想对我们中国经常会提到的一个点非常重要，是个人如何去治理国家这么一个非常重要的题目。在中国人的经世观念中，一般来说是希望个人的精神去改变世界，这叫淑世精神。那么怎么去改变这个世界呢？对于一个普通人来说，参加政治，通过政治这点进入，变成入世的一种精神，我们都知道，"经"这个字有治和理的意思，所以"经世"就是治世和理世的意思，有治理天下的意思，所以这反映了儒家一个非常入世的人生观。儒家入世的人生观跟别的宗教非常不一样，我们都知道入世跟出世这对概念，入世是儒家，出世是讲佛道。那儒家的入世又跟别的宗教或者别的文化有什么不一样呢？一般来说，我们都知道基督教的文化精神，有人可能会说基督教徒也很努力，赚很多钱，可是赚钱的目的是什么呢？一个人受到上帝的号召，去荣耀神的，最后还是一种天国的精神，所以和我们儒家入世精神不一样。还有就是比较古老的宗教——印度教，印度教也是一种追求精神超越的宗教，所以也是跟我们儒家的入世精神很不一样的。我们可以看到经世的精神和宋明理学经常提到的两个概念——外王与治平，跟这两个概念非常有关系，我们回到《颜氏家训》说："士君子之处世，贵能有益于物耳，不徒高谈虚论，左琴右书，以费人君禄位也。"这是说占着位置不做事，所以从这点来说，我们可以看到《颜氏家训》一个非常重要的特点，就是非常强调对社会、对社稷的作用，这也是今天我们讲的焦点。如果大家有手机的话，或者是有带这本书的话，我们今天主要讲"涉务"、讲"省事"和"名实"，最主要来讲这三章。刚才我们已经讲了《颜氏家训》的一个特点就是比较经世的、入世的；另外一个，放在当时的时代来讲，我们都知道魏晋南北朝比较崇尚清谈，在这样的背景之下还是产生了儒家比较入世的文化思想的《颜氏家训》，因为大治理国家还是需要讲勤政、讲爱民、讲治国这一点，所以当时它在这样的背景之下产生非常难得。后来，到了宋明理学，就会说到修身和治世。治世里面我们一般把它分为两项，一方面是治体，一方面是治法，体就是道，就是形而上的比较重要的东西，比如修身齐家治国平天下，就是治道、治体的问题；具体怎么创立制度，中央是什么样子，省是什么样子，县一级是怎么管理的，这就是一个治法的问题，所以治道和治法就是我们今天讲治世可以分的两个点。

赵目珍：经世与修身这两点，修身我们都比较熟悉，经世这个词好像见得稍微少一点。孟子曾说，"达则兼济天下，穷则独善其身"，其实我觉得经世和修身的关系就是"兼济"和"独善"的关系。当然兼济和独善有其外在条件，就是我们个人的"达"与"穷"，只有你"达"的时候，你才可能兼济天下，"穷"的时候我们说独善其身。但是不论如何，儒家为我们所设定的修身、齐家、治国、平天下的人生价值观对后世的影响还是很大的。大家都知道，颜之推的思想主要是儒家，所以大家读《颜氏家训》感受很明显的就是修、齐、治、平的思想。儒家的精神中还有很多非常可贵的资源，比如儒家说的"为天下苍生忧劳"的精神，最经典的表达就是范仲淹的"先天下之忧而忧，后天下之乐而乐"。再一个，儒家还有很强烈的责任感，孟子曾经说过一句话，说："夫天未欲平治天下也；如欲平治天下，当今之世，舍我其谁也。"我觉得孟子身上所体现的这种"舍我其谁"的使命感非常强烈，这种精神和使命感一直激励着后世的知识分子，所以后世儒家知识分子身上也体现出了一种信条，就是《论语》中所讲的"学而优则仕"，这个观点对于"治世"的观点也有很大影响。它要透过从政的方式实现儒家知识分子身上的这种入世精神，所以我们说修、齐、治、平的关键在修身，也就是我们所说的"学而优"，因此《大学》里面说："自天子以至于庶民，壹是皆以修身为本"。所以我们看《颜氏家训》，也可以看到它非常注重修身，当然其最后的目的是齐家、治国、平天下。《颜氏家训》非常注重人对社会和社稷的实用性，也就是人对社会和社稷的实用效能，要有实际的作用，你不能总是夸夸其谈，没有实际的担当，颜之推的思想主要是儒家，他在家训中经常告诫自己的子孙，处世一定要务实。这个跟当时魏晋南北朝时期崇尚清谈、喜欢谈玄论道的不良风气有关，跟当时的社会环境有关系，颜之推是反对这种风气的。"空谈"这类行径是有害处的，就像朱熹在《大学章句集注》说："异端虚无寂灭之教，其高过于大学而无实"。大家都知道，后世儒家往往把不认可儒家的那些思想称为"异端"，这些异端学说，比如道家空谈的理论，看起来都是很虚幻缥缈的东西，他认为是没有用的。所以透过《颜氏家训》谈人对社会和社稷的实用性，对今天的我们有非常好的启示意义。

陈磊

阅读《颜氏家训》"涉务篇"的时候，我特别感慨，在魏晋南北朝这样浮夸混乱的年代，居然还有如此务实的思想存在。这是个最坏的时代，朝代不断更迭，士族们买官鬻爵，社会动荡，民不聊生；这也是个最好的时代，文艺创作群星璀璨，"蓬莱文章、建安风骨"，隋唐初年的诗歌都起源于这个时代。这是个玄学盛行的时代，以竹林七贤为代表的知识分子和精英阶层，不满现实，遁入空谈。因此，颜之推在《涉务》中严厉地批判这种社会风气，希望治国理政能够实事求是。

李小杰：《颜氏家训》说时人"迂诞浮华、不涉世务"，后面还有说"居承平之世"，不知道有战乱这个事情，站在庙堂之高的时候，不知道有战争，"保俸禄之资，不知有耕稼之苦"，"难以应世经务"，也就是我们今天所说的"经世"这句话。中国和欧美国家不一样，欧美国家是一个海洋性的文化，我们是一个内陆性的文化，社会学家说我们是一个闭固性的文化，所以人是比较少参与社会事务的。刚才我们说到魏晋南北朝人比较崇尚空谈，但是可以看到，颜之推在《颜氏家训》中非常严厉地训斥了这些人的空谈风气，这点非常难得，这也是《颜氏家训》的一个特点。后人评论此书，"辩证时俗之谬，以训世人"，所以从这点来说，他非常鼓励一般的人去参与社会事务，凸显儒家入世的一面，所以有它非常特别的地方。我们第二部分继续讲修己部分，其实修己部分跟他的立学部分都是混合在一起的，书里面说："学者犹种树也，春玩其华，秋登其实，讲论文章，春华也，修身利行，秋实也。"所以我们看到《颜氏家训》中"风操"篇，非常仔细地对服侍家人的日常生活细节等作规定，所以在这里有一个士大夫对儒者风操的规定，可以诠释子孙后代。我们都知道儒家一个很重要的概念"礼"，礼不仅仅是礼貌的礼，不仅是一种法律的规则，还是道德的规则，是不是如果从治理国家的角度来说，这种"礼"就是刚才所说的风操，其实有约束现代管理的一个功能呢？

陈磊：

在社会转型中必然会有一部分群体的利益受到影响。而国家该采用什么样的措施，尽可能降低、化解社会矛盾，实现平稳过渡呢？这不仅是人治、法治的问题，而且还有度的把握问题，就是儒学当中所讲到的"中庸"，以及《颜氏家训》中所提倡的"适度"。

李小杰：似乎在度的把握上面，我们可以看到他也提倡了一点，在"止足"篇中，说到人的欲望的问题，"天下人皆有好利之心，好物之意"，这是人本能的欲望，少欲而知足，他甚至有告诫他的后人，做官也不要做得太大了，嫁娶也不要贪一些有势力的家世。他说如果你财富太多了，要做善事把它散掉，如果财富不多要去赚回来的话，也不要用不义的手法去赚取，所以这一个也是他对自我的要求，对整个家族的要求。

陈磊：

开讲之前，我们还在谈论，为什么颜之推历经几朝而不倒？现在，李教授给出了答案：低调、有度、止足。在颜之推看来，官做到一定程度就够了，不求太高；房子有几间足够了，不能贪大；仆人有二三十个足矣，再多就是招摇，给自己惹祸。他教育后人克制仕途与好利的欲望，这既是一种自保，也是一个警示。

赵目珍：颜之推历经了几个朝代，尤其动乱的时代，他能够在每一个朝代都做显要的官，这跟他的思想——修己里面的知足少欲、戒骄戒奢有关。"知足少欲"，有一点像儒家所说的"中庸"之道，颜之推的家训里，在治家处世当中，处处显露出了中庸之道。我们现在的人对中庸有误解，认为"中庸"就是要滑头，两头讨好。其实中庸是一个很高的境界。朱熹在《中庸章句序》里面所说，不偏不倚，无过无不及，叫"中"；"庸"是什么呢？"庸"就是平常，朱熹这个解释我觉得非常恰当，"平常"一下子就把看起来很高的"道"拉回到人的日常生活中来了。中庸之道就体现在日常生活当中，所以境界很高。

李小杰：刚才赵老师说的"中庸"，还有陈老师说到的节制，在宋明理学中，已经开始尝试着怎样去把这个实践出来，放在日常生活中去做。"内圣外王"，跟我们经世思想是对举的，修身就是最希望可以成圣，每个人都有这样的可能性，但是说到圣的话，是前推，好像只有曾国藩大家比较认同，因为他可以节制自己，而节制自己，这个道德的自我的转化，宋明理学提了几个点：首先，省察，这是为了发动与维持对成为君子这一儒家人生目标专心一致、毫不动摇的志向；其次，笃诚与艰辛的践履；最后，就是刚才我们说的度的问题，节制自己的欲望和情感，这个非常难，所以中国的哲学是从形而上的层次去到了我们日常生活里面。

赵目珍：刚才说的这些观点都在"止足"篇里，这篇文章告诉我们人要知止，不要贪得无厌，不能放纵欲望。以颜之推的观点，做官做到中等（俸禄两千石）就够了，建立婚姻关系也不要贪图富贵权势，积敛钱财也不要太多。颜之推对家族规模，土地要多少亩、仆人要多少个，都有严格的限定，他对经济数字非常敏感，这一定是一个内心非常强大的人。一个人要想达到"内圣"非常难，内圣是个人修身的最高境界。颜之推达到了没有不知道的，但是他已经让我们很难以企及了。

陈磊

所以修身也好，止足也好，归根结底还是度的把握。中国的思想文化中有三个重要的部分：第一个是天人合一，第二个是内圣外王，第三个是中庸。天人合一解决的是人与自然的问题，内圣外王解决的是人与社会的问题，而中庸回答的是度的把握问题。正如赵教授所讲，中庸不是各打五十大板的折中，而是一个度的把握。达到这个境界特别难，因此，孔子评价"中庸之为德乎，其至矣乎，民鲜久矣"，说明中庸是一种极高的智慧。

李小杰：我们看看颜之推能做到什么程度。《北齐书》里面介绍他说"世善周官",周官就是尚书、周书里面的,最主要的是讲政治和百官职守的。他家是一个世家,都有学习和传承这方面的东西,他自己读什么呢？那个时候大家特别喜欢什么呢？我们可以看到,他在湘东王萧绎那边学习时,大家都在讲庄子、老子,他不太喜欢,"虚谈非其所好",不太喜欢崇尚虚的东西,他主张"学礼",然后还学什么,"学传"。"礼"其实讲的是百官的一些制度,治理国家的方法；"传"是说周天子——那时候周天子已经势弱,其实是诸侯之间的关系,他们之间怎么斗智斗勇,以及权利之间的分配,或者诸侯之间怎样尔虞我诈,这些其实都是跟治理国家有关系的一些书。他自己也博览群书,这就是他自己的一些准备了。那么,历史上的书是怎么评价他的？《北史·文苑传·颜之推》说颜之推聪颖机悟,博识有才辩,工尺牍,非常善于写各式各样的报告、文书等,这是非常适合去治理国家、当能臣的这么一个人。

陈磊

从《北齐书》的评价来看,颜之推是一个非常务实的人。他以自己的亲身经历教育后人要通过做实事来走向仕途。这一思想对后世的知识分子影响很大,在许多文艺作品中有所体现。比如《红楼梦》中,虽然宝钗是一个弱女子,但是她对名实、对事务的现实性有很深的认识。她所说的仕途经济学问,是"男人读书明理,能够治国辅政便也好了。如果只是用来跑官,这样的人不做官也罢"。对于急功近利,读了书然后想尽办法往上升的这种行为,宝钗还作《螃蟹咏》,来挖苦和讽刺。

赵目珍：颜之推的传记在《北史》中是放在文苑传里面的。通过颜之推的传记,我们可以看得出,他实际是文史之臣,他的几个儿子也都是文史之臣,不过这种官其实也很为后人看重,可以影响国家政策的制定和历史发展。颜之推的处世,包括做官的类别,他都是有选择的。

陈磊

这也是颜之推历经几代而不倒的原因，就像一个不倒翁一样，无论朝代怎样变化，他始终有一个做实事、不做高官、不在风口浪尖上的原则，来进行自保。

赵目珍：就是我总是能有所用，改朝换代了，下一个朝代也还是要用到我这样的人。

陈磊

对，不管什么样的朝代，都需要史官。这是颜之推务实和讲究度的体现，因此，他能够平安度过好几个朝代。但颜氏后人都是平安一生的吗？据史料记载，颜之推有一个儿子，官至高位却被乱兵所杀。事非经过不知难，颜公子没有经过历练，不知道政治的险恶，致命的是没有理解父亲所教导的适度行事，因此与父亲的结局大相径庭。

李小杰：至少颜氏的经世思想，基本上就是我们中国一个儒者的理想状态了。内圣外王是儒家人文传统的一个核心观念。这个观念就其广义而言，它代表一种人格的理想。其含义可以和儒家其他一些类似的理想，如"经世修身""新民明德"等观念相通。

内圣外王这个观念需要强调一点就是人的社会跟人之为人是有密不可分的关系的，人要参与社会的运作、参与政治，如果从儒家这个角度来说，我们可以看到，儒家修己其实就是安人和安百姓，这点是《论语》中有说到。子路问君子，"修己以敬"，子路问怎么叫君子，子曰"修己以敬"？这样就可以了吗？修己完之后再安人，而这样就已经到顶点了吗？那不修己以安人的话，安什么？安百姓，要对人恭恭敬敬，提高自己的修养，让百姓过上太平的生活。这个就是我们上一次讲的最后一段，教育有一个非常重要、非常高的目标，最终极目标就是做圣人，让世人过上一个更好的生活。

赵目珍：其实也还是前面的修身、齐家、治国、平天下的另一种表述，他说的"修己"，其实就是个人修身，"安人"和"安百姓"就是齐家、治国、平天下，所以这个地方讲的其实还是说修身是为人处世和管理社会的关键所在，另外也只有这样才能使天下安乐。

陈磊

就像上一期家庭教育的主题所探讨的，我们努力学习，不断提高自己，是一种修己的行为，但是修己不是终极目的。古人修己、立言、立德、立行之后，目标是要治世、治人。"学而优则仕"，就直白地告诉大家受过高等教育的人最佳路径是入朝为官。

赵目珍：其实就是《论语》中的"己欲立而立人，己欲达而达人"。"大家好才是真的好"，所以儒家的精神其实是非常好的一种精神，它经世的精神，其实就是使大家都好的一种精神。

陈磊

《辞源》对经世的解释就是治理世事。所以，经世不光是一种理念，更是一种精神。它以入世为前提，以致用为宗旨，引导立德、立言、立行，然后实现治理国家的政治抱负。

李小杰：那《颜氏家训》对道德和权力关系怎么看？文本的要求还是比较高的，"名之与实，犹形之与影也，德艺周厚，则名必善矣"，有点像今天我们说到一个演员的时候，要德艺双馨的意思。所以从这点来说，他对名实的要求、对道德的要求还是比较高的，甚至他会说到那你有权力，权力寻租的话就可能会涉及钱的问题，有一段会说，"吾见世人，清名登而金贝入"，有了名气之后，可能就有权力的寻租，然后钱就会进来了，然后他的信誉就毁于一旦了，就会有这样的一个说法。我们看到中国的统治，基本上所有的王朝统治，都需要一个明君，比如唐太宗和康熙，甚至到了近代、当代，我们还会觉得周总理很好。所以相对来说，当一个人拥有了权力之后，他得是一个贤人，这种贤人政治的特点，就是要有德，德行要比较好，才能配，我们觉得周总理好，就是因为他有德。

陈磊
德要配位。

李小杰：所以王者要配天，你作为一个王者，要有天这么高的一个德，要配天。所以从中国儒家的经典，董仲舒在《春秋繁露》的"管制天象"中说："天以四时之选，与十二节相和而成岁，王以四位之选与十二臣相砥砺而致极。"就会说到天象跟选王、选大臣之间的关系，所以这种基本上就是要天德本位的政治观，是先秦周初的时候就形成的，他以天命的传授是以道德为准的，就是德行高的人才能得到天命，天授神权，皇帝的合法性是天授给你的，所以德行跟权力结合。甚至《礼记》说，这种"礼"、这种"德"，"非礼未辩君臣上下之位，非礼未辩父子兄弟婚姻疏数之交"，所以从这点来说的话，就是希望大家在金钱、在名跟实里有一个把握，有一个度。

陈磊
这就涉及法律和道德的问题。我们几千年来提倡以德服人，社会秩序以人性本善为基础，强调道德维护的作用。但是事实上，道德维护到了一定层面，就变得非常困难。近年来，国家在反腐中打下的大老虎，他们很多出生于非常贫苦的家庭，靠着勤奋、努力获得了上升的机会。但是，当权力越来越集中，在没有法律的强力约束下，他们贪腐无度，直到锒铛入狱。近年来爆出的贪腐案件，数额之巨大、情节之严重，令人发指。由此可见，靠道德来维持是有局限性的；反之，如果像西方国家一样，将社会秩序建立在人性本恶的基础上，每一个权利都要被约束，每一个程序都要被约束，就会出现效率低下的风险，特别是面临突发事件的时候。因此，道德和法律之间的兼顾平衡是对当政者的一个重要考验。

李小杰：有意思！我最近经常在深圳，发现原来中国是全世界最先进的用电子支付的地方。我就想，为什么我们香港政府不做这个事情？很简单啊，我们要搞这些事情，投一些钱不就可以了吗？然后我另一个同事说，就是政府的效率问题，当一个政府运行得还挺好的时候，他就没有打算去很好地提高他的效率，他没有这个动力去提高他的效率；而且最重要的是，刚才陈老师所说的，有很多制衡的力量，比如每一种力量都要制衡，我们就有立法会，因为行政长官说要拨款，款怎么出来？因为行政长官不能用这个钱，特首用不了，要立法会批了钱才能用得了，你可能会批，但他要阻挡你阻三年，三年之后才批，这时间就过了，效率特别的低。

陈磊：这的确是一个现实问题。民主不会选出最差的人，但也很难选出最强的人。而在儒家思想为主流的社会中，权威的作用远远要高于制衡的作用。就像日本，保留的还有天皇，还是强调一个权威的作用。港澳台地区由于近代的原因，接受西方思想比较多，法治和制衡观念比较强，但台湾近年来的局势状况，大家有目共睹。反观中国几千年来的人治，一旦遇到了明君，就是盛世，遇到昏君就是乱世，风险也很高。所以，又回过来看经世致用，在一个以实用为文化基础的社会，讲究法治的同时要兼顾效率；讲究人治的同时要避免独断专行的风险。

李小杰：我们比较一下，其实同样某个程度上受到儒家影响，同时受到西方影响也相当大的新加坡的制度。在四小龙里面，新加坡经济的增长目前还是最快的，而且人民的幸福度也非常高，它的GDP也非常高。那新加坡现行一种什么样的制度呢，某种程度上，它是一种开明的，但是独裁的制度，它有一定的民主的元素在里面，就是以绝大多数人的理性决定为决定，是以绝大多数的幸福来考量的，这是非常实际、非常经世的精神。

陈磊：所以说，它既有经世致用中的务实，还兼具中庸当中的适度；既保证了国家的权威和高效，又兼顾了整个社会运行的相对公平。因此我们看到在亚洲，儒教为主体文化的国家或者地区，经济发展都很快，国民生活水平普遍较高。

李小杰："涉务"篇颜之推甚至说得非常直接，从六点来说，说要经世，那哪几个方面的人可以做一些经世的东西呢？第一是从政，做一些什么样的官跟国家关系比较大呢？我们可以看到朝廷之臣。第二是文史之臣，从古代来说，文史之臣可以研究过去的政治、历史的发展，告诉你这些错皇帝你不要犯，有点像今天的经济学家，国家策略的一些专家、智囊团。经常可以看到新闻说，常委或者是他们十几个人请了一些大学的教授给他们讲课，电子商务知识类的新发展的科技的东西。

陈磊：包括马化腾向当政者讲授电子商务、"互联网+"，如果放在颜之推的时代，就是跟第二个层级是平级的。

李小杰：第三是讲将军的。第四是封疆大吏，治理一个省的、治理一些重要的市的这些人。第五就是外交官，现在真的打起来的可能也比较小，大仗更加更小，小冲突很多都是靠外交去解决。第六是兴造之臣，国家级的战略性的东西，比如高铁。所以从这几点可以看出他对国家的制度以及政治制度是比较了解的。

陈磊：我认为最可贵的是"涉务"结尾的补充。这句话说一个人不是完美的，不可能六个事情都办到。能做好其中的一项就已经很不错，这与当今提倡的专注精神不谋而合。

赵目珍：他非常清楚国家养哪些人是真正有用的。《韩非子》里讲"五蠹"，就是明确哪些人是国家的蛀虫，比如说"工商之民"；此外像"学者"，这里所说的"学者"主要指的是战国末期的儒家；像"言谈者"，主要是指纵横家；再如"带剑者"，主要指游侠；还有"患御者"，依附贵族私门而生存的人。颜之推的观点很实际。你看他说的那些人，朝廷的栋梁之臣，通晓法度，能够规划国家大事；文史之臣，能够撰述典章制度，解释国家的治乱兴衰；负责打仗的军旅之臣，他们可以谋略决断，熟悉战阵之事，或者可以镇守一个地方，使国家保持安定。但一个人的能力毕竟是有限的。颜之推很实际，他说这些不一定都要会，但是要有所了解，只要能够成为其中一种有才能的人就很好了。他经世中的实用思想也非常有启发意义。

陈磊

正如颜之推所说，与其眉毛胡子一把抓，还不如认认真真地做好一件事，就是我们现在所强调的目标明确和聚焦。因此，《颜氏家训》中的涉务，历经数年至今，依然有着非常深远的教育意义。

赵目珍："涉务"篇里能够启发我们的有两个方面。第一，人生处世要"有益于物"，有益于他人和社会，做一个有责任感的人。第二，要戒除迂诞浮华的弊端，不能整天夸夸其谈，要以一个真实的态度来提升自己，对这个社会有所用。这一篇里面，颜之推还谈到了一些例子，说当时很多的士大夫、贵族子弟，生活在安定的时代就不知道会有丧乱之祸；在朝廷里做高官，却不懂得战争的急迫性；有可靠的收入，对种庄稼什么的一点也不了解。颜之推大概有一层意思，就是要自己的子孙后代要多去了解和观察社会，不能天天处在一个安乐的位置上，无所事事。他举了一个例子。晋朝的时候发生了八王之乱，那时候整个天下动荡不堪，老百姓没有粮食吃，当时的晋惠帝居然说，没有粮食吃，为什么不吃肉糜（瘦肉粥）？这就是当时皇帝的想法，现在想想是很可笑的。这是发生在当时皇帝身上的故事，下面的贵族子弟估计也好不到哪里去。

李小杰：时代兴衰交替，比如侯景之乱，或者有个新的经济周期来的时候，你的财富说不定就被人分割了。

赵目珍：所以他举的例子很深刻。当时的人喜欢"褒衣博带，大冠高履"，有点哗众取宠的味道，再一个就是出去的时候必须要坐车，下车之后有人扶着，体质非常虚弱。当时有一个人叫周弘正，宣城王赐给他一匹果下马，后来周弘正经常骑这匹马，结果被当时人认为太放荡不羁了。因为当时举朝坐车，骑马的人太少见了。所以骑马的人常遭弹劾。可见当时社会是一种什么风气。侯景之乱的时候，国家的士大夫由于体质太差，结果死了很多。当时的建康令王复，非常儒雅，从来没有骑过马，听到马嘶鸣看到马跳起来的时候，他觉得马太可怕了，说这不是老虎吗？这就是当时人的思维，对于现实当中的很多情况都不了解，完全是一种养尊处优的风气。

陈磊

魏晋南北朝时期，对一个男人的最高评价就是才比子建，貌比潘安。潘安的外形特别符合当今小鲜肉的标准：身材瘦高、皮肤白皙、眉清目秀、眼神忧郁。我想，一个本应当顶天立地的男人，却一副仙风道骨的模样，是否预示着这个社会的主流就是一种沉溺向下的走势。所以，颜之推是在敲警钟，不能一味沉溺娱乐，一定要做实事。

李小杰：这一点的话，颜之推他反复强调是不做实事不好，所以他就是教人要多做实事。上面说不要崇尚清谈，到了这里的时候，要无多言，多言多失败；无多事，多事多患。好像说不要做这么多事情，不要说这么多话，但其实如果前后通读一下就知道，他说不要说太多巧言善变的事情，不做实事，只是用花言巧语这样下场不会好的。"无多事，多事多患"，不要有太多项的爱好，就是刚才我们所说的，不如择一，不是说你爱好不好，而是说如果每一样都很平均，都是中等以下的，样样都这样子，还不如在十项里面可能练三五项，其中一项练得特别好，这样的话就是有利于国家、有利于人民的。

赵目珍：所以他举的例子也很实际，有的人学了经学，但是他的经学知识根本经不起别人的提问；有的人学了很多史学知识，但是他跟别人讨论的时候，完全抓不住要点；有一些人虽然写了很多文章，但是没有一篇是可以传世的；有一些人经常练习书法，但是所写也不值得保存、赏玩，另外还有一些人学算卦、学占卜，结果占卜六次能有三次应验就不错了；有些人学医，替别人看病，看十个人能有五个人被看好也算他有本事了。此外，还有学音乐的，音乐的水平也在很多人之下；也有学射箭的，才能一点也不出众，水平也就跟常人一般。当然，里面也举了很多实用的例子，比如煎胡桃油、炼锡成银等很实用的技能，他说这些人完全做不好。所以他觉得你学这么多，其实还不如就专门研究一种技能，那样的话还可以使自己在这个社会上立身。所以这个对我们今天也很有教育意义。

陈磊

这种样样通、样样都不通，是很可怕的。

李小杰：有时候颜之推还会从不同的角度，比如有时候会从从政角度，或者从他做官的眼光所看到的角度来看做事的人，我们可以看一下上面这一段，是"省事"里面的，有些人非常巧言善变，他们说事情就攻击这个、攻击那个，获得一些名声，但其实不怎么做事情。香港有一批 25—30 岁的年轻人被选为议员，这批人最主要是在网上，运用互联网上我要带你们去争取什么、我们要民主什么的，但是当选之后，基本上他们当初对选民的承诺一个都没有兑现过。还有一条，我觉得这条非常有意思，"十条之中，一不足采，纵合时务，已漏先觉，非谓不知，但患知而不行耳"，你跟别人说了很多条，但是别人看起来不是不知道，而是别人不去，早认识到了，并不是大家不知道，而是知道了却做不了，又不去实行。比如，我们学校真的每件事情真的是用电邮通知，她说为什么不用 OA 系统？大家登录里面一看就知道了，是你们学校没有技术支持吗？事实是，我们学校上面还有一个大集团，一改的话是整个大集团改，大老板肯定觉得很麻烦，又要费钱，看起来又不方便，还得重新学习一次。

所以这个文字，不同阅历的人读起来，会有不同的认识。

陈磊：一味地图省事儿，会造成自我革新的减速甚至停顿。刚才李教授讲的香港那些很年轻就从政、当上有很高地位的议员这个问题，其实横比一看，台湾也是一样。近几年来，整个台湾是你方唱罢我登场。竞选的时候，什么都承诺，到上台之后又不能兑现，想的永远是如何应付四年的任期，毫无长远规划。有文章说，为什么现在大陆发展得那么快，是因为台湾只看到4年以内的问题，大陆看的是400年以后的问题，或者再近一点，40年以内要发生的问题。反观中国大陆的改革开放，踏踏实实地做好每一件事，求真务实，用30多年走完了别国200多年的历程，这也正是经世致用的现实体现。

李小杰：您刚才说到的4年跟400年相比，有意思，我们学校为什么不换OA系统？或者台湾为什么很多事情实现不了？就是因为校长和总统的任期大概就是4—5年一任，这是最重要的，他根本没有时间、没有精力去做这些事情，他只能在两三年内做一些看起来很有效的，能立马看到的，争取下届连任，不可能想到40年之后、50年之后、100年之后的什么事情。但是如果我们从一般王朝的长度来说，两三百年，这的确是一个比较长的周期，可以做很多的打算。

赵目珍：谈到这个地方，我们看一下颜之推，颜之推就鄙薄那些本来空疏浅薄但是又喜欢自吹自擂的人。他实际是对后代子孙的一种提醒，做官一定不要走捷径、不要走斜路。向皇帝上书言事，颜之推总结也就是这样四个途径，第一个，攻人主之长短，就是喜欢指责皇帝的短长，这一类属于谏诤，有些人是出于真心去对皇帝谏言的，但是有些人却是为了沽名钓誉。再一个就是攻击别人长短的，说其他臣子的坏话，通过这样的方式来给皇帝进言。再一个就是陈述国家利害的，这一类是属于对策的，这点好像还比较好。另外一个就是抓住对方私人情感来打动人的，这是属于游说的一类。

颜之推警醒他的后人千万不要通过这样的方式来做官。颜之推还谈到一点，不要走所谓的佞幸之门来达到上位的目的。他说做人一定要正，通过利益关系取得的东西，最后也一定会因为利益关系而失去。对颜之推而言，一个人要想当官，你就守道，把身修好，该你当官的时候你自然就当官了。如果老天不给你这个机会，你就是再去求，也当不了官。他这个说得比较理想化，我想他的观点可能跟现实还是有一点背离，但是在他的理想中，认为就应该是这样的，应该走正道。

陈磊

他这个正道挺有风险，命运取决于君主。如果是明君，勤于政务，也许会有机会；但如果是南北朝这样混乱、靠投机的时代，踏实做事是没有出头之日的。

赵目珍：他这个肯定结合了自身的经历，他肯定是没有通过走邪门歪道而上台。他这种观点虽然不一定适合所有人，但是"立身须正"却是一条颠而不破的真理。

陈磊

这就是俗话所讲的"父一辈子一辈"。父辈的经验到下一代未必适合，而且下一代是什么样的思路，那又是下一代的事情了。

赵目珍：所以颜之推的总结有长期的实用性。

陈磊

战略眼光。

赵目珍：真是战略眼光。

陈磊：在后几十代都看到了。

李小杰：所以这个就是治道跟治法，领会它的精神，道是可以放在形而上的，治法可以随时带有变化的。

陈磊：对，秩序的建立与思想的形成是相辅相成的。儒家的创始人孔子就是一个讲究现实的人，想赚钱，君子爱财，取之有道；想平安，趋利避害，驱鬼神而避之。在这种务实的思想下，我们国家千百年来，形成了一种非常强的实干精神，这种精神推动了经济的发展和社会的进步。所以，近代之前，中国一直都走在世界前列，而同时期的欧洲则陷落到中世纪的宗教黑暗期。直到当时的精英阶层苏醒，掀起了文艺复兴运动，才走向了现代化的历程。虽然实现了现代化，但西方社会依然长期受着宗教的影响。他们缺乏中华民族那种不惜一切的奋斗精神，所以我们看短短30多年的时间里，中国实现了经济腾飞，这正是经世致用思想所发挥的作用。各位听众，在经世思想的主脉络下，我们把整个《颜氏家训》中的"涉务""省事""名实"给大家做了一个全面的阐述，接下来就是交流环节。

陈磊：在提问前，我需要说明的是，上一期相对比较接地气，谈了很多现实当中的教育问题。这一期是从实践升华到理论，学术性和理论性相对强一些。

听众：大家好，我有一个问题想问几位专家和老师，你们是怎样形成自己的思想的，我想了解你们有怎样的学习背景，怎样一步一步形成自己的思想。因为现在你们讲的很多东西相对来说是比较有高度的，在生活中不是那么接地气，我想了解你们谈的这些对于我们来说主要意义在哪里，你们是怎样形成自己的思想的。因为古代有很多人他们有很多自己的思想，我们现在觉得他们的思想非常好，所以我们才去学习，然后我想了解你们是如何一步一步形成自己的思想的。谢谢。

赵目珍：其实，我们也很难说现阶段形成了自己的思想，我是"80后"，只说自己在人生成长的过程中，自己在修身上有了一定的经验。类似于《颜氏家训》中所说，修身是人一辈子的事情，包括我们的家庭教育，包括我们从小读书，包括我们与人交友，在生活、工作中如何与人相处，如何通过各种途径来提高自己，这些在我们人生当中是比较实在的。可以结合一些比较常见的问题来谈，比如交友的问题，此前孔子说，我们不友不如己者。《颜氏家训》里面也谈到了，颜之推说："与善人居，如入芝兰之室，久而自芳也；与恶人居，如入鲍鱼之肆，久而自臭也。君子必慎交游焉。"其实，《论语》里面也有一则专门提到了交友的问题，还比较实际，就是"益者三友"和"损者三友"的问题。那么与哪三种人交往有好处呢？第一个就是"友直"，跟正直的人交朋友；第二个就是"友谅"，跟诚实的人交朋友；第三个就是"友多闻"，跟那些见识多、知识储备量比较丰富的人交朋友。跟哪三种人交朋友是没有好处的呢？《论语》中谈到不限三种人交朋友，第一个就是不跟"便辟"的人交朋友，就是不跟阿谀奉承的人交朋友；第二个是不友"善柔"，就是不跟表面上对你恭维但背后对你捅刀子的那些人交朋友；第三个是不和"便佞"的人交朋友，就是不和那些喜欢说花言巧语、甜言蜜语的人交朋友。这样的人言行不一，对你没有真心。所以《颜氏家训》里面谈的，很多都是我们日常生活当中遇到的问题，很多都是我们修身应该注意的问题。我想我们每一个人，都想自己有一个比较高的水平，希望将来的自己有一定的思想，像我们以前的圣人孔子、孟子，像西方的大哲学家那样有一套自己的理论和思想观点。要实现这个理想，首先第一个你要会思考，要会读书，我们要吸纳前人好的地方，然后有自己的思考，形成自己的东西。这是我的回答，不知道符不符合你的期待。

李小杰：思想会不断地受到冲击和回应，然后慢慢形成自己的一些想法，也不能说是一整套非常完善的思想。我觉得对我造成比较大的冲击的是基督教，因为从基督教的角度来说人是有罪的，我们不能成为一个完善的人，儒家说人有成圣的可能，但这只是一个最高的标准，只是不断地往上变好而已。至于我们日常生活里，刚才我们说了几点，但是我觉得说成圣有宋明儒者要提出三点，我觉得最后一点真的挺好的，节制自己的欲望和情感。刚才我们没有谈到节制情感，比如我们平时很容易动气，曾国藩曾说："释氏所谓降龙伏虎。龙即相火也，虎即肝气也。多少英雄豪杰打此两关不过，亦不仅余与弟为然。要在稍稍遏抑，不令过炽。降龙以养水，伏虎以养火。"不那么容易动气，我觉得可以博览比如曾国藩或者类似这样的书，大家评价都比较高的，我觉得可以拿来看一下。

陈磊

接过李教授的话，回答这位听众。思想形成当中，对自己的认识是最难的，这一点《颜氏家训》已经做了回答。一个人不可能面面俱到，一辈子能把一件事做到极致就已经是相当不错。何况人的思想会随着年龄、阅历而不断发生变化。

听众：我很赞同你的观点，我觉得一开始我们两位老师讲的，我们儒家学说产生的渊源，是立足于我们一个内陆国家、一个农耕国家的环境之中的，但现在随着世界发展，我们世界变得越来越小，我倒觉得，我们在研究我们国学的同时，可以把其他的文化加入进来，比如说西方的自由、平等、博爱，和儒家学说中的中庸之道，我觉得完全可以掺和在一起，然后取其精华，发展我们新的思想观点，比方说中庸我觉得可以和法制、和建立新的社会秩序结合。人人平等，我作为最高领导层，同样也要遵循中庸之道，也要遵循法律的基本道德底线，也要接受老百姓的监督，这也是一种中庸，这样才会建立一个正常的社会秩序。如果是像有些人巧取豪夺、贪官贪得无厌，这无形当中是会造成老百姓心中的不平衡，就破坏了中庸的一个度，也会造成社会的不稳定。我父亲小时候在教会学校上过学，那时候教会学校是免费的，思想上有很多基督的理念，可我们那时候是在毛泽东时代成长起来的，从小学开始就是政治运动，一直到"文化大革命"结束，我们这种体制是有它合理的地方，因为我们遇到了一个英明的决策者，他的决策符合我们现代社会潮流，所以我们取得了这40年改革开放的经济腾飞，如果没有这样一个人，我们经济能不能得到这样的腾飞，就说明我们经世致用的经是有问题的，我们要改变这种状况，一方面要发扬我们儒家学说当中一种好的东西，维持一个好的社会秩序，另外一方面，要我们各路精英的智慧集中起来，使得我们国家得到一个更好的发展。西方虽然经济落后，但科技并不落后，英国的创新一直走在世界最前面，为什么？他们有一种思想自由，没有自由就没有高度的发展，没有科技的腾飞。

陈磊

非常感谢，老先生既不厚古薄今，也不厚此薄彼。而是采用一种扬弃的办法，西为中用，本质上也是希望我们的生活越来越好，我们的国家越来越好，让我们再次感谢这位老先生。

李小杰：我稍微回应一下这位老先生，刚才说到平等和博爱跟儒学之间的关系，其实当然平等，比如说博爱，我们可以听到修己以安百姓，修己是为了百姓的生活幸福，这个也是一种爱，不过我们中国文化中的博爱有一点是跟一般的平等博爱是不一样的，我们是老吾老以及人之老，幼吾幼以及人之幼，是从自我，我先爱家里的小孩，再爱别人的小孩，我先孝敬我家里的老人，再孝敬别人家的老人，在社会学里这是等序格局，这是有差别的，它不是完全平等的那么一种思想。当然如果是在家庭里面实行这种，比如家里只有一个面包，你肯定留给家人吃，但是在社会竞争里，可能更应该实行平等的机会，这样子的话又似乎符合中国的一些传统，又符合现代的一个进步，里面有互补的空间。

听众：三位老师晚上好，我今天有听到说《颜氏家训》讲的都是一些比较好的东西，比如说它教会了我们修身养性及治天下的好的东西，我想请问一下我们在读的过程中有什么需要注意的地方？比如说它之前是适用的，到现在已经过时了，是我们这些读者需要注意的地方？

李小杰：必然有的，基本上女孩子读起来会比较痛苦。

陈磊

简直不能再赞同了，第一遍阅读《颜氏家训》的时候真是头疼得看不下来。

李小杰：中国传统文化常把女性放在一个附属、从属的地位，就好像我们繁体强奸的奸字，三个女人的女，就好像很多坏事都是女人引申出来的，《颜氏家训》中"后娶"一章后妈这样子的一些事情都是女人引申出来的，所以这点你大可以批判他。其实里面还有一些佛道的思想，它有一些因果和轮回的概念，比如当官什么时候会升官，要看天命，信由听命，这一些想法，你可以看到作者会受到一些佛道的影响，所以这也是非常要注意的。可能里面还有一些迷信的东西，就更加要警惕了。

陈磊

谈到局限性，《颜氏家训》肯定是有的。颜之推本人士族出身，他是站在一个贵族的角度来指导后人。而贵族角度到社会实践有多大的距离，该如何把一些东西推行下去，他并没有给出非常实际的答案。因此，我们用了两期的时间，通过对家训的全面解读，把我们认为最有效的、最能够为我所用的部分提取出来，呈献给大家。这也是夜话开展这个专题的主要目的。还有哪位？

听众：首先非常感谢三位老师非常精彩的分享，我有一个问题，就是今天给我的触动非常大，提到内圣外王是儒家思想一个重要的支撑，内圣在第一个问题的时候几位老师也分享了，关于修身养德方面的内容；说到外王，在儒家思想里被认为是齐家治国平天下，那么我就想问一下，对于今天的人们仍然沿袭的还是这样一个外王吗？或者对于今天的年轻人来说，他们又该如何去寻找自己的王道，在修身养德之后我们又应该朝着什么样的方向来发展呢？谢谢三位老师。

赵目珍：刚才说内圣外王，说简单一点"内圣"就是提升自己的修养，达到圣人的境界。"外王"其实就是你个人修身之后，在外在的事功上建立类似于王者的事业。齐家是修身之后的第一步，如果一个人连自己的家庭、家族都治理不好，何谈来治理一个国家？今天我们走的这条路其实也是古人的路子，只不过今天我们的时代环境变化了，我们"外王"的含义可能不一样了。古代的时候，人的出路很少，当官是最重要的出路。我们今天"经世"的途径就很多了。一方面作为最基础的家庭成员，我们首先要处理好自己与家庭的关系，然后自己的志向在哪里，自己想从事什么样的事业，提升自己的境界之后，努力地使自己在自己所从事的领域达到一个比较高的境界，其实这就是"外王"的道路。在每一个领域里面达到巅峰的那些人，其实就是做到了外王，当然有一个前提条件，就是儒家所强调的，你的道德品质要好。也即我们现在常谈论的，有些人技术很高，但是他的品行不端，那么这样的人技术越高，可能他对这个社会造成的危害就越大。就是咱们以前常说的，一个人你的能量越大，你的话语权越大，你对这个社会的责任就越大，这是相辅相成的。

陈磊

在过去，读书最高的境界学而优则仕。这是时代所限，即使在学而优则仕的"仕"这个问题上，《颜氏家训》也给出了六种做官的境界，也可以说是当时读书人立足于社会的最高境界。但是，颜之推在结尾部分也说到，没有一个人能够完全达到这六种境界，能做好其中任何一个就已经是成功了。正如赵教授所补充的，现在的社会多元化，选择非常多。内圣外王当中的"内圣"，在当今可理解为不断提升自我修养，不断提高能力；而"外王"我认为是能够发现自己，认识自己，让自己闪光，并将闪光点做到极致。

李小杰：在找工作的时候，第一，我们要找一个money，就是钱至少是可以养家糊口的；第二，要有satisfaction，让你有满足感的工作，让你觉得有活下去的意义；第三，就是add value to the universe，就是你要对这个世界带来一点点的价值，让它增值。增值是怎么增值呢？可能每个人的认识不一样，比如说你今天到外面去走的时候看到有人捡垃圾，你照张照片放上网了，那么，你还在这个世界的圈子外面；可是可能有一天你旅行的时候看到山区里面的朋友没有书、没有投影仪，然后你去众筹里面发起一个众筹，说我要筹一万块钱，要给他们捐几百本书、捐两个投影仪，这样你就站在这个世界之内去帮助这个世界运行，让它变得更好了。我觉得不可能每个人都去参与政治，去做封疆大吏，但是我们可以让这个世界变得美好一点、再美好一点。

陈磊

就是不断地提升自己，强大自己。其他的听众？

听众：三位老师好，今天既然是讲经世之道，就比较学问化的，我想说一个最世俗的例子来解一下我心中的困惑。过红绿灯，我曾经看过一个不知道是真事还是说的，德国有一个妈妈深夜在楼上，楼下一个十字路口一个先生开车，闯了红灯，她记下车牌号之后，把他告到了法庭，她的理由就是你闯了红灯，如果被我的年幼的儿子看到的话，那么会对他的人生认知、今后的一生造成不良的影响，我要告你，然后法官判她赢了。但是我作为中国的妈妈，既然是讲究家训，我一直无论是从道德层面还是法律层面，我肯定是要红灯停、绿灯行，但是我在教育我儿子的时候，好像有所打折扣，就是有车的时候一定是红灯停绿灯行，但是如果说是30个人，29个都过去了，你还在等的话——他心理承受能力很差——我说那么你就可以悄悄地尾随其后就可以过去。但是对我来说真的是个煎熬，我怎么拿捏之间的分寸呢？因为我儿子今年19岁，高考，马上进入大学了，大学学的是医，我本身也是医生，我对他还有一些关于从医之道上的解释，但是好像类似这样的矛盾，我现在有很多很多，希望老师可以解答一下。谢谢。

赵目珍：这个问题也是很多人的困惑，因为这不仅仅是孩子的问题。在大多数情况下，我们本人可能也是这样想的。本来一开始是在那里坚持，但是看到有很多人一起过去了，自己可能也跟着过去了。这其实就说明一点，我们的内心不够强大。我们这样的人就是很难做到内圣那样境界的人，如果内心足够强大，如果觉得是正确的，就不能从众，就应该坚持自己。其实对于孩子而言，他还在成长的年纪，如果在一件事情上突破了你教给他的正确理念，他以后也会错误下去。我觉得如果说是对的，一定要坚持，内心足够强大的时候，我们成了"内圣"的时候，很多的界限就不会随便被突破。

陈磊

利己是本能，从众，则是判断。所谓谎话说一万遍就是真理，正是混淆视听、扰乱判断的现实版。刚才这位女士谈到的现象和一些陋习，我认为这都是一个社会发展过程中必然会遇到的问题。实际上西方社会的中世纪，也是非常野蛮、非常落后的；包括现代的美国也出现过假货横行的阶段。但随着经济的发展、时代的进步，人们开始崇尚好的规矩，往好的方向发展。对比现在的中国，令人欣慰的是，青年一代的整体行为越来越规范，一个讲究规则的社会正在逐步建成和完善。而像李教授和我这样的"70后"也好，"80后"赵教授也好，我们都处在这样一个社会转型和过渡的阶段，所以这又回到我们今天《颜氏家训》中讲的省事和度的问题。赵教授的观点我非常同意，坚持做自己，拒绝羊群心理，一旦这样坚持的人多了，一个两个到无数个，社会的良好的秩序也就逐渐形成了。

赵目珍：所以这个问题坏就坏在第一个打破"规矩"的人，"首恶"最可恶，惩罚就要惩罚这样的人。当然有一些好的措施也可以进行推广。现在有些路段，红绿灯的设置非常人性化，就是交通部门在路边的杆子上专门设置了一个按钮，当行人想过马路的时候就按一下，它很快就绿灯了，然后就可以过马路了，这个措施值得推广。

陈磊：还是要不断地进步，等达到仓廪实而知礼仪的阶段很多事情就好办了。

李小杰：我尝试从《颜氏家训》的角度来回答一下，书里面的"名实"有一句是这样说的，有一个人问他，一个人的灵魂死了，形体消失了，他遗留在世上的名声，好像足迹一样。名声跟死者有什么关系呢？为什么我们要把它作为教化的内容来对待？颜之推是这样说的，劝一个伯夷，而千万人立清风矣，有清白的风气；劝一个柳下惠，坐怀不乱那个，就千万人立贞风矣。还有刚才赵老师也说到，很难坚持，所以宋明的儒者也会说第二点就是怎么成圣，就是笃诚与艰辛的践履，非常难去实践。最后就是我觉得如果一个人过马路，你过不过，我觉得不一定要从其他过马路的人想过马路的角度看，比如我觉得众人都做这件事情，可是一个人坚持做正确的，我觉得他会受到强者目光的羡慕，我向你投去强者目光，我觉得你是跟其他人不一样的。你可以跟你儿子说，你究竟想做一个什么样的人，做个从众的人还是做一个强者呢？我们做产品的时候，也会讲差异化经营，你是想跟别人一样面目模糊，还是有特立独行的行为，你可以让他选。

听众：非常感谢三位老师的精彩分享，我觉得像咱们这样一个优秀的活动，应该是多多推广，让更多的年轻人，不管是家长还是学校，还是老师，都应当多参与到这个活动上来。我有一个问题就是我作为一个年轻人，刚才那个美女也讲到年轻人，这位大姐讲到从一个妈妈的角度，我作为一个年轻人的话，年轻人是一个国家和一个社会的未来，但是现在的年轻人压力是非常非常大的，房子的压力、车子的压力、结婚的压力、养老的压力，等等。一切一切的压力，如何在这样一个压力重重的社会主义市场经济的条件下能够保持自己的内心平衡，而且能够做到知行合一，像您刚才说的中庸，内圣外王，还有天人合一的思想，达到一个知行合一？第二个问题，青少年像这种国学的教育我觉得还是比较少的，即使在中小学课本上会有国学经典的教育，但是真正落到实处的并不多，三位老师有什么好的方案让更多的年轻人、更多的祖国未来的花朵和小草参与到咱们优秀的文化传承和继承中来，运用到自己的生活中去，从而真正实现咱们中华民族的伟大复兴？谢谢大家。

陈磊

这位先生的问题特别有深度和广度。如果展开，可能一两个小时都讲不完。实际上，您在提问的过程中也部分回答了这个问题。颜氏家训之所以流传甚广，因为它有现实性和实用性。国学与现实教育如何有效结合，这也是很多教育工作者，包括很多家长正在思考的问题，不是短时间可以解决的。但是大家看到，深圳正在通过坚持不懈的办文化讲堂、南书房夜话这类活动，不断拉近国学与现实的距离。这需要时间、需要耐心，就像刚才我们回答前面这位女士一样，随着时代的进步、经济的发展，人们对高层次的文化需求越来越多，我想国学与现实的结合将会越来越紧密。

李小杰：我觉得其实第二个问题基本上在我们书名中有部分回答了，就是家训，好的一个传承都是跟家、跟家族、跟父母有非常大的关系，所以这是部分回答了这位听众的问题。另一点的话，我觉得这是一个非常大的问题，这里也有我的学生，他们也是刚到深圳，但是我经过跟他们聊天——本来我是没有很多资格回答这个问题——还有根据我的经验，人在刚面对这个社会的时候，他的确有一个非常大的迷茫期，但是我觉得恰恰是这个迷茫期，让我认识到我自己，找到我自己的目标，这个至少是自我实现的一个必要过程，虽然真的很难熬，但是要相信，要屏住，就好像康德所说的，有时候我们总是要相信善德，不相信善的话，这个世界存在就没有什么意义了。

陈磊

各位听众，通过对《颜氏家训》"修己"和"治世"的阐述，我们对儒家的经世思想和社会事务有了进一步的认识。从儒家的"儒"字构成来看，是单立人，加一个需要的"需"，也就是说儒家思想是一个人立足于社会所需要的基本品质。加强修养与学习是永无止境的，这也是《颜氏家训》带给我们的宝贵的教育财富和精神财富。好，今天的夜话就到这里，非常感谢大家的支持，谢谢。

南书房夜话第六十二期
新杂剧、旧传奇《西厢记》天下夺魁

嘉宾：段以苓　陈　纯　王威廉（兼主持）
时间：2017年8月12日　19：00—21：00

王威廉

　　大家晚上好，很高兴大家抽空和我们一起来聊聊中国古典文学的一颗璀璨明珠——《西厢记》。我相信提到这个名字大家都不会感到陌生，对它的故事也是耳熟能详的。它的故事并不复杂，但是它所蕴含的文化内涵，尤其是它所蕴含的关于我们中国人对于爱情的理解，可能至今还影响着我们，所以今天就借这个机会，我们三位跟大家交流一下，我们作为个体对《西厢记》的一些理解。

　　首先，我先简单介绍一下两位嘉宾，一位是陈纯老师，他是中山大学哲学系的博士，他会从哲学伦理以及爱情心理学的角度来解读《西厢记》。这一位是段以苓老师，她的专业方向是艺术哲学方面的，所以她今天会从艺术史流变的角度来跟大家谈《西厢记》，尤其是我们需要知道和了解的背景知识。我叫王威廉，是一名作家，我会从文学写作的角度切进《西厢记》，跟大家分享我的阅读体验。接下来，我们先播放一段视频，戏曲《西厢记》，让大家先感受一下。谢谢大家。

　　（视频播放中……）

王威廉

大家现在看到的这个就是张生的形象，现在演的就是他进京赶考，可以看到他还是胸怀抱负，想着去获得一些功名利禄的……

大家现在看到的就是崔莺莺的形象，还有她的贴身丫鬟红娘……

这就是他们的初见、他们的相识，所谓人生若只如初见，这就是张生跟崔莺莺的第一眼，相见他们就互相喜欢了。一个是进京赶考的考生，一个是暗自怀春的少女，我们要知道，在当时的环境下、历史背景下，封建礼教、三从四德等这些束缚人的东西太多了，所以这个剧就是对人的情感的肯定和张扬，在中国历史上是石破天惊的。请段老师您先讲讲。

段以芩：大家晚上好，刚才看到的京剧《西厢记》配像演出，原唱腔为张君秋先生饰演崔莺莺，杜近芳饰演红娘，张生是叶盛兰，配像演出的这位张生呢，是叶盛兰先生的儿子叶少兰，和父亲一样，专攻小生。此次《西厢记》的演员阵容，熟悉京剧的朋友会知晓，皆为名角儿，有梅派（杜近芳）、张派（张君秋），和富连成科班公子叶家（叶盛兰）。剧本为田汉先生据王实甫《北西厢》改编。《西厢记》元明清到民国一直在舞台上演出。田汉先生改编《西厢记》时，强调《西厢记》作为搁置的巨著，应重新改编再演，《西厢记》在民间演出的折子戏，不论京剧还是昆曲，或地方戏，实参照的是明代作品《南西厢》，跟我们现在看到的王实甫先生的《北西厢》有很大不同，之后我会讲到《南西厢》和《北西厢》的区别。四大名旦尚小云、梅兰芳、荀慧生、程砚秋，都演出过《西厢记》，比如《拷红》里的红娘，尚小云也唱过，荀慧生也唱过。那么为什么1958年田汉对《西厢记》进行了大量改编，又动用这么强大的名家名角阵容去演《西厢记》呢？这一版京剧《西厢记》既有独创性，又能继承传统，里面不少唱词皆出自原汁原味的王实甫的《北西厢》。王实甫《西厢记》为元代杂剧压卷之作，曲词优美如花间美人，欣赏1958年版本的京剧《西厢记》，我们可以同时欣赏到名家演出和绝美唱词。叶盛兰先生是民国时期当仁不让的京剧第一小生，前所讲的四大名旦他都有搭档过，在章诒和先生的《伶人往事》里有写过叶盛兰先生的一些事迹，如果大家感兴趣可以阅读一下。田汉先生改编确定了崔莺莺是整部戏剧的核心人物，这在《西厢记》演出历史上是从来没有的，舞台上长期以《南西厢》为主的西厢是一个通俗性较大的剧本，崔莺莺也不是整部戏的灵魂所在，崔莺莺只是主角之一。1957年，田汉先生当时随中国艺术家代表团到苏联去考察，看到苏联人把我们的《西厢记》改编成了一个戏剧《倾杯记》，此剧中崔莺莺跟我们了解的那个非常温柔的、娴静的崔莺莺完全不一样，苏联人的笔下，崔莺莺是一个大胆的、有主见的刚强女子。田汉先生据此得到启发，他的创作笔记中也写到了要还《西厢记》本来面目，重新定位崔莺莺的形象。我们都知道《西厢记》来自元稹的传奇《莺莺传》，是一个唐代的故事，崔莺莺体现的是唐代的女性的真正面貌。大家都知道唐代，武则天就不用说了，太平公主、安乐公主这些皇室也不用说了，就是一般的女子，很多都是非常刚烈、有主见的，可以自己掌握自己命运，有独立性。可是崔莺莺，在我们中国的戏曲史的话语里长期把她塑造成温存缠绵的美貌闺秀，我们刚才听的选段是据崔莺莺写的诗改编的唱词，原诗为："兰闺久寂寞，无事度芳春，料得行吟者，应怜长叹人。"莺莺为温柔怀春的少女形象。实际上《西厢记》的整个故事，我们可以看成一条文脉，从唐代元稹写《莺莺传》（又叫《会真记》）开始，从唐代到金元明清，讲了千年的西厢故事，崔莺莺到底是一个什么样的形象？崔莺莺的形象展现在她和张生的爱情过程中，陈纯老师可以给我们讲一下《莺莺传》和《西厢记》中爱情心理学。

陈纯：我不像威廉兄，也不像段老师这样子，是专门从事这方面研究的，我对《西厢记》可能比较集中于对它的整个故事这方面的了解。如果我去讲它的话，可能更多的是倾向于从故事里所展现的人物的一些性格，以及这里面所蕴含的一些伦理、哲学方面的意味去讲，但是王实甫的《西厢记》和《莺莺传》，我最近都又重新认真地看了一下，说真的，我个人可能更加喜欢《莺莺传》多一点，但是我的理由可能会比较复杂，因为作为一个读哲学的人，在讲很多东西的时候，可能会需要借助一些哲学方面的铺垫，希望不要把大家闷到。我在看的时候，很明显地发现这两者如果是从爱情的伦理学来说，会有一些比较本质的区别，我觉得《莺莺传》在某种程度上来说会比王实甫的更深刻一些，不仅仅是说王实甫的《西厢记》最终是大团圆结局、《莺莺传》是悲剧，排除这方面的原因外，从我的一些哲学方面的立场来看，《莺莺传》确实更深刻一点。这种理论其实一定程度上来源于英国的一个哲学家伯纳德·威廉斯（Bernard Williams），他有一种理论，他认为某种程度上来说，道德也是依赖于运气的。康德说道德要摆脱运气，那才是一种很纯粹的道德，所以他们希望是从更纯粹的人的动机或者行为方面去思考道德方面的意义，不会太多去考虑道德行为的结果；但是伯纳德·威廉斯通过对一些事例的分析，得出了一些结论：其实道德在相当程度上是依赖于运气的，想不看结果可能很困难，你的某些行为最终能不能得到证成，或者说得到别人的原谅，可能正取决于那些行为的结果。从他的这套理论里延伸出了我自己的一套理论，就叫爱情运气论，其实跟道德这方面的区分也是很有关系，因为很多人也是认为，从某种程度上来说，越纯粹的爱情应该越摆脱运气的影响，所以会去更多地看重两个人的真心，更多地去看重于两个人是否真正相爱这方面。但其实，即使两个人一开始是真心相爱的，甚至持续了很久，到最后也依然很难完全摆脱运气对爱情的一些影响，王实甫的《西厢记》跟唐代的《莺莺传》其实就是体现了两种不同的运气对爱情的影响。我们可以回过头来看一下《西厢记》，《西厢记》里最后张生和莺莺能够在一起，能够同偕连理，中间是有一些事情在撮合他们的，比如说出了一群要抢亲的坏人，刚好张生又认识某个很出名的将军，能够修书一封，让将军来给他解围，这个事情其实是非常依赖于运气的。因此说《莺莺传》体现了内在运气对爱情的影响，而《西厢记》体现了外在运气对爱情的影响，在这一点上，《莺莺传》要更深刻一些。

段以苓：中国戏曲和小说的传统桥段是英雄救美的桥段。

陈纯：对，后面还有一个，崔莺莺的妈妈郑氏要答应把莺莺嫁给张生也可以，但是要张生能够夺取功名，到最后张生果然高中了，我当时看的时候就觉得这个事情也太巧了，这是非常严重依赖于运气的。我为什么会说王实甫这部《西厢记》在某种程度上没有《莺莺传》那么深刻呢？因为《莺莺传》中莺莺和张生的感情也很依赖于运气，但是他们那种运气不是外部的运气，我把他们称为内在的运气。所以考虑到王实甫的《西厢记》中崔莺莺和张生的感情最终能够在一起非常严重地依赖于外在的运气，而在《莺莺传》里，张生跟莺莺最终没有办法走到那一步，最终是因为张生自己内在的一些动摇或其他，这个就会让我觉得《莺莺传》在相当大程度上来说确实体现了爱情中的遗憾，但我们又经常能看到的这种遗憾，而王实甫的《西厢记》，我觉得是有一点侥幸的感觉。

段以芩：《莺莺传》基于真人真事，学界现在主流看法认为是元稹本人的自传，元稹即为张生，名张珙，字君瑞。张珙的"珙"字挺有意思，"珙"，本来是指玉璧，一种玉器的玉名，而《集韵》中"珙"，又通作"拱"，古人行礼时会拱手，九拜必拱手至地，郑玄注《礼记》有："行而张拱为翔"，可解释为人行动的时候把手张开，这是飞翔的样子。从这一处联系，我们能看出一个巧妙的隐喻，刚刚听京剧崔莺莺唱自己"莺莺不能飞"，她希望自己是能飞翔的莺莺，但是居于闺中，她肯定不能飞，也就是不自由，但张生的出现，"行而张拱为翔"，爱情的真理性之一，赋予双方心灵自由相通，中国形容佳偶是"比翼双飞"，那么在张生与莺莺的名字里，他们爱情的偶然和必然，在这里元稹已经埋下了伏笔。因《莺莺传》是元稹的亲身体验，由相爱到情变，细节真实，可能以我们现在的观点会觉得，这看起来更现实，表达的东西可能更深刻一点，但大团圆版本的《西厢记》如果并不是王实甫写成的呢？有些学界观点为《西厢记》，四折一本，一共21折的西厢记，第五本是关汉卿续的，王实甫本人只写到了草桥惊梦，田汉改编的《西厢记》也尊重王实甫构思，以一个梦境来结尾，中国的传统文学，部分源自稗官野史、街谈巷议，属现实主义，但实际上又有很多象征主义的细节，而且这类象征手法，被广泛运用，红楼梦亦出现了许多梦境来点题，或推动情节；还有胡适先生推崇的《海上花列传》，以一个悲切之梦结尾。梦境在中国文学里有象征性的意味，如《西厢记》是以一个梦结束的话，上升到了一个美感诗化的程度，它不是一个现实，而是故事的内在叙事，层次不同了，属于叙事学中的越界转喻。现实中元稹的崔莺莺呢，我觉得她是诺克林所说的现实主义的英雄，莺莺不是杜十娘，我们都知道杜十娘怒沉百宝箱，爱情被背叛她是以死来抗争；莺莺也不是林黛玉，林黛玉是要献祭给爱情，没有结果的爱情，林黛玉的死衬托了贾宝玉的孤独性。这些女性人物都是通过放弃自己的生命，去言说一个爱情真理，我觉得古人的创作思路与儒教社会的男尊女卑有关，但《莺莺传》中的崔莺莺并没有放弃，她还过着自己的生活。张生在莺莺嫁人后要求见她，莺莺是非常决绝的，一面也不见，而且还给张生写了诗，让他"还将旧时意，怜娶眼前人"，翻译为白话就是莺莺对张生讲，你目前是跟谁好的，你就跟她好了，不必再打扰我。这不是三从四德的女性的行为，莺莺这种处理情感的选择，很多行径实际上都不太符合大家闺秀的要求，包括一开始张生被崔夫人赖婚后，莺莺的主动和焦急，皆不是相门闺秀举止。我们都知道《西厢记》有一个具有象征意味的"墙"，张生要跳墙幽会，崔莺莺待月西厢下，有句诗叫作"拂墙花影动，疑是玉人来"，看到墙上花影在动，以为张生从墙上跳下来赴约了，"墙"变成了中国有象征意义的爱情比喻。《西厢记》中有两个著名象征，一个是物，是这堵"墙"，另外一个是人——红娘，也变成了一个象征，到现在我们还说介绍相亲中间人为红娘，变成了一个常用词，现代汉语都在用的口语，所以《西厢记》具有典型经典的意义也在这些象征中体现。为什么大家会特别喜欢看《西厢记》大团圆的结局，实际上经过民间的演唱、民间长期的演化，最后可说是人民群众喜闻乐见的，张生一定要娶了莺莺，这比较符合我们中国人的审美，就是尼采所说的"大众审美"，他娶了莺莺之后，就没有人关心这个爱情的演变，婚姻形成了想象中最好的结束，殊不知中国千年来流传的爱情故事，许多是发生在婚姻外的。汉唐女性具备这种气度，卓文君私奔司马相如，到了魏晋，《世说新语》记载

"韩寿偷香"的故事,与西厢记相似,韩寿也是逾垣而入,和贾午结缘。其实上古中古时期,中国社会上层女性有这样一个气度存在,是跟现代女性接近的,就是我可以掌控自己的生活,自己有完整的独立人格,女性是一个独立的个体,我做出选择,当时爱你的时候我就去了,或者让你来,后来感情变了,那就坚决拒绝你,一别两宽,各生欢喜。莺莺选择连一面都不见,决绝而且罕见,所以正因为她这种行为跟大家闺秀都不一样,陈寅恪先生考证说崔莺莺不是大家闺秀,她实际上是一个胡人,是一位"酒家胡",莺莺又通九九,元稹有一首诗是写给曹九九的,陈寅恪觉得莺莺只是一个故事里的托名。所谓的学问大家,他提出来一个理论,我们不能说它不对,我们找不出来不对的证据,学养深厚,推敲都很合理,有自己的一套推断;但是我们也不能肯定地说他对,因崔莺莺也有很多学者考证过确有其人的,元稹的母亲确实是姓郑,与故事中崔莺莺母亲一样,出自名门,荥阳郑氏。所谓的博陵崔氏,唐代的五姓高门之一,唐代极重门第观念的,门第观念严重到什么程度呢?高门只能五姓通婚。五姓有博陵崔氏、清河崔氏、荥阳郑氏、范阳卢氏、太原王氏,崔莺莺的妈妈,荥阳郑氏,唐书记载崔家与卢家、郑家世代通婚。崔姓和郑姓结婚,这是正确的,但是姓崔的如果是嫁给姓陈的,就不是贵族能够接受的门第之间的婚姻,可见这类婚姻毫无情感,只重门楣。而且五姓高门高傲到了什么程度呢?新旧唐书都有记载,唐太宗要立法来规定这五个家族是不许这么骄傲的,说我要立法来降低你的规格,皇族为第一。为什么呢?因为他们气焰太嚣张了,从唐太宗初唐一直到晚唐皆如此,《莺莺传》发生的时候是唐德宗贞元年间,属于中晚唐时期。从两汉、魏晋南北朝到隋唐,门第观念是非常非常严重的,是深入到骨髓里面的,如果胆敢违反的话,会被世人所不齿,可见崔莺莺要有多大的勇气把自己以身相许给张生。她根本不顾这些非议,根本不顾自己的社会地位,也不顾传统儒家的道德束缚,她是一个有平等意识的女性,她只是为了爱情。爱情这个词,应该近代以来才去谈的,以前古人很少谈爱情;因为在古代现实中很少谈爱情,所以我们才在文学中看到爱情,如果崔莺莺确有其人的话,那她是把文学中的爱情当成了现实中的爱情，她做了一个别人都不敢做的事情，亲身去实践，她自己承担了后果。张生是没有承担后果的，该做什么仍然去做，该科举就去科举了。元稹的《莺莺传》中，张生又回来去找崔莺莺，可见张生根本就没有顾及说崔莺莺先失身后嫁人的处境，他不必讳，所以他为了求自己这一见，便去找她了，崔莺莺也很果敢，她也不怕她的丈夫猜忌，她就是坚决拒绝。这里面是有一点微妙的关系，包括张生一开始就说为什么他一心一意的非要崔莺莺来答应说如果我们要等到结婚就太晚了，我就会死掉，张生有拜伦笔下唐璜的影子。在王实甫的剧本中是更夸张的，因为戏剧实际是要有戏剧冲突的，包括陈老师讲的运气理论，要靠巧合吸引观众，其实中国的戏剧里最缺少的就是戏剧冲突。为什么年轻人不爱看京剧，当然现在可能好一点，比如昆曲的复兴、大家对传统文化的热爱，如果你不热爱这个东西，你没有这样的背景知识，那么很难看下去，包括昆曲也是，婉转悠长，唱词拖得更长，比京剧还慢，词很冗长，而且它又没有太激烈的戏剧冲突，所以不容易体会到它的美。王实甫又加了戏剧冲突也是要作为舞台去表演的，可是到最后真正去演的、田汉先生改编之前一直到清代都在演的《西厢记》是一个版本更为庸俗的《西厢记》，里面有很多滑稽的内容，格调不高的科浑，为了缓和大段大段的唱词，适应当时市场需要的南曲。像崔莺莺开始一唱就是要唱很久，她要唱自己的闺中寂寞，张生的唱词也是大段大段，那么作为南曲演唱就有了难度，《南西厢》为了演出而改造了西厢记，把曲词拆开，加入宾白。李渔评价《南西厢》为续貂之作，而王实甫《西厢记》为千金集腋成裘。我记得我小时候读《西厢记》时，张生第一次看莺莺便形容，"解舞腰肢娇又软，千般袅娜，万般旖旎，似垂柳晚风前"。他们是在一个佛寺相遇，"佛殿奇缘"，在宗教场所里的爱情故事，张生说是"谁晓得寺里遇神仙"，说崔莺莺是南海观音现，她美得好像观音一样，观音在汉传佛教中是一个光辉的母性神仙形象，世俗佛教文化里又被喻为美人化身。张生把崔莺莺形容得如此美，用了许多修辞，可以看出王实甫的文笔功力。但《南西厢》便不是了，加了大量的滑稽内容、大量的对白，为了让大家听起来不闷，这是我们清代、明代去演出的《西厢记》。明代李渔对《南西厢》评价很低，李渔是明代的文学家，他带过戏班的，有舞台演出的经验，同时又是戏剧作家，这种双重身份，就可以比较在行地批判明代演的《西厢记》太通俗了，把这么好的王实甫的版本都给埋没了。后加了大团圆的结局，依靠巧合和运气的结局实在偏离了《西厢记》的本来面目，可这样改动之后，戏剧冲突还是很少的，即便西厢有一波三折的故事性，刚才讲了属于英雄救美的桥段。我们中国传统戏剧处于尴尬的位置，我们元代的四大悲剧，马致远的《汉宫秋》讲王昭君的故事，白朴的《梧桐雨》是讲唐明皇、杨贵妃的爱情，关汉卿的《窦娥冤》就不用说了，入选过课本。在世界上影响最大的就是纪君祥的《赵氏孤儿》，即陈凯歌导演拍过的《赵氏孤儿》。为什么《赵氏孤儿》世界影响力这么大？它是一个有戏剧冲突的故事，是一个环环相扣的复仇故事，更接近以西方叙事观念主导的故事，所以《赵氏孤儿》最早被翻译到法国去，在1755年时，百科全书派的哲学家伏尔泰，他翻译极尊重原著，原剧为五折就翻译为五幕剧。我记得法文的名字叫"L'orphelin de la maison de Tchao'"，原文翻译过来就是《赵家的孤儿》。可《西厢记》就没有这么好的待遇，我们现代人可能就存在隔膜，西方人他们也不懂，我们现代人实际上对《西厢记》这个故事也不太理解，为什么我们会从运气解说、会觉得太巧合了，为什么崔莺莺这么一个温柔的女性最后被始乱终弃，这样的一个故事大家会觉得很老套。实际上是应该感谢在座来听的每一位，必须有所坚持传统才不会消失。《西厢记》我建议大家去读原本的，王实甫的《西厢记》草桥惊梦之前的这些内容，大家仔细去读，慢慢体会文词，如对唐诗宋词有所喜爱的话，西厢文词之美、篇幅之长决定了其成为元剧的压卷之作，被称"花间美人"，当时的知识分子评价得非常高。所以这里面就有一个矛盾的东西出现了，它是在戏剧冲突上、在现实意义上我们会觉得它太巧合了、太无聊了，而且这个故事本身叙事极其传统，可是它在文词上又这么美，这就是我们现代人跟古代人审美的差异性吧。威廉，你从文学角度可以讲一下传统和现代的审美情况。

王威廉：听了两位老师的演讲，我也挺有启发的，陈纯老师是从现实的层面提到了爱情的运气因素，当然是从我们现实经验的角度去思考《西厢记》，但《西厢记》本身毕竟是一个文学作品，也就是说它毕竟是作者虚构出来的艺术性的存在，我对《西厢记》感到最着迷的一点就是它的故事为什么写了千余年，被中国人反复地去写，我觉得这个是特别有意思的话题。

段以芩：所以哈佛汉学家宇文所安就说过中国文学的本质是不朽，所以《西厢记》是不朽例证，讲了一千年还在讲的故事，每一朝代每一种文学体裁，《西厢记》都达到了文本的巅峰。

王威廉：对，它这个故事，刚才也说了，开始于元稹写的《会真记》，有很多元稹自传的成分，也意味着有很多现实层面的成分，如果大家去看《会真记》，就是唐代的传奇，我们今天可以把它当作一个短篇小说去看。第一，它的字数并不长，只有几千字，但文词是非常之美的，这也是它作为一个艺术文本能够传播、流传的首要因素。第二，它的故事我觉得凝聚了很多中国人对于爱情的想象、观念在里面。这其中，最重要的一个节点就是结尾。原始的版本里崔莺莺是被始乱终弃的，而且不仅是始乱终弃，如果大家有留意的话，作者对张生的这种行为反而是肯定的，崔莺莺在其中实际是被视为"狐狸精"这样的角色，是你在勾引我犯罪。

段以芩：《莺莺传》的原句说莺莺："大凡天之所命尤物也，不妖其身，必妖其人。"

王威廉：对，所以我刚才就说了，就用今天的话来说有点像狐狸精的角色，而且还在结尾的时候给张生正名，说他是一个善于改正自己错误的人，所以这种观念，我们今天其实很难理解。但是随着中国的历史文化发展，大家的情感是有一种共通性的，并不是说封建礼教的观念可以完全改变我们人内心对情感的理解，金代，有一个叫董解元的人——这里的"解元"并不是我们今天所说的职称性的东西，他这个人根本不可考了，"解元"是金代对读书人的一种称谓，我们只能知道这个人姓董，只能暂且称他为董解元——就是这么一个简直可以说是无名的作者，但是他对《西厢记》做了最重要的一个修改，就是让他们产生了大团圆的结局，改变了始乱终弃的行为，让他们团团圆圆地在一起。董解元的版本并不长，最重要的改动，也许是终极性的改动是在王实甫这里。我们知道元代是一个很特殊的历史时期，蒙古族入侵的时候，汉文化受到很大的压抑，读书人在当时来说基本上是没有什么发展的前途，大家都很绝望。除了王实甫之外，还有中国最伟大的戏剧家关汉卿也是元代的，这些有才华、有抱负的人在这个社会上找不到什么出路了，他只能用这样的艺术才情去宣泄，同时也为了谋生。元杂剧一开始并不是让我们从文本上去阅读的东西，首先是要上演的，是要给老百姓看的，就是当时的连续剧，所以说王实甫对《西厢记》做了最丰富的改动，把每一个细节不断地生动起来。我们刚才说它是缺少戏剧的冲突性，但是它的这种在故事推进过程中的密度其实一点也不逊色于同时代的西方戏剧，它很密实，里面几个人物的形象特别饱满，是通过很微妙的暗示，让你去体会到这一点。"临去秋波那一转"，回头一笑百媚生，崔莺莺临走的时候转过头来看了张生一眼，本来张生对崔莺莺已经是很喜欢了，这样一来就等于说是得到了一个非常确切的信号，整个人被击中了，可以说如果没有那秋波一转，张生本来是一个进京赶考的人，是要去考状元的，结果被崔莺莺这么一看，状元也不考了，就这么住下来了，就要追求莺莺了。张生这个人很有意思，他是一个很幽默的人，是近乎情痴的这么一个人，但这样的形象也是戏剧大胆的写法，让这个人变得为情所困，变得神神叨叨的，同时从崔莺莺的视角去看的时候，实际上他是一个颜值很高的、风流倜傥的形象，所以不要误会，他也是一个很有才情的人，他只不过被爱情冲昏了头脑，所以才有一些中国式的搞笑和幽默在里面。中国戏剧中幽默的东西太少了，但是这部戏里充满了各种各样的诙谐，就比如张生明明是非常了解诗文的，所以崔莺莺给他写的诗，"拂墙花影动，疑是玉人来"，那明明就是莺莺告诉他，今天晚上你看到那个墙上的影子动了，门开了，就是我来看你了，但是张生他非要跟红娘说，我懂的，这个就是让我跳过墙去的，就是制造这些桥段、这些梗，让过程变得趣味丛生。包括最严肃的崔母，崔莺莺的母亲，她也不是一个我们想象中的非常刻板的形象，这个人也有她的复杂性在里面，比如她也是很爱她的女儿，看着春光无限好，女儿要求出去玩一玩，她说那你去吧，趁着现在没有人，你赶紧去吧。她知道女儿很漂亮，很怕被莫名其妙的人给盯上，所以刚才陈纯老师说得没错，她一跑出去真的就被张生给盯上了，这其中有一个巧合的东西在里面，但是爱情一旦发生就是覆水难收，他们两个人看上眼了。后来，张生退兵之后，本来是许诺好了，要让崔莺莺许配给他的，但是老夫人就开始赖婚，这时候是被红娘给说服了，红娘这个性格又被带出来了，又是很独特的一个角色。红娘是一个牵线搭桥的人，她跟别的媒人不一样，她可不是给西门庆和潘金莲拉线的王婆，她是一定要促成真挚爱情的达成，她虽然是一个仆人，但是她在关键的时候会挺身而出，她既保护小姐，在老夫人反悔的时候她也会反驳老夫人，她说你这样不对的，你首先不能违背做人的信用，第二个，万一张生以后考上了状元，又回来治你的罪，老夫人一听害怕了，只能同意了。我觉得最有意思的是老夫人知道张生和崔莺莺秘会的时候，老夫人感叹的那句话："哎呀，我的孩儿啊！"这种东西只有中国人能够理解，复杂的母亲对女儿的感情，不知道该说什么好，只能说，我的孩儿啊。

所以说，这里面的几个人物角色都是很丰富很饱满的。当然故事也是几代人不断地去写、去把它丰富起来，这也是中国许多长篇小说的一个特色。可以看出来在中国"情"这个东西始终就是被别的东西压得太重了，所以说中国的文学作品中一直有一种对情的呼唤，这种对情的呼唤，我想一直到了昆曲里，到最有名的昆曲《牡丹亭》那个地方达到了一个高峰，"问世间情为何物"，情可以让人死，让人活，到了这样一种高度。中国人对情在精神层面是看得很高的，但是现实层面的束缚太多，是分裂的，是痛苦的。我先说这么多。

段以苓：威廉是一位非常优秀的作家，他是从作家对文本、作家对人物分析的角度去谈问题，都非常敏锐，讲了很多细节的问题。他刚才讲到时代背景，元代是一个异族入侵的时代，清代也是这样，但是他们的文明却被汉化了。明代呢，《西厢记》在明代也是风靡于世的，明代的前半期以理学为主导，知识分子口口声声讲"正心诚意，存心穷理"，继承了宋元理学，到了明中后期，理学转向了心学。心学是以王阳明为代表的，心学传承又转变了理学，转化去讲人的性命、讲心的发端、讲善恶，所以说研究西方哲学的学者，都很喜欢把这一段哲学史跟西方哲学去比较，因为有很多共通点。可我们知道，在当时一个言谈必谈道德的年代，有多么道貌岸然，就有多么反叛，几乎明代所有的反叛人士，明代所有的狂人、所有的才子都爱《西厢记》，这些"怪物"他们跟社会是格格不入的——金圣叹、徐文长，就是徐渭，李贽。有人说徐渭就是"中国的梵高"，做了很多常人不敢做的事情，最后杀了自己的妻子入狱；他们都是一些反叛的思想家，对当时的社会思潮和现象进行了质疑和反思，明末清初的金圣叹也是非常惨烈，因文获罪、因言获罪。在被皇帝杀掉的人中，徐文长（徐渭）是狂人；李贽则焚书，他把书都烧掉了，明摆着反对孔孟之道，这些行为在当时社会是大不敬的，为什么这些人他们都爱《西厢记》，为什么这些人因为崔莺莺待月西厢下把《西厢记》叫"崔氏春秋传"呢？是把《左传》都拿来比崔莺莺了，可见《西厢记》在他们心目中的位置。他们为什么爱到这个程度？是因为他们在崔莺莺身上，在这个爱情故事身上，他们看到了一些真理，所以爱情它不仅是运气，不仅是冒险，它也表达了真理性。其实哲学家是很少谈爱情的，想想看古典哲学家谁谈过爱情？黑格尔没有谈过，康德也没有谈过，但现代哲学家巴迪欧把爱称为通向真理的步骤。

陈纯：确实如刚才段老师所说，哲学家都不是特别愿意去谈论爱情，我刚才会讲到说爱情有相当大的运气的成分，其实很多哲学家应该也是意识到这一点，但是他们就不会去谈。因为他们会认为哲学的目的是发现一些永恒、绝对的东西，如果有一些东西是过分依赖于运气，或者偶然性的话，他们可能就不会特别想去谈，所以他们会去谈论比如说上帝，因为作为一个永远存在的上帝，会谈论一些永远有效的原则，也会去谈论比如说现象背后有没有实体之类的东西，比如康德所谓的"物自体"。至于爱情的话，20世纪以来，尤其是战后，可能哲学家会谈得比较多，比如刚才段老师所说的巴迪欧，还有罗兰巴特等，还有其他的一些哲学家可能都慢慢地会去发现，是不是真的存在一些东西，有哪些原则真的是普适的、是永恒的、是完全不变的？尤其是法国的一些后现代的哲学家他们开始会去质疑这一点。

段以苓：为什么我会把《西厢记》引到哲学上呢？实际我们所知古今中外，中西戏剧的发源——古希腊文的"戏剧"是动作的意思，是用一些动作结合音乐来表达情感，我觉得戏剧的本质就是情感，虽然说中西的戏剧的起源可能不一样，但是归根结底我们都可概括为节日、仪式、宗教、祭祀会上演戏剧。为什么人们会选择在这种特殊的时刻上演一些剧目？人类形成城邦和社会以来，人的情感大部分时候都是内向化的，得不到释放，大部分的人对自己的情感是不诚实的。古往今来的社会，可能就像哲学家很少去讨论爱情一样，因为爱情依赖的东西有侥幸性，以及它的真理性是不可言说的。为什么我们在戏剧里看到了大量的爱情，为什么看到了大量的人类被压抑的情感的释放？其实还是人对人性和自己独立情感的真实需求，所以明代有这么多与社会格格不入的人在《西厢记》里找到了寄托，因明代中晚期社会就像刚才威廉所讲的元代和明代有很多相像，包括清后期也是这样，社会积压了大量的年轻人，积压了大量才华得不到释放的也无法真诚地面对感情的人，生活中会有这样那样的困境，包括《西厢记》的作者王实甫，据考他本人弃官不入仕途，不做官了，不跟你们玩这个游戏了，然后自己去写作，自由地去表达自己，这里面实际上表达了对中国社会很少去在乎或者很少去表达的一种独立的个性和独立情感的肯定。因为我们的像儒教社会讲三纲五常、君君臣臣父父子子，更多的是讲秩序和服从，我们希望以这种伦理来教化人，以礼教、以纲领性的格言来约束人。中国儒家文化的起源，为什么孔子当时会去反思周朝灭亡：一个完美的文明社会为什么会崩塌？他设想如果人人都是遵守伦理的，人人都是守这些君君臣臣父父子子的规则，也许社会会变好，但孔子阐述的伦理是思辨性的，到了孟子那里，才变成一个命令式的"伦理"。能够想象在孔子的时代，孔子不反对情感，认为礼仪规则是放在第一位的，《论语》中批判当时的权贵，子曰："人而不仁，如礼何？人而不仁，如乐何？"表明礼乐对不仁的人是无用的，不是说只有底层的人需要守礼，权贵的人不需要守礼，"仁人"是对所有人的要求，孔子对这些权贵是有批判的。但到了孟子那儿，就变成了一定要守这些规则，孟子是很能言善辩的，他非常强调规则对于社会的重要性。现在我们把孔孟相连来谈，实际上孔子和孟子中间还是有一个子思学派，当然现在子思学派大部分内容不存在了，这个思想的过渡可能不像西方的哲学史的思想过渡这么明显，在中国思想发展史中一直有这样的文化的断层。而《西厢记》的背景是唐代唐德宗贞元年间，"安史之乱"之后，唐已由盛入衰。威廉是西安人，对唐代的文化，不知道你有没有这种涉猎或者研究？唐和宋之间是一个拐点，为什么说它是一个拐点？唐的灭亡是非常惨烈的，无论是安史之乱平定，还有最后黄巢起义，当然现在是说积极的一面，说它是农民起义，但实际上这类起义对中国文化和文明的摧残是非常厉害的，直接导致文明尽散，甚至许多书籍都湮灭了，宋代初期，皇帝几次三番向邻国高丽索要"好本书"。在宋以前的中国社会基本上是一个阶层固化的精英社会，崔莺莺属于精英阶层，而张生为什么要去赶考？因为他想当精英社会的一分子，他想提高自己的社会阶层，隋唐虽然有了科举制，但基本上仍是封闭的精英社会，那宋就变成了一个市民社会。市民社会就有它的软弱性存在，所以宋代我们看不到崔莺莺了，宋代不会有崔莺莺这样的女性，宋代对女性已经开始会更加严格地规范礼仪、言谈举止，甚至是些女德、女仪都是很糟粕的。我认为传统的文化中那些不符合现代伦理的部分实际上到现在是不用强调的，因为那是历史，作为研究是可以的，对于施行则根本不必成行。所以崔莺莺在宋代是不可能出现的，宋代甚至已经出现了大规模的溺杀女婴，生下来是女孩子就把她淹死，在以前这种现象很少会大规模的出现。但是到了宋元明清，尤其是明代，是对女性的污名化达到顶峰，我们刚才也说到张生说："……天命尤物，不妖其身，必妖于人。"就是说天生丽质的女性，如果是不害了自己，则必是害了别人，这是在他得不到这个女性的回应之后污名化这个女性，这个在明清社会数不胜数。因为烈女事迹是写在明史里的，里面的记载我们现在看起来都是非常恐怖的，明代也不会有崔莺莺这样各方面皆美好，又可以掌握自己命运的女性，在上层是不可能出现这样的女性的，也许底层会有一些，因为底层对社会规则没有这么严格，所以像《金瓶梅》中就有一些这类女性。因为《金瓶梅》属于市井阶层，而上层就已经没有这样崔莺莺这样女性，所以崔莺莺的形象也是根据时代一直在变，一直在受到肯定，有独立、平等、自由意识的人们去肯定崔莺莺这个形象。

王威廉

你说的确实让我很有感慨，中国文明虽然说有几千年的历史文化，我们也一直非常自豪地说我们中国文明是世界上唯一没有中断过的文明，并为之感到自豪，但实际上这个说法也许经不起推敲，几千年来中国人的民族性格可能发生了很大的变化。如果大家去读读《史记》就知道春秋战国，先秦的时候，中国人是非常刚烈的，如我跟你关系好，我就可以给你卖命，把生命托付给你，这种特别激烈的情怀在先秦的时候是很鲜明的，那是中华文明的发源时代，那个时代被哲学家雅斯贝尔斯称为"轴心时代"，因为这个时代，我们中华文明和希腊文明，还有其他的文明，都是在一个起跑线上，照亮了人类最初的黑暗和蒙昧。我作为一个西安人，对这点感受是相当的强烈。大家如果去西安玩过的话，建议你们去看看陕西博物馆，还有就是汉代和唐代这些皇帝的墓葬，以及相关的雕塑作品，就可以看到从先秦到汉唐代中国的气韵完全是大气磅礴的，狮子以及各种动物的雕像都是粗线条的，非常粗粝的，代表着一种民族特别昂扬的战斗力。我们今天也经常会说犯我强汉者，虽远必诛，这句话也是汉武帝说出来的，甚至说我们作为一个汉族，这个名字的来源也跟汉朝这个朝代是结合在一起的。那时候中国人可以说是像一个30岁的人，刚刚脱离了少年的青春期，又带着一种成熟昂扬的情怀，是特别有魅力的一个时代，当然到了宋朝之后，我觉得中国还是一个很有魅力的时代。我们都知道在宋朝的时候，军事上经常是不太行，也老是赔款，实际上有历史学家指出，宋朝因为它是鼓励经商的，它的商品经济是中国历史上最发达的时候，它的财政收入也是很高的，比如你是官员、文人，在宋代的收入是相当高的，过得非常舒服。所以说对宋朝来说，为什么它会选择一种以钱买和平的方式呢？因为那点钱对它来说不算什么，这就是根本的原因。所以宋代甘于用文官去管理武官，去防止唐代节度使权力过大酿成的悲剧。但毕竟因为这种战略性的收缩，导致了思想文化上的一些变化，尤其是朱熹等宋明理学的出现，成了人们的一种行动规范，跟政治权利嫁接得更紧密之后，我觉得在这样的历史背景下去读《西厢记》才更有效。我们把《西厢记》的这种男欢女爱简单看成是一个爱情故事。我们中国古代人不提"爱情"这个概念，但是我们提"情"这个概念，元代大诗人元好问说的"问世间情为何物，直教生死相许"，这句话大家都是耳熟能详的，那什么是"情"？我觉得"情"就是一种自由的生命意志，它不仅仅是你为了一种欲望的达成，它是你最终生命理想的一种完成、一种梦想的际遇、一种飞扬上天的迷思。所以我觉得有一个哲人说得特别有意思，这点我也跟陈纯兄商榷了一下，他说所有的哲学都是文学，我对这句话是非常有感悟的。我觉得所有的理论终究会在历史的改变面前黯然无色，这正如歌德所说："理论是灰色的，但是生命之树常青"，为什么呢？因为艺术，包括文学作品所扎根的就是鲜活的生活，它表现出来的也是这样的东西。所以我们今天依然可以去看《西厢记》，去领略《西厢记》，但我们今天，我估计没有任何普通读者对宋明理学的东西感兴趣了。我觉得西方的哲学也已经死亡了，所谓的后现代主义的哲学实际上是一些理论，所谓西方正统的，德里达意义上的形而上学的哲学可能已经死亡了，已经不复存在了，所以正是在这个意义上，如果德里达说中国不存在哲学也是没有关系的事，我们中国人也不需要用西方意义上的哲学来为我们命名，我们一直是有自己的一种文化的理念，从日常生活到宇宙世界是一体的。看我们古典的建筑，看我们的故宫，我们就知道为什么我们要那样去修建一个建筑，我们不是说因为那样好看，当然我们也为了它好看，也为了它实用，但是最根本的目的，我们是要体现一种天地人神共存的秩序在里面，这种秩序对古代人来说是更加重要的事情。比如说风水为什么在今天重新兴起？风水只是古代人的这种宇宙秩序、文化观念的一种遗存，我们今天都觉得非常有道理。但是古代人就生活在那样的世界里，所以所谓的文学作品反映的是一种人内心的东西，作为一个个体、一个人的存在。什么是一个个体、一个人呢？就是你有你的七情六欲，你有你的欲望、你的烦恼、你的困惑、你的绝望，这是作为一个人的因素在，但同时你也要承担社会赋予你的一种角色，也是给你的一种压力、一种管制、一种权利，你是无从逃避的。包括婚姻也是一种制度，一种社会制度，它必须要规训你，为什么要规训你？因为个体的欲望是无穷的，在这个过程中，如果不加限制，整个社会就会发生涣散，所以我们必须需要秩序，但是这种秩序如果过于强大则反过来又会伤害到我们每个个体生命的自由意志，这样的痛苦、这样的矛盾对于一个有思想的人是无法避免的。所以《西厢记》的魅力也在这个地方：这种历史、社会秩序的压制，跟个体的人的生命意志之间的抗争，这是一个永恒的话题，是直到今天仍在折磨我们每个人的话题。它告诉你，你的选择先于你的本质，就是说你没有一个给定的本质，你本身就是一个自由状态的，你有你自己的选择权，你选择成为一个什么样的人是你选择得来的，你不选择也是一种选择，所以它这种结论就是你作为一个人要对自己的命运、对自己的生命承担起责任来。

段以苓：回到《西厢记》，刚才威廉讲的存在主义也好，社会规训的必要也好，我觉得你应喜欢符号学，你的作品中有很多符号学的内容。符号哲学家艾柯也写小说，似乎是当代哲学家唯一又写文学又写哲学著作的人，且两种作品都产生了影响力。如果我们认为

《西厢记》结尾就是到草桥惊梦，张生做了一个梦结束的话，那这里面还表达了中国文化的一种无常感。说中国文学的不朽，或者说中国的宇宙观等东西，都呈现出中国人有一种非常深刻的无常感，这种无常是从哪里来的呢？"易"就是无常，生生不息谓之易，易是不停地变化的，它是一个无常的东西，中国文化里有一种极深刻的无常感。《西厢记》除去它的大团圆、运气论的部分，如果它是以一个梦结束的话，实际上就是中国文化的这种无常感。中国历史曾经每朝每代都有辉煌文化，包括威廉讲的汉唐气韵以及上古文化，那商代青铜器的复杂程度、不可思议的精美就可以视为上古中国的技艺巧思，而《西厢记》语言的精美也是中国人为之迷恋、不停重循的美感，所以鲁迅先生讲，汉人生活之美归顺了历代蛮夷。所以《西厢记》中，既有精美的语言技艺，又有跟思想史交融的理论发展，又有跟哲学交汇的反思，它的人物在文学中这么丰满立体。大部分古代文学的人物比较脸谱化，可能好人就是好人，坏人就是坏人，不会像刚才威廉讲的崔夫人心里既存在仁慈的一面，也存在怜悯的一面；红娘本是一个丫鬟，她有敢于抗争的一面，也有自己做主的一面。就是这种人物的丰富性和立体性，超越了很多同时代的作品，为什么我很喜欢这样的作品，它超越了这个时代，与未来对话。所以说唐代有《莺莺传》，又称《会真记》传奇，宋词里面也有崔莺莺，金代《董西厢》，元代《西厢记》又叫《北西厢》，因其是北曲，明代又有李日华的《南西厢》，为了适应演出，更通俗版本的西厢加了很多喜剧、幽默的对白和动作，听起来让人不觉得枯燥的《南西厢》……为什么《西厢记》这个故事变体一直存在呢？实际上它是超越了一个个时代，在每个时代都存在西厢记启发的共性，每个时代在《西厢记》里都找到了属于自己的真理。

听众：老师我想问一下，《西厢记》是十大才子书之一，今天听了三位老师讲的感觉蛮好的，但是一直有一个说法就是男不读红楼、女不读西厢，请三位老师讲一讲。

段以苓：应该说在一个儒教社会礼制要求下，男不读红楼，女不读西厢。有些观众去年听过我们讲《红楼梦》，其实这个问题，去年讲《红楼梦》的时候有人问过。《红楼梦》多次提及《西厢记》，林黛玉对《西厢记》的赞赏，除了文采，也因崔莺莺越过了媒妁之言，越过了父母之命，自己做主，并且敢于实践。林黛玉便不同了，她是无奈的献祭者。崔莺莺是有自我意志和独立人格的女性，有这种个性化的女性，在一个讲究非常严格的礼教社会里，无疑是不被允许的，理所当然，女孩子不允许读《西厢记》，何止《西厢记》呢，不允许读的书太多了。所以我们应感谢现代社会，现代社会打破了这些藩篱，我们都能读这些书，但现在愿意读的人反而又不是那么多了。《西厢记》细细阅读文本的话，诗词、唱文真不输于唐诗宋词之美，虽然语言语音有所变迁，但音律节奏仍充满美感，适合朗读。有很多段落和细节充斥惊人之美，如果你不从文学批评角度、不从哲学的角度分析，从最根本的语言上欣赏，仅以喜欢唐诗宋词元曲的角度，《西厢记》如何叫"花间美人、压卷之作"呢？我们下一期就会讲到，分析《西厢记》的语言之美，欢迎您下期再来听，谢谢大家。

南书房夜话第六十三期
作词章、风韵美，《西厢记》士林伏低

嘉宾：段以苓　陈　纯　王威廉（兼主持）
时间：2017年8月26日　19：00—21：00

段以苓

　　大家晚上好，《西厢记》讲座的第二期，我们来欣赏一下南音《西厢记》选段《望明月》。南音是中国现存最古老的音乐形式之一，晚唐传播到福建泉州一带，与当地汉族民乐融合后流传至今。我们先细细聆听，稍后再分析，此选段讲的是张生相思崔莺莺的心绪过程。

　　（播放南音《望明月》选段……）

段以苓

　　我们今天的题目，"作词章，风韵美，《西厢记》士林伏低"，从语言入手，分析《西厢记》的语言词章之美，"士林伏低"指读书人皆佩服西厢词章，心甘情愿居于其下。《西厢记》因行文翩若惊鸿、集句耳目一新被称为"花间美人"，其无论语言形式还是思想内容都实为明清小说精神领袖，直接影响了《牡丹亭》《金瓶梅》《红楼梦》等文学名著。刚才我们听了南音《望明月》，南音是我国非物质文化遗产，一些曲目保存了唐代大曲曲名，如《婆罗门》《清平乐》。如果我们现场感受南音演出，能看到有洞箫、二弦、琵琶、拍板等乐器，其舞台形式与乐器构成，与五代南唐顾闳名画《韩熙载夜宴图》相近。洞箫即所谓的尺八，依照唐代旧制；所弹琵琶像敦煌壁画、出土墓葬乐舞伎俑人一样，琵琶横抱曲项，用拨弹奏。"丝竹相和，执节而歌"，南音可说是中国中古音乐的白雪遗音，我们刚听的《望明月》应从南曲演化而来的，南曲改编自北曲，虽然有所改编，但我们仍能听出它的情感之细腻，表达张生思念莺莺，比如张生听到了风打铜环的声音，他便以为是莺莺头上戴的首饰掉落的声音，进一步想到莺莺来找他了，"疑是我心意人拔落金钗扣了门环"；等等仔细一听，"且回步，且回步"，发觉不是莺莺来找他，就很失望，"入书斋，翻身就寝，莫把双眼望穿"，实际上他是睡不着的，表达了他刻骨的相思之情。《望明月》是唱给莺莺听的，唱词背景这幅画呢，我们看到这幅图是明代名画家仇英所画，所谓的"吴门四家"，仇英擅长人物画，尤工仕女图，此画内容是《西厢记》的《琴挑》，张生在弹琴，莺莺隔着一墙在听，我们上期讲过《西厢记》里的"墙"是一个隐喻，象征着礼教社会男女不可逾越之墙，可张生受了莺莺的鼓励，他越过去了，才有了千古流传的爱情故事。原图在莺莺身后，右上方其实还有红娘，红娘是躲在树后面的，画得栩栩如生，眉目有神。原图大家可以在美国弗利尔博物馆网站看到，免费向所有公众开放，高清晰度的原图，可以下载。我们看流传清人仿仇英画《西厢记》，仍被其精细打动，明清重彩人物绘画代表性的是精细纤巧。明清时西方人了解的《西厢记》，可能更多的是通过一些中国的绘画和工艺品，包括我们的瓷器、纺织品，等等。仇英《西厢记》插图题的字，为文徵明所题，文徵明的字加上仇英的画，可以说是代表明清艺术的巅峰之作吧。我为什么强调《西厢记》是种文化现象，需要用文化整体论察看，是因为文化整体论实际来自人类学，是反对西方中心论提出来的，每一种文化原型都有自身整体的所在。章太炎先生说，中西学问本无通途。但我们现在分析诗歌，中国传统的诗歌理论，是不足以分析诗歌的，因为中国对诗歌要么为一些形容，以一种诗化的比喻分类诗歌，比如说唐的司空图《诗品》，全书以比喻为主，比如说"明月前世，流水今生"；要么诗歌理论就要政治和伦理化，"诗以载道"，或者单纯就写作技巧进行评论，而没有内在分析的理论建构。大多中国传统诗歌评论要么三者合一，要么或有其一其二，这与中国传统文学核心长期由诗歌占据有关。诗歌和诗人是识文断字者全民性参与的活动，并不被专业化和职业化，中国历代著名诗人，要么有强烈的政治诉求，如李白、杜甫；要么就是本朝中重臣，如白居易、元稹、辛弃疾等。

"诗"字从哪里起源？我们知道"诗"字部首是言字旁，《尚书》里有"诗言志，歌咏言，声依永，律和声"，后来《庄子》里面又有"诗以道志"，那么"诗"有可能一开始就是从伦理和道德去讲的吗？我们要知其然，还要知其所以然，比如"诗"字在上古文字最早形成时期的形态，裘锡圭先生和饶宗颐先生皆有研究，汉字中言字旁的字多是后来才出现的，由其他部首演化而来，一开始并非言字旁，有些是竖心旁，诗字最早部首很可能从心，所以以这样的推断，可知诗是从心里而来的，诗是向心而行，诗是无功用的，它是一种感情的喷薄。如果没有《莺莺传》元稹真实的情感经历，没有《会真诗》他的这种感情的喷薄，就不会有《西厢记》。因为我们知道这种感情对于元稹来说，也是感伤的，虽然他的文章后面有写到莺莺不妖其人，必妖其身，鲁迅称元稹这些话是"文过饰非"。但元稹在20年之后，仍会想起来此段情感，有诗为证，还会觉得难过，会觉得遗憾，可见他这个情感是一直都在的，《莺莺传》基于这个真实的情感，到了王实甫那里，又投射了王实甫"弃官不仕"的心绪，这是再次创造。古代的诗歌有技巧性和工具性，但技巧又基于真情实感。所以我们看到了这样一个语境，一个相思的语境，两个人都望眼欲穿的语境。关于张生和莺莺的情感线索，张生在《莺莺传》一开始是不近女色的，清介儒生的性格，为什么见了莺莺之后就着魔了呢？人为什么会有情感的发生？因为人对自己的孤独产生了一种绝望，这种绝望在另外一个人身上看到了希望的时候，才会有这种互证的东西出现。莺莺是一位非常有才华的中国唐代女性，她有自己的独特性，与后来文学史上的那些女性有很大不同，她有她自己的独特之处，其诗歌不输于张生，既有身体的美感，也有容貌的外在，秉持平等自由灵魂。所以她基于了这样一个现实作出来的诗词，用了这个技巧。我们自己去品读那个句子，比如说

"碧云天，黄花地，西风紧，北雁南飞，晓来谁染霜林醉，总是离人泪"，这是《西厢记》里著名的段落《端正好》，大家可以念一下，一整套《端正好》"碧云天……"的唱词，如果我们这样一口气念下来，能感知其节奏之美。如果用电影来还原，甚至像一个电影的镜头一样，里面有近景和远景，有虚化和对焦，充满了光影的律动。《西厢记》中有很多这样精彩、优美的句子是需要大家仔细去品读。我们刚才讲的基于文学的现实主义，现实主义创作，可以说一直是中国文坛的主流，威廉对这个是怎么看的？

王威廉：很高兴再次跟大家一起来分享《西厢记》。《西厢记》是让我常读常新的一本书，能让我每次读都有不同的感悟。我觉得《西厢记》的美首先就是它的语言词章之美。"碧云天，黄花地，西风紧，北雁南飞。晓来谁染霜林醉？总是离人泪。"这样优美的句子在《西厢记》里简直比比皆是，可以说从它的第一个字，一直读到最后一个字，都是在享受美的过程。在《红楼梦》里，林黛玉说，读罢《西厢记》是余香满口。的确如此，《西厢记》是一种古典汉语之美的极致体现。

在我看来，《西厢记》的语言之所以这么美，结合了两个方面的优势，首先作者王实甫他绝对是一个非常了不起的诗人，他把李白、杜甫、温庭筠以来那些已有的优美词句都糅到《西厢记》中，他化用了这些古典的名篇诗句，加上自己的重新创造，让词句更加符合唱词的节奏韵律。另外一方面，《西厢记》作为一部戏曲，它是要表演的，它有具体的日常生活的场景，所以有很多口语化的成分在里面，这点是非常重要的。因为我们知道，我们的语言一直是在随着社会、文化、历史在不断地变化、流动，但实际上，文言文作为我们古代社会的一种官方语言，它的变化在很长一段时间内不是特别大，它有自己一套封闭的体系，其修辞跟我们日常生活中所谓的白话文是脱节的。老百姓说的是一种语言，文人们华丽的词章是另外一套语言。但由于演出的需要，《西厢记》在民间口语化的表达和古典诗词的优雅中取得了一个平衡，在我们读的过程中就非常舒服，一遍一遍地读，仅仅去享受它的语言之美都是值得的。

除了语言之美，《西厢记》还有爱情之美。《西厢记》为什么在古典文学史中这么重要？因为它是中国古典长篇文学作品中唯一一部全部写爱情的文学作品，这点是非常难得的，尤其是他写爱情的态度，是特别现实、写实的。我们不需要用"现实主义"这个概念来说，但它以特别现实的一种态度去考量人与人之间的感情，这点跟其他的古典文学作品有很大的不同。比如我们知道四大名著，《西游记》就不用多说了，完全是一个妖魔鬼怪的世界；《水浒传》中也有很多神神鬼鬼的情节；《红楼梦》一开篇就是一个太虚幻境，有一种虚拟的语境，然后再去铺排故事。但《西厢记》不一样，《西厢记》完全就是在现实生活中的故事，它没有用神鬼等古典文学特别擅用的桥段去打通故事。《西厢记》特别符合我们的现实逻辑，两个人的感情发展到哪一步，这个故事该怎么往前推进，是用特别现实的元素来一步一步向前推进。比如刚才说到的"墙"的象征，我们也知道墙的设定既是一个现实的墙，但同时又是一个精神上的隐喻，我觉得这是一个特别了不起的地方。在我们古典文学中，像这样打通现实，完全落脚在以实写虚，却接通了哲学与象征的通道的作品，可以说除《西厢记》真的是绝无仅有的。后世的很多文学大家，像明代的戏剧家李渔、像民国的郑振铎，对于《西厢记》都有着非常高的评价，都说《西厢记》是独一无二的，没有任何的其他作品可以与《西厢记》相媲美。上次我也说了，因为《西厢记》虽然写的是张生和崔莺莺之间的感情，但是它的落脚点是最后一句，大家都耳熟能详的话："愿天下有情人终成眷属"，这句话一下子把个人的情感上升到人类感情的层面，这点是非常了不起的。而且在反复读的过程中，我们又可以看出这种感情也不仅仅是一种爱情，更不限于男女之情，它同时也是人的一种本能的情欲，这种情欲也就是人的自由意志，这种自由意志对于人之为人来说是最重要的。在《西厢记》中，在我们这种儒家文化统治的古代这样一种比较封闭，甚至比较桎梏的处境下写出这种情的张扬，词章又特别华美，这种情与美的交织真的是让人叹为观止。

《西厢记》结构上的复杂也是让人惊叹。因为我们知道一般的戏曲只有一本四折，而《西厢记》写了五本二十一折，结构上非常的绵密和宏大。在具体的折子戏上还受到了南戏的影响，所以《西厢记》结合了南北之长处，成为元剧的一个高峰，以至于它影响了后世好几部重要的文学作品。比如说《牡丹亭》《金瓶梅》《红楼梦》等，我们都可以看到它们当中有《西厢记》的影响或者影子，如果说没有《西厢记》这部作品，那么很难想象另外几部作品的样子，因此《西厢记》的意义从文学史上怎么估量，都不过分。

段以苓

　　王老师讲得非常好，王老师提到《西厢记》在其他的小说里的出现，《西厢记》的确像明清小说的一个精神领袖一样，它既在《金瓶梅》中出现过，又在《红楼梦》里出现过，《红楼梦》里的戏份可能比较多的是"宝黛共读西厢"，而《金瓶梅》里西门庆家就演过《西厢记》，明刊本《金瓶梅词话》提到海盐子弟唱《西厢记》的家宴听戏，即南曲四大声腔的海盐腔演员所唱的《南西厢记》。刚才威廉也讲了，《西厢记》受南戏的影响，南戏是什么呢？南戏源自北宋，至元末明初流行于南方的剧种。是宋代的南戏，跟后来的《南西厢》是不一样的，北宋的南戏出现原因很多，其中之一是市民社会娱乐；另外在唐代，乐舞得到大力发展以及佛教宣教时的唱导集会，都是促生了南戏产生的背景。秦以前口语和文字差异不大，汉魏以来逐渐形成了脱离口语的文言，与士人行文力求骈俪典雅、节奏格律不无关系，晚唐至五代又出现了语言的变革，行文也有了白话，得益于佛教佛经的大量翻译和传教需要。诗的最根本的东西是什么呢？一个是它是我们的情感，我们心内澎湃而出的、喷薄而出的一种东西；其次为诗歌的语言，晚唐时白话亦用来写文，可见于敦煌文书和佛教语录体文本，刚才威廉也讲了白话的优点，历史教材分的是比较粗糙的，上古、中古、近代、现代等，但在日本，晚唐至五代是单独分出来，属于近古第五期，为什么说日本把它单独分出来了呢？因为这个时间段太重要了，我们的白话在这个时间段形成。盛唐就不用说了，佛教流传是非常繁盛的，尤其是武则天的武周时期，为巩固其政权，大兴佛教，包括我们看龙门石窟的大佛，对于民众的影响是非常深的。安史之乱之后，从那么一个富庶的社会，忽然下降到一个民不聊生的社会，那人抓住的是什么？危机感和恐惧感令人抓住的就是佛教，大家更加深切、更加热烈的去热爱宗教，去找一种慰藉，书写白话就是从佛经里产生的，源于底层民众的宗教需求，文言流通性比不上白话。唐代存在一个多语环境，尤其是长安洛阳这样的大城市，比我们现在想象的要更加"多语"，既有汉族人讲的语言，也有胡人（各种西域小国）语言，还有梵语，就是印度的僧人的语言，长安是有翻经馆的，专门翻译经文。梵语有点像是中世纪的拉丁语一样，它是属于一个知识阶层或者僧侣阶层才去讲的语言，无论你是哪一国的，我们交流佛经内容，都可以用梵语来交流。中国中古时期语言环境，也为语言变革作了准备。为什么晚唐有元白体？元白体是很通俗的，白居易写的诗大家都知道，最有名的是《长恨歌》，《长恨歌》可能还更具文采、更修饰一点，像他的《上阳白发人》，"上阳人，上阳人，少亦苦，老亦苦，少苦老苦两如何！君不见昔时吕向美人赋，又不见今日上阳白发歌"，用现代汉语看也会觉得这个诗很容易理解，基本上没有什么差别，白话那个时候就已经形成了。在语言变革的情况下形成的文本，往往是第一流的文学，《莺莺传》就是在语言变革的时候形成的，元代的王实甫《西厢记》也是有一个异族多语言的环境，在这种多元文化或者多语言情景下产生的文学，实际是一个社会的宽容度。社会文化越宽容，产生的作品越好，如果你把社会文化背景压得越单一，越排斥多元作品，反而并不会产生一流的作品。陈老师可以就这个观点来谈一下语言变革所带来的政治或伦理学上的观点，因为你是分析哲学出身，所以对语言应该也有自己的看法。

陈纯：在分析哲学看来，前面两位老师有提到文言文或白话文，在文学界里可能会有过一些争论，到底哪一种语言才更适合作为文学创作的语言。但是在西方，他们是怎么看待这个问题，尤其是分析哲学界怎么去看待这个问题的？长期有一种传统是认为这两种语言其实都不是很理想的语言，为什么这么说呢？因为这两种语言，不管是文言文也好，还是白话文也好，都是属于自然的语言，简单地说，在逻辑的考察下，它们都不是很严谨，自然语言说得再严密，还是会有一些漏洞，很容易会被人抓住一些把柄，这使得很多分析哲学的哲学家认为这种语言不适合作为学术研究或者哲学研究的语言，所以西方有一些人希望把自然的语言改造成一种很理想的逻辑语言或者其他之类的。其实文学语言，不管是文言文还是白话文，可能都并不是特别符合他们的理想。而后来就出现了这样一些哲学家，他们认为找到理想的逻辑语言是不可能的，另外很多哲学家还论证说其实日常的一些语言有更多的丰富性，考察语言到底是不是好的语言并不是仅仅去看它符不符合逻辑，或者说话里面会不会有一些逻辑漏洞之类的，他们会认为语言本身有很多种用途，除了用来描述世界、表达观点，有时候还有其他方面的功能，比如说它还有审美方面的功能，所以文学其实是为了满足人的审美这方面的需求，而不是说仅仅是为了来描述外界和表达想法，以及让所有的这些表达出来的语言尽量没有逻辑漏洞。这一派人里，其中有一个我想大家可能都会有听说过，他叫维特根斯坦，虽然一般不会绝对地把他分进日常语言学派，但是他后期的观点确实就是这样子，他认为语言是拿来用的，语言的意义就是拿来使用的，他觉得语言本身有非常多的用途，过于严苛地去要求语言没有漏洞也没有任何的必要。从这个角度考察的话，我们看一下《西厢记》，你要是仅从学究或者分析哲学的角度去看里面说话有没有漏洞，为什么崔莺莺之前这样说，后来又那样说，或者张生说的话里跟他表达的想法里有没有一些东西是不符合逻辑的，如果这样去看一部作品，那就非常乏味了。所以在分析哲学到了后面出现了一些日常语言学派的哲学家，我觉得他们用这种观点去观照《西厢记》，这种丰富性能够更好地传达出来。日常我们也会这样子去看待这个问题的，比如说我们经常会讲到中西方语言之间的一些差异，或者说中西方的文学，或者是说表达的一些差异，中国人表达不会把话说得很满，中国人尤其是魏晋南北朝时，说话都会讲求我们要有一点点的品位，他们要有一点点比一般人更高级的东西，不要把话说得过于直白，要能够有一点点让人家品味的东西。我觉得看《西厢记》就可以看出来，一方面就像两位老师所讲的，它是语言变化时期产生的一个作品，我在读的时候其实也能感觉到确实它的朝代性并不是很强，并不是一读就绝对符合是某个时代，它的语言里面带有某种混合的特征，所以这一种语言使得我们会觉得，这个作品蕴含非常丰富的层次，欣赏起来更有味道。

段以苓

实际上因为《西厢记》的创作有很长的历史跨度，它势必是夹裹了历朝历代的东西，所以我们为什么说从一个全方位的、多维度的、整体论的角度才能讨论《西厢记》，或者要用文学史的眼光才能去看待这样的作品。实际上是说文学不仅仅是一种情感，它的文字是有质感的、是柔软的，而哲学语言可能是更严谨、更严密的，它们也不仅仅是这个差别。以前我们开过一个玩笑，说文学家一钻牛角尖，他搞起哲学的话就会变成一个三流哲学家，但如果哲学家一抒情的话，那就不得了了，那他一定是一个一流文学家，所以这实际上是一个综合的东西，就是你的审美的一个综合的能力，无论中西方都是这样。但是我们往往看到有一种是最为枯燥的语言，不属于文学也不属于哲学，我们要知道什么是好的诗，首先知道什么是坏的诗，如果想读坏的诗，建议大家去读宋明理学家的诗，再去读读唐诗，你就可以对比出来。宋明理学家为了表达一个理念，如果他理念先行的话，诗就没有水分、没有情感了，像陈老师说的，我们理念就要有另外一种语言去表达，一种严谨的、严密的、推理的、演绎的、逻辑的语言，但我们的诗歌是什么呢？我们的诗歌是敏锐的、美的、节奏的、格律的、有语境的、有象征的、有隐喻的、有转喻的，甚至它是一种语言的冒险，真正好的诗歌、真正好的诗人的诗句，无论是古诗还是现代诗，是一下像一个闪电就劈中了你的，比如李白的："高堂明镜悲白发，朝如青丝暮成雪。"这样的诗句惊心动魄，而且诗的语言是有流动性的，像宋明理学写的诗："程子精微谈谷种，谢公近似喻桃仁。"他会给你去讲一些道理，但诗是不能用来讲道理的，诗有一种神性的东西，我觉得诗歌是有一种绝对精神在里面。绝对意义上第一流的诗，我们看《西厢记》就有这样的感觉，它多一个字都不行的："碧云天，黄花地，西风紧，北雁南飞"，你会觉得恰到好处，就应该这个时候唱出来，就应该这个时候写出来。包括《南西厢》，已经改动很多的《南西厢》也保留了一些警句，还有我们刚才听到的《望明月》歌词，你也会觉得它是有流动性的，张生整个人的心里如何去想莺莺，它是有流动性的，是一个连贯的东西。如果你去读诗从经验出发，所有体会最后达到了一种直觉，如果你有了这种直觉，实际上就是你存在了一种对诗的判断力，这个很重要。就像我说过的分析哲学专业的朋友，我们会去讲诗的构成、诗的元素、诗的技巧，诗的历史甚至都可以讲，但是我们所有这些东西都是诗之外的，所有这些东西都是技术性的、工具性的，但是诗本身内核的、真实存在的东西，如果说得更武断一点，或者说得更直白简单一点，因为我们口头在说，我们现在所讲的也是一种口语，比如我们写文章不能这样写，你读到一句诗，触动你，或者你被它一下子打动了，这对于你来说就是一个好诗，但这就有了一个品位之分。可能有些人读朱熹的诗也觉得打动我了，这便是一个品位之分，而品位又是一个很抽象的东西，所以为什么说中国的文化是一套功夫，是一套整体论，就是你要从最细节的文字、音韵、词和最基本的句子，我们要从文化的源头，从《诗经》和《楚辞》，从《易》和《尚书》，古人就是这样一步一步来的，它不是像现在学科分类下的学术训练。为什么说现在大师越来越少了，因为我们把文化割裂得支离破碎了，它不是整合状态。为什么说民国的时候出现了那么多的大家，民国的大家首先他们有非常深厚的"中学"的学养，之后他们又有了西学的，比如陈寅恪先生，他是周游列国，周游了欧洲几乎所有著名的学府，他提出来的"以诗证史"，就是我们可以用诗歌来证历史里面的东西，所以诗歌是不是仅仅只有审美意义呢？它还可考证历史，所以学科之间实际上是互通的，我觉得《西厢记》就是一个非常好的例子，验证了文化整体论这个人类学概念。威廉对这个怎么看？因为你是学人类学出身的。

王威廉：说到语言问题我就想到一个例子，在北方，我们都说"我先走了"，来到广州之后都是"我走先"，这就是一个很典型的中国语言文化的例子。尤其是在我们古代的时候，虽然文言文有一定的章法，但是它没有一个严谨的逻辑结构，话怎么说都可以，前置、倒置都行，只要别人能明白你的意思，感觉上文从字顺就好。我们现在的白话文是受了西方的语言结构的影响，是一套比较欧化的形式，分主语、谓语、宾语等，当然这便于我们更好地去把握语言的逻辑性。这里面当然也有一个原因，就是我们社会历史不断地发展，我们的生活在变得非常复杂，与之相对应，也要求语言的复杂性、语言的精确性，对语言也提出了要求，所以语言的这种变革也是有着一种内在的文化要求，但同时，我觉得关于语言的理念，中西方也是有很大的区别。

海德格尔对文学很看重，为什么呢？他觉得尤其是诗歌，语言发挥到了极致，同时也就是让人的存在得到了照亮、得到了最好的呵护。我们知道在海德格尔的理论中，人类社会进入现代以来，我们整个社会结构发生了巨大的变化，我们传统的社会格局，稳固的东西都发生了动摇和变化，用海德格尔的一个词来说就叫"座架"，他觉得我们现代生活被架在了一个框架里面，把我们的日常生活整个连根拔起。因此现在的语言对应着我们这种时代，也有一种支离破碎的感觉。为什么我们现在读现代诗会觉得那么晦涩、那么支离破碎？因为它对应着我们现代人的感受在里面。

我自己作为一个写小说的人，我自己不可能认为语言是没有价值的、语言是得意妄言就可以的，作为我个人，我可能更加认同语言的价值，证明语言对存在的呵护，这种东西可能也是支撑着我写作的一种信念。很多科学家研究语言跟思维的关系，发现它们是一体的，也就是说你的思维到达哪里，你的语言就能到哪里，或者反过来说也一样，你的语言到达了哪里，也构成了你思维的一个边界，也就是说语言成了思维不可分割的载体，语言跟思维变成了彼此不分的共同体。我们仔细想一下就会发现它是非常有道理的，有时候我们觉得我们感觉到了什么却描述不出来的时候，其实我们欠缺的是一种语言的能力，所以我们在一些伟大的诗人那里，比方我们读到一首诗的时候，这首诗就像一种唤醒，我们觉得我们也曾有过这种感受，我们也感受到了一种特别微妙的东西，被语言所呈现出来的东西。

当然，语言它既阐述，同时也遮蔽，但是从最本质来说它还是一种照亮，是一种启蒙，因此这种对语言的信念，一个写作的人肯定是不会动摇的。我们经常鼓励大家来听讲座,但最终我还是要提倡大家多读书。因为读书实际上就意味着一种语言最精妙的程式,在一本书里面其实凝聚着一个作家最艰辛的心血,他让文字变成一种形式感很强的艺术结构,他把所有的思想贯穿在里面。一个好的文学作品,或一个好的哲学作品,我觉得在终极上来讲,它的内容和形式也是很难区分开的,尤其是文学,它是一种形式感很强的存在,但谁又能说这形式感不是一种内容呢?我们拥有文学的时候,实际上我们也是获得了一种思想。

回头再来看《西厢记》的语言,它恰恰就是这样的语言,它的语言经过王实甫这样一个伟大的剧作家精心打磨,接续了古典的语言,又汲取了民间的语言,呈现出了一种特别灿烂的语言光辉。

《西厢记》就是这样的,它是对于人性的一种呼唤,对阻拦我们人性的、束缚我们人性的墙,大胆地进行推倒。我觉得从这样的角度来理解《西厢记》的话,可能我们今天也还没有摆脱《西厢记》的影响,还没有走出《西厢记》的历史阶段。用法国历史学家布罗代尔的说法,我们生活在一个漫长的时段里,中华文明虽然好像历史有几千年,但以布罗代尔的眼光来看,历史的改变其实是非常缓慢的,它有一个漫长的改变时段,可能五百年、一千年是一个历史时段。作为历史时段的界定,最重要的东西是什么呢?他觉得就是什么样的东西能够触及历史深层的改变。什么是历史的深层呢?历史的深层其实就是我们每天都要面对的日常生活,日常生活其实就是历史的深层,就是我们所谓的静水深流。我们看到政治上,比方说特朗普当选了,哪里又暴乱了,中东又战乱了,这些在今天都是很大的事情,但是通过一个长时段的历史来看,这些事情又都是过眼云烟,真正影响人类的都是一些微不足道的事情,就是日常生活中发生的事情,那些改变了我们生活方式的事物。从这样的角度去读《西厢记》、读文学肯定会有一种独特的发现。

段以芩

威廉提出了一个跟黑格尔完全相反的观点,黑格尔提出说我们的日常都是表象,真正的本质是物的内在。其实我们讲了两期《西厢记》，讲了《西厢记》的历史背景，讲了《西厢记》的语言背景，包括陈老师讲了伦理学里面的含义，及所谓的爱情运气论，我觉得这个也很有意思，其实这个引申一步就是原来我们讨论过的即刚才威廉讲到人性，其实人性是一个很模糊的东西，怎么样去界定人性这个东西，实际上《西厢记》无论是悲剧意义上的《西厢记》，还是喜剧意义上的《西厢记》，它的人性体现为一个人的脆弱，一个善的脆弱性。

陈纯：段老师刚才讲的善的脆弱性是美国哲学家玛莎·努斯鲍姆的一个观点，努斯鲍姆是我上节课所讲的英国哲学家伯纳德·威廉斯的学生，她有很多这方面的观点其实也是继承自威廉斯。她提出了一些可能没有被以前很多的古希腊悲剧或者伦理学研究者会想到的观点，比如说刚才段老师说的"善的脆弱性"，很多近现代的哲学家会特别去强调道德的纯粹性，不能被运气或者那些偶然性影响，为什么他们会特别强调这些东西呢？有当时的一些考虑，他们认为道德这种东西可能是人类能够少数自己决定的东西，他认为你要去做一个好人还是做一个坏人，要不要去做正确的事情，这些东西应该是人能自己决定的，就康德所说的，如果这方面都决定不了的话，人不可能是自由的，所以那些哲学家会特别去强调道德的纯粹性，它不能够太受偶然因素的影响，不能太受运气的影响，但是后来威廉斯和努斯鲍姆通过很多探讨，甚至很多实例的阐述，提出了跟康德很不一样的观点，虽然自己人类非常希望自己的道德很纯粹，我们能自己决定我们去做一个好人还是一个坏人，去决定我们能不能去做正确的事情，但实际上并不是这样子的，不管是以前还是现在，人类在道德这个层面上还是非常受运气和偶然因素影响的，尤其是很关键的一点，玛莎·努斯鲍姆在她的书里经常讲希腊的悲剧，她说在希腊的一些悲剧里可以看到这里面包含了很多伦理学的洞见，在这些悲剧里有的时候你不管怎么做都是错的。像有一些主人公，他没办法，他一生出来他的命运就是被决定好的，他就是注定要杀父娶母，我第一次看《俄狄浦斯王》的时候真的是看到眼睛有点湿，整个人很难受，因为看到最后，那个女祭司告诉他说，整个国家发生了那么多的事情，天灾人祸都出现，你就是一切悲剧的根源，你就是一切灾难的根源，你的存在就会带来了这么多厄运，因为你的命运本身就注定是杀父娶母，而这个是为天神所不容的。他知道了之后整个人心肺俱裂，最后我看到那个结尾是他把自己的眼睛挖瞎了，出走在野外，像疯子一样地奔走。当时我看到的是人的命运被操纵的感觉，不是说你自己有非常坚定的意志，你自己特别的顽强，你就不会受到一些偶然因素的控制。在现实生活中，我们不会说某个人一出生就会被判定了杀父娶母的命运，但比如从发展心理学来看的话，一个人幼年跟父母之间的关系很大程度上会决定他后来的很多事情，我觉得这些在某种程度上《俄狄浦斯王》或者古希腊的悲剧说的这种"人无法控制自己的命运"，在发展心理学里面可以找到对应的东西。所以努斯鲍姆通过很多对古希腊悲剧的分析，最后想说，即使我们已经进入一个现代世界，这样的冲突依然还是存在，只是它以一种没有那么神圣的、没有那么戏剧性的方式发生在我们每个人身上，我们每个人都可能会经历在某个处境之下怎么做都是错的，道德的两难，所以这就是她所说的"善的脆弱性"。

段以芩

谢谢陈老师，陈老师讲得非常精彩，善的脆弱性实际上是讲了我们人的复杂，如果说人性是一个存在的概念，因为我们现在的心理学也好，心灵哲学也好，实际上已经越过了这个表层概念，行为主义转向了基因主义，或者转向了更高的阶段，包括陈老师讲的发展心理学。我们回到《西厢记》，《西厢记》中描述的爱情过程中我们也可以看到善的脆弱性，并不是说张生是一个恶人，他也不是一个恶人，莺莺也不是一个受害者的形象，我觉得在情感中是不存在这种简单的善恶关系的，莺莺实际上是一个掌握了自己生活的女性，我认为可以这样去理解她。因为在中国文学史上，崔莺莺是一个非常完整的形象，再也没有像崔莺莺这样一个完整的形象，可能卓文君或许可以跟她比一比。汉代司马相如和卓文君的情感也是有自由平等意义的，卓文君的《白头吟》"闻君有两意，故来相决绝"，对于感情，到最后她们都有一个非常决绝的态度，有一个拒绝的态度，对自身有一个清醒的认识，可以说是现代女性的一种典范，亦古亦今。但在明清的文学里，我们看不到这种两全其美的女性，林黛玉是一个病态的想象，她缺失了身体的存在，只有精神；潘金莲又是只有一个肉体的存在，所谓一个身体性的存在，她的精神性只能看到一些卑微的琐屑，也不能说她是恶，只能说她的灵魂非常局限和隐蔽，身体交易更直白，因为明代是一个商业社会，商业社会最后造成了一个女性的物化。从这一点我们也看得出来，你对社会背景了解，才可以去了解文学人物，才可以去了解一个时代的语言之下或者一个时代的思潮之下产生了什么样的人物，这个人物又对后世的历史和文学造成了什么影响。崔莺莺和张生这两个形象，包括我们说的墙、红娘这些作为一个永恒的象征也好，作为一种永恒的隐喻也好，到现在我们今天的口头语还在用，这是非常了不起的一件事情，这也是第一流文学能做到的事情，它改变了日常，它作为一个文本，改变了我们日常的口语，日常口语我们都会说做一下红娘或者是男女之间好像有一道墙在隔着一样，文化的东西我们是无法觉察到的，但它就是存在的。刚才陈老师讲的善的脆弱性，这本书最后玛莎是做了一个结尾，结尾总结脆弱性是什么呢？脆弱性就是美，她认为脆弱性会上升到一个美的高度，一个审美的高度，无论是中国的小说或者是戏剧，或者是诗歌，它创造的最大的东西不是在思想或者说宗教上，中国的宗教意识实际是比较淡漠的，尤其是佛教最后进入日常，最后变得跟道教很像，具有很多功用性和实用性了。《西厢记》文学的这种美，包括诗歌，我们今天分析诗的美，诗的美是一种很核心的、绝对精神的，它是受到广泛肯定的美，但是小说和戏剧通常被认为有危险，这就是上一期听众问我们，为什么女不读西厢，因为西厢承担了"教唆犯"的恶名，文学是危险的，无论是在西方还是中国，文学尤其是小说，存在着恶名。戏剧还有一些正名，因为戏剧古希腊时用于祭祀，但中国的戏剧长时间也是在底层生存的，属于俗文学，也是没有好的名声，所以中国戏剧也有危险性，同时也保有趣味性。可是我们现代的人会对危险性感兴趣，或者现代以来对文学的危险性采取了正名，把它的名声给翻过来了，我们在这危险当中发现了一个我们正统思想所达不到之处，就像刚才威廉所说的语言的隐蔽性，尤其是中国的语言，为什么我们说中国的语言跟西方的语言完全不同？章太炎先生说的中西学问本无通途，因为我们语言本身就是不一样的，而且中国的文字原初像图画，甲骨文有图画性，日月都是象形而刻画，正因为此，我们看《西厢记》是会有画面感的。如果你是一个平常爱阅读的人，你的中英文阅读量达到一定积累的时候，看中文书，会觉得中文书实际是比英文书要看得快，因为你是像读图一样在读一本书，所以中文是有它的象征的图画意义，它的这种美跟西方文字仅有符号意义的美是不一样的。所以我们大家去读《西厢记》或者去认识《西厢记》的时候，也是要带着对中国传统文化的一种理解和耐心，所以我认为，我们今天讲的《西厢记》可能跟大家以往听到的那种传统的讲法是不一样的，因为作为一个研究者，我们看到的不是说平常人认为的常识，不是说我们看到的张生就是大家认为的一个负心汉，不是说我们看到的莺莺就是一个柔弱女子，我们看到的是不一样的内容。所谓的研究者实际上是给你一个整体思考，一个认知的刷新，如果大家听了我们的讲座，对《西厢记》有了一些新的认识，我觉得这个就是我们讲座的最终结果或者是我们希望发生的事情，因为毕竟仅仅两期，从各个角度看待《西厢记》的故事变革，唐《莺莺传》到宋的诗词，到金代的《董西厢》，到元代王实甫的《北西厢》，到明代的《南西厢》，我觉得我们梳理了一条《西厢记》的历史文脉，能够有一个头脑真正的、正确的认知实际上是来自文史哲综合的考量，而不是见山是山、见水是水，这就不是一个研究的态度。今天我是非常希望我们的讲座能够起到这样一个效果，能让大家反思，今天回去读西厢，看到的红娘不是原先认识的红娘，看到的张生也不是原来认识的张生，想到了语言变革的历史背景，想到了与《西厢记》有关思想史，如果达到了这样一个效果就是我们所希望的，谢谢大家。

南书房夜话第六十四期
《世说新语》与魏晋风度（一）

嘉宾：武怀军　王　春　赵目珍（兼主持）
时间：2017年9月9日　19：00—21：00

赵目珍

大家晚上好，我是赵目珍，另外两位嘉宾老师是武怀军老师、王春老师，我们都来自深圳职业技术学院人文学院。今天夜话的内容是"《世说新语》与魏晋风度"。我不知道大家对《世说新语》熟不熟悉，这是魏晋时期的一部书。我们谈魏晋时期的文学、历史、哲学都绕不开《世说新语》，所以这是非常重要的一部书，而且它对后世的影响也非常大。现当代时期，有很多名人、学者都对《世说新语》进行褒扬，比如在《傅雷家书》中，傅雷先生多次提到《世说新语》，并且要求他的孩子读。有一次，他说："你现在手上没有散文的书，《世说新语》大可一读，日本人几百年来都把它当作枕中秘宝，我常常缅怀两晋六朝的文采风流，认为是中国文化的一个高峰。"这是1954年提及的。1961年的一封家书中又提道："近年来常翻阅《世说新语》（正在寻一部铅印而篇幅不太笨重的预备寄你），觉得那时的风流文采既有点儿近古希腊，也有点像文艺复兴时期的意大利，但是那种高远、恬淡、素雅的意味仍然不同于西方文化史上的任何一个时期。"他认为《世说新语》所反映出的"魏晋风流"可以跟古希腊和意大利文艺复兴时期的文化风貌相媲美，但是又强调了它跟二者的不同——高远、恬淡、素雅的意味。另外，朱光潜先生也提到，在中国文化传统里他比较喜欢且对他影响比较大的书有三本，其中之一便是《世说新语》，可见《世说新语》在后世人心目中的地位。下面我们请武怀军老师给我们介绍一下这本书。

武怀军：《世说新语》是临川王刘义庆主导编纂的。《世说新语》的众多编纂者中有的非常有名，像鲍照、袁淑，等等。刘义庆虽是刘宋皇室子弟，身份显赫，但他不好政治却好文学。《世说新语》不是原创，绝大部分内容是摘录已有文献并重新分类整理成书，主要来源文献有裴启的《语林》、郭澄之的《郭子》以及一些杂史和野史。《世说新语》绝大部分出自这些书。《世说新语》在摘录这些文献时，删去了原书中的一些道德评判，体现了一种开放、包容的精神。《世说新语》中，涉及那一时代人物的各种特点，有好多是相互矛盾、相互冲突的，但是编者并未厚此薄彼，而是兼容并包。正是因为这种包容精神，才成就了《世说新语》的丰富与多元。读《世说新语》，不能忽略刘孝标的"注"，刘孝标之前敬胤也作了"注"，但是他没有刘孝标注得好。刘孝标作注时补充了很多史料和资料，他引用的那些书好多都亡佚了，因此他的注价值很高。《世说新语》根据所叙之事的性质分为36类，上卷只有4类，中卷和下卷相对类别就要多一些。各个类别的篇幅差别悬殊，篇幅容量最大类别是上卷里德行、言语、政事、文学，这四类过去叫"孔门四科"（当然"孔门四科"还有另外一个说法，叫"文行忠信"），说明《世说新语》是含有儒家思想的。当然《世说新语》的分类不尽科学和严格，有些故事放在这一类或那一类似乎都可以。有人认为36类的数字极有可能是凑出来的。

赵目珍：

《世说新语》所反映出来的魏晋士人的风貌，后世用"魏晋风度"这个词来概括。这个词是鲁迅先生在他的文章《魏晋风度及文章与药及酒之关系》中提出来的。魏晋时期是一个乱世，但也是一个思想比较活跃的时代。大家都知道中国的历史很多情况下是这样，乱世的时候反而是思想比较活跃的时期，比如春秋战国时期是诸子百家争鸣的时期，魏晋时期也是一个思想家辈出的时代。那个时候的士人由于世家大族的形成，也就是士族阶层的崛起，经济上可以独立，对于皇权可以分庭抗礼，加上当时的政治环境也比较糟糕，玄学思潮在当时形成，很多士人往往表现出一种放荡不羁的行为。像在当时一些士人身上表现出来的风气，比如说饮酒、服药。另外当时还有清谈的风气，大家喜欢谈玄论道，这个风气是从汉末的清议发展而来的。东汉后期的时候，国家的政治和社会风气也是比较险恶的，当时很多正直的知识分子看到政局比较黑暗，就开始抨击时政。他们互相砥砺，以弘扬正道为己任，评议政坛人物、国家体制和朝局，激浊扬清，形成了一股正义之风。因为这样的议论带有清正的性质，所以被后人称为"清议"。但是"清议"是要付出代价的。大家知道汉末就有所谓的"党锢之祸"，一大批正直的知识分子被处死、迁徙或禁锢。到了魏晋时期，当时抨击时政的人也动辄被拘禁或砍头，很多士人为了避免灾难，就把议论的内容从政治转向学术，谈论一些抽象的思辨性的话题，比如谈《老子》《庄子》《周易》等，于是清议逐渐变成了清谈，所以当时也流行一股清谈的风气。另外一些人则为了逃避政治，转而纵情山水，向往隐逸生活，所以当时也有一股隐逸之风。此外，在当时社会的上层还流行着一股奢靡之风，一些上层贵族喜欢炫富、斗富，在当时也造成一定影响。此外，当时还流行美容的风气，但大多表现在男性方面。所以，魏晋风度在当时有很多表现特征。鲁迅先生的文章《魏晋风度及文章与药及酒之关系》，大家看标题就可以看出，它点出了魏晋风度中两个非常重要的方面，就是服药和饮酒。先看服药的风气。当时的士人服的这种药叫作五石散，为什么叫五石散呢？因为这个药里面有五种矿石成分：石钟乳、石硫黄、白石英、紫石英、赤石脂，都有"石"字，所以叫作五石散。但是这种散是有毒的，跟鸦片、大麻这些毒品有类似的地方。但是当时的人还都喜欢吃这种药，第一个原因，吃这种药可以带来一些附加的荣誉，是一种身份、地位的象征，因为这种药比较名贵，制作的工艺也很复杂，成本也高，一般的老百姓吃不起。第二个原因，有名人为它"代言"和炒作。服食这种药据说是从当时的何晏开始的。何晏是曹操的养子，后来娶了曹操的女儿金乡公主，是当时的驸马，人长得也特别帅。曹爽执政以后，何晏尽管非常年轻，但是也被提拔当上了吏部尚书这样的高官，所以何晏在当时无论是政坛、学界，还是在名士圈里，都是很有名的人，是一个跨政界、学术界和娱乐圈三栖的明星，所以何晏在当时的言行举止很容易引起士人效仿。《世说新语》中有记载，何晏曾经给五石散做了一个代言："服五石散，非唯治病，亦觉神明开朗。"何晏说，吃了这个药不仅可以治病，还可以使人精神焕发。何晏代言后，服食五石散的风气就在当时弥漫开来。我们从《世说新语》中可以看出当时很多名士都在服这种药，可以说是一股社会风气。这种"散"是有毒的，人吃了它，药力发作之后会浑身发热，五内如焚。当时的人吃了这个药如果不能及时把里面的药性、热力散发出来，就很容易致死，所以吃这个药有很大的危险。史料中有很多记载，当时人吃这种散后因没有及时排除体内的热力或因为排热方法不当致死。当时散热的方法主要有几种，一是吃冷的东西降温，二是洗冷水澡降温，三是喝酒降温，但是喝酒要喝温酒，不能喝冷酒，这是当时的人实践之后的经验，比如当时的裴秀就因为服用五石散后吃了冷酒结果中毒身亡，死掉了。除了以上几种散热的方法，还有一种最常见的就是散步，到户外散步去散发热力。这个在当时有专门的称呼，叫作"行散"，或者"行药"。《世说新语·赏誉》中有这样一则：王恭和王忱是叔侄关系，本来这两个人感情非常好，后来一个叫袁悦的人出来挑拨，叔侄之间就疏远了。但是这个王恭一到兴致很好的时候，仍然会想起这个族叔。有一次王恭外出行散到了京口的射堂这个地方，当时的外在环境非常好，清莹的露水在晨光中闪动，桐树的新叶刚刚萌芽。王恭触景生情，突然发出一句赞美的话："王大故自濯濯"，意思是说王忱"清新脱俗，不同凡响"。有的人认为吃了五石散在外面行散，常会给人带来好的情致，让人进入一种超尘脱俗的状态，本来有嫌隙的人，在这种情况下，也会将恩怨抛到九霄云外，这是行散的一个"功能"。当然，王恭的思念可能不仅是因为行散引起的，但不可否认的是行散所带来的情致起了重要作用。此外《世说新语·文学》中的一则提到，在行散的过程中，人的心情比较好的时候往往会做一些比较高雅的事情。王恭吃了五石散之后出去散步，走着走着就到了他四弟王睹（王爽）的门前。这个时候，他突然想到一个问题："古诗中何句为最?"弟弟一时回答不上来，这时王恭说："所遇无故物，焉得不速老"，"此句为佳"。对于古人而言，谈诗是一件非常高雅的事情，而王恭在行散的过程中就想到了这样的事情。

武怀军：中国古代人吃药，传统悠久。秦始皇想长生不老，派徐福、韩终等去海外寻找仙药。当时人们所服之药，都是用矿物炼制的。鲁迅先生在他的文章中说，吃了五石散后要行散。我分析了五石散中的矿物成分，发现行散是一种难以控制的行为。五石散原料其一是石钟乳，石钟乳主要成分是碳酸盐，可以平喘，对肺有好处，还有壮阳、通乳汁和治疗腰腿冷痛之功效。其二是硫黄，其实就是硫黄，据说有助阳的功效，单纯的硫黄有微毒，过量服用后除了生成硫酸盐和硫代硫酸盐之外，还会生成少量的硫化氢。硫化氢对人的中枢神经有毒性，使人容易激动，意识模糊，甚至出现癫痫。其三是白石英的主要是二氧化硅，除了平喘以外，还可以治阳痿和糖尿病。其四是紫石英的主要成分是氟化钙，它有兴奋神经的作用，同时它还可以治疗不孕。最后一种成分是赤石脂，又叫红高岭土，主要成分是硅酸盐，有收敛、止血、生肌之功效，还可治长期腹泻、遗精等。这五种成分有两个共同点，第一个是对于神经系统起作用，使人无法自主控制自己的行为，其表现出来就是行散；第二个就是壮阳，何晏特别推崇五石散，与此功效有莫大的关系。何晏不仅是个浮夸的人，还很好色。有人批评服用五石散的人，以强身健体之名，济声色之欲，很有道理。鲁迅先生说，吃了五石散以后，皮肤易破，要穿柔软不伤皮肤的旧衣，所以魏晋士人多穿旧衣，旧衣长时不洗易长虱子，扪虱而谈成为一时风尚。把这个风尚跟服药联系起来，有一定道理，但并非完全成立。《世说新语》记载，桓冲喜欢穿旧衣服，有一次老婆给他备新衣，桓冲不愿穿，其妻劝曰："衣不经新，何由而故?"桓冲听了只好穿上新衣。说明新衣穿了也是没有问题的。若说穿旧衣尚可理解，但不洗就难以理解了。衣服脏了变硬生虱，难免抓挠，无疑对皮肤更有害。我觉得魏晋时人通过穿旧衣服、破衣服想表达一种精神状态。衣冠在中国古代是跟礼制联系在一起的，所以穿破旧衣服是一种有意识的突破，借此表达对礼制的不满。

王春：我说两句，刚才武老师也说了，对于魏晋风度我们老是羡慕他们的名士风流的姿态，其实背后有不为人知的需要，比如嵇康锻铁，就犹如陶渊明终隐南山，大家都非常羡慕他们这种怡然自得的个人生活，是嵇康不入世不问朝政的一种表现形式。但是现在有史料说，嵇康为什么要锻铁呢？因为他嗑药，他服药了之后需要发汗，所以他需要通过不断地锻铁来发汗。我觉得通过刚才两位对服药的解释，我们所羡慕的魏晋风度背后还是有很多有待我们去思考、观察的一些未知的因素在里面。

赵目珍

所以服药可以带来很多改变，比如人穿衣服的习惯，当时很多人都穿宽袍大袖，可能主要是为了散热，但却在当时形成了一种风气。另外当时的人喜欢穿木屐，估计也跟服药有关，用足部来散热。下面我们来看一下魏晋风度的第二个方面——饮酒。曹操有一首诗叫《短歌行》，对后来中国的文化和文学有很大的影响。首先大家都知道有一种酒叫杜康；另外，曹操的这首诗开启了后来文学一个很重要的母题，就是"慨叹人生短暂和生命无常"，像诗中所说的"譬如朝露，去日苦多"。再次，它给我们指出了解决烦恼的一种重要方式，就是喝酒——"何以解忧？唯有杜康"。当然，酒在被发明出来的早期，可能也不是为了解决人烦恼问题的，大家看《礼记·乡饮酒义》里的记载，喝酒的目的大概是使人变得恭谨、醇厚，摒除引起社会动荡的斗辩和暴乱。但是，魏晋时期饮酒所展现出来的那种一反常态的表现却一直被后世看成是风度的一种象征，那么魏晋人饮酒都有哪些不同方面的表现呢？第一个方面，当时人有一种追求逍遥境界的表现。对逍遥境界的追求一直是道家非常诱人的一种思想，道家的《庄子》一书开篇就是《逍遥游》，表现出了对纯粹自由境界的向往。其实，《庄子》里面有一处还谈到了酒的作用，说一个喝醉酒的人从车上掉下来，没有被摔死，伤得也不严重，庄子分析说，坠车的这个人，他的骨节跟正常人是一样的，但是喝醉了酒之后从车上掉了来却没有受到严重的伤害，这其中的原因是，人喝醉了酒之后处于一种恍惚的状态，那种状态是人最真实的一种状态，人在那个时候保全了一种本真，这个人醉酒之后上车，他其实不知道自己坐在了车子上，掉下来的时候也不知道从车上掉下来。同样，对于死生和恐惧也都没有知觉，所以他不会受到严重的伤害。这是庄子提出的酒醉能够使人神全的观点。一个人要是为世俗所局限的话，就被外物所束缚、所约束，就像我们不喝酒的时候，我们常常会想到非常现实的问题，醉酒能够帮助人保全自己的精神，酒醉的人往往是最真实的人，所以魏晋时期的很多名士喜欢从酒当中获得那种自由和逍遥的境界。比如关于"竹林七贤"之一的刘伶，《世说新语》中有一则记述："刘伶著《酒德颂》，意气所寄。"寄托了他的"意气"所在。《酒德颂》中写了一个"大人先生"，完全是一种逍遥物外的形态表现，他是刘伶的一个象征。刘伶本就是一个放荡不羁的人，纵情任性，非常高傲，又喜欢喝酒，喝酒之后总表现出一种睥睨万物的气概，其实就是在寻求一种逍遥自由的境界。酒喝多了容易醉，醉酒很容易伤身。在以前的时候，醉酒伤身有一个专门的词叫"病酒"，即神志不清，精神恍惚，身体有恙。大家看《任诞》篇里面的记载，"刘伶病酒，渴甚"，酒喝多了嗓子干，但他不想通过喝水的方式来解决，他"从妇求酒"，让老婆再弄一点酒来。他老婆倒可能是比较现实的人，老公天天喝酒，不顾家里，所以他老婆就"捐酒毁器"，把酒倒掉，把装酒的器具都摔了，然后哭着责备刘伶：你天天喝酒喝得醉醺醺的，也不管家里，太过分了，再说你天天喝酒喝太多了，这也不是养生的方法（养生也是魏晋风度一种很重要的表现），你一定要把酒给我戒掉。刘伶就说，好吧，但是戒酒随便说说是戒不掉的，必须举行一个正当的仪式，我要通过祷告发誓的方式来戒酒。他发誓说从今天开始真正戒酒了。他老婆以为他是真的要戒酒了，就给他弄来了酒肉，把酒肉供在神前，请刘伶来发誓。这个时候刘伶还假意地跪在那里进行祷告，但祷告词却是：老天生下来我刘伶就是为了喝酒的，而且每次要喝就是一斛，喝五斗才能够把原来病酒的状态解除掉。他说，女人的话千万不能听。于是就把上供、祈祷的酒肉拿来，边吃边喝，一会儿又醉倒了。对刘伶而言，儒家那一套烦琐的饮酒礼仪在他这儿完全不见了踪影。他通过庄严的祭祀活动骗酒来喝，完全不在乎儒家的礼仪规程，这说明在魏晋时代，饮酒的内涵也发生了变化。人喝多了酒，精神亢奋到一定程度还会产生疯癫的行为。刘伶喝酒任性放纵，经常不加节制，有时候醉酒之后就把衣服脱光，在屋里面又蹦又跳。这样一种放荡的行为，在一般人看来绝对是不合礼仪的。所以有人看到刘伶的所作所为，就讥笑他。但是刘伶怎么说呢？他说，我是把天地当作我的房子，把屋子当作裤子，你们跑到我裤子里面来干什么呢？而魏晋时期的人为了能够在感官上有这么一种真正的体验，他们就企图通过饮酒的方式来实现。所以在那个时候，酒就成了他们追逐自由、逍遥境界的媒介，他们企图通过喝酒来实现这种体验。但是饮酒能不能使人达到这种体验呢？我们看当时王导的小儿子王荟所说的一句话："酒正自引人着胜地。"他认为酒确实能引领人达到一种美妙的境界。可见，酒确实有这个功能。这是我们要讲的"饮酒"的第一个方面——追求自由、逍遥的境界，我们是通过刘伶的几个故事来讲的。下面进行第二个方面的解说，请武老师来讲解。

武怀军：魏晋时期人喝酒时是将性命置之度外的，刘伶酒后说"死便埋我"，只要有酒喝，身体健康甚至性命都是无所谓的。陶渊明当彭泽令时有三顷公田可以支配，三顷就是300亩。他想把这300亩全部种成酿酒用的高粱，家贫，他妻子不同意，最后陶渊明勉强同意拿出50亩来种粮食，其余的250亩种酿酒用的高粱，宁肯不吃，也要喝酒，这就是魏晋时期的人。这个时期的人为什么要喝酒？我认为酒起到了跟五石散一样的作用，都是从精神上或神经上对人起到一定的麻醉、兴奋的作用，让人脱离不那么令人愉快的现实环境。当然喝酒有真醉，有假醉。假醉就是借酒装疯卖傻，逃避现实。所以饮酒在魏晋有时候是一种爱好，有时候是一种借口，醉后可以做一些离经叛道的事情却能免于责罚。阮籍母丧后当着司马昭的面公然吃肉喝酒，何曾认为阮籍违礼，应该流放。司马昭却说阮籍病了，生病后喝酒吃肉是符合礼仪的呀。司马昭明显在包庇阮籍，说明他从心底并不讨厌阮籍这种做法，可能由于地位和角色的关系，他不能像阮籍这个样子，说明魏晋时期人们所崇尚通脱风气在上流社会是有一定共性的。阮籍母亲去世后，裴楷去吊唁，阮籍醉酒后披散着头发，箕踞不哭。箕踞是一种傲慢无理的姿势。裴楷哭完之后直接走了。有人就对裴楷说了，凡是来吊唁的，主人先哭，阮籍不哭你哭啥呢？裴楷说阮籍是方外之人，我辈俗中人，就得受这些规矩的约束。当时人们认为这两个人做得都很对。为什么人们会认为阮籍是方外之人呢？他就是通过不停地饮酒，长年大醉，把别人的观念改造了。阮咸族人酒量很大，经常围成一圈，抱着酒缸、酒坛子喝酒。有一次他们饮酒时来了一群猪，猪也把嘴伸进坛子里面去喝酒，阮咸他们不以为意，把最上面一层舀掉，接着喝下面的。这里有两点值得注意，第一点，他们爱酒，嗜酒如命；第二点，他们不介意人猪共饮，人有礼法约束而猪没有，泯灭人猪边界，其实是对于礼法的一种反叛。

赵目珍

下面我们来看第三个方面——及时行乐。大家知道，在社会的动乱时期，人的生命是无常的，也许不知道什么时候就死掉了。那些上层人士都知道这一点，加上他们又有一定的经济条件，因此当时很多人就追求个人"自由"，及时行乐的思想在当时非常流行。他们视人的价值和社会角色如粪土，不汲汲于追求财富、地位和个人功名，该快意时就快意。下面我们来看《世说新语》中的两个故事。第一则讲的是张季鹰张翰的故事。张季鹰为人纵任不拘，率情适性，举止狂放，不为外在的礼法、规矩等所约束，"时人号为江东步兵"（江东的阮籍），为此我们可以知道张翰这个人其实也是比较喜欢酒的，行为也比较放荡。当时有人跟张翰说，你这个人这么放纵，难道你不为你身后的名声考虑一下吗？张翰的回答是："使我有身后名，不如及时一杯酒。"他说，与其让我追求身后的虚名，还不如现在就弄一杯酒喝。第二则故事讲的是毕卓毕茂世的故事，这个人也是一个比较放任的人，常常因为饮酒耽误公事。这一则记录了毕茂世说的一句话："一手持蟹螯，一手持酒杯，拍浮酒池中，便足了一生。""拍浮"就是击水游泳。就是说，人这一辈子这么短暂，我们天天追求这追求那，做这些无聊的事情干什么呢？不妨一只手拿着蟹钳吃螃蟹，一只手拿着酒杯喝酒，跳到酒池里面，一边喝酒一边游泳，人这一辈子如果能这样也就足够了，其他的都是虚的。通过这两则故事，我们有了一个认识，那就是当时确实有一部分人要通过酒来及时行乐，因为人生短暂。下面来看"饮酒"的第四个方面，那就是通过饮酒来逃避现实。《世说新语·任诞》篇中有一则，录的是王蕴的一句话："酒正使人人自远。"酒可以使人在迷离恍惚中疏远现实中的自己，忘掉自己。有时候人喝醉，可能是为逃避现实，因为人生的烦恼太多了，用喝酒来消消愁。但是这种方式不可能真正消除现实当中的忧愁，人醒了之后该面对的还是要面对，所以这种逃避现实只能是暂时的。我们再看一则周伯仁的故事。周伯仁是西晋时期安东将军周浚的儿子，名周𫖮，字伯仁，是一个比较有德操的人，能够洞察国家的危机祸乱。此前他对于当时的政局也起到了比较好的作用，但是晋朝东渡之后，他经常任性喝酒，曾经有一次喝酒之后三天不醒，所以当时的人调侃他为"三日仆射"。周𫖮当时是朝廷的高官，很多朝廷的事务需要他处理，但他经常喝酒，有时一醉三天。不过这里有一个细节，那就是周伯仁是在晋朝"过江"也就是偏安江南之后才大量饮酒的。我猜想，东晋刚刚建立的时候，朝廷还想着收复北方失地，而"积年"之后，国家也没能完成北伐大业。周𫖮当时担任朝廷的高官，很有责任感，他本有重振晋朝雄风的志向，但是朝廷的内部却埋伏着很多危机，整个朝局散乱一团，周𫖮虽然有志恢复，但有心无力。面对这样无奈的局面，他也只能纵情于酒中，逃避现实。还有阮籍也非常喜欢饮酒。一方面，他希望从酒中寻求到自由、逍遥的境界；另一方面，他也有通过饮酒逃避现实的成分。《任诞》篇中有一则记录了当时人对他的一些看法。王恭问王忱："阮籍跟司马相如相比怎么样？"大家知道司马相如也喜欢饮酒，但是阮籍的饮酒与司马相如不同。王忱的回答是：阮籍有胸中垒块，故须酒浇之。可见阮籍饮酒有逃避现实的成分。阮籍在文学上也很有建树，讲魏晋时期的文学都绕不开阮籍的咏怀诗。

他的咏怀诗里面也有很多写到饮酒，但是他不直接写出自己的忧愁是什么，写得比较隐晦。后世的人评价他的诗说："阮旨遥深""归趣难求"，意思就是说他的诗主旨深远，最终的趣向很难明白。其实他是有意为之，为了逃避现实的迫害，他不得不写得隐晦一点。我们下面举一个阮籍逃避现实的例子，也是《世说新语》中记载的。有一次司马昭想为自己的儿子讨媳妇，讨阮籍的女儿。阮籍为了逃避联姻，一连大醉了60天，使得司马昭无法提这个事，最后这个事就作罢了。大家可以想象一下，以这样饮酒的方式来逃避现实，不容易呀。但是大家可以想象，不可能每一件事情都能逃掉。后来曹魏政权迫于形势加封司马昭为公，"备礼九锡"，司马昭假惺惺地"固让不受"，但朝廷的公卿尤其司马氏集团的官员坐不住了，都到府上去敦促劝喻。这时候需要一个劝进表，于是司空郑冲火速派人去找阮籍，请他写表。当时的阮籍在袁准的家里，晚上喝醉了，酒还没醒。人们把他扶起来后，阮籍提笔就写，丝毫不做修改就给了信使。当时的人们都认为这是"神来之笔"。这一则记载是在《世说新语》的"文学"篇里，可能是想突出阮籍的文采，所以是以"神笔"结尾的。它虽然也提到阮籍喝了酒，但是没有说阮籍写这篇表时的内心如何。《晋书·阮籍传》中记载：阮籍当时接受了写劝进表，但是"沈醉忘作"，等人来取时，他还在因喝醉了酒在睡大觉。我个人揣摩，他其实是不愿意写这个表的。后来使者来了，告诉他这件事，实在逃不过去了，才写了这个表。而且是写在桌子上，让别人抄去的。阮籍一生苦闷，很多时候想逃逃不掉，好歹赖掉了跟司马氏家族的联姻，而"劝进表"的事又来了。写这个劝进表，应该说是他人生当中的一个耻辱。在古代的时候，写这种有损于文人风骨的东西不是什么光彩的事情，所以阮籍在写了劝进表之后一两个月就去世了，死的时候才54岁。他的内心苦闷呀！关于饮酒，看武老师有什么补充的没有。

武怀军：喝酒是逃避现实，有的人可能是逃避所有的现实，但是有的人是有选择性地去逃避，逃避自己认为不合理的现实。有一句话，叫"吾不杀伯仁，伯仁因我而死"，说的是周顗周伯仁。他可以大醉三天不理政事，但是在王敦叛乱的时候，其堂弟王导就吓得不轻，有一次周伯仁进宫，王导就跪在路边，让周伯仁替自己美言。周伯仁进宫后确实给晋元帝司马睿说了王导不少好话。周伯仁出去的时候，正眼都没看一眼王导就径直走了。王导认为周伯仁讲了自己的坏话，由此产生了误会。后来王敦抓住了周伯仁，问王导周伯仁是敌是友，要不要杀？王导沉默不语，最后周伯仁被杀了。周伯仁死得很惨，他大骂王敦谋逆，王敦的士兵用戟刺周伯仁的脸，血流至地。周伯仁死后，王导看到周伯仁上的表，发现周伯仁为了救自己全家，言辞恳切，很后悔，长叹道：吾不杀伯仁，伯仁因我而死。此处周伯仁的表现跟过去大醉三日的情况完全不同，很有担当。他有时候选择不担当，是因为他认为那个事情不重要或者是不合理，所以故意逃避。阮籍也是这样，他被逼无奈写劝进表，《晋书》里面记载，他"以指书案"，用指头在书案上写，旁边有一个人拿着毛笔抄写，说明他不想白纸黑字地写出来。所以这些人不认同现实的时候就是用饮酒的方式来逃避。

王春： 下面的话题是"容止"，容止是《世说新语》中的一门，意思是叹容观止，就是我们现在所说的举止仪表。魏晋士族阶层是很注重仪容举止的，而且在魏晋风度中，仪容举止也是一个非常重要的部分，仪容举止在《世说新语》中的一些小故事中都可以看到，不光是魏晋风度的一种表现，仪容风采有时甚至能借以活命或办成事情。有一个小故事，陶侃因为苏峻作乱事要杀庾亮，这个故事我们先且不论，我们只说这里面的两个人，一个是陶侃，刚才武老师说了，陶侃就是陶渊明的曾祖父，他本来要杀庾亮，结果一见庾亮，马上就改变了主意，发现他风姿神韵。原文："庾风姿神貌，陶一见便改观；谈宴竟日，爱重顿至"。从此足见注重容止是当时的风尚。容止，有时偏重讲仪容，例如俊秀、魁梧、白净、光彩照人；有时也会偏重讲举止，例如庄重、悠闲。主要是从好的一面赞美，个别也讥弹貌丑。有相当一部分条目是直接描写容貌举止，也可能着重写某一点，例如眼睛、脸庞，或者某一动作，例如弹琵琶。有一些条目只是点出"美姿仪"等，而不做具体描写；有的用侧面烘托法，表现人物容止之美。从这些故事中可以看到名士之间把这个作为互相企慕的一种生活方式，追求自然，超脱隐逸，通过这种仪容举止的赞美形成了魏晋名士一种审美情趣的集中体现。下面我们来看一下"容止"里比较有名的故事。第一个是看杀卫玠。大家争相看美男卫玠，最后把他给看死了。这有点像现在我们追星的场面，偶像出场，少男少女都冲上去围了个水泄不通。卫玠为什么容易被看死呢？"人久闻其名，观者如堵墙，玠先有羸疾，体不堪劳。"人们对美男卫玠早有所耳闻，都想一睹他的美色，把卫玠围得像一堵墙。卫玠本来就有虚弱的病，受不了这种劳累，终于重病而死。就这样号称晋朝的第一美男愣是被人看死了，虽为夸张，但很能说明魏晋对容止的态度。"骠骑王武子"这个人是卫玠的舅舅，其实也很漂亮，可是见到自己的外甥后还是很感叹："珠玉在侧，觉我形秽"。卫玠太漂亮了，连本来很漂亮的舅舅也觉得自惭形秽。这实际是一种侧面的烘托。卫玠在避乱渡江之初，去拜见王丞相王导，王导见到了卫玠，说你看上去好像很瘦弱的样子，虽瘦弱，但看上去好像给人感觉还蛮舒服的，从这个点评也可以看到晋人的一种审美观，对病态男人的羸弱之美的一种欣赏。有点类似于电视剧《琅琊榜》里的林殊，看上去弱不禁风，但能够感受到他那种清朗舒展的样子。看杀卫玠反映出来魏晋时期对容止的品评，我认为有三个方面，第一，魏晋时代是一个崇尚美的时代；第二，魏晋时期的审美观点也和今天不太一样，比如像卫玠这种体弱多病、弱不禁风的那种；第三，魏晋时代注重男性美，不仅被发现和欣赏，而且被消费，是真正的"男色时代"。从这个思考里我们顺便展开一个话题，既然是一个男色时代，风流名士之间品评仪容的审美标准主要有三个方面，第一是以白为美。如"傅粉何郎"的故事。何晏很白，连魏明帝曹丕都觉得白得有点假，怀疑是不是粉抹多了，才白得不正常。一天，魏明帝就邀他来吃饭，故意给他热汤面，使他吃得满头大汗。我们知道，女士抹粉之后如果流汗的话容易掉妆，掉妆就很容易看到真实肤色。魏明帝一看，掉粉后，何晏的肤色更白了，更加漂亮了。还有一则故事，说王衍"容貌整丽，妙于谈玄"，谈玄时喜欢拿着麈尾（这是魏晋名士喜欢的一件持物）。麈尾柄是玉做的，故事说王衍的手很白，白得跟他手上拿着的塵尾的柄一样。《世说新语》也有描写嵇康、裴楷以白著称。第二是以高为美，大家可能读《三国》知道，《三国》里对很多所谓正面人物都有身高的记载，比方说，关羽，身高九尺，大概有两米一了，像张飞、诸葛亮，都是身高八尺，像刘备也有一米七几。而所谓反面人物曹操，只记了一笔，身高不足七尺，大概也就一米五几。这样的描写说明身高在当时也是很重要的一个容止品评标准，《世说新语》描述嵇康身长七尺八寸，接近一米九了，风度姿态秀美出众。所以显得很"萧萧肃肃，爽朗清举"，后面说到"肃肃如松下风，高而徐引"，看上去既挺拔清逸，又豪爽，山涛评论他说："嵇叔夜的为人，像挺拔的孤松傲然独立；他的醉态，像高大的玉山快要倾倒。"第三是以眼睛有神为美。眼睛是心灵的窗户，我们可以从眼睛里读懂很多东西，这不是我们现代人才有的一种去看人的方式。其实在《孟子》中早就提到了，孟子曰："存乎人者，莫良于眸子，眸子不能掩其恶。胸中正，则眸子了焉，胸中不正，则眸子眊焉。听其言也，观其眸子，人焉廋哉？"《世说新语》有记载，裴楷"有俊容姿，一旦有疾，至困"，惠帝就派王衍去看他，裴楷卧在榻上。王衍看后汇报惠帝，说裴楷"双眸闪闪，若岩下电，精神挺动，体中故小恶"，双目闪闪，好像山岩下的闪电，可见神情分散，身体确实有恙。还有一则记载，王羲之见杜弘治，叹曰："面如凝脂，眼如点漆"，此神仙中人。大概这双顾盼生姿的眼睛引发了王羲之超尘出世之想。第四是"重视神情美"，即不能言表的气质，可理解为风度、仪态、韵味。神情美中最具代表性的人物是美男潘岳，在"掷果潘安"的典故里，描述潘安何等的漂亮，"妇人遇者，莫不连手共萦之"，可见不分年龄层，都喜欢潘岳的美。摸不到潘安手的就扔果子，走了一路，果子扔了一车。还有个反面故事记载"左太冲，绝丑"，也想模仿他，到街上去遛一圈，路人共唾之。《世说新语》不仅记叙了很多名士重视举止容貌的故事，还有很多描写男童世界的仪容举止，这说明士族家庭注重后代从小培养容止，如谢安问他的子侄，将来如何入世，谢玄答道：譬如芝兰玉树，欲使其生于阶庭。"芝兰玉树"决定着家族的未来，所以对子孙后代的培育不可轻忽。谢遏少时，喜欢那些女孩子用的那些东西，如香囊。他的父亲谢安就有点担心，为了不伤谢遏的自尊，谢安故意假装跟他打赌，将这些东西都打赌赢过来烧掉了。这也可以看到名士家庭非常关注自己的家族子弟在成长过程中仪容举止的塑造。下面我简单说一下，容止是魏晋风度的一种重要的表现方式，它对我们中国文化有非常重要的影响，主要表现在两点，第一点是人物品评。人物品评是当时非常重要的一个风气，人物品评极大地促进了美学的发展。我们所说的魏晋风度实际是美学概念，这个美学概念都脱胎于汉末时期人物的品评。人物审美的概念，最后变成了文学艺术欣赏的关键，比如形神、风骨。第二是丰富了我们的心灵。我们知道在魏晋之前是比较重视儒家的道，儒家的"道"重视社会性和群体性。到了魏晋时期，社会大乱，礼乐崩坏，当这些名士已经无法用儒家的那一套来看这个世界时，他们开始反观于自己，追求自我的解放，追求个性的发展，他们有了发现美的眼睛。所以说这个时候自然之美、形神之美、人性之美、人格之美就开始跃然在时代的舞台上。通过"世说"，我们看到了这样一群让我们非常羡慕的时代人物。

武怀军：我们经常说现在是个看脸的时代，推崇什么"小鲜肉"，对于男性的一些审美标准阴柔化了。对于魏晋时期那些美男子，同样，我觉得用"帅"这个词不太妥当，应该用"漂亮"这个词。那时美男子的概念带有一种女性化的色彩。以何晏为例，他不仅仅是搽粉，走路的时候还要回头看地上自己的影子，一步三顾，这个明显就是女人的做派。另外，那时评价一个人的美，往往是无关道德的。王戎的堂弟王衍位列三公，是当时美男子的典范。他当政时把自己两个弟弟，一个安排在青州，另一个安排在荆州，说你们把这两个地方经营好，一旦天下大乱，我们还可以狡兔三窟。不考虑国家的安危，只考虑自己的安危。王衍最后被北方羯族的将领石勒抓住后，反劝石勒称帝。石勒讨厌王衍之为人，想杀他又舍不得，因为王衍实在是太漂亮了。后来想了个办法，把王衍关在牢里面，从外面把墙推倒压死了他。王衍不但不能尽忠为国，还两面三刀，但是这丝毫不影响《世说新语》对他的美的推崇。所以《世说新语》对于男性之美的评价标准是多元化的，这一点成就了其丰富性。

赵目珍：

这是"容止"这一篇的一些内容。本来这个主题还有几个方面，我们放到下一次来讲。下面是互动环节。

听众： 王老师好，您刚才提到那个时代有一个专门品评人的职业或者是角色，您对于这个角色能不能给大家多说一下？在我们看来现在社会好像应该没有这样一个职业或者这个人群去评判某个人是怎么样的，好像有看相的味道。这种人是怎么形成的，当时具体是做一些什么事，我们想多了解一些。谢谢。

王春： 人物品评不是光品评容止，容止只是一个方面，人物品评也是当时魏晋时期政治制度一个很重要的体现方式，比如曹操入世，就得请当时著名的品评家点评。人物品评古今中外都有，19世纪西方很多大音乐家成名前都有过请类似音乐评论家来品评的经历。魏晋的品评毕竟是基于士族社会的，因为魏晋时期是以士族社会为根基，以这种方式为基础缔结起来的社会，它的品评方式可能就表现得多种多样，不光是您刚才所说的容止方面，其他的方面也有。

武怀军： 当时品评人物我觉得可以分两个方面来回答，第一个方面，汉代采取的是察举的制度，是由官员评价一个人的才能高下的，后来由于朝廷腐败，官员的评价跟这些士大夫自我的评价慢慢就不相符了，东汉末年知识分子开始进行自我评价了，时称"月旦评"。第二个方面，就是曹魏时期，以九品中正制选官，又叫九品官人法，把一个人按照门第、才学、品格等，分成九等，这九等就是上上、上中、上下、中上、中中、中下、下上、下中、下下，按照这个等级来给他们授予官位。

听众：三位老师好，我觉得魏晋时期在中国历史上是非常独特的一个时期。后世一些文人对这个时期推崇比较多，但是也有人持一种否定态度，就像今天晚上听三位说的，他们这些行为，比如嗑药、酗酒，搞一些行为艺术，甚至审美上偏向于娘娘腔的东西。我们今天说魏晋，它积极的方面在哪里？我们能够从中汲取到什么有用的东西？我们是不是不应只把它作为一种独特的时期作为一种谈资？请教这个问题。

武怀军：魏晋时期历史条件跟现在确实很不一样了，那个时代是一个乱世，但是对文化来说，却是一个发展的良机，这一时期玄学得到了极大发展。玄学主要是一种哲理的思辨，讨论的是一些形而上的问题。比如"才性四本论"，讨论的是一个人的才能重要还是德行重要。"声无哀乐论"，讨论的是音乐到底能不能表达人的喜怒哀乐。还有一个有名的话题叫"指不至"，就是概念能不能指代事物本身。诸如此类的问题，都非常抽象。这种抽象思辨不仅仅存在于哲学本身，还影响到了当时的诗歌，给玄言诗、陶渊明的田园诗，还有当时的绘画、书法一种特殊的气质。王敦是一个带兵的，但是他的书法在现在看来都有一种飘逸之感，这是时代精神赋予他的。另外魏晋时期文人嗜酒狂放，过着一种多姿多态的生活，给后代文人拓展了一个精神的空间，使他们找到了自己生存的根据。有人说魏晋时期清谈误国。有人问过谢安"清谈误国"的问题，谢安反问商鞅没有清谈，为什么也误国了，让人无法作答。谢安是文人，又是丞相，国家治理得不错。当时人分几类，一类像王徽之这样的，整天放荡喝酒，没有什么贡献，只是一味地清谈狂放；另外一类，既清谈，也治国；还有一类着眼于现实，尤其是那些寒门子弟，他们没有办法参与到这个party里面来，只好干实实在在的工作。所以清谈误国的看法就要一分为二地去看待，真正治国的人还是在治国。

赵目珍

像刚才这位听众所说，魏晋风度无非就是嗑药、酗酒、斗富等等，这肯定都不是我们现在想要的。但那时有几个很重要的"发现"

也都是魏晋风度的重要部分，这却是我们想要的。我简单说两个方面，一个就是当时"人的觉醒"。以前的人（比如两汉时期）总是被束缚在儒家礼教观念以及被设定好了的社会价值当中，而魏晋时期，社会动荡不安，人们常常感到人生苦短，世事无常，于是对于人生、生命、命运等产生了强烈的欲求和留恋，加上当时礼乐崩坏，儒家的名教完全沦为一种工具，成为虚假的摆设，于是人开始回归自己的内心，开始关心起个体的存在，开始思考如何在短暂的生命中活得更加有质量。用李泽厚先生的话说，这是一个人的觉醒的时代，人开始发现自己，开始审视自己了。在《世说新语》中，我们可以看到很多这方面的例子。另外一个就是人对于自然的审美开始进入日常生活中来，而在此之前，人对于外在自然的兴趣和美感的发现非常少。大家都知道，山水诗和田园诗都是在魏晋时期形成的，只这一点就足以说明当时人在审美方面对自然有了一个深刻的发现。那个时候的士大夫，大多都有非常好的经济条件，生活优渥，情趣高雅，所以也喜欢纵情山水；另外，东晋偏安江南，江南的山水之美对于从北方迁徙而来的士大夫本身就有很大的吸引力，因此很容易进入他们的视野和生活当中。所以对于自然之美的发现，在当时也就成为一个自然而然的事情。对于这一点，《世说新语》里面也有很多故事加以呈现，比如顾恺之对于会稽山川之美的描绘、王献之对于山阴道上山川美景的赞美，等等，都可以作为绝佳例证。以上这两点，我觉得在当时是很重要的两个"发现"，我们虽然没讲，但是它们同样构成魏晋风度的重要部分。尽管时代不一样了，但是这两个方面我觉得永远都不过时。我们下次仍然是讲这个主题，也就是《世说新语》与魏晋风度的第二期，下次讲座的时间是9月23日，欢迎大家再来一起交流，谢谢大家。

南书房夜话第六十五期
《世说新语》与魏晋风度（二）

嘉宾：武怀军　王　春　赵目珍（兼主持）
时间：2017年9月23日　19：00—21：00

赵目珍

　　朋友们好，今天晚上延续我们上次的主题：《世说新语》与魏晋风度。这一讲可能会涉及任诞、女性风采、名教与自然、清谈等几个方面。下面我们先来谈第一个方面，就是"任诞"。任诞的意思大概就是任性、放纵，多体现为当时的名士尽情挥洒自己个性的一面。当时的名士们认为，只有凭借内心的本真行事，不矫揉造作，不受虚伪礼教的羁绊和约束，回归到自然的状态当中，才算是真正的名士，才算是做到了真正的风流。"任诞"这一门有50多个"故事"，主要表现有这样几个方面：第一个方面是蔑视礼教，不拘礼法。比如当时的阮籍就公开声称："礼岂为我辈设。"于是男女有别、婚丧应该守礼等规矩都被打破了，像阮籍不顾"叔嫂不通问"的礼制，在嫂子回娘家时居然去与嫂子话别；此外，阮籍在母丧期间纵酒吃肉，以"方外之人"自居，"礼制"完全被抛于九霄云外。第二个方面是毫无节制地饮酒。比如有人猪共饮这样荒诞的行为；此外，有些人不顾身份、地位，不分时地地纵酒放荡。第三个方面是率性而为、任情而动。这是"任诞"所表现出来的几个主要方面。当然，在"任诞"这一门中还有一些故事看起来不像是任诞行为的，比如打劫、赌博等。另外，当时有一个叫殷羡（字洪乔）的人去豫章太守任上赴任，临走的时候，他的一些朋友托他带了一些信，走到半路上，他突然意识到不可以当别人的邮差，于是就在路上把所有的信件丢到水里，这样的行为也反映在"任诞"这一门中。另外还有一些，像偷拿别人的钱财、言行不检点的，也放在了"任诞"里面。下面通过故事的形式来看一下当时任诞的行为具体是怎么展开的，可能主要是侧重"任诞"表现的第三个方面，因为前两种表现，上一讲讲了很多。

下面先来看关于驴鸣的故事。《世说新语》里有一则记载，说当时的王粲有一个嗜好，喜欢听驴叫。他死了之后，有一个葬礼，由于当时的王粲跟后来当上皇帝的魏文帝曹丕的关系比较好，所以当时曹丕就亲临其丧。在丧礼现场，因为曹丕是领导，他就向一起去参加丧礼的人发话，他说王粲生前很喜欢听驴叫，为了好好地祭奠他，我们今天都学一声驴叫，算作是对王粲的哀悼，所以当时去参加丧礼的人每人都学了一声驴叫。这样的故事在我们今天看来有点滑稽，但在当时可能是一种风尚。这个故事是发生在魏晋之际，其实在此前后都有这方面的记载。比如《后汉书》记载，戴良的母亲也喜欢听驴叫，可见当时喜欢听驴叫，是不分男女的。戴良是一个孝子，为了使母亲开心，就经常学一下驴叫，让母亲高兴，算是尽孝的一种方式。为什么王粲喜欢听驴叫呢？曹丕是曹操的儿子，在当时的官位很高，作为领导人，为什么他能带头做出学驴鸣这样的行为？或者说，即使他自己不喜欢，他为什么能够容忍这样的行为？我们认真地想一下，可能大概有这样几个方面的原因，（这个讨论不局限于丧礼上）第一，纯粹的娱乐，是说当时的人喜欢听驴叫，或者有人学驴叫，是作为一种娱乐来出现的，类似于咱们后世经常听到的口技之类，学鸟叫、学各种动物叫等，这是娱乐的层面。第二，就王粲个人而言，可能是出于他自身的原因。当时人有一种崇尚美的风气，对于长得帅的、举止潇洒的人比较推崇，但是王粲长得比较丑，在当时也不为人重视，在日常生活中经常受到打击，所以他喜欢听驴鸣，可能是一种心理安慰，因为驴鸣时的那种歇斯底里，有一种发泄的味道。再者，他们的通脱放达，也受到时代环境的影响。比如跟当时一些领风气之先的人物有关，如曹操。曹操本人就是比较通达的人，曹操选用人才往往不十分注重品行，而是唯才是举。曹操的儿子曹丕也有曹操这方面的性格，在选拔人才时基本上也是唯才是举，这是家族方面的影响。另外就是这一时期儒家的礼乐制度崩坏，玄学思想兴起，道家的思想又流行起来。道家的代表人物老、庄，尤其是庄子的思想行为在当时很受士人推崇。庄子是一个注重个性自由、追逐逍遥的人，他的一些放达的行为也影响了当时很多的人。

王粲之后还有没有喜欢听驴叫的？《世说新语·伤逝》记载：当时有一个人物叫孙楚孙子荆，比较有才能，也很自负，他很少佩服别人，但是唯一佩服王济王武子。后来王武子去世了，当时的很多名士都去吊丧，孙楚是后来的，来了之后就抱着王武子的尸体在那儿痛哭。哭完之后，孙楚说："你以前很喜欢听我学驴叫，现在我就给你学一声。"他这个驴叫学得非常像，但是当时其他人的表现是：都笑了。这就说明在孙楚那个时代学驴叫的行为已经不被当时人认可了。在曹丕那个时期，大概大家还都能接受这样的"尊重"，但是到了西晋时期，很多人也许不能理解朋友之间的这样一种相互欣赏了。孙楚很生气，他说老天真是不公平，让我这么好的朋友死掉了，让你们这些蠢货都活着。这是当时的孙楚，因为他对朋友是一种发自内心的尊重，所以他不吝这样的行为。这是关于驴鸣的一类故事，表现了当时人的通脱和放达。

武怀军：关于驴鸣，我想补充两句，有一种看法，驴鸣的声音很高亢，很悠长，非常考验肺活量，所以当时的人们学驴鸣，就相当于练气功。我觉得驴鸣在当时不像现在的流行歌，不是那么流行。学驴鸣时宾客皆笑，为什么笑呢？因为大家觉得好笑，侧面说明这种做法不常见。但是在魏文帝曹丕那个时候为什么不笑呢？因为魏文帝政治地位比较高，他让大家学驴叫，可能大家不敢笑。后来孙楚学驴叫，周围都是朋友，甚至还有一些不怎么认识，大家就敢笑了。所以说驴鸣，虽然有人喜欢，但实事求是地说，毕竟是一种听起来不太悦耳的声音。所以还有一种看法，这些人是用学驴鸣的方式，来挑战庄严、肃穆、高贵的东西，抹平贵与贱、庄与谐之间的差异。

赵目珍

下面看一个大家比较熟的故事——"东床坦腹"。当时的郗太傅郗鉴在京口（今镇江），派人送了一封信给丞相王导，求女婿。王导就跟郗鉴派来的信使说，我们家族里的青年才俊现在都在东厢，你到东厢去选吧。这个门生去东厢看了一遍，然后回去禀告郗鉴，说王家的这些青年才俊其实都还不错，但是一听说来选女婿，很多人就紧张，表现得比较矜持，只有一个人对这件事不怎么在意，躺在东床上露着肚子在那儿自乐。郗鉴听了之后，就派人去告诉王导，说相中了在东床上的那个小伙子。这个人就是王羲之。从这则故事可以看出来，当时人对于人的鉴别，往往看重自然状态下表现出来的一面。这就是"东床快婿"故事。接下来是两个跟王羲之儿子有关的故事，也是跟竹子有关的故事。第一个是借斋种竹。王子猷（王徽之）是王羲之的第五个儿子，向来洒脱不羁，行为放旷。"尝暂寄人空宅住"，租了房子之后就让人种竹子。有人问他：我们只是暂时住在这里，种竹子干什么呢？王子猷吟咏好久，指着竹子说，我们怎么可能一天没有这位君子陪伴？后来的苏东坡不是也说过"宁可食无肉，不可居无竹"吗？这里似乎有以竹子来烘托王子猷品格的意味。再看第二则，王子猷有一次到外地去，经过吴中，看见有一个士大夫家里种了很多竹子，而且竹子长得非常好，王子猷就想到竹园里去观赏。竹园的主人知道王子猷会去看他们家的竹子，所以就提前洒扫布置一番，在厅堂里坐等王子猷。没想到王子猷来了之后就到竹林里去了，去了之后就看竹子，看完竹子就准备走人。这个时候，竹园的"主人大不堪"，就让人赶紧把门关上，不让他走。这个时候的王子猷觉得，这个人家不光竹子不错，主人也可以，然后就到主人那里一起坐下，尽情畅聊了一番才离去。王徽之这个人骨子里是一个非常高傲的人，他的家族地位比较高，当时流传的话叫"王与马共天下"，所以往往不把别人放在眼里。就像这则故事所展现的，你恭恭敬敬地待他，他不予理睬；而你强行留他，他反而看得上你，对你表示欣赏了。这就是率性而为，任情而动。

下面我们再看两则，也都是王子猷的故事。王徽之住在山阴这个地方，有一天晚上下了大雪，睡觉睡醒了，开始饮酒，然后让人把房门打开。他一边喝酒，一边看向门外。因为刚刚下了雪，外面景色非常好，"四望皎然"。这个时候他想起左思的《招隐》诗，一吟咏这些诗篇，又想起自己一个隐居的好友戴逵戴安道，但是他这个朋友不在山阴，在当时的剡县，离王子猷住的地方大概有百里。想起来之后干什么呢？马上就让仆人安排船去看这个朋友，过了一个晚上才到那里。按照我们正常人的思维，费了那么大劲才到朋友家门口，至少应该进去看望一下。但是王徽之"造门不前而返"。这就是王徽之带给我们的一种震撼。当时有人问其中原因。王徽之说："我本乘兴而行，兴尽而返，何必见戴？"他说我本来就是一时兴起，觉得好玩，才决定去看他的，走了这一路，风景看完了，兴致也没有了，兴致没有了就回去，何必见戴安道呢？这真是一个既率性又任性的人。后世人给这则故事取了一个很文雅的标题，叫"雪夜访戴"，真是美妙极了。下面再看一则，同样是王子猷的故事，"王子猷出都"，坐船进京，船还停泊在码头上。以前他听说桓子野（桓伊）的笛子吹得非常好，但是两个人从来没有见过面。这时候听说桓子野正从岸上过，王徽之马上就派人去传话："听说你笛子吹得非常好，能不能为我演奏一曲？"当时桓氏在魏晋时期也是名门望族，桓子野也是高官，地位非常显赫。用我们现在的眼光看，王徽之虽然是一个名人也很有身份、地位，但他请另一个地位很高的人过来给自己吹笛子，有点侮辱人的味道。按照我们的想象，桓子野不一定会答应。但结果是他答应了。不过他的这一举动有一个前提，那就是桓子野也听说过王徽之的大名，二人可能有点相互欣赏的味道，所以桓伊"即便回下车"，坐到胡床（类似小马扎）上面，为王徽之奏了三个曲调。那么接下来呢？按照现代人际交往范式，别人来为你演奏曲子，演奏完之后两个人是不是应该坐下来聊一聊，感谢一下，恭维一番。没想到这两个人的表现是：桓子野奏完曲子，起身就走，两个人一句话都没说。这就是当时人的名士风范。他们注重的是人与人之间心神的沟通，注重的是精神交流，不是虚伪的客套。这就是率性而为，任情而动，这就是魏晋风度。

武怀军：关于任诞这个词，"诞"是荒诞不经，从别人的眼光去看是不正常的，有一些搞怪的成分在里面，任诞表面虽然怪，但有一个稳定的东西在里面，这个稳定的东西是什么呢？他们任诞的做法都有一个指向，即使他们所爱好的东西、所喜欢的东西纯粹化。王徽之去别人家看竹子，如果进去以后跟主人寒暄客套一番，赏竹的心情就没了。同样桓子野吹笛一段，如果见面以后先通报姓名，推让一番，那听音乐的心情也可能消失了。所以他们忽略了自认为在生命中不重要的东西。这些不重要的东西，恰恰就是我们日常生活中的礼数礼法，他们把这种礼法视为率性生活的一种障碍。换言之，种种任诞行为中稳定不变的就是对与生命体验关切度最高的东西的强烈关注，以及努力使之纯粹化的努力。

王春：我补充一下，我认为编者在编"任诞"时应该更倾向于主张"任诞"是不拘于礼法，另外也强调遵从自己的喜好时不要做作。当时有一些人，如阮籍的儿子，阮籍曾经就批评他"亦欲作达"，觉得他儿子是因为追求名士风度而任诞，在追求的过程中很造作，这样就不值得提倡了。任诞中还是有很多不同的看法，有的名士借作达以避乱世，有的名士要求在官场中保留一些个性自由，不失人的真性，其任诞言行对反礼教来说有一定意义，但多数名士的任诞行为是不可取的。我觉得就编者来说，本书分立"任诞"一门，他更多的还是希望以礼法准则来规范人们的社会行动。

赵目珍

下面我们来看另外一个方面的内容。《世说新语》中记载了很多女性，而且她们带来了一些不一样的表现。下面请王老师重点讲《世说新语》中的"女性风采"。

王春：在魏晋南北朝时期，以世族为代表的女性是一个非常独特的群体，可以说在她们身上看到了中国妇女一种前所未有的精神风貌。在世族文化的大背景下，这些女性的个性、人格，以及她们的感情在这个时代都得到了充分的尊重以及圆融的表达，这个时候这些女性的活动非常引人注目。《世说新语》中就专门设了一门

"贤媛"，其实不光是这一门里有描述，在整个《世说新语》中，关于女性的描述还有很多。"贤媛"指有德行有才智有美貌的女子，她们或有德，或有才，或有貌，而以前两种为主。它的根本目的还是偏向于用世族阶层的伦理道德观点褒扬那些贤妻良母型的妇女，让她们成为妇女的楷模。《世说新语》的人物画廊中世族女性形象在世族社会的背景下是异常活跃的。这些女性为什么显得格外引人注目呢？在《世说新语》中，出身于社会下层的妇女多是以贵族男子的玩偶或附属品的面目出现的，如婢妾、歌伎、为名士们行酒的美人都属于此类。与这些生死由人、命途多舛的女子不同，世族妇女具有自由人的特征。这主要表现在男女关系方面。她们多方面、全方位地介入了家族生活，能在她们世族家庭里表现出既不封闭也不保守，而且非常开放且富于进取精神。下面借助一些故事来看一下。

先看第一则。魏晋时期品评人物是一个风尚，但多是士大夫行为，但是那时候的女性一点都不落伍，她们也积极参与了盛极一时的人物品评和名流月旦。这儿有一个故事，山涛与嵇康、阮籍他们情投意合，山妻韩氏觉得他们感情不一般，就问山公为何如此。山公就说，我此前交的朋友只有这两个。韩氏就跟山公说要效仿负羁的妻子，说我也帮你偷偷去观察一下。这儿有一个典故，《左传》中记载的晋文公重耳逃难的时候逃到了曹国，他旁边有两个随从，曹国的大夫僖负羁的妻子说我去看一下重耳身边的这两个人，结果看了之后回来就跟僖负羁说，这两个人日后肯定是重耳的左膀右臂，能够助他成就霸业。嵇康、阮籍两人来到山涛家，山公的妻子就要山公劝他们留宿。到了晚上，就在墙上凿了一个洞来窥视。"达旦忘返"，就是看了好半天。大家想想看，一个女孩在街上直勾勾地看着一个男子的话，可能也有孔子说的非礼勿视之嫌吧。所以山公就问她，你看了这么半天，这两个人如何？妻子就说，你的才能情致可能不如他们，你只能用你的见识、风度、气度跟他们相结交。山公就说，他们其实有时候也觉得我的风度甚于他们。我们看这个故事，韩氏对嵇阮的观察过程，实际上就是对男性美的大胆欣赏过程。在这个过程中，最令人惊叹的是她所拥有的"达旦忘返"的观察兴趣和"达旦忘返"的欣赏自由！

武怀军：刚才王老师说的大胆，我觉得亮点在哪里呢，在"夜穿墉"这句。"墉"就是墙，她是墙上挖了一个洞，这是要大费周章的，不能不说用心良苦。

王春：这个描述特别有意思，她们把这种对男人的品鉴、欣赏的自由发挥得很超乎那个时代。

女性大胆批评劝诫男性在《世说新语》里面很多。有一个成语叫"东山再起"，就是谢安的夫人批评劝诫谢安，夫人说：你不能总是醉卧东山，"大丈夫不能如此"，谢安听从夫人劝诫，后来出仕，成就了"淝水之战"。从这儿都可以看到在世族中这些女性说话其实是非常富于进取精神，而且大胆。下面一则故事，讲的是一个典故叫"劝友见妻"，许允妇是阮卫尉女，阮德如的妹妹，很丑。完婚的当天，许允因觉娶的老婆很丑，没有再进洞房，家人为此很担忧。这时候家里有客人来了，新婚的妻子就令下人去看，去问是谁，婢女回复是桓郎，桓郎就是桓范。妻子听了以后说：他（许允）一定会进到我的洞房里来的。果然桓范就劝许允，说阮家既嫁丑女于你，你应该想想是什么道理。许允送客后就进了洞房，见了妻子连话都没有说转身又要出来。妻子"捉裾停之"。许允就说："妇人有四德，你想想你有几个？"妻子回答得非常漂亮，她说除了容貌，我其他都有。她还反问自己的丈夫说："有贤德的名士德行有几百行，你说说你占几条？"许允就说，"皆备"。妻子就说，"百行以德为首，君好色不好德"，你嫌我丑，怎么谈得上你皆备呢？"说得许允很惭愧，后两者相好。从这个故事精彩的对话中我们可以看到女性能够如此大胆地批评男性。

我们再看下面这个故事，可以充分看到《世说新语》中女性在家族中强烈追求平等的意识。她们敢于追求独立的人格价值和幸福自由的婚姻、爱情。"王公渊娶诸葛诞女"，诸葛诞是诸葛亮的族弟，他是辅佐魏。王公渊娶诸葛诞的女儿，进到洞房里后两人交谈，王公渊就跟自己的新婚妻子说，我怎么感觉你的神色好像没有那么高贵，不像你的父亲。夫人回答得也很有意思："我看你也不像你的父亲啊，那你干嘛把我跟这些英雄豪杰们相提并论呢？"回答得非常机智。

下面我们再来看一个，也是描写了一个世族女性对婚姻的看法。"王凝之谢夫人既往王氏"，王凝之是王羲之的二儿子，谢夫人就是谢家的谢道韫。谢道韫是谢安的侄女，她嫁到了王家，可以说门当户对。可谢道韫很瞧不起王凝之，所以回娘家抱怨。谢安就宽慰她，说王凝之是王羲之之子，人不坏，挺好的，你干嘛那么讨厌他？意思应该说咱们还是很门当户对的。谢道韫答曰："一门叔父，则有阿大、中郎。"我们家都是这样的，他们家也不赖，干嘛天地之间还有他（王凝之）那样的人？真的是能够反映出这个大才女在自己的婚姻门第方面大胆表现出一种强烈的不满。别看她说话表现得那么富于个性，但是她在王凝之去世以后，终身为他守节，表现出贤媛中所称颂的一面，这还是蛮值得深思的。在《世说新语》中也描写了这些女子经常参与家族内部有关文学艺术的讨论。如陈郡阳夏谢氏作为一个横亘数百年的家族文学集团，其中有一位重要成员，那就是谢道韫，联诗咏雪的故事成为千古佳话，就是因为那一句"未若柳絮因风起"。有一天下大雪，谢安和家里的晚辈谈经论义，看到外面的雪，就问大家"白雪纷纷何所似"，兄子胡儿说"撒盐空中差可拟"，谢道韫说"未若柳絮因风起"，我们都觉得这是描写下雪最神似的，也可以看到谢道韫确实很有才。《世说新语》中还有一则描写谢道韫风姿的，非常传神。谢道韫的弟弟总是赞颂他姐姐谢道韫，张家张玄就老赞颂自己的妹妹，张玄是当时的大名士顾和的外孙，他的妹妹嫁到了顾家，谢道韫是嫁到了王羲之家。有一个尼姑经常游走于这两家，就有人问她："你能不能评价一下这两家的两个女人？"尼姑说，谢道韫"神情散朗，故有林下风气"，风气其实就说风度，指女子态度娴雅、举止大方，大有竹林名士的风气；而张家的女儿是"清新玉映"，就是说她如玉般温润莹洁，像一块美玉，"自是闺中秀"。后世便用"林下风""闺中秀"来赞美女性的美。这里涉及的谢氏、张氏和顾氏，都是东晋时代高下难分的世家大族。她这里并没有谈及两位女士的优劣，但高下自然流露出来。我觉得林下风的这种神态外貌举止应该比闺中秀更高一筹。"神情"之美当然是要高于"清心"之美的，这反映了当时对于女性的审美标准，即以形神兼备的神明之美为美的极致。

下面来看一下"任情而动"。王戎的夫人老是用卿来称呼王戎，王戎就跟她说，你不要老是用卿这个来称呼我。因为"卿"在过去应该是君对臣，或者是上辈对晚辈，朋友之间、夫妇之间也有用爱称的，但是很少，妻子呼丈夫"卿"很少。王戎觉得夫人用卿来称呼自己不合礼法。夫人回答就非常有意思："亲卿爱卿，因此称卿为卿；我不称卿为卿，谁该称卿为卿！"有一个成语叫"卿卿我我"就是出自这里。王戎也索性任凭她这样称呼了。从这儿可以看出，这个时代的女性在婚姻世界里对婚姻自由的向往，或者直接用这种方式来表达。再来看，"王浑与夫人钟氏共坐，见武子"就是自己的儿子从庭中过，王浑很高兴，一看儿子，说："生儿如此，足慰人意。"夫人笑着说："若使新妇得配参军。"如果让我去嫁给那个参军，参军是谁呢？就是王浑的弟弟王伦，"生儿故可不啻如此"。这个真的是非常挑战伦理了，因为我们说在封建时代叔嫂之间不应该也不能那么随便，而她公然在自己的丈夫面前，跟丈夫说这样的话，这是多么"任情而动"的表达，甚至可以开一个在现代人看来也有点过分的玩笑

《晋纪》里有一句话，晋时女子每每"先时而婚，任情而动，故皆不耻淫佚之过，不拘妒忌之恶"，实际上是对当时开放的妇女状态有一种抨击，或者批评，但是从一个侧面我们可以看到当时的女性在自己的婚姻世界里、世族家庭中是多么知道憧憬自己的婚姻自由、幸福平等。我们说男女平等，实际上在婚姻里应该是体现得最重要的一个方面。如果说男女平等，在婚姻里去看的话，我觉得它能够比较生动地、具体地去再现这方面的一个问题。所以我说为什么她们在这个里面特别地勇敢，这些故事里就可以看到她们是真真实实做到了在追求个人的幸福、人格的独立，以及婚姻中个人的幸福。虽然是批评，但是我们可以看到魏晋时期的女性在这个方面确实表现出整个封建时代里亮丽的一面，我想这个跟当时的时代是密切相关的。传统道德规范失去了束缚力，魏晋南北朝成为一个思想较为开放的时代，追求人生的快乐、感情的满足，成为一种普遍的愿望，不但男子，妇女也往往逾矩不驯。我们说魏晋风度可能对于

士族里的这些男性表现得更为多一些，但是任何一个时代也脱离不了女性的存在，所以说受影响也是不可避免的。

但我们也应该看到，魏晋时代的门第观念也是根深蒂固的，《世说新语》的寒族女性，在婚姻、爱情方面便戴上了牢不可破的桎梏。因此，《世说新语》中的女性，尽管个别人的婚恋具有现代性爱的某些因素，但是与真正的现代性爱的距离还十分遥远。相对于秦汉以前的女性而言，《世说新语》塑造的女性形象确实是崭新的，但世族中的"新女性"并没有脱离中国文化的固有传统。传统的文化品格和道德观念，在她们身上也表现得十分突出。一是爱憎分明，气节贞刚；二是崇尚德义，雍睦持家；三是头脑睿智，见识超卓。她们身上闪烁的耀眼光彩显然是以儒家思想为主流的中国传统文化所赋予的。魏晋时代的总体氛围是自由而开放的，这样的时代氛围也影响到世族女性，因而《世说新语》创造了一个鲜活的富于人性美和艺术美的女性形象群体。《世说新语》塑造的魏晋新女性的群像，是时代风气的必然结晶，它同时也构成了"魏晋风度"一个有机组成部分。《世说新语》对于女性的重视与塑造，在中国文学史上具有十分重要的意义。

武怀军：魏晋风度是一个时代的精神，人分为男性和女性，如果在一个时代只有男性是这样，女性还是遵从过去儒家那一套，那这种状况就算不上是时代的精神了。女性的这些举止、行为，从广度和深度上拓展了魏晋风度的内容。接下来我谈一谈名教和自然的问题。名教和自然是一个很大的话题，我选两个点来讲，一个是父子关系，另一个是夫妻关系。首先要知道什么是名教。孔子在《论语》中讲"必也，正名乎"，不光是政事，任何事情要先给它确立一个恰当的名称，名正然后才能言顺。儒家推崇的就是一套用概念建立起来的社会秩序。在这些概念中，最根本的东西是君君臣臣父父子子，"君君"，意思是说做君王的就得像一个君王的样子。同理，做臣子得像个臣子的样子，做父亲得像父亲的样子，做儿子得像儿子的样子。这就是名教，在一系列概念的相互关联之下，对应的是一套道德规范和一种社会秩序。自然就是指事物本来的样子，未经人为干预的状态。老子在《道德经》里讲："名可名，非常名，道可道，非常道"，意思是什么呢？"名可名"，如果人为地给事物强加一个名称、强加一个概念，人为干预的话，那么这个事物就已经不是它本来的样子了。道家主张保持事物原来的样子，不加人为干预，这就是"自然"。魏晋时期的精神，我们描述它的时候，经常说"越名教而任自然"，过去儒家名教的那一套不管了，就顺从内心自然而然的想法，这就叫越名教而任自然。那么名教为什么这么令人讨厌呢？从汉武帝开始，儒教被定为一尊，此后经学越来越发达，经文中的五个字，经学家可以把它注释到两三万字。如何做到呢？肯定塞进很多背离人之常情的东西了。名教是用来干什么的呢？汉代有举孝廉的传统，王导的祖上王祥的继母不喜欢王祥，有一天晚上拿着斧头去砍他，恰好他不在床上，砍空了。王祥发现这个事情以后，就跪在地上，请继母杀掉他，求死。这显然是违反常情的，过分了。当时名教已经被当作一种博取名利或实现统治的工具，背离人情了，所以才有了越名教的需求。我们知道父子关系，叫父慈子孝，做子女的要孝敬父母，《孝经》《孝子传》《二十四孝》等都是讲做子女的应该怎么样去孝敬父母，但是做父亲的应该怎么样去对待子女，很少有讲的。《世说新语》中有几则父亲如何对待子女的故事，颇有意味。王戎生了一个小孩，不幸死掉了，山简去看望王戎，王戎特别悲伤，山简就安慰他，说小孩这么小，还未成人呢，你为什么要这样悲伤啊？结果王戎就说："圣人忘情，最下不及情，情之所钟，正在我辈"。儒家认为性善情恶，所谓人之初，性本善，情恶，就是喜怒哀惧爱恶欲七情会驱使人做一些违背道德的事情。古人认为圣人无情，圣人就是一个道德楷模，应该不受七情驱使。道家也讲"天地不仁，以万物为刍狗，圣人不仁，以百姓为刍狗"，天地包括圣人，没有偏好，倾向于让万物自生自灭，这也是无情。但是这种情况到了魏晋时期就有了变化，何晏主张圣人无情，王弼主张圣人有情，只存在怎样去控制情的问题。王戎在这儿把人分为三类。有一类人是圣人，忘情；还有一类人，不及情；他们都是愚民，是不懂情的。只有我们这一类人是重情的，所以对儿子感情很深，丧子之痛令他不能自持。另外一对父子关系，也令人费解。王坦之（字文度）的父亲叫王述，封蓝田侯，所以又叫王蓝田。有一次桓温向王坦之求婚，想让王坦之把女儿嫁给自己的儿子，王坦之说我回去问一问我爸王蓝田。"蓝田爱念文度，虽长大，犹抱着膝上"。王坦之当时已经有女儿了，古代男性20岁结婚，就算桓温想指腹为婚，王坦之女儿就算只有1岁，那王坦之也得二十一二岁。古代女子15岁就可以结婚，如果王坦之女儿到了成婚年龄的话，王坦之至少有35岁了。这么大了，还被父亲抱在膝头，很不寻常，说明他们父子关系是很好的。在中国历史上，像这种父子关系此前和此后都很难见到了。魏晋以前父子关系是怎样的呢？齐桓公时"易牙烹其子"，这是齐桓公说的话，这个事情的细节是怎样的，已经很难知道，但是易牙为了讨好齐桓公，把自己的儿子作为手段和工具，来巩固和提升自己在政治体系中的地位，这是违背人伦，毫无父子之情。另一个例子，周成王登上王位的时候年龄还小，他的叔父周公旦辅佐他。周成王年龄虽小，但毕竟是个王，周公旦虽是长辈，也是臣，怎么教育呢？周公旦对儿子伯禽，"抗世子法"，世子就是继承王位的人，他把对儿子的要求提高到王位继承人的标准，如果周成王犯错了，周公就打自己的儿子，让周成王从中去领悟应该怎样去做。伯禽很冤，没做错事还得挨打，他不是教育的目的，而是被当作教育周成王的手段和媒介。《汉书》中还讲，"鞭扑不可绝于家，刑罚不可废于国"，即子女要成才就得打，不打是不行的，可见古代父子关系处于一种很不平等的状态。《论语》中有一则故事，有一次陈亢就问伯鱼（孔子的儿子孔鲤）：你是老师的孩子，老师有没有给你开小灶啊？伯鱼说没有，他就给我讲了这几句话："不学《诗》，无以言"，"不学《礼》，无以立"。陈亢回去以后就说，我问了一个问题，有三个收获：一是要学《诗》，二是要学《礼》，三是"君子之远其子也"。第三点意思是一个有修养的人对他的儿子不会偏爱，或者是特别溺爱。这儿的"远"是指什么呢？指孔子没有给他的儿子开小灶，对他的孩子与学生一视同仁。吴国的季札，去齐国途中儿子死了。季札本来可以继承吴国王位的，但是他不肯，当时有北孔南季之称，地位相当高。他用一个比较俭朴的礼仪埋葬了儿子。还有一个故事是关于子夏的，子夏在儿子死了以后，非常伤心，眼睛哭瞎了。曾子去看望子夏，曾子哭，子夏跟着哭，曾子很生气，说你罪过太大了。他讲了三个罪过，一是子夏退居到西河这个地方，以老师自居，让人觉得你跟老师孔子是一样的地位；二是子夏的父母亲死了以后，大家都没有听说；三是子夏亡子以后，眼睛都哭瞎了。这儿有一个对比，曾子认为父母亲去世比儿子夭亡重要得多，把儿子的死看得比父母之丧还重要是不对的。鲁迅有篇《我们怎么样做父亲》的文章，其中有几句话，挺有意思的："以为父子关系只须'父兮生我'一件事，幼者的全部，便应为长者所有。尤其堕落的，是因此责望报偿，以为幼者的全部，理该做长者的牺牲。"在过去是有这样的倾向的。再回过头来看，王戎丧子之悲、王述溺爱坦之，这种做法是不可能出现在汉代"鞭扑不可绝于家"的情况下的，这个就是越名教而任自然。王弼解释"孝"为"自然亲爱之情"，发自内心自然而然地爱父母，这就是孝。同样地，发自内心地疼爱子女，并把这种感情真实地表达出来，也是自然。东汉时期秦嘉和徐淑夫妻有多首表达夫妻恩爱之情的诗。情诗《诗经》里有，但那是恋人间的，不是夫妻间的，秦嘉和徐淑对答诗是中国历史上第一次出现的夫妻之间的情诗。从东汉末年开始，男女感情呈现一个解禁的趋势，夫妻能自由自在地表达亲爱之情，甚至出现了上层知识分子与少数民族婢女的恋爱故事，也有士族女性大胆追求、自由恋爱的情况，这些与魏晋以前的情况都有较大的区别。《晋纪》中记载的妇女"先时而婚"，就是早婚。王戎夫妻"卿卿我我"，过去夫妻之间是有尊卑关系的，夫为妻纲，妻对夫用"卿"这个称呼是绝对不可以的，"卿"带有一种不恭敬的意味，但是在王戎夫妻这儿就可以。阮仲容，阮籍的一个侄子，他姑姑家有一个鲜卑族的婢女，他跟这个婢女恋爱了，他姑姑也答应把这个婢女赠予他。后来他姑姑搬家时忘了这事儿。阮仲容在为母亲服丧期间，听说这个事以后，找客人借了一头驴，就追过去了，追到以后"累骑而返"，两个人骑一头驴回来了。在为母亲服丧期间，去追一个婢女，并且同骑一驴回来，确实是不像话，不能不引起别人的质疑，他却答曰："人种不可失"。汉代时一般知识分子跟婢女之间界限还是比较严格的。蔡邕写了一篇《青衣赋》，写他遇到一个非常漂亮能干的婢女，并爱上了这个婢女，但是最后由于身份地位悬殊，还得分手，分手以后思念不能自已。张超看不惯，写了一篇《诮青衣赋》，讥笑蔡邕不顾身份，辱没祖先，影响后代。可见东汉末年时，主人与婢女之间的界限还是很明显的。但是阮仲容打破了这个界限，是很令人震撼的做法。荀粲荀奉倩的妻子得了热病，发高烧，他大冬天在院子里把自己冻得冰凉，回到屋里用身体给他老婆降温。有人就笑话他，他说"妇人德不足称，当以色为主"，意思是说女人德行无所谓的，只要长得漂亮就行了，这话很离谱了。汉代的时候已经形成了三从四德的观念，女人讲的四德，叫妇德、妇言、妇容、妇功，这八个字里没有色，只有第三个词叫妇容，与色有点关系。妇容是指把自己打扮得整整齐齐、干干净净、清清爽爽的，漂亮不漂亮并不是最重要的，这叫妇容。也就是说，"三从四德"中的"四德"里是没有"色"这一说的。还有一个韩寿偷香的故事，有点像缩微版的《西厢记》。太尉贾充经常把下属招到家里宴饮，他的女儿叫贾午，看上其中一个长得非常漂亮的名叫韩寿的男子，得了相思病。贾午托奴婢向韩寿诉说相思之情。韩寿在约好的时间偷偷跳墙进了贾府，和贾午幽会。当时西域给皇帝进供的香料中有一种奇香，碰过这个香后香气经月不散。皇帝把这个香只赐给了两个人，其中一个人就是贾充。贾午把这个香偷来送给了韩寿。当韩寿再次参加宴会的时候，贾充闻到香气就怀疑了。于是就让人去察看围墙，并把贾午的婢女给抓来拷问，得知实情后，贾充就一不做二不休，把贾午嫁给了韩寿。这个故事有点自由恋爱的味道，贾午喜欢韩寿，就开始付诸行动了，这是很大胆的行为，也能看出当时人对于名教其实已经是不怎么在乎了。魏晋时期，再娶再嫁的风气也很盛，很典型的一个例子，蔡文姬，蔡邕的女儿先后嫁了三次，其中第二次是被少数民族抢走了，还生育了子女。还有曹操，曹操有一个爱好，打胜仗之后收编别人的夫人，还有一些皇室的成员，也有再嫁的。以上这些这都是当时的情形。魏晋以前丈夫对于妻子就叫"御"，"御"就是驾驭、控制、管理；妻子对于丈夫就叫"事"，"事"就是是下对上事奉。三从四德中妇德、妇言、妇容、妇功，用的字是"妇"，而不是"妻"，为什么用"妇"而不用"妻"呢？妻是对夫而言，妇则是对于家庭或家族而言的。《礼记》："子妇无私货，无私蓄，不敢私假，不敢私与"，就是说做儿媳的，不能存私房钱，不能偷偷地截留东西，不经过公婆同意不能够把东西借给别人，也不能向别人私自借东西。作为妻子，在家庭里的地位是建立在对所有人的关系上的，而不仅仅是"卿卿我我"的关系。过去男性对于女性有绝对的权威，比如七出，只要犯了特定的七种错误，男性就可以直接休妻，这是依靠单方面的意愿就能够做到的。可见，无论是父子关系，还是夫妻关系，在名教体系下，都不是两个个体之间的关系，而是个体与一个群体（家族）的关系，这种关系中，群体伦理占据了优势地位，具有支配性的作用。率性地表达"自然亲爱之情"，从本质上来讲，是对人的个体价值的重新发现，把个体从群体伦理束缚下解脱出来，把个体的情感体验和生命体验置于由概念构建起来的名教系统之上，其意义是非凡的。

赵目珍

好，这是我们今天的内容。下面是互动时间，看大家有没有什么问题，来交流一下。

听众：刚才王老师有讲到女性在魏晋时代时的风采，还有夫妻之间的关系都比较人性化，这和我们在文学和历史上看到的封建社会中女性的地位是不一样的，这个到底在中国的历史上有没有一定的延续性或者继承性呢？另外一个问题是，她们所表现出来的风采是独有的，还是说具有一定的普遍性？谢谢。

武怀军：任何文化传统一经形成之后就有它的稳定性，比如女性讲三纲五常、三从四德，这并不是到魏晋时候大家起来一下就把它踹翻在地，没有了，它还是有的。《世说新语》中记载的这些是当时超出这些普通规范的不寻常的东西，没有被记载的广大的民众，我相信有很大一部分还是遵从汉代对于妇女的要求。翻一翻文献，魏晋时期像这些节妇烈女还是有的。加在妇女身上的限制的宽松程度在不同的时代是有变化的。

王春：我补充一下，刚才武老师也说了，魏晋女性风采的解放程度肯定是跟这个时代的背景有密切关系。我们刚才说了，像"贤媛"这个名词，实际上还是对贤妻良母这种传统女性伦理是表示颂扬的，传统的东西还是在里面的。另外，魏晋时期士族门阀制度必然也要反映在女性身上，这些女性的自由度较以前宽松应该多半是在世族家庭中表现出来的。因为她们不像那些群体跟社会的联系度那么紧，她们表现出来的解放精神主要是在世族家庭里面。世族家庭里的这些魏晋名士，他们自命风流的话，也不好说一套做一套，必然也会折射在女性的身上，使得女性在这个方面有较以前比较宽松的一个环境。

赵目珍

总体而言，我认为是跟魏晋那个时代的思想解放有关，因为社会比较动乱，国家的上层和下层之间的关系表现得不是那么严肃，像汉代大一统的时代背景下是没有这种表现的，加以当时士族阶层兴起，跟皇族之间构成了一个对立关系，士族的自由相对而言比以前多了很多，女孩子也是这样。当然，有一点需要强调，这些女性大多都是上层人。下层的女性可能也有一些这方面的表现，但是肯定没有上层表现得这么凸显。因为经济条件是一种制约，即使她们想做一些事情也做不到。我就补充这么多。下面第二个问题。

听众：春秋战国百花齐放，诞生了很多思想家和哲学家，对我们后世的影响都是规范了我们后世的行为，在思想上起了一个奠基。但是魏晋，刚才老师讲了也是思想上比较开放，也是社会上的环境有一定的宽泛性，但是在思想领域有没有一些成就？在这方面跟春秋战国对比，在历史上有没有一些特殊的可以值得我们去学习的地方？

武怀军：从春秋战国以后，发展出了一种主流文化，发展到魏晋时期发生了转折，我想你要问的是在这个时期出现了一些什么新的东西。第一，在魏晋时期有一个新的外来文化因素加入进来，就是佛教。根据史料记载，佛教传入至迟是在东汉明帝时期，当时就有一些西域的僧人来讲法。第二，原来看似不太相容的儒家和道家，开始融合，《世说新语》中记载王衍问阮修儒家跟道家相比，有什么区别，阮修就回答了三个字"将无同"，意思是大概一样吧。魏晋时期人们吸取了儒家的东西，纠正了儒家的东西，同时也吸取了道家的东西，也发展了道家的东西。第三，"玄学"，玄学有很强的思辨性。先秦好多著作，比如《庄子》，里面很多是用寓言故事来讲的，它是通过形象来带动概念的。玄学进入抽象的层面，比如说当时比较有名的"才性四本论"，讨论的就是"才"和"性"的关系，一个人才能和他的道德、操行的关系，当时有这么几种看法，比如说"才性合"，才性是相合的；"才性离"，才性是背离的；还有"才性同""才性异"，才和性是相同的，才和性是不同的。这四个方面叫"四本论"。第四，道家思想的新发展。郭象注了《庄子》，郭象注的《庄子》现在还在，还有刚才我们引用的郭璞的《抱朴子》，它继承了道家的东西，但是它发展出新的内容，后来这本书被作为道教的经典。

王春：接着武老师说的意思，名教跟自然本来就是玄学里重要的一对命题，玄学里的辩理最开始就是这一对。后来佛教在那个时候开始为大家所接受。你刚才说的这个时期重要的思想体现，我认为除了玄学，就是儒释道三教合一，应该说成为一个非常重要的、对后世文人影响非常大的一个思想。比如玄学里讲清谈，清谈就是辩论，佛家为什么能够很快融进来，佛家里"讲经之制"采取的也是这样一个形式，清谈的最基本的方式就是问难、辩答，此即所谓客、主之谈，多在两人之间进行。在这种模式中。客难主，主答难，往返不休。其实这几种思想在碰撞中是在相互协调、相互融合下完成了合一。比如佛家的高僧拿着清谈名士的麈尾坐在莲花坐上，这个形象就很典型。这个三教合一对后世影响是非常大的。

赵目珍

好，谢谢大家。

南书房夜话第六十六期
《东周列国志》——中国人的英雄史诗、人性读本

嘉宾：王海鸿　黄东和　孟　瑶（兼主持）
时间：2017年10月14日　19：00—21：00

孟瑶

　　大家晚上好！欢迎大家跟我们一起参加今晚的南书房夜话。首先介绍一下。今天晚上的嘉宾：这一位是王海鸿先生，他是深圳青年杂志社兼女报杂志社的双料社长，是深圳著名的文化学者，深圳名嘴；这位是黄东和先生，深圳青年杂志社的副总编，邻家社区文学网站的CEO，是曾经轰动深圳的因特虎网站的著名的三剑客之一——"老亨"，也是深圳著名的意见领袖；我是孟瑶，深圳青年杂志社的总编助理。今天我们想跟大家一起聊一聊中国著名的历史小说《东周列国志》。今晚的主题是"《东周列国志》——中国人的英雄史诗、人性读本"。

　　这是一张春秋战国时期的地图，中国的地图。我们在座的各位现在是湖南的、湖北的、东北的、山东的、四川的、陕西的，大家可以根据自己的籍贯来对应一下你的籍贯属于古代的哪个国家。比如说我是湖南的，老亨也是湖南的，我们就属于楚国，还有其他国家的吗？

　　黄东和：王社长是齐国的。

孟瑶

齐国的还有谁举手？齐国是现在的山东，鲁国也是现在山东的一部分，秦国的有没有？山西的有没有？有一个秦国的。河南的有没有？（你是河南的，那你应该非常骄傲，你是华夏正宗的中原文明的继承人。）还有没有燕国的？就是现在的北京或者是河北的？你是燕国的？非常好！今天是各个国家的同胞齐聚一堂，我们来共同分享一下我们读《东周列国志》的心得体会。下面先由黄东和来给大家介绍一下《东周列国志》这本书的成书和它的来历。

黄东和：刚才孟瑶女士已经说了，大家竟然假装没读过，我们就可以说得轻松一点。刚才我们三个人商量了一下，我们第一个环节还是把我们今天选题的想法和这本书本身的历史给大家交代一下，然后我们讨论起来可能就感觉到更加得心应手一些。这本书的出现跟我们现在这个时代很合拍，这个时代是把一切书面的文章往网络上搬的时候，是一个把传统的、经典的、书面的语言电子化、娱乐化、通俗化，去把这些故事传播给大众的一个时代。而这个《东周列国志》在历史上就处于这个时期，如果我们现在说《东周列国志》很佶屈聱牙、很难懂、很经典的话，那么在这本书出现以前，我们的读书人都是读什么呢？《诗经》，六经。文学一开始就要读《诗经》，理论就是"四书五经"，这个才是真正的文化人应该读的，至于平话、小说、古词以及曲子都是非常娱乐化的、通俗化的，下里巴人才会去听的，所以我们现在无论是《三国演义》《红楼梦》，还是《西游记》，还是《水浒传》，其实当时都是上不了台面的。如果你出去说我很有文化，我读过《三国演义》，太惨了，你一定是读四书五经，你能把《诗经》倒背如流，这才叫有文化。就在这个时候，是唐宋诗篇、宋词元曲，接下来才是《东国列国志》的出场，时间是明代。唐诗是高考的科目，考状元的科目，在隋唐的时候要考状元的话写首诗20个字交卷，写得好就可以一朝首登龙虎榜，其实比较容易。宋代的时候词可能不是作为高考考状元的范围，但它是士大夫阶层、高级的文人互相正搭的一种非常精致的文体，更多的也是文化人高端消遣的一种文体。普通人是什么呢？由于佛教的传颂，佛教要跟老百姓讲故事，佛教是会讲故事的，像《百喻经》之类的，都是佛教故事，然后中国人就把佛经、向老百姓讲佛的故事这种方法用到社区当中来，讲讲《山海经》，讲讲历史上发生的事情，比方说《三国演义》、《水浒传》。这样的事就开始在社区进行讲，这个时候讲，不能说我来念一首词，然后五分钟以后拜拜；规定时间两个小时，所以你得讲一个小时、两个小时，讲的时候要用白话，要让人家听得懂，你讲的东西起码得撑一两个小时，中间休息一下，反正是茶要上几道、瓜子要嗑得差不多了才行，这个时候就出现了我们的话本。所以我们这时候看的书，《三国演义》也好，《水浒传》也好，《西游记》也好，《封神榜》之类，都是"话说……"到非常精彩的时候"今天就到这儿为止，欲知后事如何，且听下回分解……"我们这本书就是这个时代出的。这个时候出的书很多了，相当于到元代，元的曲叫部曲，元曲是很直的，因为这个是要唱给大家听的，老百姓一听就懂；元以后开始讲话，把这个叫作"话本"，在这个时候很多人都去说书，经济也开始发展了，到明代的时候乡村经济非常进步，老百姓有时间去听书，这个时候就对书的话本产生了需求。元代开始文人开始写剧本，比如《窦娥冤》之类的都是文化人写的，以前唐宋的时候"这个东西不行……这个东西不能找我……这个东西太下里巴人了……"就好像我是很有学问的人，让我写一篇网络文学咱不干。到元代的时候高考取消了，有文化的人当不了官了，混不了饭吃了，再有人在社区讲故事，那个故事讲得，第一，典故不对，用词不恰当，我来帮你编一编。元代开始编曲子，到明代话本的剧本大行其道，很有市场，可是明代也是一个思想比较禁锢的时代，比如我们都知道孟子，在明代人看到的孟子就不是我们现代人看到的孟子，也不是明代以前看到的孟子，因为朱元璋看到《孟子》里有一句话"民为贵，君为轻"，这怎么行，民怎么比君还要贵？把孟子的神像从文庙里面拿出来，后来大家反对意见比较大，又放回去了，前提条件是类似这样的话要删掉。明代的禁书也禁了很多次，民间的需求又很大，这个时候我们这本书最原始的主角出场了，他叫余邵鱼，福建建阳人，在座的有没有福建人？（福州。）太棒了，福州是福建最有文化的地方，福建有文化的地方很多，因为福建的很多山、很多水，山是由东北往西南的方向走的，水是西北往东南的方向走的，这个地形是什么地形？山是这样的，水是这样的，中间全部是豆腐块，每个豆腐快都相当于是一个独立王国，所以我如果占了这个豆腐块，这个村子、这个镇基本上就是听我的，所以福建的神特别多。福建的文化特别多元，外地人跑到福建以后他就感到安全了，你要来追杀我，要过很多山、很多河，到我前面，还有一条自然的护城河，你是杀不过来的。这个地方历史上就是违禁品特别多，包括海盗很多，其中非正规出版图书的人很多，余邵鱼就是一个出版商，因为他把印刷厂就放在福建，皇帝管不着，在紫禁城里、南京都管不了福建，这个时候他就可以印很多书，这个书大多都是违禁品。这个书多到什么程度呢？多到没书可印了，所以他自己编，我自己编一个这个书的原形，《东周列国志》的原形其实就叫《新列国志》，是他编的，是一个书商编的书，他编得比较短一点，大概是80回，但是他有点粗制滥造，因为他主要是做生意，那么多人要买这个版本，我赶紧加班加点编出来，关键是印刷卖书，所以他编书不是最主要的。后来这本书很畅销，畅销到知识分子也看到了。就觉得这本书太烂了，不仅是盗版的，里面的很多史实都不对，就要改改。这就是我们这本书的第二个作者，叫冯梦龙，《三言二拍》《东周列国志》都是出自他老先生的手笔，他就把这本书考证历史上的，主要是第一《左传》，第二《史记》，以这样的经典作为考核的依据，详详细细地梳理，改到120回，这就变成了《新列国志》，从《列国志》到《新列国志》。最后是我们说的第三位作者，叫蔡元放，蔡元放对这个书最大的贡献是起了一个好名字，其实他改动不多，有些地方加了一点评注，这些评注并没有改动它的内容和文学色彩，他的最大贡献，他的名字能够名列第三就是因为他第一次把这本书叫作《东周列国志》，这名字太好了，也非常的恰切，因为《列国志》是从武王伐纣开始，到了冯梦龙这儿，就把武王伐纣到西周的历史已经删掉了，冯梦龙是从西周的晚期开始，到东周这一段来接，但应该主要的历史是春秋战国，所以他应该是讲东周的，讲东周却叫《新列国志》，觉得这个题目推不开，蔡元放就把它叫作《东周列国志》。《东周列国志》一推出以后，有文化的人一看，"我再也不用看《穀梁传》《公羊传》《春秋左传》，我看这个就好了，历史就清晰了，我也不用看《史记》了"，这是一个通俗版本，所以我照应到开始，大家说这本书多么难读，相当我们明代人来说这是通俗文学，所以看来我们现在是比那个时候通俗很多。我们南书房的使命是应该要把我们通俗的档次提高一点，今天一句话总结我这个环节，我们今天讨论的是通俗书、通俗演绎、通俗志，不是阳春白雪的学问，所以接下来的环节，大家都听得懂，我就讲到这里。谢谢。

孟瑶

接下来请王社长给我们破题。

王海鸿：东和讲得非常好，从传播学的角度把这个书在明代怎么成书、怎么传播、怎么升级、完善、提高的脉络讲得非常清晰。我就从中外文化交流的角度来谈谈我对这本书的看法。前段时间网上有一个议论，有一些人对四大文明古国的说法提出了质疑，说西方人根本不承认这个说法，这个说法是梁启超杜撰出来的，巴比伦文明、埃及文明、印度文明、中国文明，四大文明古国。为什么这些人提出质疑呢？他们觉得那么辉煌的希腊文明，它几乎就是今天欧美的西方世界的主流文明的来源，为什么不把希腊文明列入文明古国，而只列这四个国家？所以认为这是梁启超在中国的文化已经很衰落的时候为了提振国人的士气，昧着良心编的一个东西，有这么一个批评。但仔细研究一下，发现还真不是那么回事。这个说法是梁启超提出来的，在他提出来之前没有西方的大家提出这个说法，但梁启超是吸纳当时西方一大批新锐学者的研究观点总结出来的这么一个说法，而且这个说法是有道理的。一是确实年代最久远。按照时间排序，首先是巴比伦文明，又叫苏美尔文明，就是两河流域，就是今天的叙利亚、伊拉克那个地方，楔形文字，汉谟拉比法典，这个文明最早。然后是埃及文明，5000年前就开始造金字塔了。然后是印度文明。中国文明在这四个文明中是最晚的一个，但是再晚，也比希腊文明要早1000年，按同等的发展进度要早1000年。文明的进化分几个阶段，第一个阶段是神话，比如说盘古开天辟地、女娲补天，这是神话。第二个阶段是传说，黄帝战蚩尤、大禹治水，传说其实就有一定的可信性，就可以考证。到第三个阶段是信史，可信赖的历史。信史阶段分几个，一开始是重大的事情记下来，后来是每天的事情都要有正式的官方记载。这本书讲的周宣王是西周第11代国王，他那个年代公元前700多年，就是西周建国200多年到300年，从那个时代开始，连东周到春秋到战国到秦始皇公元前221年统治中国，还有500多年的历史，也就是说这本书描写的时间跨度是500多年。从周宣王那个时期就已经达到了高级的信史时期，每一天的重大事情都有一个完整的记载，这就是刚才老亨讲的民间流传的话本是可以勘误的，不是用一个传说去批评另一个传说，而是用官方的正史来核对你的错误。而且这个事情很早以前，到了春秋的晚期，到了孔夫子那个年代，就可以到周朝的档案馆（老子在那儿掌管）去核对很多他学问上、认知上的一些错误，前人是怎么记载的，这个事情是怎么样。这个书是明朝写的，就是500年前的人写的2700年前的事情。我觉得是中国文化领域非常优秀、了不起的一个传统。李白有一首诗就是写出了他对三星堆遗址那个古蜀国的困扰，诗是这样写的："蚕丛及鱼凫，开国何茫然。"蚕丛和鱼凫，因为古蜀国没有文字记载，三星堆遗址的这些实物是很了不起的发现，那么它这个《史记》记载的是中原王朝从自己的角度，有点瞎揣测、道听途说地对远在蜀国的一个国家的描述，乃至于蚕丛和鱼凫是两个具体的国王还是两个王朝（有点像埃及的多少王朝那样）都搞不清楚。1300年前时李白对更古老的时代就有一种困扰，困扰的原因是什么？他想搞清楚，因为搞不清楚才困扰，这是中国人非常优秀的一个传统。我们到一个小村子里去采访，现在拍的这些纪录片，经常说，村里的老人说，300年前怎么样怎么样，再怎么老，这个人不可能活300岁，这个老人是他小时候听更老的老人转述更老的老人的说法，所以这点，这是中国文明能够一脉相承的非常难得的一个体制。我们是稳定的，哪怕有社会大的动荡，哪怕有异族入侵，但是我们很多从庙堂里的文化人，到山野的有这种情怀的人都有这种意识把它记载下来，我们中国的信史年代已经有 2700 年了，至少有 2700 年了。在此之前，虽说不是信史，但是留下来的这些凭据足以让世界上的人都很叹服。中国的考古研究起来挺有意思的，前段时间搞一个夏商周断代工程，因为夏朝的文字基本非常少。前段时间研究尧舜禹，尧都、舜都、禹都在哪儿，这三个人尽管是传说，但他们是存在的，不知道他们的都城在哪儿，研究来研究去，结果可能都在今天山西的境内，尧都在哪儿、舜都在哪儿、禹都在哪儿。到了商朝，大量的甲骨文留下来，这个甲骨文还不是记载历史的意思，往往都是占卜用词。比如说第 20 代的商王叫武丁，他有四个妻子，最有名的是妇好，武丁要求巫师给他做的占卜的甲骨文，发掘出来之后，经常多次出现一句话："妇好嫁了吗？"一个男人问自己的老婆嫁了没有，这就非常值得研究，到最后发现妇好其实早就去世了，但是商朝的习俗是一个女人去世以后，她可以在阴间再跟其他人结婚，所以商王武丁非常关心自己的爱妻在阴间过得怎么样，他不知道，但是巫师应该知道，所以就反复在占卜词里问这个问题，妇好嫁了吗，嫁得怎么样，所以中国的历史研究就这么有意思。等到了周宣王这个时期的历史记载已经非常的完备，就从这一点，为什么说中国就是文明古国，希腊反而不是呢？希腊的《荷马史诗》那个年代恐怕都已经晚于我们这个时间，但是《荷马史诗》能把它说是一部信史吗？天上的神都长着翅膀飞下来帮人打架，它还是神话阶段的东西。而且不把它列为文明古国还有两条原因，第一个中国的文明是一个原生的文明，希腊的文明是一个次生的文明，它是克里特岛的次生文明，克里特岛是埃及文明的次生文明，所以尽管希腊的文明后来再辉煌，也不能掩饰它早期的先天不足，这是一个原因。二是中国文明相对是一个比较纯种的文明，是自己兴盛起来的，中国的三星堆是外来文明，但是三星堆没有成为中国的主流文明，中国的主流文明是自生衍生起来的，而希腊文明是一个杂交的文明，是巴比伦文明和埃及文明的杂交文明，另外一个非常伟大的文明——波斯文明，它是印度文明和巴比伦文明的杂交文明，而中国的文明是一个原生纯种的文明，而且一直传承至今，这个就是现在学术界对待四大文明古国的一个比较能让我接受的说法。基于这种说法，就更觉得我们的文化厚重得值得认真研究。今天非常好玩，我们三个人拿着三个不同版本的《东周列国志》，估计出版时间相差很多年，我这一本书是80年代末90年代初期的，现在都长霉了，那个时候这家出版社也是挺有意思的，它推出了10本中国古典名著，它有一个排序，这个排序不是按影响力大小，是按照成书的先后这样排的，第一本是《水浒传》，第二本是《三国演义》，第三本是《西游记》，第四本是《封神演义》，然后就是《三言二拍》，然后《东周列国志》，然后《儒林外史》，然后《红楼梦》，因为《红楼梦》确实成书比较晚，到了清朝的乾隆年间了，最后一本是《官场现行记》。我感觉非常有意思的是，刚才他们两位也都提到这个问题了，当年的中国人有一个词是对《山海经》的描述，说这个书言辞古奥佶屈聱牙，很难懂，到今天是《东周列国志》反而在我们看来成了言辞古奥佶屈聱牙，因为有好多字今天不怎么用，或者读音跟今天都不一样，确实是这么回事，"假途伐虢"这个"虢"字今天有多少人还在用？这个地名也都快不存在了。现在是越来越通俗化，有些东西陈年越久越有味道，这也是为什么这个书能够一而再再而三再版的原因，固然它有它的学术价值、历史研究的价值，它的文学价值同样也不能低估。我在想为什么它的生命力能够这么持久，我想来想去最重要的原因是看了这个书之后，把中国人的人性能了解得非常全。在东周列国那个年代——有很多的自由知识分子向往那个年代，太自由了，根本没有说把一个地方管得铁桶一般。这个地区说是一个国家，最多也就是一个县的面积，我发现中国很多县和历史上东周时期的那些国家是有千丝万缕的联系的，中原精华地区，也就是几百个县，全国是2800个县级单位，包括大城市里的区也算县级单位，真正叫县，包括县级市，2200个左右，除去边疆省份，中原本土核心部分可能也就是八九百个县，往往都能够找到一个小诸侯国的影子。当然经过周王朝政策册封的可能没有那么多，但是到了天下大乱的时候，可以封，大国可以封一个小地盘，你算不算一个诸侯国，比如战国时期魏国不是封了一个安陵君吗？这算不算是一个国，所以现在很多的县名和那个时候都有关系。

孟瑶

湖北有一个叫随州的地方,古代就是随国,河南的滑县就是正宗的滑国,一个县就是一个国。

王海鸿:是,这就有一个什么好处呢?真正追求自由的人,特别追求心灵自由的人,真是生逢其时了,如果有一个人有很大的才华,我要报效国家,我要施展自己的抱负,在这个国家行不通,可以去到另外一个国家。如果我追求一个自由的生活,谁都别管我的事,我就愿意自己待着,这个国家管得太严了,我就跑到另外一个国家去。我有自己的人文理想,我要教化世人,像孔夫子一样,那就周游列国,看谁接受我的理念,我就在谁那儿搞社会实践。所以在那个时候,中国人的人性是不受压抑的。统一有统一的好处,但是统一有着统一的价值观念和意识形态,这个对人性的束缚就越来越多,特别是后来到程朱理学,就把这种束缚推到极致。当然这就是历史的进程,尽管它有它正面的一面,但是不得不承认心灵自由在慢慢地丧失。而那个时代,为什么被认为中国历史上的黄金时代,就是从人的心灵来讲是太自由了,有什么想法都可以展露、可以描述,这个是理性的描述,本能的人性,人随心所欲想做一件事情、想占有什么东西在这本书里面表露无遗,今天我们各种学者津津研究人性的方方面面,这些好像早都发生过,没有什么没有发生过的事情一样,所以我想来想去,觉得这个书第一个价值就是中国人的人性读本,第二个价值才是中国人的英雄史诗,英雄史诗我们稍后再说。先破题破到这儿。

孟瑶

刚才王社长和黄社长都讲了这本书,他们是从宏观、从历史的角度来阐述这本书,接下来我给大家介绍一下这本书的内容。虽然你没有看过这本书,但一定听说过里面的很多人物和历史故事,比如说人物里面，孔子知道吧？孟子知道吧？齐桓公、晋文公、秦始皇，知道吧？故事里面，荆轲刺秦王知道吧？晋国知道吧？秦晋之好知道吧？朝秦暮楚知道吧？百步穿杨知道吧？唇亡齿寒知道吧？所有的这些成语、典故、历史人物都来自这本书。所以这本书虽然读的人不多，但是它的传播面却是非常广的。很多人说如果没有《东周列国志》这本书，你不知道自己姓什么。因为中国人好多姓都是从这里而来，比如周天子把一块地分封给某人，然后这个人就以这个地为姓，他的子子孙孙就根据这个地的姓千百年以来沿袭至今。比如姓魏，那可能是周王给他分封了一块地，那个地名就叫"魏"，家族的所有人都姓魏，姓薛、姓田等都差不多是这样来的。比如说，姜子牙那个时候分封在齐国，就是现在的山东，因为姜子牙姓姜，所以他的子子孙孙、国民大部分都姓姜。比如姓熊的呢？熊是楚国的国姓，楚武王就叫熊通，因为楚国的开国先祖姓熊，所以楚国贵族大部分都姓熊。但是又有人说了，楚国不是姓芈吗？咱们看了孙俪演的电视剧《芈月传》，她不是姓芈吗？是的，他们又姓熊，又姓芈，因为楚国人最开始是为周朝的天子管理熊的，是一个饲养员，所以就让他姓熊。芈姓才是楚人本来的姓氏，熊是他的代号。后来楚国人里很多姓庄的，他们就是楚庄王的后代，用他的谥号为姓。秦国人的国姓是嬴，比如秦王嬴政。咱们的《东周列国志》就是写了这么多的从周宣王到秦始皇统一六国的560多年的历史中，所有的历史变迁、人物、故事，以及他们所带来的政治的、经济的、军事的、文化的、思想的种种成果在这里面都有所体现。书中写的春秋时代，主要是写的春秋五霸，是哪五霸？齐桓公，齐国的；晋文公，晋国的，就是山西、陕西那一带的；秦穆公，秦国；楚庄王，就是那个有名的"不鸣则已，一鸣惊人"的楚王，因为他当王的时候非常小，他对朝中的大臣没有把握，所以三年之内不上朝，好多大臣就去谏，说楚王，你这三年不理朝政，我们楚国就要亡了，老百姓就没有办法相信你了。还有一个大臣说，咱们楚国的南山上面有一种鸟，三年不叫，三年不飞，就扑在那儿趴窝。楚王就知道这个大臣是讽刺他的，他说："你放心吧，这只鸟不鸣则已，一鸣惊人，不飞则已，一飞冲天。"这个事说的就是楚庄王，楚庄王果然一飞冲天，打了很多胜仗。他称霸中原的时候，他的最顶级的代表作是什么？是"问鼎中原"，他带领军队打了一大片以后，已经树立了自己的权威，就想周天子地方那么小，为什么我们要尊称他为天子，那我可不可以去示一下威？然后就带领楚国的军队到了周朝的都城下面，驻扎下来。周天子一看，楚国军队那么大气势来了，是不是想要打我的主意？就派了一个大臣王孙满去慰问他。庄王一看来了一个大臣，就很满不在乎地说，据说你们周朝的鼎是大禹治水的时候铸的，非常重，到底有多重啊？王孙满就很生气说，这个九鼎的重量也是你能问的吗？这个鼎是周天子的代表，是周天子统治天下诸侯的一个象征，你一个楚国人，一个南蛮，你凭什么要问这个？意思是这个意思，当然他说得文雅一点，很不屑的。楚王就说，我楚国产铜（因为楚国随州那儿有一个铜矿，楚国是产铜最多的国家），楚国的兵器上的箭簇我收集起来可以铸好多的鼎呢，难道我不能自己铸九鼎吗？王孙满就跟他说，天子在德不在鼎。就是说，天子的威信在于有德而不在于有鼎，周天子之所以能够统领这么多的诸侯，不是说你这个鼎有多重，诸侯怕之，而是因为他的德征服了九州，所以诸侯服之，如果你没有德的话，你的鼎再重，也是没有用的。楚庄王一听，心里受到了很大的震撼，他觉得以他的德还不足以来服中原诸侯，所以就悻悻地回楚国去了。楚国那个时候还很南蛮，自此以后，就学习中原的文化，很快它甚至比中原更中原，接受了很多中原礼仪、服饰、文化艺术，楚国一下子非常繁荣发达。这是楚庄王。还是一个是吴王夫差，还有一个越王勾践，这两个故事大家可能都耳熟能详，吴王夫差就是宠西施那个，越王勾践就是被吴王打败了以后，带领越国人民后来复仇的那个，他给吴王当马夫，尝吴王的粪便，把西施送给吴王，这样的一个国君，后来这个人也称霸中原了，把其他的国家打得呜呼哀哉的，这是春秋五霸。

书中写到战国，就以战国七雄为主线。就是春秋末期，自从晋国分裂为韩、魏、赵三个国家，史称三家分晋后，中国历史就改写了，春秋变战国。晋国在春秋时是非常强大的。后来就变成了战国七雄，齐楚燕赵韩魏秦，这七个国家叫战国七雄。战国七雄最开始是魏国的力量最大，就是咱们地图现在这个地方，所谓的中原国家，正宗的中原华夏国家，一个是晋国，一个是鲁国，还有宋国、齐国、郑国、卫国等，这些是春秋时候的正宗中原诸侯国。像咱们楚国，不是正宗华夏，是南蛮。秦国也不算是正宗华夏，它是西边的西戎，咱们楚国是南蛮，所谓东夷、西戎、南蛮、北狄，这几个都是被中原人瞧不起的。像现在东北那边，根本还没有到这里面来呢，咱们广东、广西在春秋战国时还没有在版图上。正宗的华夏文明都是在河南、河北、山西、山东、陕西部分，还有湖北靠北边部分的国家。战国七雄的时期，这七个国家基本上把其他的小国都灭得差不多了，就剩下这七个国家打来打去，这里面产生了非常多的有趣的故事和人物。

王海鸿：我就着孟瑶的话题，稍微把春秋五霸解说一下。春秋五霸其实有两个版本，一个版本是齐桓公、晋文公、楚庄王、秦穆公、宋襄公，这是一个版本，另一个版本是齐桓公、晋文公、楚庄王、吴王阖闾、越王勾践，吴王夫差不能入列，因为他是亡国之君。很有意思的是，每个霸主都有原始和他有关的成语，齐桓公有一个成语"老马识途"，带兵到外面打仗，找不到路了，有人出主意，咱们这骑兵部队里有几匹老马以前在这个地方打过仗的，就把老马的马鞍卸了让它在前面领路，结果就把部队带出来了，老马识途。晋文公"退避三舍"，当国君之前，晋国发生内乱，他作为公子被人追杀，之后到国际社会寻求庇护，到处去躲，躲到楚国的时候楚国对他不错，楚王就给他讲，你现在有戏了，你国家慢慢老百姓都挺认可你，有可能回去接掌国君的位置，寡人我这些年照顾你照顾得怎么样？照顾得非常好。那你回去以后你怎么表达呢？那个时候可能也不讲究什么割地赔款，晋文公想了想说，你对我的恩德我是不能忘的，我回去以后一定非常友好地对待我们两国的关系，实在要是万不得已，我们两国要打仗了，我一定退避三舍，一舍30里，如果万一因为种种原因我们两国军队要打仗了，我会命令我的部队让你90里，这个故事后来真的发生了。吴王阖闾"掘墓鞭尸"，这是和吴王阖闾有关系，他利用了伍子胥灭掉楚国，掘墓鞭尸。宋襄公拒绝"半渡而击"，后来被毛主席骂成是蠢猪似的仁义道德，但有人就把他列为春秋五霸之一，觉得尽管他是一个失败的五霸，但是他做了当时的霸主该做的一些事情，比如说召开国际和平会议，把诸侯都聚在一起开会，商量目前的国际形势，对某些行为进行谴责，必要时兴兵讨伐。当时打败他的的楚王是楚成王，反而不能列入五霸，他被打败了，因为他和楚国交兵了，他讲究仁义道德，楚国强大，宋国弱小，唯一的优势是我在河的这边，楚兵要渡过河来进攻我，等到半渡的时候发动冲击，是能够加大获胜的可能，但是人家说这不行，春秋时我们是讲规矩的，得等人家摆好阵才能打，眼看着楚国的兵蝗虫一样密密麻麻地渡河过来了，他手下的大将就着急了，说现在这是我们最后的机会，他一半人渡过了河，还没有列成阵势，后一半还在渡河，这是我们最后的机会，赶紧迎头痛击才有可能取胜。宋襄公说那不行，我是有规矩的人，有格调的人，一定要等对方摆成阵势才擂起战鼓去进攻人家，结果大败。半渡而击就是这样一个成语，他没有这么做，被后人讽刺为蠢猪似的仁义道德，可是在那个年代好像这就是本该如此，一个国君，特别是一个想当霸主的国君，应该有的道德情操就是这个宋襄公样子。越王勾践就不一样，卧薪尝胆，什么丢人现眼的事都做，这和宋襄公的时代真不是一回事，所以这个图其实挺有意思，春秋的最后那 100 年在史上称为吴越春秋，因为当时中原的大国都沉寂了，各种破事弄得都人心惶惶，都很黯淡，就那个时候好多光芒都在这个地方闪现，英雄史诗的光芒如此，人性的光芒也如此。刚才孟瑶讲的楚庄王有两个事件，一个是问鼎中原，一个是一鸣惊人，特别是问鼎中原这个故事，其实是一个人性故事，人心不足蛇吞象，我做到一定程度，就追求社会的承认，就开始自我膨胀。但是当时王孙满的话还真说得特别的文明，"在德不在鼎"，这个是非常谦和的语气，你不该问，天子在德不在鼎，而这个话竟然触动了楚庄王，所以这是统治者的人性，但是我觉得当时民众的人性和统治者的人性中间是没有天壤之别的。正如刚才所说的，那个时候分成很多个小诸侯国，一个小诸侯国也许就跟今天一个村委会、一个股份公司那么大，那大家说一个村长的想法和一个村民的想法能有多大的差别呢？人性有正面，也有负面，有积极的，也有消极的，在这个书里展露无遗，像楚王这种的是一种人性，像宋襄公也是一种人性，把道德情操放在一个至高无上的位置。到了越王勾践时候，为了报灭国之仇，为了重新成立国家，把自己的女人送给自己的死对头，在敌人的面前没有底线地奴颜卑躬屈膝去奉承、伺候人家，人性可以到达那个程度。

孟瑶
他自称东海贱臣。

黄东和：我觉得我们今天的主题首先是英雄史诗，第二个是人性读本，就是为什么我觉得中国的历史只有在春秋战国时期我们可以讨论人性，春秋战国历史以后，就没有人性讨论了。为什么呢？有些话是不能说的，为尊者讳，有权力的人不允许你议论他，他就成神了，既然是神就没有人性了，而恰恰我非常喜欢《东周列国志》这本书，喜欢看春秋战国就是因为他率性犹真。国王也是个人，皇后也是个人，天子也是人，小人也是人，从这里面能够看得出真的东西，这个东西跟我们是密切相关的。那这样的历史基本上到秦汉以后就没有了，我们二十几个朝代史到后面都是围绕皇权、围绕皇帝来写历史的，其他都成了野史，野史中还有一点人性的东西，正史中基本上就没有了。春秋战国以前写历史的人是什么人呢？"左手记言，右手记事"，他记下来的东西，皇帝确实是看不到的，你死了以后再给你一个谥号，怎么评价也是等你死了以后，所以史官有非常大的权威性、独立性，晋国的史官董狐，看起来比较好的一个赵家人，实际上杀了晋国国君的是他侄子，最后史官写的时候说还是你杀的，为什么呢？是因为你掌着权，你还没有离开国家，所以你侄子杀的，还是要记在你的账上。中国的历史的记载为什么值得相信？史官的笔记真人真事，有独立性，不像我们现在好多的报道都不真实了。那个时候我们写史还是值得一看，只不过这个历史写得比较简短，比较佶屈聱牙，比如《春秋》那么短，才几千字，写成《左传》，就是几万字了，写成《史记》，就是几十万字了，写成我们《东周列国志》，就是七十万字，我的建议是大家要看七十万字的，因为梳理得非常清楚，这是一个通俗版本，如果它有缺点的话，唯一的缺点就是不够通俗，还可以更通俗。为什么读这个时期的人，会让我们中国人感到一种骄傲与自豪？有的听众说，中国人现在活得像猪猡一样，尤其是近代，没有尊严，没有个性，没有底线，人家欺负到你头上，你就趴下，让人欺负，只要你能让我活着，也许活着还有机会，但是春秋战国时期不是这样的，人性宏放，一言不合就死了，这些我们越往回看，我们中国人的人性、中国人的血性、英雄之气越有，所以我把《东周列国志》起了一个标题叫"少年中国说"。梁启超写《少年中国说》的时候，他很怀念，他看到老大帝国，这个老大帝国人没脸，活得没有底线，没志气，像猪猡一样，我们要回到少年中国，回到什么时候？真正的少年中国就是东周列国时代，就是春秋战国时代，我推荐大家一定要看这个书，少看《三国演义》。多看几遍以后，就对我们中国早先的历史，对我们中国人是怎么来的、是什么个脾气就很清晰了，读完以后，你会自己觉得心中涌起一股像孟子所说的"浩然之气"，就觉得中国人真的是骄傲、自豪，我觉得这个人性读本要回到这样一个角度，这也是我非常乐意来参加我们南书房夜话这一期的原因。去年我们也讲了四大名著，四大名著都没有感动我，我觉得这个《东周列国志》感动我了，我主动要求来的，我来就是为了说这番话。接下来我们所面临的世界局势就是类似于东周列国的局势，怎样去看清楚国际局势，怎么样去应对国际局势，我们东周列国时代是在冷兵器时代以最小的代价刺探了人性当中最复杂的东西，从而解决了东周列国互相相处的问题，我们现在是核武器时代，我们要避免最大的损失就是要不动武之前我就把你看穿了，然后把这个问题解决在动武之先，这才是我们真正的老祖宗留给我们的智慧。这个我们可以放到第二讲、第三讲去讲，今天就讲人性，就讲好听、好看的故事，比如夏姬。

夏姬的故事，如果国家广电总局批准能够拍成电影，比《芈月传》好看十倍，甚至好看一百倍，而且不需要怎么编，非常人性，也非常符合历史史实。在《诗经》中有说，陈国的一个夏姬，美到不可方物。丈夫死得早，然后陈国的大夫，其中一个是叫仪行父，他们两个大臣也觉得她长得那么好，我们打她的主意吧，其中一个去了，夏姬一看大臣来跟她示好，好上了以后，她就给他送了一件大概是里衣，穿在里面的衣服给他作为纪念，他拿回来以后就跟另外一个大臣说，你看，我跟她好上了，她还送了我一件衣服作为纪念品。那个大臣不服气，他也去如法炮制，得到了一个类似内衣的作为礼物，两个人就在朝堂上互相比来比去，然后国王就听到了，说好东西应该让国王先享受，你们俩去了都不带我去，快，带我去。陈灵公也去了，得到了一件更为贴身之物作为纪念品，三个人一天到晚上朝的时候不讨论政事，把大臣赶一边去，他们在讨论这个事，最后朝中的政事无人处理，老百姓就愤怒了，起来把陈灵公杀了。但把这三个人给杀了，国家陷入内乱。这时候很有作为的楚庄王，听说这件事情以后，派遣大军过来，把陈国的内乱平息。这个时候一查原因，原来是夏姬为乱，把夏姬带上来审问她，带上来以后，楚庄王一看，坐不住了，他想长得这么美，怪不得他们这样的，所以能不能够我就娶了她作妃子？这时候就有一个人出现了，这个人叫作巫臣，巫臣说："不可不可，我们是因为夏姬淫乱，陈国出了大事，我们是来兴义兵，来帮助陈国平息内乱的，怎么能够又在这个事情上再出错呢，千万不能犯这个错误。"楚庄王一想，毕竟就是因为夏姬为乱，我出兵，最后我又收了你，这个确实说不过去，他就把这个想法暂时放下了。放下以后，他的大臣有一个将军叫公子策，公子策说大王你不要了，那我现在人到中年，没有妻子，能不能把她许配给我？楚庄王还没有搭话，屈巫又说，不可不可，夏姬害死了好多人，害死了她丈夫，害死了她儿子，最后陈灵公就是被她儿子杀的，害死了陈国国君，害死了大臣，这样的一个人相当于是妖孽，怎么可以娶她呢？你是将军还怕娶不到媳妇吗？我给你介绍一下，然后把他也阻止了。公子策听到这个话以后，回了他一嘴，说："大王不能娶，我不能娶，难道你要娶吗？"他说"不敢，不敢"，为什么不敢呢？我已经说了你不能娶，我娶肯定也不对，然后庄王就说了一句话，如果说一物无主，众人逐之，就是一个物品没有主人的话，大家就会去抢，那还是得安排一个主人，就安排了一个很老的老将军，嫁给他了。故事没有结束。再等到若干年以后，老将军死了，她又成了无主之物，很多人又开始打她的主意了，屈巫就说,这个人放在我们楚国就不是一件好事,我申请我把她送回陈国去,不要留在我们楚国。结果他一回去以后,把他的家人安排好,连人快马就送到晋国去了,逃到晋国去了。为什么逃到晋国?他们两个人结合在一起了,屈巫不让楚庄王娶,不让公子策娶,自己也答应不娶的人,结果他自己娶了,娶了以后就逃到晋国。为什么逃到晋国?因为当时只有晋国才是楚国的敌手,如果逃到晋国去,楚庄王奈我何?结果晋国没有接收他们,怕接收了这两个人会引起两国之间的战争。故事还没有结束,要是这儿就结束了,它比《芈月传》最多是好看十倍,好看百倍的是在后面。屈巫离开楚国的时候说,我已经逃出楚国了,你把我的家人都杀完了就算了,那你就不要再追及我了,追及我就让你楚国不好受,他发了这样的誓,到了晋国以后他又发了一个誓,因为晋国不接收他,"好,你晋国不接收,我让你晋国以后永远不得安生",最后他去了哪里呢?去了吴国。吴国是南方国家,南方人会行船,但是不会车战,他就到了吴国去,帮助吴国的军队怎样用兵车打仗,用兵车打仗才能干掉楚国和晋国,果然后来吴王夫差是在伐晋的过程中被越国抄了空子,不仅是对晋国构成了骚扰,还强大了吴国,但是吴国自己没有控制住,被越国给灭了,一直是楚国的麻烦。这一个女人引发的故事牵涉多少人,多少人性,也有多少的历史因此而改变,我觉得这是一个上流社会美人的故事,也是历史发展小溪流最后改变大流向的一个很有趣的故事。这个故事如果写得好,当然演员很难找,那我觉得比《芈月传》故事好看一千倍,一万倍,条件是演员要找好;细节,我们广电总局的尺度要稍微放开一点,谢谢大家。

孟瑶

这里我更正一下,晋国并不是没有接收,不但接收了,而且还重用他,他原来在楚国的时候是叫屈巫,后来到晋国改名叫巫臣,他派他的儿子去吴国教他们车战,练兵,让吴国来打楚国。他还给楚国写信说,你把我的全家杀了,我要让你疲于奔命,这就像你刚才说的,一个女人引发的五国大战。

王海鸿：这个故事是人性故事，但是是人性中比较不太好的一面，我倒是讲一个故事，在人性中比较深沉的正面的故事。是郑庄公的故事，郑庄公出场比较早，在五霸出现之前，史书上评价他是春秋小霸，他是第一个敢跟周天子打架的人，历史上对他的评价也是毁誉参半，但是他也产生了成语，也产生了一个挺温馨的人性故事。他的弟弟和他是一母所生，但是他妈就不喜欢他，就喜欢他的弟弟，他继承国位之后，母亲老逼他，把国家的资源向他弟弟倾斜，不停地替他弟弟要，而且把这个弟弟扶持到野心膨胀，要谋权篡位了，大臣们也给郑庄公提建议，这儿就出了一个成语叫"多行不义必自毙"。他本来在他母亲面前是恭恭敬敬的，可是他一旦露出杀机把他弟弟杀了以后，他跟他母亲也同时翻脸了，说"这些年你做得太不地道了"，所以就把他母亲贬到一个地方去软禁起来，而且发誓不到黄泉不和他母亲见面，这是一开头的进展。但是后来，颖考叔，本来是国中的一个普通人，后来成了他的大臣，就来劝说他。这个人是有名气的，他来拜见国君，国君请他吃饭，他吃了以后还要打包带回去，国君问你为什么这样？他说我是个贫寒百姓，我在你国君这儿吃到好吃的东西，我妈妈都没得吃，甚至都没有尝过，所以我要带回去孝敬我的母亲。郑庄公把自己的母亲囚禁以后，人性的深处还是不自在的，所以他一看这个情况，你这个平头老百姓都能做出这样的事情，而我身为国君的却尽不到孝道，自己感到很唏嘘、很遗憾。颖考叔其实就是专门劝说他的，还装作不知道问是怎么回事。"我母亲一直对我不好，也就罢了，到最后她公然扶持我的弟弟，还要谋我的位置，所以我把她软禁了，而且发誓不到黄泉不见面。"颖考叔就问他，"你是不是后悔"。"当然也是后悔，但我是国君，我说的话不能不算数的，但我心里确实是挺难受。"颖考叔首先给他讲道理，不管怎么说，母亲是母亲，你不能跟她不见面，至于你的承诺，我想个办法给你解除，你挖个地下室呗，挖到黄泉，挖到地下水生出来，这就到了黄泉了嘛，然后你跟你母亲见个面，然后就把这个扣也解除了。所以这是很深沉又温馨的一个人性故事。还有我发现春秋里面有好几个做梦的故事。比如说晋楚争霸的时候晋国有一个姓魏的大将，他做了一个梦，他射箭射中了月亮，正高兴的时候后面一脚踩空，踩到水坑里了。就有解梦大师给他解析，他觉得这个梦很奇怪，结果解梦大师给他讲，明天在打仗的时候，你有可能射伤楚国的国王，因为当时天下是周天子，姓姬，那周天子是太阳，异姓的自己封的王虽然是自己自立为王，但是国力很强盛，咱没办法也得承认他，他是月亮，你射月亮就意味着你明天能够射伤楚国的国王，至于你踩水坑这个兆头就不好了，水坑是阴物，就意味着你自己可能重伤，甚至于死在战场上。做梦给的警告之后，他竟然还是义无反顾地上了战场，战场上果然在乱军中一箭射去，把楚王的眼睛射瞎了。楚王这一阵败下去，这个时候就推出了另外一个人物叫养由基，养由基是著名的神射手，养由基一直在军队里炫耀他射箭的技术，刚刚被楚王给处分了，不许他射箭，结果楚王吃亏了，被人把眼睛射瞎了，恼怒之下把养由基招来了，楚王说你不是说自己能射箭吗？我就给你两支箭，我的箭是谁射我的，我看着样子像是晋国某个大将，他的旗号是什么样的，他的盔甲是什么样的，你找到他，替寡人报这一箭之仇。这养由基马上就驾上兵车过去了，真的一箭就把魏琦给射死了，回去剩下一支箭交给楚王，他立马就学着谦卑了，你给了我两支箭，让我去完成任务，我用一支箭完成，还剩下一支箭交还，你不许我玩，以后我不玩了，所以这又重新给他平反昭雪，把射箭又给恢复了。一个梦，对这个梦的解析很棒。更精彩的一个，孟瑶是京剧爱好者，京剧有一出戏取材于这个故事，两个名字，一个叫"鱼肠剑"，一个叫"刺王僚"，就是讲吴国吴王阖闾之前叫公子光，他要刺杀他的叔伯兄弟王僚夺取王位。王僚也知道自己的王位来得不正，王位怎么来的，咱们第三讲要讲，吴国的王位更迭跟沙特阿拉伯的王位更迭有高度的相似性，在这个领域我们比沙特阿拉伯政治体制领先2400年。这个在第三讲再讲，我今天只讲一下后面的结果，公子光要刺杀王僚，但是王僚知道自己得位不正，每次出门披着重甲，上百人护卫，根本没办法下手。所以他就找到专诸，去练习做一道鱼，然后将一把鱼肠剑藏在整条上的鱼肚子里面，为什么藏在里头？因为每给王僚上一道菜都要检查，只有这个招数能把利器带进去，否则的话伺候他的人都要搜身的，根本不可能带刀进去，用鱼把鱼肠剑藏在里面，计划是等专诸作为厨师伺候王僚，亲自把做的鱼送上去，然后拔出鱼腹中的短剑，把王僚刺死。鱼肠剑极其锋利，能够穿透重甲，做好一切准备之后，专诸练习了几个月，厨艺也练成了，用匕首杀人的技巧也练好了，等到一切具备，公子光就把王僚请过来了，这里面也写了，他是做了梦的。而且王僚就很好玩了，把自己做的梦还讲给公子光听，他都不知道公子光就是要自己命的人，是死对头，还把自己做的梦讲给公子光听，这出戏在京剧中就演绎得淋漓尽致，这个京剧唱词唱得非常好，这个唱词是这样写的："列国之中干戈厚，弑君不如宰鸡牛，虽然是弟兄们情谊有，各人的心计各自谋。兄昨晚得一梦实少有，孤王我坐至在打鱼的一小舟，见一尾鱼儿在那水上走，口吐着寒光照孤的双眸，冷气吹的难禁受，高叫声渔人快把网来收，只吓我孤王我就高声吼，回头来又不见那打鱼的一小舟，醒来不觉三更后，浑身上下冷汗流，这样的机关孤解也解不透，御弟与孤说根由。"很滑稽，老天爷把这个阴谋已经原原本本的告诉他了，他傻乎乎地去跟对头讲，我觉得如果这个是真的话，公子光会被吓死的，他策划的阴谋已经完全都在人的掌握之中，都到这一步了，竟然这个阴谋还成功了，这个我觉得，但凡是和做梦有关的，往往闪现的是人性的很灵动的那一面，非常有意思，如果大家感兴趣的话，可以把专诸刺王僚这一出戏的视频搜出来，听听，非常有味道。

孟瑶

还有好多精彩的故事要讲，但时间已经不太多了，还有十几分钟。现在把最后的十几分钟留给在场的听众，大家听了我们的讲座之后有什么感想，有什么疑问，大家来提问。

听众：各位老师好，今天非常开心在这边能够听到三位老师非常精彩的解说和演讲，对我们触动启发很大，特别是黄老师说的中国历史的少年时期，我们是非常认同的，因为确实那是中国最有生机的一个时代，在非中央集权统治下，各个思想和各个学说都可以有自己的一方天地和空间。我想提的问题是，关于这本书确实是我们之前涉猎得很少，看得很少，我想了解一下，比如说《三国演义》是以《三国志》为底本进行的演绎，可能是三分真三国，七分假演绎，那《东周列国志》，根据刚才老师的介绍，是《史记》《春秋》这些史料，其实我们回想一下也是蛮不靠谱的，是我们500年前的人臆想1000多年前的事，就像我们今天去臆想宋朝的事情，其实是一样不靠谱的，这里面几位老师觉得有几分是以史实为基础，又有几分的演绎呢？谢谢。

王海鸿：我感觉这本书应该说它的重大事件都有迹可循，还比较靠谱，我跟一个西方学考古的人接触过，他很感慨，说对中国的考古太有意思了，首先有一本历史书，二十四史记载着某件事情，然后在某个地方又刨到了那个墓，墓里竟然出现了那个书上说的那些实物，还有一个，石碑，用简洁的文字，如果一千字就可以有极大的信息量记载一件事情。而且中国的历史是一个非常缜密、严谨的体系，历史是分三个层级。朝廷的《二十四史》，后一个朝代给前一个朝代写史，加上《清史稿》，就是《二十五史》，《清史稿》就很长，现在又搞了个新的清史，好几千万字，这是朝廷的庙堂层面的。然后每个地方有地方志，比如说县志，若干年要重修一次。然后再低一个层次，每家的家谱，所以并不是不靠谱，而是一个很严密的体系。刚才黄总也讲了，一个书商从娱乐角度讲这个东西，但一旦真正的文化人介入了他就会挑刺，根据这些有史可记的，《二十四史》，大家对前四史挑得特别的严格，黄总讲了，史官要求真的是很严的，唐太宗李世民临死的时候对自己在史书上怎么记载非常的忐忑，跟史官商量，"能不能破例，在我有生之年让我看一看"。"对不起，不行"，只要体面一点的封建王朝都是守这规矩的，那么英明的君主，他特别在意我杀自己哥哥，你们将来史官是怎么琢磨我的，但是不行，不能看，所以还是比较靠谱的。像你具体说的三分真、七分演，至少重大事件，人物、事件都有迹可循，而且还有一个好处，比如说周宣王多少年，周幽王多少年，我们已经精密地知道它对应的是公元前多少多少年，还比较靠谱。

黄东和：我补充一下，第一，这本书的主要内容是根据春秋三传《左传》《穀梁传》《公羊传》，根据《史记》，以及《尚书》《礼易春秋》，在影响了中国近2000年的经典著作都能够印证的情况下，冯梦龙考订了这本书，并不是余邵鱼那个版本，这是经得起考证的。第二，冯梦龙是四五百年前来写这本书，我们现在来理解这本书是500年以后，宁愿信冯梦龙的。比方说500年前讲秦国的历史，第四回就有，秦孝公，秦文公做了一个梦，梦见最后秦国为什么要统一，他的说法其实在里面有。第三，我们与其看现在的戏说和什么什么的，看电影、《芈月传》等，不如认认真真看一下这个文本，如果我们不能看《左传》，不能看《史记》，至少也要看《东周列国志》。

孟瑶

我看到一个材料说毛泽东也怀疑过《东周列国志》的真实性，他亲自拿《左传》和《战国策》来对应，他说基本属实。还有马王堆汉墓出土了一个帛书，就是那种很薄的布料上写的字，其中就有苏秦的13封写给燕王的密信，在出土文物中找到了，所以在这个书里绝大部分史实都是有基本事实的。

时间已经超过20分钟，今天的夜话非常成功非常好，非常感谢大家！下一场我们将讲"《东周列国志》——五百年大棋局之复盘"，将把秦国战胜六国的过程来一个大复盘，欢迎各位再次来参与，谢谢。

南书房夜话第六十七期
《东周列国志》——五百年大棋局之复盘

嘉宾：王海鸿　黄东和　孟　瑶（兼主持）
时间：2017年10月28日　19∶00—21∶00

孟瑶

　　各位读者、各位来宾，大家晚上好！欢迎大家跟我们一起参加今晚南书房夜话。今晚我们的主题是"《东周列国志》——五百年大棋局之复盘"。非常高兴今天晚上和大家一起再一次夜话《东周列国志》。这个题目是我们社长王海鸿取的，为什么取五百年大棋局之复盘呢？这个"复盘"是一个围棋的专业名字，我们王社长多才多艺，不仅是著名的文化学者，而且他又是红酒的鉴赏专家，还是围棋高手。围棋高手是有段位的，他是什么段位的？具体说不清楚，他在深圳棋坛号称"水五克星"，就是水货五段碰上他一定败北。我们知道在秦始皇统一中国以前，中国不叫中国，是夏朝、商朝和周朝，周朝的时候把中原国家，像晋国有三晋，鲁国、宋国、卫国、郑国等等这些诸侯核心国家叫中原国家，简称中国，像秦国、楚国等那些方外国家，都不能算是中国之内的，是一个小的地理范围的概念。直到秦始皇统一了中国以后，这些中原国家，包括东南西北的各个国家统统纳入中国的版图以后，以后的人才称这个完整的国家叫中国。我们今天就来还原一下秦始皇统一诸侯列国的过程，所以叫"复盘"，下面先由王海鸿给我们解读。

王海鸿：谢谢大家。今天感觉和以往相比少了几个老同志，可能是过重阳节去了，祝福他们幸福。这个历史话题，我刚才提到了老同志，现在我感觉到很高兴的是年轻的朋友们也越来越多的给予了关注，而且有些问题往往都提得非常深刻。前不久有一个青年朋友就跟我探讨了一个很有意思的话题，他就问，三国的时候三国鼎立，一旦魏国和吴国或蜀国中的任何一国发生了军事冲突，吴蜀联盟的另外一方必然会作出反应，它那个唇亡齿寒的意识特别强烈，它绝不会任凭魏国灭掉了另一国来对付我，这是长时期的一个常态。只有很短时间，就是刘备讨伐孙权猇亭之战，那是一个很短暂的例外，一旦三国鼎立的形势形成之后，它就是一个常态，魏国只要有动作，吴国和蜀国一定会有联动的反应。他就问，为什么在春秋战国的末期，秦国和赵国在长平打得你死我活的时候，另外五国竟然袖手旁观？难道他们不知道吗？秦国要把赵国打败了，他们就跟着完蛋了，怎么会眼光那么短浅？而且毫无反应，就看着秦国彻底摧毁了赵国，然后其他几国的灭亡也只是个时间问题了，难道当时的政治家的眼光就会这么短浅吗？这个问题我还真是不敢当时就回答的，我认真地思考了很久，然后有了自己的一个答案，在这儿也不妨抛出来供大家批判。先说说三国时候的形势，就真的是一家独大，另外两家完全合作才能自保的这个态势很清晰，为什么呢？曹操是从山东的兖州发家，兖州就是今天山东的南半部，然后他先制伏了张绣，取得了豫州，就是今天河南的一部，然后又消灭了吕布，取得了徐州，所以他就有三个州在手上，然后就和北方的霸主袁绍进行了决战，官渡大战。袁绍当时的地盘是冀、青、幽、并四个州。冀州，河北省；青州，山东的北部；并州，山西；幽州，河北的北部。当时整个汉朝的天下就是 13 个州，大禹治水的时候天下是 9 个州，汉朝的时候天下是 13 个州，刚才我们已经说了 7 个州了，7 个州都归了曹操以后，他消灭了马腾、韩遂、马超，取得了雍州，就是今天的陕西，还有更西北的凉州。这个时候孙家的势力，他那个州叫扬州，就是东南部这个地方，于是几方争夺的重点就到了天下的第一大州叫荆州，荆州就包括今天差不多湖北的全境、河南的南部、湖南的全境，这么超级大的一个州，它有 9 个郡。经过三国中反复争夺荆州之后，后期魏国占有荆州北部的两个郡，就是襄阳郡和南阳郡，其他的几个郡基本上都被东吴控制着，所以东吴控制着一个扬州加上大半个荆州，实际控制着不足2个州，而北方政权控制着刚才说的这9个州，再加上长安和洛阳之间这一块，叫司隶区，有人管它叫司州，州的头叫刺史，但是司隶区没有刺史，它叫司隶校尉，朝廷设的直辖市市长这个意思，所以当时北方控制着10个州，孙权控制了不到2个州。而刘备自从丢了荆州之后，他只控制着一个益州，就是今天的四川，加上隶属于雍州的一个郡，就是汉中郡，他只拥有一个州多一点点的地盘，所以那个时候的形势双方看得很清楚。东吴和西蜀的统治者很清楚，我太弱小了，北魏有10个州，我们两家加起来才3个州，我如果不团结，必死无疑，所以唇亡齿寒、鼎足三分的意识非常强烈。但是在东周列国的时候，情况就不一样了。首先由一个国家吞并所有其他国家没有过先例，在漫长的春秋时期也没有任何一个国家有这种意志、有这种愿望，这是第一条。第二条，如果秦国和赵国这个仗打的结果倒过个儿的话，还不定是什么样子呢。我们知道长平之战最后的结果是白起坑杀赵兵40万，假如倒过来，赵括坑杀秦兵40万，那另外几国的日子会好过吗？恐怕赵国吞并他们的速度也许比秦国还要快。所以我的感觉是，当时各国采取的策略并没有太大的问题，只是时机的把握上出了问题。当时这几国都比较弱，没有一个国家说我想吞并整个天下，他们最高的战略诉求就是能够存活下去，基于这个目标，你最好的选择就是坐山观虎斗，但是又不能一味地旁观到底，最好就是不让任何一方取得决定性的大胜，让双方两败俱伤，这对于你未来的存活是最有利的，但是这个时机没有掌握好，没有想到这个战争以那种一面倒压倒性的优势给终结了。由此就引申出一个问题，秦国统一天下真的是注定的吗？是从300年前注定的还是从500年前注定的？认真读一下《东周列国志》才知道，根本不是这么回事。在漫长的春秋期间，秦国长期受排挤、受打压，在战国的早期，第一个超级强权是晋国分出来的魏，魏国曾经把它的战线、它的军队越过黄河，向秦国的本土推进了两三百公里，天险都丢了，推几百公里。所以当时魏国都没有说它已经看到统一中国的曙光了，但秦国绝对是七国中第一个看到灭亡的可能性的国家，已经有灭亡的危险摆在面前了。这里就有辩证法了，坏事变成好事，好事变成坏事，成于忧患，死于安乐，所以为什么秦国上下改革的决心那么坚定，就是因为它是在七国中最早面临亡国之祸的。所以说我觉得咱们把这段历史做一个回顾，其实挺有意思的，而且不从战国，就从春秋时期开始。这个脉络基本上都可以按照五霸的脉络来，五霸的第一霸齐国，有人认为齐国其实是很色厉内荏、很虚的一个国家，在齐桓公当霸主期间，主要是召集一些国际会议、搞一些外交上的纵横联合等，它没有进行过大战和恶战，当然它打败过孤竹国，不成器的少数民族，就连拯救因为爱好仙鹤王国的卫国，也并不是正当敌人的风头，敌人已经捞足了，要回去的时候，他捡了便宜。所以有人说齐国到春秋的后期曾经被痛扁过一顿，下次咱们讲存鲁、弱齐、亡吴、兴越的时候会提到这段故事，齐国在春秋末期还曾经被新兴的吴国痛扁过一次，打得满地找牙。那是不是它真的很弱呢？可是到战国时期它真正的实力显露出来了，魏国是春秋的第一个霸主，它的霸权，它统一中国的可能性被谁终结的呢？我认为是被齐国终结的。这个我们后面再讲，咱们还回到春秋时期。齐桓公之后是晋文公，晋文公和齐桓公就有很大的区别了，他对自己作为中原国家的历史责任有着清晰的认识。他有两个主要任务，第一个是遏制楚国向北方发展，第二个是遏制秦国从西向东的发展，他是以中原的正统自诩，他是打过非常硬的仗的，他这几仗有的从小的道义上来讲都有点不是交代得太清楚，但是史学家都这么理解，乃至于有一句话，"华夏文明看春秋，春秋大义看晋国"，就是晋国在相当长时间是一个主轴。尤其以晋楚争霸的时间最长，延续了150年，中间有三次大战，第一次大战就是晋文公时期的城濮之战，晋文公在没有当上国君，而且被人追杀、四处流浪的时候，他得到过楚国的恩惠，得到过秦国的恩惠，可偏偏他一上任就不得不和楚国交兵，而且在他流落的时候就很清楚我将来难免要和你楚国打仗的，我唯一能做的是退避三舍，我做到了，退避三舍之后，还是要把你打败，捍卫我中原的文化。晋文公刚死，他的另一个恩人秦穆公派部队擦着晋国的边境要去谋郑国，要占便宜。这时候本来晋国的好多大臣都建议放他一马算了，我们刚去世的君主是受了人家的恩惠，唯独有一个叫先轸的大将，他是晋文公身边的第一号人物，这个人是中国历史上第一个得到元帅头衔的人，而且他策划组织的崤之战是世界军事史上第一次伏击战，我占据有利地形埋伏下来，等敌人进了我的口袋阵，部队再出发，予以痛击，这是世界军事史上第一次。先轸当时就坚决力排众议，要对秦国的这支军队予以痛击，别人就说了，我们的先君还欠人家情分呢，他驳斥说我们正在办大丧的时候，你竟然偷越我的边境，那以前的恩义我顾不上了，实际上他是忠实理解了晋文公的思想，就是晋国对捍卫中原文明、捍卫中原的秩序有是着独一无二的责任的，于是就爆发了崤之战，晋国大胜，以伏击战消灭了秦国 300 乘兵车的这支队伍。有人问战车"乘"是什么意思，春秋时候太规矩了，一辆战车三个人，正中这个是驾驭的，左边这个人是指挥官，他使用的兵器是"戈"，这个"戈"有两个用途，它前面未必有刺，主要是旁边的一个刃，可以去砍伤对方的马匹，可以甚至别断对方的车辕，让对方翻车，如果是没有伤人，把车翻了，那不等于就是骑士决斗的最高境界吗？这个人是指挥官，右边这个人使用弓箭，大家可能忽略的是每乘战车是要配备 75 名步兵的，所以一乘战车就是一个战斗单位，一乘战车等于是今天部队里的一个连，附属 75 名士兵，这个规模。说出兵 300 乘战车，就是一个不小的规模，说一个国家是大国就是千乘之国，只有天下的共主、天子才能叫万乘之尊，千乘之国就是很大的大国了，崤之战一下子让秦国的 300 乘战车，规模不小的一支军队全军覆没，三名统帅都被俘。晋国就准备把这三个活捉的秦国的将领杀掉，祭庙，但偏偏当时晋国国君的母亲，也就是刚去世的晋文公的夫人，是秦穆公的女儿，她就说了一番话，晋国的国君就把这三个人放了。先轸是一个性情中人，他闯进去——到底是把唾沫吐在地上还是吐在国君脸上这个就不说了——就痛斥国君，将士们负着那么大辛苦，你怎么能把这个祸害给放走？他处于激愤失礼了，没想到国君非常的明智，您说得对，我马上去追。但是追不上了，先轸这个人太性情了，他做了这个错事之后，觉得自己只能以死来谢罪，于是他就以元帅的身份总是不穿盔甲出现在很危险的战场上死掉了，所以在晋国六卿中就没有他们家的事了。但是后来这六卿，就是跟着晋文公逃难的这批人就形成了一个强有力的统治集团，那时候晋国相当长时间内，它的军队分三支军队，上军、中军、下军，这六卿就轮流担任这三支军队的一把手、二把手，比如说我们俩负责上军，我岁数大，我就是上军将，你就是上军佐，如果我去世了，那你就接任上军将，我的儿子就接任上军佐，这就为后来的三家分晋埋下了祸根，就是一个家族可以世世代代的控制着权力。后人就总结了经验，比如满洲的八旗，本来也是这样的，但是等到范文程当了努尔哈赤的谋士之后，范文程作为汉人，如是就警告努尔哈赤和皇太极这样做的危险，所以实际上最后实权都掌握到皇上手上，八旗的旗主唯一真正的责任就是负责保管这八旗的大旗，对八旗的人事、财务等权力的支配能力是很弱的，特别是干部任命这方面，权力完全在中央，而且后来还进一步的更加强，把八旗分成上三旗、下五旗，正黄旗、镶黄旗、正白旗，这是上三旗，天子亲军，那就是大事一定要天子乾纲独断的。后人总结经验教训，但是晋国的时候，晋国六卿是这样划分的，晋国首先在晋文公时期打败了楚国，他刚刚死，他儿子又打败了秦国，导致一个后果，就是秦国和楚国结盟了，来对付晋国，大家能想象吗？几百年后不可一世的秦国，那个时候不得不和楚国结盟，来对付晋国，于是在这个背景下，晋国和楚国又发生了它们在争霸中的第二次大战，叫邲之战。这个地点也在河南，这次大战，晋国失败，楚国获胜，就成就了春秋五霸的第三霸，楚庄王，他就因为打败了晋国，把楚国的霸权深深地推进了中原，而晋国这次为什么打败呢？就是因为受到秦国的牵制，乃至于晋国的国君都没有出现在战场上，他的主帅叫荀林父，我理解他是先轸之后晋国的第二号人物，是荀家的，大败。这两次大战有一个很有意思的现象，总是有一方国君到场，另一方是大将统兵，国君不到场。城濮之战，楚国的国君没有到场，晋文公到场了，结果晋国胜；邲之战，楚国国君到场了，晋国的国君没有到场，晋国败，楚国胜。于是到第三场，谁也不敢不到场了，那就是晋厉公对着楚共王又爆发了第三次鄢陵之战，这次战斗那就是晋国胜，但是是惨胜，虽然射伤了楚王的眼睛，但是自己一等一的大将魏锜，也被养由基射死了，反正赢得很艰难，这150年双方主力兵团决战就到此告一段落。打不起，耗不起，于是就想别的办法，晋国就培植吴国，让吴国在背后给楚国捣乱，楚国反其道而行之，我就培植越国去对付吴国。楚国是一个曾经势头咄咄逼人，晋国分裂之后，是不是它就曾经有过统一中国的可能性呢？这个可能性被谁终止了呢？被吴国终止，吴国崛起之后，以它野蛮的、原始的冲击力对楚国发动攻击，以小攻大，有个词叫"五战破郢"，打了五次战，破了楚国的首都郢都，我感觉经过这个事以后，楚国上上下下就丧失了意志，连打五仗都败，最后首都被人家毁了。楚国人有一个毛病，多次迁都，但迁的那个都叫郢都。五战破郢，如果你打一次打输了，可以不服，可是你连打五次都败，然后把首都给丢了，国王的坟墓被人给刨了，这个伤害很大，没有非常强的集体的意志品质的话是振作不起来的。事实也是如此，我个人感觉自从吴国破楚之后，楚国的意志品质和早期相比一直就低一个数量级，包括跟秦国后来爆发大战，都是赌气出兵，也没有什么明确的目的，而且几次一起联合起来讨伐秦国也都是三心二意，根本就没有一个很坚定的战略目标，所以楚国统一中国的可能性是被吴国消除了。魏国，在战国早期是超级强权，他用人才用得好，用吴起，吴起在魏国早期得到了魏国的兵权之后，在有一个地方叫"阴晋"，这个地点在陕西境内，大概就是今天华山的脚下，吴起率领五万魏兵，大破秦军五十万，就是因为这次战争的结果秦国丢失了大片的土地。等后来吴起被排挤了，魏国照样强势，它的继承人就是庞涓，庞涓又带着魏国的军队东征西讨，这时候第一个霸主齐国开始显示出它的实力。齐国当时的大将是田忌，军师是孙膑，齐国两次挫败魏国。大家都知道围魏救赵，其实在此之前还有一次围魏救韩，魏国早期强权就老拿自己过去的兄弟动手，先对付韩国，然后齐国就打它的首都大梁，他只好收兵；第二次讨伐赵国，又被人家抄了，在马陵射死了庞涓，使魏国的主力军队受到毁灭性的打击，从此以后魏国就衰落了，就不再是最强的两三个国家之一了。魏国最后的辉煌是在100多年之后，长平之战之后信陵君窃符救赵，帮助赵国打赢了邯郸保卫战，这无关大局，所以等到秦始皇的曾祖父昭襄王那个时期，也就是芈月的儿子秦昭襄王，他的任期很长，有四五十年，他是真正把秦国统一中国的主要任务完成的。在这期间，决定性的战役就是长平之战。这个长平之战是一个分水岭，长平之战秦国赢了，那它统一的步伐就基本上无法阻挡。我觉得秦国打赢了长平之后，另外几国存活的唯一希望就是秦国犯错误，犯什么错误呢？就是先去打楚国。楚国已经很弱了，但是它大，楚国面对着秦国有点像抗战时候的中国面对着日本一样，我打不过你，我弱，但是我能耗死你。所以假如秦国那个时候放下了赵魏韩燕去对付楚国，那这个统一就可能遥遥无期了，它会被耗死。但是秦国没有犯这个错误，它依次先把北方的各国都灭掉了。这时候我们回到又说齐国，齐国既然能够粉碎魏国统一中国的可能性，那它自己有没有统一中国的可能性呢？也不能说没有。在秦国统一的过程中，对齐国一直是客客气气、恭恭敬敬的，两国没有打过一仗，甚至于秦始皇的祖先第一次想称帝的时候说约了齐国咱们一起称帝，我是西帝，你是东帝。齐国也一直把秦国当朋友，从来极少帮助秦国的敌人，那齐国它统一中国的可能性是被燕国毁掉的。齐国在春秋的中期曾经灭掉了燕国，结果燕国燕昭王复国，重用大将乐毅，一下子把齐国的70多个城市都占领了，把齐国压制得奄奄一息，最后靠田单火牛阵勉强复国了。但是它国力大损，像楚国被吴国痛击一样，也就失去了可能性，所以等到了昭襄王那个时期，唯一可以和秦国争霸的也就是赵国，如果这场战争以赵国的决定性胜利告终的话，这个历史真不好说了，也可能赵国统一的可能性也存在。今天为什么准备一块板呢？大家都知道毛主席年轻的时候最爱读的一本书叫《读史方舆纪要》，明朝的作者顾祖禹写的。《读史方舆纪要》，方舆就是方位的意思，就是中国的历史要想读懂，要清楚方位，读史的时候要知道方舆这个方向，所以毛主席年轻的时候特别爱读这本书，他自己在著作里都写了，年轻时最爱读的是《读史方舆纪要》，所以我就觉得结合东周，虽然是有地图，但是有时候我们也需要画几笔才能够更细一点。在这个过程中，我觉得大地的骨骼就是大江、大河、大山，在我们祖先的这个时期，我们的祖先是没有力量、没有可能性去面对喜马拉雅山、昆仑山，在当时的社会经济条件是没有能力面对那样的山的。在2000多年前，对于中国来说最雄峻高大的山就是太行山，很多的故事都离不开太行山，现在大家可能都知道有一个词叫"太行八陉"，"陉"的意思就是山中间的缺口和道路，后来为什么就没有出现"祁连山八陉""昆仑山八陉"呢？因为这是一个古字，后来就不用这个字了，但是一旦用了，延续至今，于是大家就知道有一个"太行八陉"的说法。太行山基本上从北向南延续，北部叫北太行，是河北和山西的分界线，到南段深入了河南省境内，还有些比较多的水草，拐过来一段西太行，太行八陉就是在太行山中的八条通道。而黄河从这个方向流下来、流过去，中国的古人非常有智慧，把这部分叫河东，这一部分叫河间，这一段叫河内，已经拐过来了，这古地名都非常形象的。刚才说了，秦国本来是靠着一道黄河，这边的潼关，这边的崤山，秦国想向东发展的话，这个是天然障碍，崤之战为什么发生在这个位置？就因为太难走了，吃大亏，我观察中国历史发现，如果把这八行从北向南讲的话，越往北边，故事离今天越近，越往南边，故事离今天最远。太行八陉第一陉，军都陉，大家可能不知道，但是说另外一个地名，大家都知道，居庸关八达岭，军都陉，这条40里长的通道是太行山和燕山的分界线，它的最南端叫南口，中间叫居庸关，最北段叫八达岭。这个位置就是北京，北京现在的宣传是3000年的建城史、800年的建都史，这800年的建都史从金朝的中都开始，但是辽国的时候北京就是辽国的南京了，但是它是陪都，所以不能算建都了，大家看《天龙八部》，萧峰是南院大王，就负责镇守幽州。金国要灭辽，想要进攻北京，从居庸关打不进来，绕道从紫荆关打进来，再从背后打破了居庸关，然后灭掉了辽国的南京。等到金国进入了金中都，蒙古来打金的时候，又是攻不破居庸关，又绕路紫荆关进来，从背后攻破居庸关，然后攻下金中都。等到明朝的时候，土木堡之变，明英宗被人家俘虏了，于谦组织北京保卫战，瓦剌的骑兵又进不了居庸关，又是从紫荆关进来，围攻北京城，但是他们没有从背后把居庸关打破，他围北京城遭到北京居民的顽强抗击之后，因为怕后路被断，灰溜溜的退回去了，这是居庸关。还有一个故事值得讲的，"九一八"事变，北京丢了之后，国民党中央军第一个投入抗日战场的军队就是在南口展开，这个将军的名字叫汤恩伯,这个人治军纪律很差,而且反共立场比较坚定,所以后来历史上名声很臭,但是中央军最早投入抗日战争的南口抗战,当时中共的记者,后来当过新华社社长的范长江是写过很长的报告文学记载这个事情。这是第一陉"军都陉"。第二行"飞狐陉",这个地方的古地名叫飞狐口,从这儿出去,就奔着内蒙古高原,但如果从这儿不出去,一拐弯向山西走,就连着了一个叫"蒲阴陉"。太行八陉第三陉,这两个陉是连着的。到这儿第四陉,"井陉","井陉煤矿""娘子关"都在这儿,还有一个中国最早的铁路之一"正太铁路",从河北的正定到太原,正太铁路经过"井陉""娘子关",我们的京张铁路,从北京到张家口,经过军都陉,所以这个道路留着永远是这么用的,直到今天的国道,乃至于高速公路,还要从这些孔道中间通过,只有这样最经济。到这个地方有一个叫"滏口陉",是滏河切割太行山形成的,它的东边就是当时赵国的首都邯郸,赵国刚建立的时候都城在晋阳,就是今天的太原,但是后来也迁到了邯郸。其实几国的首都都迁过的,比如魏国的首都早期在黄河边上的安邑,后来迁到了大梁,都迁过都的,秦国的首都一开始在栎阳,向西迁到雍城,再掉头向东迁到咸阳,都迁过都。"滏口陉",在长平之战的后期,赵国大量的增援部队就是经过滏口陉投入了战场,拐过来有三条通道,分别叫"白陉""太行陉""轵关陉",到这儿故事基本上就是春秋战国的故事了。"太行陉"中关口叫"天井关",大家留意到了,孔夫子周游列国为什么没有去晋国呢?去的都是那些小国,楚国也去过,就没有去晋国,距离并不很远。有一个传说,孔夫子坐着车,通过太行陉过天井关的时候,有一个小孩,叫什么名字我不记得了,用沙土在地上堆了一个城,正好把孔子的道路挡住了,孔夫子觉得你小孩泥沙的东西堆的,那就推开,给我让路吧,小孩跟他讲了一个道理,从来只有车绕城的,没有城让车的,孔夫子一听,这么小的孩子都有这种见识,我到那儿未必说得过人家,于是打道回府了,有这么一个传说。所以孔子到晋国传说止于太行陉的天井关。这个是轵关陉。苏秦、张仪连横合纵,苏秦有名句:"秦得轵关而南阳动。"南阳是在哪儿?就是这一片肥沃地段,就是古南阳,这一大片平原就是河南的大片平原南阳,秦国得了轵关,为什么天下动?刚才讲过了,秦国如果从它原来的道路,沿着黄河的南岸向外发展,非常难,崤关之战就是一个例子,但是假如它从这个方向过来,夺得了轵关陉,它就避开了这道险路,然后过了之后就可以左右开弓。事实上大家知道长平之战的后期,不仅是赵国大量增兵,秦国也增兵了,赵国把廉颇换下,把赵括换上去以后,秦国有措施,把原来的王龁撤掉,把白起换上,而且严禁大家泄露司令官的名字,这是第一个措施,第二个,把国内15岁以上的男子通通送到了战场,就是通过这条路,通过太行八陉的第二陉太行陉进入了上党,赵国的增援部队也是经过滏口陉,于是在这个位置上出现了最大的决战。大家即便没看过《东周列国志》也应该知道,现在连中学的课本上都有,长平之战,廉颇是赵国的老将,在这抗拒秦国他采取坚壁不战,我离赵国近,你秦国离得远,那么我就消耗你,等到时间对我有利,这样秦国很害怕,于是就派奸细去诱导赵王,说我们很怕赵括来当将军,廉颇老了我们不怕他,于是这边就犯糊涂,把赵括派来,把廉颇撤下,赵括马上就出兵,与秦国决战,大败,书上是这样写的。但是现在有些历史学家研究得比较深入,就颠覆了这个看法。这种儿戏一般的事情不会发生的,实际上真实情况是什么呢?不要以为这个地方离赵国近,时间就对我、对赵国有利,问题在于赵国国内没有粮食了,撑不下去了,有大量的文献显示当时赵国拼命向其他的国家,齐国、燕国买粮食,人家不卖给他,是赵国要有速战速决的诉求,而不是秦国。秦国虽然离得远,但是他有粮食,为什么有粮食?他经过了商鞅变法,修了一条郑国渠,他的水利发展好了,所以有足够的粮食,只是远一点,但我能够运得到,你路虽然近,但是你没有粮食。这个事情怎么得到佐证呢?一开头双方对峙是各20万兵力,在这儿对质,廉颇对阵王龁,如果仅仅是换统帅,赵括自己带几个参谋来就可以了,实际上赵括来的同时,把赵国国内20多万能动的兵全部带过来了,所以才有秦王也要紧急增兵这个说法。从这个角度上看,确实好像是赵国急于发起一场决战,当然这个决战的结果就是赵国受到毁灭性的打击,秦国统一天下的最后一个障碍被扫除,我先讲到这里,供大家批判一下,我也休息一下。

孟瑶

天下大势合久必分，分久必合，在2000多年前，那些城邦国家变成大一统的帝国，这是一个历史必然的趋势，无论是中国的历史、西方的历史，还是印度，各个国家都是这样，都是通过分散的城邦国家，最后走向大一统，古希腊、罗马都是这样。虽然这是一个历史趋势，但是什么原因才能促成它达成统一的目标？我觉得最重要的就是人才。恰恰各诸侯国里，秦国是最重视人才、最会利用人才的一个诸侯国。首先秦穆公的时候，启用百里奚。百里奚是一个战俘，没有人瞧得起，秦穆公用五张羊皮从楚国人的手里把他买过来，因为他在楚国放牛，楚国不知道他是一个人才，如果拿重金去买的话，楚国肯定会想，这么一个流浪汉，为什么要拿这么多金子来买？那肯定是一个人才，我不放。所以秦穆公就听从蹇叔的建议，拿五张羊皮，跟他的身份对等的一个价格把他买回来，买回来之后拜为国相。这样，百里奚和蹇叔，他们两个人一左一右，辅佐秦穆公，扫平了西部，统一了西方诸少数民族国家，打下了秦国强大的基础。这是秦国历史上第一个对他的发展起到作用的人物。第二个人是商鞅，商鞅也不是秦国人，他是卫国人，他以前叫卫鞅，后来因为他到了秦国之后，他分的封地叫商，所以后来别人把他叫商鞅。他先是到了魏国。在魏国的时候，在一个相国底下做门客，这个相国知道商鞅是一个人才，临死的时候就跟魏王建议说：你要么把商鞅提拔起来用他，如果不用他，就要把他杀掉，否则的话，他一旦被别国所用，就会对魏国不利。魏王一听，这个人名不见经传，为什么要用他？就没有在意，结果商鞅就跑到了秦国。跑到秦国以后，他第一次见秦孝公的时候，找了关系，找了一个太监，说你替我去传话，我要见秦王，我有很好的国策要献给他。第一次谈，他就大谈帝制，怎样成就一番帝业，讲了远古时代那些三皇五帝是怎么统治的，秦孝公一听昏昏欲睡，就没听下去，说："今天到这里为止，我也累了，你先回去休息吧。"第二次他又找了那个关系，说上次我的话没有管用，你再去通融一下，看能不能再听我讲一次。第二次他又见了秦孝公，跟秦孝公讲王道，说要怎样统治臣民，讲周文王武王，讲怎么做王的一番道理，结果秦孝公又昏昏欲睡，又听不进去。

然后就骂这个推荐的人，说你推荐一个什么人来，讲的这些东西毫无用处。第三次，商鞅又通过这个人说最后一次，如果这次还打不动秦王的话，他就走。第三次他见秦孝公，这次是讲霸道，讲怎样才能称霸诸侯，秦孝公一听，马上来精神了，这正是他自己需要的。通过这三次见面我们可以得出一个结论：一个人的表达方式、要讲什么内容，一定要先入为主，第一时间就要切入重点，要不然就失去很多机会，如果第三次秦孝公不允许你来见面的话，商鞅就永远没有机会了。后来商鞅就成功了，秦孝公跟他谈了三天三夜，对于商鞅变法的那套政策非常感兴趣，就起用他，结果变法了以后，秦国一下子国力大升，军力、经济、制度建设各方面的改革在各个诸侯国中是最领先的，甚至很多的制度已经沿用到了现在。所以秦国用商鞅，这是一个质的飞跃，如果说百里奚那个时候是打下了一个基础的话，自从用商鞅变法之后，秦国的国力，秦国这个国家就产生了一个质的飞跃，在各方面领先于诸侯。

王海鸿：对孟瑶的话我做一点解读，她讲的商鞅跟秦孝公的谈话，其实玩味过很多遍，他为什么抛出第一套、第二套、第三套，其实他面对的是当时各国君主共同的一个纠结，这个纠结在我们改革开放的初期，每个市长也遇见了，请一个专家来，第一个专家跟你讲，咱们这个地方一定要搞教育，百年大计，咱们学校太破了，一定不能欠老师的薪水，这是第一个。第二个，咱们这得保护自然环境，那个时候没有"青山绿水就是金山银山"这样的话，咱这个地方自然环境好，山、好山，水、好水，这自然环境得保护，这是第二天说的。第三天来了一个，乱扯什么，明天就把香港的工厂引进来，咱们有的是人，三来一补，赶紧发大财，GDP上去，秦孝公就是改革开放时期的市长，秦国是因为人才而获胜的吗？哪个国家没有人才？正如你所说的，四大名将，两个在赵国，四大公子，秦国一个都没有，平原君、孟尝君、春申君、信陵君，那都是道德楷模，都是能够聚拢大量的人气，所以那个时候各国君主都是纠结这个，我这个国家应该怎么样发展。唯独秦国，就是那种野蛮的理念，它为什么产生这种野蛮的理念？是因为它曾经最早到过亡国的边缘，由此可见，秦国的强盛不是一脉相承的，就是你刚才讲的，百里奚那个年代，秦穆公完了以后发生了一件事情，这个书上有没有写我不太记得了，秦国那个时候还使用野蛮的殉葬制度，在秦穆公去世之后，他发掘的一大堆人才都给他殉葬去了，这哪受得了，所以为什么吴起阴晋之战带5万人大破秦兵50万，这是秦穆公之后的事情。

孟瑶

齐桓公死了以后，叫厚葬，殉葬了300多人，晋文公次之，殉葬了100多人。

王海鸿：据我的判断，好像那些国家还真是没把能治理国家的人拿去殉葬，秦穆公是最糟糕的，把本来能够治理国家的人拿去殉葬，所以秦国就能够弱到被人家1/3的晋国打过黄河，向里推进200多公里，50万人打不过人家5万人，就沦落到这个田地。所以到秦孝公时期，他的心态就是什么保护环境、什么发展教育我都不要，我要的就是GDP，而且秦国基本上这个思路一脉相承下来的。但这也有个祸害，为什么得了天下之后几十年就崩溃了？中间也埋下了祸根，所以他在统一中国整个过程中使用的就是这套野蛮的理念，根本连收买人心都不要了，就是大肆地屠杀，为什么在长平要杀40万人，数人头是其中一个原因，更重要的就是要建立一种恐怖的氛围，让谁都不能跟自己对抗，所以这也就解释了，当他走到最巅峰的时候，一下就断了，有人可能会说因为秦始皇死了，可是秦始皇要是不死又能维持多久？这种让天下人都恐惧你而不拥护你的体系注定是不能长久的，回到咱们这个标题上，我还是认定秦国最后的统一在整个500年的历史上是带有相当的偶然性的。

孟瑶

现在还有半个小时，留给各位听众，大家看看有没有要提问的？

听众：老师好，我想先问一下王老师，您刚才开讲的时候有一个问题是说俘虏了三个，一般对方俘获的俘虏，在当时那个年代都是杀掉的，但是在您讲述中，因为这部书我也没有看，是放了，那是什么原因把他们三个人放了？

王海鸿：这三个大将，带头的叫孟明视，是百里奚的儿子，一个叫西乞术、一个叫白乙丙，跟蹇叔有亲戚关系，这三个人他们就是在崤之战中被俘的。中国历史上第一次伏击战，这儿有一个古地名大家可能都听过，叫函谷关，函谷关就是潼关的前哨，函谷关的关址就是在这条道当中，在汉武帝之前它的位置大概是今天河南省的灵宝县，到了汉武帝时候，往西边迁了一点，大概今天的位置是河南的新安县，发现函谷关关城是 2014 年十大考古发现之一。这条路势非常的险峻，这支军队的任务是跑去要灭掉郑国，结果故事很曲折、精彩，在路上被一个郑国的爱国商人发现了，他就冒充郑国国君的名义去送粮食犒劳他们，让这支军队以为自己的行踪已经败露了，所以就顺势灭掉了另外一个小国，然后载着战利品回来了。去的时候一股锐气，这个路还不算太艰险，等到外面打了几个月半年的仗，带着大量的战利品回来之后，也没有了斗志，最后就被晋国的军队设伏消灭了。这三个人被生擒，是准备要把他们在太庙杀掉的，这时候晋文公刚刚去世，他的儿子继承了晋国国君的位置，就是晋惠公。晋惠公的母亲正好就是秦穆公的女儿，不是生母是嫡母。晋文公因为晋国内乱，曾经在国外流浪了很长时间，是后来才被请回去的，借助外力回去当国君，在此之前，在楚国待过，受到了楚王的接待，后来也流浪到秦国。那时候秦穆公对他非常好，晋文公重耳已经 60 多岁了，秦穆公比他岁数还小，但是把自己的女儿嫁给了他，而且晋文公也挺厉害的，那么大岁数了，跟年轻女孩还生下了孩子，而且还成了现在的晋国君主的兄弟。晋国大获全胜，要把这三个人杀掉，晋惠公的母亲是秦穆公的女儿她是秦国人，她要为秦国考虑，就劝自己的儿子，别这么做了吧，你父亲当初流浪在秦国的时候，我的父亲也就是你的外公对你父亲、咱们的先君很不错，而且后来还派兵帮忙，这才安定了咱们的国家，从你这个角度，你是我的儿子，你也等于是秦国的外孙，干什么要对跟自己有亲戚的国家做这么绝情呢？所以就把他打动了，然后他就把这三个人放了，但应该说把这三个人放了是违背了晋国的国家利益的，后来这三个人好像若干年后果然是带兵来打败过晋国。

听众：孟老师，第二个问题，您在您刚才的讲述中说，秦国善用人才，对人才非常的重视，也举了几个例子，但我们现在历史上所知道的比方说"焚书坑儒"，在你和你的讲述中，怎么能接受你这个说法？第三个问题，特别是商鞅，作为商鞅变法刚开始是不太顺，后期做完以后，商鞅变法也使秦国很强大，也使秦国统一了，但是他最终遭受的是车裂，在古代车裂也是蛮厉害的一种惩罚，所以我觉得秦国对商鞅好像是报复性的，我还没有接受，能解释一下吗？

孟瑶

第一个问题，你说的秦始皇"焚书坑儒"是发生在秦国统一了六国之后，统一中国后政权刚刚建立还不太稳，各个诸侯国都有人来反对他，特别是那些士大夫阶层的，著书立说，来说秦国这个不好，攻击他，有点像我们建国初期所谓资本家、地主阶级、国民党残余都来反扑新中国的政权，这时候秦始皇就用铁腕手段，把你各个国家著书立说的人以及歪理邪说通通的抹掉，这是出于维护、巩固他政权的需要。但是我后来看到一个历史资料上说，他并不是坑了所有的儒、焚了所有的书，他主要是对于那些方士，就跟现在讲养生等所谓的王林之类的大师，那类人比较多，骗吃骗喝的那些方士，像给他去找长生不老术的，那些人坑了很多。书也不是说全都焚了，比如说在楚国，因为隔得比较远，好多南方国家的一些文化都保存下来了，并不是所有的都坑了。说到商鞅被车裂的问题，商鞅因为他的法度太严酷了，把老百姓收拾得服服帖帖，虽然秦国的经济发达了，军事也强盛了，但是人民没有自由，人民不能迁徙，还有所谓的连坐法，五户连坐、十户连坐，如果你这一家人犯法，连坐的十户人家都必须要检举、告发，如果你包庇罪犯，这十户人家一律腰斩，同罪，所以刑法太过严苛之后，老百姓有不满情绪。

另外，秦孝公在位的时候是宠商鞅，把他封为大良造，秦国最高的一个官位，但是商鞅和当时的太子没有处好，太子就是后来的秦惠文王。当时太子和他的师傅两个人是反对商鞅变法的，认为他是一个外来人，在自己这儿指手画脚的，心里非常反感，商鞅想要惩罚太子，但是刑不上大夫，投鼠忌器，不能惩罚太子，所以就把太子老师的鼻子给割了，所以太子就一直怀恨在心。他爸爸秦孝公一死，太子继位了。太子继位后，他的老师就跑出来了，老师说，先王已经去世了，还让这个人来把持朝政吗？加上太子本身也很反感商鞅，再加上全国的老百姓也颇有怨言，在种种因素的促使下，太子就找了个理由，不是活人车裂商鞅，而是商鞅回到自己的封地后，他们找了个理由说商鞅造反，派了很多军队去杀了，杀了之后还不够解恨，因为没有起到示范作用，为了警示国人，就把他的尸体拉到咸阳的菜市场人多的地方五马分尸车裂了，是这样一个情况。商鞅自己后来逃跑的时候没有人敢给他提供招待所，因为商鞅规定如果住店没有身份证件，没有通行证是不给住店的，所以商鞅逃跑的时候，没有人敢收留他，他自己也很后悔，确实太严酷了。

王海鸿：我补充一点，历史上很重要的一点，秦惠文王就是芈月的老公，他杀商鞅的时候很清醒，这个人我要杀，但是制度一点也不改，说实在的，商鞅自己也是个报应，你不是要不择手段发展GDP吗？我就教你怎样不择手段把GDP搞上去，什么污染的都不管，抱着这种对大自然不负责任的态度，别人也没法对你负责，你也是我一个可以用的棋子，我绝对要把你杀掉来收买人心，因为恨你的人太多了，我杀掉你。但是秦惠文王清楚地知道这套制度绝对能让秦国的GDP上去，能让秦国成为强国，所以那个制度一点也不改，很怪异的，毫不犹豫地把他杀了还不解恨，恨不得把他五马分尸，但是他的制度一点也没有变化，这个是值得我们深思的。

听众：您好，我刚才听到您说的合久必分，分久必合，最后得出来结论，统一是好的，但是这个结论应该是在咱们中华民族或者是华夏民族说得通的，现在有一个最现实的欧洲的情况，欧洲本身历史上也是合过，又分了几十个小国，目前来说，十几年前、二十几年前又分过一次，好像分了之后也挺正常、挺幸福，现在有一个最现实、最近的案例就是西班牙，它现在有一个加泰罗尼亚在投票去宣布独立，我想问一下您对欧洲这边的合久必分出现的这么一个现状是怎么去理解的？

王海鸿：好的，我来试着回答一下你的问题，首先我们要承认欧洲今天的社会发展程度比我们说合久必分、分久必合的社会发展程度已经高了很多很多了，人类文明已经发展到今天这个很高的层次，那个时候的背景，我刚才再三讲，像春秋那个时候，老百姓的期盼就是别让我打仗，你让我服重一点的劳役、少一点自由都行，别让我整天去死人就行。在中国几千年封建历史发展的过程中，社会进步也有，总之国家统一的话，老百姓可以避免丧乱之苦，国家强大就免受外敌的入侵，不会被八国联军、不会被日本人烧杀抢掠，这条主线一直是贯通的。欧洲面临的，人家社会进步得已经不是面临这个问题了，他就面临一些更细微的问题，比如加泰罗尼亚，他总觉得我经济发展是西班牙最好的，我凭什么这么点人口，比方说百分之十几的人口，要交占全国百分之三十几的税，你得给我减税，中央政府答应了，但是这个所谓的民主国家，不是说你答应了就行了，得议会去讨论答应才行。到议会讨论，议会不同意，说虽然他富，他这个富是跟我们其他地区做生意赚去的，你回馈我们一点理所当然，所以就扯皮，然后这些人就觉得不行，这个事我就不干了，我首先是做作秀，你再不担我的责任，我就分出去。结果在那个体制下，因为那个利益的计算已经很细微了，任何一方都很难达到压倒性的支持，相反倒是老大欧盟的态度非常明确，你如果搞独立的话，第一，我欧盟的任何一个成员国不会承认你加泰罗尼亚是一个独立的国家；第二，你独立了以后你不能享受欧盟成员国的待遇。就是说从政治家的角度，还是看出他认可统一的好处，这个统一指的是市场的统一，所以欧洲必须是团结统一的，才能够有更好的明天，可是政治家的、社会精英的认识，他不能够使这几百万普通老百姓自己直接的感觉让位，普通的老百姓、加泰罗尼亚的老百姓支持的人很多，就憋着这口气，凭什么我是加泰罗尼亚的人，我巴塞罗那的人交的税就要比住在马德里的人交的税多，凭什么？赌了那口气也要发泄出来，这个事如果从大局出发，我觉得就是为了加泰罗尼亚的人的明天来讲，你留在西班牙绝对是好的，但是这些人今天这个社会，还真没有办法硬逼着他这样，人家就不信邪，这是今天我们这个社会所面对的问题，跟那个过去不是一码事，不可同日而语。谢谢你的问题。

孟瑶

我们的夜话到此结束，谢谢各位的参与！欢迎各位下次还来，时间是 11 月 11 日，我们将在这儿讨论"《东周列国志》——2500 年前的'国际社会'"，这个题目非常的吸引人，欢迎大家参与，谢谢。

南书房夜话第六十八期
《东周列国志》——2500年前的"国际社会"

嘉宾：王海鸿　黄东和　孟　瑶（兼主持）
时间：2017年11月11日　19：00—21：00

孟瑶

　　大家晚上好，欢迎大家来参加今天晚上的南书房夜话，今天是双十一，是一个非常特别的日子，今天晚上我们的夜话的标题是"《东周列国志》——2500年前的'国际社会'"。好多人就说了，国际社会是很大的标题，会不会包括古代的欧洲、古希腊、古罗马或者是印度、埃及等，这些文明我们是不是都要涉及？不是的，我们只是讲在春秋战国时代中国的国际社会，为什么讲国际社会呢？中国不是一个国家吗？不对，春秋战国时期中国是由很多个诸侯国组成的，春秋时期有统计的有130多个诸侯国，我们所熟知的就是齐楚燕赵韩魏秦郑卫鲁这些诸侯国，但其实还有很多很多的小国是不为人所知的，比如曾国，还有诸国、随国、华国、蔡国等，这些国家在我们老百姓日常的知识结构中很少被提及的，但却都是真实存在的，而且在当时的春秋战国时代是发生了非常多的故事的，所以这个范围内的国家可以称为一个国际社会，而且是一个非常多姿多彩的国际社会。在这样一个国际社会的环境里，那些国家的人是怎样在生存、相处、战争，还有各个方面是怎么来交往的，跟我们现在的国际社会对比，又有什么样的一个特点，我们今天晚上就想探讨这样一个话题，首先请王海鸿老师开题。

王海鸿：今天这个日子把大家请来这儿，一定不能让大家感到乏味，所以从讲故事开始，我先给大家讲一个故事，然后再来解读这个故事。这个故事发生在公元前483年，这一年已经到了春秋的末期，离孔夫子去世已经不到两三年了，离三家分晋可能也只剩下一二十年，春秋即将结束，这一年发生了什么事情呢？在齐国，齐国的国家政权已经即将被篡夺，篡夺的这个人是谁呢？姓陈，本来是陈国一个小国的君主的后代，若干代之前，因为种种原因流落到了齐国，在齐国扎下根来，一代接一代的收买人心，结盟，搞各种阴谋诡计，这时候已经成了齐国的首席大臣。这一代陈国的家主叫陈恒，本来齐国的国君是姓姜，姜太公的后代，陈氏要取代姜家的态势已经比较明显了。但是这个时候齐国除了他们陈家以外，也不是没有别人，还有两家大臣也比较强大，一个姓国，一个姓高，陈恒要扫除障碍，就找作为他傀儡的齐国的君主，说鲁国跟咱们是世仇，咱们应该出兵打他们，反正国君对他的话是言听计从，所以他献计让姓国的、姓高的两位大臣带着兵马去讨伐鲁国。这个消息传到鲁国之后，当时孔夫子已经70多岁了，周游列国已经完成了，已经回到国内专门设馆教书，他就很担忧，就为自己的父母之邦感到担忧，当时按鲁国的国力面对齐国那是不堪一击的。这个时候不妨把这个故事拓展一点，说鲁国是不是一直就这么弱呢？不尽然，我们在读中学的时候有一篇古文叫《曹刿论战》，讲的是齐国和鲁国长勺之战的故事，这个故事发生在大约公元前680年，也就是我现在讲的故事往前推200年，春秋的早期。大家都知道，长勺之战是以鲁国的胜利而告终，鲁国打败了齐国，齐国过了半年、一年之后，不甘心于失败，再次兴兵讨伐鲁国，而且这次齐国还不是自己来了，还找了一个盟国宋国。我看这个故事感到很滑稽，有点像上次咱们讲到曾经秦国和楚国结盟对付晋国一样，竟然还有齐国和宋国结盟去对付鲁国这样的事情。当时鲁国的国君是谁呢？鲁庄公，现在看起来也是一代英明的君主，他面对着来势汹汹的敌人，采取了一个军事上的常规动作，就是先打弱敌，趁着齐国和宋国的军队没有汇集，他就率先对宋国的军队发起了进攻，打时采用了一点计谋，天还没有亮就发起了攻击，而且让他的士兵、战车、马都蒙上了虎皮，一下子就把宋国的军队给冲垮了，眼看着要得手了，突然形势就逆转了，为什么呢？当时春秋的早期天下的第一号勇士是宋国人，这个人叫南宫长万，姓南宫，长可能是他个高，身材高大，万就是万人敌，南宫长万。《东周列国志》载，在鲁国的军队中左冲右突，所向披靡，眼看着就要到手的胜利就要逆转了，这时候鲁庄公在后面观战，我看书中写得非常精彩，他非常淡定，一看敌将在这儿左冲右突，没有人能挡，他就吩咐左右，取寡人的金仆姑来，什么是金仆姑呢？在座的可能有文学爱好者，（读过辛弃疾的词，"壮岁旌旗拥万夫，锦襜突骑渡江初，燕兵夜娖银胡䩮，汉箭朝飞金仆姑"，辛弃疾那个年代，金仆姑已经是一种传说，而金仆姑的原物就在鲁庄公的手上，是一把制作很精良的弓，强弓，是鲁国的镇国之宝）。鲁庄公取了弓之后，搭上箭，"弓开如秋月行天，箭去似流星落地"，一箭正正射中了南宫长万的肩膀，他翻身落马被鲁国军队活捉，被俘虏。200年前的鲁国曾经这样强悍，把天下第一勇士射落马下，把他生擒了，而且生擒之后没有杀掉他，以礼相待还把他释放回了宋国，这又再次看出春秋早期时候的骑士风度。还有一个是对自己的自信，虽然你是天下第一勇士，我放你回去，我料你也不能怎么样，你有本事再来，我有信心再次把你撂倒，就是这种感觉。这是200年前即公元前680年的鲁国。但是我们现在讲的是公元前480年，过了200年，情况大不一样。在这200年中，某一代的鲁国君主他生了四个儿子，那个时候儿子老大、老二、老三、老四是有一个特定称呼的，老大伯、老二仲，不分伯仲；老三叔、老四季，伯仲叔季，那一代鲁国君主犯了一个糊涂，就是让他的大儿子继承了他的国君之位，把另外三个儿子每人封了一大块地盘，就形成了后来的三桓，就是孟孙氏、叔孙氏和季孙氏族，孟和仲是可以通用的，孟孙就是仲孙，本来应该叫仲孙。等到200年之后，到了孔夫子这个年代，这三家已经太强大了，国君被架空了，季孙氏是当年的老大，势力最强，三桓专权，然后三桓各自有自己的一块地盘，可是他们又要控制朝政，怎么办？把自己家里的朝政交给自己的家臣管理，自己在鲁国的首都曲阜来控制着君主，孔夫子对这个事情感到非常郁闷。更滑稽的是，这三桓他们各自的权力又被各自的家臣篡夺了，因为你老不回去，老待在首都，你那个自治区的权力又被自己的大臣给篡夺了，那个叫君不君，臣不臣，礼崩乐坏，所以孔夫子当时在鲁国进行了谨慎而有限的政治改革，他的基本思路是劝说三桓：鲁国的国君应当效忠周天子，你们作为鲁国的大臣，应该效忠于国君，而你们的家臣应该效忠于你们，他这个论点一定程度上迎合了这三个强势人物的需求，也进行了一些改革，也取得了初步的成功，但最后改革还是失败了。因为这个改革失败了，所以鲁国的积弱之势就没有办法改变，这是我讲的一段背景。到了公元前483年的时候，鲁国面对齐国基本上已经是不堪一击了，所以孔夫子非常忧虑，怎么办呢？这时候就召集他的学生们商量，好几个学生都说，我去劝说齐国的陈恒，让他放弃攻击鲁国，一个学生站起来孔夫子说你去不了，再一个站起来孔夫子又否决了，直到子贡先生站了出来。子贡是孔夫子的七十二贤人之一，子贡真名叫端木赐，商人出身，一开头孔夫子对他多少有一点不满意，觉得他不像颜回那么专心于学术，但后来发现他的丰富阅历使得他能够触类旁通，于是慢慢越来越欣赏他这个大弟子，就同意了。因为子贡是商人，所以路费是不成问题的，自己就直奔齐国去了，找到了陈恒的家里，陈恒一看，这鲁国来的人，肯定是要劝我不打鲁国，不想见他，子贡就说，我不是为鲁国而来的，我是为你而来的，我觉得陈先生您犯了大错，陈恒说我怎么犯错了？子贡说你发动对鲁国的战争，你的目的是什么？是为了解决你面临的内部问题，还是为了解决你面临的外部问题？如果你要解决外部问题，有一个强国要来对付你，这时候你应该去攻击一个弱国，迅速把一个弱国打败，使打你主意的敌人害怕；如果是解决内部问题的话，你必须去攻击一个强国，现在我们都知道，姓国的、姓高的两位大臣跟你不是一条心，你让他们去打鲁国，如果他们一鼓作气把鲁国打垮了，功劳是他们的，你能得到什么？陈恒想说是啊，我怎么这么傻呢？子贡说如果你想解决内部问题，你应该去攻击一个强国，久攻不下，你可以把责任推给别人，然后进一步加强你的权力。陈恒说你这个话说得对，可是我到今天这步，我应该怎么办呢？子贡说你与其攻打弱小的鲁国，还不如去对付南方的新兴的强国吴国。大家都知道，春秋的末期叫吴越春秋，这个时候的吴国是夫差当政，他的父亲阖闾是五战破郢，打败了楚国，几乎把楚国打得亡国，然后夫差继承他的遗志，又制伏了越国，越王勾践在他这儿当奴隶当了很多年，刚刚释放回国，这个时期吴国正好是不可一世的时候。子贡就说，你这个时候与其去打鲁国，不如打吴国，陈恒说，先生你说的虽然有道理，但是没有理由啊，吴国没有得罪我，我凭什么去打他？子贡说这事好办，我让他来打你不就完了？我跑一趟吴国，让他来打你就是，陈恒马上把子贡送走，然后写封信，六百里加急送到姓国的、姓高的两位大臣那儿，说是我得到消息，吴国即将出兵来救援鲁国。他得到消息，而这个时候吴王夫差还不知道这个消息呢，他知道消息了。我得到消息，吴王即将出兵来救援鲁国，我要求你们把军队驻扎在齐国、鲁国的边境，等着吴国的军队来之后把他打败，调头再去打鲁国。他听说了吴国要来救援，而这个时候全世界人都不知道，连吴王夫差都不知道，就他知道。子贡一溜烟地跑到了吴国，见了吴王夫差，先歌颂一顿大王，继承你父亲的遗志，制伏了越王勾践，现在你在东南的声威蒸蒸日上，新兴的一流强国，你不能蜗居在东南这一小片，这里远离文明腹地，你应该兴兵北上，先去对付齐国，然后再去跟晋国争夺中原霸主的位置。吴王夫差说，先生你说的话正合我意，但是我现在有一点小状况，我听说了，越王勾践这小子，前些年在我这儿装得特别的恭顺，我出于仁爱，我把他释放了，我得到消息是这小子回到越国之后图谋不轨，正在招兵买马，想着反攻倒算，你宽限我几个月，我兴兵灭了越王勾践这小子，调头再去北上讨伐齐国去。子贡一想，你这么一耽搁，不是误了我的事吗？但是话不能这么说，马上脑子一转、计上心来，他说大王，你这么做不好，为什么呢？勾践要谋反、要反攻倒算只是一个传言，当年您显示您自己的宽怀大度，把勾践释放了，等于是给国际社会做了一个承诺，我翻译成今天的话就是你对国际社会做了一个承诺，释放他了，现在在证据不充分的条件下贸然的重新把勾践灭掉的话，恐怕对你的威名有损伤。是不是可以这么办呢，我替您跑一趟，我到越国去看看状况怎么样，如果真的如你所说的，越王勾践是有这种不好的想法的话，我收集到证据，你可以堂堂正正地讨伐他，如果是个误会的话，我要求越王勾践来向您谢罪。吴王夫差觉得行，吴王夫差的办公地点是姑苏城，今天的苏州，越王在会稽，就是今天的绍兴，然后说行，我等你消息。结果子贡马上马不停蹄地跑到越国去了，夫差一见他，勾践那个时候尽管名义上是国王，但已经是当过奴隶的人了，一点儿面子都不要的，就恭恭敬敬的见子贡，说我这是个小地方，穷乡僻壤，您是孔夫子的高徒，大贤，我怎么能够把您请到这儿来呢？这个实在是太荣幸了。子贡对他说得非常不客气，说我是来给你吊丧的，勾践那是一点都不带生气的，说是我这个人一无是处，但还一时半会儿死不了，所以先生您来早了。子贡就说，你不自量力，还想阴谋复辟，想复国，这也就罢了，更拙劣的是，竟然还让你的冤家对头知道了，你这不是找死吗？勾践一听，吓得赶紧跪地上了，说先生你赶紧教教我吧。子贡说，这么办吧，你赶紧写一封文书，我替你带给吴王夫差，就说你非常感谢吴王夫差的再生之德，越国是穷乡僻壤，实在没有什么可以报答你，但是我勾践私下猜测，吴王这么英武神明，肯定不能止于东南一域，迟早要向北方发展，所以我不自量力，训练了几千兵，随时可以亲自带领，为您吴王夫差讨伐中原去打先锋，您只要一声令下，我马上就带着军队赶过来投入战场。信写好了，然后这中间有一个细节，《东周列国志》载，越王勾践送了子贡一大笔钱，黄金百镒，很大一笔钱，子贡坚辞不受，带着这份文书回到姑苏城，给吴王夫差一看，说原来情况是这么回事，吴王夫差到底是耳软心活之人，"哦，我差点错怪好人"，既然这样讲，那我马上就兴兵北上，去对付齐国去，那越国这档子事怎么办呢？子贡就说，你又使唤人家的军队，又使唤人的君主，这事稍微过了一点，是不是可以把越王勾践本人打发回去，用他的这支部队，也对得起他这份孝心，咱们上去对付齐国。于是，吴国就点了10万军队浩浩荡荡的渡过长江、渡过淮河，到了山东境内，跟齐国对阵。这时候齐国的国、高两位大臣一看，这可不是闹着玩的，都知道吴国五战破郢，那么老大的楚国在他们面前像一堆木头一样被摧毁了，这一仗我们也是齐国的二、三号人物，涉及我们的身家性命和国家的命运，这事可不是闹着玩的。诸将相互勉励，都抱着必死的信心，上阵的时候每个人嘴里都含着玉，这是一个什么讲究呢？春秋那个时期死人埋葬入殓的时候，嘴里是要放玉，嘴里含着玉跟抬着棺材上战场是一样的道理，抱着必死的信心。齐国的军队规模也不小，可能差不多有十万人，一场大仗于是就爆发了，越国那3000兵先投入战场，一触即溃，吴国的大将就想，本来也就指望这么个结果，但这个结果也是好的，越国本来就成不了什么气候，能指望他打胜仗吗？退下一边，然后吴国的主力投入战场，这场大仗打得是昏天暗地，应该说那个时候吴国的军事力量是占上风的，但是架不住齐国必死的斗志，最后苦苦的相持不下，不分胜负。大概打了半天之后，从吴国的阵中传来了敲锣之声，那个时候有一个国际惯例，敲鼓就是进攻，敲锣就是后退，擂鼓就是前进，鸣金就是收兵，一听到吴国的军阵中传来敲锣的声音，齐国的大将们稍微松了一口气，果然，吴国的军队就有往后退的迹象了，齐国军队想终于把这帮小子打退了，至少没输，然后就松懈了，把嘴里的玉也吐出来，没想到吴王夫差预先埋伏了3万最精锐的部队，埋伏在战场的后侧，对这3万部队的训令是什么？如果我敲锣的话，是进攻的信号，就整个把国际惯例颠倒着使，这3万人是以鸣金为号，结果这一场大仗，齐国的斗志已经涣散了，已经松了一口气了，重新聚起来难了，把玉再含进嘴里的劲没有了，结果大败，几个主要的大将死的死，被俘的被俘，姓国、姓高的大概一死一伤吧，齐国大败，吴国取得了胜利。鲁国必须要来迎接人家，因为解了鲁国的难，吴国的嚣张本性就显露无遗，本来那个时候是有规矩的，盛大的接待活动，比如杀一头牛、一只猪、一只羊，那叫一"牢"，诸侯招待天子九牢，这是最高的规格，杀九头牛、九只猪、九只羊，吴王要求鲁国用什么待遇对他？"百牢"，就完全不守规矩了，胡来的，但是鲁国没有办法，只能迁就他。然后这支部队就径直向北走，当然书上写是先回去了，又来了，按我的理解，更愿意相信是马不停蹄的向西北方向挺进，到了河南境内，逼着晋国的国君来跟我结盟。这里有一个很荒唐的事，听过前几讲的朋友知道，吴国的势力是晋国一手扶持起来的，晋国是你的恩主，怎么说晋国是你的老大哥，对别人没有这个情分，对晋国是有这个情分的，但吴国不管这一套，逼着晋国的国君来跟他会盟，晋国也不敢怠慢，也把军队弄过来了，先屯扎好了，准备第二天走走外交手段，带着军队来都是仪仗队用的，然后我们郑重的有一个仪式，结个盟，结盟的时候问题是谁主盟，仪式上以谁为主，这就等于是中原的霸主了。就在这个时候勾践发难了，他派出来的3000人都是来装样子的，真正经过卧薪尝胆这么多年，他训练了百战死士，几万人从背后动手，趁着吴国空虚，攻破了吴国的首都姑苏城，杀了还是俘虏了吴国的太子。就在这个时候消息传到了吴国夫差这儿，第二天就要结盟，夫差一看傻眼了，怎么办？他手下还有一个大臣叫王孙骆，给他出馊主意，说既然这样的话，一不做二不休，咱们得吓唬吓唬晋国，先捞到咱们该捞的，然后再收兵。怎么做呢？天还没有亮，拔营，把部队推进到晋国的营寨面前，突然间擂鼓，鼓声惊天动地，晋国军队吓得赶紧就起来了，也看得见了，看吴军结成大阵，中军12000人，全部是白盔白甲白旗，左军12000人，黑盔黑甲黑旗，右军12000人，红盔红甲。右边犹如一团烈火，左边一片乌云，正中间一片白雪，气势非常的慑人，晋国的君臣有点乱了，晋国君主就派赵鞅，让他去看看吴国究竟想干什么，然后使臣过来了，夫差就说，是周天子要求我来主盟，晋国的君主必须服从我，让我来当这个盟主，赵鞅看了看，说行，回去跟主人汇报，就跑回去了，跑回去之后就跟晋国的君主一说，同时他说了一句话，我看夫差口强而色惨，嘴里说的很强硬，面色很惨淡，口强而色惨，他后方一定出大事了，这时候如果咱们违背他的性子，他那种困兽之斗会冲着我们，咱们现在姑且可以答应他，我坚信答应的这些东西都不用算数的。这人到底将来是能够成一个诸侯的，就通过这个简单的观察就得到这个结论。晋国国君就按照这个意思，回一封信，说既然您说是周天子让您来主盟的，我不敢不信，只不过有一个唯一的问题是我的天子周天子是王，你吴国也称王，这规矩有点乱。夫差马上答应，我把自己降格成吴公，于是两国匆匆盟誓，这在史上称为黄池之会，《左传》和《春秋》记载又不一样，有的说是晋国主盟，有的说是吴国主盟，自相矛盾。完成这个盟约之后，吴王带兵回去，他本来以为一鼓作气就能灭了勾践，但他一交手发现不是那么回事，相持完了谁也打不过谁，签订一个简单的盟约，暂时休兵，然后吴越两国回到东南的狭小地带又相持了整整九年，但这九年完全是越国采取攻势，吴国守势。到了后期，尽管姑苏城夺回来了，但是到后几年，越国干脆就在姑苏城旁边又修了一座城，囤积粮草，不停地去挤压他的空间，而吴国悲催的是什么呢？普天之下没有一个朋友，越国却得到所有人的同情和支持，吴国因没有一个朋友，九年时间一天比一天弱，最后吴王夫差被逼自杀，吴国的社稷被焚毁，吴国完全彻底被越国吞并。大家以为卧薪尝胆这个故事很短暂，其实不尽然，吴王、越王翻脸之后，两国又打了九年的仗，由此看出，王孙骆给吴王夫差出的主意有多么的糟糕，如果那个时候赶紧跟晋国说点软话，赶紧回去，也许这个大局还有点救，后面已经是要你命的强大的敌人，你百忙中还要再得罪一个人，所以最后结果就是九年之后，吴国彻底灭亡，越国统一了东南。子贡跑这么一趟之后的结果是什么呢？史书上这样记载，子贡这样一番折腾，最后的结果是存鲁，让鲁国生存下去，弱齐，削弱了齐国，亡吴，让吴国灭亡，兴越，让越国振兴，这就是我要讲的故事。

然后我就来解读一下这个故事，怎么解读这个故事？其实以前有些解读就很书呆子气的、想当然的解释出来，说这个故事证明了人才的重要性，谁得到人才，谁就怎么样。我认为这完全是一种很迂腐的误读，我由此想到前不久的一个小争论，几个很有才华的年轻电影导演聚在一起讲，说电影已经完全沦为资本的奴隶，我们手上有非常好的剧本，但是资本看不上我们，就拍不成电影，说半天，最后有一个投资的人就出来讲，我看到的跟你们说的完全相反，我认为是资本完全沦为电影的奴隶，你们为什么拿不到投资？是因为你们没有名气，你只是自己说自己很好，没有说服力，可是到了冯小刚、张艺谋那个层次，资本都在他面前舔他的脚跟。而且我说一套道理，你说一套道理，到底谁的准，咱们按大数据说话，2016年中国总的电影票房400多亿元，不到500亿元，好像是460亿元，围绕电影投资最保守的估计得1000亿元，甚至得1200亿元。投了1200亿元，拿回来460亿元，而且糟糕的是什么呢？这460亿元不能全拿来还投资，这460亿元中，各个院线、各个电影院一定要切走一大块，名演员的片酬一定要切走一大块，税金要切走一大块，这些东西根本就跟你的票房没有任何关系的，你就是一分钱不收，这个钱也得付。等把这几刀切完了之后，能够来偿还这1200个亿的，可能连200亿元都不到，所以投电影是这么惨的一个事情，从这个角度来讲，资本沦为电影的奴隶，说话也不假。回到刚才我们讲的故事，不是说您哪个国家用了人才就能怎么样，子贡这种人才是哪个国家能用得了的吗？如果他跟哪个国家签订了这种雇佣劳动关系，签订了劳动合同，你替我去说服别的国家，明明是你代表鲁国的国家利益，你要让齐国的国君相信，你是为我好，还是为他好？我难道还看不出来吗？所以，子贡这个级别的人才不是任何一个国家用得了的，他超然于外，但是他有家国情怀，他骨子里是要保全鲁国，但是他的动机隐藏得很深，包括特别注意到一个细节，他明明知道越王真的是卧薪尝胆要对付吴国的，但他愿意成全越国，是他对越国有好感还是对吴国有恶感？都不是，他知道了我现在借助吴国的力量解我鲁国的围，把齐国挡回去，但吴国也不是什么好东西，不能让他过分的强大，既然有这么一个吴国的祸根，我就得把这个祸根好好养着，抱着这个思路，果然吴国让鲁国用百牢来侍奉他，这个已经很过分了，所以子贡那个场合做了他该做的一切，因此把这个故事说成是人才的争夺是错误的。真正的解读是什么呢？我的解读是可以证明春秋的后期，中国呈现的是国际社会的多姿多彩的力量对比、博弈、纵横捭阖，而且很多细节，比如说姓陈的，陈恒，他是陈国国君的孩子，跑到齐国去发展，这个在今天的国际社会里找得到例子，很相似的例子。2008年北京奥运会开幕的那一天，普京在我们鸟巢的观景台上跟他的总理梅德维杰夫通了几次卫星电话之后，就发动了一场战争，对付谁？格鲁吉亚。苏联加盟共和国，格鲁吉亚在2007年选出了一个具有民粹主义倾向的帅哥当总统，这个人叫萨卡施维利，用民粹主义的口号煽动格鲁吉亚人民，最后选他当总统，当总统之后他想解决一个什么问题呢？在格鲁吉亚和俄罗斯交界处有一个自治区，按说就是一个自治区，但都愿意虚张声势叫共和国，南奥塞梯共和国，奥塞梯是一个地理单位，北奥塞梯是一个共和国，是俄罗斯联邦的成员国，南奥塞梯隶属于格鲁吉亚，受格鲁吉亚领导，但里面主要生活的是俄罗斯族，俄罗斯族人就要闹独立，不肯服从格鲁吉亚中央政府的管理，闹了几年了，等到萨卡施维利用民粹主义的口号上台之后，就想采取军事手段，仗着有西方各国的支持，就想把俄罗斯的势力从南奥塞梯驱逐出去。普金是什么人物？马上就还手，结果导致格鲁吉亚彻底丧失了领土，还丧失了另外一块阿布哈兹共和国，那场短暂的战争之后，格鲁吉亚丧失了2/5的领土，以至于到今天它不能够加入欧盟，因为欧盟有一个规定，你没有领土问题，我才能吸纳你成为成员国，否则的话，你的问题就是我的问题。这是萨卡施维利的故事。2008年之后的几年，也就是现在的几年之前，突然听到一个消息，有一个叫萨卡施维利的人跑到乌克兰去竞选一个州的州长，我立刻就想到了姓陈的，本来是陈国国君的孩子，稀里糊涂跑到另外一个国家，在乌克兰竞选州长，最后引起一个法律诉讼，你到底是哪国公民？所以说今天21世纪的乌克兰和格鲁吉亚发生的事情，在我们2500年前的齐国和陈国已经发生过了。子贡为什么能够说服吴王夫差暂时不去对付越王勾践，他就告诉对方，你已经是对当时的国际社会做了承诺了，这不是你们两家的私事，大家都知道这回事，你不能说因为凭这点简单的流传的话语就撕毁你当初的协定。整个的过程，那么多的国家介入，有的一开头本来是代理人战争，后来中间又让代理人做大了，变成了真正的强国，这种故事在我们今天的国际社会都发生过，所以存鲁弱齐亡吴兴越的故事，我是把它作为一个春秋战国时期已经呈现了多姿多彩的国际社会的这么一个范本来推荐给大家，我的第一轮就讲到这儿。

孟瑶

　　谢谢王海鸿老师，他讲的这个故事非常精彩，孔子的学生子贡凭着自己的三寸不烂之舌，不但保护鲁国没有受到侵犯，而且挑动了两个大国互相之间打仗，这个故事非常经典，刚才王老师提到的一个细节，晋国和吴国两个国家歃血为盟的时候，争谁当盟主的事，我想补充一下这个知识。那个时候的歃血为盟是一个什么意思呢？歃血是先用牛对天祭祀，祭祀完了之后把牛给杀了，把牛的耳朵割下来，几个君主就站在盟誓台上面，这时候谁拿血淋淋的牛耳朵谁就老大，那些人为了争牛耳朵也勾心斗角，打得死去活来，歃的牛血抹在嘴唇上面，然后就发誓，我们几个国家发誓以后要共同对敌，之后要如何亲如一家，要世世代代友好下去的这个意思，这叫歃血为盟，就补充一下这个小知识。

黄东和：王老师讲的信息量非常大，时间跨度牵涉的人物和国家也特别多，我想我讲这个环节该正好可以缓解一下，我讲学习心得体会，我们来重温这一段，我想了两个问题，第一是西周的时候国际社会是很稳定的，为什么到了春秋战国一下子就变这么乱？第二个问题，像子贡这样的人，以及后来的苏秦、张仪这样的人为什么这么牛？我一边听就一边在想这么两个问题，我就觉得其实我们3000年来历代的中华民族的先贤都推崇周的制度好，好在哪里？我想了半天，想出三个字，"天、地、人"，关系处理得好。"天"表示天命，周承天命，天命从商到了周，是承接了天命；第二，"地"划分得非常好，那个时候的土地很多，每个国家是多么大的一块封地，封地上再细分，分到最后就是一个井田制；"人"，那个时候人不够，周朝替代商朝以后，人不够，他们家姬姓人太少了，所以大量的缺人，所以他这个制度是建立在周公基础上的制度，就是建立了这么一个基础上。天命，土地分封，然后人比较少的情况下，他这个制度在西周整个阶段运行得不错，可是到东周的时候，情形变了，人口增加了，土地不够用了，也包括后来秦朝"废井田、开阡陌"，就是因为土地不够用了，原来那一套叫"家国天下"的管理制度乱掉了。什么叫"家国天下"，就是我把人群分成最小的是家，家以上由很多家组成诸侯和国，国统一于天下，周天子就代表天命来领导天下，这个制度也是非常好的。王以下是公侯伯子男，是诸侯，诸侯以下是大夫，大夫以下是士，三公九卿二十七大夫八十一元士，这是天子的规格，"坐而论道，是为王公，起而行之，是为大夫"，王、天子是不做事的，只负责掌握原则、制定方向，具体去做的人叫职业经理人，这儿叫大夫，最大的大夫、最大的职业经理人就是周公，其实周的天下就是靠这一套"天地人"的规章制度、"家国天下"的管理制度，以及靠周王当天子，周公和少公两个职业经理人家族，基本上没有什么问题。上一讲我们其实也讲了，到了周幽王的时候，周幽王干了两件事情，第一件事情，废长立幼，第二是把周公和召公的人废了，我们看《东周列国志》、看春秋战国经常会遇到周公、召公，他不是同一个人，周公的后代一直为公，他是公卿，世世代代做这个职位，职业经理人；召公，周召共和以后，召公也是世世代代做职业经理人，他这个丞相、宰相、职业经理人是世袭的。刚才社长讲的齐国的国公和高公就是世袭的，他们世世代代为公，齐国几乎是比齐侯的爵位还要高，因为齐是侯国，宋是公国，在齐国这个侯国中还有两个高级别的职业经理人代表周天子来监督管理齐国的，这叫国公和高公，这一套人慢慢也开始不管用了，为什么？我刚才讲了周幽王干了两件事，一件事是废长立幼，周幽王喜欢褒姒，但这不一定是历史事实，《东周列国志》是这样写，原来就是嫡长子继承制，哪怕长子是一个傻子，那也是一个国王，你职业经理人帮助他管好天下就行了，可是到这个时候，周幽王开始想把长子给废了，他喜欢褒姒，喜欢立幼子，这就使得内部王的阵营开始乱了，申侯就开始反叛他，因为申侯原来是长子这边的亲戚，是外戚，王这边乱了，周公和召公这两个职业经理人又乱了，其实周天下的乱是从王这边开始乱的，然后到底下，因为诸侯也是世世代代相延、积袭成职业经理人，你不管职业经理人的后代是好是坏，你还是职业经理人，可想到他的管理水平一般。第三个，在士大夫，以前不叫士大夫，叫大夫士，公、侯、伯、子、男是诸侯，诸侯下面是大夫，大夫下面是士，士跟大夫的区别是什么呢？大夫有封地，有自己一块土地，就是你为嫡长子才能够做大夫，不是嫡长子就是士，士也会有一份工资，但是你没有领地，你在公司里不占股份，其实就是浪人，就这样一群人越来越多，因为人多，地不够分了，工资也不够分了，这群人开始靠世袭不行了，他得想办法，靠自己有水平，你就给我工资高一点，给我职位高一点。天下一乱，然后士人崛起，慢慢地士的地位超过了原来世袭的大夫，所以就改名叫士大夫，其中子贡就是士这个层面的代表，因为孔子弟子三千，贤人七十二，这一群人基本上都是士，他们没有世袭的封地，你有封地，你不能离开封地，你得管理这个家族、管理这个国家，只有非嫡长子，你是处于士这个阶层的，你可以到处走，到处学东西，到处为人所聘请，这一群人越来越有才华、有能力，这一群人的机会也越来越多，因为天下乱了，互相打仗了，我认为不唯人才论，但是人才很重要，这个时候人才力到哪里用，确确实实可以起到改变局面的作用。比方说齐桓公称霸首先就用了管仲，管仲和鲍叔牙是好朋友，齐桓公就是诸侯，鲍叔牙算大夫，家世比较好，比较有钱，而管仲就是士，他家里是比较穷的，最后齐桓公是用了管仲为相，使齐国强大起来了，为士树立了一个榜样。到了子贡这个时代，基本上士的能力非常强了，子贡是卫国人，李悝是卫国人，商鞅是卫国人，卫国出了很多人才，大家可以去看一看，吴起也是卫国人，卫国这个地方是中原地方，经济发达、信息比较发达，出人才，这个人才出来没用，按世袭制度制度没有你的事，所以他要流亡天下，到其他的地方去谋职业经理人了，你这个公司我没有股份，我到其他的公司去任职，很多像子贡这样的人开始周流天下，操控各个诸侯国，可以说他是帮助天下恢复秩序，也可以说是为了他的利益扰乱天下。

孟瑶

东和刚才主要的内容是讲士的阶层在当时国际社会所起的关键作用和他的社会地位，我下面想讲一点轻松的话题，讲讲那个时候婚姻的国际化，跨国婚姻。因为咱们看《东周列国志》有一个特别大的感受就是，这个国家的国君，特别是同姓国家的国君，什么叫同姓国家？就是姓姬的周文王的后代，比如晋国、鲁国、卫国、郑国、虞国等这些小国，他们就是周文王的后代，都姓姬，这些国家的人是同姓不能通婚的。他们因为是讲优生优育，同姓通婚肯定是近亲结婚不好，所以他们都找外姓的人结婚，所以这些国家的人娶哪些国家的人呢？第一是齐国，齐国是姜太公的后代，姓姜，秦国姓嬴，楚国姓熊，这些外姓国家的女人就成为他们国家的国母、第一夫人，后宫里几乎都是这些国家的人，其中对跨国婚姻贡献最大的一个国家就是齐国，因为齐国是产美女的，像现在我们的国母是齐国的，像巩俐、倪萍等，还有很多的模特、演员等都是产于齐国。齐国产美女，而且齐国美女有一个特点，个子特别高，皮肤特别白。那个时代，春秋战国时代的人，他们是以硕大为美，个高的人就觉得是美，《诗经·卫风》里就有一处叫"硕人"，就是硕大无比的"硕"，这个硕人就是描写齐国的一个美女，她叫庄姜，庄姜嫁给魏庄公做老婆，她送亲的队伍来了以后，齐国人就看到，这样一个美女，"蝤首蛾眉，巧笑倩兮，美目盼兮"，这样一个美女，她是一个很灵动的，不是一个静态的描写，写的是她的笑容、眼神，她也是特别高大的一个美女。齐国产美女，如文姜、宣姜等，各国夫人中，齐国的姜姓特别多，包括郑庄公的母亲也是姜氏，她也是姓姜的。第二是秦国和晋国历来就是通婚的，秦国姓秦，晋国姓姬，这两个国君互相之间你娶我的，我娶你的，为什么叫"秦晋之好"，他们两个世代通婚。还有一个楚国和秦国之间通婚也特别频繁，像《芈月传》中楚王把自己的妹妹嫁给了秦惠文王，很多这样的例子。唯一一个例外是宋国，宋国是不娶外国女子的，为什么呢？因为宋国是商朝的后裔，是商纣王的后裔，他们认为自己的血统特别高贵，为了保证自己血统的纯正性、高贵性，他们是可以同姓通婚的，同姓中只要我出了五服，就可以同姓结婚。古代的"五服"不是我们现在理解的爷爷、孙子、重孙子、曾孙子这样一辈，不是说五代，这儿的"五服"是指办丧事的时候服装的五种差别，最高的一级，比如父亲死了，儿子就要穿丧服，这种丧服叫"斩衰"，就是那种麻布，特别低级别的一种麻布，没有染色，也没有裁剪，就拿刀剁的，边边角角都是有毛的那种叫斩衰，这种斩衰不用缝制，直接一块布披在身前，扎个腰带，拄着杖，这是第一等级，是臣为君来穿这个，子为父、妻为夫这种最亲近的关系、最高级别的，叫"斩衰"。第二个等级的叫"齐衰"，穿的孝服是齐整的，边是可以缝起来的，这是第二种关系，关系次之，比如为祖父母或者是为老婆的父母这种次之的关系。第三个叫"大功"，又比麻布用料的等次稍微高一点，虽然是麻布，但是它可以染色，可以缝边。第四个叫"小功"，这种也是麻布，但是做工更精细，穿的人跟死者的关系更远一点，比如是老婆家里的什么人，或者是叔伯堂兄弟、堂兄妹之间的死了穿这种。最远的第五个叫"缌麻"，是一种比较精细的布料，穿这种孝装的人跟死者的关系又更远一步了，表兄或者是离了婚的父母的孩子等，关系更远一步。所以咱们说，这五种服孝的时间是不一样的，第一个，斩衰是要服三年孝，然后一年、九个月、六个月、三个月依次类推、依次递减，所以宋国人，只要出了五服——这个五服其实有时候还没有过三代，就可以通婚。宋国因为近亲结婚，生出来的孩子质量可想而知，所以宋国有时候出很多的"二杆子"，比如说宋襄公，其中还有古代的一些成语中都是嘲讽宋国人傻的，比如揠苗助长，还有守株待兔也是讲的宋国人。宋国人就特别"二杆子"，所以说近亲结婚不好就是这个意思。这是讲的当时的国际婚姻，国际婚姻还有一个什么好处呢？比如楚国，我嫁了女儿或者是公主到了你秦国去了，当秦国有什么动作要来打你的时候，这时候就有地下工作者给自己的母国报信，另外，如果碰到大的事情的话，要是这个王后还能说得上话，还能帮助自己的母国来说话，比如说那时候晋国的一个国君，被秦国抓了，秦国要用他煮了来祭祖，他的妹妹伯姬就架了一个高台，对秦孝公说，你要是杀我的兄弟的话，我就带着孩子在高台上自焚，逼他的老公，后来秦王就把她的哥哥给放回去了，这就是说，国家之间互相通婚了以后，他就是政治联姻了以后，对各个国家的联系和政治关系是有好处的。从优生优育的角度上来讲，有好处，从政治联姻的角度来讲也是有好处的，包括现在欧洲的王室，他们也是互相通婚的，第一个是保证王室的血统，第二也是一种政治同盟。17、18世纪的欧洲他们是可以近亲结婚的，包括茜茜公主就嫁给了他的表哥，奥地利王子，是她的亲表哥，跟咱们宋国的情况是非常相似的。

咱们再讲一下当时的国际社会中联姻的状况跟现在来比是非常先进的。2500年前咱们老祖宗那个时候的时尚。那个时候的邯郸是赵国的首都，在战国时代是一个时尚之都，相当于现在法国的巴黎，咱们中国的上海、北京，第一，在服装上，赵武灵王的胡服骑射改革了服装之后，咱们中原其他国家的人都是穿着宽袍、大袖、深服，虽然长袖子跳舞很好看，但是行动不方便，而且没有精气神，人显得比较没有精神，赵国的服装改革了之后，是窄袖，短装，下面是裤子、皮靴，戴着有羽毛的帽子，所以是非常漂亮、非常时尚，轻盈的时尚，各国的达人纷纷学习。第二，赵国的娱乐业非常发达，红灯区非常发达，像秦始皇的母亲赵姬，她就是当时赵国的一个相当于现在的酒吧里的吧女，跳舞的舞女，吕不韦看中了以后把她收到自己的家里去，后来秦国的公子看中她，娶了她。这样的一个人叫邯郸姬。后来一个赵王又娶了一个邯郸姬，她也是这样的一个人物，类似于现在的酒吧小姐，坐台的。还有一个，赵国的时尚中，赵国人的言谈举止都有人模仿，有一个成语不是叫邯郸学步吗？就是因为赵国人的风度太优雅了，所以有一个燕国的小伙子听说了之后就偷了家里的很多钱，跋山涉水，跑到赵国的邯郸去学步，结果燕国人走步，他学半个月也没有学像，后来钱也用完了，盘缠没了，路也不会走了，就爬着回燕国去了。这个典故就说明，赵国人的时尚被当时所有国家的人来模仿和学习。在2000多年前，咱们的祖宗有很多现代的时代元素，比如说草地音乐会、广场音乐会，那个时候就已经非常流行了，书里面有一个例子，说楚国的大帅哥第一帅哥宋玉，也是非常有文采的一个帅哥，他有一次跟楚王对话的时候，就说到了一个情况，说国中有楚人，在高台上面筑台而歌，在高台上唱歌，当他唱到下里、巴人这两个歌的时候（这下里巴人不是一个，是下里和巴人这两个曲子），跟着他一起唱的人就有数千人，这说明广场音乐会的规模是相当大的；当他又唱到"阳春"和"白雪"的时候（阳春和白雪也是两个曲子）台下和着的就只剩下十数人，这就叫作曲高和寡，从这个故事就可以看出，当时2000多年前就有大型的广场音乐会的。不光是有广场音乐会、草地音乐会，同时还有小型的咱们现在的摇滚乐乐队，比方说荆轲，和几个朋友在燕国的时候非常无聊，他们就有一个这样的乐队，大家在一起喝酒，聊天，一兴奋，荆轲就开始慷慨悲歌，唱起来了，他的朋友叫高渐离，高渐离就弹琴击筑来为荆轲伴奏，然后他那帮哥们就喝，荆轲就唱，这用现在的眼光来看，就是一个摇滚乐队，而且他们专门在市场人多热闹的地方来唱歌，激昂慷慨，所以燕赵人多慷慨悲歌之士，这个时候可以说就已经有了乐队的形式存在。还有rap，现在的说唱音乐，咱们那个时候就已经有了，荀子当时去周游列国，到了秦国以后，看到了种种秦国的像机器人那样的社会状态，秦国人民那种严谨的生活态度,这种自律、这种官僚政府的高效率,他非常有感慨,然后他回来之后就编成 rap,边唱边说,在街上跟大家讲,rap 在那个时候就已经存在了。还有,比如说音乐,在什么场合下唱什么歌奏什么乐,咱们的老祖宗都是有讲究的。鲁国因为是周公之后,他们特别讲周礼,如果你在某种场合要放什么音乐、唱什么歌、讲什么话都是有各种很烦琐的礼仪的,有一次一个齐国大夫就去鲁国访问,鲁国以国宴待之,然后奏乐,根据鲁国的周礼,在过程中,齐国的大夫是要起来还礼,要说一些话、要行一些礼的,齐国人什么表示都没有,无动于衷,事后,鲁国的大夫就去问他,说你这个挺无礼的,我们在给你国宴的时候奏了这么多乐,你怎么一点都不还礼?他说你还好意思跟我讲,吃饭时候你们奏的那两首是什么乐?有一首是周天子出巡的时候应该奏的乐,你怎么在我的面前奏这个,那我起来还礼还是不还礼呢?还有一首也是有关周天子的,是国宴上奏的天子之乐,你干嘛在这个时候奏这个乐?那我当然没有办法起来还礼了。当时鲁国的大夫觉得非常惭愧,我们是礼仪之邦,确实这场活动没有组织好,心里头很愧疚,也没有怪他。就说明音乐在那个时代是人们生活中的必需,而且是人们各种娱乐、祭祀、庄严或者是平凡生活中必不可少的一项活动。

王海鸿:再给大家补充一个非常新鲜的故事。大家可能留意了,就在五六天前,沙特阿拉伯出事了,反腐,其实这个事我早就预料到了。沙特阿拉伯是一个怎么样的国体呢?它是第二次世界大战以后建的国,信奉伊斯兰教的瓦哈比教派,他的开国国王严格按照伊斯兰教教规的规定娶了 4 个妻子,生了 20 多个儿子,《古兰经》规定,不仅这 4 个老婆的法律地位完全一样,你生的这 20 多个儿子要求你父亲,不用说财产的分配,就是说每一句话和颜悦色的程度都必须是一样的。因此这个国王去世之后,他就是从大儿子开始,老大、老二、老三、老四这么往下传。所以直到现在,国位还是在开国国王的儿子们之间传。在过去几年经常发生这样的事情,88 岁的老国王去世了,87 岁的王储继位,继位以后马上立自己 85 岁的弟弟为王储,反正是这个秩序。但是在几年前情况发生了变化,现任的老国王宣布要改革，说不能再往弟弟那儿传了，咱们要迎合现代需要，宣布立他自己已经去世多年的老大哥的大儿子为王储，这是第一次改革。大概在一年前又进行了第二次改革，把自己哥哥的孩子废掉，把自己的亲儿子立成了现在的王储，32岁，这就意味这是在坏过去的规矩。这个故事在我们的春秋战国2500年前发生过，发生在谁的身上呢？就我刚才讲的故事往前推几十年，吴王夫差的父亲是吴王阖闾，吴王阖闾的祖父寿梦是吴国第一个称王的，他本来是侯，吴泰伯那时候叫吴侯。他有四个儿子，他特别欣赏老四，就想把自己的位子传给老四，老四坚决不接受，老吴王寿梦没有办法，就叮嘱自己大儿子，我死以后，王位传给你，但是你不要传给你的儿子，你传给你二弟，然后二弟再传给三弟，然后再传给四弟，有这么一个要求。结果这个大儿子忠实地履行了父亲的嘱咐，继承王位以后第一天就是求死，整天带着去打仗，死在战场上，传给老二以后，老二又是这样，带着兵去打仗，又死在战场上，老三又是这样，国王都有一个必死的信心，那这个国家没有办法不强盛。荒唐的一幕是什么呢？等到该老四上位的时候，他说：我作为一个君子，我不能接受这样来的王位，我的哥哥们为了我的王位都争相去死，我继承这个王位，我要被人唾沫淹死的，结果他隐居山林了，美好的故事到此结束。于是老三的儿子不客气地就把王位继承了，吴王僚，谁不干了呢？老大的儿子不干了，这个人就是吴王夫差的父亲吴王阖闾，当时叫公子光，于是就有了专诸刺王僚的故事，这也展示一种国际社会的影响力，为什么今天沙特阿拉伯产生这个变化？有点向国际社会看齐的意思，那个时候何尝又不是如此呢？所以这个故事，又是一个春秋时代呈现国际社会特征的这么一个佐证。

孟瑶

咱们今天夜话留多一点时间给咱们的听众，各位看看听了我们刚才的夜话之后有什么问题、有什么心得体会要交流的？

听众：今天听了三位的讲座很受益，讲得很好，我想问的问题是，刚才讲了孔子的弟子子贡周游列国，成功地游说了不同的国家，最后达到了自己的目的，在现代社会，子贡这样的行为对现在有什么借鉴或启迪的意义？特别是在企业的经营管理中，这种人才有没有可能出现？社会环境是否允许？

王海鸿：首先子贡这样的人才还能不能出现，我觉得在国与国之间，他绝对掀不起这样大的风浪，因为每个国家都有一个强大的智囊团，有自己清晰的国际舞台的定位，不会由得你那么煽火。但是在商界，尤其是我们还没有各种规范，还不敢说完全确立，一个企业或者一个企业家的欲望还非常旺盛的年代，这种人绝对有空间。他为什么能够在这几个王之间玩得那么遛，这些王都是独裁者，这是一个基本前提，而中国现在有相当多的民营企业的老总还基本上扮演着独裁者的角色。第一，他是独裁者；第二，他的欲望，特别是第一代，他不知道自己的本分在哪儿，如果是几代的企业家，知道我的上限是什么，我这个行业、我这个家族，我在这个市场中，我的上限是什么，是清楚的。传几代的企业是这样，一代的企业是没有这个界限的，今天赚了10个亿，也许明天是100个亿，不知道上限在哪儿，抱有这种想法之后，有这种人在他面前说我让你到1万个亿，他真信，真愿意去玩，于是在商界，子贡这样的人已经玩出这么大的事情来，我相信还可能发生。

听众：我想问老师一个问题，刚才听了子贡的故事之后，我都不觉得他们是人才，我觉得他做了好多无中生有的事情，让我感觉都听不下去他的故事了，包括王老师说的那个故事，明明是"锣"就应该是收兵，那他还要再派人出去，这些都是违反他们共同制定的约定的，孔子的学生怎么会是这样的人呢？包括我小时候看《三国演义》，会觉得诸葛亮很厉害，很有智慧，可是现在如果再看回去的话，发现他有很多东西并不是大智慧，可能只是耍一些小计谋，我想问一下三位老师是怎么看这些东西的？怎么评价他们的？这算是中国人的国民性的一部分吗？还是我们中国人是确实会比较推崇这些东西？

王海鸿：还真的就是国民性的一部分，你看为什么孔夫子感觉很痛心就叫礼崩乐坏，规矩全坏了，而且那个时候有一个词，就是过去都是平平稳稳，现在进入了大争之世，因为社会的变迁、生产力的变化，人的欲望不一样了，这个不是说你作为一个善良的个人，你的愿望想怎么样，这个趋势来了你挡不住，最多你不参与其中，至少把敲锣的规矩改了不是子贡本人干的事情，他的原始目的是让自己的鲁国存活，但你光去跟人讲好道理，你不能做坏事，我这国家有存在的理由，人家会听你的吗？你只能采取这种纵横捭阖的方法，制造这种混乱，最终客观效果让鲁国存活下去，当时的现状就是如此，进入了大争之世，你如果还是靠着善良的愿望，也希望别人跟你一样善良，那就前途太黯淡了。

听众：所以幸存下来的国人一代一代下来的就都是牺牲了道德水平才生存下来的吗？

王海鸿：也不能这样讲，天下板荡到一段时间以后，重建道德，重建秩序，往往就是成为新的统治者的使命，他做成了，这就是一个中兴之世，历史不就是这样吗？乱，乱了以后好不容易平定了，大家觉得乱太不好了，还是大家都讲规矩好，就有人刻意去建设，建设失败了，又一次崩溃，好不容易建设成功了，这就是中国历史上一个又一个的盛世、一个又一个的中兴，它就是这样一个过程。

黄东和：我也要为子贡辩护一下，因为子贡本身做的事是为鲁国，他是为鲁国的存亡而去做努力，他是一介书生，他一个人做不到这个事，他要用社会上的各种力量，其实他是用他的才华去调动这些力量，最终达到使鲁国保存下来的目的。我还想说，我们现在看到的孔子的书，如果不是子贡这样的以他会经商的头脑，在孔子死后，他用他的财力和才华组织大家来编《论语》，我们看不到《论语》；如果不是他在魏国进一步教授很多的弟子，儒家就灭绝了。所以子贡是蛮不错的一个人，跟司马迁一样，值得你关注，不要听我们今天晚上，因为时间很短，讲的是他的一个片面，你就会失去这样一个很好的对人物的观察。

孟瑶

时间已经超过了，非常感谢各位今天晚上陪伴我们一起夜话，今天晚上的气氛非常活跃，大家发言也很踊跃，可以说大家是完全看得懂、听得懂我们在说什么，这个让我们非常欣慰，11月25日的晚上这里还有一场"《东周列国志》——中国人春秋战国时代的生死观"，这个话题里会涉及非常多的荡气回肠的、可歌可泣的英雄的人物和故事，以及我们老祖宗那个时候怎么看待生命，看待生与死，这个话题也是非常好的，所以欢迎大家下次再来。谢谢各位。

南书房夜话第六十九期
《东周列国志》——中国人春秋战国时代的生死观

嘉宾：王海鸿　黄东和　孟　瑶（兼主持）
时间：2017年11月25日　19：00—21：00

孟瑶

　　大家晚上好。今天晚上是《东周列国志》这本书的第四讲，前面三讲，第一讲是"中国人的英雄史诗、人性读本"；第二讲是"五百年大棋局之复盘"；第三讲是"2500年前的'国际社会'"。今天我们要和大家讨论一下春秋战国时代中国人的生死观。为什么想讲这个话题呢？如果你看过《东周列国志》，读过《史记》《左传》，包括《国语》等有关的历史书籍，你就会发现一个很明显的事实，就是那个时代的人们对生死的态度非常令人匪夷所思，可以说是一言不合就自刎。国与国之间一言不合就开打了，人与人之间也是，一言不合就拔刀自刎，为什么会这样？难道那个时代的人把自己的命不当命吗？你通过对一些历史史实的研究，以及当时的价值观、思想理论基础就会发现，几千年之后中华民族的民族性格和民族特质很多东西都是来源于春秋战国时代的文化基因，这种基因已经遗传到了当今的社会。回到正题，为什么那个时代的人动不动就会自杀呢？究其原因，是那个时代的人认为自己个人生命价值的社会性大于他的个体性，大于他的家庭、他的亲人、朋友，他是属于社会、属于国、属于君、属于礼、属于道、属于报恩、属于亲、属于孝等，唯独不属于自己，这种认知下，就发生了很多可歌可泣的故事，这些人有的是为了忠君、有的是为了报国、有的是为了孝亲、有的是为了朋友报恩，等等，前赴后继，轰轰烈烈的，很多这样的故事。说理挺枯燥，我们讲两个故事。比如说战国后期，秦始皇的母亲，叫赵姬，也叫邯郸姬，他的母亲因为丈夫死得早，先跟吕不韦私通，后来吕不韦觉得自己如果长期跟太后私通，对他的政治生命会有危险，所以就给太后推荐了一个叫嫪毐的年轻力壮的男人，猛男，秦始皇的母亲就跟这个男人找了一个借口，到外地去住，还为这个男人生了两个孩子，嫪毐还不满足，想把秦始皇干掉，用自己的两个孩子来取代秦始皇。那时候秦始皇还是秦王嬴政，还没有统一中国，他一看这个情况不妙，很生气，就设计把嫪毐车裂了，然后把他的两个弟弟，他的同母异父的弟弟装进布囊里面摔死，把他的母亲发配到外地一个行宫里去，派士兵囚禁起来，发誓永不相见。这个事情本来很正常，作为一个亲生的母亲，想把亲儿子杀死，然后用后夫的孩子取而代之，而秦始皇的做法并不是很过分，对他的母亲只是软禁，并没有把她怎么样，还是说得过去。但是秦国人就不答应了，前赴后继，前后有27个人去劝谏秦始皇，说你这样是不孝。对这些劝谏的人秦始皇很生气，来一个杀一个，而且是很残酷的，把衣服扒了，把他们放在有刺的灌木上，用锤捶死以后，手足都砍掉。一连杀了27个，这27个人为了别人家的家事，为了他母子之间的不合而主动送了命。后来有一个齐国人叫茅焦，他是到秦国去旅游的，住在咸阳一个招待所里，他听说这个事情以后，说这怎么得了，杀了27个人他还不听劝，我去。他那个同住的室友就劝他说，人家都是大臣，都是秦王旁边的亲信劝都没有用，都被杀了，你一介布衣，而且还是个外国人，你去不是送死吗？他说那我还是得去。就执意去了。他那些同住的室友料他肯定是必死无疑，就把他的衣服行李都瓜分掉。茅焦去了之后，秦始皇问他来干什么的，还是为孝母的事情来的，秦始皇吩咐，赶紧把水烧开了，等下把这个人煮了。茅焦就徐徐赶到殿上去，对秦始皇说，你们不是杀了27个人吗？据说天上有28个星宿，降生到地上就是28个正人，你杀了27个，还差一个人，我刚好来凑这个数。秦始皇一听大怒，"狂夫故犯吾禁"！我还不杀你，我要煮掉你，让你死无全尸，让你做不了二十八星宿。茅焦就说，秦王你有逆天之悖行，秦国就要亡国了！这个话，有点耸人听闻，秦王态度稍缓和一点了，他说你有什么话你就跟我说吧，茅焦就说，你还想不想图天下？秦始皇说想啊，茅焦说既然你想图天下，你又不仁不孝，杀自己的后爸，杀自己的亲弟弟，而且把你的母亲囚于别处，还杀了那么多劝谏的大臣，他说你这样的德行天下人怎么可能服你呢？你怎么能得天下呢？巴啦巴啦，秦始皇一听，觉得有道理，就说，前面的 27 个人，他们只是数落我的过错，而没有讲关于存亡的事情，所以我就把他们杀了，你这样一讲，我觉得非常有道理，原来这件事关系到秦国统一天下的大势。所以秦王不但没有杀他，而且还给他封了一个官，叫太傅。然后又高高兴兴地跑到外地把自己的母亲迎回了首都，最后母子团聚，皆大欢喜。通过这个故事可以看出来当时的人民为了一个理，这个理是什么呢？就是孝，哪怕这个孝跟自己毫无关系，都可以赴死，毫不在意自己的生命。

还有一个故事，讲的是介子推，介子推是晋文公流亡时候的一个手下，他没有什么大才华，是一个勤勤恳恳的，给晋文公赶车、跑一下后勤的人。当晋文公饿得快要死的时候，介子推把自己大腿的肉割了一块煮了给晋文公吃，晋文公非常感激他。但是晋文公做了国君之后，对这些跟随他逃亡的人就按照功劳的大小来赏赐封官，人人都有封赏，唯独把这个介子推给忘了。介子推的一个邻居就跑去找晋文公，说你怎么把这么一个重要的人物给忘了呢？晋文公就派人去请介子推，让他进宫来要给他封赏。介子推一看，他本来是盼着有封赏的，但是一轮二轮三轮都没有他的份，他心里就非常难过，这时晋文公派人上门来，他就推辞了，说我也不去，我也不要封赏。这个使者走了之后，介子推想，不对啊，我这样拒绝以后，晋文公一定会再次派人来，以更高的官、更厚的赏来请我，这样会显得我很不仗义，觉得我不是在要挟或者是在欲拒还迎来获取更高的利益吗？那我不能要，所以他就背着他的老母亲躲到山里面去了。晋文公亲自上门一看，人走了，就派人搜山，搜了三天三夜，他就是不下山，有一个人出主意了，说放火把山烧了，放了火他一定会下来，晋文公就放了一把火烧了山，介子推的母亲就说既然这样，儿子你还是下去吧，介子推就跟他母亲说我死了没关系，可是老娘死了就太冤枉了，这母亲一想，不对，我这么一下去不是把我儿子的名节给毁了吗？所以这个老母亲就在树上撞死了，让介子推没有后顾之忧，他可以保全自己的名节。介子推一看，母亲死了，就更加坚定了不下山的决心，待在山上活活地被烧死了。后来晋文公找到他的尸体，下令以后全国在他死的那天不准生火做饭，所以就有了寒食节。从这个故事就可以看出来，介子推母子为了所谓的名节赴死，用现代人的眼光看，这个举动也太不可思议了。人家要赏你、要封你，你居然以生命来相抗、不从，这是一个什么样的价值观、什么样的理念促使人们会这样？古人把自己的性命看得如此之轻贱，从理论依据上来讲，孔孟儒家的思想起着很大的作用，比如孔子就有杀身以成仁的说法，孔子说，仁人志士，杀身以成仁。为了成全仁义道德我可以把自己杀掉。孟子也有"舍生取义"的理论，"生我所欲也"，生命我想要的，"义我所欲也"，道义也是我想要的，"二者不可兼得，舍生而取义"，如果这两者不可兼得的时候，就要舍生而取义了。孔孟儒家就是用这种观念来使当时的人们觉得生命比道义、比其他的东西要轻得多，所以那个时代发生了许多让人觉得不可思议的事情，这样的故事很多，暂时先讲到这里。

王海鸿：接着孟瑶讲一个同样主题的故事，这个故事在《东周列国志》中没有收录，在其他的古书中收了，好像是《左传》中收了，叫"唐雎不辱使命"，讲的是什么呢？到战国后期，某一代魏国的国王，他给他自己的弟弟封了一块土地，不大，50里，这个封的弟弟叫安陵君，一代一代往下传。古人所谓50里，他计算面积的方法跟我们现在不一样，不是平方公里，是按周长算的，绕着周长走了一圈走下来的，50里就是50里边长绕下来的一块地。像我们的山西的《五台山志》，《五台山志》里写的"环基所至五百余里"，把五台山绕下来是500里；比如800里洞庭、500里井冈都是这个道理。秦国兼并战争到了后期，秦国想起这个地盘，这个小地盘不值得出兵打一下，就派一个使者过去找安陵君，说我们大王挺敬重你是一个贤人，我们秦国另外划一块500里的地，你往那儿去，把这个地盘让给我。秦王是典型的根本不讲道理的人,谁敢信?安陵君肯定本能就要拒绝,但是怎么能拒绝他呢?拒绝他后果很严重,很为难。结果有一个很老的大臣,这个人叫唐雎,岁数很大,自告奋勇说我去替您见一下秦王,然后他就作为使者去了。秦始皇,当时还是秦王,其实就是后来的秦始皇,他基本的外交礼仪还是讲的,客客气气的,把老先生请过来聊,说寡人提出来的以500里换你50里地,你们考虑得怎么样了?唐雎说,我们家主公说了,我们50里地虽然很小,但是一代一代的传下来的,有了感情,非常感谢大王你的好意,但这个地我们不能换。秦王一听就翻脸了,说先生你知道不知道天子一怒是什么后果,唐雎说我不知道。秦王说天子一怒,伏尸百万,流血千里,作为天子我要一生气的话,会有百万人死,血会流上千里,非常蛮横的那种态度。唐雎就反问一句,说大王您知道如果布衣一怒,会是什么后果?布衣就是平民百姓,穿布衣服的。秦王说那大不了就是摔东西、扯头发、跺脚、骂街吧。唐雎说您说错了,您说的是庸人之怒,不是士之怒。士一怒,伏尸两具,流血五步,死两个人,血流五步。我给你讲三个典故,专诸刺王僚,如白虹贯日;要离刺庆忌,如彗星袭月;聂政刺韩傀,如苍鹰击殿。今天就是第四个例子,说着一拍桌子就站起来了。那么不可一世的秦王,赶紧作揖,说老先生息怒息怒,安陵小小50里的地能够存活到现在,我知道是因为什么了。就是这么一个故事。唐雎讲的这几个故事就是东周战国时期三个刺客的故事,有人笼统地把它都描绘为不畏强暴,其实这个有待商榷。这一段的描述,把这三个刺客的死亡,这不是自杀,这是杀人以后被别人杀,把这三次死亡都赋予了诗一样的境界,白虹贯日、彗星袭月、苍鹰击殿,这个我看来其实是一个相当大的过分的煽情,为什么呢?不管怎么说,你剥夺别人的生命,要有正当的理由。这三个故事中,专诸刺王僚我认为是具有一定的正当性,因为从法统的角度来讲,王僚夺的这个王位不正当,而且书上至少记载着他的某些残暴的行为,所以专诸应伍子胥和阖闾的要求舍弃自己的性命去刺杀王僚,具有一定的正当性。要离刺庆忌,情况就不太一样了,庆忌是被刺的王僚的儿子,书上没有写他有什么恶习,而且看出这个人胸怀很宽广,仅仅是因为他人缘又好，又非常有能力，非常有号召力，吴王阖闾生怕他反攻倒算，要除后患，这个刺杀本身不具有太多的正当性。而且刺杀的执行者要离，我认为是一个挺糟糕的人，为了混到庆忌身边取得庆忌的信任，他把好多事情都做绝了，他让这一边吴王阖闾的阵营砍了他的胳膊，然后又杀了自己的老婆、孩子，有没有杀父母我不记得了。就为了取得对方的信任，把自己的亲人这样像垃圾一样毫不吝惜地牺牲掉，以此骗得敌人的信任，混在他身边，用利器从背后刺杀庆忌。而庆忌表现得真像个大英雄，在身受重伤情况下——因为庆忌是一个魁梧的大汉，要离是一个三寸丁小矬子——把要离拎起来浸到水里三次，再拿起来。身边的人要杀掉要离，庆忌非常大度，他也是个人物，一天之内不能死两个大人物，把刀拔出来自己死掉了。反而要离觉得自己活得没劲，也自杀了。所以这个事我挺不认同这种行为的。聂政刺韩傀，其实郭沫若关于聂政刺韩傀这段故事也写过一些剧本。韩傀的真名是叫侠累，韩国的两个大臣勾心斗角，也谈不上谁比谁更正当，其中弱势的一方就想了一个阴损的招数，就想买一个刺客来杀自己的对头。聂政是一个年轻人，卖肉的，不安于自己的社会地位，社会上看你是一个卖肉的，自然以看待卖肉的眼光看待他，他接受不了这种眼光，而偏偏这个韩傀的对头就以超出常人的礼仪对待他，让他的虚荣心得到极大的满足，但是聂政的姐姐就看出不对，就觉得他给予你过分的礼遇，将来是要你用命来还的，再三警告自己的弟弟。最后果然一旦露出这个意思之后，聂政倒也不完全是"二杆子"，他至少守一条底线，我得侍奉我的母亲到老，所以果然等他的母亲去世以后，对方就提出这个要求，他就义无反顾地按照这个要求，所以他就把他主人的对头刺杀了。刺杀完之后，他突然又想起一件事情，他不能连累自己的姐姐，于是杀人以后，把自己毁了容，就为了让外人认不出他来。而他的姐姐偏偏还专门来认这个尸体，不想让自己的弟弟名声就此埋没，这个故事也是让人非常的唏嘘。

今天咱们这个是第四讲了，我觉得我们有一个小遗憾，一直没有给大家读原著，所以我想今天给大家读一段，也是东和上次提过的"二桃杀三士"那一段的故事，涉及的就是今天的话题。"二桃杀三士"的背景给大家介绍一下，当时在齐国有三位勇士，都是非常勇猛的人，第一个叫古冶子，第二个叫公孙捷，第三个叫田开疆，有人能够杀老虎，有人能够杀蛟龙，有人能够打仗斩杀敌将，然后这三个人就结成一党，威胁到齐国政权的安定，这么一段故事。当时齐国的宰相是晏婴，我第一讲的时候就已经讲了，本来《东周列国志》是浅层的文言文，但是现在因为我们白话文程度越来越高，它反而成了好像是佶屈聱牙的东西了，但偏偏这段，我觉得是和白话文相当接近的，可以读给大家听一听。"时朝中有个佞臣唤做梁邱据，专以先意逢迎，取悦于君，景公甚宠爱之。据（梁邱据）内则献媚景公，以固其宠，外则结交三杰"，三杰就是刚才讲的三个猛士，"以张其党，况其时陈无宇厚施得众"，不断小恩小惠施舍笼络老百姓，老百姓都拥护他，"已伏移国之兆"，已经埋伏了要改变国家主人的兆头了，"那田开疆与陈氏是一族，异日声势相倚，为国家之患，晏婴深以为忧"，晏子非常的担忧，"每欲除之，但恐其君不听，反结了三人之怨"，他其实挺像儒家的，他知道这三个人是坏人，要把他除掉，但是国王不听的话，我不但没有除掉小人，还被他们恨我，就更麻烦。"忽一日，鲁昭公以不合于晋之故，欲结交于齐"，鲁国和晋国不对付了，要和齐国相交，"亲自来朝，景公设宴相待。鲁国是叔孙婼相礼"，鲁国的大臣是叔孙婼，"齐国是晏婴相礼。三杰带剑，立于阶下，昂昂自若，目中无人"，三杰带着宝剑站在殿下面。"二君酒至半酣，晏子奏曰：园中金桃已熟，可命荐新，为两君寿。"园子里的金桃已经熟了，可以取金桃为两位国君祝福。"景公准奏，宣园吏取金桃来献，晏子奏曰：'金桃难得之物，臣当亲往临摘。'晏子领钥匙去讫。"堂堂宰相要亲自去拿钥匙，很好玩。"景公曰：此桃自先公时，有东海人，以巨核来献，名曰：万寿金桃"，这个桃子是我的先人或祖父的时候，由东海的人用巨大的桃核来献，"出自海外度索山，亦名蟠桃。植之三十余年，枝叶虽茂，花而不实，今岁结有数颗。寡人惜之，是以封锁园门，今日君侯降临，寡人不敢独享，特取来与贤君臣共之，鲁昭公拱手称谢。少顷，晏子引著园吏，将雕盘献上，盘中堆着六枚桃子，其大如碗，其赤如炭，香气扑鼻，真珍异之果也"，像饭碗那么大，像火炭一样红，香气扑鼻。"景公问曰：'桃实止此数乎？'"桃子就这些吗？"晏子曰：'尚有三四枚未熟，所以只摘得六枚。'景公命晏子行酒，晏子手捧玉爵，恭进鲁侯之前，左右献上金桃，晏子致词曰：'桃实如斗，天下罕有。两君食之，千秋同寿。'"桃子像斗一样大，天下罕见，两君食之，千秋共寿。"鲁侯饮酒毕，取桃一枚食之，甘美非常，夸奖不已，次及景公，亦饮酒一枚，取桃食讫。"两个国君每个人喝了一杯酒，吃了一个桃子。"景公曰：'此桃非易得之物，叔孙大夫（鲁国的叔孙婼）贤名著于四方，今又有赞礼之功，宜食一桃。'"叔孙婼大夫您的贤德的名声是传于四方的，今天又麻烦您来主持这个仪式，所以您吃一枚桃子。"叔孙婼跪奏曰：'臣之贤，万不及相国，相国内修国政，外服诸侯，其功不小。此桃宜赐相国食之，臣安敢僭？'"晏丞相比我功劳更大，政治上内修国政，外服诸侯，应他来食这个桃子。"景公曰：'既叔孙大夫推让相国，可各赐酒一杯，桃一枚。'"景公很大度，既然你们两个人互相谦让，你们每个人喝一杯酒，吃一个桃子。"二臣跪而领之。谢恩而起"，六个桃子吃掉四个了。"晏子奏曰：'盘中有尚有二桃，主公可传令诸臣中，言其功深劳重者，当食此桃，以彰其贤。'"晏子说，盘里面还有两个桃子，主公您可以宣布各位大臣自己报自己的功劳，谁功劳大就吃这个桃子，以表彰他的功绩。"景公曰：'此言甚善。'即命左右传谕，使阶下诸臣，有自信功深劳重，堪食此桃者，出班自奏，相国评功赐桃"，把裁判员就交给了晏子。"公孙捷（三杰中倒数第一位）挺身而出，立于筵上，而言曰：'昔从主公猎于桐山，力诛猛虎，其功若何？'"当年我跟着主公在桐山打猎，我杀了猛虎，怎么样？"晏子曰：'擎天保驾，功莫大焉，可赐酒一爵，食桃一枚，归于班部。'古冶子奋然便出曰：'诛虎未足为奇，吾曾斩妖鼋于黄河，使君危而复安。此功若何？'"齐景公坐船过黄河的时候，有蛟龙，一个鼋或者是大乌龟，在那儿翻腾，这小子跳进去之后把那个东西杀了，景公曰："此时波涛汹涌，非将军斩绝妖鼋，必至覆溺，此盖世奇功也。饮酒食桃，又何疑哉？"景公说了，当时波涛汹涌，要不是将军把妖龙杀了，这个船肯定就翻了，也许我就淹死了，这样的盖世奇功，喝酒、吃桃子有什么可以怀疑的呢？晏子慌忙进酒赐桃，两杰吃了桃子了。"只见田开疆撩衣破步而出曰：'吾曾奉命伐徐，斩其名将，俘甲首五百余人，徐君恐惧，致赂乞盟。郯、莒畏服，一时皆集，奉吾君为盟主。'"我曾经奉命去讨伐徐国，把他的名将斩了，俘虏了他们的军官500余人，徐国的国君恐惧，向我们送大礼贿赂，乞求结盟，郯国、莒国都过来了，奉我们的君主为盟主。"'此功可以食桃乎？'晏子奏曰：'开疆之功，比于二将，更自十倍，争奈无桃可赐，赐酒一杯，以待来年。'景公曰：'卿功最大，可惜言之太迟，以此无桃，掩其大功。'"你的功劳比刚才那两位先生更大，但对不起你说晚了，没桃子了。掩其大功。"田开疆按剑而言曰：'斩鼋，打虎，小可事耳。吾跋涉千里之外，血战成功，反不能食桃，受辱于两国君臣之间，为万代耻笑。何面目立于朝廷之上耶？'言讫，挥剑自刎而死。"杀个鼋、打个虎，这小可事耳，我跋涉千里，血战成功，反而没有桃子吃，在两国君面前受这种侮辱，被万代人耻笑，我还有什么脸面站在这儿？拔宝剑自杀了。"公孙捷大惊，亦拔剑而言曰：'我等微功而食桃，田君功大，反不能食，夫取桃不让，非廉也，视人之死而不能从，非勇也。'"我这个人有小功劳吃了桃子，人家田先生功劳大，反而没有桃子吃，我这个人不够清廉，就把桃子取了都不让一下，我这个人不够意思，看到人家死了我不能跟从，不够勇，怎么办呢？"言讫，亦自刎。古冶子奋气大呼曰：'吾三人义均骨肉，誓同生死，二人已亡，吾独苟活，于心何安？'亦自刎而亡。"我们三个人跟骨肉一样，誓同生死，他们两个人都死了，我活着还有什么意思？"亦自刎而亡。景公急使人止之，已无及矣"，赶紧让人劝阻，来不及了，挡不住。"鲁昭公离席而起曰：'寡人闻三臣皆天下奇勇，可惜一朝俱尽矣。'"我听说这三位先生都是当世的勇士，很可惜一天之内都没有了。"景公闻言嘿然，变色不悦"，没说话，很不高兴，"晏婴从容进曰：'此皆吾国一勇之夫，虽有微劳，何足挂齿。'鲁侯曰：'上国如此勇将，还有几人？'晏婴对曰：'筹策庙堂，威加万里，负将相之才者数十人。若血气之勇，不过备寡君鞭策之用而已，其生死何足为齐轻重哉？'"在庙堂上筹划决胜万里，有将相之才的我们有几十人，像这样的血气之勇，不过供我们的国君鞭策之用而已，他的生死哪值得我们齐国一提？

"景公意始释然。晏子更进觞于两君,欢饮而散。三杰墓在荡阴里,后汉诸葛孔明《梁父吟》正咏其事:步出齐东门,遥望荡阴里。里中有三坟,累累正相似。问是谁家冢?田疆古冶子。力能排南山,文能绝地纪。一朝中阴谋,二桃杀三士。谁能为此者?相国齐晏子。"诸葛亮写的诗,这个故事又让人纠结,怎么纠结呢?第一个感觉是坏人挺好忽悠,马上纠结回来了,那么好忽悠,他是坏人吗?

孟瑶
我就觉得这三个勇士只是有图谋,并没有去付诸行动,就以这个名义用两个桃子让三个人来争抢,让他们去自杀,这是杀人于无形?

王海鸿:不是这三个人有图谋,这三个人连图谋都没有,是晏子怀疑这三个人有图谋,所以中国有一句话:黄金时代的时候,人是在道德层面上竞争;到了白银时代,人就在计谋方面竞争;到了青铜时代,人就在力量上竞争;到了黑铁时代,人就是在野蛮和不守规则上竞争。所以我对这个故事的解读,真是不认同坏人被忽悠,这三个人在我们书里面写得很清楚,因为三杰中的田开疆是即将要篡权的田家,其实是一家人,古人有一姓、有一氏,比如楚国国王熊姓芈氏,陈家的是陈姓田氏,所以田开疆是陈家人,而陈家的家主篡夺政权的意味已经很明显,陈家的家主已经得到了齐国的爵位,正如周礼所说是有封地、有地盘的,而田是他们家远房亲戚,属于士这一类的,是没有地盘的,所以就不得不把自己的本事练得非常大,能够去讨伐徐国,斩其名将、俘其甲首等,而且他跟那两个人关系又特别好,晏子从这个典型的政治权谋的角度讲,他认为是一个后患,这个从人本主义的角度,从今天法治社会的角度是绝对不可以这样干的。这三个人有他们的毛病,可能不太尊重别人,仗着自己的功劳大,非常傲慢,晏子看陈无宇要篡权,后来隔了几代果然篡权了,这是一个事实,田开疆是他们家的远房亲戚,田开疆这三个人又是铁哥们,晏子他从政权稳定、从血统考虑,为了姜氏齐国的血统不被篡夺,他就做了这样的事情。这么做是为了国家的长治久安，是不是在中国的历史上有很多时候，有很多人就这样被冤死了？他这个还是用一种最优雅的方式让你们自己去死，而在后来的专制的封建王朝中，一旦某个家族、某个大臣被认为危及皇朝的利益，便会以莫须有的罪名把他诛杀，这种故事很多。相形之下，尽管我们为这三个人痛惜，至少还让他们死得比较优雅，是不是可以这样讲？

孟瑶

咱们中国几千年以来士人的气节一直延续到后代，包括后来的文天祥，所谓的"人生自古谁无死，留取丹心照汗青"，包括大汉奸汪精卫都写过"慷慨歌燕市，从容作楚囚，引刀成一快，不负少年头"。连这种大汉奸早年都有这种气节，这种气节的源头，就源自春秋战国时代孔孟儒家这一套思想价值观。但是我觉得跟西方的人权、人本主义相比，中国的这种所谓的杀身成仁、舍生取义是有点极端，是漠视人的生命与人权的，所以造成了很多的悲剧。这种对生命的不尊重和漠视，我觉得只有中国才有，西方很少有这个。

王海鸿：这个不能完全赞同，我认为每个社会都有正反两面的对立、冲突，比如说孔夫子，他有一句，他不仅是坚决反对用人殉葬，而且后来他发展到什么程度？在那个时候社会肯定是越来越进步，就不认同用人殉葬了，有些人就走个变通的办法，做假人去殉葬，孔夫子痛恨地说：始作俑者，其无后乎。第一个想出做俑的主意的人是要断子绝孙的，这是什么意思呢？我觉得孔夫子对于用人殉葬的态度有点像我们巴金老先生对"文化大革命"的态度一样，一定要把它彻底否定，不能给它一丝一毫追加的承认，你今天用俑来代替活人，说不定哪天哪个人动了脑，用活人代替俑了。所以从孔子这个角度，他是坚决要把这种不尊重人的制度彻底消灭，让他连借尸还魂的机会都没有。至于不尊重人的生命，其实人类社会的各个社会形态都走了大致的这么一个脉络，也不用说这个东西只有中国这样。看看古巴比伦，就包括欧洲早期的中世纪黑暗时期对人权的不尊重也是普遍存在的，每个社会都有一个慢慢地尊重人、尊重个体，这么一个过程。当然我们这近几百年走的步伐可能比别人慢一点，但是在我们先贤留下来的一些著作中，还是有很多对于这种仁慈的人性的一种赞美。正如刚才说的，儒家学说固然有杀身成仁的例子，但仅限于特定情况，文天祥这个例子确实是个特例，他当时成了元朝人的俘虏，他只有两个选择，没有说归隐、遁逃的机会，他关在牢里，逃不出去。他只有两个选择，一个是投降，帮着元朝去招降宋朝的人，号召大家都放弃对原来的王朝乃至于对文化道统的承认，另一个是献出自己的生命，那是个极端的例子。人不幸到了那个极端的时候，恐怕是应该作出文天祥那样的选择的，这是我个人的看法。当然你作为咱们平头老百姓，就像孔夫子说的，君子不居危邦，我左右不了，我先躲开，这是一种选择。但是文天祥作为宋朝的末代丞相，他当时没有这个选择，那只能杀身成仁了，所以我认为文天祥这种杀身成仁的行为是值得我们尊敬的。第二个，刚才说汪精卫这个事，我怕有些年轻同志不是太了解情况，我还是补充说明一下，写那首诗的时候的汪精卫还不是一个大汉奸，他不是生来就是大汉奸，年轻的时候随着孙中山先生搞辛亥革命，一心一意要推翻满清的独裁政权、异族政权，重建中华的社会，他作为年轻人潜入北京，想去刺杀溥仪的父亲摄政王，事情没做成，抓进去了，确实他本人当时也做了慷慨赴死的准备了，就写了那个诗，他后来成了大汉奸，但是这个不能混在一起，他写这个诗的时候还不是大汉奸。

黄东和：我觉得牵涉古今中外了，我们确实符合南书房夜话的精神，全球视野、民族立场、时代精神、深圳表达。说到这样一个例子的时候，我刚才说这一段，我说的时间比较长了一点，第二是我想留一个尾巴我们来讨论。我们奉天承运的这么一个世袭权力的所谓的价值观，到了西周是鼎盛时期，可是到东周也并没有灭绝，事实上它也一直影响到现在。孔孟所代表的所谓志气也好、气节也好，其实他也有一个说法，就叫君子人格。君子人格与权力世袭，这两条线索从春秋战国以后就一直纠缠到现在，就说明朝朱元璋，朱元璋是封自己的子弟为王的，也是封爵位的。最高的时期朱元璋一个直系的子孙有多少人？100万。朱元璋的直系子孙有100万，国家都不够他们吃的了，他们都是跟西周一样，虽然也有递减，但后面都是靠国人养着的。这个权力世袭跟士大夫、大臣们通过科举考试考上去的士人就是讲君子人格的，对上要效忠，对父母要尽孝，对朋友、对社会要讲气节，实际上都是两条价值观不断地在进行搏斗，而且越斗到后面君子人格越是不堪一击了。大家看，孔子很温柔、很温和，那是因为孔子不用发脾气。因为孔子长得据说是一米八九，个很高，孔武有力，子路向他学习的时候，首先是跟他比武，说孔子你招学生，你教学生什么？教射箭、教骑马，我们比一比，然后就比射箭，子路是射箭很棒的，最后没想到孔子比他还棒，人长得又高又帅，这样的老师到哪儿去寻找。再说，他弟子三千，贤人七十二，他出去就是可以颠覆一个国家的，他到了楚国，楚王想用他，说给他500里地，其他的大臣立刻反对，说楚王你可知道，我们楚国当初是50里地，我们50里地现在建成了一个楚国，你给孔子500里地，他有那么多弟子，每个弟子都那么有才华，你这个楚国将来是孔子的还是你老人家的？所以没有让孔子到楚国来，把他打发走了。因为孔子这么能干，所以他就特别的温良恭俭让，因为他不必要说吓唬人的话，可是到了孟子的时候，像孟母三迁，家里很穷，到齐国稷下学宫，他就是一个学者，学者就是我们说说话而已，没有什么杀伤力，拉弓箭拉不开，舞剑舞不动，所以孟子的口气很大，"富贵不能淫、威武不能屈、贫贱不能移"，你就是口快，过了口瘾回去该干啥还是干啥，所以孟子他对国王讲什么都可以，面对诸侯，他可以把自己的人格魅力发挥出来。孟子是怎样形容的呢？所谓的三纲五常，在孔子那儿是对等的，君君臣臣父父子子，君对臣像君，臣对君像臣，父子也是相对应的，孟子把这个说得特别的突出，君视臣如草芥，臣视君如寇仇，你不把臣当一回事，我臣不把你君当一回事。就是这样的话遭到了朱元璋的反对，朱元璋不识字，没多少机会学习，当和尚出身的，他当了国君之后，把孔孟之道也是放在庙里面供起来，说得很好。可是有一天，他听大臣讲孟子的书，其中就讲到了，君视臣如草芥，民视君如寇仇，这不是反了吗？是谁说的话？说是孟子说的话，赶快把这个从庙里面撤出来。所以孟子在明朝的时候，一度是从大成殿撤出来的，后来再过了一段时间，孔孟之徒很多，孟子几千年来都是受到人们的供奉，你现在把他撤出来不行，最后折中了一下，把类似这样的话删掉。明代的读书人读到的孟子，在朱元璋以后是看不到这样一些反动标语的，这就是君权与君子人格的一种搏斗。明朝的时候基本上就是把我们知识分子禁锢得像铁桶一般，你所谓的君子人格，没有用的，只有去说说书，编一下《东周列国志》，然后在社区里跟老百姓讲一讲戏文，开心一下，不能走太远，因为户籍制度很严的。不能讲孟子那些出格的话，动辄是文字狱，所以到清朝更甚了，因为外族入侵，王权、世袭、天命、奉天承运排到了非常高的地位，知识分子的能力、君子人格其实是被贬得一塌糊涂。士到近代以后，1840年鸦片战争豁开口子后，我们现在回忆起民国的时候，还有一些士人之气好像又回来了一样，民国才有大师，才有独立人格、自由平等，有这些人，这是好不容易靠外界把口子打开了。我刚才留了个尾巴，在君权淡化，君子人格也不太合时宜的情况下，我们普通人遵循什么样的规则？我刚才说我们深圳人要发明创造，其实不用，在这里讲，放在全球视野来看，有很多地方已经把这些问题解决了，第一要建立人类共同的底线，就是人权、生命权、自由权、追求幸福的权利，基本权利是每个人都要的，哪怕他学历不高，哪怕他长得不好看，可是我也有活着的权利，这就是基本的权利，这是划一个底线，你是人，你就有这些权利；第二，遵守契约，我跟你可以没有什么关系，不讲父子关系，不讲朋友关系，不讲老乡关系，不讲同学关系，我们就讲我们见了面了要不要一起做事，一起做事意思表示必须是独立自主的，然后双方达成了默契、达成了协议和协定，然后我们就遵照执行，如果这点都达不到，这个社会就没得玩了，这也是世界范围内来为我们现在这些人的相处所制定的最简单的、最基本的游戏规则。因为你提到了西方我也就提一提，本来这个话题是想在讨论的环节来讨论，我不宜再展开了。

孟瑶

我们下面进入读者互动的环节。

听众：谢谢三位老师的讲解，我想问的是西方的生死观和我们中国人的迥然不同，美国是允许士兵做俘虏的，抗美援朝被俘虏的美军回国以后还得到很高的荣誉，相反志愿军就很惨了，所以我想问的问题是到底是西方对生死的价值观更高尚还是我们中国人的价值观更高尚？

王海鸿：我来回答你这个问题，西方的价值观也是一个变动的量。西方有一个词叫殉道者，罗马帝国时期，罗马是公元300年才把天主教、基督教列为国教的，在此之前打压迫害基督教徒，什么叫殉道者？在耶稣刚去世二三十年的时间，对基督教徒的迫害达到顶峰，公民有义务举报某人信基督，这时候罗马的官吏就来了，问你一句，你是不是信基督，你说我不信，撒个谎，没你事了，做官的就走了，不吱声就是默认了是信基督的，抓到监狱里去了；然后就判刑，判刑之前问，你是不是信基督，如果你信的话，你现在肯不肯改，你说我现在不信了，那就可以回家了，不肯改，那么就判处死刑，送去喂狮子；最后再问一次，你是不是改变信仰，有无数多的基督教徒就是不改变信仰，被推出去喂狮子了，这是2000年前的西方，也挺不惜命的。同样中国，对志愿军战俘非常不公平，但是1979年的中越边境战争，中国给予我方的被越方俘虏的人员的待遇就和50年代美国给他的被俘虏人员待遇是差不多的，它是一个变动的量，不是一成不变的。对于人权恐怕每个国家都是慢慢进步的一个过程，在特定的时期，可能就更加偏激一些，一个国家特弱的时候，就特别痛恨内部汉奸；如果一个国家很强大的时候，就自然显得从容一些。一个是由于传统，一个是由于现状，等等。

听众：我有两个问题想问三位老师，第一个问题是，我知道很多20世纪60年代出生的作家，他们在对自己的介绍中，可能由于历史的原因，受中国古代的文史哲方面的熏陶其实都不深，反而西方的作品对他们的写作、思想各方面都有很深的影响，所以我想问一下三位老师是什么时候大概什么样的机缘会对中国古代的文化开始深入广泛的阅读的？第二个问题，我知道有很多中国的大师们，他们的古文功底也非常深厚，但是他们同时建议说少读中国的这些东西，比如蔡元培也是对中国古代文化的造诣非常深，我看他的自述中有说，他的母亲生病的时候，他有刮过自己身上的肉来为自己的母亲治病，但是以后他会对这些东西都深恶痛绝，所以他建议他的学生们都不要多读那些东西，包括鲁迅也是有这样的呼吁，所以我想问三位老师是怎么看的？

王海鸿：我先说我的看法，我是 1971 年读小学一年级，70 年代是狂风暴雨般的"文化大革命"之后一个稍微缓过劲的年代，我们可以看到在 60 年代被打成毒草的那些书，所以我经常找这些残缺版的书。大概是小学三年级读的《水浒传》，四年级读的《三国演义》，到初中一年级，1976 年，文化的极"左"时期已经快结束了，我就开始读了范文澜的竖体版的《通史》，看得很吃力，但是因为家庭条件还算不错，我父亲是部队的高级知识分子，还有这个条件，其他人可能也差不多。至于你说的第二个问题，要考虑特定的语境，比如蔡元培在那个年代，中国人的思路还高度僵化，真正的普遍的国际视野还没有形成，对西方社会完全无知的时候，少读点咱们自己的，多读点外面的，对于那个特定时代的知识分子是合适的。在今天，我觉得这个情况和那个时候完全不一样了，孩子从幼儿园就开始学英语，在这个时候看你喜欢，而且无论是东方的书还是西方的书都是读不完的，你从自己的愉悦感出发，低一点和你自己的工作需要相关，说高一点和你自己的向往有关，你想看哪个就看哪个，用不着刻意去少读哪个、不读哪个，无论西方的文化还是东方的文化，都有博大精深的理论体系，都有很好的意境，都值得我们去学习，所以蔡元培的话不必太认真。

听众：三位老师好，非常荣幸今天晚上听到三位老师的讲座，之前你们几位的课我一场不落地听下来了，今天非常有幸可能也是最后一个提问的机会。我还是想回到我们今天晚上的题目"《东周列国志》——中国人春秋战国时代的生死观"，其实这本书我是没有读过，但是整个大概的脉络我了解了一下，这里面无非讲的是王侯将相，最低一级可能也要到士，某种意义上就是春秋战国时代的一部精英史，春秋战国时代那部属于精英的历史都是由他们风云际会、书写历史。我的问题是我们今天的题目我可不可以斗胆加一个小小的前缀，"非典型中国人春秋战国时代的生死观"，因为我觉得从整个人类的脉络来讲，人类一定是趋利避害的，作为老百姓一定是怕死的，刚才我们描述的慷慨赴死也好、大义赴死也好，那一定是这种精英教育的文化熏陶下的产物，我的问题是，三位老师如何看精英精神或者精英教育与平民的生死观的差别？

王海鸿：我觉得这个问题非常有张力，我先回答一下，你这个问题非常深刻。首先我们刚才讲的是不是非典型的中国人，我觉得典型不典型首先要看这个时代是不是典型时代，我们上次跟这位女士也探讨过，是不是每次人都是为了胜利不择手段，存活下来的都是一些没有道德光讲力量的人？乱世就是这样的，但人发自本能的总有一种追求和平美好的愿望，乱到一定程度，人总会往好的方向去努力。回到你刚才说的这个问题，如果说你的性命、你的生命安全充分有保障的前提下，你刚才说的那个确实是非典型的，本来你的生命是有保障的，你非要去把它弄得更像玩似的，非典型。但悲哀的是，一旦到了乱世，你的生命本来就没有什么保障，所有人的生命都没有保障，那时候战国时期我们提了一个词叫"易子而食"，一个国家攻打另一个国家，这个国家的老百姓有罪过吗？可能是很稀奇古怪的，这个国君得罪那个国君了，或者仅仅是你这个地理位置人家看上了，于是那个国家就来围你，但你总不能一有人来围你，你就投降吧？你总得抵抗一下吧，总想去找个援兵吧，进入围城，长期围困，易子而食，这时候老百姓，就是你心目中的中国人，那种典型的人追求的典型的生活在那个时候就不存在了，所以春秋时候大家都是这个观念，我做小国的老百姓不如做大国的老百姓，不容易被围困，进而发展到做大国的老百姓不如做统一的老百姓。后来延续几千年中国人有一个观念，宁做太平犬，不做乱世人，做太平年代的狗都比做乱世的人要幸福，像现在有些人对北洋军阀的民国时期做了一个很过分的美好的说法，说那个时候怎么好。它有它好的一面，也有它极其糟糕的一面，举个例子，孙殿英，把皇帝陵盗了，清皇室想去处理，队伍走半个月才走得到，路上根本过不去。皇室这么惨，老百姓只能更惨。再有典型的，陕西的军阀混战，有一个小军阀叫党拐子盘踞凤翔，冯玉祥的部下宋哲元围城，打几个月，把这个城打下来了，这个军阀部队，也就是党玉琨的部队可能在战斗中死伤也有就一两千人，还有五千多人当了俘虏。这个宋哲元就下令把这五千人拉到广场上一个个砍头，统统砍掉，就可以无法无天到这种程度。本来打内战，有必要这么狠吗？他的理由是军阀太多，每人占个县城，我要震慑住大家，让别人再也不敢反抗，这就是民国时期的样子。一旦到了那个乱世，哪儿有保障？任何人都没有保障。你一个人说我是平头老百姓，我不去当兵，由得了你吗？就是抓壮丁，由不了你，所以中国无论如何不能乱，绝对是这样的，中国这几千年的老百姓一定要有王法，在这个前提下，正常的秩序、正常的价值观才能够确立，并且得到保障，我们这儿讲的东周列国是500年一个很乱的时候，越到后来越乱，乱到最后都乱到没有人伦了，一旦定了这个规矩，你个人的荣华富贵，你家族的平安都靠你摘了多少别人的人头来决定的时候，怎么办？国家鼓励你去摘别人的人头，到了那种情况下，恐怕在那个背景下你也不能说这个就是非典型的，人的生命本来就没有保障，既然没有保障，我还不如让它更绚丽一些，我揣测可能就是这么一个情况。

孟瑶

我非常同意刚才这位读者的一句话，对《东周列国志》这本书的概括，高度凝聚，你说它就是一部精英史，确实是，《东周列国志》中写了600多个人物，有名有姓的，绝大部分都是帝王将相士大夫，都是上层人士。对于老百姓、普通的人几乎没有描述。至于你说的精英教育和匹夫有什么区别，毛泽东不是说人民才是创造历史的真正动力吗？但是也有人说，英雄创造历史，时势造英雄。黄兴当年在湖北的黄冈赤壁有一副对联："才子重文章，凭他二赋八诗，都争传苏东坡两游赤壁；英雄造时势，待我三年五载，必艳说湖南客小住黄州"，黄兴的意思说英雄对历史的改变确实是起着关键性的作用，草民匹夫是很难改变历史趋势的。

王海鸿：我刚才遗漏了一个，你刚才问的精英教育和平民教育，我认为人类社会发展的大方向这中间的分歧会越来越小，因为一个社会好不在于它的最高一层混得多好，而在于最基层的人能够得到什么保障，这是社会进步的终极表现形式，但是这个也不排除有少数极其出类拔萃的人，将来承担极重要的职责的人给他额外的教育，但是哪怕最低层也要得到起码的关爱、得到基本的教育，这个我相信是未来社会发展的方向。

孟瑶

时间到9点了，非常遗憾，可能还有读者还有很多精彩的问题要问，那就留在12月9日，这里还有一场关于中国古代文学的收官之作，届时是其他的专家来这里给大家讲座，谢谢大家，欢迎下次再见。

南书房夜话第七十期
中国古代文学中的人情、事理、时势

嘉宾：张丰乾　李小杰　吕　欣（兼主持）
时间：2017年12月9日　19:00—21:00

吕欣：在场的各位朋友们，大家晚上好！非常开心能够与大家相会在深圳图书馆南书房，今天是我们南书房夜话栏目2017年度收官论坛，我是今晚的主持人吕欣，来自中山大学哲学系。接下来介绍一下今天另外两位嘉宾，二位都到过我们南书房夜话多次了，这位是我们中山大学哲学系教授张丰乾老师；这位是来自香港的《颜氏家训》方面的研究专家李小杰老师。事不宜迟，我们有请张老师给我们来开启今晚的主题"中国古代文学中的人情、事理、时势"，欢迎张老师。

张丰乾：谢谢吕欣，谢谢大家。刚刚吕欣介绍南书房夜话这一季是文学季，唐老师给我一个任务：在我们收官的时候要谈一些带有概括性的话题。我觉得可以围绕人情、事理和时势来讲，"人情"不仅仅是人的感情，也包括人与人的关系，会涉及这一季夜话中所讲过的一些文学作品中的主人公和重要的事件，以及有关的思想理念和时势背景。虽然不可能面面俱到，但我们可以选一些人物、选一些事情、选一些思想理论来跟大家一起分享一下。

首先我们要稍微做一些辨析的就是，我们现在讲的"文学"一般是指学科意义上的，比如说有文、史、哲三个学科，诗歌、小说、戏剧，这些属于文学，现在的分科似乎泾渭分明。但在中国古代的时候，"文"是概括性的词，重要性非常突出。《周礼·考工记》："青与赤谓之文，赤与白谓之章。"《说文解字·文部》："文，错画也。象交文。"《文心雕龙·原道》中讲到"文"的功能是非常盛大的，大到什么程度呢？"与天地并生"。后面讲到了天地日月山川的颜色和形状，体现了道之"文"，而人能够仰观俯察，是天地之"心"。

北宋的大儒张载讲过一句话，"为天地立心"，这个"心"如何立呢？就是通过文化作品来立，所以"文明"其实是"文而后明"。

而"文学"在古代的典籍中，实际是一个文化人或者读书人的代名词。《文心雕龙·时序》："春秋以后，角战英雄，六经泥蟠，百家飙骇。方是时也，韩魏力政，燕赵任权；五蠹六虱，严于秦令；唯齐、楚两国，颇有文学。"大家看一下，"五蠹六虱"，讲到这个可能会想起韩非子，《韩非子》中就是把"文学之士"列为蠹虫之一，就是寄生虫。所以，在古代时对于"文学之士"就有不同的评价。

我们在当代意义上运用的"文学"，实际上是借用了古代的词，对literature的一个翻译，因为时间关系，在这个问题上就不再展开了。在《论语·先进》篇里讲到了，孔子的弟子中有的是以言语见长，有的是以政事见长，但是在"文学"方面见长的就是有子游和子夏，他们读文章读得很好，讲话也非常有文采，可能也有作品，只不过很多没有完整流传下来。在先秦时代，"文学"的功能就有政治功能、有教化的功能，而不是我们现在意义上纯粹的小说、诗歌、戏剧等这样的文学作品，这是简单对"文学"做一个释义。

在《韩非子》中，我们刚刚讲到，韩非子讲五蠹，社会上有五种寄生虫，其中之一就是"文学之士"，文学之士的罪过在什么地方呢？按照韩非子的说法是"以文乱法"。法律条文本来很明确、很严格，但文学之士经常因为他们有专业的修养而就进行各种各样的解释，表面上看起来似乎是玩弄文字游戏，实际上会造成对于规章制度和法律条文的破坏。当然这是法家的思想，但事实上制度和法律的文字表述一定要非常地严谨。

但是，文学之士确实有先见之明，秦始皇统一六国称皇帝后，有两个文学之士，一个姓侯、一个姓卢，他们互相就议论，说秦始皇这个人刚愎自用，暴戾之气很盛，滥施刑罚，还要找长生不老之药，他们不愿曲意逢迎，然后就逃跑了。他们逃跑之后，秦始皇非常恼怒，于是有了"焚书坑儒"的事件。大家注意一下，这个"儒"不是我们现在说的儒家的"儒"，这个"儒"就是读书人的统称，活活把他们埋掉了。不光活埋，而且还发布通告，要让天底下所有人都知道乱说话的后果，也就是要"惩前毖后"，更多的人是被充军流放到边界去做苦力。在这种情况下，秦始皇的长子扶苏就劝谏说，远方的民众还没有完全服从管理，这些读书人都尊重孔子，如果要用过于严厉的刑罚惩罚他们的话，会引起天下人的不安。秦始皇同样非常恼怒，就让扶苏到北方边界地区领兵打仗，并派蒙恬去监视他。所以，大家看一下，文学之士的遭遇，有时是非常悲惨的，在秦始皇时代尤其如此。

而在《颜氏家训》中，我们可以看到，有一些办事能力很强的人，如席毗，做了高官，这些官吏就和文学之士互相嘲弄，席毗说："你们这些人就整天玩弄辞藻，没有宏才大略，都不像松树一样经得起风霜。"文学之士回应说："如果有经得起风霜这样的木头，又能够有很好的花果展现的话会怎么样？"席毗说，那也不错。可见，读书人、有文学修养的人可以化解嘲讽，这也是一种能力吧。

李小杰：张老师，我补充一下，刘逖回答席毗说："既是耐寒的树木，又能开放春花，怎么样呢？"其实他是回应文章是怎么写的，他说既有寒木，我写文章的时候既讲义理，又有内容，我写出来的文章能解决实际的问题，又有春华，文采又好看，这是不是好的文章。

张丰乾：内容和形式相结合，我觉得这也是可取的，有的时候别人嘲讽或者鄙视，那也没有必要大动干戈，看能怎么样取得共识，谢谢李老师。接下来我们看一下《颜氏家训》中更加严厉的批评文学之士，李老师可能更熟悉这段内容，讲《颜氏家训·涉务》这一段。

李小杰：这是根据那个朝代，由北迁徙南这么一个魏晋南北朝的事情，因为不少世家不知道耕田之苦，又不做劳役，他们没有经过下面底层的锻炼，不知道如何经世致用。我们都知道经世致用是儒家非常重要的出世目的，然后就通过进入政府，做官需要实际操作的能力，他们就说那个时候你们都是世家，还有很多门阀不涉世务，因此就说过于清高，颜之推主要批判这个。

张丰乾：《盐铁论》中记载，汉宣帝时，大夫和文学之士又展开辩论，辩论什么事情呢？文学之士就引经据典，讲孔子的话："不患寡而患不均"，意思就是强调社会公平，说多少没关系，关键是要实现公平，让你身边的人亲近你，让远处的人来心悦诚服地佩服你，也反对战争。与之针锋相对，大夫讲了很具体的例子，说你们讲得头头是道，可现在匈奴这么狡猾、这么彪悍，他们侵犯我们中原地区，杀死了官吏，那在这个地方跟他去讲孔子，他们会听吗？所以盐、铁等关系到国计民生的战略物资应该由中央政府统一管理，并征收赋税；文学之士就反对，而大夫觉得这是国家必要的，包括盐和铁是国家专营，垄断，这在古代的时候已经是一个非常要害的问题了，这是一场非常著名的争论。

李小杰：我补充一点，里面文学主要是讲儒生，大夫是以桑弘羊为首的一大班人，他们最主要的争论点就是桑弘羊提出与匈奴作战，需要大量的军费，打仗打的就是后勤。

张丰乾：我们接着往下看，在《韩非子》中讲君臣父子的关系。父亲偷了羊，儿子应该怎么办，之前我们涉及君臣父子关系的时候也讨论过，这里实际上就是讲君臣父子之间的冲突，说楚国有一个人很直，他父亲偷了羊之后他去告发，结果令尹说"杀之"，就把这告发的人杀掉了，"以为直于君而曲于父，报而罪之"，就是认为儿子不能够揭发自己的父亲。但是这里面引申出对于君主来说很正直的人，可能对父亲来说是一个逆子，这实际就是我们前面跟大家讲到过的"忠孝不能两全"，这是古代社会中很常见，但是又让人非常痛苦的一种两难选择。

接下来我们看一下鲁智深，我想在座的各位对鲁智深都或多或少有所了解，但我自己最近读《水浒传》的时候被深深地震撼，因为我们电视上播放的《水浒传》我觉得是一个非常糟糕的作品，它突出很多暴力的镜头，把《水浒传》很多真正精髓的部分没有突出出来。

我们看一下鲁智深这个人，他出现的时候，总是和几个关键词有关："大闹""火烧""倒拔"等，都是冲突激烈的事情之后，尤其是"大闹"出现过多次。可是到最后的时候，他解脱，不光解脱，而且还坐化。坐化对于佛教修行的人来说是比较难的一个事情，一年到头终身在寺庙里出家，也不见得能坐化。

《水浒传》第九十回中，宋江他们征方腊已经回来了，不过在征方腊的过程中，宋江的人马折损非常多。在回来的路途中，鲁智深又见到他的智真长老，这个智真长老是非常有智慧的，单刀直入，说你杀人放火也是比较难的，为什么说难呢？因为鲁智深很多时候都是被动的，不是他嗜杀成性。鲁智深就没话讲，为什么没话讲？大家都知道佛教里的几大戒之中，最重的戒就是不能够杀生。无论如何，鲁智深的确是杀了好几个人，于是默然无言。

现在我们想一想鲁智深的名字，姓"鲁"，一讲到"鲁"，我们立刻会想到粗鲁，可他的字又是什么呢？"达"，"达"的意思是没有障碍，通达，而且他的字又叫智深，就是表面上看起来行事粗鲁，实际上他的智慧是非常深的。这个智深实际上在他出家之前，把镇关西暴打一顿身亡还说镇关西装死，他也是有他的计谋的。

更重要的，实际上鲁智深是同情弱者，有慈悲心肠的，见义勇为，快意恩仇。宋江就上前向智真解释，说智深兄弟虽然是杀人放火，但他是不害良善的，所以宋江就引兄弟来参拜大师，智真长老对宋江也表示肯定，似乎是皆大欢喜的局面。

李小杰：我补充一下，这是中国文化中非常有意思的一个现象，看题目"杀人放火，忠心不害良善"，杀人和良善这刚好是相反的。它们显示出中国文化中一个紧张的关系，首先鲁智深是个人，我们是个人跟社会价值之间的关系，人有一种欲望，鲁智深有杀人的杀欲，但是社会价值中特别是佛家里，杀人是非常大的戒条，所以他个人的价值跟社会的价值之间有一个冲突，但他虽然杀了人，杀的是一些该杀的人，或者是他杀人是为了救更多的人，所以他说不害良善，智深兄弟虽然杀人放火，但是忠心，不害良善，这个就说出了他们之间的紧张感。其实不仅仅是这部小说，在中国特别是明代的小说中，都有这种个人与社会之间的紧张感。有一部非常有名的，被誉为明代最有名的中篇小说，叫《蒋兴哥重会珍珠衫》，它里面有个人和社会之间的冲突，说的是一个价值的问题。蒋兴哥是一个男的，他的老婆叫三巧儿，他们结婚之后非常恩爱，本来蒋兴哥在广东做生意，可是他们太恩爱了，三年他都没有出去做生意，第四年的时候，他终于出去做生意了，然后他就跟他老婆说，我一年以后一定回来，三巧就在那儿等。等了一年多还没有回来，有一天她在门口看到一个长得很像她老公的，那个人其实不是她老公，而是陈大郎，然后陈大郎很喜欢她，就发生了类似于王婆的那些情节，就跟三巧儿好上了，因为她老公毕竟没有回来。在这里面可以看到这个女的真的喜欢陈大郎，而她老公又没有回来，后来陈大郎遇到了蒋兴哥，然后蒋兴哥知道他老婆出轨了，回去之后把她休了，可是陈大郎又因果报应死掉了，后来经过很多的事情后，蒋兴哥又跟三巧儿结婚，可是这次三巧儿有得到一点报应就是她不是做正妻，她作为妾了。因为蒋兴哥已经再娶老婆，受到报应，所以我们可以看到虽然三巧儿是出轨，但是她是出于一种爱情，而且蒋兴哥也是说一年回来，可是一年多他还是没有回来，中国人在这种社会价值和个人欲望之间，只要觉得有一些良善的地方，有些可以原谅的地方，比如她不是淫荡，她也很内疚，所以我们可以看到，既有冲突，但是我们有人本主义的人情在里面，这是回到我们今天所说的"人情"方面。

张丰乾：另一方面，从法律角度讲，就是讲"动机"的重要性，可能更强调动机。当然在现代社会可能是另外一个问题，等下我们一起再来讨论。我觉得这段比较关键，我不知道吕欣你有没有什么想法，要不你来讲讲这段？

吕欣

我先回应一下刚才那一段，刚才这段两位老师说到了智深这个形象，他其实是一个多面的立体形象。他本是一个向善的形象，但却做出了一些很反转的事情，杀人放火等很粗暴的事情。这让我也联想到当今文学很多这样的现象，包括当今的电影，我不知道在座的一些年轻朋友，应该看过很多当代的电影，悬疑片、逻辑推理片之类，往往是给我们印象最善良、最好的那个人最后反而是凶手，或者说看着非常粗暴的人其实他行出的一些事情目的是好的。我举一个例子，今年5月上映的《记忆大师》，我不知道在座的有没有看过，我们看到最后结尾可能很多人都很惊讶，因为是一个警察，他小时候杀了自己的母亲，为什么杀了自己的母亲，因为这个母亲是长期受到家里的家暴，受到父亲的欺负，他为了给自己的母亲一个解脱，小孩子把母亲给杀了。但他一直藏着这件事情，直到二十年之后他成为警察，这个案子再重新回来，他一方面努力去破案，但另一方面他又自己想藏住这件事情。所以无论是当今电影剧本、小说中一些剧情也好，还是中国古代文学中很多经典作品中的一些人物，其实他们的形象塑造最能够抓心的就是他多面、多元的一个形象的塑造，智深就是我们古代文学中一个典例的人物形象，所以为什么张老师看后心情很澎湃，包括李老师刚才也很激动，因为这样一个形象兼备了我既杀人放火，但我又是一个善的存在。

接下来智深讲了一句话，又是一个很豪放的、符合他性格的一句话，就是"我什么都不要了，我要多也不用"，这里是一个什么情境呢？宋江他说"和尚眼见得是圣僧罗汉，如此显灵，令吾师成此大功，回京奏闻朝廷，还可以还俗为官"，"在京师图个荫子封妻，光宗耀祖"，这样多好，但鲁智深答道："洒家心已成灰，不愿为官，只图寻一个净了去处，足以安身立命。"我们知道中国古代文学中也好,还是中国古代哲学中也好,安身立命如何心安、身安,其实是《论语》,包括文学作品中的一个亮点,一个人最终似乎经历了很多世俗,之后他总是想找一个安身立命的办法来度过自己后面的人生。智深此时也是一样,他就是想要有一个净了的去处去安身立命,结果宋江说:"吾师既不肯还俗,便到京师去住持一个名山大刹,为一僧首,也光显宗风,亦报答得父母。"这智深一听,什么名山大刹,为一僧首的,还是算了,所以他摇头就说,我都不要,我要多也无用,还只得一个囫囵尸首便是强了。这儿其实有一种反转,既是一种很悲观,说起来很苍凉的一种心情,又是一种好像唯一能够达到他的"净了去处,安身立命足矣"这样的一个办法,所以宋江听完之后,他也是默上心来,各不喜欢。

李小杰:我回应一下吕欣,我们可以看到其实很多的电视剧或电影,我们最近比较热的是《白夜追凶》《嫌疑人 X 的献身》,类似这样里面的人物,都有让人觉得很怜悯的一面,但是他也有极端的一面,他一极端就杀人了,怜悯的一面可能他长期受到虐待、压抑,可能他是一个善良的人,有一个时间或动机他忽然间就杀人了,为什么大家觉得从鲁智深到现在,看着文章中都很好看,因为它涉及一个最基本的问题,人情和人性的问题,剧情是可以变的,人性是永远不变的,一个基本的人就是恶魔与善良同时存在的。

张丰乾:非常感谢两位,这是我在南书房夜话中第一次 PPT 还没有放完就已经开始互动了,我觉得这是非常好的一个形式。

这里面的"那和尚眼见得是圣僧罗汉",这儿的"和尚"不是鲁智深,当时鲁智深正在追方腊,把方腊追丢了,然后突然出来一个和尚,告诉鲁智深说方腊往那边跑了,后来鲁智深就去把方腊捉住了。大家注意一下这儿的"心灰"不是他变得消极了,不是我们现在说的哀莫大于心死的意思,他这儿的"心灰"的意思实际是恰好是真正的通达了,"通达"体现在什么地方呢?就是不再愿意为官了。

我们看一下宋江这个人,他表面上对鲁智深也很了解,可是他念念不忘的是光宗耀祖，当一个什么官吏，谋得一个什么级别要报答父母。鲁智深一开始的时候也是很客气地说："图个净了去处，安身立命"。刚才吕欣讲到安身立命实际是中国古代士人的人生理想，使自己的身心有所安顿，完成自己的使命。宋江一开始要替天行道，也是要安身立命，后来鲁智深发现这路似乎走不通，走到最后还是要不要光宗耀祖、要不要当官，宋江他们去当官的时候，即使当僧首也是一个官。所以大家现在看一下《水浒传》，鲁智深不光是摇头，而且是"叫"，就是很大声地跟他讲，说："都不要，而且要多也无用！"他只要什么呢？他只要个"囫囵尸首"！这个话就像吕欣刚说的，说起来是很悲凉的，一代豪雄完全不把生死放在当中的，即使当了和尚也要喝酒，到这个时候只需要图一个囫囵尸首。可我们现在想想《水浒传》中有多少人落下了一个囫囵尸首呢？有兴趣的朋友可以统计一下，一百单八将中有多少人落下了个囫囵尸首？宋江听了以后是更不喜欢，兄弟之间要开始分道扬镳。

我们再看一下鲁智深和武松同在六和寺（现在的杭州附近），那个时候武松已经受了重伤，是一个残疾人了。晚上他们听见潮汐声，像打雷一样。鲁智深想出去打仗，他以为是战鼓响了，别人说是"潮信"，他说他也不知道什么是"潮信"，别人就跟他说"潮信"是因为受月亮的影响，定期、定时非常准确的潮涨潮落。鲁智深这个时候忽然大悟，悟到了什么呢？说他的师傅智真长老跟他讲到过"逢夏而擒"，他在万松林里捉了夏侯成；"遇腊而执"，活捉了方腊；"听潮而圆，见信而寂"。他一开始还不知道圆寂是什么意思，他就问人家什么是圆寂，众僧说，你都是出家人，都不知道圆寂就是死的意思吗？当然这个圆寂不是一般的死，圆就是圆满，寂就是寂灭。鲁智深这时候就笑着说："如果是死就是圆寂的话，洒家当今已必当圆寂。"就是说，"我死定了"，可是这个"死定了"是圆寂，而不是死于非命。

最后鲁智深就坐化了——生死自在，无疾而终。可见，《水浒传》中写鲁智深是别有深意的。

李小杰：我觉得这一段非常的有意思，他这种想法应该是影响了中国后面的一些文化，大家可能会比较喜欢鲁智深或武松，因为他们是孤胆英雄，他们后来加入团伙之后也还是不想去做官，还是单个、单打独斗，这种孤胆英雄我们非常崇拜，因为他对抗着恶势力，他本来对抗可能是来自宋朝的势力，到后来他们成功之后，这种对抗来自什么呢？他们的理想已经达到了，他们兄弟之间就开始分裂了，他追求的还是纯粹的理想，他们兄弟已经想着我们做官吧。可是鲁智深或武松还想着我还有我的理想，在这种情况之下，就只有另外一个方式了，要么就是继续斗争、革命，要么就好像是《鹿鼎记》和《笑傲江湖》一样离群而去了。我们很多人想做的一件事情就是醒争天下权，身后江湖去，离开这个地方了，遨游江湖，乘帆出海。

张丰乾：讲了《水浒传》，我们再看看《红楼梦》。《红楼梦》我们现在都知道，被当成一个爱情小说。但《红楼梦》的高超之处在于把事件和感情都描写得荡气回肠、入木三分。在薛宝钗过生日的时候，薛宝钗点了一出"鲁智深醉闹五台山"，实际上《红楼梦》的创作大概受《水浒传》的影响也非常深，要不然他不会专门讲。当时"鲁智深醉闹五台山"已经成了戏剧的题材在演出了。这个戏好在什么地方呢？宝玉可能还不太了解，宝钗觉得是排场又好，辞藻更妙，但是宝玉当时说怕这些热闹。

他们在这个时候又各自制造灯谜，在制造灯谜的时候，贾政从繁华中听出了悲凉，他说娘娘所做的爆竹，一响就散了；迎春所做的算盘，是动乱如麻；风筝也是飘飘浮荡之物；惜春做的灯好像是清静孤独。贾政觉得没有一样好的，明明是一个很好的节日，可是这些人不约而同地都作这些谜，而且别人都不知觉，贾政在个地方有所知觉，他可能毕竟有这个阅历在，所以就非常烦闷，然后就勉强地往下看去。这说明一个什么问题呢？就说明当时贾府在表面的繁华和排场之外，实际上隐藏着很深的危机，这是《红楼梦》中的。

另外，我们看一下"关云长义释曹操"。这个故事想必大家都熟悉。关键是这里面当关云长挡住曹操去路的时候，发生了什么。我们看一下曹操这个人，有时也很可爱，他逃着逃着，突然开始扬鞭大笑，所以《三国演义》的作者也是别出心裁，曹操在这个地方虽然很落魄，但还是不忘嘲笑周瑜、诸葛亮，说他们应该在华容道设下伏兵。可是他刚刚嘲笑完的时候，关云长就出来挡住了去路。被挡住去路的时候，曹操和他的残部非常紧张，"亡魂丧胆，面面相觑"，曹操还想决一死战，结果他手下的人根本无心恋战。

这时，有一个叫程昱的人出来对曹操说关云长是一个傲上的人，对上司很傲慢，所以在没有遇到刘备之前，当官一直当不大；但他对下属非常体恤，他碰上豪强的人会争强斗胜，可是对于弱者，非常同情，恩怨非常分明，也讲究信用和仁义。然后又说曹操旧日曾对关羽有恩，应该亲自和他谈，就可脱此危难。曹操就对关羽说："别来无恙。"这个时候，已经是局势发生了翻转，关云长是欠身作答，根本不像打仗的，彬彬有礼，说等候丞相多时，而不是说你下马来受死等狠话。接着曹操就开始装可怜，事实上他此时也的确很可怜。这个地方两个人还有一个辩论，关羽就说我已经报答了你的恩情，今天不能够因私废公。曹操就说你应该记得过五关斩六将的时候，意思就是我对你恩情那么重，可是你杀死我那么多的干将，这实际上是一个很大的亏欠了。曹操还说关羽熟读《春秋》，应该知道庾公之斯追子濯孺子之事的典故。关云长是义重如山的人，又见到曹军可怜兮兮的，差不多要流泪了，心中不忍，然后就说"四散摆开"，就是要放曹操一条生路，大家知道这一放，三国鼎立整个的局势就改变了，这是一个根本性的转折。

李小杰：张老师也说了一些忠义两难全的问题，还有一个就是因私废公的问题写得非常好，我们可以看到他放走了曹操，当然对曹操来说他是很有义气的，可是对蜀国来说，就是不忠了，"忠"我们都知道就是尽心尽力的做事情。如果以同样的角度来看岳飞，一方面如果他不接那12道金牌，他不班师回朝，说不定直捣黄龙；但是另一方面，如果他不接12道金牌，他不回去，不就对皇帝不忠了吗？所以这里面也有个人的名声，中国的这些人物的确是值得我们慢慢地解读，在不同的年龄有不同的解读。

> **吕欣**

刚才两位老师说的，尤其是李老师讲的私利和公利的问题，我想到了中国古代的哲学中，也会提到义利之辩，这个辩论其实往上追溯我们会想到孟子，我不知道大家有没有读过《孟子》第一篇，开头就是孟子见梁惠王，他告诉梁惠王什么呢？他说"王何必曰利？亦有仁义而已矣"，其实这似乎是一种道德理想，因为在我们当今社会，如果不讲利，而只讲仁义而已矣的话，可能很多人都不爱听，觉得你是掉书袋，可是我们在关云长义释曹操这一段中看到曹操恰恰是利用了义在关云长心中的位置，使自己得到释放，这个究竟怎么才能扣人心弦，一下把你心中那个义重如山的感觉给激发起来呢？他讲到的这个例子恰好也是出自《孟子·离娄下》篇里的，就是庾公之斯追子濯孺子。"逢蒙学射于羿，尽羿之道，思天下惟羿为愈己，于是杀羿。"孟子说："是亦羿有罪焉？"公明仪说："宜若无罪焉。"他怎么就是罪呢？他也可以是无罪呢，曰："薄乎云尔，恶得无罪。"郑人使子濯孺子是一个人，郑人就使这个人去侵犯卫国，卫国让叫作庾公之斯，庾公也是一个爵位，就让之斯这个人去追子濯孺子，子濯孺子说，我今天疾作，不可以执弓，吾死矣夫。我今天犯病了，今天也不适，也拿不起弓箭，我今天可能是死路一条了。然后问其仆曰："追我者谁也？"仆曰："庾公之斯也。"子濯孺子一听说："吾生矣。"这个反差很大，又是很有意思的一个剧情，其实庾公之斯也是一个很重要的角，他也是身怀绝技的，那为什么听到这样一个厉害的人，而子濯孺子反而说能生呢？其仆接着说："庾公之斯他这么擅长射箭，夫子你说你反而还能够得生是怎么回事？"然后子濯孺子回答说庾公之斯学射于尹公之他，尹公之他学射于我。庾公之斯是向尹公之他学习射法，他的老师恰恰是学习射箭于我。夫尹公之他，端人也，庾公之斯的老师尹公之他其实是一个端人，端人是什么意思呢？其取友必端矣，就是一个很正派的，应该是一个比较好的形象。庾公之斯这时候就来了，他就说夫子何不为执弓，你为什么不拿出你的弓箭和我对战，子濯孺子怎么说呢？他说今日我疾作，不可以执弓，他很平淡地讲了一下他今天的身体状况，庾公之斯说，小人学射于尹公之他，尹公之他学射于夫子，我不忍以夫子之道反害夫子，虽然今日之事，君事也，我不敢废。这句话大家应该明白，先说到这里，庾公之斯怎么回应的子濯孺子呢？他说我是学射于尹公之他，尹公之他是学射于您的，我不敢以您教我的道反而去害您，他讲了自己的一个心路历程。然后今天的事又是君王所命令我要去做的，我又不敢废除这样一个任务，那我怎么办呢？所以他抽出箭朝向轮，他开始拉弓射箭，他把什么去掉了？去其金，金是什么意思？金就是箭头，最有杀伤力的箭头他给我去掉了，但是我还要完成君让我做的这件事，所以他就用拔掉箭头的箭射了几下之后走了。

张丰乾：这是一个非常著名的很有意思的例子，首先我们看一下，第一个例子是逢蒙，大家都知道后羿善射，是中国古代射箭的一个鼻祖，结果逢蒙学了后羿以后，把后羿杀死了，把自己的师父杀死了。民间有一句俗话叫作"教会徒弟饿死师傅"，所以有一个传说，猫教老虎，最后一招怎样上树的没教，要不然猫也死于非命。这实际上是说师徒之间有的时候会变成一个最激烈的竞争关系，这是一个悲剧。当然史实是另外一回事。所以如何讨论这个问题，孟子就说，老师也有老师的罪过，公明仪说他有什么样的罪过呢？孟子后来就讲了这样一个例子，这个例子实际上是对待朋友的问题，我们前面见到了忠和孝的问题，实际上这里面是忠和朋友之间关系的问题，也是一个师生关系的问题，他从他老师的老师那里学了射箭，他不忍心反过来以其人之道还治其人之身，但是他又要完成他的使命，那怎么办呢？装模作样地射几箭，就像刚才吕欣说的，没有箭头不会有实质性的伤害，回去就可以交差了。实际上我们在《说苑》中也曾经有这样的例子，去追对方追不到，或者追了半天发现对方是自己的恩人，那怎么办？那只好自杀以复命等，这实际就是讲义和忠之间的关系问题。

下面我们看一下，曹操不仅是一个奸雄，还是一个非常有文化的首领。关云长最经常看的书是什么书呢？就是《春秋》这部书，就是讲君臣大义的，所以我们现在看一下，为什么曹魏后来在三国当中最强呢？曹操是一个了不得的人。我们继续往下看，同样是拦路，刚才关云长是一个义士，他拦住了曹操的路，曹操晓之以理，动之以情，这儿实际有一个私人的感情在里面，他没有那么深的感情，肯定说不动关羽。

再来看一下孙悟空他们师徒四个在路上的遭遇。一开始孙悟空被降服的时候，出发去取经，就被六个贼挡住了去路，这六个贼在《西游记》中取了一个比喻的方式，这六个贼对应于我们人自身，就是"眼耳鼻舌身意"六根，六根不静，所以产生六贼，有的人说《西游记》其实是一本修炼的书，表面上看起来妖魔鬼怪，或者师徒，其实都是你自己。这儿讲了六贼，"眼耳鼻舌身意"，悟空讲到，他们都不认得主人公，就开始打，三下两下悟空就把六贼打死了，可是打死了之后，就出现了戏剧性的转折，唐三藏就开始斥责悟空，他说虽然他们是强盗，但不该打死，应该捉拿到官府去。就像刚刚我们讲到的鲁智深一样，为什么鲁智深打死镇关西后跑了，他也知道对方犯了错误，应该送到官府去处理，可是这个官府的效率又差，又不公正，所以他就冒着自己犯罪的危险来除暴安良。而唐僧秉持的理念是，他们就算是强盗的话，那也要拿到官府去啊，你不能够把他们打死，既然打死了这么多人，怎样做和尚呢？出家人是慈悲心表现在什么地方？"扫地恐伤蝼蚁命，爱惜飞蛾纱罩灯"，这是慈悲心非常形象的一个表现。在唐僧看来，悟空不分青红皂白打死六个人，一点慈悲好善之心都没有。唐僧在这个地方动怒了，为什么？违背了佛教最基本的不杀生的原则。他说山野中还这样，你到城市里去话那怎么弄，自己也会受连累的；悟空就说，我若不打死他们，他们要打死你。我们现在也好多人这样子讲。

我觉得对于《西游记》最大的误读就是把唐僧说成一个软弱无能的形象。现在我接触到的一些家长，常常对孩子说你可不要像唐僧一样，说取经取了半天，都被妖精迷惑了。这是没有体会到唐僧的慈悲之心。试想一下，以"打死妖精"之名残害无辜是多么可怕的事。然后唐僧说，出家人宁死绝不敢行凶，我虽然死了，取经的任务完不成，只是一个人，你现在一下杀了六个人，怎么也说不过去，所以就开始念紧箍咒，悟空痛得受不了，然后一气之下就回到花果山去过他的快活日子去了。这里面就是我们想到的一个"情"

和"理"的关系问题。

有关人情的方面,《东周列国志》也是我们南书房夜话刚刚结束解读的一本书。我们看一个故事,就是讲管仲去出征的时候,在路上很多人很劳累,这时候有人出来唱歌,齐桓公就很感慨,说我现在知道人的力气可以通过歌曲把它激发出来。在座的如果年长一点的,经过下乡运动或者是经过"文化大革命",那时候生产队都是要唱歌的,一唱歌就可以去除疲劳、振作精神。他在这个地方讲到,管仲知道"人情",很了不起。管仲知道什么情况呢?当身体疲劳的时候,精神也萎靡不振,当他的精神愉悦的时候,他就会忘记自己的身体,忘记困乏,开始精神振作,所以通达人情在关键时刻是非常非常重要的。后来齐桓公取得了出征的胜利。

李小杰:非常有意思,通达人情,以歌取力,我觉得有几点可以讲,有人说共产党战胜国民党其中一个很重要的原因就是唱歌,而且还是对比两个唱歌,他说共产党唱的红歌是非常激昂向上的,唱完之后让人想冲锋,不畏死;相反,国民党听各种的戏曲,靡靡之音,"我本是男儿郎,又不是女娇儿",类似这样的歌,听起来就会觉得这种就是躲在家里面听听差不多,所以就没有这种激昂的气势。关于"通达人情",我最喜欢"仲父通达人情,一至于此",这句话非常非常好。我们都知道《红楼梦》在第五回左右有一个对联叫作"世事洞明皆学问,人情练达即文章","人情练达"就是通达人情,意思就是洞明了世事的知道人与人之间交往的规则,这是非常厉害的。还有,我觉得为什么我们很喜欢看《东周列国志》这样的一些故事呢?因为看完了之后会学到很多东西,因为我们人的生命是有限的,你能够看的书、能够经历到的东西是有限的,但是你看了那些故事之后,你就模仿一次他的经历,在这个模仿里你会得到很多很多的东西,比如人的社会化这一点。人在一个个体、在一个特定的社会环境中去学习、去掌握知识,同样我们可以通过听这个故事去学习。为什么好的故事或好的文学作品对人的复杂性、对这个社会的状况有非常深入的描绘?你在看的时候就可以学到很多东西,我举两个简单的例子,大家都知道我们现在经常说大清已经亡国了，努尔哈赤是大清一个非常重要的创立者，当时还在明末的时候，他是北边明朝的一个将领李成梁的家奴，他虽然作为家奴，但看到一本很重要的书，那本书叫作《三国演义》。我们刚刚说的，有人说如果看到《金瓶梅》又怎么样，我们待会儿再比较。《三国演义》很有意思，他在《三国演义》学到了什么呢？《三国演义》都是以各种大佬、各位帝王式的眼光来俯视整个时局的，讲三国、国与国之间每个重大的决策，每个局势的演化，怎么去带兵，还有遇事的走判，还有你怎么去宠裕你的丞相，所以这点来说，努尔哈赤看了《三国演义》之后，他使用了其中一条计谋把明朝打垮了——反间计。有人说，那看的是《金瓶梅》怎么样呢？《金瓶梅》看了之后可能差一点，但是起码不愁吃喝，《金瓶梅》就讲男女之间或者女女之间的计谋，比如说李瓶儿，《金瓶梅》怎么养一只猫吓死了李瓶儿的儿子，然后李瓶儿又死了，里面有很多勾心斗角的东西，所以它必定可以成为公司里比较重要的领导，努尔哈赤也不会饿死，因此，看书是很重要的，而且看什么书决定了你的视野，可能还有成就。

张丰乾：实际上我们讲小说中的人情，刚才李老师讲的人情练达，但是在中国传统哲学中，对情基本上是持一个贬义或者排斥的态度，比如我们刚才讲的《金瓶梅》中，很多的悲剧都是因为情欲泛滥。

吕欣

情的问题我想到出土文献中"道始于情、情生性"的说法，这个"情"就不是情感之类的意涵。"情"本身的解释也很多元，一方面能表达出像刚才这个里面讲的这种普遍意思，另一方面，也可能会有一个很深、和性质相连的一个层面，就像下面这个例子，它这个"情"也是跟"歌"有关，这个是怎么回事呢？

张丰乾：吕欣刚才讲到了"情"和"性"的问题，古代讲人性论，儒家的主流思想是讲性善情恶，人性本善，可是人为什么变坏了呢？就是人不能够控制自己的情绪，喜怒哀乐，我们对这个问题不再展开来讲。但是这个情，刚才吕欣讲的，一个就是出土文献里讲到"道始于情"，这儿的"情"是情况的意思，情实的情，而不是情绪的情。我们现在说，这里的情况是怎么样，先去调查一下，所以情的含义是多方面的。

我们现在看一下很有意思的例子，是《庄子》里讲到的孔子的事情，孔子游于匡，在《史记》的孔子世家中也有记载，被匡人围困，非常危险，"围之数匝"，重重包围，孔子手无缚鸡之力，却丝毫不为所动。我们都知道《三国演义》里有一个情节，诸葛亮知道自己病重以后决定在城楼上弹琴以掩护撤兵，吓得司马懿不敢前进，所以有"死诸葛吓走活仲达"之说。《庄子·秋水》等文献记载孔子在遇到危难时依然奏乐，也是突出"弦歌的力量"。但子路就有点很急躁了，他说都到什么时候了，您还在这里自娱自乐。孔子让子路过来，说："我讳穷久矣，而不免，命也；求通久矣，而不得，时也。"意思是说我来告诉你，我也是一直想避免穷途末路，可是有的时候免不了遇到这个情况，那应该怎么办呢？这就是命，我也希望通达，但是愿望实现不了，这是什么问题？就是时机的问题，我们现在说命和运实际上和时间是有非常紧密的关系。尧舜的时候没有穷人，就不知道什么是收获、什么是丧失，这就赶上一个好时代桀纣的时候，天下没有通人，每个人都自危，这是赶上一个很糟糕的时代。就像我们赶上"文化大革命"，大家互相成为敌人，不是说他不知道这个事，而是时势造成了每个人的困境是这个样子。渔夫在水里面游的时候，他不会回避蛟龙，为什么呢？对渔夫来说，这是他的勇敢；在走陆路的人不会回避犀牛和老虎，这是作为猎人他的勇敢，烈士就不怕被人杀，各有各的勇敢，但是圣人的勇敢，圣人手无缚鸡之力，甚至有人讥讽孔子和他的学生，四体不勤，五谷不分，他们遇到危难的时候靠什么呢？不像猎夫，又不会游泳，跑得又不快，"吾命有所制矣"，他讲他使命的问题，孔子有这样的一个感叹，他的使命如果没有完成，如果上天让文化的命脉灭亡的话，那孔子也会死于非命，如果上天让这个文化命脉继续下去的话，那匡人拿他有什么办法？就是说他这种有使命感的人遇到危难的时候，虽然没有特殊的技能，但是他是很镇定的。结果到最后发现这个人是把孔子当成阳虎了，因为孔子长得也是高个，被当成阳虎是一场误会，后来匡人就退去了，这是《庄子》中描绘的。大家可能觉得《庄子》对儒家、墨家有很多的讽刺，其实庄子读书很多，在他的行文深处，对孔子是非常推崇的。这个地方就是讲孔子遇到危难的时候，他为什么弦歌不绝，就像吕欣刚才讲的，同样是歌，实际是通过弹琴唱歌来表达自己的这种自信。

在《说苑·贵德》里讲到一般人的情绪，安稳的时候都是贪生怕死，讲你要处理刑事案件的时候，如果动用刑法，就会造成冤假错案，这里讲了汉宣帝时的路温舒给汉宣帝上书，说你不能够一味地靠刑罚，不能够刑讯逼供，而且他言辞恳切，指出狱吏"专为深刻残贼而无理，偷为一切，不顾国患，此世之大贼也"。有些官员领了国家的俸禄，可是刑罚上非常严苛，造成了很多的冤假错案。所以后面他讲"画地作狱，义不可入，刻本为吏，期不可对"，动不动就抓人，动不动就判刑，那人们都不敢讲话了，也听不到别人不同的意见了，官吏都是照本宣科，不懂得体恤民情，不懂得变通，这样的时候，以所谓的期限也无法兑现。所以他说："天下之患，莫深于狱，败法乱政，离亲塞道，莫甚乎治狱之官吏。""鸟鷇之卵不毁"，你可以把鸟当成猎物，但是你不能把它的巢打破，不能把它的蛋打破，就是给它留一条后路，让它可以延续后代。后面又讲到人不能够因言获罪，所以政策和法律应该照顾到人情，这也是中国古代的一个传统。

在《说苑》中又讲到一个问题，贤人君子讲话的时候应该怎样呢？要"审乎人情"，就是要对人的喜怒哀乐有所了解，然后应该知道选择什么样的位置，该做什么样的事，"虽穷不处亡国之势"，虽然很贫穷，生活很清苦，可是这个国家要灭亡的时候，你就不要去再跟它在一起。"虽贫不受污君之禄"，假如这个君主德行很差，很贪腐，你再穷也不要受他的俸禄。姜太公70岁之前都不愿意跟商朝同流合污，孙叔敖三次辞拜宰相都没有什么后悔的，为什么他不愿意勉强自己，尽管他做出这样的选择可能生活非常艰难，可是他还是不勉强自己。我们都知道姜太公钓鱼没有钩的，或者是直钩，是愿者上钩，这个愿者是谁呢？就是文王，所以他们一拍即合。孙叔敖受到重用楚庄王也是一样。但是文种没有审时度势，他辅佐了越王勾践，结果被赐死；李斯对秦国建立了莫大的功劳，结果也是被处死。李斯死的时候是很悲惨的，没有在关键时候做出正确的选择，而是一味贪恋权势。箕子是商纣王的叔叔，他看到商纣王暴虐，看到商纣王吃饭用象牙的筷子，他觉得商朝无可救药了，所以他就离开商朝，假装疯了，去到什么地方呢？相传他去了现在的朝鲜半岛。范蠡，他是很会经商的，他发现越王也不能够长久的共事，所以他就逍遥自在的在江湖上泛舟，做一个商人。这些人有什么共同的特点呢？"见微知著"，他们不是被眼前的得失所迷惑，他们从细微的地方能够知道王朝的兴衰，所以都是能够"去富势"，对方非常有钱，势力非常强大，可是他们不屑一顾，离开他们，"以避萌生之祸"。这个祸还没有发现，还在萌芽状态的时候，他们就能够回避。

刚才李老师也讲了，我们读书会受到很多的启发和智慧，包括小说里也是一样，像这儿的文种、范蠡等，这样正反两面的例子都会有的。在《说苑》里关键的一个原则就是"不强合非其人"，如果和对方不是很契合的话，哪怕他再有钱或者再有权，或者表面上对你非常看重，可是你要知道背后隐藏的危机。这是在《说苑》中讲到的如何选择跟对方相处，特别是比自己有权势、比自己富裕的这些人，应该如何相处。在《说苑》中还讲到君臣父子之间的关系，实际上我们现在看起来，以为中国古代是专制社会，其实不是这样的，父子是相对的，"父道圣，子道仁"，作为父亲应该做什么呢？应该像圣人一样，各方面能力都非常通达，这是对父亲的要求；那儿子呢，就是仁爱。对于君主的要求是什么呢？要遵守道义，"君义臣忠"。父子关系也是双向互动的，首先是父亲的责任，你照顾他，怀着慈爱之心生养他、教诲他、节制他，"慎其施"，就是给小孩子东西的时候不要乱给，不要觉得给他的物质条件越多越好，而要有节制。孩子7岁以后要给他选择很好的老师、很好的朋友，不要让他受到恶习的熏染，早早地让他受到很好的教化，所以这儿主要是讲父子和君臣之间有一个相互的关系，而且君主的责任可能要大于臣下的责任，父亲的责任要大于儿子的责任，这样子君臣和父子就有一个良性的互动，可以互相成就和成全，所以《说苑》中还讲到君臣父子转相为本。

我们最近学术界讨论三纲五常莫衷一是，其实在《说苑》中讲得非常清楚，一方面君以臣为本，同时臣以君为本，父以子为本，子以父为本，假如父亲不以儿子为本、儿子不以父亲为本，那么这之间的关系是非常难以维持长久的，也没有什么好结果的。我为什么特意又把这个地方拿出来讲，特别是在我们现代社会中，可能对古代的一些观念要进行一种转化，可是这种转化的资源来自什么呢？这转化的资源就是古代就有，并不是说五四以后才如何如何，这里面也是要特别感谢深圳图书馆南书房夜话信任我们，让我们自由选择题目，所以我们之前也讲过几讲《说苑》。这一点对我们在座的各位，我想每个人都会有所启发，因为我们每个人，不是人的父母就是人的子女，这里如何定位，这也不是一个简单的换位思考，在很多情况下、很多事情上就应该以对方为根本。

李小杰：刚才张老师说读书可以学到很多东西。我们都知道，《三言二拍》这样的小说大概是从明朝开始的，很多的演义小说也是从明朝大量印刷的，那时候印刷术非常发达，比如冯梦龙就是一个出版商，编了很多书。这些书中，除了我们个人学到很多东西，当中会讲到一样东西，政府很喜欢的，就是教化的问题，里面讲了很多忠诚、忠孝、仁义，佛教的因果报应，这些都是中国文化中或者是政府喜欢看到的东西。

我们上几期或者这一季说的很多都是小说、戏剧，好像诗歌没怎么说过，我就稍微开一点点头，最主要是讲中国的文化中抒情传统这一方面。陈树湘先生所说的，他说在中国的诗歌中，我们有很多借景抒情、发奋抒情、触景生情，就好比《诗经》中的"关关雎鸠，在河之洲"，唐诗里的"在天愿作比翼鸟"，还有宋词中的"明月几时有"等这种诗词里都有大量抒情的元素，所以他提出中国的抒情传统这个说法，甚至把它提到一个道统的很高的位置，可以统摄到中国文学里的。甚至有人会把它说到中国文化，把中国文学一切都归于抒情一点，我觉得有一个挺好的地方，我们可以从不同的角度，我们不需要说中国小说很散乱，怎么跟英美的形式非常精美的小说相比，我们中国可能有它作为抒情的一个主要对象，它可能在意象，它可能是音响，声声慢里用了很多入声字，这些字本来就自带了非常悲愤的分量在里面，所以这点从新的角度去看我们中国的一些诗歌、小说文化，我觉得这个抒情传统也是非常好的，希望下一季有非常好的发展。

吕欣

李老师说得非常好，从李老师刚才说的，我也可以回到我们今天的主题——中国古代文学中的人情、事理、时势。谈到诗歌，我想到开篇的时候，张老师给出《文心雕龙·时序》里的一些话语，就是张老师刚刚演示的那一段之前，他开篇第一句说的是"时运交移，质文代变"，它前面的因果关系，因是时运交移，这是什么意思呢？我们可以看刘勰当时写《文心雕龙》，因为我们知道《文心雕龙》是中国古代文艺理论方面的开山之作了，他这样的一个话也是涵盖我们今天讨论的主题，因为歌谣、文理之间总是与事推移的，与事推移既包含世界上面的一些事例，也包含我们要经历的一些事态、社会的变迁。就拿中国最早的诗歌总集《诗经》来说，《诗经》就是一个典型的与事推移、质文代变的代表作，为什么这么说呢？刘勰在《文心雕龙》里也举出了几个例子，比如周南，《诗经·周南》中主要是讲周文王姬昌的一些德行盛行下，人民群众唱的歌，他们唱什么歌？他们既勤劳又不抱怨，这样的一个社会风气，就是在《诗经·周南》中表现出的社会形态。还有《诗经·邠风》，这里面表达周的太王教化淳厚，淳厚的教化下面民歌是什么样的？很欢乐的。但又不过，乐而不过的态势刚好符合当时的社会情理。当然我们古代社会不可能永远都是这么和谐，所以到了周幽王、周厉王的时候，他们的行政非常昏庸，人民写出什么样的诗、唱出什么样的歌谣呢，就是《诗经·大雅》中的《板》《荡》，就表现出一种人们很愤怒，虽然人民有时候没有发言权，但他们可以唱出来，歌真的有很多方面的表达，所以人民群众嘴里哼出来的小调可能真的是表现出一个时态。

张丰乾：现在社会上也流行各种各样的段子，段子实际上就是古人玩剩下的，现在的段子都是低俗的比较多，可能古代也有，但是《诗经》中的《板》《荡》《抑》等作品中，不光质疑统治者，还质疑上帝，而且文辞很讲究。

吕欣

《诗经》中还有《亡风》，《亡风》中有讲周平王东迁之后，这个州的宗室衰微了之后，人们唱了什么歌。就有一种哀怨了，它又和愤怒不一样，它有一种很凄凉、很哀怨的表达，大家可以翻《亡风》里的一些作品。刘勰当时举的一个例子，也是很符合今天我们讲的一个主题。

另外回应一下刚才两位老师提到的读书，读书的问题，今天我看到各位各个年龄段的都有，大家聚精会神地听，同时还拍下了很多原典的内容，我相信大家能拍下来这么多照片，回去肯定是想要今天学有所获，回去再读的。我就想起李老师是研究颜之推的专家，我想到颜之推好像还说过一句话，因为他很重视人们要读圣贤之书，他还说过一句话："幼儿学者，如日出之光；老而学者，如秉烛夜行。"我觉得这句话说得特别好，无论年龄大小都要读书，他很强调这样一个说法，但他强调的不同是多了一些文学色彩。他用的比喻，就像我们现在的孩子们经常要去国学班，从小就要读书，从小就要背经，就像是早晨刚升起的太阳放光芒的时候琅琅的读书声就这么起来了。到老的时候，我想起我一位做阳明后学的朋友，这个人曾经到浙江一个小地方，嵊州，可能我们当中很多人都没有听过这个地方。朋友曾讲述嵊州当地的方志办情景，是什么样呢？在这个方志办里的人，基本上都是老先生，年事已高，有八十来岁高龄的，且不闻其名。但他们在干嘛？在做一些古籍修缮，在读一些经典，读宋明理学类的古籍也好，读我们古代的圣贤书，他们读这些书为的是什么？可以说在那样一个小地方的方志办，他们挣的钱可谓寥寥，而且七老八十，这么大年纪的人他们在读古书，最为动人的一点是他们的脸上表现出的那样一种安详，是一种非常开心，而且由心而发的喜悦，和我们今天在大都市里奔波的人们，每天脸上带着一种很急躁、很急迫，想着我领导今天告诉我什么，我赶紧完成等这种生活状态不一样。所以我们到老的时候怎么样才能真正地心安，像刚才张老师举的例子里进入身心安的时候。我是在想，当今我们生活在大都市的人也好，小地方的人也好，如何能找到你自身的价值，更多的一些价值都是从一些圣贤书里，我们发现古人很早就已经让我们身心通达了，已经把这个事情、情态、事理用小说文学作品也好，还是圣贤经典的作品也好，安放在你的内心深处，让你早日找到。所以我今天看到在座的各位同仁们听得面带微笑的时候，我也想到了这些话想要表达。接下来时间也差不多，还剩半个小时，我想听一下在座的朋友们有没有问题想跟我们三位讨论或者请教张老师或者李老师的？跟中国古代文学方面相关的都可以。

听众：谢谢三位老师，今天晚上也是受益匪浅，问一下三位老师，中国因为现在不管是官方的或者是私下的，对中国的文化自信都宣传得越来越多，是不是中国的这种价值观或者我们的文化中或者我们的道统思想真的一直以来就优越于西方的价值观吗？看到现在西方特别是美国和英国，它的功利主义和它走下坡的这种道路，我老是自己在琢磨这个事，是不是我们一直优越于他们？还是说1840年之后我们是因为没有把握住这种与时俱进，中国的文化落后了，那一段时间被埋没了还是就这段时间才优越于他们？谢谢。

张丰乾：这个问题是一个很宏大的问题，但是我也能够体会到您的拳拳之心，不光考虑自己，也考虑我们的民族。我们刚才谈论得比较多的是古今的问题，您这个问题非常好，让我们有机会谈一下中西的问题。中西的问题实际是有一个历史的形态的，比如讲到《西游记》，唐僧西天取经，那时候的西指的是什么呢？那时候的西是指印度，当时盛唐时期，整个国家都是空前的繁荣，文化非常发达，儒家思想非常深入人心，包括我们现在说的经书都得到空前精细的整理，当时的道教也非常兴盛。可是在这个时候，玄奘发现了什么问题呢？他发现了《大般若经》和早期翻译的佛教经典之间互相冲突的问题。作为一个佛教徒，他觉得不甘心，想正本清源，到印度去求取可靠的佛经。他经历九死一生之后到达印度，而且在"无遮大会"上所向披靡。无遮大会是什么意思呢？就像我们今天的讲座一样，没有任何门槛，任何人都可以发表意见。可是参加无遮大会的辩论是要赌上身家性命的，如果辩论输了，就可能要自尽或咬断舌头等表示认输，这是非常严肃的一件事情。唐僧当时在印度的无遮大会上是没有敌手的，还受到很多赏赐。可是他回国的时候，他实际上是通缉犯，用我们现在的话说他是偷渡出去的，因为没有官方的文书。但是唐太宗也真的贤明，豁免了玄奘，并想加以重用。当时唐太宗也让玄奘当官，但是玄奘不愿意，专心翻译佛典，培养人才。

　　回到你的问题。我们现在这样一个全球化或者这种现代化的、资讯非常发达的世界，闭关锁国已经是不太可能了。我想强调的是我们现在讲文化自信不要讲成文化自大，或者变成文化自欺，为什么这样讲呢？一说到什么成果或思想，总有人出来"宣示主权"：我们祖先早早有了，不光是有了，而且还比西方更先进。我觉得这样笼统讲实际是一个自欺欺人的讲法。但从另一方面，我们如何既坚持自己的文化本位，又吸收外来的文化呢？我在兰州大学上学的时候，当时有一栋大楼叫衡山堂，衡山堂题名的人叫陈从周，我一直不知道陈从周是谁。后来了解到，陈从周先生是中国当代非常著名的园艺学家，苏州的很多园林都是他主持设计的，而且恢复得非常好；他在美国也设计了中国的园林，美国人非常佩服，说中国的传统文化这样好。陈从周先生讲过一句话，对我影响很深，我也愿意跟大家分享，陈从周先生讲建筑设计的原则："古要古到底，洋要洋到家。"这是什么意思呢？我们读《诗经》、读《周易》，读古代文学，我们在学习方面要尽可能按照古代去讲，比如关于《诗经》和《论语》等经典，总有人用现在一些表面上看起来鸡汤式的语言去解释《诗经》，可能取得一时的效应，或者表面上看起来都很受大家欢迎，实际上这是误人子弟的一个事情，这里面也涉及我们现在，我们现在社会上有很多"大师"都在讲国学，好像在深圳特别的多，可是我大致了解一下，他们所谓的讲经典，事实上很多情况下是望文生义的，没有对古代经典有一个深切的了解，更不要说对经典背后的一些历史脉络做一个梳理。

  但是我们想想，为什么这些人这么有市场呢？我经常跟学生讲，不要老是觉得在学习上只有老师有责任，古代人经常讲"教学相长"，就是强调双向互动。为什么"鸡汤"盛行？就是因为部分读者和听众都是浅尝辄止，得少为足。所以我也反复强调，作为我们讲的人，作为作研究的人，特别是面对听众的时候，有义务做到深入浅出，可是前提是深入，深入的时候才能够知道古代经典的深邃性和真正的生命力在什么地方，就不会望文生义。我举一个例子，刚才吕欣提到的《诗经》第一篇《关雎》："关关雎鸠，在河之洲，窈窕淑女，君子好逑"，很多人，包括一些大学生把这个"好（hǎo）逑"理解成"好（hào）逑"，就是君子喜欢追求窈窕淑女，可是这句诗的本意是窈窕淑女是君子很好的匹配。"逑"是配偶、伴侣的意思，一些人望文生义，说既然是窈窕淑女，君子就赶快追求吧！怎么追求呢？说在她楼下摆990朵玫瑰，或者说她不答应我就从十几层的楼上跳下去等稀奇古怪的、简单粗暴的手法。可是我们回过头来看一下，《诗经》里怎么讲的呢？"求之不得，寤寐思服"，他也辗转反侧，但是他会"钟鼓乐之，琴瑟友之"，他不是诉诸什么极端的手段，而是要通过音乐、通过很文艺的方式来表达自己的这种感情。

  所以我们现在想想，要了解中国文化或者西方文化，不要老是停留于一些宏大的问题，不妨从某一个经典入手，你去看这个经典里面讲的什么，西方人讲的什么，以及他们各自的优长是什么。还有另外一个方面，文化的优劣，文化在什么情况底下发挥什么样的功能，实际就是我们今天讲的很多时势决定的。孔子是圣人，可是一生大部分时间颠沛流离。颠沛流离到什么程度呢？郑国人嘲笑孔子说孔子像丧家狗一样。现在一些儒家信徒一说孔子是丧家狗，他们就暴跳如雷。可是孔子听到郑国人说话以后，他笑着说，我就是这样子的。他不是以个人的安危为最高考虑，也不是依附于某一个诸侯，他在游说遇到很多困难的时候，也不会改变自己的志向，这是中国文化的精髓。所以我们还是要融会贯通，融会贯通要有一个立足点，这个立足点是什么呢？除了认真的读书和思考以及辩论以外，没有其他的方法。

李小杰：回到刚才问的问题，我觉得资本主义很多人称为是最不坏的制度，我个人比较佩服它的地方是它可以补短的反省自我，不断的自省。比如大概在2008年发生了金融海啸之后，美国一个很重要的学者叫福山，2008年全世界经济衰退，中国经济上升了，他觉得很神奇，他又研究，他开始有点反省，他说可能不一定是社会主义，而是某种混合的东西。我想说他是不断反省，他有海纳百川的气度，西方人都很崇拜他们那一套制度，他们自我推翻了那一套。同样我们可以回到刚才张老师说的深圳，深圳跟上海不一样，香港就是一步一步来，部门慢慢申请，二十年之后又形成港珠澳大桥，深圳不一样，深圳是一个小渔村，没有很多本地人，没有很多本地的势力，没有很多包袱，它可以容纳很多人才，所以它发展得特别快，它是根据自身的资源、自身的立足点开始发展的，吸引了很多人才。

听众：三位老师好，我想问一个问题，在春秋战国的时候，宋襄公讨伐郑国时，楚国人去帮郑国人，和宋襄公在洪水交战，宋襄公因为仁义战败了，次年死亡，他也是仁义。他和关羽的仁义这两个对比起来，好像人们更容易接受关羽的仁义，觉得他是一种大义，而认为宋襄公的这种仁义是愚蠢的，因为他错失了时机，导致了战败，他之前虽然是霸主，但后来国家衰亡了。想让老师讲一下，他们两者都是仁义，为什么这么大的差别？

吕欣

非常好的问题，也是一个比较难以回答的问题。回到今天的话题来说，又是一个时势、情态方面的困境，因为不可能每次施行仁义的时候都得到一个好的回报，我们现在俗语有人说："好人不长寿，祸害祸千年"，这个好像确实有好多情况是这样，像最近的江歌案，都是很好的人，结果被杀掉了，反而最不仁义的人还幸存下来，而且活得很逍遥，这样的事情到今天为止可能更加猖狂。古代也是这个样子，宋襄公就是一个典范，其实我一直觉得关云长这个例子刚好是碰到了这样两个人，因为曹操非常知道怎么用圣贤，怎么用经典的典故去抓住关公的心，而关公恰好吃这套，这样你来我往互对的过程这是人对人对上了，所以他们两个人一下就行得通了，仁义就行得通了。比如我们今天对一个坏蛋，我们现在社会上流行垃圾人的说法，还有你对一个很冷漠的垃圾人讲仁义道德，他是根本听不进去的，所以有的时候如果从历史的范例中跳脱出来，如果我们面前的不是关公这样的人或者我们自身不是曹操，或者我们是关公，我们想施行仁义却无处施行的时候，我们心里该怀有一个什么样的心态？或者我们怎样才能把仁义在当今社会下实施出来，我觉得反而是您这个问题在当今有现实意义的延伸。

听众：老师，我的问题是这样的，我觉得关云长的义和不忠更被人接受，是这个意思，他既然这样做的话，我作为一个读者，或者更多的人觉得他这种是大义，而且更能够感动人心，而且觉得他这样做或者不这样做的话就会有更不一样的效果，就觉得关云长就应该这样做才是关云长，他的历史形象，包括他在后世的影响，包括最后他被封神，都与他这些行为是有关系的，他的这种行为塑造了关云长这个形象，而且他这种更被人理解和接受，而宋襄公就似乎并不被人太接受？

吕欣

其实我们中国人设想的情境里有一个比较重要的词是顺，因为无论是我们从趋利避害的角度，还是其他的方面，我们第一反应总是顺乎情理，希望得到一个比较圆满的结局。或者一个人行善，我们在毫不知情或者毫无防备的时候，一下知道这个结局是一个善的结局的时候，我们往往心生欢喜。因为这样一个结局是一个比较顺乎人情、顺乎人心，因为心之端都是在讲人的恻隐，讲人的善之端。在你毫未萌芽的时候，心如湖水很平静的时候，发生一件事情，你总是在一个不知情的情况下期待这个事情是顺乎其善的，所以关公这个仁义的形象恰好顺乎你内心对他人物设定的一个期许，所以他这样做的时候，他的大义的气质就出来了，可能我们读者会更加喜欢这样一个形象。

张丰乾：吕欣讲的一点是从读者角度讲的。关公可能是我们期待的，或者是我们心目中理想的角色。我是从另外一个角度来讲，关公为什么义释曹操？关公义释曹操和他"身在曹营心在汉"是一样的。这里面有一个非常关键的问题，关羽对于刘备的忠诚不是基于君臣关系，因为他和刘备认识的时候，刘备还是身无长物、无权无势的人，而是基于什么呢？基于结拜兄弟，结拜兄弟就是他们这种义，虽然没有血缘，但是他这种关系是胜于血缘，所以关羽才能够千里走单骑，拒绝曹操那么多软硬兼施，护送他的两个嫂子回到蜀国。这是他义的一方面，可是当曹操和刘备对立的时候，当他面对曹操的时候，同样觉得曹操对他当时的情义绝对不是君臣关系，如果是君臣关系的话，曹操的势力当时非常大，完全可以给关云长高官厚禄，可是关云长不为所动。关云长看重的是什么呢？他看重的是曹操这个人虽然很奸诈，虽然很有野心，可是他很爱惜人才，对关羽是百依百顺，甚至有点骄纵，他千方百计想要留住关羽，折损那么多大将也在所不惜，所以，关羽在那一刻看到曹操非常落魄的样子时，内心的同情心战胜了他忠于军令的感情，所以为什么说是"义释曹操"，他是遵守忠义，从这个角度来讲放走了曹操。

如果仅仅从功利的角度讲，当然对蜀国来说这是一个转折性的；从另外一个角度讲，诸葛亮明明知道关羽有这样的特征，可他仍然派关羽到这个地方去，所以说明神机妙算的诸葛亮对于"人情"的判断也有失误。

当然，很多时候人情会超越具体的政治伦理。你当官得天下都是一时、一地的，可是这种人和人之间的情义是长久的。我觉得关羽受到我们后世很多的崇拜有各方面的原因，有的人觉得关公可以保佑他们平安等。我老家老人们口口相传的一个例子，当时民国时期我们甘肃的马步芳、马鸿逵，马家的队伍非常猖獗，我们村里那些长老为了保护村里人，就建了一个土的寨子，有烽火台，马家队伍打到我们村的时候，全村的人都集中在那个寨子里面，寨子现在还有，寨子里有水井，可以藏粮食，上面有烽火台、有垛口，可以生活一段时间。当时形势非常吃紧，吃紧到什么程度呢？寨子马上就要被攻破了，可是突然之间出现了转折，乌云密布、雷声大作，寨子上面出现了关云长，他骑着赤兔马，拿着青龙偃月刀出现在了寨子的围墙上面，吓退了马家队伍。我们现在想起来觉得不可思议，觉得这是不是神话，或者说是不是有人穿了戏服，装成了关羽。这就是我们可以说一本小说、一个人物，或者一个故事，对人的影响非常深远。不以一时的成败，也不是因为权势，也不是因为财富去忠于一个人，而是因为情义和对方做朋友。人之为人，最根本的是有同情心、怜悯心。

李小杰：张老师从一个非常崇高的文化的角度来说，我简单一点，从读者接受的角度来说，我觉得这其实也是呈现刚才我说的一个点，个人和社会价值之间呈现紧张感，两个故事不同的地方是宋襄公跟他的对手是没有瓜葛、没有恩怨的，而曹操和关公他们是有恩的。所以这点就让我们可以体会到他们两个之间呈现的，我作为一个读者，我代入的时候，他们就是一般人之间的友情，人总是有软弱的时候，我可以原谅他这种，而且就算是放过他之后，他整个的帝国也不会让宋襄公马上就坍塌了。刚才您也说到，诸葛亮是知道这个事情的，但是他还放他过去，所以我们就可以看到，在小说的设计中很明白人性，就知道人性有软弱的地方、有复杂的地方，所以他把这段写得这么精彩，他话刚刚说，这一条道，它不堵死我肯定死了，关公就出现了，这个点就在这里。

张丰乾：我们传统文化讲中国古代核心价值观是仁义礼智信，除了仁义之外，智是非常关键的，你刚才讲的兵法说兵以诈力，就是你打仗的时候是虚虚实实，为什么说宋襄公的仁义成为一个笑话呢？他这种仁义对于对方的怜悯是违背军事原则的，说那你既然那么仁义，就不要兴兵打仗了。更多的时候就像钱锺书讲的，我们把愚蠢当成了仁义，宋襄公口口声声讲仁义，但是他违背了智的原则，这实际上是对仁义的扭曲。当然从另一个角度，就像鲁迅先生讲的，满口的仁义道德，实际上翻开书看看，都是"吃人"。

我们再返过头来看看，为什么我们讲中国古代的圣贤受到崇敬？因为他们做的事情合情合理，他们讲的道理深刻透辟。

听众：非常高兴今天晚上有最后一次提问机会，我们讨论的就像刚才我们讨论关羽，其实是罗贯中笔下的关羽，他想呈现给我们的关羽，有蛮多演义的成分，因为他跟实际在《三国志》里是有很大出入的，就折射出作者的价值观，他本身是拥刘反曹的，他更多地去塑造诸葛亮以及关羽这样高大的形象。鲁迅先生评价"诸葛多智，几近于妖"，太聪明了，这人跟妖怪一样，有这样的感觉。我的问题是如果一部小说折射的是作者的主观世界或主观的观点的话，因为我最近也受夜话栏目的影响开始读《东周列国志》。我想请教一下老师，《东周列国志》这部书里，我开始读了，大概读了十几回的样子，给我的感觉是他的笔法是很客观的。但我觉得他还是隐隐有折射出作者的观点，以及那个时代的一些特征，但是我没有办法，因为可能读得不够深入，或者我的水平有限，能够读出作者想要折射出的观点，能不能请教老师对我以后的阅读有更多的帮助？谢谢。

张丰乾：你刚才讲的《三国演义》确实是基于《三国志》，但是从影响力来说，《三国演义》是远远超过《三国志》的，其实我们今天讲的问题是情和理的问题，也说明跟我们今天的主题非常契合。我们今天意义上的文学作品，很多情况下比哲学的作品更加有感染力，包括戏剧也是这样，但是在另外一个情况下是一种什么情况呢？有一种说法是小说比历史更接近历史，为什么这样子讲呢？小说通过很多情景的设计，哪怕是编造的，但是很多情况下他会补充历史书籍所过滤掉的很多东西。我觉得您这个问题非常好，也涉及我们读书的方法，我们一方面读《三国演义》，包括《东周列国志》的时候要意识到区别，演义不是史实，我们也不能把史实当成演义，特别是看电视剧的时候。现在很多小朋友看了电视剧以后，就觉得历史就是那样的，不愿意再去认真读书。这其实造成很多的误导，我们要追根溯源，要去看《三国志》。但另一方面，我们也从

《三国演义》中反思一下，为什么一部演义的小说又影响那么大，《三国演义》到罗贯中的时候是成型的，但是在罗贯中之前一定是口口相传的，民间很多有传说，只不过罗贯中把他讲得非常完整，又非常有文采，所以我们读书的时候有一个互相的追溯，有一个互相的对比，然后再得出自己的结论。最不可取的是以《三国志》来否定《三国演义》，或者因为读了《三国演义》而不知道《三国志》，这都是走了弯路误入歧途的，只要在条件许可的情况下，小说、历史、哲学，包括宗教的东西可以对读，经典互相对读，还有，我们读书的经验是经常要自己向自己问问题，比如，我有这么一个问题，我怎么去解决，我解决不了，我去看书，书看得没用，我去请教别人，所以我们今天虽然是坐在台上，各位的问题，包括大家的参与对我们教育也是非常深，再次感谢深圳图书馆各位同仁，感谢大家。

李小杰： 刚才张老师说到演义这样的小说时，他可能不是史实，但是他说的比史实更精彩，因为好的演义或好的小说对人的复杂性、人的状况有非常深入的描写，这是我们值得一看再看的地方。还有人说，有些小说比历史还历史，我们不说远了，前两年有一篇短篇小说《北京折叠》，里面他把北京分为三个时区，最有钱、最有权力的人可以享受24小时，中端的、低端人口可以打扫一下卫生，可以各享受12小时，一到时间，北京的大楼就会折叠，翻到地下，下面一层会上来，这是对刚才发生的事情何等的预示。我今年听了作者的一个讲座，她真的去看到北京比较远郊的地方，河北的一些郊县的人在那边从事卫生工作，她从这一点后来思考她自身生命的时候，她说我写小说是志在圈子之外，我怎么知道进入这个社会是帮助这些人呢？后面她又做了很多比如到山区里面去进行义教，还有大型的活动，因为她研究经济的，她有很多资源，所以我们可以看到从史实、到小说，从圈外到圈内这么一个过程。谢谢。

吕欣

谢谢李老师，我们今天这场年度收官可以说非常圆满，两位老师论到了古今中西，我们在座的朋友们也是学识很渊博，我们从古代文学的角度甚至升发到了一个很广阔的、古今中西文明的一个讨论，可以说非常精彩。我们第五季的南书房夜话栏目的收官座谈就到此结束，在最后我给大家做一个广告，透露一下明年我们第六季南书房夜话的活动主题是诗歌，刚才李老师给我们来了一点小彩蛋，所以如果我们对诗歌感兴趣的朋友，欢迎大家继续关注南书房夜话，明年三四月份，拭目以待。再次感谢大家！